JEAN DE FLORETTE

suivi de

MANON DES SOURCES

MARCEL PAGNOL
de l'Académie française

L'EAU DES COLLINES
JEAN DE FLORETTE

suivi de
MANON DES SOURCES

FRANCE LOISIRS
123, boulevard de Grenelle, Paris

Photographies intérieures et de couverture :
tous droits réservés RENN PRODUCTIONS et Claude BERRI.

Édition du Club France Loisirs, Paris,
avec l'autorisation des éditions Julliard

La loi du 11 mars 1957 n'autorisant, aux termes des alinéas 2 et 3 de l'Article 41, d'une part, que les copies ou reproductions strictement réservées à l'usage privé du copiste et non destinées à une utilisation collective, et, d'autre part, que les analyses et les courtes citations dans un but d'exemple et d'illustration, toute représentation ou reproduction intégrale ou partielle, faite sans le consentement de l'auteur ou de ses ayants droit ou ayants cause, est illicite (alinéa 1er de l'Article 40).
Cette représentation ou reproduction, par quelque procédé que ce soit, constituerait donc une contrefaçon sanctionnée par les Articles 425 et suivants du Code pénal.

© *Marcel Pagnol, 1962*
pour Jean de Florette

© *Marcel Pagnol, 1962*
pour Manon des sources

ISBN 2-7242-2953-3

*A ma femme,
Jacqueline Bouvier.*
M. P.

Jean de Florette

Les Bastides Blanches, c'était une paroisse de cent cinquante habitants, perchée sur la proue de l'un des derniers contreforts du massif de l'Étoile, à deux lieues d'Aubagne... Une route de terre y conduisait par une montée si abrupte que de loin elle paraissait verticale : mais du côté des collines, il n'en sortait qu'un chemin muletier, d'où partaient quelques sentiers qui menaient au ciel.

Une cinquantaine de bâtisses mitoyennes, dont la blancheur n'était restée que dans leur nom, bordaient cinq ou six rues sans trottoir ni bitume ; rues étroites à cause du soleil, tortueuses à cause du mistral.

Il y avait pourtant une assez longue esplanade qui dominait la vallée du couchant ; elle était soutenue par un rempart de pierres taillées qui avait bien dix mètres de hauteur et qui finissait en parapet sous une rangée de très vieux platanes : on appelait ce lieu le Boulevard, et les vieux venaient s'y asseoir à l'ombre pour la conversation.

Au milieu du Boulevard, un très large escalier d'une dizaine de marches montait à la Placette entourée de façades autour d'une fontaine qui portait une conque de pierre accrochée à sa taille, et qui était la mère de l'agglomération. En effet, cinquante ans plus tôt, un « estivant » de Marseille (car il en venait deux ou trois au moment de la chasse) avait légué à la commune un petit sac de pièces d'or, qui avait permis d'amener jusqu'à la Placette l'eau scintillante de la seule source importante

du pays... C'est alors que les petites fermes dispersées dans les vallons ou sur les coteaux des collines avaient été peu à peu abandonnées, les familles s'étaient groupées autour de la fontaine, le hameau était devenu un village.

Toute la journée, on voyait sous le jet d'eau des cruches ou des jarres, et des commères qui, tout en surveillant leur musique montante, échangeaient les nouvelles du jour.

Autour de la place, quelques boutiques : le bar-tabac, l'épicier, le boulanger, le boucher, puis, grand ouvert, l'atelier du menuisier, à côté de la forge du maréchal-ferrant, et, au fond, l'église : elle était vieille, mais non pas ancienne, et son clocher n'était guère plus haut que les maisons.

Une petite rue quittait la Placette, à gauche, pour aboutir à une autre esplanade ombragée qui s'étendait devant la plus grande bâtisse du village.

Cette bâtisse, c'était la Mairie, qui était aussi le siège du Cercle républicain, dont l'activité politique principale était l'organisation de jeux de loto, et de concours de boules dont les tournois dominicaux se déroulaient sous les platanes des deux esplanades.

Les Bastidiens étaient plutôt grands, maigres et musclés. Nés à vingt kilomètres du Vieux-Port de Marseille, ils ne ressemblaient ni aux Marseillais, ni même aux Provençaux de la grande banlieue.

Enfin, une particularité des Bastides, c'était qu'on n'y trouvait que cinq ou six noms : Anglade, Chabert, Olivier, Cascavel, Soubeyran : pour éviter des confusions possibles, on ajoutait souvent aux prénoms, non pas le nom de famille, mais le prénom de la mère : Pamphile de Fortunette, Louis d'Étiennette, Clarius de Reine.

C'était sans doute les descendants de quelque tribu ligure, refoulée jadis vers les collines par l'invasion romaine ; c'est-à-dire qu'ils étaient peut-être les plus anciens habitants de la terre provençale.

Parce que la route qui menait chez eux s'arrêtait sur le

Boulevard, on n'y voyait qu'assez rarement des « étrangers », et parce qu'ils étaient satisfaits de leur sort, ils ne descendaient à Aubagne que pour porter leurs légumes au marché. Avant la guerre de 1914, on trouvait encore dans les fermes des vieux et des vieilles qui ne parlaient que le provençal des collines, ils se faisaient « raconter Marseille » par les jeunes qui revenaient des casernes, et s'étonnaient que l'on pût vivre dans tout ce bruit, frôler dans la rue des gens dont on ne savait pas les noms, et rencontrer partout des hommes de la police !

Pourtant, ils bavardaient volontiers, et ne détestaient pas la « galéjade »... Mais tout en parlant de tout et de rien, ils respectaient rigoureusement la première règle de la morale bastidienne. « On ne s'occupe pas des affaires des autres. »

La seconde règle, c'était qu'il fallait considérer les Bastides comme le plus beau village de Provence, infiniment plus important que le bourg des Ombrées, ou celui de Ruissatel, qui comptaient plus de cinq cents habitants.

Comme dans tous les villages, il y avait des jalousies, des rivalités, et même des haines tenaces, fondées sur des histoires de testaments brûlés ou de terres mal partagées ; mais devant une attaque venue du dehors, comme l'intrusion d'un braconnier des Ombrées, ou d'un ramasseur de champignons de Crespin, tous les Bastidiens ne formaient qu'un bloc, prêts à la bagarre générale ou au faux témoignage collectif ; et cette solidarité était si forte que les Médéric, fâchés depuis deux générations avec la famille du boulanger, achetaient toujours leur pain chez lui, mais par signes, et sans lui adresser la parole. Ils habitaient pourtant dans la colline, et le boulanger des Ombrées était plus près de leur ferme : mais pour rien au monde ils n'eussent mangé le pain « étranger » sur la terre de la commune.

Leur grand défaut, c'est qu'ils étaient avares, d'une avarice maladive, parce qu'ils étaient pauvres d'argent. Ils payaient le pain avec du blé ou des légumes, et en échange de trois ou quatre côtelettes, ils donnaient au boucher une poule, un lapin, ou quelques bouteilles de vin ; quant aux « sous » qu'ils rapportaient de temps à autre du marché d'Aubagne, ils disparaissaient comme

par magie, et l'on ne voyait surgir les pièces de cinq francs qu'au passage des colporteurs pour payer des espadrilles, une casquette, un sécateur.

C'est que la garrigue, qui constituait tout leur domaine, n'était qu'une suite d'immenses tables de calcaire bleuté, séparées par de profonds ravins, qu'ils appelaient des vallons, parce qu'on y trouvait çà et là de petits lacs d'une terre peu profonde, apportée au cours des siècles par les vents et par les ruisseaux de la pluie. C'est là qu'ils avaient établi leurs champs, bordés d'oliviers, d'amandiers et de figuiers. Ils y cultivaient des pois chiches, des lentilles, du blé noir, c'est-à-dire des plantes qui peuvent vivre sans eau, et de petites vignes de jacquez, qui avaient défié le phylloxéra ; mais autour du village, grâce à des prises greffées sur la canalisation de la fontaine, on voyait verdoyer de riches potagers, et des vergers de pêchers et d'abricotiers, dont ils portaient les fruits au marché.

Ils vivaient de leurs légumes, du lait de leurs chèvres, du cochon maigre que l'on tuait chaque année, de quelques poules, et surtout du gibier qu'ils braconnaient dans l'immensité des collines.

Il y avait pourtant quelques familles riches, dont la fortune représentait l'épargne et les privations d'une longue lignée. C'était des pièces d'or cachées dans des poutres, ou des marmites enterrées sous le fond de la citerne, ou maçonnées dans l'épaisseur d'un mur. On n'y touchait que pour un mariage, ou pour l'achat d'un « bien » mitoyen. Alors, toute la famille redoublait d'efforts, pour reconstituer au plus vite le trésor amoindri.

Le maire, c'était Philoxène de Clarisse. Quarante-sept ans, gros et rond avec de beaux yeux noirs, et un profil romain, sans barbe ni moustache. Ses mains velues étaient assez grasses, car elles n'avaient jamais touché une pioche : il était propriétaire du bar-tabac, obtenu grâce à une blessure de guerre assortie d'une pension. On le respectait pour cette blessure (d'ailleurs invisible), mais surtout à cause de la pension.

Il se disait socialiste laïque anticlérical, lisait ouvertement, sur sa terrasse, *Le Petit Provençal,* et vitupérait volontiers contre les jésuites, qui menaient la France à sa perte. Il était donc le chef des mécréants, qui n'étaient d'ailleurs que cinq ou six, dont l'activité anticléricale ne se manifestait que le dimanche matin, en buvant l'apéritif à la terrasse du café, au lieu d'aller à la messe. Cependant, aux élections municipales, il obtenait toujours une majorité assez faible, mais suffisante, parce qu'on disait que c'était « une tête », comme si les autres n'en avaient pas.

Pour toutes les questions difficiles, on venait lui demander conseil, parce qu'il savait un peu les lois : il était capable de soutenir une conversation avec des gens de la ville, et il parlait au téléphone de son bar avec une aisance inégalée.

Il ne s'était pas marié : mais il vivait avec sa sœur, une vieille fille active et discrète — et (question sentiment) il descendait le mardi aux Ombrées, pour y prendre le tabac, et saluer au passage une jeune veuve fraîche et dodue qui lui voulait du bien, sans pour autant mépriser le facteur — un plaisant blondinet — ni le pharmacien, ni même un monsieur qui venait quelquefois de Marseille dans un tilbury verni, aux roues luxueusement cerclées d'un tore de caoutchouc.

Le menuisier-charpentier-charron, c'était Pamphile de Fortunette. Il avait trente-cinq ans, une jolie moustache châtain, et la seule paire d'yeux bleus qu'on eût jamais vue au village. Comme il était moins avare et moins cachottier que les autres, les anciens le considéraient comme une tête brûlée, et qui finirait sans doute sur la paille, pronostic aggravé par le fait qu'il avait épousé la grosse Amélie d'Angèle. C'était une fille fraîche, mais énorme, qui avait à chaque instant des crises de fou rire, ou des colères fracassantes ; elle mangeait sans cesse du pain avec du saucisson, ou des figues, ou du boudin froid, tout en marchant dans la rue. Philoxène disait que ça coûterait moins cher de la charger que de la nourrir. Mais Pamphile était dur au travail, et vraiment « capable ». Il remplaçait les poutres pourries, réparait les charrettes, fabriquait des mangeoires, des râteliers, de

lourdes tables paysannes ; et quand il n'avait pas de commandes, il faisait des cercueils. Sur mesures pour les habitants du pays, en séries de trois tailles pour une entreprise de Marseille, où les gens meurent bien facilement. De plus, le dimanche, il installait un fauteuil sur la place devant son atelier et « faisait le coiffeur ».

Le boulanger était un gros garçon de trente ans ; il avait de belles dents, et des cheveux plats très noirs, mais toujours poudrés de farine. Il riait volontiers, et s'intéressait à toutes les femmes du village, et même à la sienne, une belle fille de vingt ans qui l'adorait. Il s'appelait Martial Chabert, mais à force de l'appeler Boulanger, on avait oublié son nom.

Ange de Nathalie était noir, maigre, et long, la casquette sur l'oreille. Plutôt nerveux, car sa volumineuse pomme d'Adam montait et descendait sans cesse, comme s'il essayait en vain de l'avaler. Il était paysan et fontainier, c'est-à-dire qu'il surveillait le tuyau de deux kilomètres qui amenait l'eau à la fontaine ; de plus, il réglait le débit des « prises » qui alimentaient au passage les petits bassins des potagers.

Tout le monde l'aimait bien, et surtout les hommes, parce que sa femme, qui était belle, ne refusait qu'une fois ce qu'on lui demandait poliment. Mais personne n'en parlait jamais.

Puis, il y avait Fernand Cabridan, qu'on avait surnommé à l'école « Grosse tête petit cul », description sommaire de sa personne enfantine, mais toujours valable trente ans plus tard. Il est bien vrai que son petit cul avait triste mine dans le pantalon de velours qui pendait comme un rideau ; mais dans sa grosse tête, il y avait deux grands yeux bruns, des yeux attentifs, au regard pur et lumineux.

Il avait déjà deux enfants, et il était pauvre. Il ne possédait qu'une maisonnette au village, et un petit champ en contrebas, avec un tout petit bassin, mais il y produisait des pois chiches aussi gros que des noisettes et si tendres qu'ils fondaient dans la bouche. Ils faisaient prime sur le marché d'Aubagne, où tout le monde (et même des gens des Ombrées) l'appelait le Roi du Pois Chiche : royauté bien modeste, mais qui lui suffisait amplement.

Casimir le forgeron était fier de ses bras puissamment musclés, et si parfaitement couverts de poils qu'on ne voyait pas sa peau. Il n'avait pas de jardin potager, mais il piochait pourtant une ou deux fois par an, parce qu'il remplissait à l'occasion les fonctions de fossoyeur à la satisfaction générale. Il y avait aussi le vieil Anglade, le cou maigre, le nez busqué, la moustache tombante. C'était le Sage du village. Sa piété était célèbre, et c'était lui qui venait chaque matin sonner le premier angélus avant de partir aux champs avec ses deux fils, Josias et Jonas, qui étaient jumeaux, et pareillement bègues ; enfin, le personnage le plus important des Bastides, c'était César Soubeyran, dont nous parlerons plus loin.

En dehors de ces notables, on voyait encore, le dimanche, quelques paysans surgis des vallons, où ils vivaient dans de petites fermes parfois groupées par trois ou quatre, parfois entièrement isolées, comme celle de la Pondrane ou de la Tête Rouge. Ils arrivaient pour la messe de dix heures, parfaitement propres sous leur feutre noir, mais presque tous les mentons étaient marqués de petites balafres par le rasoir tremblant du dimanche. Les femmes, sous des foulards à fleurs, montraient de beaux traits, mais des fronts précocement ridés, des mains fanées par la cendreuse lessive ; les filles, sous des chapeaux chargés de fleurs, et parfois de fruits, étaient aussi belles que les Arlésiennes.

On pouvait, par la comparaison des deux générations, apprécier l'efficacité du grand air, qui éteint si vite l'éclat juvénile des joues et ternit les fronts les plus purs.

César Soubeyran approchait de la soixantaine. Ses cheveux, rudes et drus, étaient d'un blanc jaunâtre strié de quelques fils roux ; de noires pattes d'araignées sortaient de ses narines pour s'accrocher à l'épaisse moustache grise, et ses paroles sifflotaient entre des incisives verdâtres que l'arthrite avait allongées.

Il était encore robuste, mais souvent martyrisé par « les douleurs », c'est-à-dire par un rhumatisme qui chauffait cruellement sa jambe droite ; il soutenait alors sa marche en s'appuyant sur une canne à poignée recourbée, et se livrait aux travaux des champs à quatre pattes, ou assis sur un petit escabeau.

Comme Philoxène, mais depuis plus longtemps, il avait sa part de gloire militaire. A la suite d'une violente querelle de famille — et peut-être aussi, disait-on, à cause d'un chagrin d'amour —, il s'était engagé dans les zouaves, et il avait fait la dernière campagne d'Afrique, dans l'extrême Sud. Deux fois blessé, il en était revenu, vers 1882, avec une pension, et la médaille militaire, dont le glorieux ruban ornait son veston des dimanches.

Il avait été beau jadis, et ses yeux — restés noirs et profonds — avaient tourné la tête à bien des filles du village, et même d'ailleurs... Maintenant, on l'appelait le Papet.

Le Papet, d'ordinaire, c'est le grand-père. Or, César Soubeyran ne s'était jamais marié, mais il devait ce titre au fait qu'il était le plus vieux survivant de la famille, en

somme un Pater familias, détenteur du nom et de l'autorité souveraine.

Il habitait la grande vieille maison des Soubeyran, au plus haut des Bastides, près de l'aire éventée qui dominait le village.

C'était un mas à longue façade, séparé de la route des collines par un terre-plein que soutenait un mur de pierres bâties, et qu'on appelait « le jardin », parce qu'une bordure de lavande conduisait de la route à la porte. Les volets, selon la tradition de la famille, étaient repeints en bleu clair chaque année. De plus, la réputation bourgeoise des Soubeyran était solidement établie sur le fait qu'au lieu de déjeuner dans la cuisine, comme tout le monde, ils avaient toujours pris leurs repas dans une pièce spéciale, la « salle à manger », où l'on pouvait admirer une petite cheminée citadine qui ne tirait pas très bien, mais qui était en marbre véritable.

Le Papet y vivait tout seul, avec une vieille servante sourde et muette, et de plus têtue comme un âne rouge : elle feignait de n'avoir pas compris les ordres qui ne lui plaisaient pas, et n'en faisait qu'à sa tête. Il la supportait à cause de ses talents de cuisinière et de son grand courage au travail. Surtout, il n'y avait pas à craindre qu'elle écoutât aux portes, ni qu'elle fît des commérages.

Les Soubeyran possédaient de grandes terres autour du village et dans les collines, mais presque toutes incultes, car le malheur avait dévasté la famille. Des quatre frères du Papet, deux étaient morts à la guerre de 14, et les deux autres s'étaient suicidés tour à tour, l'un parce qu'il se croyait poitrinaire, à cause d'une dent qui saignait, l'autre après la mort de sa femme aggravée par une sécheresse qui avait grillé ses topinambours.

C'est ce dernier qui lui avait laissé Ugolin, suprême espoir de la race des Soubeyran.

Ce neveu vivait dans l'ombre de son oncle, qui était aussi son parrain. Il venait d'atteindre ses vingt-quatre ans... Il n'était pas grand, et maigre comme une chèvre, mais large d'épaules, et durement musclé. Sous une tignasse rousse et frisée, il n'avait qu'un sourcil en deux ondulations au-dessus d'un nez légèrement tordu vers la droite, et assez fort, mais heureusement raccourci par

une moustache épointée qui cachait sa lèvre ; enfin ses yeux jaunes, bordés de cils rouges, n'avaient pas un instant de repos, et ils regardaient sans cesse de tous côtés, comme ceux d'une bête qui craint une surprise. De temps à autre, un tic faisait brusquement remonter ses pommettes, et ses yeux clignaient trois fois de suite : on disait au village qu'il « parpelégeait » comme les étoiles.

Il avait fait son service militaire à Antibes, dans les chasseurs alpins. A son retour de la caserne, le Papet, qui tenait à vivre seul dans sa maison, avait acheté pour lui un petit mas, qui s'appelait le mas de Massacan, du nom d'un ancien propriétaire.

C'était une assez longue bâtisse, presque au sommet d'un coteau, devant une épaisse pinède noire, et juste en face des Bastides, dont elle était séparée par un vallon étroit et profond.

Sous le mas, des champs en gradins descendaient jusqu'au bas du coteau : c'étaient des bandes de terre soutenues par des murettes de pierre sèche. On y voyait çà et là des oliviers taillés en couronne, des amandiers, des abricotiers et des cultures : des tomates, des maïs, un peu de blé.

Une route rocheuse y montait en lacet, et partait ensuite se perdre au vallon des Romarins, là-haut, dans les collines. En passant à la hauteur du mas, elle s'élargissait en esplanade, une « planette » au fond de laquelle se dressait la bâtisse, près d'un puits abrité sous un large figuier. Devant la porte, un très vieux mûrier, dont le tronc énorme n'était plus qu'un cylindre d'écorce, étendait en rond d'ombrageantes branches richement feuillues.

En lui donnant ce mas, en avance sur son héritage, le Papet lui avait dit :

« Quand je serai mort, tu habiteras la Maison Soubeyran ; mais jusque-là, arrange Massacan, comme ça plus tard tu pourras le louer à quelque paysan, ou le donner à un de tes enfants... »

Mais Ugolin pensait qu'il ne se marierait jamais, qu'il louerait la maison du village à quelque monsieur de la ville, et qu'il finirait lui-même ses jours dans son petit

mas des collines où il pouvait parler tout seul à son aise, et compter — toutes portes fermées — ses pièces d'or.

Son père lui en avait laissé trente-deux, dans une petite marmite de fonte, qu'il avait enterrée sous un pied de son lit, dans la grande cuisine. Tous les quatre ou cinq mois, il ajoutait un louis à ce trésor, qu'il éparpillait alors sur la table, et qu'il recomptait à la lumière jaune d'une bougie, son fusil chargé à côté de lui. Alors il caressait les rutilantes médailles, les faisait glisser contre sa joue, puis, avant de les remettre dans la marmite, il les baisait l'une après l'autre...

De temps à autre, le Papet, qui voulait ressusciter la famille, lui proposait quelque fille du village qui n'eût pas été mécontente d'épouser les territoires des Soubeyran, en y ajoutant quelques parcelles. Mais Ugolin lui répondait toujours :

« J'ai pas de mulet, puisque tu me prêtes le tien. J'ai pas de poules ni de chèvres, parce que ça ravage tout. Je porte pas de chaussettes, parce que ça me fait des chatouilles. Alors, une femme, à quoi elle me servirait ?

— Il y a le sentiment, dit le Papet.

— Oh ! pour ça, répliqua le sensible Ugolin, quand je vais à Aubagne, presque chaque semaine, je m'arrête une demi-heure au Figuier, pour me nettoyer les idées... J'ai calculé que ça me revient dans les quinze francs par mois, et je peux choisir... Tandis qu'une femme, il faudrait la nourrir, l'habiller, elle me parlerait tout le temps, et elle prendrait toute la place dans mon lit. Alors, nous verrons plus tard. »

Le Papet n'insista pas. Mais un jour qu'il était venu déjeuner à Massacan, il regarda la vaste cuisine, secoua la tête, et dit :

« Galinette, ça ne peut pas continuer comme ça. Cette maison, c'est un fumier. Tes draps de lit sont presque pourris, ta chemise part en morceaux, et ton pantalon, on te voit les fesses. Ne te marie pas encore, puisque ça ne te plaît pas. Mais il faut qu'une femme vienne ici de temps en temps. Je te trouverai quelqu'un. »

C'est ainsi que le soir même il revint avec Adélie, qui portait sur son épaule un balai de paille tout neuf, et une raclette à long manche. C'était une veuve de quarante

ans, blondasse, mal peignée, la poitrine flottante dans un caraco bleu. Elle avait de gros yeux bovins, une bouche épaisse, et au milieu de la joue un grain de beauté orné d'une virgule de poils blonds.

« Voilà Adélie, avait dit le Papet. Elle est brave, et c'est une grosse travailleuse.

— Elle va venir tous les jours ? demanda Ugolin, inquiet.

— Trois jours par semaine ! Trente sous par jour. C'est pas cher, et ça vaut la peine. Té, regarde-la ! »

Délie, armée du balai, poussait déjà vers la porte des moutons de poussière raccrochés sous la grande armoire.

« Vous pressez pas, Délie, dit Ugolin. Venez un peu vous asseoir ici, pour boire un verre de vin, et qu'on parle. »

Délie s'avança, et prit une chaise, sans lâcher son balai.

« C'est tout parlé, dit le Papet. Elle viendra ici lundi, mercredi, et samedi. A sept heures le matin. Elle t'apportera le pain, elle fera ton ménage, et elle préparera ton manger de midi pour deux jours. Pour le soir, ce n'est pas la peine, puisque tu souperas toujours chez moi... Et puis, elle emportera ton linge pour le laver, et elle te fait le raccommodage. Et le soir, elle part à six heures.

— Le samedi, dit Ugolin, ça serait mieux qu'elle couche ici.

— Pour quoi faire ? dit Délie.

— Pour me tenir compagnie. Vous, vous n'avez plus de mari, et moi je n'ai pas de femme. Ça ferait du tort à personne !

— Pourquoi pas ? dit le Papet.

— Moi, dit Adélie assez mollement, ces choses-là, ça ne m'a jamais bien plu.

— Moi non plus, dit Ugolin. Mais je suis jeune, et j'ai le sang fort, c'est la nature qui le veut.

— Eh oui, dit le Papet. C'est des choses qu'il faut s'en débarrasser, autrement ça vous tracasse, ça empêche de travailler. »

Délie hochait la tête, et ne montrait guère d'enthousiasme.

« Écoute, Délie, je t'embêterai pas à te faire la cour,

comme il y en a. Je te dirai pas des mots d'amour : j'en sais pas. Et puis, je t'empêcherai pas de dormir. Et puis tiens, le samedi, si tu restes, je te donnerai quarante sous de plus.

— Ah non! dit Délie choquée. Ah non! Ça serait dégoûtant de se faire payer pour ça. Mais si tu veux, au lieu de me donner trente sous par jour, tu me donneras quarante, et peut-être je resterai, parce que le samedi soir, tout le monde s'amuse au village ; et moi, je ne sais pas quoi faire.

— Bon, dit le Papet. Puisque vous êtes d'accord, c'est plus la peine d'en parler. »

Adélie se leva, et reprit avidement la chasse aux moutons.

« Viens, Papet, dit Ugolin. Il faut que je te parle. Et après, je te ferai voir quelque chose. Viens. »

Il entraîna le vieillard sous le mûrier, et le fit asseoir sur la murette qui cernait le pied du vieil arbre.

« D'abord, il faut que je te dise. Cette vie que je fais ici, c'est pas intéressant. Je travaille beaucoup, et ça ne rapporte rien. Deux sacs de pois chiches, six paniers d'abricots, vingt litres d'huile, trois barriques de vin, des amandes, des olives cassées, quelques douzaines de grives, cent kilos de figues sèches, ça, c'est du bricolage... En tout, cette année, j'ai gagné sept cent cinquante francs... Je veux me mettre à un travail sérieux.

— Bravo. Tu me fais plaisir, parce que j'y ai pensé pour toi. J'ai tous les plans à la maison, et j'ai calculé tous les frais. »

Ugolin parut inquiet.

« Et qu'est-ce que c'est, ton plan ?

— C'est de refaire le grand verger Soubeyran, sur tout le plateau du Solitaire, comme il était du temps de mon père : deux cents figuiers, deux cents pruniers, deux cents abricotiers, deux cents pêchers de grand vent, deux cents amandiers de princesses. Mille arbres, sur vingt raies espacées de dix mètres, et, entre les raies, des rangées sur fils de fer de panses muscades : tu marcherais

entre des murs de grappes, tu verrais le soleil à travers des raisins... Ça, Galinette, ce serait un monument, ce serait beau comme une église, et un vrai paysan n'y entrerait pas sans faire le signe de croix ! »

Ugolin, inquiet et mal à son aise, dit :

« Et tu crois que je peux faire ça tout seul ? Il faudrait cinq hommes, cinq ans, et beaucoup d'argent !

— Bien sûr !... Je compte au moins cinquante mille francs, mais ça serait d'un rapport énorme !

— Pas du tout, Papet. Ne crois pas ça. D'abord, des hommes capables, on n'en trouve plus guère, et puis, il faut les surveiller, les commander, c'est un gros souci. Et ensuite, les prunes, les pêches, et même les abricots, ça arrive une année sur deux qu'on les donne aux cochons parce qu'il y en a trop, et qu'on n'en trouve pas dix sous par kilo... Parce qu'à ce qu'il paraît que depuis trois ou quatre ans, ceux d'Arles et d'Avignon ils font tellement de fruits qu'ils en envoient des pleins bateaux qu'on ne sait plus qu'en faire... Alors ceux de Gémenos, de Roquevaire, de Pont-de-l'Étoile, ils les ont arrachés, les vergers, et à la place, ils font autre chose... Et puisque tu veux que je me lance, ce que je voudrais faire — et que je t'ai pas encore dit — je vais te le faire voir. »

Il passa son bras sous celui de Papet, et le conduisit derrière le mas.

Pendant son service militaire à Antibes, Ugolin avait eu pour voisin de chambrée un garçon fort sympathique, Attilio Tornabua, qui lui avait dit : « Moi, je suis paysan comme toi. Je fais des fleurs. »

Cette idée lui avait paru si extravagante qu'il avait d'abord cru à une plaisanterie. Mais Attilio l'avait invité à dîner un dimanche chez son père, et Ugolin avait été ébloui.

Aristotèle Tornabua raconta à table qu'il était arrivé du Piémont trente ans plus tôt, avec un pain et quelques oignons dans sa musette, et une paire de souliers accrochés à son épaule, pour les « économiser ». Et maintenant, il avait une grande ferme, aussi jolie qu'une maison de la ville, avec des rideaux bleus à toutes les fenêtres, et une porte vernie ; une salle à manger avec un buffet sculpté, et des chaises dont le siège élastique était fait de fibres de rotin. Mme Aristotèle portait des cols et des manchettes de dentelle, un collier en or, des pendants d'oreilles étincelants, et la bonne était aussi jolie qu'une dame. Attilio avait deux bicyclettes, deux fusils de chasse, un bateau pour aller à la pêche, et à table, on avait mangé un gigot de mouton entier, en buvant du vin cacheté ! Et tout ça, en cultivant des œillets !

C'est pourquoi chaque soir, à cinq heures, quand ils avaient « quartier libre », Ugolin allait avec son camarade travailler dans les champs d'œillets, pour apprendre, et le jour de son congé définitif, il avait rapporté en cachette aux Bastides une trentaine de boutures. Sans

rien dire au Papet, il les avait plantées derrière Massacan, avec tout le soin d'un vrai « fleuriste ».

Il les avait ensuite entourées d'une haie de romarins, pour les abriter d'un coup de mistral possible, et surtout les dérober à la vue de quelque chasseur égaré, qui aurait pu en parler au village.

Il les couvrait chaque soir avec de vieilles couvertures tendues sur des perches horizontales, sous une épaisse couche d'herbes sèches, et chaque matin, il avait tiré de son puits une dizaine de seaux d'eau pour les arroser une à une avec un véritable amour.

<center>*
* *</center>

Dès qu'ils eurent contourné la bastide, Ugolin montra la petite plantation d'un geste triomphal.

Le Papet stupéfait regarda les fleurs resplendissantes, puis se tourna vers son neveu, regarda de nouveau les fleurs, et dit enfin :

« C'est à ça que tu t'amuses ? »

Alors, Ugolin parla longuement des cultures d'Attilio et de sa belle maison... Le Papet grognait, haussait les épaules, et conclut :

« Tu as beau dire, c'est des paysans de fantaisie. »

Mais Ugolin cueillit une trentaine d'œillets épanouis, en lia un bouquet avec un brin de raphia, le plia dans un journal et força le Papet à le conduire à Aubagne avec le boghey.

Là, il entra résolument dans un beau magasin de fleuriste, déchira le journal, posa le bouquet sur le comptoir, et dit :

« Qu'est-ce que vous m'en donnez ? »

Le patron, qui avait une barbiche blanche, et tout chauve avec des lorgnons, prit en main les fleurs, les examina, et dit :

« Ça, c'est du beau !
— C'est du Malmaison, dit Ugolin.
— Belles queues, reprit le fleuriste.
— Qu'est-ce que vous m'en donnez ?
— Si vous étiez venu en février, je serais bien allé

jusqu'à cinquante sous... Mais en ce moment, c'est la fin de la saison... »

Il examina de nouveau les œillets, et les flaira.

« Ça vaut quand même vingt sous. D'accord ?

— D'accord », dit Ugolin. Et il fit un clin d'œil au Papet pendant que le fleuriste comptait les fleurs.

Le vieillard pensait :

« Vingt sous, c'est le prix de deux kilos de pommes de terre, ou d'un litre de vin... Pour un bouquet comme ça, c'est quand même intéressant... »

Mais le fleuriste, souriant, dit à Ugolin :

« Vous avez dix francs ?

— Oui », dit Ugolin, qui fouilla ses poches. Le Papet n'y comprit plus rien. Pourquoi dix francs ?

Alors, le fleuriste prit la pièce de dix francs, et tendit en échange un billet de cinquante francs, qu'Ugolin mit dans sa poche.

Sur le chemin du retour, que le mulet connaissait mieux que l'aller, le Papet se taisait, tenant les rênes molles. Ugolin dit :

« Je te fais remarquer que : premièrement, ces boutures, Attilio les avait jetées, parce qu'elles étaient un peu " passides ". Deuxièmement : j'ai pas pu les planter avant ma libération, ce qui fait que je les ai mises en terre un bon mois trop tard. Troisièmement : j'ai pas eu de migon, le fumier de mouton, que c'est la gourmandise des œillets. Quatrièmement...

— Quatrièmement, dit le Papet, il t'a donné 40 francs, et ça prouve que tu avais raison, et que c'est ça qu'il faut faire. Puisqu'il y a tant de gens qui sont assez couillons pour acheter des fleurs plus cher que le bisteck, il faut faire des fleurs. Pourquoi tu ne m'en as pas parlé plus tôt ?

— Parce que je voulais d'abord essayer... Savoir si la terre d'ici était bonne... Et puis je voulais te les faire voir en fleur, pour que tu comprennes...

— C'est pas les fleurs, qui m'ont fait comprendre :

c'est le fleuriste. Hue, carogne ! Mais ça doit pas être bien facile. Il doit y avoir des trucs.

— Bien sûr. Mais je les connais. Attilio m'a tout fait voir, et j'ai travaillé avec lui presque tous les dimanches, et souvent le soir. J'ai la liste de tous les remèdes pour les maladies des fleurs, et Attilio me donnera des boutures.

— Combien il faut d'argent pour commencer en grand ? »

Ugolin hésita, parpelégea, haussa les épaules et finit par dire :

« Quinze mille francs. »

Le Papet repoussa son feutre en arrière, se gratta le front, secoua la tête, fouetta le mulet qui s'endormait, et finit par dire :

« Je te les donnerai.

— Papet, tu es trop brave.

— Pas tant que ça, dit le vieillard. C'est pas pour toi que je te les donne. C'est pour les Soubeyran. Ceux du cimetière, et ceux qui viendront. Hue, carogne ! »

Après un silence, Ugolin reprit :

« Il y a une seule chose qui me tracasse.

— Et quoi ?

— L'eau. Une plante d'œillet, ça boit comme un homme. Pour arroser ces trente plantes, il a fallu m'arracher la peau des mains sur la corde du puits...

— On peut y mettre une pompe, dit le Papet.

— Oui, mais si nous arrosons cinq cents plantes, le puits sera sec au bout de quatre jours...

— Ça, c'est un problème. »

Tout en réfléchissant, il fouetta le mulet, qui répondit par une asphyxiante pétarade.

« Quel caractère ! dit le Papet. Si cette bête avait le nez à la place de la queue, elle ne pourrait plus vivre.

— Nous non plus, dit Ugolin ; et il enchaîna aussitôt : il faudrait faire un bassin énorme, avec des rigoles qui ramassent toute la pluie du vallon...

— C'est à Massacan que tu veux planter ?

— Bien sûr, dit Ugolin. Là-haut, c'est abrité du vent, et c'est de la terre à fleurs... Je te l'ai prouvé.

— Eh bien, moi, j'ai une idée. Si on achetait le champ

et la source de Pique-Bouffigue, aux Romarins, trois cents mètres plus haut que toi?

— Elle a encore de l'eau, cette source? J'en ai entendu parler par mon père, mais il disait qu'elle était morte.

— Elle est plus qu'à moitié bouchée, ça, c'est sûr. Il ne cultive rien, il ne boit que du vin, et il ne se lave jamais... Mais quand j'étais jeune, c'était un joli ruisseau, et son père, Camoins le Vieux, faisait des pleines charrettes de légumes... Peut-être qu'avec quatre coups de pioche...

— Tu crois qu'il vendrait sa ferme?

— Pas la maison, bien sûr. Mais peut-être le champ et la source. Il n'en fait rien, et il n'en fera jamais rien. Si on lui fait voir des sous... »

Pique-Bouffigue, c'était Marius Camoins, mais on l'appelait depuis trente ans Pique-Bouffigue, parce qu'en revenant du régiment il avait enseigné aux gens du village la manière de soigner les ampoules au moyen d'une aiguille ordinaire et d'un petit bout de fil.

Comme de mémoire d'homme on ne l'avait jamais vu travailler, on fut bien étonné qu'il sût précisément guérir un accident du travail.

Il expliqua que, pour échapper à une marche militaire de vingt-quatre heures, il avait mis, la veille au matin dans son soulier, sous son talon, un bouton de culotte, et qu'il avait ainsi obtenu une très belle ampoule; mais un infirmier militaire, par cette technique de l'aiguille et du fil, l'avait malheureusement remis sur pied pour le lendemain.

Chez ces paysans, dont la fonction principale était de prolonger le manche de leurs pioches, les ampoules étaient la maladie professionnelle; le remède apporté par le premier fainéant du village eut un beau succès, et valut au messager non seulement une grande considération, mais son glorieux surnom.

Il était grand, ossu, et maigre. Peu soucieux de sa personne, il se rasait avec une vieille paire de ciseaux, ce qui

lui laissait une barbe de quatre jours, d'ailleurs noire et brillante, qui faisait un plaisant contraste avec ses cheveux blancs.

Au fond d'un vallon des collines, à trois cents mètres de Massacan, il habitait l'antique bastide où il était né, cernée par la pinède, le silence de la solitude, l'odeur de la résine, et le parfum des romarins.

La descente de la forêt s'arrêtait à droite et à gauche sur les bords d'un champ très long entouré d'une clôture assez haute, mais que le temps avait ruinée. Elle avait dû jadis protéger des cultures contre les raids nocturnes des lapins : mais ce n'était plus qu'un haillon de grillage rouillé, accroché à des piquets de bois noirâtres. Presque tous, penchés en dehors ou en dedans, avouaient que la terre avait mangé leur pied.

Cette clôture aux longues brèches n'avait pu contenir l'élan de la garrigue, et le champ était envahi par des cistes, des nappes de chardons, des romarins, et des genêts. Émergeant de cette brousse, une trentaine d'oliviers antiques ; l'épaisseur de leurs ramures encombrées de brindilles mortes et les buissons de rejetons qui cernaient les troncs invisibles prouvaient leur abandon.

Au bout de ce champ, les deux pinèdes se rejoignaient au bord du ciel, au-dessus d'un mas très ancien, flanqué d'une remise aux portes disjointes. Un sentier, quittant le chemin muletier qui courait à flanc de coteau, y descendait à travers une haute broussaille de romarins...

Devant la façade, une terrasse de terre battue était bordée par un parapet aux pierres apparentes, dans lequel étaient scellés des poteaux de bois noir, qui soutenaient les pampres dépenaillés d'une très vieille treille à demi morte... C'était la ferme des Romarins, le séjour solitaire de Pique-Bouffigue.

A cette époque, les gentils boy-scouts et les sympathiques campeurs n'avaient pas encore allumé, sous la côtelette du dimanche, ces poignées de crépitantes brindilles

qui ont lancé leurs étincelles depuis Sainte-Victoire jusqu'au mont Boron ; d'immenses pinèdes couvraient encore la longue chaîne de montagnes qui borde notre Méditerranée, et l'on disait, sans trop exagérer, qu'il était possible, en partant d'Aix, d'aller à pied jusqu'à Nice, « sans passer au soleil ».

Sous ce couvert, dans les bruyères, les genêts, les chênes kermès, se cachaient des « compagnies » de perdrix, des lapins qui s'étaient déjà préparés pour la broche en se nourrissant de thym, et de grands lièvres presque rouges.

Puis, selon la saison, arrivaient des vols de grives, des essaims d'étourneaux, des bandes de culs-blancs, de solitaires bécasses, et dans les hautes vallées, des familles de sangliers, qui descendaient parfois, en hiver, jusqu'aux abords des villages.

C'est pourquoi Pique-Bouffigue avait renoncé de bonne heure à l'agriculture pour consacrer toute son activité au braconnage ; la vente clandestine du gibier aux auberges d'Aubagne, de Roquevaire ou de Pichauris était d'un bien meilleur rapport que la culture du pois chiche ou la cueillette des olives : il n'avait même pas un jardin potager, et l'on disait qu'il n'aurait pas su faire la différence entre une rave et un topinambour : il achetait tous ses légumes, et mangeait de la viande tous les jours, comme un estivant.

C'est-à-dire qu'il était bien plus heureux que les gros richards d'Aubagne, qui se font tant de mauvais sang pour leur argent : mais ce bonheur avait été un jour traversé par un drame, qui devait porter à son comble la gloire de Pique-Bouffigue, lorsqu'on vit si souvent les gendarmes au village, et dans les deux journaux différents que recevaient M. le curé et M. le maire, le portrait du fier braconnier.

Six mois plus tôt, un « étranger du dehors » était venu un jour s'installer au village des Ombrées, de l'autre côté de la colline.

Il arrivait on ne savait d'où, mais certainement du Nord, car il avait cet accent ridicule qui supprime les « e » muets, comme dans les chansons de Paris, et de plus, il ne quittait jamais un grand chapeau noir parce qu'il avait peur du soleil.

C'était un homme de haute taille, avec des mains épaisses et lourdes, une grosse figure rougeaude, et des cils roux à ses yeux bleus. Il s'appelait d'un nom étrange : Siméon.

Il avait acheté un petit cabanon dans la colline, juste au-dessus des Ombrées, et il y vivait avec une vaste femme de sa race, qui cultivait des légumes dans le petit jardin, et nourrissait cinq ou six poules.

Ce Siméon affectait un grand mépris pour les indigènes, qui le regardaient de travers.

Chaque année, il prenait un permis de chasse pour justifier ses courses dans les collines. Mais le fusil n'était pas son arme principale : en réalité, il tendait des pièges, des lèques, des collets et des gluaux très fins autour de petits abreuvoirs bien cachés, qu'il allait remplir d'eau tous les jours.

Deux fois par semaine, il partait pour Marseille à bicyclette ; il mettait un bleu de plombier, et fixait sur le porte-bagages une grosse boîte à outils, qui était pleine de grives, de lapins et de perdrix.

Sur le couvercle, il attachait une énorme clef à tubes, et un gros robinet de cuivre tout neuf.

Qu'il braconnât, cela ne choquait personne. Aux Ombrées, tout le monde en faisait autant et les collines étaient immenses. Mais on s'aperçut bientôt qu'il volait les pièges des autres : de tous les vols, c'est le plus odieux. Deux hommes des Ombrées étant allés lui faire de sanglants reproches, revinrent tout sanglants eux-mêmes. Sur quoi, un beau soir de juillet, une douzaine de « jeunes » l'attendirent sur le sentier de la Baume Rouge, et le rapportèrent chez lui, étendu sur une échelle que le menuisier leur avait prêtée, en chantant une sorte de cantique qui disait en provençal :

Tu t'en vas et tu nous quittes
Adieu pauvre Carmantran...

La figure de Siméon était violette, et ses narines inégales sous ses yeux dépareillés.

Il ne quitta pas les Ombrées, mais comprit toute la valeur de cette cérémonie, lorsque le boulanger, tout en pesant son pain, lui déclara qu'il s'agissait d'un simple avertissement.

Il décida donc d'aller chasser beaucoup plus loin, de l'autre côté de la Tête Rouge : c'est ainsi qu'il empiéta sur le domaine des Bastides que Pique-Bouffigue considérait comme le sien.

*
**

Il s'aperçut très vite que quelqu'un venait piéger « ses » lapins et « ses » perdrix. Il fit une petite enquête aux Bastides, parmi ceux qu'il considérait comme des ayants droit.

Le résultat fut négatif ; mais quelques jours plus tard, après un orage, il put suivre sur un sentier la piste de l'inconnu : quelques empreintes si grandes qu'elles n'étaient certainement pas celles d'un pied du village : un tel mégapode y eût été célèbre depuis longtemps. Il pensa alors qu'il s'agissait d'un braconnier d'Aubagne ou des Ombrées, et jugea qu'il avait un « brave toupet » : toutefois, selon la tradition, il respecta le piège.

Mais huit jours plus tard, il fit une crise de rage lorsqu'il s'aperçut que l'inconnu lui volait les siens !

Il les surveilla donc de très près, et, dans les gorges de la Refresquière, il prit l'homme au chapeau sur le fait. Sans être intimidé le moins du monde par la taille du voleur, et quoiqu'il n'eût pas pris son fusil, il l'injuria vertement et le somma de lui restituer tous les pièges disparus, plus cent francs d'amende. L'autre feignit alors de lui tendre humblement celui qu'il venait de voler, et le saisit soudain à la gorge.

Pique-Bouffigue, surpris, et à demi suffoqué, reçut une belle « rouste ». Pendant qu'il essayait de reprendre ses esprits, les deux yeux pochés de part et d'autre d'une bosse bleue, l'étranger lui arracha sa besace, prit les six

pièges qu'elle contenait, et lui fit défense de ne jamais reparaître dans ces collines. Pique-Bouffigue, assommé et stupéfait, n'eut pas la force de répondre à ces injurieuses menaces, et le regarda partir sans mot dire. Il rentra chez lui assez péniblement, et il y resta deux jours, pansant sa blessure avec des herbes, et préparant, dans sa tête meurtrie, sa vengeance.

Le matin du troisième jour, il sentit qu'il était guéri, et vit avec plaisir que sa figure ne portait plus trace de la bagarre : il déjeuna d'un bel oignon, d'une bonne poignée d'amandes, qu'il cassait entre deux pierres sur le coin de la table, et but un grand verre de vin. Puis, il réunit tous ses pièges à lapins — il en avait une douzaine — et alla les tendre tout autour des Romarins, sur les coteaux. Pendant l'opération, il répéta plusieurs fois — comme pour se remémorer une chose importante — « Il m'en faut qu'un, pour demain soir, mais il me le faut. » Après quoi, il rentra chez lui, et prit en mains son calibre 12.

Ce fusil, c'était son luxe et son orgueil. Il l'avait acheté d'occasion chez un armurier d'Aubagne, au prix fabuleux de 300 francs : car c'était un fusil sans chien, un « hammerless », qu'il appelait le « namerlesse ». Il tirait une poudre spéciale, d'un jaune brillant, qui eût fait éclater tous les fusils du village, mais que le namerlesse supportait gaillardement.

Il le regarda, le soupesa, fit jouer le verrou, le referma, et dit tout à coup :

« Non, pas celui-là. Il est trop connu ! »

Il monta au grenier, et en redescendit avec le très vieux fusil à piston de son père, une longue et lourde pétoire qui se chargeait par la gueule. Il retrouva la poire à poudre, les capsules dont on coiffait la petite cheminée, coula une balle en faisant fondre un morceau de tuyau de plomb, et mâcha longuement une boule de papier pour en faire une bourre... Enfin, il chargea minutieusement l'arme vénérable, et la cacha dans la haute pendule.

Il prit ensuite le « namerlesse », dévissa la mire, la roula dans un morceau de papier, et alla cacher le petit paquet dans le trou d'une racine d'olivier habitée par une colonie de guêpes, capables d'écarter d'improbables curieux.

Enfin, le namerlesse à la bretelle, il partit pour les Bastides.

Il passa d'abord chez le boulanger : on lui dit qu'il pétrissait au fournil.

Il demanda alors à la boulangère si elle n'avait pas un peu de tisane des quatre fleurs, parce qu'il avait de terribles crampes d'estomac depuis deux jours. Elle le renvoya à la femme de ménage du Cercle, qui en composait un mélange fameux, avec les herbes de la colline.

Il s'arrêta au fournil, et confia son fusil au boulanger, en le priant de le remettre au facteur le lendemain matin, afin qu'il le portât à l'armurier de Saint-Marcel, pour remplacer la mire, qu'il avait, dit-il, perdue dans la colline.

« O malheureux, dit le boulanger, il ne pourra pas te le rapporter avant au moins une semaine ! Comment tu vas faire sans fusil, pendant sept jours ?

— Il faut que je me repose, dit Pique-Bouffigue. Je ne sais pas ce que j'ai : mon estomac est tout à l'envers, et la tête me tourne ! J'ai mangé des champignons avant-hier : c'est peut-être ça. Pourtant, je les connais bien...

— Ça arrive, dit le boulanger, ça arrive que les bons fassent du mal, quand ils poussent sur un endroit où il y en a eu des " venimeux ". Ça vous tue pas, mais ça vous dérange. »

Il alla ensuite au Cercle, et traversa la partie de boules d'une démarche incertaine ; les joueurs lui demandèrent ce qu'il avait, et il décrivit les champignons suspects. Cependant, Philoxène le forçait à boire un petit verre de chartreuse, pour calmer les crampes qui le pliaient en deux au beau milieu d'une phrase. Il repartit, son paquet d'herbes à tisanes sous le bras...

※
※※

Le lendemain matin, à l'aube, il fit la tournée de ses douze pièges : il avait pris trois lapins, dont un très gros mâle, qui gigotait encore, en tirant sur ses pattes brisées. Il l'acheva, d'un coup de tranchant de la main derrière les oreilles, et dit avec plaisir :

« C'est çui-là qu'il me fallait ! »

Puis il regarda le lapin, et lui dit en provençal ces paroles mystérieuses :

« O pauvre mâle, c'est un piège qui t'a pris, et maintenant, le piège, c'est toi... »

Il le déposa, dans la grande armoire, puis, les mains dans les poches, il prit le chemin des collines.

※
※※

Il emportait dans son carnier un casse-croûte, avec une bouteille de vin, et sa petite « longue-vue » : c'était une vieille lunette de marine, qui lui servait d'ordinaire à surveiller l'arrivée possible des gendarmes.

En se glissant de vallons en ravins, il gagna le bord du plateau du Solitaire, et s'installa entre deux blocs de roche, derrière un cade, d'où il pouvait surveiller le paysage, du côté des Ombrées. Il vit au loin passer un bon vieux qui portait avec peine un fagot de bois mort, puis une charrette de bousquetiers, puis trois jeunes gens penchés en avant sous de gros sacs tyroliens. Mais il lui fallut attendre presque toute la journée pour voir paraître enfin son ennemi.

Il arriva vers les cinq heures, sous son grand chapeau, par le fond du vallon des Refresquières, et monta le long d'un sentier oblique qui escaladait le coteau rocheux, juste sous les pieds du guetteur. Ce coteau s'arrêtait à la base d'un à-pic de roches, et, tout le long de cette muraille, il y avait un épais fourré de cistes, de térébinthes et de cades que Pique-Bouffigue connaissait bien, car il y prenait, chaque année, quelques douzaines de lapins.

Le Siméon pénétra sous la haute broussaille... Pique-

Bouffigue ne le voyait plus, mais il surveillait la pointe des branches. Il constata que l'homme s'était arrêté cinq fois.

« Cinq pièges, pensa-t-il. Peut-être ceux qu'il m'a volés ! »

L'ennemi traversa ensuite le vallon, et fit une autre tournée sur le coteau d'en face ; après une dizaine de stations, il repartit vers les Ombrées, du pas d'un paisible promeneur.

Quand il eut disparu derrière la crête, Pique-Bouffigue attendit encore un bon moment. Puis, ayant replié sa lunette, il descendit par une cheminée, et refit la première tournée de l'étranger. Il découvrit sans peine cinq pièges à lapins et la façon dont ils étaient tendus le fit sourire de pitié.

« O Bonne Mère ! Et dire que c'est peut-être les miens ! Ils doivent avoir vergogne, les pauvres ! »

Il examina des yeux et de l'oreille les alentours immédiats puis il s'approcha de la base élargie d'une fente qui s'ouvrait dans l'à-pic, et s'y glissa, les pieds en avant, repoussant au passage quelques grosses pierres ; enfin, écartant les romarins, il s'assura que, couché à plat ventre, il pourrait voir, à une quinzaine de mètres, un peu sur sa droite, l'emplacement de l'un des pièges. Il alla ensuite s'y placer lui-même, et constata avec satisfaction que le rideau de cades et de messugues laissait à peine deviner l'ouverture de sa cachette. Il trancha encore quelques branchettes, mais à ras du sol, sous la mousse, et alla les cacher au fond de son trou. Enfin, il redescendit à la nuit tombée à travers les pinèdes désertes.

Quand il arriva aux Romarins, il ferma ses volets, et prépara une omelette aux tomates qui remplissait toute la poêle : il la mangea de grand appétit mais il ne se permit qu'un seul verre de vin. Il prit ensuite sa petite gourde, et la remplit aux trois quarts de café, qu'il compléta avec de l'eau-de-vie de marc. Enfin, il mit le beau lapin mort dans son carnier, prit sous son bras le vieux fusil chargé, souffla sa lampe, et ressortit sans bruit sous les étoiles.

※

Il alla d'abord placer le lapin entre les mâchoires du piège qui était tendu en face de son embuscade, et sourit à la pensée que la vue de cette capture serait la dernière joie de son ennemi. Puis, il installa dans la crevasse un lit moelleux d'herbes sèches et de menthe poivrée, et passa une nuit délicieuse ; à travers le silence sonore du vallon, deux chouettes en amour se répondaient de très loin, les sauterelles vertes crissaient dans les lavandes, un heureux grillon faisait vibrer son cri d'argent, et Pique-Bouffigue nageait dans une joie sereine à la pensée que tout était prêt pour un assassinat indispensable, juste, moral et plaisant.

De temps à autre, il se régalait d'une gorgée de sa gourde ; puis il se remémorait tous les détails de la bagarre, comptait les coups qu'il avait reçus, caressait le vieux fusil, et riait tout bas.

※

C'est vers quatre heures du matin, au soleil levant, que parut le redoutable Siméon. Il suivait le petit sentier, et venait tout droit vers la vénérable arquebuse.

De loin, il distingua le lapin : il pressa le pas, tout souriant sous son grand chapeau, et, après un coup d'œil sur les environs, il se baissa pour ouvrir le piège... Tout proche, un léger coup de sifflet retentit. Siméon se releva brusquement, regarda autour de lui, et il lui sembla distinguer quelque chose à travers les romarins : un petit rond noir, surmonté d'un œil grand ouvert, un éclair rouge, une détonation assourdissante. Alors, il salua profondément, puis, la tête la première, il tomba sur sa cervelle, parce que la calotte de son crâne était tombée derrière lui, dans son chapeau.

Sans daigner s'approcher de sa victime, le vainqueur reprit le chemin du retour sous une glorieuse aurore. En

passant au Pas de Loup, il entra dans le grand lierre qui drapait la barre. Derrière l'épais rideau des longues tiges retombantes, il glissa le vieux fusil dans une fente horizontale entre deux strates de calcaire, le couvrit de gravier, de terre et de mousse. Ayant complété ces funérailles par un salut militaire au garde-à-vous, il rentra chez lui, et ferma la porte à clef, mais au lieu d'ouvrir les volets, il alluma la lampe à pétrole. Alors, les mains jointes au-dessus de sa tête, il fit une petite danse, la danse de l'honneur vengé, en regardant sauter son ombre sur le mur. Enfin, il réchauffa le restant de café de sa gourde, le but, se coucha, et s'endormit dans une grande paix.

La femme de Siméon, qui n'était pas très nerveuse, ne s'inquiéta guère pour sa première nuit d'absence ; elle crut à une fuite devant les gendarmes, qui l'avaient sans doute forcé à faire un immense détour. Mais au matin du troisième jour, elle pensa à ce braconnier des Bastides, que Siméon, quelques jours plus tôt, avait laissé pour mort — car il lui avait raconté la bataille en l'exagérant quelque peu — et, au début de l'après-midi, elle alla informer le garde champêtre de la disparition de son mari.

Celui-ci lui répondit « qu'il s'en foutait complètement », car il faisait une partie de manille sous la treille du café Chavin, et comme elle insistait de façon désobligeante, il finit par lui dire que s'il avait eu une femme pareille, il aurait disparu lui-même depuis longtemps.

Alors, précédée par son chien de garde, elle prit toute seule le chemin des collines à la recherche de son époux.

Elle l'avait quelquefois accompagné dans ses expéditions, et peut-être était-elle guidée par une intuition toute féminine, car vers le soir, elle prit le sentier fatal, à la suite du chien, dont la queue frétilla soudain : il s'enfonça dans la broussaille en aboyant, et lui rapporta joyeusement le chapeau, qui contenait encore un os en forme de soucoupe, et tout chevelu d'un côté : elle n'eut pas de peine à trouver le reste.

Les gendarmes furent prévenus ; elle leur raconta, en sanglotant, son histoire, et leur donna un signalement

complet de l'assassin probable, que le récit de son mari avait d'ailleurs considérablement grandi et renforcé.

C'est pourquoi les gendarmes, qui avaient cherché un géant, n'arrivèrent que le huitième jour chez Pique-Bouffigue. Ils le prièrent de les suivre, et d'emporter avec lui son fusil : il répondit que son « namerlesse » était encore chez l'armurier, à qui le facteur l'avait remis la semaine précédente. Ils fouillèrent alors toute la ferme, et n'y trouvèrent qu'une douzaine de pièges à lapins ; Pique-Bouffigue déclara avec une certaine émotion qu'il les gardait en souvenir de son pauvre père, mais qu'il ne savait même pas les tendre.

Cependant, ils le conduisirent à la gendarmerie d'Aubagne, où il fut longuement, très longuement interrogé par un lieutenant. Il nia constamment, avec un calme parfait, et trouva même quelques réponses plaisantes, qui firent rire cet officier. Mais au moment où il se croyait sur le point de rentrer chez lui, le tortueux enquêteur posa tout à coup sur la table un bouton de cuivre, et demanda brusquement :

« Et ça ? Qu'est-ce que c'est ? »

Pique-Bouffigue baissa les yeux sur sa veste, et ne put cacher un sursaut de fureur qui n'échappa pas à l'ennemi. Mais il se reprit assez vite, et dit d'un ton dégagé :

« Tiens, c'est le bouton qui manque à ma veste ! Vous l'avez trouvé chez moi ?

— Nous l'avons trouvé, dit l'un des gendarmes, dans la petite grotte où s'était caché l'assassin !

— Et où est-elle, cette grotte ? demanda-t-il tout naïf.

— Vous le savez mieux que nous ! »

C'est ainsi que l'on vit son portrait dans les journaux, et qu'il fut jugé par les assises d'Aix-en-Provence.

Il nia paisiblement, jusqu'au bout, et réussit à convaincre son propre avocat, qu'on lui avait donné d'office, mais qu'il considérait comme un auxiliaire de la justice. Il reconnut seulement que le désastreux bouton lui appartenait, et qu'il l'avait sans doute perdu pendant un affût aux perdrix l'année précédente.

Les gens des Ombrées vinrent à la barre et firent un portrait assez peu flatteur de la victime ; les gens des Bas-

tides, le facteur et l'armurier vinrent certifier que Pique-Bouffigue, pendant toute la semaine du crime, n'avait pas eu de fusil à sa disposition. De plus, il avait été gravement malade, et on l'avait vu se rouler par terre, le nez pincé et l'écume aux lèvres.

L'affaire se présentait donc assez bien, mais Pique-Bouffigue fut inquiet quand l'avocat général pria les jurés « de regarder attentivement ce front bas de brute, ces petits yeux cruels au regard féroce, cette mâchoire prognathe, ces dents de carnassier », et il fut bien étonné d'entendre le magistrat « réclamer » cette tête qu'il venait de décrire avec tant de dégoût, et supplier les jurés de la lui accorder, comme s'il voulait l'emporter chez lui.

Le sourire de son avocat le rassura, mais pas pour longtemps.

En effet, celui-ci commença par affirmer que son client était évidemment un dégénéré, sans famille, sans instruction, mais de mœurs douces et innocentes, comme la plupart des idiots de village.

Il décrivit ensuite le crime, encore beaucoup plus horrible selon lui que ne l'avait dit M. l'avocat général : non pas un meurtre ordinaire, mais un véritable assassinat, longuement prémédité, assorti d'un guet-apens, et si lâchement perpétré dans le silence des collines, sur un homme sans méfiance, aux premières lueurs d'une innocente aurore provençale... Enfin, Pique-Bouffigue fut terrorisé quand l'orateur, montrant du doigt sa tête hirsute, s'écria :

« C'est à la peine de mort que vous devez le condamner ! Oui, M. l'avocat général a raison ! Oui, ce crime, il doit le payer de la vie, et non pas d'une peine dérisoire de prison ! C'est sa tête qu'il vous faut ! »

Alors, Pique-Bouffigue désespéré comprit que cet homme le trahissait, et voulait lui aussi l'envoyer à la guillotine ; il allait se lever pour hurler de rage, lorsque l'avocat, d'une voix tonnante, cria :

« S'IL EST COUPABLE ! Mais il ne l'est pas, et nous allons vous le démontrer ! »

Sur quoi Pique-Bouffigue ne put retenir un grand éclat de rire nerveux, qui fit d'ailleurs un excellent effet sur les jurés.

Alors l'avocat parla avec un parfait mépris de ce misérable bouton de cuivre qu'il montra du doigt, solitaire, sur la table des pièces à conviction...

« Voilà tout ce que nos accusateurs ont pu trouver, et ils veulent notre tête en échange d'un bouton de culotte ! Messieurs les jurés, je ne vous ferai pas l'injure de continuer cette plaidoirie, car je suis sûr que vous avez compris ! »

Les jurés provençaux, qui savaient en quelle estime sont en général tenus les boutons de culotte (et quoique celui-ci fût tombé d'un veston), étendirent ce mépris à sa valeur de preuve, et refusèrent d'accorder à l'avocat général le chef sanglant qu'il leur demandait.

Pique-Bouffigue fut acquitté, et il sortit triomphalement au bras de son défenseur, qui l'emmena aussitôt dîner chez lui.

L'innocent mangea bien, et but encore mieux.

Il demanda ensuite :

« Alors, maintenant, c'est fini ?

— Fini pour toujours, dit le vaillant avocat.

— Et s'il venait un témoin dire qu'il m'a vu ?

— Ça n'aurait aucune importance. Un acquittement est définitif. Il y a chose jugée. On ne peut pas revenir là-dessus. Et même si vous déclariez publiquement que c'est vous qui avez tué cet individu, ni la police ni la justice n'auraient le droit d'en tenir compte !

— Vous en êtes sûr ? demanda Pique-Bouffigue tout ému.

— Absolument sûr. »

Le juriste alla prendre un livre dans sa bibliothèque, et lut à haute voix un article du code, qu'il commenta.

Pique-Bouffigue voulut voir cet article : quoiqu'il ne sût pas lire, il le regarda longuement, et dit enfin à l'avocat stupéfait :

« Ça, pour moi, c'est le plus beau, parce que j'étais bien content de l'avoir tué, mais ça me faisait peine de ne pas le dire... »

Lorsqu'il rentra aux Bastides, le lendemain, le maire offrit un apéritif d'honneur à l'innocent du village. Mais quand Philoxène eut prononcé quelques paroles de bienvenue, et qu'il parla des injustes souffrances de l'innocence persécutée, Pique-Bouffigue leva la main, et s'écria :

« Ça c'est de la couillonnade ! Oui, c'est moi qui l'ai tué ! C'est moi ! (et il se frappait la poitrine). L'avocat m'a dit : " Maintenant, c'est permis de le dire ! " Oui, c'est moi !

— Couillon, dit Philoxène, on le savait ! Mais ne le crie pas comme ça : on finirait par croire que tu l'as fait par méchanceté ! »

Pique-Bouffigue tint à raconter longuement son histoire, et les préparatifs du guet-apens, qui lui valurent d'ailleurs de très sincères félicitations. Puis, ivre d'absinthe et de fierté, il traversa les rues du village, l'œil étincelant, la tête haute, proclamant triomphalement sa propre gloire, et quand il remonta dans la colline on entendit encore longuement les aveux solennels des échos.

Son exploit, et les récits qu'il en faisait lui valurent une grande réputation de meurtrier ; jamais plus un braconnier de l'étranger n'osa s'aventurer sur ses terres, et il y gagna même la sympathie de l'officier de gendarmerie dont ses aveux répétés venaient enfin confirmer le flair...

Mais d'autre part, la parfaite réussite de sa vengeance le gonfla d'un orgueil exagéré. C'est un fait que les imbéciles, quand la chance les favorise, deviennent bien vite insupportables : c'est pourquoi il vivait orgueilleusement tout seul, dans sa petite ferme des Romarins dont il interdisait l'entrée à quiconque, en épaulant parfois son fusil.

C'est par un beau matin de juin qu'Ugolin et le Papet (habillés « de propre », avec des chapeaux) allèrent rendre visite au solitaire : ils le trouvèrent perché dans un olivier, et le Papet fut bien surpris de le voir tailler un arbre : en réalité, il coupait de petites branches bien droites pour en faire des gluaux.

Ils s'avancèrent jusqu'au pied du tronc sans que l'autre eût paru remarquer leur présence. Le Papet, la tête levée, s'écria :

« Alors, Marius, ça va bien ?

— Qu'est-ce que ça peut te foutre ? » répliqua Pique-Bouffigue et il continua de faire claquer le sécateur.

Le Papet ne fut nullement déconcerté.

« Marius, pourquoi tu me réponds mal ? Tu es fâché ?

— Ni fâché ni ami, répondit le braconnier. Je me fous de toi, pas plus. Et toi aussi, tu te fous de moi.

— Peut-être tu te fous de moi, dit le Papet, mais moi je ne me fous pas de toi, puisque je viens te voir.

— Si tu es monté jusqu'ici, c'est que tu veux me demander quelque chose.

— Tout juste, dit le Papet. Te demander quelque chose, et te donner quelque chose !

— J'ai besoin de RIEN, dit Pique-Bouffigue, et ça me fatigue qu'on me parle, et ça me fatigue encore plus de parler. »

Ugolin, déjà inquiet, parpelégeait sans mot dire. Le Papet fit un pas en arrière, pour mieux voir le visage du

sauvage qui venait de monter sur la branche supérieure, et il dit avec calme, et sur le ton d'un homme d'affaires :

« Écoute, Marius, je te le dis en deux mots. Si tu veux me vendre ton bien — pas la maison, rien que ce champ et le coteau d'en face —, je t'en donne le prix que tu voudras. Regarde ! »

Il avait tiré de sa poche cinq billets de mille francs, qu'il disposa en éventail, et les brandit au-dessus de sa tête, en disant :

« C'est des billets de mille francs ! »

Car il pensait que l'autre n'en avait jamais vu.

Pique-Bouffigue ne répondit pas tout de suite, mais ils l'entendirent remuer dans l'arbre, et son visage émergea soudain du feuillage : il était rouge de fureur.

« Qu'est-ce que ça veut dire ? cria-t-il. Qui est-ce qui peut s'imaginer ça ? Que moi je vais vendre mon bien ? Foutez-moi le camp, bande de cochons ! Tas de Soubeyran !

— Marius, dit le Papet, ne crie pas comme ça, que tu vas t'étouffer. Et puis moi je te parle poliment : n'insulte pas les Soubeyran, parce qu'alors ça pourrait mal finir ! »

Il avait parlé calmement, mais il avait pâli, et ses yeux brillaient d'un feu noir.

Ugolin voulut arranger les choses.

« Papet, ne te fâche pas, il a dit ça pour rire. Il est de mauvaise humeur, mais ça va lui passer... »

Le furieux hurla :

« Et cette chouette rouge, de quoi elle se mêle ? Va-t'en parpeléger ailleurs, que si je descends de cet arbre, vous allez voir ce que j'en fais des Soubeyran... »

Alors, le Papet devint blême, les flammes rouges de la colère dansèrent devant ses yeux. Il lança au loin la canne des « douleurs », fit voler son chapeau, ôta sa veste, la jeta dans l'herbe ; les bras écartés, et le cou rentré dans les épaules, il dit d'une voix rauque et haletante :

« Allez, zou, descends ! Descends VITE que je suis pressé ! Descends, ordure, pourriture ASSASSIN ! »

Ugolin fit un bond de côté : le braconnier venait de sauter à travers les branches, en brandissant son séca-

teur. Le Papet, au lieu de reculer, bondit en avant, et saisit au passage les chevilles de l'ennemi, qui tomba derrière lui, à plat sur le ventre. Ugolin s'élança : d'un coup de talon, il écrasa la main qui tenait le ciseau. Puis le Papet, qui n'avait pas lâché les chevilles, rejeta son torse en arrière, et se mit à tourner sur lui-même. Le corps de Pique-Bouffigue tournoya cinq ou six fois : à chaque demi-tour, son nez ou son menton frappait le sol, et ses mains saignantes s'agrippaient en vain aux ronces... Au dernier tour, le Papet accéléra brusquement, et lâcha tout : Pique-Bouffigue, les bras étendus, fit un vol plongeant de cinq à six mètres, et sa tête s'enfonça, en raclant le sol, dans une touffe d'aubépines, au pied d'un gros olivier, qu'elle frappa sourdement. Le Papet se frotta les mains, et alla ramasser sa veste. Ugolin s'approcha du vaincu qui ne bougeait plus, étendu sur le ventre. Il lui lança un petit coup de pied dans les fesses, mais n'obtint aucune réponse. Alors, il le mit sur le dos et vit ce visage déchiré, qui saignait autour d'un nez tordu.

Le Papet s'approcha.

« Il faudrait pas qu'il crève, dit Ugolin.

— Pourquoi ? dit le Papet. Ça arrive qu'on se tue en tombant d'un arbre. Portons-le sous l'olivier ! »

Ils le traînèrent, tirant chacun sur une jambe. Sur les taupinières, la tête tressautait...

Ils l'étendirent à plat ventre, sous l'arbre, et placèrent le sécateur à côté de lui... Le malheureux restait parfaitement inerte, aplati dans l'herbe.

Le Papet remit son veston, ramassa sa canne, puis son chapeau qui coiffait un églantier, et ils s'éloignèrent, en se retournant de temps à autre.

Quand ils furent à mi-chemin de Massacan, Ugolin déclara :

« Alors, pour les œillets, c'est foutu.

— C'est bien dommage, dit le Papet. C'était un bon coin... »

Il fit encore quelques pas, puis s'arrêta, pensif... Il réfléchit un instant, regarda autour de lui, et dit à voix basse :

« S'il ne se réveille pas, les héritiers vendront sûrement

la ferme aux enchères... Je crois qu'il a encore sa sœur à Peypin... On pourrait l'acheter pour pas bien cher... »

Pensif, il regarda le ciel, puis le sol, qu'il gratta du bout de sa canne... Ugolin attendait, les mains dans les poches... Enfin, il regarda son neveu bien en face, et chuchota :

« Si on retournait le finir ?

— Non, non, dit Ugolin, épouvanté. On nous a peut-être vus... Viens, Papet, viens... »

Il entraîna le farouche vieillard, qui pesait lourdement sur son épaule.

Ils descendirent au village, pour s'y montrer, et proposèrent une partie de boules au boucher et au boulanger.

Le Papet n'en manqua pas une, et Ugolin fit de remarquables plaisanteries dont il riait le premier.

Vers six heures, il déclara qu'il lui fallait remonter chez lui, à cause de ses lapins.

En réalité, il passa derrière Massacan, et se glissa dans les taillis, pour aller jusqu'aux Romarins.

Il regarda, de loin : le cadavre n'était plus sous l'olivier... Il s'approcha en rampant. Pique-Bouffigue assis sur le parapet de la terrasse, les bras croisés, balançait sa tête de gauche à droite, puis de droite à gauche.

Ugolin se retira sans bruit, et courut porter la nouvelle au Papet.

« Il va falloir se méfier, dit l'ancêtre. Il est capable de nous tirer des coups de fusil ! »

A partir de ce moment, ils vécurent sur le qui-vive, gardant une arme chargée à portée de la main. Rien ne se passa, les deux premiers jours. Mais le troisième, Ugolin vit paraître l'ennemi en haut du chemin qui passait devant sa maison pour aller au village. Il s'appuyait sur un bâton, mais il n'avait pas d'arme.

Cependant, Ugolin entra dans sa ferme et, par la fente du volet, il surveilla les événements.

Pique-Bouffigue descendit le raidillon. Mais au lieu de suivre jusqu'au fond du vallon, pour remonter vers le village, il prit le sentier perpendiculaire qui conduisait à Massacan.

Son nez était bleu, entre deux yeux pochés, mais il marchait d'un pas tranquille, et promenait sur le paysage un regard satisfait.

Il s'arrêta devant la façade, et appela :

« O Massacan ! »

Ugolin fut stupéfait. Massacan, c'était l'ancien propriétaire, qui était mort depuis dix ans. Pique-Bouffigue attendit un moment, regarda autour de lui, puis il appela de nouveau :

« O Massacan ! »

Ugolin vit alors son regard.

Dans le visage meurtri, il était clair et souriant... Il sortit, et s'avança vers le visiteur.

« O Pique-Bouffigue, dit-il, comment ça va ?

— Pas trop bien, dit l'autre ; pas trop bien ! Mais toi, qui es-tu ?

— Moi, je suis Ugolin.

— Celui des Soubeyran ?

— Eh oui ! dit Ugolin en reculant d'un pas.

— Comme tu as changé ! dit Pique-Bouffigue. Dans mon idée, tu avais quinze ans. Ta mère va bien ? »

Ugolin, qui commençait à avoir peur, n'osa pas lui dire qu'elle était morte depuis bien des années, et répondit :

« Elle est superbe !

— Tant mieux ! »

Il passa sa main sur son visage, et dit :

« Regarde un peu ce que je me suis fait ! »

Il montra du doigt son nez en aubergine, et le projeta vers Ugolin.

« Oh ! par exemple ! dit l'autre. Et comment ça vous est arrivé ?

— J'en sais RIEN ! dit Pique-Bouffigue avec force. Figure-toi qu'hier je suis monté dans un olivier, pour couper des verguettes, et puis je me suis réveillé par terre, tout escagassé. Ça ne me fait pas mal, mais j'ai

peur d'avoir eu un coup de sang, comme mon pauvre père. Le premier c'est rien, mais le second... »

Il secoua la tête, et mordit sa lèvre inférieure en signe d'inquiétude. Puis tout à coup, il demanda :

« Massacan n'est pas là ?
— Oh ! non, dit Ugolin.
— Et où est-il ?
— Au cimetière.
— Et qu'est-ce qu'il est allé faire là-bas ?
— Il est allé faire le mort, dit Ugolin. Depuis dix ans.
— Massacan est mort ? dit Pique-Bouffigue pensif... Ça c'est extraordinaire ! Tu vois ce que ça peut faire, un coup de sang ! C'est pas terrible qu'il soit mort, mais c'est terrible de ne pas s'en rappeler ! Enfin, c'est pas tout ça. Figure-toi que j'avais l'idée de lui demander un service : d'aller au village pour moi... Parce qu'avec la figure que j'ai, j'aime mieux pas me faire voir. Tout le monde se foutrait de moi. Alors, je voudrais qu'il me fasse les commissions...

— Il faut que j'y aille, moi, au village... Qu'est-ce que vous voulez que je vous rapporte ?

— Deux bouteilles de vin, un gros pain, et un saucisson entier. Je crève de faim.

— D'accord.

— Tu es bien brave, dit Pique-Bouffigue. Voilà les sous. »

Il lui mit dans la main un billet de dix francs.

« Tu me rapporteras la monnaie. Je reviendrai à midi. »

Il se leva pour partir.

« Attendez ! » dit Ugolin.

Il entra dans la ferme, et revint avec la moitié d'une miche, et un petit cylindre de saucisson.

« Prenez toujours ça en attendant !
— Merci, dit Pique-Bouffigue. Merci ! »

Il se mit à manger avec une voracité surprenante, lui tourna le dos, et s'éloigna.

Le Papet écouta le récit d'Ugolin, pinça les lèvres, hocha la tête plusieurs fois, et dit :

« Il le fait exprès. C'est pour qu'on ne se méfie pas de lui. Alors il joue le fada, mais il l'est peut-être moins que nous.

— Si tu le voyais..., dit Ugolin.

— Justement, je veux le voir. Va vite faire ses commissions, et après nous irons ensemble. »

Ils le trouvèrent assis sur le parapet, à la terrasse du mas. Le Papet, à tout hasard, portait son fusil à l'épaule.

Pique-Bouffigue les reconnut fort bien, se jeta sur les bouteilles, et voulut absolument trinquer avec eux. Il but coup sur coup quatre verres de vin, et chanta d'une voix déchirante un vieux Noël provençal : *La cambo mi fa maou.*

Ils se retirèrent, perplexes.

« A mon idée, il est vraiment devenu fada ! dit Ugolin.

— C'est possible, dit le Papet, c'est possible... Un grand coup sur la tête, ça peut vous retourner le cerveau comme une crêpe !

— Alors, ça serait peut-être le moment de lui proposer encore les cinq mille francs ?

— Oh ! que non ! s'écria le Papet. S'il est vraiment fada, ça pourrait lui faire revenir la mémoire ; si c'est une comédie, ça ne vaut pas la peine de lui en parler... Méfiance ! Et ne te promène plus tout seul sans ton fusil. Il a déjà tué un homme, et pour pas grand-chose ! Il ne faudrait pas que tu sois le second, et moi le troisième !... Méfiance ! »

A partir de ce jour-là, ils se tinrent sur leurs gardes, la barre à la porte, et le fusil chargé à la tête du lit.

Cependant, Ugolin se « rongeait les sangs »... Sa minuscule plantation lui donna encore deux bouquets de fleurs, et il rapporta d'Aubagne cinquante et un francs... Cette réussite lui brisa le cœur, et son chagrin fut aggravé par une courte lettre d'Attilio.

O collègue!
Tu te dessides ? Je t'ai mis de côté les boutures. 10 000 plantes pour deux cents vasaux, pas plus ! C'est bien assez pour te farcir douze mille francs pour la saison de bénéfisse. Dès que tu me l'écrit, les boutures je te les apporte, et je viens pour t'expliquer.

<div style="text-align:right">

Ton ami
Attilio.

</div>

« Douze mille francs ! dit Ugolin. Cette année, je perds douze mille francs ! Combien ça fait de pièces de vingt francs ? »

Le Papet réfléchit un moment, ferma les yeux, remua rapidement les lèvres, compta sur ses doigts, et répondit enfin :

« Un gros paquet.

— Eh bien, ce gros paquet, moi je veux pas le perdre. J'en ai assez. C'est pas encore trop tard. Demain, je vais faire un tour du côté de Gémenos. Je suis sûr de trouver à louer une bastide quelconque, un champ, et de l'eau. Là-bas, on t'en donne tant que tu veux ! Et alors, là, nous commencerons les œillets. »

Le Papet fronça le sourcil, et ses yeux étincelèrent.
« Ça, alors ! Té, j'aime mieux pas te répondre.
— Je vais t'expliquer... »
Le Papet frappa violemment sur la table.
« Tais-toi, ou alors parle d'autre chose. »

On n'avait jamais vu un Bastidien abandonner son village, sauf le fils de Médéric, et les Testard. Le petit Médéric, on lui avait pardonné, parce qu'il avait fait les écoles, et qu'il était devenu douanier à Marseille : profession tout à fait glorieuse, car le douanier porte un uniforme, et il a le droit de fouiller tout le monde, même un curé ; et de plus, rien ne l'empêche de dormir, ni la gelée, ni la sécheresse, ni la grêle, et tout ça finit par une retraite, les mains dans les poches... Il n'est pas possible de faire une si belle carrière en restant aux Bastides. Mais les Testard, qui étaient allés piocher ailleurs une terre moins ingrate, avaient ainsi diffamé le sol natal, et trahi l'honneur du village : quand on passait près des ruines de leur ferme, on crachait par terre. D'ailleurs, à quoi ça servirait de réussir dans un pays « étranger » ? Aucun ami ne s'y réjouirait de votre succès, et vous ne pourriez pas déguster la réconfortante envie des voisins.

Et puis surtout, les Soubeyran se considéraient un peu comme les seigneurs du village, les gardiens de ses traditions et de ses secrets : Ugolin ressentit la profonde indignation de ce silence et il eut tout à coup honte d'avoir pensé à déserter.

« Et le Plantier ? dit le Papet, ça ne serait pas possible au Plantier ? »

C'était une lointaine petite grotte des collines, fermée par un mur de grosses pierres et dans laquelle on disait qu'un ermite avait longtemps vécu. Elle avait ensuite servi de bergerie, car une jolie source y coulait l'été comme l'hiver.

« Bien sûr, que j'y ai pensé, dit Ugolin... La source est belle, mais c'est à quatre cents mètres d'hauteur : en hiver, il y a la gelée blanche tous les matins, et ça, c'est la

mort des œillets... Et puis surtout, n'oublie pas que c'est encore un bien de Pique-Bouffigue !

— C'est vrai, dit le Papet... Alors, il n'y a que le bassin. Essayons d'en faire un grand près de Massacan au bord du vallon, avec des rigoles pour ramasser la pluie... Mais il faudrait savoir de quelle grandeur. Il a dit dix mille plantes. Demande-lui combien de litres par plante. Et puis aussi, le prix des boutures. Moi, en ce moment, je peux pas écrire comme il faut, parce que les douleurs m'ont gagné la main. »

Ugolin écrivit une longue lettre à Attilio, les doigts crispés sur le porte-plume, et la langue entre les dents.

Quelques jours plus tard, tandis qu'il taillait ses pêchers, il vit le Papet, qui lui apportait une lettre arrivée au village. Elle venait d'Antibes, c'était la réponse. Ils allèrent s'asseoir sur la margelle du puits.

Collègue,

Je t'ai pas répondu de suite pourquoi ma sœur s'est marié avec Egidio, celui qui la chaspait tout le temps. Mintenant, s'est son droit. Pour les boutures, naturèlement que je t'en fais cadot. Mon père Monsieur Tornabua est d'acort. Je lui ai pas dis que tu m'a demandé le prix. Çà lui aurait fait pêne. Elles seront prête pour le mois d'April. Prépare le champ, et surtout l'eau. Mon père Monsieur Tornabua dit que pour dix mille plante il te faut une réserve d'au moins quatre cents mètres cubes. Si tu les as pas sur sur sur, c'est pas la peine de comencer pour pas finir. Tu as bien compris ? Quatre cent mètres. Et pas des mètres de longueur. C'est des cube, les mêmes qu'au certificat d'études : qu'à cause de ces mètres j'ai jamais pu le passer, et mintenant je m'en sers pour gagner des sous bien plus que l'essituteur ! C'est çà la vie ! Écrit moi encore, mais fais un peu entention à ton ortografe ! On ni comprend rien, il faut toultan deviner ! Je dis pas sa pour te vexer. Moi aussi, samarive de pas bien connaître un mot comment ça s'écrie : alors, à la place, j'en met un autre !

Ton ami Attilio.

Ma sœur me dit que je te demande si tu parpeulaige toujours.

Mais cette plaisanterie amicale ne fit même pas sourire Ugolin.
« Quatre cents mètres ! dit-il... J'ai peur que ça donne un bassin aussi grand que le port de Marseille.
— Mais non ! Ne t'effraie pas ! Fais le calcul, et puis tu verras. »
Ugolin se gratta la tête, perplexe...
« Le calcul, en réfléchissant bien, je saurais le faire. Mais ce qui m'embrouille, c'est la virgule. On sait jamais où la mettre... »
Le Papet sourit, et dit :
« Moi, les virgules, je les connais. Ce soir à dîner, je te donnerai la réponse. »

Le Papet savait bien compter, et les virgules ne lui faisaient pas peur ; mais parce qu'il était parti du principe qu'un mètre cube c'est cent litres, il déclara le soir même qu'il suffirait de creuser un trou de 4 mètres par 4, sur 3 mètres de profondeur... Ugolin, ayant réfléchi, lui dit que « ça lui paraissait plutôt petit ».
Le lendemain, à l'apéritif, ils consultèrent Philoxène. Celui-ci réfléchit à son tour, puis déclara : « Moi, je connais pas très bien les mètres cubes. Mais il me semble que c'est plus gros qu'un hectolitre. Beaucoup plus gros... A mon idée, c'est au moins un muid ! »
Par bonheur, la vieille institutrice passait par là, avec son cabas, sous une mantille de dentelle noire. Ils l'arrêtèrent. Dès que lui fut posé le problème du bassin, cette femme extraordinaire, sans même prendre le temps de réfléchir, répondit tout à la file qu'un mètre cube, c'était mille litres ; qu'il faudrait un bassin carré de 10 mètres de côté et de 4 de profondeur, ce qui entraînerait l'extraction de 400 000 litres de terre, qui pèserait au moins 2 kilos par litre, soit 800 000 kilos, ce qui exigerait une année et demie de travail d'un terrassier de métier.

Enfin, pour le revêtement intérieur, de 0,25 m d'épaisseur, pour une surface de 260 mètres carrés, il faudrait 65 mètres cubes de maçonnerie, à 2 tonnes le mètre cube, soit 130 tonnes. Puis, comme l'église sonnait la demie de six heures, elle les quitta au trot, stupéfaits de cette virtuosité, mais consternés par ses résultats.

Le soir à table, le Papet constata :

« C'est pas possible, Galinette. Ça serait un travail de trois ans !

— On pourrait prendre un ou deux ouvriers ?

— J'y ai pensé, mais je pense aussi que là-haut, il ne pleut pas assez souvent pour remplir un bassin aussi grand. Il y a cette pointe du Saint-Esprit qui coupe en deux les orages quand ils viennent de Sainte-Victoire, et alors l'eau va tomber ailleurs.

— Je sais, dit Ugolin, je sais... On va réfléchir, on va voir... »

Il était tout triste, et parpelégeait mélancoliquement, en croquant les beignets de courgette...

Pendant quelques semaines, il ne parla plus des œillets, et il commençait à préparer une lettre désolée pour Attilio, lorsque la Providence vint à son aide.

Par un tendre matin d'octobre, il y avait plusieurs personnes en costume du dimanche sur la terrasse des Romarins. Anglade le Sage était assis sur le parapet, entre Philoxène et Cabridan. Ses deux fils examinaient le cep énorme de la treille, et discutaient (en bégayant) de son âge.

Clarius, venu des Ombrées, regardait, en hochant la tête, les oliviers abandonnés... Enfin, devant la fenêtre ouverte, il y avait un groupe de trois : Casimir le forgeron, Éliacin de la Tête Rouge et Cabridan.

Ceux-là ne parlaient pas : ils regardaient avec beaucoup d'intérêt une étrange opération qui se déroulait dans la cuisine.

Sur une chaise, Pique-Bouffigue était assis, les yeux grands ouverts. Ange et le boulanger le tenaient sous les aisselles. Pamphile, debout, lui savonnait énergiquement le visage. Tout en maniant le blaireau d'une main, tandis que l'autre tenait en l'air un rasoir grand ouvert, le savonneur disait gaiement :

« Surtout ne bouge pas, couillon ! Je commence !

— Oh ! Tu peux le couper, dit le boulanger, de tout sûr, il ne saignera pas ! »

Car Pique-Bouffigue était mort, mort depuis trois jours : mais on l'avait installé sur une chaise pour faire la dernière toilette, parce que Pamphile s'était déclaré incapable de raser un client horizontal.

Cependant, Ugolin et le Papet, eux aussi en costume

des dimanches, feignaient de se promener dans le vallon en attendant le départ de l'enterrement.

De temps en temps Ugolin se baissait, arrachait une plante, puis examinait la motte qui venait avec la racine... Cette terre était brune, et rayée de noir par l'humus, qu'elle devait à sa longue jachère. Le Papet en prit une pincée, qu'il écrasa entre ses doigts, et qu'il flaira longuement. Ugolin en mit quelques grains sur sa langue, et les suçota, comme pour apprécier un vin. Puis ils s'engagèrent dans les hautes broussailles, sur le coteau, et montèrent jusqu'en haut de la pente, qui s'arrêtait devant un petit à-pic de roche blanche.

En réalité, ils s'étaient peu à peu approchés de la source, après quelques détours de promeneurs, et ils venaient d'y arriver. Il y avait là le tronc d'un vieux figuier hérissé de quelques branches mortes, mais entouré de rejetons verdoyants. Tout en pointant l'index vers le coteau d'en face, qu'ils feignaient de regarder tous les deux :

« C'est juste ici, dit le Papet. Au pied du figuier, il y avait comme un petit puits, tout juste assez gros pour un homme, et pas plus profond que ma hauteur. Il n'était pas bâti ; c'était un demi-rond de terre d'un côté, et de l'autre, le rocher. Et dans le rocher, presque au fond, il y avait un trou tout rond, comme une pièce de cinq francs. C'est par là que la source arrivait, mais elle ne montait pas jusqu'au bord du puits. Il fallait la tirer avec un seau. Camoins le Gros, qui n'était pas bête, a vu que le niveau de l'eau était un peu plus haut que son champ. Alors, il a creusé une petite tranchée ; au fond, avec des briques et des tuiles, il avait fait une espèce de rigole qui allait jusqu'au bord du champ, et puis, il avait bien rebouché la tranchée, et il avait couvert le puits. Ça fait que l'eau arrivait toute seule jusqu'en bas. »

Tout en parlant, à travers les genêts épineux et les cistes, ils étaient descendus jusqu'à une touffe de roseaux qui émergeait de la broussaille.

« C'est là que la rigole débouchait », dit le Papet.

Au pied des roseaux, il y avait quelques ajoncs ; ils sortaient d'une plaque de mousse ; les yeux levés vers le

ciel, comme s'il s'intéressait à la buse qui tournait là-haut, le Papet murmura :

« Regarde autour de mon pied... Ça gicle... L'eau est empêchée, mais elle est là... Il n'y aurait pas grand-chose à faire... »

Ugolin marcha à son tour sur la mousse, et son gros soulier fit jaillir des éclaboussures.

« Quand je pense qu'il a laissé perdre cette fortune, dit-il, je suis bien content de lui avoir cassé la gueule. Il n'avait pas tué qu'un homme. C'était un double assassin. »

Dans la ferme, quatre hommes venaient de déposer Pique-Bouffigue dans son cercueil. Son visage était si propre qu'il en était méconnaissable, et prouvait clairement que sa dernière toilette avait été la première. Comme le menuisier allait poser le couvercle sur la longue boîte, le forgeron intervint :

« Attendez ! Un jour, à la chasse, je l'ai rencontré, et nous avons cassé la croûte ensemble. C'était bien avant qu'il devienne fada. Alors, il m'a fait voir son namerlesse et il m'a dit : " Ça, c'est mon seul ami, et je veux qu'on l'enterre avec moi ! "

— Ça serait bête, dit le boulanger, de gaspiller un aussi beau fusil.

— Et puis, là-haut, qu'est-ce qu'il en ferait ? dit Pamphile. Il pourrait peut-être pas se retenir de tirer un ange au vol, et ça n'arrangerait pas ses papiers !

— Allez, allez, dit le forgeron, pas de plaisanteries en ce moment. Moi je dis qu'il faut lui mettre le namerlesse, parce que la volonté d'un mort, c'est sacré ! »

Il prit la belle arme, et la fit passer sous le bras droit du cadavre, le canon reposant sur l'épaule. Pique-Bouffigue eut l'air de partir monter la garde à la porte du Paradis.

C'est pendant que Pamphile vissait le couvercle que M. le curé arriva, précédé et accompagné de ses enfants de chœur.

Le cortège s'organisa, derrière le cercueil que six

hommes portaient sur leurs épaules. Tout le long des genêts en fleur sous le mélancolique soleil d'octobre, Pique-Bouffigue partit pour son dernier voyage, suivi par une trentaine de paysans. Quand le cercueil franchit le col, et qu'on découvrit le village, on entendit sonner le glas, sur la petite cloche des Bastides...

C'est à ce moment que Philoxène demanda au boulanger :

« Tu as regardé si le fusil était chargé ?

— Non. Je n'y ai pas pensé. Avec un namerlesse, ça se voit pas ! »

Mais Éliacin s'écria :

« De tout sûr, il est chargé, et avec des chevrotines ! Quand il rentrait à la maison, toujours il le chargeait avec des chevrotines, à cause du sanglier qui venait quelquefois la nuit !

— Ça, dit le Papet, ça pourrait être dangereux.

— Surtout, dit le forgeron, qu'il avait limé la gâchette pour qu'elle soit plus sensible... Il disait qu'un coup de vent, ça suffirait pour le faire partir ! »

Cette révélation courut le long du cortège.

Philoxène, qui marchait derrière le curé, se retourna pour dire :

« Il y a peut-être le cran de sûreté ?

— Ça m'étonnerait ! » dit le forgeron.

Il y eut un peu de flottement dans les rangs ; derrière la planche de sapin, le canon du namerlesse était braqué sur eux, juste à la hauteur des visages... En quelques pas, le cortège se sépara en deux files qui laissaient entre elles un assez large espace, pour le libre passage des chevrotines, après leur traversée de la tête de M. le curé, ce saint homme, qui ne risquait rien de pire que le Paradis...

Au cimetière, le Papet fut grave et digne, mais il dut plusieurs fois pincer le bras d'Ugolin, qui souriait sans le savoir, et qui chantonnait.

Après les funérailles, il y eut comme d'habitude une réunion au Cercle, où l'on but un peu de vin blanc à la mémoire du défunt. Ugolin et le Papet bavardèrent avec le père Anglade.

« Alors, dit le Papet, c'est toi qui hérites ?

— Oh ! non, dit Anglade. Nous étions cousins, oui

mais d'un peu loin. C'est-à-dire que la mère de son père était la bonne cousine de mon grand-père. C'était une fille Anglade.

— Par conséquent, tu dois avoir droit à quelque chose ?

— Non. C'est sa sœur qui aura tout.

— Nous aussi on est parents, dit Casimir. Camoins le Borgne, le père de Camoins le Gros, qui était le père de Florette et de Pique-Bouffigue, il avait épousé la sœur de mon grand-père. Ça fait qu'on est un peu du même sang. Mais naturellement, c'est Florette qui hérite. »

Le Papet, qui bourrait sa pipe, ne leva pas les yeux, mais il demanda :

« Vous croyez qu'elle est encore vivante ?

— Pourquoi pas ? dit Anglade. Elle est plus jeune que toi. Je sais que son mari est mort... C'est quelqu'un qui le disait à la foire d'Aubagne, il y a cinq ou six ans. Mais elle, je ne crois pas... Les femmes, ça a la vie dure !

— Et qui c'est, cette femme ? demanda Ugolin.

— Une que ton Papet a bien connue. Pas vrai, César ? »

Le Papet fouillait ses poches, à la recherche de ses allumettes. Anglade reprit, presque à mi-voix :

« C'était Florette de Bérengère, Florette Camoins, la jolie.

— Et où est-elle ? » dit Ugolin.

Le Papet finit d'allumer sa pipe, et répondit :

« A Crespin. Parce qu'elle avait épousé Lionel, le maréchal-ferrant de Crespin. »

Philoxène, qui versait le vin blanc à une table voisine, tourna la tête vers le Papet, et demanda sur un ton presque menaçant :

« Qui c'est qui parle de Crespin ? »

Crespin, c'était un très gros village, qui possédait de vastes terrains communaux, contigus à ceux des Bastides... Dans une page du grand Anatole France, on demande à un ministre : « Pourquoi vous battez-vous si souvent contre vos voisins ? » Le ministre, très étonné,

répond : « Avec qui voulez-vous que nous nous battions ? » Crespin était donc l'ennemi héréditaire, et pour toutes sortes de raisons. Cela venait naturellement de très loin, et peut-être (selon Philoxène) du temps des Romains.

Le premier sujet de querelles avait toujours été la chasse, c'est-à-dire le braconnage, qui fournissait gratuitement une bonne part de l'alimentation.

Or, « ceux de Crespin », avec une rare impudence, étaient jadis venus tendre leurs pièges dans les collines des Bastides. Après bon nombre de rixes, ceux des Bastides avaient « pris la grosse colère ». Ils organisèrent une surveillance constante par une douzaine de guetteurs, qui étaient des femmes et des enfants, et tout Crespinois signalé, pris en chasse par quatre ou cinq vigoureux gaillards, était renvoyé à sa famille avec un visage méconnaissable. Alors, un de Crespin, qui était député, fit nommer un autre Crespinois, qui revenait du service militaire, au grade de brigadier de gendarmerie à Aubagne... Celui-ci, qui avait été rossé par les Bastidiens dans sa jeunesse, ne quitta plus les collines des Bastides ; en moins de six mois, il dressa trois procès-verbaux ; mais il ne put faire le quatrième, parce qu'un jour on le trouva pendu à un sorbier, près de la Baume des Ratepénades, et l'on ne sut jamais qui avait fait le coup.

Pour le venger, ceux de Crespin avaient mis le feu à la grande pinède du Pas du Loup, le premier jour d'un beau mistral, et il avait fallu trente ans pour refaire cette forêt...

Cependant, la guerre des braconniers s'était calmée au cours des années, car Crespin avait connu la prospérité, grâce à la découverte d'une mine de lignite, et à un petit canal d'irrigation creusé par les soins du gouvernement. Un lapin ou six grives n'avaient plus pour eux une aussi grande importance alimentaire. Alors (et ça prouve leur méchanceté) ils avaient trouvé autre chose.

Quand ils voyaient arriver un mauvais nuage, ils tiraient des coups de canon, et la grêle qu'ils avaient certainement méritée (puisque le Bon Dieu la leur envoyait) venait ravager les maigres vignes des Bastides... Enfin, il y avait la grave question de la « mouche ».

Ceux de Crespin n'avaient plus beaucoup d'oliviers. Ils en avaient sacrifié des centaines (autre crime) pour planter des vignes, et ne soignaient plus ceux qui leur restaient : alors, la mouche de l'olive s'y mettait, et si par malheur, au moment des fleurs, soufflait le vent d'est, elle venait jusqu'aux Bastides, et la moitié de la récolte était perdue...

Il y avait une liste interminable de griefs réels mais grossis et complétés par des racontars transmis de père en fils. « Ceux de Crespin » avaient aussi leur liste, et disaient couramment que « ceux des Bastides » appartenaient à une race quasi préhistorique, composée en majorité d'idiots, d'aliénés et d'assassins. En réalité, ils se ressemblaient comme des frères, et sous des dehors de bonne humeur et de jovialité provençale, ils étaient pareillement jaloux, méfiants et secrets.

« Nous parlons de Crespin, dit Anglade, parce que nous parlons du mariage de Florette...
— Tu y étais, toi ?
— Bien sûr. Je revenais du service militaire ; il y a presque quarante ans de ça.
— Et moi, dit le Papet, j'étais bien loin d'ici : j'étais à l'hôpital militaire en Afrique... Je suis revenu presque un an après, mais mon père m'avait raconté la bataille.
— Quelle bataille ? demanda le géant Éliacin, qui s'était approché.
— La bataille du mariage ! »

Les jeunes formèrent le cercle, le verre en main, et Anglade parla.

« Florette Camoins, c'était la merveille du pays. Un peu fière, mais vraiment belle. Un soir, elle est allée à la fête de la Valentine, avec d'autres filles d'ici. Et là, elle a dansé avec ce Lionel qui était grand et fort, avec de belles moustaches noires... Ils se sont plu du premier coup, et peut-être dix jours plus tard, à la fin de la messe, M. le curé a annoncé le mariage. Ça a fait comme une dynamite, et le père et la mère de Florette baissaient la tête, et ils se faisaient bien petits. Mais elle, qui était au

premier rang, s'est retournée, et elle a mis les poings sur les hanches, et elle a regardé tout le monde bien en face. Alors M. le curé s'est mis à parler de l'oubli des injures, et il a dit que ce mariage, c'était le Bon Dieu qui l'avait voulu, pour nous donner l'occasion de faire la paix — que déjà M. le curé de Crespin avait promis de faire tirer le canon de la grêle tout à fait de l'autre côté, et que comme ça la grêle irait tomber sur Roquevaire — et puis, il a dit que ceux de Crespin, c'étaient nos frères, aimez-vous les uns les autres, et patin-couffin. Bref, ils sont venus au moins trente pour la noce, avec leur curé en tête. Le nôtre est allé à sa rencontre, et ils se sont embrassés. Après, il a béni ceux de Crespin. Puis, celui de Crespin nous a tous bénis. Et puis, à la messe du mariage, ils ont prêché tous les deux. Mes amis, tout le monde pleurait.

— Pourquoi? demanda Ugolin.

— Parce que c'était beau! cria Philoxène. Moi j'avais sept ou huit ans, je me rappelle qu'à la sortie de la messe tout le monde se serrait les deux mains! Moi, une dame de Crespin, très bien habillée, m'a embrassé, et elle a dit : "Vive les Bastides, où l'on fait de si beaux enfants!"

— O Philoxène, dit le menuisier, tu es sûr que c'était toi? »

Anglade reprit :

« Ceux de Crespin disaient que tout ce qui était arrivé, c'était de leur faute. Et nous, on disait que c'était de la nôtre. A la fin, on s'est mis d'accord que nous avions été aussi bêtes les uns que les autres, et tout ça allait très bien. On nous avait mis par paires : un garçon de là-bas avec une fille de chez nous, et versi-versa... On a commencé un grand banquet sur la place, aux frais de Camoins le Gros, le père de la mariée. Il y avait six jambons énormes, au moins trente gigots, et cinquante poulets de grain, bien bourrés de pèbre d'aï et rôtis aux sarments... »

A l'énoncé de ce menu, le géant Éliacin, les babines retroussées, et le nez plissé, ouvrait de très petits yeux noirs, et ne respirait plus. Anglade continuait :

« Ceux de Crespin avaient voulu apporter leur vin :

deux barriques de 125 litres. Il était joli à voir, mais peuchère, un peu trop léger, ça fait qu'on le buvait comme de l'eau... Alors le vieux Médéric, qui avait la tête assez faible, a demandé — très gentiment et même poliment — comment ils faisaient pour fabriquer une aussi bonne piquette. Du coup, une femme de Crespin a dit que nos poulets de grain, elle avait cru que c'étaient des étourneaux... Chacun a voulu dire la sienne, enfin d'une parole à l'autre, il y en a qui sont montés se battre sur la table, la table s'est effondrée, et c'est parti aussi vite que le feu dans un grangeon...

— Moi, dit Philoxène, j'étais grimpé dans l'acacia, avec Casimir... On a tout vu.

— On s'est régalés, dit Casimir. Les femmes se graffignaient, les hommes se roulaient par terre. Tout le monde criait, et pas un seul coup de pied au cul de perdu !

— Et les deux curés qui essayaient de les séparer, dit Anglade, ils auraient mieux fait de ne pas s'en mêler ! Le nôtre, un Crespinois l'a endormi d'un grand coup de jambon sur la tonsure, et le leur, il avait reçu une chaise volante : sa tête avait passé entre les barreaux, et il n'arrivait plus à la sortir... Moi, j'avais presque fini d'étrangler un grand borgne, tout frisé... Je le lâche, et je lui dis : "Tu as compris, maintenant ? Fous le camp, sauvage !" Il reprend sa respiration, et il me tire un coup de savate dans l'estomac qui me fait remonter la piquette jusque dans le nez, je pleurais comme un désespoir, j'y voyais plus rien. Je me suis vite caché derrière l'acacia, à tousser, à cracher, à m'essuyer les yeux, et la dernière chose que j'ai vue, c'était la carriole du père Camoins qui emportait les mariés au grand galop. Et alors, depuis ce jour-là, ceux de Crespin, c'est bien plus pire qu'avant, et Florette, à ce qu'il paraît que dans un rien de temps elle est devenue plus crespinoise que Crespin !

— Avec le caractère qu'elle avait, dit le Papet, ça n'a pas dû la changer beaucoup !

— Moi, dit Philoxène, je lui ai écrit officiellement pour lui annoncer la mort de son frère. Mais elle ne recevra ma lettre que demain matin. Si elle est vivante, elle va peut-être venir pour l'héritage...

— C'est vrai qu'elle hérite ! » dit le boulanger.

Ugolin regarda le Papet, qui faisait une moue méprisante.

« Elle hérite de pas grand-chose, dit-il.

— Je suis pas de ton avis, dit Anglade. Les Romarins, ça semble que ça ne vaut rien, parce que Pique-Bouffigue n'y a jamais rien fait. Mais d'abord, la maison doit être encore bonne. Quelques petites réparations, un peu de peinture, ça serait pas vilain. Et puis, cinquante oliviers d'avant la guerre de septante...

— Ils sont bien malades, dit Ugolin... Ils sont partis en misère...

— Si on leur court après avec une pioche à la main, on peut encore les rattraper...

— Il faudrait courir vite, et avec une grosse pioche...

— Une trentaine d'amandiers, poursuivit Anglade, et deux hectares de bonne terre. Presque tout à plat, sur le fond du vallon.

— Oui, dit le boulanger, mais c'est un endroit que la pluie ne veut pas le connaître ! Nous, nous avons un petit champ là-haut, un peu plus loin que les Romarins. On ne l'a jamais cultivé à cause de ça... Les orages, on les entend venir, on les voit s'approcher... Mais dès que les nuages frappent sur la pointe du Saint-Esprit, ça les coupe en deux, et l'eau va tomber sur l'autre versant des deux collines : il en reste à peine quatre gouttes pour le vallon...

— Ça c'est possible, dit Anglade, seulement, ce que vous ne savez peut-être pas, c'est que chez Pique-Bouffigue, il y a une source... »

Ugolin parpelégea trois fois.

« Il y *avait* une petite source, dit le Papet.

— Moi, dit Anglade, je l'ai vue. Elle était très belle, puisqu'elle faisait un petit ruisseau, large comme la main d'un homme.

— Moi aussi je l'ai vue, quand j'étais petit, à la chasse avec mon père, dit Pamphile. Ça m'avait semblé un vrai ruisseau !

— Tu devais être bien petit, dit le Papet, et c'était sûrement après un orage. Parce que moi j'y ai bu, il y a

peut-être quarante ans. Ça coulait gros comme mon doigt. Mais depuis, elle s'est perdue.

— Tu crois que ça peut se perdre, une source comme celle-là ?

— J'y ai jeté un coup d'œil ce matin, répliqua le Papet : c'était sec comme de l'amadou... La vérité, c'est que ce fainéant de Pique-Bouffigue ne s'en est pas occupé, elle s'est bouchée, et alors, elle s'est fait un passage en dessous : elle a plongé, va savoir jusqu'où ?

— Si on faisait un puits ? dit Casimir.

— Tu perdrais ton temps ! dit le Papet. Cette eau, elle devait venir de la Profondeur. Quand les saletés l'ont empêchée de remonter, elle s'est fait son passage dans la Profondeur. Peut-être à trente mètres, peut-être à cent mètres. Je le connais, moi, le caractère des sources. C'est comme une belle fille. Quand on les oublie, elles s'en vont, et c'est fini.

— Pourtant, dit le boulanger, l'année dernière, en passant sous la barre sur le coteau, j'ai vu un figuier. Ça prouve qu'il y a de l'eau pas loin !

— Ça prouve qu'il y en a eu, dit le Papet. Un figuier, une fois qu'il est bien parti, il n'a plus besoin de rien. Celui-là, il a au moins cent ans !

— Pourtant, dit Philoxène, puisqu'il fait des rejetons... »

Le Papet, la voix dure, lui coupa la parole.

« Toi, quand tu parles des apéritifs, je t'écoute. Mais les sources, ce n'est pas ton métier. Le Pernod, ça ne vient pas d'une source. Moi, je dis que celle-là, on ne la reverra jamais. Je dis que ces oliviers sont perdus, que cette terre est pourrie de chiendent, et que le peu qu'on y fera pousser, les lapins, les blaireaux et les sauterelles n'en laisseront rien du tout. Il faudrait défoncer au moins à quatre-vingts, faire une clôture de quinze mille francs de grillage, et après, on pourrait ramasser quatre pommes d'amour, trente pommes de terre, et cinquante kilos de pois chiches ; et pour les porter au marché, il faudrait refaire deux kilomètres de route !

— C'est la vérité, dit Ugolin. Moi, si on me la donnait pour rien, j'en voudrais pas ! »

Le soir même, tout en mangeant un civet presque noir (à cause du vin de jacquez), ils tinrent longuement conseil.

Ugolin voulait aller le lendemain voir Florette à Crespin.

« Jamais de la vie, cria le Papet. Si tu vas demander, tu fais voir que tu as envie, et alors on te dit des prix trois fois trop chers. Et puis, Florette, si elle sait que c'est pour nous, elle dira non...

— Pourquoi ? »

Le Papet fit un sourire mélancolique et dit :

« Parce que. Elle est comme ça.

— Alors, qu'est-ce qu'il faut faire ?

— Écoute mon plan. »

Il commença à bourrer sa pipe.

« Premièrement, Florette, elle ne viendra jamais ici. Ensuite, quand elle était jeune, elle aimait beaucoup les sous. En vieillissant, ça doit être encore pire. Donc, elle vendra. Est-ce que tu crois qu'il y a une seule famille au village qui aura envie d'acheter ça ? Je te parle de ceux qui ont de quoi. »

Ugolin réfléchit un moment, et dit :

« Non. Ça, je ne le crois pas. De la terre, ils en ont presque tous de trop. Et puis, personne ne quittera les champs du vallon pour aller s'installer là-haut. Non. Mais il peut venir un étranger.

— Et qu'est-ce qu'il viendrait faire, cet étranger ?

— Des légumes verts, ou même peut-être des fleurs ! Comme moi ! A cause de la source !

— Eh oui, dit le Papet. Nous y sommes. A cause de la source. Mais s'il n'y avait pas la source, qu'est-ce que ça vaudrait ?

— Rien, dit Ugolin. Rien. Mais elle y est. »

Le Papet mit sa pipe à la bouche en souriant, puis il cligna de l'œil malicieusement, et prit tout son temps pour allumer la perruque de tabac. Enfin, il dit à mi-voix :

« Elle est déjà bouchée aux trois quarts. Et si, par ACCIDENT, elle se bouchait complètement ? »

Ugolin, perplexe, demanda :

« Quel genre d'accident ?

— Suppose, dit le Papet, que tu passes près de la source, avec un sac de ciment sur le dos. Tu glisses, tu tombes, et le ciment va tout juste boucher le trou !... »

Ugolin hésita une seconde, puis il fit un immense éclat de rire, et il cria :

« Bravo, Papet ! On va la boucher demain ! C'est ça qu'il faut faire : c'est ça l'ACCIDENT ! »

Mais il redevint tout à coup sérieux :

« Il y a un défaut, dit-il. Cette source, elle est connue... Ils en ont parlé, au Cercle...

— Oui, mais si des étrangers viennent visiter la ferme, personne ne leur dira rien. Il faut tout préparer pour y aller demain. Maintenant, occupe-toi d'abord du ciment. Un couffin, ça suffira. Et puis, taille deux ou trois gros bouchons en bois dur. Gros à peu près comme une bouteille, mais plus petits de l'autre bout, et fais-les bien sécher près du feu. Maintenant, parlons d'autre chose : je vais écrire tout de suite à Graffignette.

— Qui est-ce ?

— Tu ne la connais pas, parce qu'elle est partie d'ici avant ta naissance. C'était la Marie d'Hortense, celle des Castelot de la Germaine. Grasse comme une caille, avec une figure d'ange. On l'appelait Graffignette parce que quand les garçons voulaient l'embrasser, elle leur graffignait la figure : elle se coupait les ongles bien pointus, exprès. C'était sa gloire, et M. le curé la donnait comme exemple. Mais à force de graffigner le monde, elle a fini

par rester vieille fille, et quand ses parents sont morts elle est devenue la bonne du curé de Mimet. Et puis, il y a quatre ou cinq ans, le pape a mis ce curé à Crespin, et elle doit encore y être avec lui...

— Si elle l'a pas graffigné !

— Oh ! A son âge, on n'a plus guère l'occasion de graffigner quelqu'un... Et comme elle était l'amie de Florette, elles doivent se fréquenter... Je vais lui écrire tout de suite.

— Et si elle est morte ?

— Hé là ! dit le Papet, les gens de mon âge ne sont pas tous morts !

— Pas tous, dit Ugolin, mais beaucoup.

— C'est vrai. Eh bien, si elle est morte, la lettre nous reviendra...

— Et comment ?

— Parce que je mettrai mon adresse derrière. »

Ugolin parut inquiet.

« Et tu n'as pas peur qu'une lettre avec deux adresses, ça embrouille le facteur ?

— Mon pauvre Ugolin, ce que tu peux être couillon, c'est incroyable. A la poste, ils regardent d'abord la bonne adresse, du côté du timbre. Et puis si la personne est partie, ou si elle est morte, alors ils retournent la lettre de l'autre côté, ils voient la petite adresse, et ils te la rapportent. Et alors, ça te fait comprendre que Graffignette n'y était pas, ou qu'elle est morte !

— Mais qui c'est qui met le timbre pour te la renvoyer, cette lettre ?

— Personne, dit le Papet, un peu énervé. Il n'y a pas besoin de timbre, puisque, finalement, le premier que tu as mis n'a servi à rien, du moment que ta lettre n'est pas arrivée où tu voulais. Et alors, à la poste...

— Écoute, Papet, ne te fatigue pas : je n'y comprends rien, mais ça n'a pas d'importance. Écris toujours la lettre, et nous verrons bien ce qui va se passer. »

Pendant que la muette desservait, ils firent les préparatifs indispensables à leur entreprise. Il fallut retrouver l'encrier, puis y ajouter de l'eau tiède et du vinaigre. La plume, frottée avec du sable, fut remise à neuf. Enfin, la lettre fut commencée, et il y eut une petite discussion à

propos de chaque phrase, sur ce qu'il fallait dire et ne pas dire. L'écriture du Papet était assez lisible, mais il ne se souciait guère de l'orthographe, qu'il réformait sans le moindre parti pris.

Vers les minuit, il eut fini, et il relut la missive à haute voix. Ugolin la trouva parfaite, et il remonta d'un pas léger, sous les étoiles, vers Massacan.

En attendant la réponse de Graffignette, ils passèrent tout de suite à l'action.

Le Papet vint le chercher un matin, à l'aurore. Il avait dit la veille, au Cercle, qu'il irait passer la journée dans la colline pour chercher des champignons, car on était au début de novembre. Il portait deux gros carniers, dont les bretelles se croisaient sur sa poitrine : l'un contenait des nourritures, et deux goulots de bouteilles en sortaient. Dans l'autre, des outils.

Ugolin l'attendait, en mangeant une salade de pois chiches avec des oignons frais. Sur la table, il y avait deux bondes coniques, taillées dans une branche d'yeuse, et séchées dans les cendres chaudes du foyer.

« Je crois que la plus petite ira bien, dit le Papet. Quitte ces souliers, et mets des espadrilles. Tu as une barre à mine ?

— Je l'ai portée là-bas hier au soir. Elle est cachée dans la broussaille avec la massette, le burin, le grand couteau-scie, et le petit pic. »

Il noua fortement ses lacets, se leva, et alla prendre un sac à demi plein qu'il jeta sur son épaule.

« Ça, c'est le ciment, dit-il. Le ciment de l'ACCIDENT ! »

Ils montèrent aux Romarins en silence, sous le couvert des pinèdes.

Le jour se levait, un peu hésitant, dans une aurore sans couleur, dont le silence n'était troublé que par le « tchic » discret des grives.

Le Papet alla se cacher en haut de la petite barre, juste au-dessus de la source, derrière un rocher touffu. De là, il pouvait surveiller le paysage et diriger le travail.

Ugolin coupa d'abord tous les rejetons du figuier, puis s'attaqua aux racines de la souche. Ce fut très long, car pour éviter le bruit, il ne lançait pas le pic : il l'enfonçait, en appuyant sur le manche avec son pied, et s'en servait ensuite comme d'un levier ; puis il évacuait la terre ameublie avec la truelle... Ces racines n'en finissaient plus ; mais comme elles descendaient vers le griffon de la source, le sol devenait peu à peu de la boue. A dix heures, il avait creusé un petit puits semi-circulaire, qui plongeait à un mètre cinquante, contre la barre.

Il suait à grosses gouttes, non seulement à cause de ses efforts physiques, mais surtout parce qu'il craignait d'être surpris : le tas de déblais aurait rempli deux brouettes, et il eût infailliblement attiré l'attention d'un passant. Bien sûr, il ne venait jamais personne dans ce vallon : mais c'est justement dans ces moments-là qu'arrive le seul promeneur de l'année.

De temps à autre, la voix du Papet murmurait :

« Vas-y, Galinette... Il n'y a personne, mais dépêche-toi.

— J'en fais tant que je peux. Mais c'est les racines. Il y en a toute une tignasse autour des grosses. »

A travers la boue, qui étouffait heureusement le bruit, il poussait et tirait la lame du couteau-scie...

Enfin, vers midi, après avoir rejeté sur les déblais une dizaine de morceaux de racines, il tira sur la dernière carotte : elle résista longuement ; au fond de ce trou, il ne pouvait pas utiliser toute sa force... Alors, il y attacha une corde, consolida le nœud avec du fil de fer, remonta sur le bord, et tira par grandes secousses. A la troisième, la racine vint, et un jet d'eau encore invisible fusa sous la boue, qui se mit à danser.

Ugolin s'affola : si le petit puits se remplissait trop vite, comment pourrait-il trouver le trou rond, pour y enfoncer le bouchon ? A voix basse, il appela : « Papet ! Viens vite ! L'eau va me gagner ! » Sans mot dire, le Papet descendit : mais avant qu'il ne fût arrivé, le niveau cessa de monter. Ugolin vit un petit tourbillon à mi-hau-

teur contre la paroi croulante du puits ; c'était par là qu'elle s'en allait.

« Cocagne ! dit le Papet. C'est la petite rigole souterraine du vieux Camoins... L'eau doit sortir en bas, là où il y a les roseaux...

— S'il passe quelqu'un, et qu'il voie cette inondation, nous sommes foutus ! gémit Ugolin.

— Pleure pas, Galinette. Espère un peu : on va voir le trou... Il est dans la roche, juste devant toi ! »

L'eau devenait plus claire, et ils distinguèrent le jet. Ugolin, appuyant ses paumes sur les bords du puits, se laissa descendre doucement.

« O Bonne Mère ! Elle est glacée... Je sens plus mes pieds... »

Parce qu'elle avait débouché la rigole souterraine, l'eau s'écoulait maintenant plus vite qu'elle n'arrivait, et le niveau baissait lentement.

Il plongea son bras jusqu'au coude, et dit :

« Ça y est... J'y suis... Je touche le trou. Je crois que la petite bonde ira bien... C'était cette racine qui le bouchait... Il y en a encore un morceau dedans... »

Le Papet lui fit passer le bouchon. Il fut forcé de s'accroupir pour le pousser dans le trou.

« Oyayaïe ! C'est terrible comme les fesses c'est plus sensible que les pieds. Mais ça va être difficile de frapper sur le bouchon, à cause de l'eau...

— Tiens-le en place, dit le Papet. Elle va baisser. Mais d'abord, remplis la cruche, que je prépare le mortier. »

A bout de bras, il la lui fit passer : Ugolin la lui rendit pleine.

Au bout d'une minute, l'eau était descendue juste au-dessous du bouchon de bois, qui était entouré d'une couronne de petits jets. Au troisième coup de marteau, ils disparurent.

Le Papet gâchait déjà le sable et le ciment avec du gravier. Ils tassèrent ce béton au fond du trou, jusqu'au-dessus de la bonde.

« N'en mettons pas trop ! dit Ugolin : oublions pas que c'est moi qu'il faudra que je la débouche, cette source ! »

Le Papet remonta sur la barre, pour reprendre sa fac-

tion. Cependant, Ugolin rejetait les déblais dans le petit puits, couche par couche, et il les tassait en dansant comme pour fouler le raisin dans la tine. Soudain, la figure du Papet se pencha au bord de la barre, et chuchota.

« Bouge plus ! J'ai entendu du bruit...
— Où ?
— Dans la maison... »

Ils écoutèrent : un long silence, puis quelque chose grinça dans le grenier.

« C'est pas le fantôme de Pique-Bouffigue, dit Ugolin en riant. C'est les rats... J'en ai vu courir sur le toit, hier au soir. Ils sont gros comme des lapins. »

Ils écoutèrent encore un moment. La façade était morte, tous volets fermés. Le silence était si profond qu'ils entendirent un appel de perdrix qui venait d'aussi loin que le vent. Enfin le Papet chuchota :

« Tu peux y aller. »

Ugolin termina la remise en place : mais comme il s'y attendait, le puits ne put pas recevoir toute la terre qui en était sortie et qui avait foisonné. Il transporta le surplus un peu plus loin, au pied de la barre, et en fit un monticule. Le Papet, redescendu, l'aida à complanter de thym et de cistes le terrain que tout ce travail avait dénudé, le monticule reçut une épaisse couche de ramilles de pin.

« Maintenant, dit le Papet, il faut descendre au bord du champ couper les cannes, et surtout enlever la mousse et les joncs ! »

La rigole souterraine avait fonctionné, et deux longues flaques d'eau brillaient au bord du champ.

« Malheur ! dit Ugolin. Si quelqu'un voyait ça...
— Arrache les cannes, et laisse-moi faire. »

Il alla extraire un piquet de la clôture oblique, en raviva la pointe en trois coups de hachette, et perça le fond des flaques d'une dizaine de trous. En quelques minutes, l'eau disparut. Alors, il boucha les trous à coups de talon, et recouvrit le sol mouillé de feuilles mortes. Puis il déchira la grande plaque de mousse, et il en dispersa les lambeaux dans le champ broussailleux. Cependant, Ugolin avait réussi à déterrer une grande quantité

de racines de roseaux, qui ressemblaient à des chapelets de petits topinambours...

« C'est terrible ce qu'il y en a, dit-il. Il en reste encore autant !

— On reviendra, dit le Papet. Pour aujourd'hui, ça suffit. L'angélus sonne, et on n'a encore rien mangé. Moi je la crève. Allez, zou ! Partons ! »

Après avoir lié en fagots les racines du figuier puis les roseaux, ils rassemblèrent les outils.

« On va manger à la colline ? demanda Ugolin.

— C'est pas la peine. Allons chez toi. On fermera les volets, et après, on fera la sieste ! »

Ils redescendirent à Massacan ; le Papet marchait en éclaireur, devant Ugolin chargé des outils.

Portes et fenêtres closes, ils mangèrent sous la lampe, longuement, et sans mot dire. Le fagot de racines se consumait dans l'âtre. De temps à autre, ils échangeaient des clins d'yeux, et de petits éclats de sourires, comme pour célébrer la réussite d'une bonne farce.

Les jours suivants, Ugolin prit l'habitude de retourner aux Romarins aux premières clartés de l'aube. Il y montait sans le moindre bruit, l'oreille tendue, portant à tout hasard un couteau-scie, une hachette et une corde comme quelqu'un qui va « faire du bois ».

Il examinait d'abord longuement la tombe de la source, parce que l'eau, c'est traître : quand on la cherche, on ne la trouve pas. Quand on veut l'arrêter, souvent elle s'arrange pour ressortir « en un quelque part »... Mais il constatait chaque matin que l'opération avait parfaitement réussi : aucune trace d'humidité ne paraissait à la surface du sol, aucun rejeton du figuier n'avait surgi ; vraiment, ils avaient fait du beau travail.

Il allait ensuite à la sortie de la rigole : parfois, il n'arrivait pas lui-même à retrouver l'endroit, et il en riait de plaisir et de fierté.

Après ces vérifications, il se mettait à l'ouvrage.

Autour des oliviers, déjà cernés par des rejetons presque adultes, il semait à poignées des graines de chardon, de ciste, de clématite. Puis il taillait judicieusement les ronciers, afin d'exalter la végétation des plus belles tiges. Avec les rejetons sacrifiés, il prépara chez lui des boutures, ponctuellement arrosées, et les planta avec soin aux quelques endroits où il était encore possible de se frayer un passage. Ces plantes maudites, surprises par tant d'amitié, se lancèrent à l'assaut des amandiers rabougris avec une exubérante férocité. Il alla jusqu'à

tenter des greffes sur les ronces. Elles réussirent toutes du premier coup.

Ces travaux singuliers l'amusaient beaucoup. Il se disait à voix basse :

« Je bouche les sources, je plante des ronces, je greffe les gratte-culs, je suis le paysan du Diable ! »

Avant de repartir, il prenait soin de la vieille bastide. Avec un poteau arraché à la treille, il crevait les boursouflures du crépi, et en faisait tomber deux ou trois plaques ; puis, il lançait des pierres sur le toit, afin de casser quelques tuiles...

Il redescendait ensuite à Massacan, satisfait, pour les travaux de la saison.

C'est-à-dire qu'il sciait du bois pour sa cheminée, récoltait quelques carottes, des choux-fleurs, des radis, et qu'il taillait ses quelques arbres fruitiers, mais sans la moindre conviction, parce qu'il pensait à ses œillets, et qu'il attendait avec une impatience fébrile des nouvelles de Graffignette.

Un matin de décembre, en descendant des Romarins, il trouva le Papet assis sous le mûrier. Le vieillard, enfermé dans une longue pèlerine de berger, fumait sa pipe, sous un soleil pâle et lointain.

Quand il vit arriver Ugolin, il se leva, et lui montra de loin une feuille de papier.

Ugolin pressa le pas, et demanda.

« C'est la réponse ?

— Et qu'est-ce que tu veux que ce soit ? »

Ugolin regarda d'abord si personne n'était en vue, puis, les poings sur les hanches, il se planta devant son parrain, qui mettait ses lunettes, et il écouta, le menton pointé :

Le 5 de décembre. Fête de saint Sabas.

Mon Cher César,
Tu fais toujours des coups extraordinaires. Après au moins trois douzaines de Noëls, tu m'écris de Florette. Et

imagine-toi que le facteur me donne ta lettre juste le jour qu'elle est morte, et que je revenais de l'habiller! Les voix de Dieu sont impénétrables. Imagine-toi! C'est ça que je ne t'ai pas répondu plus tôt. J'ai dans l'idée qu'elle ne doit pas laisser beaucoup de sous, parce que son mari est mort depuis cinq ou six ans, et qu'elle vivait assez bien sans rien faire. De la viande tous les jours, et du vin cacheté. Mais il y a quand même sa jolie maison, et trois hectares de prairies près de Gémenos, qui est loué à un de là-bas. A ce qu'il paraît qu'il ne paye pas. Et puis aux Bastides, un très grand morceau de colline, où son grand-père y gardait les chèvres. C'est le vallon du Plantier, que tout à fait au fond, il y a cette grotte de l'ermite, avec une belle petite source que le Bon Dieu avait accordée à ce saint homme, que ce brigand de Gaspard de Besse l'a assassiné pour rien, et que l'arrière-grand-père au lieu d'y faire une chapelle, il l'a bouchée avec un gros mur, pour une bergerie avec une porte et un fénestron, et la source du Bon Dieu, au lieu du saint, ils y ont fait boire les chèvres, et le bouc et les chiens. Ça m'étonne que le Bon Dieu l'ait continuée. Mais malgré cette belle eau ça ne vaut rien, parce qu'il n'y a pas trois mètres cultivables.

« Je te l'avais dit », s'écria Ugolin.

Le Papet reprit : *Enfin, il y a aussi cette ferme de son frère, qu'il lui a laissée, ce grand assassin de Pique-Bouffigue, qui a fait un crime, et qui s'est confessé à tout le monde, sauf à M. le curé. Comme c'est malin. Maintenant, c'est là-haut qu'il faut se faire acquitter. Enfin la miséricorde de Dieu est infinie et c'est possible qu'il se soit repenti au dernier moment mais franchement s'il n'est pas en enfer je me demande qui on y mettra. Sûrement pas moi.*

Tout ça, naturellement, ce sera pour le fils, qui s'appelle Jean Cadoret. Il doit avoir dans les trente-cinq ans, il fait le percepteur, mais je ne sais pas où. Le notaire le trouvera sûrement, un percepteur ça ne se perd pas comme ça. Il est marié, et malheureusement, par la volonté de Dieu, il est bossu. M. le curé dit qu'il va vendre toutes ces terres, parce qu'il ne voudra pas faire le paysan. Dès qu'il viendra ici, je te le ferai savoir. Et à propos, j'espère que tu vas plus souvent à la messe maintenant. C'est le moment César. A notre âge, on est sur la porte de la mort qui vient la nuit comme

un voleur. J'aurais été contente si tu m'avais dit que tu as fait de bonnes Pâques, cette année. Comme ça, tu serais tout propre à l'intérieur. Florette a fait une mort bien chrétienne, qui a fait bien plaisir à tout le monde.

Dis mes amitiés à Finette, et à Claire des Bouscarles, etc., etc., et dès que le bossu viendra, je t'écrirai.

« Voilà, dit le Papet. Moi je trouve que c'est très intéressant parce que cet homme-là ne s'installera jamais ici. Écoute bien, premièrement, il est percepteur. Ils ne sont pas bêtes, les percepteurs. Ils savent bien que c'est plus facile de faire sortir l'argent de mes poches plutôt que de la terre. La terre est basse, et les guichets sont hauts. Et puis, un porte-plume ça fait moins d'ampoules qu'une pioche. Deuxièmement, il est bossu ; c'est souvent qu'un paysan devient bossu, c'est rare qu'un bossu devienne paysan.

— Ça, c'est vrai, dit Ugolin. Ça, c'est très bon. Là, nous avons de la chance. Et alors, qu'est-ce que tu veux faire ?

— Attendre.

— Tu n'as pas peur qu'il vende tout son bien d'un seul coup, à quelqu'un de Gémenos, ou de Roquevaire ?

— Ça, ce n'est pas impossible, mais s'il y en a un qui achète tout l'héritage, il ne gardera que le bon, et il sera bien content de revendre cette ferme, et pour pas cher, encore... Dans l'état que tu l'as mise, si un paysan vient la voir, du premier coup il s'assoit par terre, et il commence à pleurer.

— Ça, c'est vrai, dit Ugolin, avec une fierté d'artiste. Et dans un mois, ce sera encore mieux, parce que la broussaille monte de cinq centimètres par jour... »

Le Papet cria avec un enthousiasme démoniaque :

« Et pas d'eau ! Pas d'eau ! Rien qu'une petite citerne pourrie !

— Seulement, moi, j'ai peur d'une chose, je viens d'y penser cette nuit...

— Qu'est-ce que c'est ?

— J'ai peur que la source soit marquée sur les papiers du notaire...

— Moi aussi, j'y ai pensé, dit le Papet songeur. Dans les papiers de ma maison, le puits est marqué... »

Ils réfléchissaient tous les deux, et la haute pendule scandait le silence.

« Écoute, Galinette : cette source, elle n'est pas vieille... J'ai entendu dire, quand j'étais petit, que c'était Camoins le Borgne, le père de Camoins le Gros, qui l'avait trouvée.

— Alors, dit Ugolin, ça fait presque cent ans ?

— Presque. Mais les papiers des notaires sont encore bien plus vieux que ça. Et comme la ferme n'a jamais été vendue, à mon idée, la source n'est pas dans les papiers.

— Et si on l'a déclarée au moment d'un héritage ?

— Et pourquoi ils l'auraient fait ? C'est jamais bien raisonnable de dire au gouvernement quelque chose qu'il ne sait pas ! Ils en profitent toujours pour te mettre des impôts ! Non, pour moi elle n'est pas sur les papiers.

— Mais si ce bossu vient ici, et que quelqu'un du village lui dise la source ?

— Ça, ça m'étonnerait. Les jeunes la connaissent pas, parce qu'il y a au moins vingt ans que cet imbécile de Pique-Bouffigue l'a laissée perdre, et tu sais bien qu'il avait fait cette clôture pour que personne n'entre chez lui... Ceux qui la connaissaient, c'est ceux qui en ont parlé au Cercle, et ils savent bien qu'on n'a pas le droit de s'occuper des affaires des autres. Non, va, tout compte fait, ça doit réussir. Il n'y a qu'à attendre, comme à l'espère, et voir venir. Bientôt, Marie va encore m'écrire, quand elle aura vu ce garçon... Parce qu'il faudra bien qu'il vienne à Crespin pour son héritage. Et alors, peut-être, nous irons lui parler ? »

Il replia soigneusement la lettre, et la remit dans sa poche. Puis il se tut un long moment, pendant qu'il rallumait sa pipe. Enfin, mélancolique, il dit :

« Qui l'aurait cru que Florette ferait un petit bossu ? Elle était grande, elle était belle, elle était fraîche comme la rosée.

— Tu l'as bien connue, Papet ?

— Oh oui ! Très bien. Trop bien, peut-être... »

Ugolin allait poser d'autres questions, mais le Papet se leva dans un grand effort, et dit tout à coup :

« Allez, zou ! Je descends à la vigne. Je vais la retailler, parce que j'ai laissé un peu trop de bois ; elle est comme moi : elle est vieille, et j'ai peur que ça la fatigue... Entre vieux, il faut s'aider... A ce soir, Galinette. Rose nous a fait une polenta, et Claudius m'a donné un mètre de boudin ! »

Un mois se passa sans nouvelles, et Ugolin maigrissait de jour en jour. Il continuait ses visites aux Romarins, mais il ne trouvait plus rien à détruire, et ne pouvait plus rien ajouter. Et il pensait :

« Pourquoi cette Graffignette n'écrit pas ? C'est parce qu'elle n'ose pas nous dire que le bien est vendu... Un de ces quatre matins, on verra la source sur les papiers, ils vont la sortir, et peut-être c'est des gens d'Antibes, et eux ils feront des œillets, et moi je continuerai à faire des pois chiches, qui valent que deux francs le kilo, parce que ça fait péter la nuit... »

Mais un matin, pendant qu'il binait ses salades, il vit en bas, sur le sentier abrupt, la silhouette du Papet qui montait vers lui. Il descendit en courant à sa rencontre.

De loin, l'autre cria :

« Ne te presse pas ! Tout va bien ! »

Il l'attendit, et ils allèrent, en silence, s'asseoir sous le mûrier.

« Alors ? dit Ugolin.

— Alors, écoute. »

Il lut à mi-voix la lettre de Graffignette. Elle était ainsi conçue :

Le 9 de janvier
Fête de saint Marcellin.

Mon cher César,
Frappez, et on vous ouvrira. Écris, et on te répondra. Enfin, le bossu est venu. Il a une belle figure, mais aussi une belle bosse. Ces choses-là, ça me fait toujours rire. Surtout que lui, il est tellement grand qu'on dirait que sa bosse est fausse, comme celle des contrebandiers. Il a une femme rousse, avec des talons tellement pointus que si elle te marche sur le pied, elle te le troue. Elle n'a pas un bon genre. Mais enfin, c'est peut-être une bonne personne. Ne jugez pas, si vous ne voulez pas être jugé. Ils sont restés juste un jour, et ils ont mangé au Cheval Blanc (des truites avec du vin blanc de Cassis, et une perdrix avec une bouteille de vin de Bordeaux). Je ne veux pas te parler des choux à la crème et des liqueurs, ça n'en finissait plus. Puis ils sont allés chez le notaire, signer des papiers, et maintenant ce notaire a fait mettre des affiches pour vendre la maison de Crespin et la prairie de Gémenos. C'est ça la fin des familles. A l'idée de M. le curé, après ils vendront sûrement le bien des Romarins que tu m'as parlé. Dès qu'on mettra l'affiche, je te préviens. Ils vont se manger tout cet argent en ville, et après, il restera plus rien. La bonne du Cheval Blanc m'a dit qu'à table sa femme ne faisait que rire. Heureux ceux qui pleurent, car ils seront consolés.

J'ai demandé à M. le curé de t'envoyer sa bénédiction. Il l'a fait tout de suite. Et moi, je t'envoie une vieille bise de bonne amitié.

« Cette fois-ci, dit le Papet, je crois que tu peux être content. C'est sûr qu'il va mettre les enchères, et peut-être dans quinze jours. Faisons comme les araignées, elles ne se fatiguent pas, elles ne font pas de bruit. Elles attendent. »

Ils attendirent plus de deux mois.
Ugolin en était malade, et le Papet commençait à mon-

trer, sinon son inquiétude, du moins son impatience. C'était quand même bizarre que ce bossu, qui avait vendu sa maison natale, ne se décidât pas à se débarrasser de cette ferme perdue. Peut-être l'avait-il oubliée ? En tout cas, Graffignette avait écrit une troisième fois pour dire que le curé avait vu le notaire, et que la date de la vente n'était pas encore fixée.

Ugolin n'allait plus aussi souvent aux Romarins ; ça l'énervait trop...

Il y remonta cependant un dimanche matin, le fusil à l'épaule, espérant quelque merle, ou peut-être un lapin... Mais, pensif, il ne vit rien.

Devant la ferme, le champ était devenu un hallier, d'où émergeaient quelques arbres affolés. Il ne restait que des passages, aussi étroits que des sentiers, entre des massifs de ronces : elles avaient fait des tiges aussi épaisses qu'un manche de râteau, qui retombaient en arceaux de trois mètres par-dessus des chardons bleuâtres qu'on eût pris pour des artichauts.

Ugolin pénétra dans un passage, et il médita un moment — avec une certaine amertume — sur l'extravagante vigueur des plantes inutiles, et le peu de santé de celles qui rapportent de l'argent. Vraiment, le Bon Dieu avait voulu nous forcer à travailler : autour d'un amandier pâle et découragé, l'insolence des églantiers en offrait l'épineuse preuve.

Cependant, il constatait qu'il avait atteint son but, et se félicitait de son astuce, lorsque au beau milieu du sentier, sur la terre meuble d'une taupinière, il vit tout à coup l'empreinte d'un pied... Il se baissa pour l'examiner.

Elle n'était pas entière, mais c'était visiblement une chaussure d'homme : une semelle sans clous, une semelle parfaitement lisse, une semelle de cuir... Son cœur battit soudain plus vite : c'était un soulier de la ville !

Avec sa science de braconnier, il examina les alentours de la bâtisse, puis le terrain. Il retrouva d'autres empreintes : quelqu'un était venu, sans aucun doute un homme, et un homme seul, qui avait fait plusieurs fois le tour de la ferme, et qui s'était promené dans le champ...

Une grande inquiétude le prit. C'était peut-être un acheteur, venu pour « visiter » avant de signer les papiers chez le notaire ? Ou peut-être le bossu lui-même, qui avait voulu connaître son héritage ?

Pourtant, il n'avait vu monter personne. Et puis, au village, on aurait sûrement remarqué le passage d'un bossu... Mais s'il était venu de l'autre côté, à travers les collines ? Ce n'était guère possible : les « étrangers », qui portent des semelles sans clous, ne connaissent pas les sentiers à travers six ou sept kilomètres de garrigue. Alors, comment expliquer ces empreintes ? Il décida d'aller avertir le Papet, mais au moment où il jetait un dernier coup d'œil vers la ferme, il lui sembla entendre, au loin, une voix. Il prêta l'oreille. C'était bien la voix d'un homme qui encourageait un attelage par des cris, et des claquements de fouet.

Il dit à mi-voix :

« Ça doit être les bousquetiers... »

Seuls, en effet, les bûcherons étaient capables de risquer leurs mulets sur ce chemin tortueux et décharné... En tout cas, une charrette s'approchait car il entendait maintenant le bruit des roues cerclées de fer, qui tintaient sur les roches, et grinçaient en écrasant le gravier.

Il courut vers le coteau, et se cacha sous les genêts.

L'équipage parut.

Deux mulets traînaient à grands efforts une charrette, dont le chargement, caché sous des bâches, était dangereusement haut. Le charretier tirait la première bête par la bride, et avançait à reculons en poussant des cris rauques dont le vallon retentissait.

Derrière la charrette marchait un homme, qui, vu de loin, et à travers les ramures, paraissait immense et blond. Lorsqu'il fut plus près, Ugolin vit qu'il était d'une bonne taille, mais qu'il portait, à cheval sur son cou, une fillette aux boucles dorées, dont les mains étaient croisées sur les cheveux noirs de sa monture.

Enfin, plus loin derrière eux, une grande femme d'un blond roux parut. A cause de la montée, elle se berçait en marchant, et son visage était pâle et rose au-dessus d'une brassée de romarins fleuris qu'elle serrait contre son cœur.

Ugolin, stupéfait, pensa que ces gens s'étaient perdus, et il allait leur conseiller de rebrousser chemin, lorsque l'homme qui portait la petite fille sur son dos cria au charretier :

« C'est là ! Arrêtez-vous sur le chemin, juste au-dessus de la maison ! »

Puis il prit le sentier qui descendait en oblique à la ferme, et vint au petit galop jusqu'à la terrasse ruinée de Pique-Bouffigue ; la cavalière cramponnée à ses cheveux riait aux éclats.

Il s'arrêta, et, les mains sous les aisselles de l'enfant, il

la haussa au-dessus de sa tête, la fit passer devant lui, et la posa dans les romarins.

Alors Ugolin, épouvanté, vit la bosse qui avait servi de siège à la fillette : c'était lui, c'était le bossu, l'héritier, le propriétaire !

Il venait avec sa famille, et cette grinçante charrette apportait peut-être un déménagement...

Mais il essaya de se rassurer.

« Après tout, il n'y a pas qu'un bossu sur la terre. Celui-là, c'est peut-être un ami de l'héritier. Entre bossus, on se fréquente. L'autre lui a peut-être prêté la vieille bastide pour des vacances ? »

L'homme se tourna vers la belle femme qui arrivait, et il cria :

« Qu'en dis-tu ? »

Elle s'avança, l'air ravi.

« Regarde ! cria le bossu, admire ces ronces géantes ! Ces oliviers inextricables, ces romarins arborescents !

— Et ces églantines, dit-elle, en a-t-on jamais vu d'aussi belles ?

— C'est le Paradou de Zola ! cria de nouveau le bossu. C'est même plus beau que le Paradou ! »

Ugolin n'avait jamais entendu parler de Zola, quant aux églantines, il ne les connaissait que sous le nom de « gratte-culs ».

Le bossu fit quelques pas dans la broussaille, et, soudain, il cria :

« Aimée ! Viens voir ces chardons ! »

Elle accourut, puis s'arrêta près de lui, émerveillée, avec des gémissements d'admiration.

« N'y touche pas, dit-il. Tout à l'heure, avec des ciseaux, je t'en cueillerai un bouquet ! »

Il regarda autour de lui, et dit avec enthousiasme :

« Et il y en a des centaines ! C'est féerique ! Ah ! il me sera pénible de les sacrifier, mais avant d'y toucher, j'en ferai des photographies ! »

Ugolin écoutait, stupéfait, les déclarations de ces aliénés, et il regrettait amèrement de s'être donné tant de mal à planter des épouvantails qui les emportaient dans un tel ravissement.

« Allons ! dit soudain le bossu. Au travail ! »

En se retournant, la femme vit la façade ruinée de la ferme. Alors, elle laissa tomber ses fleurs à ses pieds, joignit les mains, et dit avec une grande émotion :

« Et voilà le plus beau !

— N'est-ce pas ? Je t'avais prévenue : c'est toute l'antique Provence, et il n'est pas impossible que ces murailles décrépites aient été construites par quelque paysan romain ! »

Ils se taisaient, ils regardaient, puis l'homme tira de sa poche un objet brillant, le porta à sa bouche, et Ugolin entendit une surprenante musique, celle d'un harmonica, et, tout à coup, la femme chanta.

> *En fermant les yeux, je vois là-bas*
> *Une humble retraite toute blanche*
> *Au fond des bois...*

Cette voix était d'une pureté, d'une force et d'une longueur surprenantes, et les échos du vallon lui répondirent avec respect.

Ugolin, peu sensible à la musique, se demandait :

« Qu'est-ce qu'ils apportent sur cette charrette ? »

Il le sut tout de suite, car le muletier, qui avait arrêté son équipage juste au-dessus de la maison, tira sur la bâche, et des meubles vernis brillèrent au soleil.

Le bossu avait sorti de sa poche une lourde clef rouillée... Il la planta dans la serrure, et la porte s'ouvrit avec un grincement grave et sourd...

Le charretier descendait déjà le sentier en portant sur sa tête une table vernie, et la femme le suivit dans la maison.

Pendant qu'elle repoussait les volets des fenêtres, les deux hommes ressortirent. Le bossu avait quitté sa veste, et, tout en retroussant les manches de sa chemise, il suivit l'autre jusqu'à la charrette.

Ugolin se demandait :

« Est-ce que c'est lui, ou un autre ? »

Puis, il pensa que Graffignette avait bien dit qu'il était grand, et que sa femme était rousse ; mais elle n'avait pas dit qu'elle chantait, ni qu'ils avaient une petite fille... Et puis, d'après Graffignette, il était percepteur en ville. Un

percepteur, ça ne va pas dans la colline, avec des meubles et une famille ! Pendant les vacances, c'est possible : mais pas au mois de mars ! Ou alors, ils venaient simplement installer la maison, la préparer pour l'été prochain. C'était sûrement ça...

Est-ce que c'était bon ou mauvais ?

D'un côté, c'était mauvais, parce que, si c'était le vrai bossu, il ne vendrait jamais la ferme. Mais d'un autre côté, cet homme-là, que ce fût le vrai ou un autre, ce n'était pas un paysan ! Il ne resterait pas toute l'année, on pourrait lui louer le champ, et faire semblant de découvrir la source... Puisque ces gens admiraient les chardons, ils seraient bien contents d'avoir des œillets autour de leur maison ! Ça serait leur plaisir d'en tirer des photographies !... Il fallait leur parler tout de suite, et se mettre bien avec eux.

Il cacha son fusil sous la broussaille, et s'avança vers les deux hommes, qui déchargeaient des matelas roulés en ballots.

En souriant, et sur le ton le plus cordial, il s'écria :

« Salut, bonjour la compagnie !

— Bonjour, monsieur ! répondit le bossu, qui parut surpris.

— Je suis en train de me demander, dit Ugolin d'un air plaisant, si vous refuseriez un coup de main !

— Oh ! que non ! répliqua le joyeux muletier. Parce qu'il y a surtout ce vieux bahut que je me demandais si nous pourrions le descendre sans le démonter !

— Oui, c'était là notre problème, dit le bossu, et je vous serais très obligé si vous nous aidiez à le résoudre ! »

Il avait une belle voix grave, de larges yeux de café brûlé, des dents très blanches, et sur son front pâle brillait une boucle d'un noir lustré. Ugolin remarqua l'épaisseur de ses longs bras, qui étaient fortement musclés.

« On va faire son possible ! dit Ugolin.

— Je vous remercie mille fois de votre aide. Vous êtes d'Aubagne ?

— Non. Je suis des Bastides. Mais j'y habite pas. Ma maison, c'est la dernière ferme que vous avez rencontrée, en montant ici, juste au commencement du vallon.

— Alors, nous allons être presque voisins.
— Je m'appelle Ugolin, et même Ugolin de Zulma. C'est pas de la noblesse, ajouta-t-il en riant. Ça veut dire que ma mère s'appelait Zulma — et mon nom de famille, c'est Soubeyran. »

Il regardait l'étranger, espérant qu'à son tour il lui dirait son nom. Mais le muletier, monté sur la charrette, poussait déjà vers l'arrière un bahut provençal aux portes sculptées. Ugolin et le bossu saisirent les deux pieds, reculèrent, et accompagnèrent la descente du meuble : le poids en était considérable, et Ugolin se rendit compte que cet homme, malgré son infirmité, était certainement aussi fort que lui.

A eux trois, ils réussirent le transport de ce monument d'une époque disparue, et ils l'installèrent dans la vaste cuisine provençale que la femme et la petite fille étaient déjà très occupées à balayer, après avoir jeté par la fenêtre la paillasse moisie de Pique-Bouffigue.

Il restait d'ailleurs bien d'autres souvenirs du vieux braconnier. Sur une immense table, faite d'épaisses poutres, une bouteille à demi pleine d'un vin noir, à la surface duquel flottaient des fleurs blanchâtres, une assiette de soupe durcie et fendillée comme l'argile du mois de juillet, un demi-pain plus dur qu'un pavé, un verre marqué de cercles rouges par une vinasse évaporée.

Au mur, la batterie de cuisine. Une cruche verte sur l'évier, deux chaises dont les rats avaient rongé la paille, et une grande armoire, vieille comme les collines. L'une de ses portes pendait obliquement, et le coin droit, qui avait perdu son pied, reposait sur quatre briques. La haute pendule provençale, qu'on avait arrêtée le soir de la veillée funèbre, était couverte de toiles d'araignées. Mais le bossu déclara qu'il la trouvait très belle, qu'elle avait au moins cent ans, et que c'était peut-être une pièce de musée !

Les hommes firent une vingtaine de voyages, transportant un mobilier disparate : une commode vermoulue, un très beau lit de noyer sculpté, une table de nuit en bois blanc, un grand miroir biseauté, dans un cadre en bois doré, un lustre à pendeloques de cristal, équipé de lampes électriques, un très grand fauteuil de cuir, quel-

ques chaises boiteuses ; puis, des caisses pleines de livres, un bureau à figurines de bronze, des tapis roulés en ballots ; ils parurent immenses à Ugolin, qui n'avait jamais vu que des descentes de lit en paille tressée. Ils débarquèrent ensuite plusieurs casiers à bouteilles : de l'eau minérale avec des étiquettes, et du vin cacheté à la cire rouge ou blanche.

« Il est riche ! pensa Ugolin. C'est bien lui, c'est le percepteur ! »

Enfin, sous les dernières caisses, il vit un grand coffre, qui avait les dimensions d'un cercueil.

Ugolin voulut le soulever, mais le muletier se mit à rire.

« Oh ! celui-là, dit-il, il faudrait être au moins quatre pour le porter !...

— Mais comment avez-vous fait pour le charger ?

— Pour le charger, dit le bossu, nous avons d'abord installé le coffre sur la charrette, puis nous y avons mis les outils les uns après les autres ; nous allons maintenant faire l'opération inverse ! »

« Les outils ? pensa Ugolin, quels outils ? »

Il monta sur le plateau du véhicule, et souleva le couvercle du coffre : alors, il vit avec stupeur un grand nombre d'outils agricoles tout neufs : une bêche à deux dents, une autre à quatre dents, une sape, un pic, une fourche à pierres, une cognée, une hachette, une masse, deux râteaux, une petite « loube », des piochons, deux pelles, une faux et son manche, deux faucilles...

Il y avait aussi un assez gros ballot, enveloppé dans une forte toile, et soigneusement ficelé.

« Ça, dit le bossu, ce sont les sécateurs, les couteaux-scies, le rabot, le burin, la scie à métaux, etc. J'en ai assez pour monter un joli petit atelier ! »

Il emporta le paquet dans ses bras, tandis qu'Ugolin le suivait, avec une brassée de pioches et de pelles.

Il était au comble de l'inquiétude, mais une idée le rassura.

« C'est un bricoleur, pensa-t-il. Les gens de la ville sont souvent comme ça. Il va sûrement vouloir se faire un petit potager : quatre salades, trois pieds de céleri, et un peu de cerfeuil. Toujours plantés trop profond, et à la

mauvaise lune... Je l'aiderai, et il me louera le grand champ, peut-être pour rien ! »

Dans la vaste cuisine, la chanteuse, maniant le marteau et le burin, ouvrait adroitement les caisses, et en sortait les ustensiles, que la fillette suspendait aux clous plantés dans le mur.

Après les transports, ils montèrent les lits dans les chambrettes du premier étage ; ce fut une opération longue et difficile, à cause de l'étroitesse de l'escalier en colimaçon.

Puis, la belle femme déclara :

« Mon cher Jean, maintenant, tu vas te reposer un moment...

— Avec plaisir, dit le bossu — et même j'estime que l'heure est venue de faire une libation à Bacchus, ou, si vous préférez, que nous avons bien gagné le plaisir de boire un coup ! »

Ils s'installèrent tous les trois sous la treille, tandis que la chanteuse débouchait une bouteille de vin blanc, qu'elle serrait entre ses genoux.

« Madame a une voix extraordinaire, dit Ugolin. Même à l'église, je n'ai jamais entendu chanter comme ça ! »

Le bossu sourit, et dit :

« Elle en a étonné bien d'autres avant vous. Elle a chanté des opéras : *Lakmé, Si J'étais Roi, Manon*... »

Ugolin n'avait jamais entendu parler de ces ouvrages, mais son ignorance ne diminua pas son admiration.

« Je parie, dit-il, qu'elle a chanté devant du monde !

« Bien sûr ! Devant des salles pleines à craquer. »

Il ne mentait pas, mais il omettait de dire que ces salles se trouvaient à Saigon, à Dakar, ou dans des villes de province.

« Il y a déjà plusieurs années, dit modestement la chanteuse. Aujourd'hui, je n'ai plus qu'une moitié de voix...

— Une moitié ? Alors, qu'est-ce que ça devait être !

— Admirable, unique ! s'écria le bossu. Son triomphe, c'était *Manon*. Voilà pourquoi nous avons donné ce nom à notre petite fille, qui aura peut-être un jour le même talent. »

La fillette sourit, baissa les yeux, et se dandina, tandis que sa mère emplissait les verres à la ronde.

Le muletier regardait les pinèdes qui escaladaient les barres successives. Il hocha la tête, et dit :

« C'est un joli endroit, quand même. Le chemin est mauvais, mais ça vaut la peine. On respire bien !

— L'air est très bonne, dit Ugolin. Elle est fraîche, mais elle est bonne.

— A mon avis, dit le bossu, c'est un coin du Paradis terrestre. »

C'était le moment de se renseigner, mais sans montrer trop d'intérêt.

« Alors, c'est pour ça que vous avez loué cette vieille bastide ? »

Il sourit.

« Je ne l'ai pas louée.

— Vous l'avez achetée ?

— Non plus. Ni louée ni achetée et pourtant, je suis ici chez moi.

— Est-ce que par hasard, dit finement Ugolin, vous ne seriez pas Jean de Florette ?

— Il est exact, dit le bossu, que je m'appelle Jean, et que ma mère s'appelle Florette. Mais mon nom est Jean Cadoret.

— Si vous étiez né ici, comme votre mère, on vous appellerait Jean de Florette.

— Comme c'est joli ! dit la chanteuse. Ce serait un joli titre pour une chanson — ou même pour un opéra-comique !

— Vous avez donc connu ma mère ? demanda son mari.

— Non, dit Ugolin — mais j'ai connu son frère Marius, qu'on appelait Pique-Bouffigue — c'était un bon ami, et j'allais lui faire ses commissions au village...

— Je ne l'ai vu qu'une fois, mais il y a bien longtemps, dit le bossu. Il m'a laissé le souvenir d'un sauvage, mais je lui suis reconnaissant d'avoir légué cette ferme à ma mère qui, à son tour, me l'a laissée ! »

Malgré l'évidence, Ugolin avait conservé un doute, mais la chose était dite : c'était bien l'héritier, le proprié-

taire, et il n'avait nulle intention de vendre son bien, du moins pour le moment...

Le bossu leva son verre très haut, et dit avec une certaine solennité :

« Je bois à la Mère Nature, aux collines odorantes, je bois aux cigales, à la pinède, à la brise, aux roches millénaires, je bois à l'azur ! »

Ugolin leva son verre à son tour, et répondit plus simplement :

« A la bonne vôtre ! »

Tandis qu'ils buvaient tous les trois, on entendit soudain un grand bruit de sabots et de ferraille. Les mulets, qui en avaient assez, avaient changé le cap de la charrette vide, et ils dévalaient la pente au grand trot.

« Ah ! les sales bêtes ! dit le muletier. Et ils me font ça tous les jours ! C'est le plus petit qui est le plus vicieux ! Excusez-moi, messieurs-dames... A demain ! »

Il partit au galop, en hurlant des injures, à la poursuite du véhicule vide qui bondissait lui-même comme un tigre sur les reins des mulets épouvantés.

Ugolin pensait :

« Il a dit " à demain ". C'est qu'il va faire encore un voyage ! »

Il était consterné par l'idée qu'une seconde arrivée de meubles implanterait plus solidement ces gens-là.

La femme rousse avait de nouveau rempli les verres, puis elle s'était assise par terre, serrant ses mollets dans ses mains croisées, et la tête appuyée contre le genou de son mari.

Par la fenêtre ouverte, la petite fille jetait de vieux souliers, des loques, des plâtras.

« Vous connaissiez déjà la propriété ? demanda Ugolin.

— J'y étais venu une seule fois, dit le bossu, avec mon père, il y a plus de vingt ans. Nous avions traversé les collines depuis Crespin. Mais j'y suis revenu la semaine dernière, pour me rendre compte de l'état actuel de la maison. Eh bien, à vingt ans de distance, j'ai retrouvé tous les sentiers !

— Tu es un pigeon voyageur, dit tendrement sa femme.

— C'est un don, dit-il. J'ai la mémoire des lieux, une mémoire infaillible. »

Il se frottait les mains joyeusement.

« Et alors, dit Ugolin, vous venez en famille pour y passer quelques jours de vacances ?

— Des vacances, dit le bossu, qui dureront jusqu'à ma mort. »

Et comme Ugolin ouvrait de grands yeux inquiets, il reprit avec force :

« Oui, c'est à l'ombre de ces pinèdes que je désire vivre dans la paix et dans la joie tous les jours que Dieu voudra bien m'accorder.

— Et vous n'avez pas peur que la maison vous tombe sur la tête ?

— Jamais de la vie ! Elle est beaucoup plus solide que vous ne le croyez — et d'ailleurs, je vais la remettre à neuf — on m'apporte demain le plâtre, et le ciment. »

C'était une révélation accablante. Un homme qui parlait de plâtre, de ciment et de rester là toute sa vie connaissait peut-être le secret de la source ?...

Il fallait trancher la question tout de suite. Il prit un ton dégagé pour dire :

« C'est peut-être une bonne idée de vous installer ici... Mais pour l'eau, comment ferez-vous ?

— Ma foi, il y a la citerne ! »

Ugolin respira.

« Oui, mais elle est pourrie.

— Je sais. Je l'ai examinée lors de ma visite. Elle est pleine jusqu'au bord d'une eau noirâtre, et qui sent fort mauvais... Mais ce n'est pas sans remède. Il suffit de la vider, et d'y mettre quelques pierres de chaux vive.

— Ça ne réussit pas toujours, dit Ugolin. Celle-là est pourrie depuis plus de vingt ans, et c'est incrusté dans les murs...

— On les grattera, dit tranquillement le bossu. Au besoin, je les recrépirai. Il n'y a qu'un point qui m'intéresse : est-ce qu'elle est grande ?

— Oh ! non, dit Ugolin. Elle est petite. Elle est même très petite.

— Il faudra donc l'agrandir, dit le bossu, comme s'il s'agissait d'une bagatelle.

— Et voilà tout! dit sa femme en riant de plaisir.

— En attendant, dit Ugolin, ne buvez pas cette eau, parce que vous pourriez attraper les typhoïdes, et peut-être des maladies encore plus pires!

— Vous pensez bien que j'ai envisagé le problème. J'ai apporté d'abord à tout hasard quelques bouteilles d'eau minérale, en attendant de savoir si l'eau de notre source est potable. »

A ce mot terrible de « source », Ugolin sentit battre son cœur, et il parpelégea vivement, comme ébloui. Puis il prit un air étonné pour dire :

« Une source? Quelle source? Où est-elle?

— Je ne l'ai pas encore vue, mais elle figure sur le cadastre dont le notaire m'a donné une copie. Je vais vous montrer ce document, et je pense que vous pourrez me renseigner! »

Il entra dans la maison.

« Ça y est, pensa Ugolin. C'est la catastrophe. S'il a ce papier, ça sera difficile de l'embrouiller. En tout cas, moi, je ne sais rien, et je n'ai rien vu. »

Aimée remplit de nouveau son verre, et dit :

« C'est une chance que nous ayons un voisin comme vous!

— Et moi, dit Ugolin, ça me plaît que vous soyez ici, parce que j'étais tout seul, jusqu'à maintenant. Ce n'est pas que je m'ennuie, parce que j'ai beaucoup de travail. Mais quand même, quand on a des voisins, c'est agréable, parce qu'on peut se rendre service... Si on est malade, ou s'il y a le feu, on se donne un coup de main... C'est tout naturel... »

Il parpelégeait plus que jamais, et ses cils roux battaient, frénétiques.

Le bossu revint, et il dépliait un plan cadastral; il repoussa les verres pour l'étaler sur la table.

« Les cartes, dit Ugolin, ça m'embarrasse beaucoup, et vraiment, je n'y comprends rien!

— Regardez, dit le bossu. Vous voyez ici, ce petit rond? Il signifie un puits, ou une source...

— Et la ferme, où elle est marquée?

— Ici. La voilà. La source en est donc à deux kilomè-

tres environ, au bout d'un vallon qui s'appelle le vallon du Plantier. »

Ugolin respira profondément, parpelégea trois fois, et ne put retenir un éclat de rire.

« Ah ! dit-il, si c'est le Plantier que vous voulez dire, je la connais ! C'est de l'autre côté de la colline... Au bout du vallon, ça monte beaucoup, et en haut, il y a une baume, et dans la baume, il y a la source. C'est une eau très bonne mais elle coule pas plus gros que mon pouce.

— Entends-tu, Aimée ?

— J'entends, dit-elle. J'espère que ce n'est pas trop loin d'ici.

— Ma foi, dit Ugolin, c'est une bonne heure de marche.

— Avec le petit âne, dit le bossu (car on doit m'amener un âne, et différents matériaux de construction), il nous suffira d'y aller une fois par semaine.

— Ça sera notre promenade du dimanche, dit Aimée.

— Un peu longue, dit Ugolin. Mais quand on aime marcher dans la colline...

— Et justement, dit le bossu, nous adorons ça...

— En ce moment, dit Ugolin, il y a un bûcheron et sa femme qui se sont installés dans la bergerie de la grotte... C'est des Piémontais. La femme s'appelle Baptistine. Elle est un peu sorcière. Elle connaît toutes les plantes. Mais quand même, c'est des braves gens. C'est tout bien propre, bien arrangé... Mais si ça vous gêne, vous pouvez les faire partir...

— A Dieu ne plaise ! dit le bossu. Si cette grotte leur suffit, ce n'est pas moi qui les en chasserai. Nous irons leur rendre visite bientôt, car cette question de l'eau est importante.

— Bien sûr, dit Ugolin... Mais vous n'avez pas besoin de vous presser, parce que j'ai mon puits. En ce moment, il donne assez bien, et pendant deux ou trois semaines, vous pouvez venir chercher un ou deux arrosoirs par jour.

— Voilà, dit le bossu, une offre généreuse et que j'accepte de grand cœur, en attendant que nous soyons organisés. Merci, et à votre santé, mon voisin !

— A votre santé, monsieur le percepteur ! dit Ugolin en souriant.

— Hoho ! Comme vous y allez ! Non, je n'étais pas percepteur, mais commis de perception. C'est un métier un peu déplaisant, et vraiment très ennuyeux, surtout pour un homme comme moi. »

Il était gentil, ce bossu, mais il n'était pas très modeste.

« Vous devez vous demander, cher voisin, pourquoi l'intellectuel que je suis a résolu de s'installer ici ?

— Ça oui, dit Ugolin, en secouant la tête, je me le demande !

— Eh bien, voilà : après avoir beaucoup travaillé — je parle du travail de l'esprit — après avoir longuement médité et PHILOSOPHÉ, je suis arrivé à la conclusion irréfutable que le seul bonheur possible c'est d'être un homme de la Nature. J'ai besoin d'air, j'ai besoin d'espace pour que ma pensée se cristallise. Je ne m'intéresse plus qu'à ce qui est vrai, sincère, pur, large, en un seul mot, l'AUTHENTIQUE, et je suis venu ici pour cultiver l'AUTHENTIQUE. J'espère que vous me comprenez ?

— Oui, dit Ugolin. Évidemment.

— Je veux vivre en communion avec la Nature. Je veux manger les légumes de mon jardin, l'huile de mes oliviers, gober les œufs frais de mes poules, m'enivrer du seul vin de ma vigne, et dès que ce sera possible, manger le pain que je ferai avec mon blé.

— Vous savez, dit Ugolin, ça ne sera pas de sitôt ! Ces oliviers, ils sont partis dans la sauvagerie, et pour les rattraper, il vous faudra trois ans. La vigne ici viendra bien, mais comptez aussi trois ans. Vos poules, vous en mangerez les œufs, si les renards ne vous mangent pas les poules. Et les légumes du jardin, sans eau, ils ne seront pas bien gros...

— Nous verrons bien, dit le bossu, avec un sourire supérieur. Je sais bien que rien ne se fait qu'avec du temps et du travail. Mais grâce au petit héritage — que je dois à la bienfaisante avarice de ma mère — nous avons de quoi tenir au moins trois ans. Et dans trois ans... »

Il fit un mystérieux sourire, et se tut.

« Oui, dans trois ans ! » dit la chanteuse...

Elle secouait la tête, d'un air de triomphe.

« Qu'est-ce qu'il y aura, dans trois ans ? dit Ugolin.

— Nous avons de vastes projets ! dit le bossu en caressant les cheveux de sa femme. Mais ce n'est pas le moment de vous les exposer. Il me faudrait trop de temps. Je vous en parlerai un de ces jours : à ce propos, il faut que je vous demande un renseignement. Me serait-il possible de louer ou d'acheter les champs qui prolongent les nôtres, vers le nord ? »

Pour le coup, Ugolin fut suffoqué...

« Vous savez que vous avez plus de douze mille mètres ?

— 12 800, dit le Bossu... C'est insuffisant, ou plutôt, ce sera un jour insuffisant, et je voudrais m'assurer par avance au moins un hectare de plus. Voulez-vous avoir la gentillesse d'y penser ?

— Je demanderai au village, dit Ugolin... Je crois que votre voisin, c'est le boulanger... Je lui demanderai.

— Je vous en remercie.

— Mais pour cultiver deux hectares, il va vous falloir des ouvriers ?

— Bien sûr, il m'en faudra deux. Et ces deux ouvriers, les voilà ! »

Il ouvrit largement ses deux mains, et les présenta : elles étaient larges et longues, mais fines et blanches, avec des ongles presque transparents.

Puis il se leva, souriant.

« Je dois vous dire que votre gentillesse m'a causé une très heureuse surprise. En effet, ma mère, qui est née ici, m'a répété bien souvent que les paysans des Bastides sont de véritables sauvages, et qui détestent fort bêtement les gens de Crespin. Je constate avec plaisir que vous êtes une exception, et je me félicite de vous avoir rencontré. Mais je vous demande de ne pas annoncer notre arrivée au village : ils l'apprendront bien assez tôt.

— Vous serez bien forcé d'aller y chercher votre pain !

— Nous ferons nos provisions à Ruissatel. C'est évidemment un peu plus loin, mais on y trouve des gens civilisés... Merci encore ; mais maintenant, je dois parer au plus pressé. Aimée, quelle heure est-il ? »

Elle regarda la montre d'or de son bracelet.

« Dix heures juste, dit-elle.

— Nous n'avons pas une minute à perdre. Pendant que vous mettrez de l'ordre, et que vous préparerez le déjeuner, je vais commencer par le toit. Excusez-moi, cher voisin. Cette première journée est particulièrement importante, et je dois me mettre en besogne immédiatement ! »

Il se leva, et lui serra la main, en disant :

« Je vous remercie de votre aide généreuse, et je vous prie de croire à mon amitié vicinale. Au travail. »

Il entra dans la maison, puis dans un tintement de tuiles brisées, son buste reparut sur le toit.

« Voilà, dit-il gaiement, un vrai champ de bataille. Toutes ces pierres ont sans doute été mises sur les tuiles pour les empêcher de s'envoler un jour de mistral ?

— Ça doit être ça, dit Ugolin.

— On a dû les poser un peu brutalement, dit le buste, ou peut-être les lancer d'en bas... Beaucoup de tuiles sont fendues... Heureusement, celles de l'écurie me paraissent en bon état, et le transfert ne sera qu'un jeu d'enfant.

— Surtout, cria la femme blonde, n'abîme pas tes mains !

— J'ai ce qu'il faut ! »

Il tira de sa poche de vieux gants de peau.

« Prenez garde aux scorpions ! cria Ugolin. Il y en a souvent sous les tuiles.

— Merci pour l'avertissement, répondit le bossu qui venait de se hisser sur le toit. Ce que je vais faire maintenant ne sera que du provisoire, car je n'ai ni ciment, ni chaux. Ce sera cependant suffisant pour nous mettre à l'abri d'une pluie de printemps !

— Eh bien, bon courage, dit Ugolin.

— Nous n'en manquons pas ! » répliqua le bossu.

Les mains gantées, il s'avança, les bras en croix, comme un équilibriste, tout le long de la faîtière.

Ugolin courut à la recherche du Papet. Il finit par le trouver dans sa vigne du vallon. Assis sur un escabeau qu'il transportait avec lui, il était occupé à retendre les fils de fer où devaient s'accrocher les sarments qui pointaient déjà.

Le bruit de la course de son neveu lui fit lever la tête.

Ugolin, hors d'haleine, inspecta d'abord les alentours, puis dit à mi-voix :

« Le Bossu est arrivé. Avec sa femme et sa fille. Tout un déménagement. Ils sont en train de s'installer.

— Bon, dit le Papet. Va chercher mon carnier, là-bas, dans le pételin, et mangeons un morceau. J'ai oublié de déjeuner. »

Ugolin s'assit au creux du sillon ; le Papet, sur son escabeau, rompit le pain, et coupa les tranches de saucisson, pendant que son neveu débouchait la bouteille et remplissait le verre.

« Alors, quel genre c'est, cet homme-là ?

Ugolin hésita une seconde, et répondit :

« C'est le genre d'un bossu de la ville, comme s'il s'agissait d'une espèce bien connue.

— Beaucoup de la ville ?

— En plein ! Ils sont bien gentils tous les deux, mais ils disent des choses que c'est pas croyable. Lui, il trouve que les chardons, il n'y a rien de plus beau et va leur tirer le portrait ; et sa femme, ça lui fait de l'émotion de regarder les gratte-culs. Et ils disent que cette ferme, c'est le Paradis !

— Alors, tu lui as parlé ? »

Ugolin, la joue gonflée, articula difficilement :

« Je l'ai aidé à décharger ses meubles, et il m'a fait boire le vin blanc.

— Il compte y rester longtemps, là-haut ?

— Jusqu'à sa mort. C'est ce qu'il m'a dit.

— Il est malade ?

— Oh ! pas du tout ! Il a des bras de forgeron ! Il a apporté une charretée de pioches, de pics, des râteaux, des pelles, et il veut faire le paysan !

— Il te l'a dit ?

— Mais oui. Et même que ses douze mille mètres, ça ne lui suffira pas, qu'il lui faut un hectare de plus — et il veut acheter le champ du boulanger ! Il dit qu'il a des " vastes projets " !

— Alors, dit le Papet, il connaît la source ?

— Non ! dit Ugolin. Je t'assure que non ! Il connaît celle du Plantier, qui est marquée sur ses papiers, mais la nôtre n'y est pas. Plusieurs fois, j'ai fait venir l'eau dans la conversation. Il a dit que, pour boire, il irait la chercher au Plantier. Et puis, il va faire agrandir la citerne !

— Galinette, attention ! Il faut pas faire confiance aux bossus. Ils sont toujours plus malins que nous ! Cette source, ce serait tout naturel que sa mère lui en ait parlé ! N'oublie pas qu'il vient de Crespin, et qu'il doit se méfier de nous ! C'est peut-être un innocent de la ville, mais quand même il ne parlerait pas de travailler deux hectares avec une citerne ! Et qu'est-ce qu'il veut planter ?

— Des légumes, de la vigne, du blé, et surtout, il dit qu'il va cultiver des lotantiques ! Des lotantiques partout ! Qu'est-ce que c'est ?

— Ça doit être une plante qui pousse dans les livres... Je vois ça d'ici.

— Il a dit : " Il faut être moderne ! "

— Je parie dix francs qu'il t'a parlé de la " routine ".

— Qu'est-ce que c'est ?

— Un mot de la ville... La routine, ça veut dire ce que les vieux nous ont appris, et d'après eux, il faut tout foutre en l'air, parce que c'est pas moderne, et que maintenant on a inventé des miracles...

— Peut-être que c'est vrai ?

— De la pure couillonnade, dit le Papet. Il y a vingt ans, je suis allé travailler en journées chez un gros richard de Marseille, qui s'était installé près de Gémenos, avec des machines, des treuils, et surtout, des Idées. Ah ! Celui-là, il en parlait, de la Routine ! Et même, il en parlait si bien que j'avais presque fini par le croire ! Alors, il nous a fait planter cinq hectares de haricots nègres, qu'il avait achetés à l'Exposition coloniale, et on y a mis des sacs d'un engrais chimique en poudre, que ça coûtait plus cher que du tabac à priser. Ça alors, c'était pas la Routine !... Ces haricots, ils ont poussé d'une vitesse incroyable. Ça montait d'un mètre par semaine ! Au bout d'un mois, ils avaient dépassé les cannes, et là-haut, ça flottait dans les airs ! Il fallait une serpe pour entrer dedans. Et puis, finalement, qu'est-ce qu'ils ont fait ? De l'ombrage ! Pas une gousse, pas une graine. Au bout d'un an, le monsieur a plié bagages, et il nous a dit : " Mes amis, j'ai compris, et je retourne en ville. Mais si vous en voyez venir un autre comme moi, dites-lui de ma part qu'il y a trois façons de se ruiner : les femmes, le jeu, et l'agriculture. L'agriculture c'est le plus rapide, et, en plus, le moins agréable ! Adessias ! " Et il est parti. Ces lotantiques de ton bossu, c'est sûrement quelque chose dans ce genre. Ça ne donnera rien, et il se découragera, mais ça va encore nous faire perdre du temps...

— Au moins un an, dit Ugolin, soucieux.

— S'il connaît la source, deux ans, et peut-être trois. Parce qu'avec l'eau, il poussera toujours quelque chose, peu que peu... Ces gens de la ville, des fois, il y en a qui s'obstinent jusqu'au bout de leur argent... Mais s'il ne la connaît pas, moi je le vois parti au mois de mai prochain...

— Ça serait possible, dit Ugolin. Je pourrais commencer mon défonçage en octobre... Mais trois ans, ça serait la catastrophe...

— Galinette, il ne faut pas toujours croire le plus pire. Moi je te dis qu'un jour ou l'autre tu verras revenir cette charrette pour faire le déménagement en sens contraire... Nous, étudions bien la situation, et préparons notre plan.

« En réfléchissant, je crois qu'il ne connaît pas la source, mais j'ai bien peur qu'Anglade ou Casimir, qui

sont un peu parents avec lui, finissent par lui en parler...
C'est ça le plus grave.

— De ce côté-là, ne crains rien. Sa mère lui a fait la leçon sur les Bastides ; il va acheter son pain à Ruissatel, et il m'a défendu de dire qu'il était de Crespin.

— Mais nous, nous le dirons ! s'écria joyeusement le Papet. Nous dirons que c'est un de Crespin qui a acheté la ferme, mais sans parler de Florette, et sans dire son nom ! Deuxièmement, toi, fais-lui de petits services. Quand on s'installe, on a toujours besoin de quelque chose. Donne-lui un coup de main, prête-lui mon mulet, ou peut-être des outils qui lui manquent, et surtout, fais des gracieusetés à sa femme : deux poignées d'amandes, deux grives, un panier de figues... Comme ça, quand il partira, il te vendra la ferme à toi, plutôt qu'à un autre !

— J'ai commencé ce matin, dit Ugolin... Je lui ai dit que pour boire, il pouvait venir prendre de l'eau à mon puits. Un arrosoir par jour. Mais je ne l'ai pas fait pour ce que tu dis.

— Alors, pourquoi ? »

Ugolin parut gêné ; ses yeux papillotèrent, ses paupières battirent trois fois, puis, comme pour s'excuser d'une largesse gratuite, il dit très vite :

« Tu comprends, s'ils avaient bu l'eau de la citerne, c'est sûr qu'ils seraient morts tous les trois, et moi ça m'aurait embêté. D'avoir bouché la source, c'est pas criminel : c'est pour les œillets. Mais si, à cause de ça, il y avait des morts, eh bien peut-être qu'après nous n'en parlerions pas, mais nous y penserions. »

Le Papet sourit gentiment, puis avec une sorte de tendresse apitoyée, il dit :

« Tu es tout le portrait de ta pauvre mère. Celle-là, elle se faisait tout le temps du mauvais sang pour les autres ! Enfin, tu as bien fait, parce que si toute la famille mourait, on ne sait pas qui pourrait venir à sa place. Finalement, il vaut mieux lui qu'un vrai paysan...

— Et puis moi, je vais commencer tout de suite à le décourager. Je vais lui dire que les oliviers sont perdus, que la terre est pourrie de chiendent, que les sauterelles mangent tout, qu'il ne pleut jamais aux Romarins, que la

citerne sera toujours trop petite, qu'en hiver, il gèle tous les matins, que le mistral...

— Tais-toi ! Tais-toi ! s'écria le Papet, tu te trompes de chemin ! Rappelle-toi que, même dans la tête des gens, c'est plus facile de labourer à la descente qu'à la montée ! Dis-lui que les lotantiques, c'est formidable, que la pluie ne lui fera jamais faute, que le mistral ici c'est une brise, qu'il faut commencer tout de suite les vastes projets, et pousse-le du côté qu'il va tomber !

— Ça, je crois que ça sera facile, parce qu'il penche déjà tout seul, et du mauvais côté. Mais j'aimerais bien que tu viennes le voir, pour lui prendre mesure... »

Le Papet réfléchit un instant, tout en bourrant sa pipe.

« Non, dit-il, non. Il vaut mieux qu'il ne me connaisse pas. Un jour, ça pourra nous servir. »

Quand Ugolin remonta chez lui, vers trois heures, il entendit de loin l'harmonica ; il trouva le musicien assis sous le mûrier de Massacan, entre deux arrosoirs tout neufs.

« Salut, voisin ! dit le bossu. Vous voyez que je n'ai guère tardé à profiter de votre générosité !

— Vous avez bien fait, mais vous n'auriez pas dû m'attendre ! Vous n'aviez qu'à vous servir !

— Comme c'est la première fois... D'ailleurs, je n'ai pas perdu mon temps, car j'ai fait connaissance avec cet admirable paysage. »

Il montrait la vallée qui s'allongeait jusqu'à la mer, au pied de la chaîne lointaine de Marseille-Veyre.

« Ma foi, dit Ugolin, moi, les paysages, je m'y connais guère. Celui-là est bon, parce qu'il est grand, alors on peut voir venir le temps qu'il fera... »

Tout en parlant, il laissait descendre le seau au fond du puits. On l'entendit frapper la surface de l'eau : Ugolin saisit le brin descendant de la chaîne, et le secoua trois ou quatre fois.

« Il faut toujours faire ça, dit-il, autrement le seau flotte, et vous le remontez vide. »

Un bruit de ferraille monta du puits, puis un bref glouglou.

« Ça y est ! Il a chaviré. Il plonge. »

Il tira longuement sur la chaîne, et vida l'eau brillante dans un arrosoir.

Puis il demanda :

« Ça marche, votre toit ?
— Assez bien, mais il me manquera sans doute quelques tuiles, et j'ai oublié d'en commander au muletier. Ce qui m'ennuie, c'est qu'elles seront neuves, et courtes et qu'elles vont gâter la beauté de l'ensemble.
— Vous savez, dit Ugolin, un toit ça ne se voit guère !
— Je sais bien, dit le bossu. Mais tout de même... Tout de même... »
Ugolin vida un second seau dans l'arrosoir.
« Voilà, dit-il. Maintenant, servez-vous tout seul, parce que j'ai des plançons depuis trois jours dans la remise, et il faut les mettre en terre avant ce soir ! »
Le bossu se confondit en remerciements. Il tira encore trois seaux, puis partit en se balançant entre les deux arrosoirs.

Dix minutes plus tard, comme il repiquait devant sa maison des « pommes d'amour », Ugolin entendit la charrette du messager : elle gravissait à grand-peine et grands cris les lacets du chemin qui montait vers lui. Un petit âne était attelé devant les deux mulets : le chargement était recouvert d'une bâche verte, et tout cet équipage traînait derrière lui deux belles chèvres qui freinaient des quatre pattes, à demi étranglées par des licols.
Le fouet claquait, le muletier hurlait : quand l'attelage arriva sur la planette, en face du mas, les bêtes s'arrêtèrent pour souffler, et le conducteur tira de sa poche un immense mouchoir grisâtre pour essuyer la sueur de son front.
Ugolin s'avança.
« O collègue ! C'est encore des meubles ?
— Quelques-uns, dit le muletier. C'est surtout des caisses de livres, des caisses de vaisselle, et de grandes malles pleines de linge et de costumes.
— Et des outils ?
— Pas beaucoup. Une caisse de vitres, des pots de peinture, et une petite pompe. »
Ugolin tiqua aussitôt.
« Et qu'est-ce qu'il va pomper ?

— Ça doit être pour la citerne ? »

C'était plausible. Ugolin pensa :

« S'il connaissait la source, il n'aurait pas besoin de pompe. Mais peut-être il ne sait pas qu'elle coule toute seule ? En tout cas, j'irai voir où il la met, cette pompe !

— Allez, zou ! dit le muletier. Il faut que je redescende de bonne heure : ma femme est en train de me faire un enfant ! Hue, carogne. »

<center>*
* *</center>

Le lendemain matin, la charrette reparut.

« Ho ho ! dit Ugolin, ça devient inquiétant ! »

Il lui semblait en effet qu'une aussi grande accumulation de richesses enracinait à jamais ce bossu de malheur.

Cette fois, le messager s'arrêta cinq ou six fois dans la montée, avant de souffler sur la planette.

La charge du véhicule, invisible sous la bâche, écrasait les ressorts.

« Ce coup-ci, dit le muletier, je ne sais pas si j'arriverai jusque là-haut. J'ai deux cents kilos de tuyaux de ciment, et trois cents kilos de grillage ! »

Il montrait du doigt la bâche qui ondulait sur de gros rouleaux...

« Qu'est-ce qu'il veut faire ?

— Une clôture... Il faut que je revienne encore demain pour en apporter d'autres, avec dix sacs de plâtre d'Aubagne...

— Il faut qu'il soit bien riche, dit Ugolin.

— Je ne sais pas s'il est riche, mais en tout cas, il paie bien !

— Tu crois qu'il restera longtemps là-haut ?

— J'en sais rien, dit le muletier. Tu ne sais pas ce qu'il m'a commandé ? Des tuiles vieilles, même un peu cassées, longues de trois pans. On n'en trouve plus, des comme ça... J'ai peur qu'il soit un peu fada, dans son genre.

— Tu sais, dit Ugolin comme une excuse, il est de la ville.

— Moi aussi, dit fièrement le muletier qui habitait

une lointaine banlieue, je suis de la ville, mais je ne suis pas fada pour ça ! Au contraire ! A propos : c'est un garçon !

— Quel garçon ?

— Mon petit, que je t'ai parlé hier, c'est un garçon ! Il pèse quatre kilos et demi !

— Je te félicite, et bravo pour ta femme !

— Il s'appelle Bruno, parce que son parrain, c'est le frère d'Ernestine. Un type formidable. Il boit dix litres de vin par jour. Et le soir, aussi frais que le matin ! Il faut te dire qu'il est forgeron. Formidable ! Et alors... »

Par bonheur, le second mulet mordit la queue du premier, qui répondit par une ruade, et démarra brusquement.

« O Sainte Vierge ! » dit le muletier ; il s'élança en faisant claquer son fouet, et en criant d'injurieuses questions à l'adresse de l'agresseur.

Ugolin les regarda partir, et soudain, un mot de la conversation le frappa. Cinq minutes après, comme d'habitude. Le charretier avait parlé de « gros tuyaux de ciment » ! Qu'est-ce qu'il comptait faire ce bossu, avec ces tuyaux ? Des tuyaux, ça sert à conduire de l'eau. Quelle eau ? Il fut terrorisé. Le Papet, une fois de plus, ne s'était pas trompé : le bossu connaissait l'existence de la source, et il allait installer des canalisations pour irriguer deux hectares. C'était ça, les « vastes projets » ! Puis il se raisonna : ce bossu était plutôt prétentieux, mais sympathique. Il n'avait pas l'air d'un menteur... Mais l'air, ce n'est pas toute la chanson... Et puis, il est de Crespin. Est-ce qu'on peut se fier à quelqu'un de Crespin ?

Il était resté sur place, les bras ballants, la bouche entrouverte. Tantôt il regardait l'horizon, tantôt le bout de ses souliers. Enfin il décida qu'avant de désespérer, il serait raisonnable d'attendre le retour du transporteur, et il revint à ses plançons.

Vers midi, la charrette vide reparut. Il l'arrêta au passage.

« Qu'est-ce que c'est, ces tuyaux que tu lui as portés ?
— Des tuyaux de ciment.
— Gros ?
— On y passe le poing dedans.
— Il y en a beaucoup ?
— Trente mètres, ou peut-être quarante.
— Et à quoi ça sert, ces tuyaux ?
— D'habitude, c'est pour l'eau. »
Alors Ugolin, énervé, cria :
« Mais il n'en a pas, de l'eau !
— Peut-être c'est pour la citerne... Pour amener la pluie, qui coule sur le chemin, jusqu'à la citerne ?
— Il te l'a dit ?
— Non. Il ne m'a rien dit. Et puis, avec lui, il faut pas chercher à comprendre ! Et en plus, je m'en fous. Allez, zou ! Adessias, collègue... »
La charrette prit la pente.
« Trente mètres, et peut-être quarante ! Ça coûte une fortune... On ne fait pas des frais pareils pour rien ! Il m'a sûrement couillonné ! »
Il plantait maintenant des gousses d'ail, qu'il enterrait du bout du soulier.
« Peut-être un jour il est venu par les collines, quand il a su qu'il héritait... Il s'est bien caché, et il nous a vus en train de la boucher... Pour le moment, il fait celui qui ne sait pas. Et puis, un beau jour, il m'invite : " O collègue ! Venez un peu voir ce que j'ai trouvé ! " Et il me fait voir un ruisseau qui coule comme les pompiers. Et en plus, il ramasse tout d'un coup le bouchon de bois, et il me dit : " Qui est-ce qui l'a mis, ce bouchon ? Qui est-ce qui a voulu me voler ma source ? Tu es le dernier des saligauds, et je vais tout dire aux gendarmes ! " Ça, ça serait le bouquet ! »
Il enfouit encore quelques gousses, et dit à voix basse :
« Non, non. Je me fais des imaginations. C'est bien plus simple : sa mère lui a dit la source, il va la déboucher, et il ne partira jamais.
« Avec de l'eau, et avec cette terre, si tu plantes un tuteur pour les pommes d'amour, huit jours après tu peux dormir à l'ombre ! Il va faire des fraises comme des lanternes ; des coucourdes comme des roues de charrette,

des olives comme des abricots, et des vastes projets formidables. Et pour les œillets, c'est foutu ! »

Il donna encore quelques coups de râteau, puis il dit tout à coup :

« Ces tuyaux, il faut que j'aille les voir. Il vaut mieux savoir tout de suite. »

Il lâcha le manche de son outil, et courut vers son écurie, où le mulet du Papet dormait debout.

Jean Cadoret, dont les conceptions étaient chimériques, apportait à leur réalisation une indomptable énergie, et une application minutieuse. La force et l'endurance des rêveurs sont parfois comparables à celles des aliénés.

Son manuel de *Couverture et Plomberie* était posé sur la faîtière du toit. La truelle à la main, les pieds nus, et un œil à demi fermé par des piqûres de guêpes, il scellait les vieilles tuiles.

De temps à autre, penché au bord de la gouttière, il laissait descendre, au bout d'une ficelle, un seau à confiture que la petite fille remplissait de mortier.

Malgré la ridicule faiblesse de ces moyens, il avait déjà remis en état plus de la moitié des tuiles, et il était tout glorieux de son ouvrage, comme tous ceux qui découvrent un jour l'intérêt et le plaisir des travaux manuels.

Comme il essayait de faire, une fois de plus, le compte des tuiles manquantes, il vit arriver sur le sentier le squelette d'un immense mulet qui portait, sur un bât, deux grandes poches de sparterie. Ugolin suivait cet animal famélique ; il l'arrêta devant la terrasse, et s'écria gaiement :

« Salut bonjour, monsieur Jean !
— Salut ! dit le bossu.
— Regardez ça ! » dit Ugolin.

Et il tira de l'une des poches du bât une longue tuile provençale, qui paraissait bien vieille, mais qui était entière.

« Et où donc portez-vous ces tuiles ?
— Ici, dit Ugolin. Je les avais dans un coin de l'écurie depuis des années, et puis, après ce que vous m'avez dit hier, j'ai pensé que ça vous ferait plaisir, alors, je vous les apporte !
— Voilà un second geste d'amitié que je n'oublierai pas ! » dit le bossu.

Il descendit aussitôt de son toit, et vint lui serrer la main. Puis, tous deux rangèrent les tuiles amicales au pied du mur.

Pendant ces quelques allées et venues, Ugolin cherchait des yeux les tuyaux. Il les découvrit, bien rangés dans l'écurie sans toit, auprès de rouleaux de grillage...

Le bossu l'invita ensuite à boire un pot de vin blanc : il accepta sans façon, et ils allèrent s'asseoir sous la treille.

« J'ai pensé, dit Ugolin, à votre problème de l'eau. La citerne peut vous servir à faire un peu d'arrosage. Mais elle sera bien vite à sec, et votre toit n'est pas très grand. Seulement, quand il pleut, il passe beaucoup d'eau là-haut sur le chemin ; si vous aviez des tuyaux, des tuyaux en ciment, un peu gros, vous feriez une petite conduite, depuis là-haut jusqu'à la citerne, et elle serait pleine à tous les coups !
— Voilà une bonne idée ! s'écria le bossu. Et des tuyaux, justement, j'en ai reçu ce matin !
— C'est une chance ! dit Ugolin. Mais qu'est-ce que vous comptiez en faire ?
— Ça, dit le bossu avec un mystérieux sourire, c'est encore un grand secret... »

« Ça y est, pensa Ugolin. Sûrement, il connaît la source... Il a eu un drôle d'air, pour dire " un grand secret ". Oh ! il se fout de moi ! C'est sûr... »

Mais il essayait de sourire aimablement.

La femme sortit de la maison avec une bouteille et deux verres. Sur un plateau, comme au café. Ugolin se leva pour saluer. Elle était toute souriante, et belle, et propre ; ses cheveux d'or sortaient d'un chiffon noué, qui lui faisait deux petites cornes sur le front, et qui était aussi joli qu'un chapeau ; elle portait un long tablier ; serré à la ceinture, il montait jusqu'à ses épaules. Ce

vêtement, d'un bleu très clair, était bordé de dentelle d'un jaune pâle.

« Excusez-moi, dit-elle, de me présenter dans cette tenue : mais j'ai encore beaucoup de travail dans la maison, et le simple nettoyage exigera encore au moins une semaine ! »

Ugolin ne comprit rien à ces excuses, car le chiffon noué et le tablier lui paraissaient le comble de l'élégance.

Il la salua, et sortit de ses poches plusieurs poignées d'amandes qu'il jeta sur la table.

« Je vous ai apporté quelques amandes pour la petite fille ! dit-il.

— Comme c'est aimable à vous ! dit Aimée. Vous nous faites un bien grand plaisir ! Manon ! cria-t-elle, va chercher le casse-noix !

— Ce n'est pas la peine, dit Ugolin. Ce sont des princesses, on les casse entre deux doigts. »

La petite Manon accourut. Ugolin voulut caresser ses boucles dorées : elle fit un bond en arrière en repliant ses bras sur sa poitrine, et courut cacher son visage dans le luxueux tablier.

« Excusez-la, dit sa mère. Elle est un peu sauvage parce qu'elle ne vous connaît pas encore ! »

Il bouillait d'impatience et d'inquiétude. Comment en revenir à ces tuyaux ? Il rassembla son courage, et dit carrément :

« J'ai vu passer un beau chargement qui venait chez vous. Vous allez refaire la clôture ?

— Eh oui ; une clôture un peu spéciale : elle doit descendre à 0,60 m sous terre.

— Ha ! ha ! dit Ugolin. Vous avez peur que les lapins viennent manger vos légumes ? »

Le bossu, l'index levé, prit un air mystérieux pour dire :

« Vous brûlez ! Vous vous trompez seulement sur la direction des lapins ! »

Ugolin fronça les sourcils, cligna des yeux trois fois de suite, et dit :

« Je ne comprends pas. »

Le bossu regarda sa femme.

« On le lui dit ?

— Si tu veux ! Pourquoi pas ?
— Soit ! »
Il entra dans la maison.
Ugolin pensait :
« La direction des lapins ? Qu'est-ce que ça veut dire ? En tout cas, il a dit que les tuyaux, c'est un grand secret. Et cette femme qui sourit toujours, c'est sûr qu'elle se fout de moi. Et cette petite qui me regarde de loin comme si j'étais une bête féroce... Finalement, je n'y comprends plus rien, et ils sont trop malins pour moi... »

Le bossu reparut, une brochure à la main. Il s'installa commodément, les coudes sur la table, son menton entre ses mains.

« Je vous ai déjà laissé entendre, dit-il, que j'avais des projets d'une assez grande envergure.
— De vastes projets.
— C'est cela même, et je vais vous les révéler aujourd'hui. »

Il prit le ton d'un conférencier.

« Ce qui m'a attiré ici, c'est d'abord mon amour de la nature. Mais quoique je ne manque pas d'argent en ce moment, j'ai une famille à nourrir, et je dois assurer l'avenir de ma fillette : c'est pourquoi le philosophe que je suis a voulu concilier son désir de la vie naturelle, et l'obligation où il se trouve de faire fortune. »

De ce discours, Ugolin ne retint que les derniers mots. Il avait l'intention de « faire fortune ». Faire fortune aux Romarins ! Avec quoi ? Sûrement pas avec ces oliviers à demi morts, ni ces amandiers à l'agonie ; ni avec des légumes, ni avec du blé, ni avec du vin. Il connaissait donc la source, et il voulait peut-être planter des œillets !

C'est pourquoi, par une contre-attaque désespérée, il dit :

« Vous savez ici, les fleurs, même si vous aviez une belle source...
— Quelles fleurs ? dit le bossu d'un air surpris. Croyez-vous que j'espère faire fortune en vendant des églantines ou des chardons ? Et quelle source ? Vous savez que celle que je possède est bien loin d'ici ! »

Il avait l'air sincère. Mais Ugolin se disait :

« Et les tuyaux ? Qu'est-ce que tu veux en faire, de ces tuyaux ? Qu'est-ce que c'est le grand secret ? »

L'orateur continua :

« Vous pensez bien que je ne parle pas à la légère, et que mon plan a été mûrement réfléchi, et parfaitement mis au point. Ce plan, le voici. »

Sa femme sourit orgueilleusement, mais ne dit rien.

« Je vais d'abord installer quelques petites cultures familiales : poireaux, tomates, pommes de terre, cerfeuil... Ceci sera facile. »

(« Que tu dis ! » pensa Ugolin. Mais il approuva hautement.)

« Rien de plus facile.

— Une heure de travail par jour, dit le bossu.

— Quand le potager sera planté, vous pouvez mettre une demi-heure.

— C'est un peu ce que j'espérais.

— Mais, dit Aimée, la citerne est bien petite : si nous n'avons pas assez d'eau pour arroser comme il faut ?

— Ma foi, dit Ugolin en souriant, vos légumes seront plus petits. Mais quel parfum ! Et quel goût !

— Tant mieux ! dit le bossu. Ce que je cherche, ce n'est pas la quantité, c'est la qualité. »

Ugolin prit un air convaincu :

« Oh ! pour la qualité, vous l'aurez !

— Cette question est donc réglée. »

D'un simple geste, comme pour balayer la table, il assura instantanément la nourriture de toute sa famille, et continua :

« Après ces cultures alimentaires, il me faudra préparer d'importantes récoltes, indispensables à l'élevage massif du lapin.

— Massif ? dit Ugolin. Comment ça, massif ? Vous voulez dire des gros lapins ?

— Mais non ! s'écria Aimée. Nous voulons dire plusieurs centaines de lapins par mois, en attendant plusieurs milliers !

— Aimée, dit son mari, n'exagérons rien. Pas de chimères : restons dans les limites du bon sens. »

Il ouvrit la brochure sur une double page et mit, sous

les yeux d'Ugolin, un tableau, dont les colonnes étaient noires de chiffres.

« Regardez ceci ! »

Ugolin regarda, fronça deux fois les sourcils, et déclara :

« J'y comprends rien. Naturellement, je sais très bien lire ; mais les numéros, ça m'embrouille.

— Eh bien moi, dit le bossu, je les comprends fort bien, et je vais vous dire ce qu'ils signifient : ils signifient qu'à partir d'un seul couple de lapins un éleveur MODERNE peut obtenir, dès la fin de la troisième année, une production mensuelle de cinq cents lapins. C'est du moins ce qu'affirme un spécialiste. »

Ugolin tiqua trois fois de suite, et se demanda un instant si le bossu ne plaisantait pas. Mais il vit un visage grave, un visage de technicien de la ville, et il pensa au conseil du Papet : il fallait « le pousser du côté qu'il va tomber ». C'est pourquoi — tout en parpelégeant — il prit une mine d'admirateur stupéfait, et il dit :

« Ça, c'est formidable ! Cinq cents lapins par mois !

— Cela vous étonne, dit le bossu. Pourtant des lapins, vous en avez vu, et vous en avez sans doute élevé ?

— J'en ai toujours six.

— Eh bien, malgré votre expérience, vous ne me semblez pas avoir une idée exacte de la fécondité de ces rongeurs. Ce technicien — et il brandissait la brochure — affirme qu'un élevage qui dépasserait cinq mille têtes deviendrait un danger public, car, à partir de mille mâles et cinq mille femelles, l'éleveur se trouverait submergé par un flot de trente mille lapins dès le premier mois, qui dépasserait deux cent mille à partir du sixième mois, et deux millions par mois à partir du dixième ! Toute une province, et peut-être tout un pays en seraient réduits à la famine et à la mort. »

Ugolin, les sourcils relevés, regardait ce magicien maléfique, et voyait ses champs de lentilles et de pois chiches dévastés pendant que des lapins enragés grimperaient dans les jambes de son pantalon...

« Vous croyez ça ? dit-il.

— L'Australie ! dit soudain Aimée. Parle-lui de l'Australie !

— En effet », dit le bossu. (Il reprit le ton d'un conférencier.) « Ce malheureux continent, quatorze fois plus grand que la France, a failli périr à cause d'un seul couple de lapins apporté par un émigrant. Ces rongeurs ont rasé les champs et les prairies, et il a fallu construire, pour sauver le pays, une barrière électrifiée de deux mille kilomètres de long ! Maintenant, ils continuent à se multiplier dans la partie inhabitée de l'île. La race est devenue énorme, et, quand il n'y a plus assez d'herbe, ils savent grimper dans les arbres !

— Dans les arbres ? dit Ugolin, incrédule, mais épouvanté.

— Oui, monsieur, et ils broutent des forêts entières !

— C'est ce genre de lapins que vous voulez amener ici ?

— Non, heureusement, non. D'ailleurs, je pense que la force et la nocivité de cette race sont dues au climat australien : ici, en deux ou trois générations, ils redeviendraient certainement semblables à nos lapins des champs. En plus gros, évidemment.

— Heureusement ! dit Ugolin. Alors, vous comptez en faire cinq cents par mois ?

— Mais non, mais non ! dit le bossu, sur le ton d'un homme qui ne croit pas aux chimères. Non. Il faut être modéré en toutes choses. De la mesure ! De la mesure ! Les chiffres que nous propose ce technicien sont sans doute exacts. Mais ce ne sont que des chiffres, et il arrive que la réalité leur donne un démenti. Cependant, vous conviendrez avec moi que si je réduis ces prévisions au quart, je suis absolument sûr de mon affaire. Je compte donc obtenir 125 à 150 lapins par mois d'ici deux ans, et je limiterai mon élevage à ce chiffre.

— Pourquoi ? dit plaintivement Aimée... Tu m'avais dit au moins 250 ! »

Il posa tendrement sa main sur l'épaule de son épouse, et dit en souriant :

« Les femmes, mon cher voisin, ont toutes les qualités, sauf le bon sens ! Ma chère amie, il faut maîtriser l'enthousiasme en tenant à deux mains les rênes de la Raison. Nous garderons seulement dix mâles et une cen-

taine de femelles, qui nous assureront 1 500 naissances par an, ce qui sera bien suffisant !

— Pour sûr, dit Ugolin. Ça vous donnera déjà un brave travail... Rien que pour nettoyer les cages, ça ne se fait pas tout seul ! »

Le bossu prit un air triomphal, et dit :

« Je vous attendais là ! Eh bien oui, ça se fera tout seul !

— Et comment ?

— Les lapins sauvages ont-ils besoin que quelqu'un nettoie leurs terriers ?

— Ça, c'est vrai, dit Ugolin. Mais ils ne sont pas dans des cages.

— Vous y êtes ! cria le bossu. La grande erreur des éleveurs, c'est la cage. Et la cage, cher monsieur, c'est de la Routine ! »

(« Bravo, pensa Ugolin. Il l'a dit ! Ça va faire plaisir au Papet. »)

« Et la routine la plus absurde, car cette captivité du lapin est la cause de toutes ses maladies... Et d'ailleurs, que faisait le roi Louis XI lorsqu'il voulait réduire un cardinal à son squelette ? Il le mettait dans une cage ! L'Histoire nous le dit ! »

Elle ne l'avait pas dit à Ugolin, qui ne voyait pas du tout le rapport entre un cardinal, un roi, un squelette, et des lapins ; mais le bossu continuait :

« Moi, je vais établir un grand parc, et je ferai un Élevage Moderne, un élevage en plein air !

— Bravo, dit Ugolin. Ça, c'est intéressant ! »

Puis il pensa qu'il serait adroit de formuler quelques restrictions anodines qu'il pourrait rappeler plus tard, au moment de la déconfiture.

« Avez-vous pensé aux renards ?

— Il y en a beaucoup ici ?

— Pas mal, il y en a pas mal. Il n'en manque pas.

— Vous oubliez la clôture ! dit Aimée. Elle aura presque deux mètres de haut ! En fil de fer galvanisé !

— Oh ! alors ! dit Ugolin rassuré, deux mètres ! Galvanisé !

— Détrompez-vous ! dit sévèrement le bossu, détrompez-vous ! Un renard franchit aisément une clôture de

deux mètres ! Mais, mais, j'ai prévu des terriers artificiels, souterrains bien entendu, et dont l'entrée sera faite d'un tube de ciment ! »

Le cœur d'Ugolin trembla de joie. (Voilà les tuyaux !)

« Tubes, poursuivit le bossu, dont le diamètre, qui permettra le passage d'un lapin, sera INFÉRIEUR à celui de la tête d'un renard ! Le carnassier ne pourra pas agrandir l'entrée pour y pénétrer, et mes lapins, en toute sécurité, se moqueront de lui !

— Ça, dit Ugolin, c'est encore une bonne idée !

— Et moi, dit malicieusement le bossu, pendant ce temps-là, que ferai-je ?

— Oui, que feras-tu ? dit Aimée.

— Eh bien, moi, j'aurai tout simplement installé mon lit devant la fenêtre de notre chambre, et, par les belles nuits de clair de lune, pendant que ces gloutons déçus s'écorcheront le museau contre les entrées de ciment, avec le vieux calibre 16 de mon père, cruellement chargé de chevrotines, je leur briserai la nuque à tous les coups, et la vente des peaux de renards s'ajoutera aux bénéfices que nous avons prévus sur les peaux de lapins ! »

La petite fille battit des mains, tandis qu'Aimée, radieuse, disait :

« Moi, je retiens les cinq premières peaux pour me faire une pèlerine !

— Non, pas les premières ! dit le bossu, avec une grande autorité. Il nous faudra attendre le milieu de l'hiver, pour avoir des fourrures au poil dru et solidement planté !

— C'est ça ! dit Ugolin. Les meilleures, c'est celles de la fin décembre !

— C'est donc promis pour la fin décembre ! Mais pas avant.

— Tout ça, c'est très bien, dit Ugolin. Mais ces lapins, qu'est-ce qu'ils mangeront ?

— C'est là que je vous attendais ! Et vous avez raison de poser la question, car c'est évidemment la question principale ! Eh bien, mon cher voisin, voici ma réponse. Tout d'abord, dans le parc qu'ils habiteront, je vais semer du sainfoin, et du trèfle, qui enrichiront l'herbe naturelle de ce terrain. Ma fille et sa mère iront deux fois par jour

en promenade, et rapporteront à brassées les herbes des collines qui parfument la chair. Mais surtout — surtout — et c'est la grande nouveauté et la clef même de mon système, j'ai CECI ! »

Il fouilla dans la poche de son gilet, et en tira quatre grosses graines d'un noir brillant. Dans le creux de sa main, il les présenta à Ugolin, qui les examina, et dit :

« C'est des graines de pastèques ?

— Oh non ! dit le bossu, avec un mystérieux sourire. Oh non !

— Alors, dit Ugolin, c'est des lotantiques ? »

Le bossu prit un temps, et dit à voix basse :

« Authentiques ? Mais évidemment ! C'est la graine parfaitement authentique de la *cucurbita melanosperma,* qui nous vient d'Asie.

— Ça s'appelle comme ça là-bas ?

— Non. C'est son nom savant, son nom latin, qui signifie la courge à graines noires... Cette plante, mon cher voisin, pousse avec une rapidité magique ! Sous le climat tropical, après la saison des pluies, ses tiges rampantes s'allongent de trente à quarante centimètres par jour ! Nous ne sommes évidemment pas sous un climat tropical...

— Heureusement ! dit Aimée.

— Et nous n'avons pas, à proprement parler, de saison des pluies...

— Vous savez, dit Ugolin, il pleut tout de même beaucoup ici... Pas très très souvent, mais quand ça tombe, ça tombe bien !

— Je vais vous donner des chiffres », dit le bossu.

Il tira de sa poche un carnet à la couverture de toile cirée noire.

« Selon les statistiques des cinquante dernières années, établies par les savants de l'Observatoire de Marseille, les chutes d'eau dans notre région atteignent 52 centimètres par an. C'est-à-dire que, si le fond de ce vallon était imperméable, et entouré d'une margelle, il serait, à la fin de l'année, entièrement recouvert par un lac d'une profondeur uniforme de 52 centimètres, et, au bout de cinq ans, la table de votre cuisine naviguerait en frôlant le plafond ! »

Ugolin, submergé, déclara :

« Ça, je m'en serais jamais douté !

— Les chiffres sont là, dit le bossu. Il est vrai que ces 52 centimètres contiennent les pluies d'hiver, qui ne nous intéressent pas. Mais voici ce qui nous est dû par le ciel pour les mois de végétation : Avril, six jours de pluie. Mai, cinq jours. Juin, quatre jours. Juillet, deux jours. Août, trois. Septembre, six jours. Octobre, six jours.

— A mon idée, dit Ugolin, c'est tout à fait ça.

— Toutefois, reprit le bossu, il ne faut pas se dissimuler que ces pluies parfois capricieuses ne seront pas tout à fait suffisantes pour que cette cucurbitacée généreuse nous donne son plein rendement. Je n'espère donc pas une croissance tropicale. Non. Je renonce même à vingt-cinq centimètres, et j'admets que nous ne dépasserons pas quinze centimètres.

— Toujours pessimiste ! dit Aimée.

— Il faut l'être, affirma le bossu, quand on veut s'épargner de pénibles désillusions. Ce n'est pas un jeu, ma chère Aimée. Songe que nous sommes condamnés à la réussite avant trois ans, sous peine de retour à l'enfer des villes. Donc, je dis quinze centimètres, ce qui est déjà très beau.

— Et puis, dit Ugolin, cinquante centimètres par jour, ça ne serait pas commode... Au bout de six mois, pour cueillir les courges, il faudrait aller jusqu'au village ! Et si les tiges se tricotaient, alors, on n'en sortirait plus !

— Parfaitement raisonné !

— Mais alors, dit Aimée plaintivement, nous n'aurons pas cent kilos de courges par pied ?

— Cent kilos ? dit Ugolin, stupéfait.

— Oui, dit le bossu. C'est le rendement normal de la plante chez elle. Ici, le bon sens nous dit que, même avec des soins attentifs, notre moyenne ne dépassera pas cinquante à soixante kilos...

— Ça serait déjà magnifique ! dit Ugolin. Mais vous n'avez que quatre graines...

— C'est qu'il est très difficile de s'en procurer ! Je dois celles-ci à l'amitié d'un navigateur marseillais... Je vais les planter sous abri, et les soigner comme la prunelle de mes yeux... Il me sera ainsi possible d'étudier

leur comportement, avant d'entreprendre la grande culture. En cinq ou six mois, elles me donneront une bonne centaine de courges — c'est un minimum — c'est-à-dire assez de graines pour ensemencer un hectare. C'est ce que nous ferons l'an prochain. Dans dix-huit mois, la récolte, et le début de l'élevage massif! Une entreprise comme celle-là ne s'improvise pas : il faut compter trois ans pour qu'elle atteigne son plein rendement. Nous avons de quoi tenir jusque-là! »

Il avait parlé avec une si grande certitude qu'Ugolin en fut consterné. Trois ans!

(« Heureusement, pensa-t-il, qu'il ne connaît pas la source! »)

« Eh bien, mon voisin, qu'en dites-vous ?

— C'est très intéressant! dit Ugolin. Mais ces courges, est-ce que c'est bon à manger ?

— Délicieux! dit le bossu, comme s'il en faisait sa nourriture habituelle. De plus, l'écorce qui entoure le fruit est si dure, et si parfaitement imperméable, qu'il est possible de les conserver plusieurs années, sans que la pulpe en soit altérée ; la courge reste aussi fraîche et aussi nourrissante qu'au jour de sa cueillaison !

— C'est bien dommage, dit Ugolin, qu'on ne fasse pas connaître ça aux paysans.

— Oh oui! dit Aimée, c'est bien dommage !

— Qu'est-ce que vous voulez, dit Ugolin, mélancolique, nous autres, on n'a guère de livres... Ce sont nos vieux qui nous apprennent, ça fait qu'on reste dans la Routine. Ah! la Routine, c'est terrible...

— Enfin, dit le bossu, charmé, voici un vrai paysan qui en convient! Eh bien, puisque vous êtes en état de comprendre, je vous ferai cadeau de quelques graines ; aujourd'hui, je ne possède que ces quatre : mais dans six mois, le problème ne sera plus de trouver des graines, mais d'arrêter leur prolifération !

— Alors, dit Ugolin, si vous ne pouvez arrêter ni les lapins ni les coucourdes, je me demande où nous allons !

— A la fortune! dit le bossu, et sachez qu'en reconnaissance de votre gentillesse spontanée, je vous y mènerai par la main avec moi !

— Il le mérite », dit Aimée.

Et elle versa deux grands verres de vin blanc.

« A propos, dit Ugolin, j'ai pensé à votre affaire pour le champ du boulanger, et puis, finalement, je ne lui ai rien dit.

— Pourquoi ?

— Parce qu'hier, au Cercle, ils ont parlé de vous. Ils savent qui vous êtes, n'est-ce pas...

— Qui le leur a dit ?

— Ça, je n'en sais rien... Dans les villages, on surveille, on parle... Alors, un vieux a raconté la bataille du mariage de votre mère...

— Mon père m'en a fait le récit plusieurs fois, dit le bossu, mais il en parlait en riant.

— Eh bien, eux, ça ne les a jamais fait rire. Que la plus jolie fille du village soit partie avec un de Crespin, pour eux, c'est toujours une trahison...

— Comme c'est mesquin ! dit Aimée avec mépris.

— Une rancune aussi stupide, dit le bossu, prouve qu'elle a eu mille fois raison de quitter cette bande de péquenots, que je n'ai jamais eu l'intention de fréquenter : je vous l'ai déjà dit. »

Aimée était pâle de colère.

« C'est un très grand honneur que leur a fait mon mari de venir habiter ici. Vous le leur direz de ma part.

— Qu'est-ce que vous voulez, ils sont comme ça... Remarquez bien qu'ils n'essaieront pas de vous faire du mal... Si vous ne leur dites rien, ils vous laisseront bien tranquilles : mais pour le champ, je vais essayer de le louer en disant que c'est pour moi, et je vous le passerai. Et puis, j'ai pensé à autre chose, Ruissatel, c'est loin pour les provisions. Alors, si ça peut vous rendre service, moi j'ai Délie qui vient trois fois par semaine faire mon ménage... Vous n'aurez qu'à me donner la liste des commissions, et elle vous rapportera tout ce que vous voudrez !

— Mon cher voisin, dit le bossu, j'accepte encore une fois votre offre généreuse, parce qu'en ce moment il nous faut compléter notre installation, et nous n'avons pas de temps à perdre. Soyez d'ailleurs assuré que, quand le temps sera venu, je vous témoignerai ma reconnaissance autrement que par des paroles. »

Ugolin courut au village. Sur l'esplanade, le Papet terminait une partie de pétanque. La main gauche appuyée sur son bâton, après de longues réflexions, il pointa magnifiquement, et sa boule, aux acclamations de l'assistance, vint mourir sur le bouchon, donnant à son camp le quinzième point.

Mais devant tous ces gens, Ugolin ne dit pas un mot. Il alla donc boire l'apéritif avec les joueurs, ce qui prit une bonne heure, quoiqu'il eût fait un clin d'œil au Papet, qui ne jugea pas bon de s'en aller trop vite. Puis ils remontèrent, en devisant de choses et d'autres, jusqu'à la maison Soubeyran, et, quand la porte fut refermée, et qu'ils eurent constaté que la vieille sourde-muette était très occupée à râper du fromage pour la soupe, ils s'attablèrent devant une bouteille de vin, le Papet alluma sa pipe, et demanda :

« Il y a du nouveau ?

— Oui, et il y a du bon et du mauvais. Premièrement, les vastes projets, c'est un grand élevage de lapins, en plein air, dans un grillage.

— Très bien. Il a un livre ?

— Oui, il me l'a fait voir. C'est tout plein de chiffres. Ça prouve que, si tu commences avec deux lapins, au bout de six mois, tu en as plus de mille. Et si tu les laisses continuer, c'est la perdition : c'est comme ça qu'ils ont mangé l'Australie.

— Je connais ça, dit le Papet. Moi, ce n'est pas dans un livre que je l'ai vu : c'est dans un journal... Avec un

porte-plume, c'est facile de faire des multiplications et des lapins. Même un soir, à la Valentine, j'ai vu un artiste qui en a fait sortir quatre d'un chapeau gibus.

— Lui, il dit qu'il veut se limiter : pas plus de 150 par mois. »

Le Papet ricana :

« Bravo ! Bravo !

— Et il va les nourrir avec des coucourdes chinoises qui ont la peau en bois. Il dit que ça pousse aussi vite qu'un serpent qui sort du trou, et chaque plante peut faire au moins cent kilos de coucourdes, mais lui, il se contentera de cinquante.

— Galinette, tu es sûr que tu n'exagères pas un peu ?

— Oh ! pas du tout. Je te répète ce qu'il m'a dit.

— Il s'est peut-être foutu de toi ?

— Par moments, je me le suis demandé. Et puis non, c'est du sérieux : il y croit. Ce matin, il a encore fait monter un gros voyage de grillage, de piquets, de ciment. Et le messager m'a dit que ce n'est pas fini !

— Eh bien, tout ça me plaît beaucoup, parce que cet homme, le Bon Dieu nous l'a fait sur mesure. Dans six mois, il sera parti.

— Eh bien, là, tu te trompes. Je t'ai dit qu'il y avait du bon et du mauvais : le mauvais, c'est qu'il tire ses plans sur trois ans. Il a dit à sa femme : " Nous sommes condamnés à réussir avant trois ans, sinon il faudra retourner en ville. " Voilà ce qu'il a dit.

— Ce qu'il dit et ce qu'il fera, c'est sûrement pas la même chose.

— Peut-être, mais ça prouve qu'il a de l'argent : tu sais qu'il a vendu sa maison et les biens de Gémenos. Tu sais bien qu'il a fait l'héritage !

— Galinette, l'argent d'héritage, ce n'est pas bon, ça ne tient pas aux doigts... S'il commence à acheter du ciment ! Des idées, et du ciment, ça vous mène loin... Avant six mois, il commencera à claquer du bec... Avec six mille francs, nous en serons débarrassés... Et, d'ici là, ce sera amusant de le voir s'embrouiller dans ses coucourdes, ça nous fera prendre patience...

— Papet, j'aimerais que tu viennes le voir, pour

m'expliquer, parce que moi, par moments, j'y comprends rien !
— Je t'ai déjà dit non ! Mais quand même, comme je suis curieux, je vais me faire un petit agachon dans la pinède, pour surveiller un peu de loin... Ce sera pour mon plaisir. »

A ce moment, la porte s'ouvrit, et la muette lança vers le Papet un grand nombre de signes mystérieux. Le Papet dit « oui » de la tête.

« Elle dit que le manger est tout prêt. »

Et, comme la muette agitait légèrement ses deux mains ouvertes, il traduisit :

« C'est des petits oiseaux au poêlon...
— D'accord, dit Ugolin. J'avais déjà senti la bonne odeur. »

*
**

Pendant ce temps, à table, sous la lampe à pétrole, le bossu disait gravement :

« Nos jugements sont toujours trop hâtifs et les âmes sont vraiment séparées quand l'amour ne les rapproche pas. Je m'étais trompé sur le compte de cet homme. Vois-tu, le premier jour, lorsqu'il m'aida à transporter nos meubles, j'avais attribué sa générosité à une curiosité paysanne, et j'avais même cru voir, dans son sourire, une sorte d'hostilité. Mea culpa ! Il nous a d'abord donné l'eau précieuse de son puits, sans qu'on lui ait rien demandé. Aujourd'hui, il a pensé à nous apporter des tuiles, ce qui m'évite un long et coûteux voyage à Aubagne. Oui, cet homme, accablé par un travail sans répit — car ses pauvres champs sont vraiment bien tenus, quoique la terre m'en paraisse ingrate — cet homme est venu offrir ses services à son voisin qu'il ne connaît pas. Et même ce qu'il nous a dit, à propos de ces imbéciles du village, c'est un témoignage de sympathie, et, de plus, une preuve de la délicatesse de son caractère : il refuse d'épouser leur sottise. D'ailleurs, il vit en solitaire, sa ferme est presque aussi isolée que la nôtre, et j'ai l'impression qu'il ne doit guère les fréquenter !

— Moi, dit Aimée, timidement, il ne me plaît pas beaucoup.

— Parce qu'il est laid ! Parce qu'il est gauche, et rustre... Mais sous des enveloppes grossières, il y a parfois des âmes pures...

— Je le sais bien, dit Aimée. J'essaierai de le comprendre. En tout cas, il fait peur à la petite... Il a voulu lui caresser les cheveux : elle a hurlé.

— Manon, tu m'étonnes. Ce gentil paysan ne te plaît pas ?

— Il est vilain, dit la fillette. Il me fait froid sur les joues. C'est un crapaud !

— Manon, dit le bossu, gravement, ce sont tes sentiments qui sont vilains. Ce monsieur nous a donné les tuiles qui nous manquaient, si bien que, chaque fois qu'il pleuvra, nous lui devrons un peu de reconnaissance, et un petit remerciement. »

Le dimanche après-midi, comme d'habitude, Ugolin descendit au village, pour faire la partie de boules. Elle fut longue et plaisante. Il joua avec Ange et le Papet, contre le boulanger, le boucher, et Pamphile. Philoxène, retenu au bar, ne venait que de temps à autre pour « mesurer » le point, quand il était contesté.

Devant une « galerie » assez conséquente — où brillaient au premier rang Cabridan, Anglade et le forgeron, qui assuraient l'important service des commentaires — ils gagnèrent la première et la « belle », qui fut suivie de l'apéritif, auquel les commentateurs furent invités.

Bien des gens avaient vu de loin l'arrivée du bossu, et les voyages du charretier. Mais personne n'en parlait, « parce qu'on ne s'occupe pas des affaires des autres ». Ugolin prit les devants.

« Là-haut, dit-il, il est arrivé un drôle de bonhomme, avec tout un déménagement !

— J'ai vu monter la charrette, dit Pamphile. Je l'ai vue au moins trois fois !

— Et moi, je l'ai vue quatre fois, dit Eliacin.

— Il a loué la ferme ? demanda Philoxène.

— Non, dit Ugolin. Il l'a achetée. Enfin, c'est ce qu'il m'a dit.

— C'est un paysan ?

— Non. Il est bossu.

— Peuchère ! dit Pamphile.

— Il y a longtemps qu'il est là ? demanda le boulanger.

— Ça fait une semaine.
— Moi, je ne l'ai pas encore vu. Où est-ce qu'il va acheter le pain ?
— A Ruissatel, dit Ugolin. Il va tout acheter à Ruissatel. »

Le boulanger fut vexé.

« Pourquoi ? Il a peur que mon pain l'empoisonne ?
— Bien sûr que non... La vérité, c'est qu'il ne veut pas venir au village. »

Il prit un temps, parpelégea, et dit :

« Il est de Crespin.
— Oyayaïe ! dit le forgeron. C'est pas une recommandation.
— C'est peut-être un espion, dit Cabridan.
— Et qu'est-ce que tu veux qu'il espionne ? s'écria Philoxène. Tu crois qu'il est venu pour compter tes pois chiches ? »

L'astucieux Pamphile ajouta :

« Et puis, si c'était un espion, il ne le dirait pas, qu'il est de Crespin !
— Et puis, il viendrait au village pour se renseigner !
— Et justement, il fait le contraire ! dit le Papet. Allons, allons, tout ça c'est des bêtises. Ils ne sont pas tous mauvais, à Crespin !
— Et qu'est-ce qu'il faisait, là-bas ?
— Il faisait les écritures dans le bureau du percepteur. »

Il y eut un silence, puis, Cabridan, ouvrant des yeux de lapin effrayé, dit :

« Il va peut-être nous faire de nouveaux impôts !
— Mais non, mais non, dit le Papet. Ça ne se fait pas comme ça, les impôts !
— Il a de la famille ? demanda le boulanger.
— Oui. Une femme et une petite fille.
— Tu crois qu'il va rester longtemps ?
— Il ne me l'a pas dit. En tout cas, il répare la maison.
— Il fait ça tout seul ? demanda Casimir.
— Oui, avec des gants.
— Ça doit être bien fait ! dit Philoxène.
— Il fait comme il peut.
— Alors, il n'a pas d'argent ?

— Comment veux-tu que je le sache ? Nous avons parlé deux ou trois fois cinq minutes.
— Tout de même, dit Ange, un bossu qui vient de Crespin, et qui reste caché dans la colline, moi je me méfie.
— Et de quoi tu te méfies ? répliqua Philoxène. S'il reste là-haut, il ne fait de mal à personne !
— Bah ! dit le Papet, il n'y a qu'à le laisser tranquille, il ne nous demandera rien ! »

Le 30 mars, le toit de la maison était parfaitement réparé, la remise était couverte de tuiles neuves, les portes et les fenêtres fermaient presque exactement, et il ne manquait pas une vitre. Les volets avaient été repeints en vert clair, et la façade assez rustiquement recrépie à la chaux brillait toute blanche au soleil. Enfin, il avait remplacé les poteaux pourris de la treille par des troncs de jeunes pins, à l'écorce rouge et noire, et les pampres jadis échevelés formaient maintenant un plafond verdoyant sur la terrasse rénovée.

Pour célébrer la fin de ces travaux, et surtout pour obtenir d'autres félicitations que les siennes propres, Jean Cadoret invita Ugolin à boire un verre de champagne.

Il arriva vers les six heures du soir. Quand au tournant du vallon il découvrit la ferme, il ouvrit de grands yeux, et s'arrêta quelques secondes. Le bossu le regardait de loin, en souriant. A dix mètres, Ugolin s'arrêta de nouveau, regarda longuement, et secoua la tête.

« Eh bien ? Qu'en pensez-vous ?

— J'en pense que pour venir voir une maison comme ça, j'aurais dû mettre mon costume des dimanches ! »

Aimée venait de sortir, dans une robe rose, et deux épaisses tresses rousses couronnaient son pâle visage : la petite Manon, installée sur une balançoire accrochée à la basse branche d'un olivier, pointait en avant ses espadrilles bleues, un brin de fenouil à la bouche.

Enfin il vit la jolie pompe à manivelle installée sur le

couvercle de bois de la citerne, et un tuyau de caoutchouc était enroulé sur une grosse bobine de bois : Ugolin estima sa longueur à trente mètres, et son prix à au moins cent francs.

Il ne reconnut pas la cuisine, animée par la pendule, que la cire d'abeilles avait remise à neuf, et tout éclairée par la blancheur des murs enrichie par l'éclat des cuivres. Il admira la suspension toute dorée dans laquelle était maintenant assise une très grosse lampe à pétrole, sous un abat-jour de verre bleu entouré d'un cercle de lampes électriques inutiles, mais luxueuses. Lorsqu'il visita le premier étage, il fut stupéfait de constater que le mari ne dormait pas avec sa femme, et qu'ils avaient chacun leur chambre : c'était des manières de gens riches. Ce bossu diabolique avait sûrement beaucoup d'argent, il savait travailler de ses mains, et sa confiance dans le succès final de son entreprise semblait justifiée, aux yeux d'Ugolin, par cette première réalisation... Il s'en alla très inquiet, vers le Papet.

*
**

Le lendemain matin, Jean Cadoret commença ses travaux de pionnier.

Il se leva sans bruit, avant le jour. Afin de ne pas réveiller sa femme et sa fille, il descendit l'escalier ses souliers à la main, souffla sur les braises pour faire chauffer son café, et partit travailler au bord le plus lointain du champ.

Avant d'attaquer le premier arbuste sauvage, il lui fit, dans l'aube naissante, un petit discours, en invoquant la nécessité où il se trouvait de nourrir sa famille ; puis, pour toutes ces plantes qu'il allait tuer, il joua un petit air d'harmonica, noble et triste, pendant que le jour se levait...

Ses premières journées ne furent pas très efficaces. A cause de sa maladresse, la hache, la serpe et la scie lui coûtaient de trop grands efforts, et il n'avait pas réussi à amincir le tranchant de la faux, en le battant sur la petite enclume. De plus, quand il lançait devant lui la grande lame, la pointe se plantait en terre ; s'il n'avait pas vu,

dans son enfance, des faucheurs abattre l'andain avec une parfaite aisance, il eût jeté cet outil absurde. Mais il réfléchit, et s'obstina. Il s'appliqua à relever légèrement la pointe, il apprit à faire pivoter son torse, et en moins d'une semaine, il fut capable de manier l'instrument comme un véritable professionnel.

De même, il découvrit les gestes qui lèvent la pioche à la bonne hauteur, et la plantent à la bonne distance, par un effort juste et mesuré. Sans doute retrouvait-il cette adresse et cette efficacité dans son hérédité paysanne. Peut-être aussi parce que les travaux manuels (quoi qu'en disent les démagogues) n'exigent pas un véritable génie, et qu'il est bien plus difficile d'extraire une racine carrée qu'une racine de genêt.

Avec la serpe à long manche, il trancha les ronces géantes, et les épineux argéras. Puis il faucha les chardons, et, à deux mains, il arracha les cistes et les romarins... Enfin, armé de la fourche et du râteau, il tirait jusqu'aux pinèdes latérales cette verdure massacrée, suivi par l'ânesse et les chèvres qui choisissaient leur pâture de chardons et de serpolet.

Vers huit heures, il accrochait la faux dans un olivier, rangeait ses outils, et jouait sur l'harmonica une ritournelle de cor de chasse. Alors, sa femme et sa fille venaient apporter le casse-croûte, car il tenait à déjeuner sur les lieux de son travail, comme un paysan... C'était un vrai repas : des œufs durs, des anchois, des charcuteries, d'épaisses tranches de pain, et un grand verre de vin rouge.

Puis, après quelques bavardages, et parfois un peu de musique, tout le monde se remettait au travail. Le père reprenait la faux ou la fourche, la mère allait faire son ménage, la fillette surveillait les chèvres.

A midi, la chantante Aimée mettait le couvert sous la treille ; mais le bossu ne s'accordait qu'une demi-heure pour ce repas, et il repartait au travail, jusqu'à la tombée de la nuit.

Alors, aux premiers appels des chouettes, il rentrait, épuisé, mais souriant, dans la grande cuisine, où la petite fille, au bout de la table, faisait des pages d'écriture, pendant que sa mère disposait les assiettes autour d'un bou-

quet de fleurs des champs. Il se lavait, et peignait ses cheveux noirs d'où tombaient des brindilles, des feuilles de thym, des miettes d'écorce.

Il allait ensuite s'asseoir tout près de la lampe, et avec une aiguille purifiée sur la flamme d'une bougie, il cherchait sous la peau de ses doigts les épines de la journée, tandis que la fillette attentive poussait de petits cris de douleur, et tirait brusquement la grande main vers elle, pour baiser le doigt meurtri.

Pendant le dîner, il exposait, une fois de plus, les plans longuement mûris qui devaient si vite assurer leur fortune, et surtout celle de la petite ; alors, on voyait rouler sur la table un carrousel de pièces d'or. Après le dessert, il s'installait devant le feu : la petite Manon, assise sur un coussin, accrochée au mollet de son père, appuyait ses boucles contre son genou, et il jouait sur son harmonica les vieilles chansons paysannes, ou les antiques noëls provençaux. Parfois Aimée chantait, d'une admirable voix de soprano, et son mari l'accompagnait à la tierce ; au clair de lune, dans les pins, la flûte des chouettes donnait de lointaines réponses.

Pendant les premières semaines, le surmenage de son mari inquiéta Aimée, et lui-même craignit un moment de ne pouvoir soutenir son effort. Mais il s'aperçut bientôt que ses forces grandissaient chaque jour, et que l'air des collines faisait de lui un autre homme.

Pour la première fois de sa vie, il avait grand plaisir à vivre : sa mère était née dans cette ferme solitaire, elle avait, dans sa jeunesse, « acané » les amandes de ces amandiers, et tendu les toiles dans l'herbe sous ces oliviers, plantés par les aïeux deux ou trois siècles plus tôt. Il aimait ces pinèdes, ces cades, ces térébinthes, le coucou du matin, l'épervier de midi, les chouettes du soir, et tandis qu'il piochait sa terre, sous les croisières des hirondelles, il pensait qu'aucune de ces créatures vivantes ne savait qu'il était bossu.

Tous les deux ou trois jours, au retour de ses braconnages, Ugolin passait aux Romarins. Il y laissait toujours

quelque cadeau : une perdrix, deux ou trois grives, du « pèbre d'aï » cueilli aux Escaouprès, parfois même, après avoir déchargé son fusil, il le posait dans l'herbe ; puis, assis sous un olivier, il plantait dans le sol la petite enclume, et battait longuement le tranchant de la faux, sous les yeux attentifs de M. Jean.

Au bout d'une quinzaine, le champ fut « bien propre ».

Les oliviers, délivrés de leurs rejetons, allégés de leurs branches mortes, avaient repris leurs formes d'arbres, et la broussaille avait reculé jusqu'au pied des coteaux.

Un soir, il annonça à sa famille que le lendemain serait un grand jour, le premier jour des travaux véritablement agricoles, car il allait commencer le défonçage à la pioche, bientôt suivi des plantations.

A l'aube, ils déjeunaient tous deux en silence dans la cuisine lorsqu'ils virent paraître, en haut de l'escalier, la petite Manon, tout ensommeillée, mais riante ; elle s'était habillée sans bruit, et venait assister à la cérémonie.

Il leur parla gravement.

« Le travail que j'entreprends aujourd'hui sera long et pénible. Il va durer certainement plusieurs mois : mais nous n'avons pas besoin immédiatement de toute la surface cultivable. Il nous suffit — pour le moment — de trois cents mètres carrés pour le potager, six ou sept cents mètres pour le petit pré dans le parc aux lapins. Selon Ugolin, je dois pouvoir défoncer convenablement quarante mètres carrés par jour.

— C'est comme un problème ! dit Manon. Mais les mètres carrés, je ne sais pas encore les faire, et même je ne les comprends pas du tout...

— Je te les montrerai sur le terrain, et tu comprendras tout de suite ! Il me faudra donc une dizaine de jours pour mettre le potager en état de recevoir les semences, et environ trois semaines pour le petit pré. Enfin, j'aurai tout l'hiver pour défoncer le champ où je compte établir la grande plantation de courges et de maïs. Je crois que

c'est un plan raisonnable et réalisable, si la Providence m'accorde de rester en bonne santé, comme elle l'a fait jusqu'à aujourd'hui. Allons-y ! »

Ils sortirent. L'aurore brûlait, dans les pinèdes, tout le long des crêtes du levant.

Ils s'arrêtèrent au bord du champ, en silence. La mère et la fille, baissant la tête et les mains jointes, écoutèrent la prière du père ; la face levée, il demanda au Ciel de bénir l'ouvrage qu'il allait commencer. Comme il prononçait le dernier mot, il entendit craquer la pierraille du chemin muletier, puis un fouet claqua, et ils virent s'avancer le dos d'Ugolin, qui tirait le mulet par la bride, tandis que la grinçante charrette tressautait sur les cailloux.

Le bossu pensa que son voisin allait chercher du bois. Mais l'équipage quitta le chemin des collines, et descendit vers la ferme : sur la charrette était couchée une longue charrue.

« Salut, voisin ! dit le bossu. Où allez-vous donc avec cet appareil ?

— Chez vous ! » dit Ugolin, et tout en dételant le mulet, il continua : « Je me suis pensé qu'avec la pioche, vous en auriez pour trois mois à vous crever le tempérament : tandis qu'avec la charrue, nous allons tout labourer, même pour les courges de l'année prochaine. Ça fera du bien à la terre, et nous aurons fini ce soir ! »

Le bossu tourna vers sa femme un visage radieux.

« Aimée, la prière n'est jamais vaine. Voici la réponse du Ciel. »

Ugolin était ainsi promu au rang d'instrument de la Providence. En réalité, ses intentions n'étaient pas vraiment angéliques.

Tout d'abord, il suivait les conseils du Papet : gagner l'amitié du voisin pour racheter un jour la ferme à meilleur compte. D'autre part, il craignait que la pioche ne s'égarât du côté de la source, et ne mît au jour quelque humidité révélatrice : sa présence et ses conseils pourraient éviter ce malheur. Puis, il pensait qu'en accélérant

l'exécution d'un plan absurde, l'échec en serait constaté plus tôt. Enfin, il brûlait d'envie d'expertiser cette terre, d'en mesurer la profondeur, d'en reconnaître la souplesse, d'en flairer l'odeur, et ce labour c'était surtout une préparation à ses travaux futurs.

De plus, à ces basses raisons s'ajoutait un obscur remords qui le travaillait à son insu, et il se disait : « Je l'aide, je lui fais du bien. Je sais que son affaire ne réussira pas, mais quand même c'est une bonne action, et le Bon Dieu m'en tiendra compte. »

A cause des œillets futurs, et pour embellir la « bonne action », il ne ménagea ni son temps ni sa peine : le labour dura une longue journée.

Sous l'épaisse couche d'humus, il y avait une terre brune, une poudre de racines mortes et de feuilles pourries qui avaient composé un riche terreau. Pas une pierre : des générations de serfs et de paysans les avaient ramassées, et elles formaient ces clapiers qui bordaient le fond du champ. Cette terre était si profonde que sans la roulette qui arrêtait la plongée du soc, la charrue s'y serait noyée.

Ugolin tenait ferme les mancherons ; il regardait le large ruban sombre qui remontait le long de l'aile brillante, avant de retomber au flanc du sillon, et il pensait :

« Tout ça, c'est plein de pièces d'or qui ne demandent qu'à pousser. »

*
**

On déjeuna sous le grand olivier : des anchois, du saucisson, des perdrix aux choux, des crêpes, et trois bouteilles de vin cacheté, qui tordirent légèrement les premiers sillons de l'après-midi.

Le soir, en buvant un grand coup de vin blanc sec, Ugolin déclara :

« Maintenant, monsieur Jean, cette terre, il faudrait la laisser tranquille pendant quinze jours, pour qu'elle soleille un peu, et qu'elle goûte la rosée... Mais pour le jardin potager, ça mettrait vos plantations en retard... Ce jardin, où est-ce que vous voulez le faire ? Et le parc aux lapins ? »

L'emplacement du parc tourmentait Ugolin. Si l'éleveur installait, au fond du vallon, trente petites bâtisses souterraines, en ciment, il faudrait un mois de travail pour les démolir, et remettre le sol en état avant d'y planter les œillets. Il était donc nécessaire de creuser les terriers sur le coteau : mais non pas celui de droite, où se trouvait la source prisonnière.

« Vous comprenez, monsieur Jean, au fond du vallon, ça vous ferait perdre beaucoup de terrain cultivable. Et ensuite, il ne faut pas oublier que les lapins ça pisse beaucoup. C'est très bien de leur faire des terriers cimentés : mais s'il n'y a pas un écoulement, ils vont crever comme des mouches. C'est pour ça que moi, à votre place, je creuserais les terriers à flanc de coteau : avec quatre trous dans le ciment, au fond, ils resteront au sec : donc les terriers sur le coteau. Mais lequel des deux ? Sûrement pas celui de droite : il est au nord. Pas de soleil, et le mistral, tandis que celui de gauche est en plein midi, et à l'abri du vent. Qu'est-ce que vous en pensez ? »

Jean Cadoret trouva ces raisons excellentes, et Ugolin, pour plus de sûreté, déclara qu'il viendrait le lendemain l'aider à planter les jalons.

Puis, ils choisirent une assez longue terrasse pour le jardin potager, le vallon étant réservé à la courge miraculeuse. Enfin, après avoir trinqué une dernière fois, Ugolin remit le mulet aux brancards, la charrue sur la charrette, et s'en alla au clair de lune, suivant l'attelage.

Ils le virent s'éloigner, sur le chemin bordé de romarins en fleur : les mains dans les poches, il dansait.

Depuis ce jour-là, Aimée le considéra comme un saint : mais la petite fille ne lui permit jamais de la toucher. D'ailleurs, il n'essayait même plus : il en avait peur.

Sur la terre fraîchement labourée, M. Jean commença (soyons méthodiques) par l'installation du potager.

<center>*
* *</center>

Sur le coteau des Romarins, le Papet avait aménagé son observatoire qu'il pouvait gagner par un détour sous une forêt de genêts : c'était un « agachon », une sorte de cabane de verdure, comme pour chasser les perdrix « à l'espère ». Entre deux cades, et derrière un rideau de clématites percé de deux ouvertures, il siégeait sur un sac d'herbes sèches qui adoucissait la raideur d'un bloc de pierre, et il s'adossait au tronc du pin, à côté d'un fusil qui eût justifié sa présence en cas de surprise.

Il venait s'installer là presque tous les jours vers quatre heures, et « se régalait » des extravagances de l'amateur ; il les commentait le soir à table.

« Galinette, les pommes d'amour, il les a mises au nord, à l'ombre de la pinède. Même si elles font des fruits, ils ne mûriront jamais. Les pois chiches, ça fait sept jours qu'il les a semés : il les enfonçait avec un bâton. Ils ne sont pas encore sortis : ça m'étonnerait bien qu'il en mange un demi-saladier. Les oignons, il les a plantés autour d'un gros olivier. Ça fera peut-être joli s'il les laisse monter en graines. Et les pommes de terre, il les enterre à un pan de profondeur ! Si ce " fada " compte nourrir sa famille avec ça, il leur restera que la peau sur l'esculette ! »

Le « fada » sema ensuite le trèfle et le sainfoin sur l'emplacement du parc aux lapins : le Papet ne trouva pas grand-chose à dire, sinon que ce n'était pas la bonne lune, et que, d'autre part, le semeur ne savait pas lancer les graines en éventail.

« Il ne les sème pas, il les jette ! Ça va sortir par touffes, comme la pelade de Médéric. Au fond, ça n'a pas d'importance ; sans arrosage, ça ne fera jamais que de la baouco ! Moi, quand je le vois travailler, par moments, ça me fait rire, mais d'un autre côté ça me fait mal au cœur, et souvent j'ai envie de descendre pour lui prendre les outils des mains, et lui montrer comme il faut faire !

— O Papet, dit Ugolin, ne t'excite pas comme ça ! Laisse-le faire à sa manière. C'est peut-être pas la bonne, mais c'est la meilleure pour nous ! »

Après la plantation du potager, Ugolin fut invité à la mise en terre des quatre graines noires. Au pied du parapet qui longeait la terrasse, le planteur avait creusé quatre trous : il les remplit d'humus, enrichi par le fumier de l'ânesse. Les graines enfouies furent largement arrosées, et la petite Manon, toute rougissante de fierté, reçut la mission de les abreuver tous les soirs : un petit arrosoir pour chaque plante.

« Dans quinze jours, dit M. Jean, elles auront passé le parapet, et commenceront à escalader la treille. »

Il attaqua dès le lendemain l'installation du parc aux lapins.

Le Papet, qui n'avait pas grand-chose à faire à sa vigne, revenait de temps à autre à son poste d'observation : il vit le bossu commencer la tranchée qui devait recevoir le bas du grillage.

Les bras nus, mais sa bosse cachée sous un vieux gilet à fleurs, il lançait à la volée le pic de mineur, puis déblayait la terre ameublie avec une étroite pelle à charbon.

De temps à autre, il allait se reposer sous un olivier. Alors il tirait de sa poche l'harmonica, et jouait des chan-

sons provençales, comme *Magali* ou *Misé Babet,* ou de mystérieuses musiques qui ressemblaient à celle de l'église. Souvent, sa femme, qui balayait la terrasse sous la treille, ou qui étendait sa lessive sur les romarins, chantait de loin, à travers les accords de l'harmonica ; et, parfois, sur des airs joyeux et saccadés, la fillette, les bras levés en amphore au-dessus de sa tête, dansait pieds nus sur l'herbe du printemps.

Le Papet écoutait et regardait, vaguement ému, et il pensait :

« C'est vraiment des artistes... Dans les concerts des fêtes patronales, ou dans un cirque, ils auraient un grand succès... Mais cet imbécile, qui pioche comme un curé, perd son temps et son argent pour un travail qui ne servira jamais à rien... »

Il avait calculé la longueur de l'enceinte : certainement plus de cent mètres. Il en avait conclu que le malheureux ne viendrait jamais à bout d'une telle entreprise à moins d'un travail quotidien de six mois : mais il dut bientôt constater que malgré les intermèdes artistiques, la tranchée avançait de cinq ou six mètres par jour, et que le piocheur en aurait terminé en moins de six semaines. Il s'en consola par l'idée que cette petite réussite possible n'avait pas une grande importance puisque l'échec de l'élevage « massif » était inévitable. Mais Ugolin paraissait découragé.

« Papet, disait-il, ce bossu me fait peur. Il a tout planté au hasard, et ça pousse : ses coucourdes m'arrivent aux genoux. Sa clôture est presque finie, et lui, au lieu de maigrir, il engraisse... S'il réussit un peu cette année, il va sûrement continuer... »

Le Papet haussait les épaules, et ne répondait pas. Alors Ugolin essayait d'évaluer l'héritage du bossu, puis ses dépenses, pour avoir une idée du temps qu'il pouvait encore tenir. D'autres fois, il faisait le compte des sommes fabuleuses que le « fada » lui « faisait perdre » chaque jour et crayonnait des additions sur la table...

Il en oubliait de manger, tandis que M. Jean, fort satisfait de ses travaux, montrait un merveilleux appétit, un teint clair, des yeux brillants, et un grand plaisir de vivre qui s'exprimait chaque soir par un concert d'harmonica.

Cependant, un jour, tandis qu'il manœuvrait le levier de la pompe pour l'arrosage du potager, il entendit au fond de la citerne un étrange gargouillement, et Manon, qui tenait au milieu du potager la petite lance de cuivre, cria : « Ça ne coule plus ! »

Il alluma la bougie de la lanterne, qu'il laissa descendre dans la citerne au bout d'une ficelle : le tuyau frôlait la surface de l'eau, il n'en restait qu'une très mince nappe dans le coin le plus bas du réservoir.

Il n'en fut nullement inquiet.

« C'était prévu ! dit-il. Je croyais que nous avions encore un ou deux jours d'arrosage, mais c'était prévu, et s'il ne pleut pas cette nuit, nous aviserons dès demain. »

L'après-midi vers quatre heures, Ugolin était fort occupé à biner ses pois chiches, lorsqu'il vit descendre, sur le chemin des Romarins, une charmante expédition.

La petite fille était installée sur l'âne, à califourchon entre deux gros bidons. Derrière elle, marchait son père : il avait posé sur sa bosse protégée par un coussin, une sorte d'étagère accrochée à ses épaules par deux bretelles de cuir. Sur l'étagère, une grosse dame-jeanne de trente litres, reliée à son front par une assez large courroie ; il appuyait sa marche sur un long bâton de pèlerin, et paraissait fort gai.

Derrière lui, venait sa femme, à l'ombre d'un grand chapeau de paille dont les ailes étaient gracieusement ployées sous une légère écharpe de mousseline. Elle s'arrêtait tous les trois pas pour cueillir — avec des ciseaux — les fleurs sauvages qui bordaient le sentier.

« Salut la famille ! dit Ugolin, vous allez en excursion ?

— Eh oui ! En excursion — ou plutôt en reconnaissance — reconnaissance qui a d'ailleurs un certain rapport avec celle précisément que je vous dois. »

Ugolin ne comprit rien à cette finesse, dont le bossu se régalait lui-même.

« Voici ce que je veux dire : depuis que nous sommes ici, vous nous fournissez généreusement deux arrosoirs d'eau potable par jour. Or, j'ai constaté que le niveau de votre puits commence à baisser, que l'été arrive, et que le ciel ne paraît guère disposé à nous donner la pluie qu'il

nous doit : nous allons donc à la source du Plantier, pour nous approvisionner en eau potable. Comme ce sera notre première visite, je l'appelle " reconnaissance ", au sens militaire de ce mot, que j'ai employé dans son autre sens pour faire allusion à ma gratitude. Vous avez compris ?

— Bien sûr, dit Ugolin. J'ai compris que vous allez au Plantier, et même je l'aurais compris sans que vous me le disiez, rien qu'en voyant ce jaron sur votre esquine et ces bidons et ces cruchons. Malheureusement, je ne peux pas vous accompagner, parce qu'il faut que je bine mes pois chiches. C'est une plante qui n'a pas besoin d'arrosage, ça leur ferait plutôt du tort, mais il faut souvent les gratter au pied, pour qu'ils profitent bien de la rosée du matin. C'est ce qui leur plaît le mieux. Je les ai un peu oubliés, et regardez : il y en a qui n'ont pas bien bonne mine, et j'essaie de me rattraper...

— Je comprends ça, dit M. Jean, et d'autant mieux que ma discrétion envers votre puits n'est pas la seule cause de cette expédition : ma citerne est vide. Je n'en suis d'ailleurs pas grandement inquiet, parce que je puis vous promettre — et me promettre — la pluie pour demain, ou, au plus tard, pour après-demain.

— Et pourquoi ? Vous le savez par votre rhumatisme ?

— Par bonheur, je n'en ai pas, mais je vous ai montré les statistiques de l'Observatoire ! Le ciel, qui nous devait six jours de pluie en mai, ne nous en a donné que trois ; depuis le 1er juin, il aurait dû pleuvoir deux fois : nous n'avons rien eu. Donc, nous avons une créance de cinq jours de pluie : c'est un découvert dans la comptabilité céleste tout à fait extraordinaire, et l'échéance de demain ou après-demain sera certainement honorée ! Sur cette promesse, indiquez-moi le plus court chemin pour aller au Plantier.

— Non, dit Ugolin, pas le plus court, parce que vous vous perdriez. Je vais vous dire le plus facile. Descendez au fond du vallon, là, sous nos pieds, et puis, au lieu de remonter de l'autre côté vers le village, vous tournez à droite, et vous continuez : la grotte est au bout du chemin, en haut du ravin qui finit le vallon. »

Aimée demanda :

« Est-ce qu'il y a des fleurs dans ces collines ?

— Si vous voulez dire des roses ou des œillets, ça, je peux vous garantir qu'il n'y en a pas...

— Elle veut dire des fleurs des champs, des fleurs sauvages.

— Ça, j'ai jamais remarqué — on remarque plutôt les épines — mais de tout sûr, il doit y en avoir.

— Merci. »

Ils descendirent la pente, tandis qu'Ugolin regrettait d'avoir prononcé le mot œillet, parce qu'il faisait partie de son secret.

<p align="center">*
* *</p>

Le vallon, bordé par deux à-pics de roche bleutée, était plutôt une large gorge.

Le chemin en longeait le fond sous la falaise de droite. Sur la gauche, il y avait une longue suite de champs, séparés les uns des autres par une marche d'un mètre de hauteur, une sorte de mur en pierres sèches qui soutenait le champ supérieur.

Ceux qui étaient les plus près du village étaient encore cultivés. On y voyait quelques vignes bien entretenues, de l'orge en herbe, de longues raies de pois chiches sous des oliviers ou des pruniers. Mais à mesure que le vallon montait vers les collines, les cultures étaient remplacées par une herbe rude et jaunâtre, dominée par des milliers de fenouils, des bouquets de térébinthes, de jeunes pins, de grands buissons d'églantiers. Çà et là, des pruniers hérissés de branches mortes maigres et noires, ou quelque antique figuier suffoqué par ses rejetons.

Le vallon se rétrécissait peu à peu. Au bout d'une heure de marche, on ne vit plus de champ, et ce fut une gorge profonde, aux parois obliques, qui s'élargissait par étages, en montant vers le ciel vide et bleu.

Elle avait été creusée depuis des millénaires par les torrents des orages, et l'on n'y voyait que quelques pins, penchés au-dessus de l'étroit passage, qui ressemblait à un « cañon » en miniature ; mais les broussailles de romarins, de genêts et de lentisques s'étaient refermées

sur le sentier que l'on distinguait à peine à travers leurs branches, il fallait s'ouvrir le passage en les repoussant des mains et des genoux, et ne pas lâcher brusquement les grands genêts élastiques, qui revenaient en arrière fouetter le visage du suivant.

L'ânesse paraissait fort à son aise, mais elle s'arrêtait de temps à autre pour cueillir d'admirables chardons dorés qu'Aimée lui disputait en vain. La petite fille chantait *Magali*, et son père avait lâché la bride pour lancer des pierres dans les buissons, d'où jaillissaient, dans un éclat de rire, des merles aussi noirs que des corbeaux.

L'ânesse venait de disparaître derrière un coude que faisait la gorge, et la voix de la fillette retentit, multipliée par les échos :

« Papa ! Viens voir ! »

Ils s'avancèrent : en haut d'un ravin abrupt et caillouteux, un mur de grosses pierres nues semblait encastré dans la base d'une haute paroi de roche.

« C'est vraiment très beau, dit M. Jean, et j'envie les gens qui vivent en ce lieu. Si je n'avais pas ma fortune à faire, je leur offrirais notre ferme pour prendre leur place ! »

Alors, là-haut, au-dessus des broussailles, le buste d'un homme parut. Il mit sa main ouverte au-dessus de ses yeux, pour les regarder monter : c'était Giuseppe, le bûcheron, puis une grande femme vêtue de noir : c'était Baptistine.

Dix ans plus tôt, dans un petit village du Piémont, Baptistine avait épousé Giuseppe, qui était l'apprenti de son père. Mais au lieu de s'installer tout de suite dans une chaumière, et d'y faire une nichée d'enfants, Giuseppe, qui avait l'esprit aventureux, et qui ne voulait pas mourir pauvre, avait baisé au front la jeune mariée — au sortir de la petite église — et il était parti pour la France où les bûcherons, disait-on, mangeaient de la viande tous les jours. Deux ans plus tard, il appela sa vierge bien-aimée.

Il était venu l'attendre à la gare d'Aubagne, à la des-

cente d'un train qui l'avait cahotée pendant trente heures. Il avait un beau pantalon de velours marron, serré à la taille par une haute ceinture bleue, une chemise à grands carreaux rouges, séparés par d'épaisses raies noires, et il portait, accrochée à ses larges épaules, une belle veste de velours vert. Sur la tête, un feutre posé en arrière laissait sortir sur le front une bouffante mèche lustrée ; ses sourcils étaient brillants, et sa moustache était aussi longue et aussi fournie que celle du roi Victor-Emmanuel. A ses pieds — luxe suprême — des souliers en cuir naturel, aussi beaux que ceux des soldats, faisaient sonner le ciment du quai au bruit magnifique de leurs clous.

Ils avaient à peine échangé quelques paroles, à cause de tous ces gens qui passent et qui n'ont pas besoin de savoir les secrets, et ils étaient partis sur la route, chargés de ballots et de paquets.

Giuseppe, qui marchait devant, avait soudain tourné sur la droite pour prendre un sentier des collines, et, au bout d'une heure, il s'était arrêté au pied d'un à-pic de roche bleue, tout en haut d'un ravin sauvage, devant un mur de pierres sèches qui bouchait l'entrée d'une baume. Il y avait dans ce mur une porte, et, de chaque côté, une petite fenêtre.

Il était entré le premier, et il avait ouvert les volets.

Dans un coin, sur un châssis de fortes branches d'yeuse à peine écorcées, il y avait le lit, revêtu d'une épaisse couverture de laine jaune, sous un crucifix de cuivre qui étincelait dans un rond de soleil. Le long des parois de calcaire, des escabeaux, deux coffres décorés par de grosses têtes de clous, et, sur le couvercle d'un vieux pétrin, un réveille-matin de fer-blanc.

A gauche, près de la porte, dans le coin où le mur s'accrochait à la roche, un âtre, coiffé d'un manteau de plâtre rouge, où l'on voyait encore de profondes empreintes de doigts. Contre le mur de droite, suspendues à d'épaisses chevilles de bois, des haches à ébrancher, des serpes, et deux grandes cognées, à la lame étroite et courbe, dont le tranchant était protégé par des muselières de cuir.

Baptistine regardait, étonnée, mais heureuse, le nid sauvage de leurs amours.

Giuseppe leva le doigt, et dit :

« Ne fais pas de bruit : écoute ! »

On entendait une sorte de gazouillis d'oiseau, et, de temps à autre, un tintement léger. Il la prit par la main, et la conduisit au fond du trou. Là, sous une fente moussue de la roche, il y avait un petit bassin, plein à ras bord d'une eau transparente.

« La source ! » avait-il dit.

L'eau s'écoulait par une rigole qui traversait le mur, sur la droite.

Il la fit asseoir sur le lit.

« Baptistine, ma bien-aimée, c'est ici que j'habite depuis deux ans. Je ne sais pas qui c'est le maître de cette vieille bergerie : personne ne m'a jamais rien demandé. J'y suis venu parce que c'était commode pour mon travail, et puis, ça faisait des économies. Mais j'ai l'argent pour acheter une maison au village : regarde. »

Il alla plonger son bras dans un trou de la roche, et il en retira un très petit sac de toile, étroit comme un tuyau. En le tenant par un bout, il le secoua au-dessus de la couverture, et des pièces d'or tombèrent. Baptistine joignit les mains, en extase.

« Il y en a soixante-deux, dit Giuseppe. C'est à coups de hache que je les ai faites, et maintenant, elles sont à toi. Je n'ai pas acheté la maison parce que c'est la femme qui doit choisir. Alors, voilà ce que je te dis : si tu veux, nous habiterons ici, jusqu'à ce que tu aies le premier mal au cœur. Alors, à ce moment-là, tu iras choisir au village. Ça, c'est mon idée. Mais si cette grotte ne te plaît pas...

— O Giuseppe, dit Baptistine, pour moi, le palais du Roi, c'est une grotte, et pour moi, cette grotte, c'est un palais d'or et de marbre. Mais ne parle plus : j'ai été ta fiancée pendant cinq ans, et ta femme vierge pendant deux ans... Viens vite, que je sois mariée ! »

Et elle avait arraché sa robe, et elle l'avait mordu à la bouche, et ils étaient restés dans ce palais ; ils y étaient restés toutes ces années, parce que le mal au cœur du matin n'avait jamais voulu venir.

※

Ce jour-là, Giuseppe n'était pas allé travailler, parce qu'il fallait planter les légumes dans le petit potager, installé devant la baume par les bergers d'autrefois.

Au cours de plus d'un siècle, ils avaient construit un mur de pierres sèches sur la pente abrupte, puis, ils l'avaient rempli de terre par-derrière ; de la terre ramassée çà et là dans la colline, et qu'ils rapportaient un soir après l'autre, dans un sac, parfois même, disait la légende, dans leur chapeau. Et c'est ainsi qu'ils avaient fait, derrière le mur de retenue, une sorte de longue mare de terre fertile, qui leur donnait — avec le fumier de leurs chèvres — des légumes, des tomates, les fruits de quelques pruniers, de trois figuiers et d'un abricotier.

※

Giuseppe salua les arrivants avec beaucoup de gentillesse, et Baptistine souriait. On entendait les clochettes de ses chèvres qu'on ne voyait pas, à cause de la hauteur des taillis. Par instants, dans les verdures, un chien jappait.

Elle s'avança, et dit, dans une langue bizarre, faite de quelques mots français, mêlés de provençal et de piémontais :

« Je suis sûre que vous venez chercher de l'eau ! »

Jean Cadoret avait été commis de perception dans une banlieue de Marseille, et la folle Aimée avait chanté des opéras en italien — sans toutefois les comprendre parfaitement.

D'autre part, Giuseppe parlait un français tout à fait comparable à l'italien du bossu ; grâce à l'appoint de quelques gestes et de plusieurs jeux de physionomie, ils purent tenir une conversation, pendant que l'ânesse broutait, et que la petite fille poursuivait, à coups de chapeau, de magnifiques papillons.

Jean Cadoret expliqua donc qu'il venait chercher de l'eau potable parce que l'eau de sa citerne était corrompue, et il ajouta que sa mère lui avait légué cette grotte,

et les terrains qui l'entouraient. C'est alors que de grosses larmes jaillirent soudain des yeux de Baptistine : elle leva ses bras au ciel en invoquant la Madone, puis se jeta à genoux devant lui, et proféra de gémissantes supplications : elle avait compris que le propriétaire du palais venait s'installer chez lui, et qu'il fallait lui céder la place.

Le bossu, stupéfait, regarda Giuseppe, qui lui expliqua le sens de ces démonstrations. Alors, il la releva en lui prenant les deux mains, et il dit solennellement mais en cherchant ses mots :

« Non veni per habita questa bergeria. Voï restate qui, tanto longo comé volété. »

Ces paroles, qui n'avaient de sens dans aucune langue, furent pourtant comprises par la Piémontaise, qui en profita immédiatement pour invoquer de nouveau la Madone, en sanglotant de reconnaissance, puis elle saisit la main du Maître, et la baisa furieusement.

Manon avait renoncé aux papillons pour regarder une scène si intéressante. Baptistine la nomma Ange du Ciel, appela sur sa tête la bénédiction de la Vierge, et déclara que, si un jour elle avait faim, elle lui donnerait son foie et ses yeux, ce qui n'étonna personne, car personne ne comprit cette promesse, sauf Giuseppe, qui l'avait déjà entendue plusieurs fois.

Puis, ils s'avancèrent tous jusqu'à la grotte, dont la folle Aimée admira le confort et la propreté, tandis que son mari regardait la belle source, en écoutant sa petite musique.

Avec un entonnoir et une casserole, Giuseppe remplit les bidons qu'il était allé chercher sur l'ânesse. Puis il montra au bossu la canalisation de roseaux qui conduisait l'eau de la source jusqu'au potager.

Pendant ce temps, Baptistine avait fait asseoir Aimée sur un gros billot de bois écorcé, pareil à ceux qui portent d'ordinaire les enclumes, devant une table aussi lourde qu'un billard.

Elle lui offrit des figues sèches, des amandes, des noisettes, et des crêpes de polenta sucrée, réchauffées sur une pierre brûlante, et saupoudrées de graines d'anis.

Quand ils partirent, vers cinq heures, il fallut d'abord

rattraper l'ânesse et les deux chèvres qui s'étaient mises en relations avec le troupeau de Baptistine, et qui prétendaient en faire partie désormais. Ce fut une assez longue chasse.

Giuseppe voulut absolument raccompagner la famille, et chargea sur son épaule un petit tonneau de trente litres car il n'en possédait pas de plus gros, tandis que Baptistine portait deux cruches en argile vernissée, et la folle Aimée un arrosoir de zinc.

Le bossu fit un petit calcul : cinquante litres sur l'ânesse, trente litres sur l'épaule de Giuseppe, trente litres sur sa bosse, cela faisait déjà cent dix litres, auxquels il fallait ajouter une quinzaine de litres que portaient les femmes.

« Cent vingt-cinq litres, dit-il, ce n'est pas beaucoup, évidemment. Mais cela nous permettra sans aucun doute d'attendre la première pluie...

— Peut-être, dit Giuseppe. Peut-être... »

Il leur fit prendre un raccourci qui suivait le coteau au-dessus du vallon.

Jean Cadoret paraissait joyeux. Il lançait des plaisanteries, et remerciait le Bon Dieu de lui avoir accordé cette bosse, dont il comprenait enfin l'usage. Cependant, il s'arrêta plusieurs fois en route, sous prétexte d'admirer le paysage, mais en réalité pour reposer son dos meurtri en appuyant la lourde étagère contre la roche.

Au passage, Ugolin se précipita en riant, et voulut porter jusqu'à la ferme l'arrosoir d'Aimée.

En arrivant devant le potager, M. Jean eut une fort déplaisante surprise : beaucoup de plantes baissaient la tête, d'autres paraissaient flétries. Tout le long des tiges des quatre courges d'Asie, les larges feuilles commençaient à pendre.

« Mais tout à l'heure encore, tout était normal ! Que s'est-il passé ?

— Il s'est passé un après-midi, dit Ugolin. Vous n'avez pas senti cette estouffade, entre quatre et cinq heures ? C'était le vent d'Afrique, et il vient à peine de tomber. Mais si on peut leur donner de l'eau, ça ne sera rien. Enfin, je veux dire pour aujourd'hui... »

Tout le monde se mit à l'arrosage, qui parut donner

des résultats immédiats, à la grande joie de l'assistance. On but ensuite deux bouteilles de vin, puis, à la nuit tombante, Giuseppe et Baptistine prirent congé de leurs nouveaux amis.

« Notre maître, dit Giuseppe, demain je ne pourrai pas vous aider, parce que je vais travailler trois jours à Pichauris...

— Ne vous inquiétez pas, dit M. Jean. La citerne n'est pas complètement vide, et il pleuvra certainement avant deux jours. »

Baptistine baisa les mains à tout le monde, puis elle dit, en son charabia :

« Pour la pluie, je sais une bonne prière : je la dirai trois fois avant de me coucher. »

Elle réclama ensuite de nouvelles bénédictions du Ciel sur cette admirable famille, par une formule piémontaise dont il faut avoir le tact de ne pas abuser, parce que la Madone elle-même est incapable d'y résister.

Le soir, à table, Jean Cadoret dit à sa femme :

« Si nous avions une source comme celle-là, il n'y aurait aucun problème... Mais ne me crois pas découragé. Même si nos cultures de cette année ne réussissaient pas pleinement nous avons encore assez d'argent pour continuer l'entreprise. Fions-nous aux statistiques, et à la Providence. »

Il prit son harmonica, et dit :

« Et maintenant, Manon va chanter *Alouette, gentille alouette...* »

La prière de Baptistine fut vraiment très efficace, car les statistiques tinrent leurs promesses en arrosant quatre fois les plantations, et en remplissant la citerne. Les courges d'Asie fleurissaient sur la treille, la petite Manon grandissait à vue d'œil, et en six semaines le parc aux lapins fut terminé. M. Jean jouait mieux que jamais de l'harmonica, et le pauvre Ugolin, assis par terre sous le mûrier, battait au fléau ses pois chiches...

Un matin, il vit M. Jean attaquer un petit travail de menuiserie.

Avec des caisses qui avaient servi à son emménagement, il fabriqua fort adroitement quatre cages à lapins, munies de portes grillagées, et il les installa dans la remise, dont il remit à neuf le double portail.

« Voilà, dit-il à Ugolin, le début de notre exploitation. Je vais aller chercher demain nos reproducteurs : un mâle et trois femelles, et nous les élèverons dans ces cages jusqu'à la naissance des premières portées. Il nous sera facile de les nourrir avec les herbes que nous irons chercher dans la colline. Je compte sur une vingtaine de naissances d'ici à la fin du mois de juillet. Alors, j'irai acheter quelques sacs de repasse au moulin de Ruissatel, pour compléter les rations de verdure. Vers le début de novembre, nous aurons d'autres nichées : j'installerai toute la ménagerie dans le parc aux lapins, et les courges noires commenceront à mûrir. Alors, ce sera la grande Aventure ! »

Le lendemain matin, vers les sept heures, Jean Cadoret sortit de sa ferme dans un costume de la ville ; sous un chapeau melon noir, il était parfaitement rasé, et il tenait à la main une canne à bec d'argent.

Devant l'écurie, Aimée et Manon étaient très occupées à brosser les sabots de l'ânesse, qui attendait, paisible, sous son bât, chargé de deux caisses percées de petits trous ronds. Ugolin revenait des collines ; il traînait une longue branche morte, et l'anse d'un gros panier plein d'escargots était accrochée à son bras.

Il quitta le chemin à flanc de coteau, et descendit vers la ferme.

« Salut ! dit le bossu. Comme vous le voyez, je vais à Aubagne. Si vous voulez me charger de quelque commission ?

— Pour le moment, je n'ai besoin de rien, mais merci quand même. Vous allez chercher encore des semences ?

— Mieux que ça ! Je vais prendre mes reproducteurs ! C'est pourquoi j'ai un service à vous demander : comme je serai absent toute la journée, je vous serais reconnaissant si vous veniez faire une petite visite à ma femme, pour vous assurer que tout va bien.

— Comptez sur moi ! dit Ugolin. Je passerai vers onze heures, et je reviendrai ce soir. Ça m'intéresse de voir vos premiers lapins !

— Eh bien, à ce soir donc ! »

Il s'éloigna, suivi de l'ânesse, et la pinède s'étonnait de voir passer un chapeau melon.

*
**

Ugolin revint avant midi, souriant et serviable, et demanda à la blonde Aimée si elle n'avait besoin de rien. Elle le pria de refendre une bûche noueuse, dont elle ne pouvait venir à bout : il prit la « picosse » et en fit éclater une douzaine, qu'il rangea soigneusement dans le bûcher.

Il revint vers six heures, au moment même où le chapeau melon reparaissait derrière l'ânesse, au-dessus de l'arche d'un gros sac de son qui s'appuyait sur les deux caisses suspendues au bât.

Ils transportèrent ce chargement dans la remise, devant les cages à lapins déjà bien garnies. Sous les yeux de sa famille, l'éleveur, au moyen d'un ciseau, décloua délicatement le couvercle d'une caisse, le souleva, et en sortit tour à tour trois lapines rousses, qui avaient la taille d'un gros rat.

« Vous comprenez, dit-il, j'ai pris des femelles très jeunes qui n'ont pas encore porté. Quand on veut créer une race, c'est la première condition. »

Ces vierges furent installées sans peine dans la même cage, et disparurent aussitôt sous la comestible verdure.

« Et maintenant, le mâle ! Manon, va fermer la porte, car cet animal est d'une vigueur surprenante, et il pourrait nous échapper. »

Ugolin sourit.

« N'ayez pas peur, dit-il. A moi, il ne m'échappera pas ! Dénouez les cordes, et soulevez un peu le couvercle, juste un peu... »

Mais dès qu'il eut plongé sa main dans l'étroite ouverture, la caisse fut secouée par des chocs précipités, mêlés de grattements de griffes. Ugolin parut stupéfait, et s'écria :

« O Bonne Mère ! C'est un lièvre ?

— Non, dit en souriant le bossu... Non. C'est un croisement du géant des Flandres et du Bélier des Charentes... »

Tout en parlant, il avait fait à sa femme un inexplicable clin d'œil.

Ugolin enfonça son bras jusqu'au coude, et la lutte invisible devint si furieuse que la petite Manon recula.

« Ça y est ! dit tout à coup Ugolin, j'ai les pattes de derrière ! Lâchez le couvercle ! »

Alors, il tira de la caisse un animal roux qui n'en finissait plus. La tête en bas, il se raccourcissait et se détendait en de si violentes secousses qu'elles faisaient tressaillir son bras. Manon fit un saut en arrière, Aimée, la bouche ronde, regardait l'animal avec stupeur. Ugolin l'éleva à la hauteur de ses yeux, et s'écria :

« Mais qu'est-ce que c'est ? Il a des poils de chien, des pattes de lièvre, et des oreilles d'âne ! Ça alors, j'en ai jamais vu de pareil ! »

Les yeux du bossu brillèrent de joie et de fierté ; sa femme s'accrochait à son bras, émerveillée par l'étrangeté de l'animal.

« Et où vous avez trouvé ça ? »

Jean Cadoret sembla hésiter une seconde et répondit :

« Chez un de mes amis.

— Il a dû vous coûter cher ?

— Oh ! oui. Très cher.

— C'est une curiosité, dit Ugolin. Mais son défaut, c'est qu'il est bien maigre. Ça semble un esculette poilu... Dans une bête comme ça, il n'y a rien à manger : sauf peut-être les oreilles ?

— C'est un reproducteur, dit le bossu. Il n'est plus très jeune, mais encore vaillant, comme vous voyez ! Mettez-le dans sa cage ; celle qui a un cadenas ! »

L'opération fut réussie, et le mâle, aussitôt calmé, se mit à dévorer : il appuyait ses deux pattes antérieures sur la branche d'acacia, et il en arrachait les feuilles par un brusque hochement de tête.

« Il mange comme les chiens, dit Ugolin. Et il a l'air mauvais ! Je parie qu'une côtelette ne lui ferait pas peur !

— Vous exagérez peut-être un peu, dit Aimée.

— Oui, j'exagère, mais c'est pour dire. En tout cas, ne mettez pas les petites lapines avec lui, parce que je vous garantis que, demain matin, il n'en resterait plus que les oss ! »

Après le coup de vin blanc, il partit rassuré.

Le choix de ce mâle squelettique, dégingandé, lui paraissait une irréparable folie.

« Il s'est fait couillonner, dit-il au Papet. Imagine-toi le " fantomme " d'un lièvre mort de colère à cent ans !
— De quelle race ? »
Il essaya de le décrire, mais il n'y parvint qu'après une crise de fou rire dont la sourde-muette fut épouvantée, parce qu'elle crut qu'il allait en mourir.

*
** *

Le soir, avant de se coucher, Jean Cadoret vint s'asseoir sur le lit de sa femme.
« Aimée, j'ai un secret à te dire.
— Oh ! que je suis contente ! dit-elle. J'adore les secrets ! C'est sur Ugolin ?
— Non. A propos du lapin. Le mâle.
— Ce n'est pas un lapin, je m'en doutais ! Oh ! J'ai bien vu ses yeux ! Et puis, il ne tiendrait jamais dans une casserole ! Dis-moi vite ce que c'est !
— C'est un lapin, mais non pas un lapin ordinaire ! »
Il chuchota :
« C'est un lapin d'Australie !
— Il va monter aux arbres ?
— Il en serait peut-être capable, mais je ne veux pas m'en assurer. Celui-là restera captif. Mais le croisement avec des lapines d'Europe nous promet de très belles portées.
— Il faudra le dire à Ugolin. Ça l'intéressera sûrement !
— Je t'ai dit que c'est un secret. Personne ne doit le savoir !... Il est défendu par la loi d'introduire ces Australiens en France !
— Mais qui te l'a vendu ?
— Un éleveur, qui l'avait acheté à un navigateur contrebandier... Il a créé une race, et il a voulu ensuite se débarrasser de cet animal, dont la présence chez lui aurait pu lui coûter fort cher. Il me l'a vendu pour cent francs. Ici, nous ne risquons pas grand-chose. Et d'ailleurs, je compte le sacrifier dès que nous aurons obtenu la souche de la race nouvelle, la race prodigieuse que tous les éleveurs de France appelleront peut-être un jour : la race des Romarins... »

C'est au bout d'une quinzaine qu'un peu d'espoir ranima le triste Ugolin : après quelques journées torrides, il vit passer la caravane chargée de bidons : la citerne était vide, et le bossu était inquiet... Après leur passage, Ugolin courut aux Romarins : les feuilles des tomates commençaient à se friper, celles des maïs étaient raides, celles des courges pendaient, molles comme des chiffons, et le sainfoin du parc commençait à jaunir...

Il cueillit quelques feuilles, et les porta au Papet, qui les roula en boule, les flaira, les mordit.

« Galinette, dit-il, si nous avons encore quelques belles journées, c'est pas avec ses bidons qu'il pourra sauver le maïs, le potager et le sainfoin... »

A leur grande satisfaction, la chaleur continua de plus belle, et la caravane passa quatre fois par jour... Les tomates baissaient la tête, et les maïs pâlissaient : l'évaporation devenait de plus en plus rapide, et M. Jean confia ses inquiétudes à Ugolin, faussement apitoyé.

« Je me demande, lui dit-il, si je ne dois pas sacrifier la moitié de mes légumes, et une partie du sainfoin.

— Ce serait bien dommage, dit Ugolin... Essayez de tenir encore trois ou quatre jours ? La pluie finira bien par venir... »

Le bossu suivit ce conseil, deux jours plus tard les deux complices pensèrent que la partie était gagnée. Mais comme le Papet dormait paisiblement, il fut réveillé par sa douleur dans la hanche, qui ne l'avait jamais trompé. Il se leva en hâte, tout nu, courut à la

fenêtre, poussa les volets ; dans la lumière sale de l'aube, il vit venir un rideau de perles blanches. Il suça son index, et le dressa vers le ciel : à travers l'épaisseur de l'averse, une brise venait de la mer, les premières gouttes d'une pluie d'orage firent tinter les tuiles de la vieille maison, et s'accrochèrent aux poils de sanglier qui couvraient sa poitrine.

« Ça ne durera pas, dit-il. Juste ce qu'il faut pour ma vigne, mais pas assez pour les légumes, ou pour de la prairie. Et d'abord, c'est trop tard, son affaire est déjà foutue. »

Au même moment, Ugolin était en chemise sur le seuil de sa ferme ; il regardait tomber des feuilles que l'orage détachait du mûrier, et il se faisait la conversation.

« Ugolin, qu'est-ce que tu en dis ?
— J'en dis que c'est peut-être une catastrophe... Ça vient sûrement de la prière de Baptistine. Si ça pleut comme ça toute la journée, il y aura peut-être de quoi ressusciter les morts... »

Pendant ce temps, Jean Cadoret, la lanterne à la main sous un capuchon de facteur des postes, et pataugeant dans la boue sur de gargouillantes espadrilles, établissait de petits barrages pour diriger les ruisselets de l'orage, et contenir l'eau dans ses cultures. Sa femme et sa fille, enturbannées de torchons, l'aidaient dans ce jeu, et Manon riait convulsivement quand l'eau du ciel coulait sous sa robe dans son dos...

Vers huit heures, l'orage s'apaisa, mais une pluie dense et lourde continua d'alimenter les petits ruisseaux dont les nœuds couraient dans les ornières et les sillons. Il fallut débrancher le tuyau qui conduisait l'eau du toit dans la citerne, parce qu'elle débordait dans la cuisine.

En trois semaines, il y eut trois pluies nocturnes. Alors les quatre courges d'Asie escaladèrent la treille, et mêlèrent aux pampres leur verdure plus claire. Le sainfoin et le trèfle foisonnèrent, pour former une petite prairie, un peu bossue par endroits comme l'avait prévu le Papet, mais dense et drue, et d'un vert sombre. Le triomphe, ce fut le potager : les carottes, repoussées par leur propre

vigueur, sortirent du sol à reculons, et les tomates, qui avaient dépassé leurs tuteurs, laissaient retomber leurs sommités verdoyantes qui flottaient au vent du soir...

*
**

Ugolin, découragé par ce triomphe, fit son rapport au Papet, qui remonta, pensif et grognon, à son observatoire. Il vit de loin les pois chiches arborescents, la tonnelle des courges, les tomates buissonnantes.

Il en revint assez content.

« Tout ça, dit-il, c'est parti en verdure, ça ne peut donner que de l'ombrage. S'il fait sécher ces plantes au soleil, il pourra en bourrer des paillasses, ou s'en servir comme litière pour son âne ; et les pommes d'amour, il n'en ramassera pas un kilo ! »

Cependant, trois jours plus tard, Ugolin consterné vint lui dire qu'à travers ce hallier à peine pénétrable, on voyait flamboyer des fruits énormes... Puis, les pommes de terre nouvelles furent en avance de trois semaines sur celles d'Ugolin, dont la terre était amaigrie par un siècle de récoltes... Enfin, les pois chiches, semés pourtant hors de saison, se révélèrent aussi royaux que ceux qui avaient fait la gloire de Cabridan.

Presque chaque matin, M. Jean descendait à Ruissatel, avec l'âne chargé de tomates, et il en rapportait des provisions et un peu d'argent.

Par reconnaissance, il offrait souvent une corbeille de légumes à Ugolin, qui les portait chez le Papet : le premier soir, la sourde-muette joignit les mains devant les « pommes d'amour » charnues, les pois chiches tendres et blonds, les pommes de terre lisses, à la peau fragile ; elle poussa quelques vagissements d'admiration, puis, par des signes, et de petits aboiements, elle félicita Ugolin d'une aussi belle réussite.

Cependant, les deux hommes, derrière des sourires crispés, sentaient gargouiller dans leur cœur une douloureuse envie paysanne, et le Papet, brutalement, la renvoya, stupéfaite, dans sa cuisine.

Ugolin était sombre ; il n'osa pas avouer que l'Amateur, avec une autorité qui semblait justifiée par sa réussite, critiquait de plus en plus librement la routine paysanne, et qu'il lui donnait des conseils.

La clôture du parc avança plus vite que le Papet ne l'avait prévu : en deux mois la tranchée fut bouclée ; la pose du grillage ne demanda que deux semaines, mais la construction de quatre terriers ne fut terminée qu'à la fin de septembre.

Les reproducteurs avaient donné leurs premières nichées. Par une belle matinée d'octobre, tout l'élevage fut lâché dans le parc.

Ugolin, invité à cette cérémonie, fut stupéfait par la taille et la vitalité des enfants du vieux « fantomme ». Ils étaient roux comme des renards et faisaient des bonds de lièvres. Les mères broutèrent paisiblement le trèfle et le sainfoin ; mais le père, lâché le dernier, gagna le centre du parc, s'assit sur son derrière, dressa ses longues oreilles, et grimaça longuement des babines ; soudain, il se rua sur le grillage, qui le renvoya comme une balle. Au quatrième échec, il renonça, et disparut dans un terrier.

« Et voilà ! dit triomphalement M. Jean. Les premiers reproducteurs sont en place... Il s'agit maintenant de savoir si la courge d'Asie va répondre à mes espoirs ! »

Elles étaient déjà plus grosses que des oranges. Il en avait compté cent douze ; elles reposaient sur un grillage, tendu sur la treille, qu'il avait étançonnée de quelques poteaux supplémentaires en prévision de leur pesante maturité : mais cette maturité, comment la constater ? La dureté de leur écorce en rendait l'appréciation impossible...

C'est Ugolin qui résolut ce problème.

« Quand elles ne grossiront plus, dit-il, c'est qu'elles seront mûres ! »

C'est à la fin novembre qu'elles atteignirent la taille d'une pastèque ; sans attendre plus longtemps, M. Jean décida d'en sacrifier une : ce fut encore une cérémonie, à laquelle Ugolin présida.

Il fallut un sécateur pour trancher le pédoncule ; puis avec un couteau-scie longuement nettoyé au sable, la courge exotique fut partagée en deux hémisphères.

Une chair filamenteuse, blanche comme du lait, entourait un rond de graines noires et brillantes. Ugolin en découpa une tranche, et chacun voulut y goûter.

« Ça n'a pas le goût de courge », dit Ugolin.

M. Jean réfléchit un instant.

« On dirait une pastèque sans sucre... C'est frais. Un parfum léger, indéfinissable... Mais délicieux !

— Il faudra voir, reprit Ugolin, si ça plaît aux lapins, et si ça ne leur donne pas la cagagne... »

L'expérience fut faite aussitôt : ils préparèrent une pâtée, en mêlant du son à cette pulpe blanche. Les lapins s'en régalèrent, et n'en parurent pas incommodés.

Aimée fit ensuite des beignets dont le livret donnait la recette : ils eurent un grand succès, et Ugolin dut s'avouer que l'étrange coucourde avait de grandes qualités, et il déclara qu'il allait en planter lui-même.

« Voilà un second point d'acquis, dit M. Jean. Nous sommes sur la bonne voie !

— Vous avez réussi !

— Pas encore ! J'en suis même bien loin ! Mais sans aucun doute, le départ est pris ! »

« Le départ, le départ, dit le Papet. Le départ, c'est toujours possible... Mais après, il faut arriver ! »

Mais son neveu était pessimiste. La conclusion qu'il tirait de ces réussites, c'est que le bossu était protégé.

« Papet, dit-il, on n'a jamais vu tant de bonnes pluies en été... Pour moi, le Bon Dieu les lui a données pour remplacer la source que nous avons enterrée vivante...

— Couillon, couillon, couillon, dit le Papet.

— Deuxièmement, ils languissent pas du tout de la ville : au contraire ! Ils n'ont jamais été si heureux. Il se crève de travail, et il engraisse. Sa femme chante comme un rossignol, la petite a grandi d'un travers de main. Elle a de beaux gros mollets. Toute la journée, elle mange, elle danse, elle chante sur sa balançoire. Va, va, ce n'est pas un idiot... C'est vrai qu'il se monte un peu le coup, et qu'on ne comprend pas toujours ce qu'il dit ; mais son potager, il l'a réussi ; son parc aux lapins, il l'a fait ; son lapin de carnaval, il donne des petits superbes, et sa coucourde en bois, ce n'est pas de l'imagination : avec quatre plantes, il va cueillir deux cents kilos, et c'est bon aussi bien pour les gens que pour les bêtes... Au commencement, j'ai bien rigolé ; mais maintenant, il me fait peur, et je crois qu'il ne partira jamais ! »

« Mais non, mais non ! dit le Papet. Tout ça, ça ne tient pas debout ! Il a réussi quatre plantes, parce qu'il a pu les arroser ; mais s'il veut en planter cinq cents, la moitié crèvera au mois de juillet, et les autres lui feront des coucourdes pas plus grosses que des amandons !

« Deuxièmement, s'il réussit à faire cinquante lapins, j'en mets dix pour la maladie, sept ou huit pour la buse, autant pour la fouine, et à la première sécheresse, qu'il n'aura plus d'herbe aux collines, il faudra qu'il achète la nourriture pour ceux qui lui resteront, et il vendra trois francs des lapins qui lui auront coûté cent sous ; et à la fin des sous, il partira. »

Un soir, quand la petite fille fut endormie, Jean Cadoret vint s'asseoir sur le lit de sa femme.

« Aimée, j'ai fait mes comptes. Des 13 682 francs de l'héritage, il ne nous reste pas grand-chose, car j'ai tout risqué dans l'entreprise qui doit nous enrichir : mais je puis te dire aujourd'hui que j'ai la certitude d'avoir gagné la partie : toutes nos dépenses sont payées, et le plus dur est fait. Je te confie l'argent qui nous reste : mille cent vingt-trois francs. Cette somme nous suffirait pour vivre toute une année, même si nous n'avions pas d'autres ressources. Or, nous ne payons pas de loyer, nous n'avons pas besoin de vêtements coûteux, nous disposons de légumes en abondance, et dans trois mois j'espère commencer à vendre des lapins...

— Et de plus, dit-elle, si cela devenait nécessaire, nous pourrions vendre mon collier. On m'a toujours dit qu'il vaut au moins dix mille francs.

— Le vendre ? Jamais ! s'écria-t-il. Ton collier est un bijou de famille, et qui doit rester dans la famille. Je marcherais plutôt pieds nus ! Je refuse d'envisager ce sacrilège. Il serait inutile : quoique notre situation ne soit pas brillante elle est parfaitement saine, et je t'affirme que dans un an nous aurons pris le grand départ... Je vais maintenant t'expliquer...

— Mon cher ami, dit Aimée, je n'ai pas besoin d'explications pour savoir qu'auprès de toi nous ne risquons rien. Et si tu m'avais dit qu'il ne nous restait pas un sou, je t'aurais cru, naturellement, mais ça m'aurait

fait rire. Il faut que je te demande une chose : les travaux fatigants sont finis, tu as beaucoup moins de soucis, et il commence à faire froid la nuit. Alors, il me semble qu'il serait tout naturel que tu viennes dormir près de moi. »

Elle rougit brusquement, et cacha son visage sous le drap : mais ce n'était pas nécessaire, parce que son mari souffla la bougie.

L'automne fut paisible et plaisant.

On fit la cueillette des courges, qui furent alignées sur des étagères installées dans la cuisine, à cause des rats du grenier. L'éleveur en sciait trois chaque matin pour la soupe et la pâtée, et lavait les noires graines avant de les enfermer dans un grand bocal de verre, dans l'armoire... Puis, la famille partait pour la colline « faire de l'herbe ».

Le père portait sur son épaule un grand rouleau de toile de jute, et dans les poches du bât de l'ânesse, il y avait plusieurs sacs vides, une serpe, des faucilles, et le casse-croûte.

Les chèvres formaient l'avant-garde, rappelées ou poursuivies par les cris et les pierres que leur lançait Manon, et tout le long des barres de roche elle cherchait des échos, par des éclats de rire ou de petits airs d'harmonica.

L'ânesse suivait, s'arrêtant aux chardons, puis propulsée par le bâton léger de son maître, elle repartait nonchalamment, la gueule hérissée de fleurs.

Dans les premiers jours, il n'était pas nécessaire d'aller bien loin ; mais peu à peu, il fallut monter jusqu'aux vallons lointains des hauts plateaux, où de tardives graminées sauvages verdoyaient encore faiblement.

Là, ils retrouvaient Baptistine, qui gardait son petit troupeau en cueillant des simples. Elle les aidait à remplir leurs sacs. Vers huit heures et demie, assis en rond au pied d'une roche, ils déjeunaient de grand appétit, puis, ils redescendaient les longues pentes.

Les sacs gonflés d'herbe, liés en dôme sur l'ânesse, se balançaient à chaque pas, et Jean Cadoret, dont on ne

voyait que les jambes, s'éloignait sous une vraie meule de foin d'où sortait une chanson.

En décembre, ce fut la cueillette des olives. Les vieux arbres, débarrassés de leurs rejetons et des branches mortes, et quoique taillés un peu au hasard pour la nourriture des chèvres, avaient été sensibles à des soins longtemps oubliés, et ils donnèrent trente-cinq litres d'huile, car l'honnête meunier de Bramafan, ému par la gentillesse et la bosse de M. Jean, n'en escamota que dix pour cent.

Le potager continuait à prospérer; les lapins, bien nourris, et ne manquant ni d'air ni de soleil, se multiplièrent. Non pas au rythme australien; les premières portées en avaient fourni quatorze, les secondes en donnèrent dix-huit; la troisième en produisit une trentaine.

A partir de ce moment, l'éleveur organisa chaque semaine une plaisante chasse à courre dans le parc. Pendant que les rongeurs, toujours en appétit, étaient rassemblés autour du gros tas d'herbes rapportées des collines, il bouchait l'entrée des terriers, puis la famille, dansante, criante et applaudissante, s'efforçait de cerner dans un coin de la clôture les sujets qui venaient d'atteindre l'âge du civet.

On les isolait pendant huit jours dans les cages, où ils étaient nourris d'herbes choisies, et d'une riche pâtée de courge et de son.

Chaque samedi, au lever du jour, l'éleveur partait pour Aubagne. L'ânesse portait sur ses flancs deux caisses plates à barreaux de bois, qui contenaient cinq ou six lapins de belle apparence, et parfois un cageot de légumes. Il la suivait, la badine à la main, dans sa jaquette grise, son pantalon rayé, et ses bottines à boutons. Il était fort content de lui-même, et serrait sous son bras une planchette, sur laquelle il avait peint, en belles lettres bleues : « Élevage des Romarins. »

Son chapeau melon fut vite connu sur le marché; et parfois des passants éclataient de rire en le voyant debout entre ses cages, sous son écriteau accroché sur le tronc d'un platane. Une grosse revendeuse, sa voisine, constata qu'il était incapable de résister aux marchandages des acheteurs, et lui offrit de vendre ses « pro-

duits » à sa place, ce qu'il accepta de grand cœur. Pendant ce temps, il allait entendre la messe de sept heures, puis il achetait un journal amusant, pour Manon ; appuyé contre le platane, il le lisait lui-même jusqu'à la fin de la vente ; alors, riche de quinze et parfois de vingt francs, les cages vides sous le bras et chevauchant l'ânesse, il repartait vers ses collines, et ses bottines à boutons pendaient comiquement au bout du pantalon rayé.

La famille vivait donc dans une petite aisance, et les femmes n'avaient aucun souci.

Aimée, toujours bien coiffée et soigneusement vêtue, vaquait aux travaux du ménage comme une dame qui remplace par hasard sa bonne. Le grand air l'avait embellie, et elle chantait en s'éveillant.

La petite Manon, qui allait sur ses dix ans, était toute dorée. Elle avait des yeux bleu de mer trop grands pour son visage, et une chevelure si épaisse que sa mère avait bien de la peine à en extraire les feuilles de kermès, les aiguilles de pin, ou les brindilles de ronces, sans une paire de ciseaux.

Le vent des collines, l'amitié des arbres, le silence des solitudes en avaient fait une petite bête sauvage, légère et vive comme un renard. Son grand amour, c'était Baptistine, qu'elle admirait comme un personnage des contes de fées, et la Piémontaise l'adorait. Tous les matins, sur les plateaux de la garrigue, elles gardaient leurs chèvres ensemble. Baptistine lui enseignait les soins à donner aux bêtes, l'art de tendre des pièges, et les mille secrets des collines : ce fut d'abord dans un français incompréhensible, mais éclairé par des gestes et des grimaces ; au bout de quelques semaines, la fillette fut en état de comprendre, puis de parler, le rude patois du Piémont. Elle redescendait aux Romarins, montée sur l'ânesse galopante, en poussant des cris de victoire, et elle rapportait dans les poches du bât des nourritures sauvages : des champignons sanguins, de grosses pignes amandières,

des morilles spongieuses, des escargots nourris de thym, et souvent des merles parfumés de myrte, ou des grives gorgées de genièvre.

Au début, elle avait un peu honte quand elle jetait sur la table des oiseaux morts, et elle refusait d'en manger.

Un soir, son père, tout en faisant glisser de la broche un rang d'ortolans largement ceinturés de lard roussi, déclara gravement :

« On s'attendrit toujours sur les malheurs des petits oiseaux, parce qu'ils volent et qu'ils font cui-cui. Mais dis-toi bien que ce sont des animaux féroces qui massacrent, pour les manger, de minuscules créatures vivantes...

« Quant aux vieilles demoiselles qui versent des larmes sur l'innocente grive ou le gentil pinson, j'ai remarqué qu'elles ne pleurent jamais en regardant une côtelette d'agneau ; même quand elles la voient sur la braise, c'est la côtelette qui pleure ! »

Et il se mit à croquer une « rôtie », dorée par la grésillante graisse des gras ortolans. Elle en prit une à son tour, et ses tendres scrupules s'évanouirent.

La chère n'était pas toujours aussi succulente, mais son père refusait de s'en apercevoir.

« La Mère Nature, disait-il, nourrit toujours ses enfants : je n'ai jamais eu autant de plaisir à manger. Notre pauvreté passagère nous force depuis quelque temps à ne consommer que les produits de la saison, et surtout des produits sauvages, nés de la terre du Bon Dieu, sans autre engrais que l'humus naturel. De plus, il est heureux que j'aie renoncé à mes trois tasses de café quotidiennes. D'abord, j'apprécie d'autant mieux le moka du dimanche ; d'autre part, je dors beaucoup mieux ; enfin la tisane de sauge qui fait mes délices à mon réveil a de très grandes vertus médicinales... C'est à ce nouveau régime que je dois ma parfaite santé.

« Quant à l'air des villes, il est la cause des plus terribles maladies. Quand je pense à ces malheureux qui vivent entassés les uns sur les autres, entourés d'un bruit infernal, qui vont chaque matin s'asseoir dans un bureau méphitique, et qui se croient des gens supérieurs, eh bien moi, je ricane ! »

Et il ricanait, et Manon riait aux éclats.

Elle parlait peu à la maison ; elle préférait écouter son père, qu'elle admirait en toutes choses, et qu'elle chérissait d'une tendresse maternelle à cause de son infirmité. A table, elle surveillait son verre et son assiette : c'est pour lui qu'elle choisissait la plus grosse grive, les plus belles figues, les meilleurs champignons, et quand il rentrait des champs, elle s'agenouillait devant lui pour délacer ses lourds souliers de paysan.

Sa grande joie, ce furent les jours de pluie en hiver, car alors la famille ne sortait guère de la ferme. Devant l'âtre, où crépitaient des fagots d'argéras sous les bûches résineuses, il lui racontait l'Histoire de France, lisait des poèmes, ou jouait des comédies de Molière en changeant de voix pour chaque personnage. Puis, comme il lui avait acheté à Aubagne un petit harmonica, entre deux leçons, ils faisaient un concert.

Manon jouait *Magali* ou *Misé Babet,* et son père brodait des variations merveilleuses autour du thème de la chanson.

Souvent, Giuseppe le bûcheron partait pour travailler une semaine dans les ravins du Pilon du Roi, ou sur les pentes du Baou de Bertagno. Alors, Baptistine venait, suivie de ses chèvres et de son chien noir. Elle apportait un cageot de légumes, ou deux cruches d'eau de la source, ou une longue bûche résineuse. C'était, disait-elle, pour payer son loyer. M. Jean acceptait ces présents avec de grands remerciements, car un refus eût brisé le cœur de la donatrice, et elle passait la journée avec eux. Elle enseignait à Aimée l'art de faire des brousses avec le lait bleu des garrigues, caillé puis pressé dans des tamis de jonc, à la manière des chevriers de Virgile, ou de petits fromages ronds, incrustés de « pèbre d'aï », ou des tartes à l'oignon, ou la soupe au basilic, et Manon servait d'interprète.

A midi, elle déjeunait avec la famille, mais il fut toujours impossible de la faire asseoir à table. Elle mangeait assise au coin de l'âtre, son assiette sur les genoux, lançant de temps à autre un éclat de rire inattendu, ou une bénédiction fervente. Le soir, elle faisait ses adieux. Alors M. Jean lui barrait le passage, fermait la porte à

clef, et mettait la clef dans sa poche. Après le dîner, il prenait l'harmonica, et lui faisait chanter de vieilles chansons piémontaises ; Aimée l'accompagnait de contre-chants, Manon, les pieds nus, dansait sur la table ; et dans la ferme solitaire des collines, il y avait un grand plaisir de vivre, beaucoup de tendresse, beaucoup d'espoir.

Ugolin venait souvent rendre visite à son voisin, et faisait son rapport au Papet.

« Papet, j'ai peur... Ça marche à peu près son affaire... Et cette vie, ça ne lui déplaît pas... Ça se voit que son grand-père était paysan... S'il se contente d'une quarantaine de lapins, et d'une cinquantaine de pieds de courges, de tout sûr, il peut vivre à son aise pendant vingt ans !...

— Patience, patience ! C'est beau, le courage. Mais c'est un homme qui lit des livres, et qui a de l'ambition... Ça mène bien loin, Galinette, et c'est ça qui le perdra. »

Un soir, après le dîner, Jean Cadoret dit à sa femme :
« Demain, c'est dimanche. Il faudra vous faire belles, parce que nous irons tous les trois à la messe aux Bastides remercier le Seigneur de ce qu'il a fait pour nous.

— Après ce que notre ami nous a dit de ces gens-là, j'aimerais mieux y aller à l'autre village, à Ruissatel.

— Justement non ! Il ne faut pas avoir l'air de nous cacher. Je ne dois rien à personne, je n'ai peur de personne, et je suis décidé à le montrer. »

*
**

Elles se firent « belles ». Aimée, sous un chapeau à plumes, était serrée dans un tailleur jaune canari ; un chardon bleu à la boutonnière, un sac doré à la main, et un peu vacillante sur des talons Louis XV d'une surprenante hauteur, elle était visible à deux cents mètres.

La petite Manon était vraiment jolie, et contente de l'être. Ses boucles d'un blond brillant sortaient d'une capeline bleue ; ses escarpins vernis, ses chaussettes blanches bien tirées, sa robe de satin rose, et surtout une ganse d'azur qui serrait sa ceinture dans son dos donnaient une impression de luxe et d'élégance. Quant à son père, légèrement étranglé par un col dur qui cachait sa glotte, il portait une jaquette grise, un gilet doré, un melon gris souris, des gants gris perle, et il maniait élégamment le jonc noir à bec d'argent.

Quand Ugolin les vit passer, il ne les reconnut qu'à leur nombre. Il s'avança, stupéfait.

« Vous descendez en ville ?

— Non. Nous allons à la messe au village. »

Il ne sut que répondre, et dit bêtement :

« C'est vrai que c'est dimanche !... Moi, je ne sais jamais quel jour on est ! Alors, bonne messe, et bon retour... »

Il les regarda descendre le sentier.

« Coquin de sort ! C'est pas croyable que des gens comme ça ne restent pas en ville. S'il n'était pas bossu, on croirait que c'est le préfet... Ça, c'est une bonne chose pour moi, qu'il se soit déguisé en étranger : personne ne lui parlera ! »

*
**

Leur arrivée sur la placette fut une sorte d'événement. Bon nombre de paysans qui ignoraient leur existence demandaient aux autres qui étaient ces gens-là. Le Papet répondit au Médéric de Barbaraou :

« C'est un monsieur de la ville qui veut faire le paysan.

— Pas possible ! dit le Médéric. Tu veux dire qu'il va prendre des ouvriers ?

— Pas du tout, dit le Papet. Il veut faire le paysan comme toi et moi. Seulement, pour piocher, il met des gants ! »

Alors Médéric regarda fixement le bossu, et il éclata de rire.

Jean Cadoret devint tout rouge de colère et de chagrin, car il crut que l'autre riait de sa bosse ; en serrant les mâchoires il promena autour de lui un regard dédaigneux. Comme la nouvelle faisait le tour de la placette, il ne rencontra que des sourires amusés. Les femmes commentaient la toilette d'Aimée, son sautoir, sa broche, ses bagues... Pendant toute la messe, on les regarda. M. le curé était vraiment bien vieux, la cataracte l'obligeait à porter des lunettes d'une livre, et son dentier gênait souvent son élocution. Il ne remarqua pas la présence de ses nouveaux paroissiens : ils étaient restés au dernier rang (parce que le bossu préférait qu'on le vît de face) mais à

chaque instant des visages se tournaient vers eux ; il crut y lire des moqueries ; il y répondit par des regards de défi...

A la sortie, Aimée s'arrêta chez le boucher qui restait ouvert le dimanche, car c'était son grand jour de vente. Claudius la servit aimablement. Le Papet, qui surveillait la famille de loin, vit avec plaisir qu'il n'engageait pas la conversation, car la clientèle arrivait en foule, et il avait fort à faire.

« Et puis, pensa-t-il, Claudius est resté longtemps en ville... Les collines ça ne l'intéresse guère, et la source il ne la connaît sûrement pas. »

Ils allèrent ensuite à la boulangerie, où les paysannes s'écartèrent sur leur passage, avec des chuchotements qu'il jugea hostiles, et c'est dans un grand silence que la boulangère pesa le pain ; enfin, ils passèrent devant l'aire, où les esprits forts qui n'allaient pas à la messe finissaient une partie de boules.

Il passa devant eux, avec une grande dignité en affectant de ne voir personne.

« C'est le voisin d'Ugolin », dit Pamphile.

Philoxène déclara :

« Il ne se prend pas pour une sous-merde. »

La famille leur tourna le dos, et prit le sentier qui descendait au vallon par une pente assez raide. C'est à ce moment que Cabridan décida qu'il fallait tirer sur la boule de Pamphile, qui était venue téter le bouchon.

Il visa longuement, fit trois bonds, et la manqua, comme d'habitude ; mais sa propre boule, rebondissant sur la tête ronde d'une roche enterrée, s'envola par-dessus les kermès qui bordaient la route, plongea dans le vallon et alla frapper les reins du bossu, qui marchait le dernier. Fou de colère, il ramassa le dangereux projectile, et de toutes ses forces, il le lança vers les joueurs qu'il ne voyait pas. Cabridan, qui venait en courant à la recherche de son bien, eut heureusement l'esprit de faire un bond de côté, car la boule passa à la hauteur de sa tête, avant d'aller retomber, là-haut, sur le pied de Bernard le maçon. Celui-ci prit sa cheville à deux mains, et se mit à danser sur son autre pied, tandis que Cabridan criait en provençal :

« Alors, pas assez d'être bossu, il faut encore que vous soyez fou ? »

Jean Cadoret ne daigna pas répondre à ces injures que sa famille ne comprenait pas, et continua à descendre le sentier, mais en se retournant de temps à autre comme s'il craignait l'arrivée d'un autre projectile.

« Ma mère avait raison, dit-il. Ce sont des brutes, des sauvages, et je suis tout honteux de leur être vaguement apparenté. »

Au même instant, Philoxène morigénait le Roi du Pois Chiche.

« Toi, je ne t'ai jamais vu frapper une boule, et tu as la folie de tirer. Si tu avais attrapé cet homme à la tête, tu pouvais le tuer tout sec.

— Et la petite ? dit Pamphile. Si tu avais tué la petite ?

— Mais je n'ai attrapé personne ! cria Cabridan.

— Et moi je te dis qu'il a reçu la boule sur sa bosse ! s'écria le forgeron. J'étais au bord de la route. Je l'ai vu !

— Ça ne pouvait lui faire que du bien ! répliqua le Papet. Ça pouvait le redresser ! »

Ce trait d'esprit eut un grand succès.

« En tout cas, reprit Cabridan, tout le monde sait bien que je ne l'ai pas fait exprès. Et puis, il n'est pas mort puisqu'il est parti ! »

<center>*
* *</center>

En arrivant sur la « planette » de Massacan, ils trouvèrent Ugolin qui arrosait deux rangées d'oignons et le bossu lui raconta le drame...

Aimée tout émue déclara :

« Ils ont voulu tuer mon mari !

— Ça, je ne crois pas, madame Aimée... Ils sont un peu sauvages, vous le savez, mais pas à ce point... Moi, je crois que c'est un accident. Ce sont des choses qui arrivent.

— Est-ce que vous le jureriez ? » s'écria M. Jean.

Ugolin parut réfléchir.

« Le jurer ? Ça, non. Évidemment, je ne le jurerais pas, puisque je n'ai rien vu. Mais à mon idée, c'est un accident. Probablement. »

Au printemps, les grands travaux recommencèrent : mais Ugolin ne vint pas renouveler le labour. Il s'en excusa en disant que le propriétaire du mulet lui faisait défoncer une terre de l'autre côté du village, pour planter une petite vigne ; il ajouta que le champ des Romarins n'avait pas besoin d'un labour profond, puisqu'on l'avait fait l'année précédente, et que la terre s'était bien reposée : M. Jean ne le revit pas de trois semaines.

Tout ragaillardi par l'hiver, il prit la pioche, et traça les sillons.

Malgré la vente des lapins, il avait fallu entamer les économies, pour acheter du son. Il ne restait que 720 francs... Il résolut d'en consacrer la moitié à l'achat et au transport de quatre tombereaux de fumier, par l'intermédiaire de la grosse revendeuse d'Aubagne, dont le fils était brigadier garde d'écurie à la caserne des hussards. L'enfouissement de ce précieux engrais lui coûta trois jours de travail, puis, un beau matin, il planta les graines de la courge d'Asie.

« A cent kilos par pied, dit-il, nous pouvons espérer vingt-cinq tonnes de courges : selon mon principe de " sécurité d'abord ", je ne compte que sur la moitié, ce qui sera bien suffisant, puisque le livre parle de huit tonnes de pâtée par an. Maintenant passons au maïs. »

Il en planta dix kilos sur le champ supérieur, en disant : « Un grain donne toujours un épi de 400 à 450 grains, et parfois deux épis. On peut compter théoriquement sur un rapport égal à 400 fois la semence.

J'admets 300 fois, ce qui est prudent. Nous aurons donc au moins trois tonnes de maïs. Le plus difficile sera évidemment de trouver et de transporter cinquante à soixante kilos de verdure par jour. Mais le problème ne se posera qu'au moment où l'exploitation aura atteint son maximum, c'est-à-dire dans dix-huit mois. Nous gagnerons à ce moment-là assez d'argent pour nous assurer les services de quelque Piémontais, peut-être même de notre ami Giuseppe qui serait pour nous un précieux collaborateur.

— Il ne voudra pas, dit Manon. Il est trop fier. Il aime sa grande cognée. Il dit que l'herbe c'est un travail de femmes. Mais moi, l'année prochaine, j'aurai douze ans. Alors moi, Baptistine, et l'ânesse, nous pouvons très bien le faire. Et même, si tu achètes encore une autre ânesse, nous te remplirons tout le grenier ! »

Les pluies du mois d'avril dépassèrent largement les promesses des statistiques : le vent de la mer apporta de longues pluies nocturnes, convenablement espacées ; les graines levèrent en quelques jours, puis les jeunes plants verdoyèrent.

Ugolin dit un soir au Papet :

« Ces pluies de nuit, c'est une bénédiction. Les coucourdes du bossu ont pris le départ, et les maïs sont superbes. Ça commence bien pour lui.

— Trop bien, dit le Papet. Neuf jours de pluie au mois d'avril, ce n'est pas bon :

S'il pleut pour la Saint-Paterne,
L'été sèche ta citerne.

Mai fut aussi généreux. La citerne était toujours pleine, et chaque semaine, les beaux nuages montaient de la mer. Ugolin, malgré la vigueur de ses propres cultures, n'était plus maître de ses tics, et il parpelégeait comme une chouette à midi.

« Galinette, dit le Papet, ne te trompe pas :

*S'il pleut le jour de l'Ascension
Tout s'en va en perdition. »*

En juin les pluies nocturnes continuèrent, et sous le brillant soleil des longues journées, les tiges d'un vert sombre s'élançaient de tous côtés, avec une rapidité magique, et elles se couvraient de fleurs... Puis, vers les premiers jours de juillet, les petites courges surgirent des fleurs éclatées... Il y en avait des centaines, qui se gonflèrent sous les yeux de la famille ; le maïs, aussi haut qu'un homme, agitait de blanches aigrettes, et la brise du crépuscule chuchotait dans ses longues feuilles...

La pluie avait fécondé les collines, et les plantes sauvages hautes et drues comme des blés avaient envahi les vallons ; les lapins, grandement nourris, se multiplièrent en six semaines, et l'on vit sortir des terriers des familles entières. L'éleveur alla chercher Ugolin pour lui montrer ce spectacle : l'homme des œillets en fut consterné, et ne put cacher son inquiétude.

« Que craignez-vous ? » demanda Aimée.

Il hésita, parpelégea trois fois, et fit un effort pour dire :

« Tout ça est magnifique, et c'est pour ça que je suis un peu inquiet, parce que, cette année, l'été n'a pas encore commencé...

— Vous êtes bien pessimiste, mon cher voisin ! s'écria M. Jean. Nous sommes le 3 juillet, la citerne déborde, et dans un mois au plus tout danger sera passé, car nous pouvons compter sur les orages du mois d'août !

— C'est vrai, dit Ugolin. C'est vrai. C'est parce que je me fais volontiers du mauvais sang pour vous que je vois tout en noir ! Ça serait malheureux qu'une si belle réussite soit perdue au dernier moment ! »

« Finalement, dit-il au Papet, le Bon Dieu est contre nous. Ce bossu de malheur a toute l'eau qu'il veut ; moi, ça m'a fait moisir mes pois chiches, et ta vigne a pris un grand coup de " pourridié ". Lui, ses coucourdes se gon-

flent comme si l'ange Bouffareou soufflait dedans... Il va faire fortune, et il ne partira jamais !

— Ne t'inquiète pas, disait le Papet. Il a eu la chance d'un printemps pourri, mais c'est le signe d'un été de feu. Je te dis qu'à la fin juillet, toute cette verdure, ça sera aussi jaune que du blé mûr, et les feuilles de ce maïs, elles chanteront comme des cigales...

*S'il pleut en juin,
Mange ton poing. »*

*
* *

Le vieux paysan et les dictons avaient raison.

C'est le 5 juillet que l'été tardif s'installa, avec une brutalité soudaine. Les cigales, jusque-là timides, grésillèrent frénétiquement dans les oliviers, et le soleil énorme monta tout droit au zénith comme un ballon de feu.

A midi, l'ombre des pins était toute ronde autour de leur pied. La terre se mit à fumer, en transparentes volutes bleutées : la végétation s'exalta aussitôt. Le champ de maïs grandit chaque nuit de quelques centimètres, les courges s'accrochèrent aux troncs des oliviers, comme pour en commencer l'escalade. Leurs fruits étaient déjà plus gros que de petits melons.

« Voilà, expliqua le planteur, le secret de la végétation tropicale : après une pluie insistante et pénétrante, un grand coup de soleil stimule l'activité des tiges et des feuilles, en accélérant les échanges. Ce merveilleux système d'alternance vient de s'installer cet été, et il est visible que la Providence a décidé de récompenser nos efforts. »

Mais dès la troisième journée de soleil, il constata que les feuilles commençaient à perdre leur éclat ; quelques-unes même pendaient en arrière, comme fatiguées : il était grand temps d'utiliser la citerne.

Le soir, devant Ugolin venu aux nouvelles, il exposa son plan.

« La citerne est pleine à ras bord. Elle contient douze mètres cubes. Il m'en faut trois par arrosage, et un arro-

sage tous les deux jours. La citerne m'assure donc huit jours de tranquillité.

— D'accord, dit Ugolin, mais c'est pas sûr qu'il pleuve dans huit jours !

— Prévu ! dit M. Jean. C'est pourquoi, dès demain, nous allons commencer les voyages au Plantier. Cent litres par voyage, quatre voyages par jour. C'est-à-dire que, dans huit jours, nous aurons versé dans la citerne 3 200 litres, ce qui nous donne deux jours de plus. Soit dix jours.

— Dix jours, c'est bien, dit Ugolin, mais en cette saison, on ne sait jamais.

— Vous avez raison : aussi, j'ai prévu le pire. Si dans dix jours le ciel continue à me trahir, je sacrifierai une partie de la récolte, et je vous louerai votre mulet. Il peut porter certainement deux bidons de 50 litres. Donc, nous pourrons fournir à la citerne, en faisant cinq voyages, un mètre cube par jour, ce qui sera suffisant pour attendre la prochaine pluie.

— C'est bien combiné, dit Ugolin.

— J'espère, dit M. Jean, n'avoir pas besoin d'en venir là. »

Le lendemain, dès l'aurore, il eut une agréable surprise : au levant, le ciel paraissait bouché. Il décida de surseoir au départ pour la source et travailla dans le potager. Mais vers huit heures, le soleil troua les nuages, aussitôt dispersés aux quatre coins du ciel. Alors les cigales grésillèrent, et une journée étincelante s'installa.

Ils firent trois voyages à la source, c'est-à-dire six heures de marche sur la roche inégale ou les cailloux roulants du sentier.

Au dernier, vers sept heures du soir, il constata avec fierté que le niveau de l'eau dans la citerne, soigneusement repéré, avait monté de quinze centimètres.

Cependant, Manon s'endormit à table : sa femme se plaignit — en riant — de ne pouvoir se relever sans aide quand elle se baissait devant l'âtre, et lui-même ressentait de petits éclairs de douleur dans la nuque. Il déclara

que c'était là une bonne et saine fatigue : cependant, dès l'aurore, il partit, seul derrière l'ânesse, emportant un pic, un assez gros crochet de fer en forme d'esse, deux mètres d'une solide cordelette, et une serpe...

Tout le long du sentier de la source, il trancha au ras du sol les branches épineuses qui l'accrochaient au passage, écarta les pierres roulantes, brisa les saillies de roche sur lesquelles butaient ses pieds, et combla quelques trous.

De plus il aménagea une halte, à mi-parcours, sous un pin ombreux. Après avoir débroussaillé le sol au pied du tronc, il installa des sièges en forme de petits dolmens. Enfin, il suspendit à une basse branche l'esse de fer : il pouvait ainsi y accrocher la lourde dame-jeanne par son anse d'osier, détacher la courroie qui la liait à son front, s'asseoir un moment à l'ombre, et la recharger ensuite sur son étagère sans aide et sans aucun effort.

La route était longue : au retour de cet unique voyage, il ne rapportait que quatre-vingts litres d'eau, mais il put annoncer à sa famille que le sentier était devenu « un boulevard », et que grâce au « reposoir » qu'il avait installé, le transport du précieux liquide ne serait plus qu'une bienfaisante promenade.

Cependant, l'été brûlait toujours, impitoyable, et malgré quatre voyages quotidiens la citerne baissait rapidement... L'herbe des collines était jaune, il ne restait pour nourrir son élevage qu'une vingtaine de courges, un peu de son, et très peu d'argent. Il partit donc un matin avant le jour, pour porter à la revendeuse une douzaine de lapins, et remonta vers huit heures avec un sac de son, et quelques bouteilles de vin. Les femmes lui avaient ménagé une surprise : elles revenaient de la source. Il ôta sa jaquette, remit ses espadrilles, et repartit avec elles. Manon s'abritait sous une capeline de paille, Aimée portait une ombrelle rose à manche doré.

Cette course de l'eau dura dix jours : comme la fatigue le gagnait, il se réconfortait avec de grands verres de vin,

et il en emportait toujours une bouteille dans le bât de l'ânesse, sous les bidons.

Le soir à table, il relisait à haute voix les statistiques, comme pour forcer le ciel à leur obéir, et chaque nuit, il croyait entendre le bruit de la pluie ; alors, il s'élançait vers la fenêtre, et repoussait les volets : les étoiles brillaient, cruelles. Il n'avait plu que dans son rêve...

Le huitième jour, malgré tant d'efforts, il constata que la citerne ne contenait plus qu'un arrosage... Alors, quand les femmes furent couchées, il repartit avec l'ânesse, une lanterne à la main.

Il revint avec Giuseppe, qui, au soir d'une dure journée de bûcheron, avait tenu à sacrifier deux heures de son précieux sommeil.

Ils rapportaient 120 litres d'eau.

Ils trouvèrent la petite Manon en chemise. Elle avait entendu partir son père, et elle l'attendait assise sur le seuil, en regardant les voletantes étincelles des lucioles.

Au clair de lune, Giuseppe alla examiner les plantations, arracha des feuilles, et les écrasa entre ses paumes.

« Notre maître, dit-il, elles souffrent... Il faut sacrifier la moitié des plantes parce que s'il ne pleut pas d'ici quatre jours, vous allez perdre tout !

— Mais il pleuvra certainement ! cria le bossu.

— Pas demain, dit le bûcheron. Regardez la lune !

— J'ai encore un demi-mètre d'eau dans la citerne ! Avec cinq voyages par jour, j'ai six jours devant moi ! Il pleuvra, parce que la pluie est en retard de deux semaines !

— Je sais, je sais, mais la saison elle n'est pas bonne. Elle est mal partie, la saison... Il faut abandonner la moitié des plantes, parce que moi, je ne puis pas vous aider ! »

Il baissa les yeux pour ajouter :

« Demain, il faut que je parte avec cinq autres bûcherons. Nous avons signé le contrat avec l'atrapénoure (il voulait dire l'entrepreneur) et c'est moi que je commande l'équipe. C'est dans le Var, près Le Muy. Ils m'attendent demain matin, à la gare d'Aubagne. C'est un travail de quatre semaines. Alors, jusque le 25 d'Agosto, je suis là-

bas, mais le 26 je viens. En attendant, il faut perdre la moitié, autrement, vous perdez tout !

— Je sais, je sais, tu as raison...

— Mais si le soleil continue, le 26 d'Agosto, moi je viens avec Enzo et Giacomo ; et la citerne, nous la remplissons... »

<div style="text-align:center">*
* *</div>

C'était une promesse rassurante, et il savait qu'elle serait tenue ; mais l'obstination de la Providence à lui refuser les pluies qui lui étaient dues le décourageait. Il lui adressait des prières qui faisaient appel à sa justice plutôt qu'à sa bonté, et qui ressemblaient à des « sommations sans frais », mais qui restaient tous les jours sans réponse. Aimée ne chantait plus, et paraissait soucieuse.

Un matin, il lui demanda :

« Combien d'argent nous reste-t-il ?

— Bien peu, dit-elle. Une centaine de francs. Mais nous avons des provisions.

— Avec dix ou douze francs, nous pouvons louer pour deux ou trois jours le mulet d'Ugolin.

« J'irai le lui demander ce soir... D'ailleurs, il n'est pas impossible qu'il me le prête gratuitement... Avec cette bête, nous serions sauvés... »

Il repartit sous son étagère : il parlait gaiement à sa fille, jouait de l'harmonica et s'arrêtait régulièrement au reposoir ; il accrochait la dame-jeanne à l'esse, frictionnait les crampes de ses mollets et buvait un grand verre de vin.

Après quatre expéditions, et une heure d'arrosage, il alla à Massacan ; il n'y trouva que Délie.

« Ugolin est au village, dit-elle, et il ne reviendra qu'après dîner, mais tard...

— C'est ennuyeux, dit le bossu.

— Je peux lui faire une commission en passant.

— Eh bien, si vous le voyez, demandez-lui s'il ne peut pas me louer son mulet à partir de demain... »

Ce soir-là, à table, chez le vieil Anglade, son fils Josias, qu'on appelait « l'aîné des jumeaux » parce qu'il était plus grand que son frère, dit :

« O Père ! Je crois que le bossu de Crespin est devenu fou.

— Il t'a parlé ?

— Non, mais pendant qu'on piochait la petite vigne, on l'a vu passer sept ou huit fois sur le chemin du Plantier, avec l'âne, sa femme et sa petite, et tout ça portait des bidons et des cruches...

— La femme a un parapluie rose, dit Jonas, et lui, il porte une grosse dame-jeanne sur sa bosse, et ça me fait l'effet qu'il ne tient plus debout.

— D'après ce qu'on raconte, répondit Anglade, il a voulu faire des coucourdes d'Amérique, et à cause de la sécheresse, elles sont en train de crever.

— Et pourquoi il va chercher l'eau si loin ?... D'après ce que m'a dit tante Fine, il a une espèce de source près de sa maison ! »

Son père haussa les épaules, et répliqua :

« Tante Fine parle de l'An Pèbre ! Moi aussi je l'ai connue, cette source, mais elle a dû se perdre.

— A ce qu'il paraît, reprit Jonas, que César Soubeyran... »

Anglade fronça les sourcils, et parla sévèrement.

« A ce qu'il paraît qu'il ne paraît rien du tout. César fait ce qu'il veut, et nous, nous faisons comme nous voulons ! Bérarde, donne-z-y encore un peu de soupe. A

table, quand on ne mange pas, on parle. Et quand on parle, on parle toujours trop ! »

<center>*
* *</center>

Au même moment, Ugolin et le Papet se mettaient à table. Ils revenaient de l'apéritif au Cercle, où l'on avait parlé longuement de la sécheresse, qui justifiait les pires inquiétudes. L'eau de la fontaine assurait la récolte des potagers, mais les cultures des vallons étaient grandement compromises.

« Tu as entendu ce qu'il a dit, Anglade ?

S'il ne pleut pas pour Sainte-Anne,
N'espère que Sainte-Jeanne.

« Sainte-Anne, c'était aujourd'hui, et Sainte-Jeanne c'est dans trois semaines.

— Alors, dit Ugolin, mes abricots vont sécher...

— Eh oui ! Et ma vigne ne remplira pas deux barriques. Mais dans notre petit malheur, nous avons une consolation. C'est que les affaires de ton voisin ne vont pas bien ! Ce matin, pendant qu'ils étaient partis, je suis allé faire un tour dans ses coucourdes. Elles n'ont pas assez d'eau, et il a beau se crever le tempérament, dans huit jours elles sont mortes !

— Il m'a dit qu'il allait en sacrifier la moitié.

— C'est pas bête, mais l'autre moitié est perdue quand même. Il lui faudrait au moins mille litres par jour. Comment veux-tu qu'il les porte, avec une ânesse, une femme et demie, une ombrelle et une bosse ? Encore huit jours de soleil, et ce sera fini. »

C'est à ce moment que Délie frappa à la vitre.

« Le monsieur bossu est venu, dit-elle. Il a dit de vous dire qu'il veut louer le mulet pour demain. Voilà. Bonsoir.

— Il commence à comprendre, dit le Papet en ricanant.

— Il m'en avait parlé il y a quelques jours, que si la sécheresse continue, il nous louerait le mulet.

— Et toi, qu'est-ce que tu as dit ?

— Rien. »

Il hésita un instant, et il ajouta timidement :

« Mais s'il me le demande, ce sera difficile de refuser. »

Le vieillard stupéfait répliqua :

« Mais ce n'est pas possible de lui dire oui ! Si tu y vas avec le mulet, tu le sauves. Le mulet peut porter cinq cents litres par jour !

Ugolin le regarda un moment, puis baissa de nouveau les yeux.

« Ne me dis pas ça, parce que... »

Il se tut.

Le Papet fronça le sourcil.

« Parce que quoi ? »

Ugolin battit des paupières, renifla, haussa les épaules.

« Je ne saurais pas bien te le dire... Il se passe des choses dans ma tête. »

Il toussa, sous le regard glacé du vieillard.

« Tu comprends : tu m'as dit que je devienne son ami. Je me suis très bien débrouillé, ça a bien réussi, et même ça dure depuis presque deux ans... Seulement, petit à petit, lui aussi, il est devenu mon ami. A force de l'appeler M. Jean, à force à force, et de boire le vin blanc... »

Le Papet stupéfait, l'œil mauvais, cria :

« Qu'est-ce que tu veux faire, imbécile, des œillets ou des amis ? En voilà un de couillon ! Il me semble que j'entends parler ta pauvre mère ! »

Il regarda son neveu d'un air farouche, et dit :

« Quand on a commencé d'étrangler le chat, il faut le finir. »

A grand bruit, mais sans mot dire, ils mangèrent la soupe au lard... Puis la sourde-muette apporta quatre côtelettes sur de la polenta.

« Alors toi, tu serais d'accord pour aller l'aider avec le mulet, et pour porter un jaron sur l'esquine ?

— C'est pas ça que j'ai voulu dire, c'est pas ça... Je veux dire que moi, s'il me le demande, ça ne m'étonnerait pas que j'y aille. Alors, je préfère mieux de m'en aller.

— Où ?

— Chez Attilio. En ce moment, ici, j'ai pas grand-

chose à faire. Délie peut me cueillir les abricots, et tu les feras porter à Aubagne par Anglade. Si je vais passer dix jours à Antibes, là-bas, je les aiderai, ça leur fera plaisir, et moi ça me remettra bien dans les œillets. Je choisirai mes boutures, il me dira où c'est qu'il faut vendre... C'est important ça, tu comprends ?

— C'est une bonne idée. Je suis tout à fait d'accord. Je vais te donner des sous et tu partiras demain matin. Tu as raison : il vaut mieux te lever du milieu. Parce que si c'est toi qui refuses le mulet, il va peut-être se fâcher avec toi, et on risque qu'il vende sa ferme à un autre. D'accord. Tu pars demain matin de bonne heure. D'accord. »

Ils mangèrent longuement et la haute pendule scandait le silence. Ugolin n'osait plus lever les yeux. En nouant sa serviette, le Papet parla :

« Je sais à quoi tu penses. Ça te met mal à l'aise l'idée que tu pourrais le sauver. Eh bien, moi, je dis le contraire. Je dis que c'est pour son bien. Et toi-même, un jour, tu me l'as dit : s'il fait une réussite cette année, même petite, il va continuer, et l'année prochaine, ça recommencera, et ce sera un malheureux toute sa vie, jusqu'à ce qu'il crève au travail ; tandis que si toutes les plantes sèchent sur pied, il comprendra, et avec l'argent que je suis tout bienveillant à lui donner pour lui acheter sa ferme, il peut retourner s'installer en ville, et ça sera beaucoup mieux pour lui. Même s'il n'y avait pas la question des œillets, moi je ne lui prêterais pas le mulet, parce que si on ne l'aide pas, on lui rend service. Tiens, voilà cinquante francs. Va dormir, et demain matin file à la gare d'Aubagne, et sans regarder derrière toi !

— Écoute, Papet, je vais m'habiller là-bas, et je reviens coucher ici, parce qu'il est capable de venir me voir à quatre heures du matin. Et alors...

— Alors tu me fais peine. Allez, zou, file et reviens vite. »

Le lendemain matin, sur les sept heures, M. Jean se présenta aux Romarins. Il frappa en vain à la porte, puis

aux volets, et descendit aux cultures d'Ugolin. Il n'y trouva personne, mais comme il allait retourner chez lui, il vit Délie qui arrivait du village. Il l'attendit.
« Vous ne savez pas où est Ugolin ?
— Son parrain vient de me dire qu'il est parti !
— A Aubagne ?
— Oui, pour prendre le train. Il est allé aider aux moissons, chez un ami...
— Quand est-ce qu'il reviendra ?
— Je ne sais pas.
— Et le mulet ? Vous savez où il est ?
— Le parrain m'a dit qu'il l'avait loué à un des Ombrées, jusqu'aux vendanges.
— Il doit y en avoir d'autres au village ?
— J'en connais quatre ou cinq, dit Délie : mais ils sont tous à griffonner les champs, à cause de la sécheresse... Peut-être, on pourrait en trouver un ? Je demanderai cet après-midi, mais vous savez, ils n'aiment pas prêter les bêtes, et je vous promets rien... »

*
**

La famille reprit le chemin du Plantier, les bidons, les cruches, et la bouteille de vin. Ils marchèrent toute la journée, sur leurs ombres grandissantes.

A son dernier retour, le soir, il arrosa la demi-plantation. Tout en tournant la manivelle de la pompe, la tête bourdonnante et les pieds brûlants, il résolut d'aller à Aubagne le lendemain matin, et de porter au marché une douzaine de lapins. Puis, il irait engager le collier de sa femme au mont-de-piété, et il achèterait un mulet... Alors, la plantation restante serait sauvée, et il pourrait envisager l'élevage de trente à quarante lapins par mois, et ce serait un excellent début. Il calcula le poids de courges qu'il allait obtenir, puis le nombre de sacs de maïs, puis la quantité de son qu'il pourrait acheter avec la revente du mulet en octobre. Non, rien n'était perdu. De plus, en allant à la source, il économiserait ses forces en s'installant sur le puissant animal, tandis que Manon chevaucherait l'ânesse... Il souriait à ce plaisant tableau,

lorsque le fatal gargouillement du tuyau de la pompe traversa sa rêverie... La citerne était vide.

Il en fut d'abord consterné, puis haussa les épaules.

« Peu importe, dit-il, demain, j'aurai un mulet... »

Il sortit. Manon effrayée accourait :

« Papa, ça ne coule plus du tout !

— Je sais, je sais, dit-il gaiement. Mais à partir de demain, nous pourrons attendre la pluie !

— Et comment ?

— Viens ! Je t'expliquerai à table. »

Lorsqu'il parla des chevauchées futures, Manon battit des mains, et cria de rire et de plaisir ; mais Aimée fit un sourire contraint. Elle demanda :

« Est-ce que ça coûte cher, un mulet ?

— C'est évidemment beaucoup plus cher qu'une ânesse ! Je pense en trouver un à Aubagne, entre quatre et cinq cents francs... Cet argent ne sera pas perdu, parce qu'à la fin septembre, je le revendrai, et (il agita son index dressé) peut-être avec bénéfice ! Cette opération, d'ailleurs, me force à te demander un sacrifice. Sacrifice momentané. Je devrais plutôt dire " séparation ". Oui. Il s'agit de ton collier. »

Aimée parut inquiète, et Manon, comme effrayée par un sacrilège, dit à voix basse :

« Tu veux vendre le collier de maman ?

— Mais non ! J'ai dit " une séparation momentanée ". C'est-à-dire que je vais déposer le joyau au mont-de-piété, qui est une espèce de banque officielle. C'est le gouvernement, tu comprends ? Il n'y a aucun risque ! Et sur ce gage, ils me prêteront au moins deux mille francs : les trois émeraudes valent bien davantage ! Alors, j'achèterai un très beau mulet ; dans deux mois, je le revendrai, et certainement avec bénéfice, car l'air des collines va lui faire le plus grand bien ; je rapporterai les deux mille francs, et ils me rendront le collier !

— Ah bon ! dit Manon rassurée. Comme maman ne le met jamais, ça ne la privera guère ! N'est-ce pas, maman ?

— Bien sûr, ma chérie... Mais maintenant, il est neuf heures et nous avons beaucoup à faire demain matin... Allons nous coucher ! »

Elle alluma les trois bougies, souffla la lampe, pendant qu'il mettait la barre à la porte, puis chacun portant sa petite flamme, ils gravirent l'escalier de bois.

Comme il venait de s'asseoir sur son lit, Aimée s'agenouilla pour délacer les lourdes chaussures.

Il était épuisé par les courses de la journée, mais plein d'espoir et de nouveaux calculs.

« C'est ce que j'aurais dû faire dès le premier jour, dit-il. Il est vrai qu'on ne pouvait pas imaginer une aussi affreuse sécheresse... Mais enfin, il n'est pas trop tard... »

Elle leva vers lui des yeux mouillés de larmes. Il en fut surpris.

« Tu as tant de peine à te séparer de ton collier ? »

Elle répondit par un petit haussement d'épaules, et baissa la tête...

« Ma chérie, je comprends ton attachement à ce très beau bijou de famille, mais je te répète qu'il n'est pas perdu ! Cet emprunt est indispensable, et pour tout dire c'est mon seul et dernier espoir. La citerne est vide, et si la pluie n'arrive pas d'ici trois jours, mes plans sont ruinés... Afin de ne pas t'inquiéter, je ne t'ai pas dit que nous avons quelques dettes... Oui, je dois 350 francs au meunier de Ruissatel, une centaine de francs au quincaillier d'Aubagne, et presque autant pour deux tombereaux de fumier. Si ce mulet ne sauve pas la récolte, il nous faudrait repartir non pas à zéro, mais à moins que zéro ! »

Elle fondit soudain en larmes, cacha son visage dans ses mains, et murmura :

« Il y est déjà... »

Il ne comprit pas tout de suite.

« Que dis-tu ?

— Le collier... Je l'ai déjà mis au mont-de-piété...

— Quand ?

— Le mois dernier.

— Mais pourquoi ?

— Parce que je n'avais plus d'argent... J'aurais dû te le dire... Mais j'ai voulu t'épargner des soucis... Tu as acheté beaucoup de choses... Des livres, des outils, du fumier... »

Elle ajouta en baissant les yeux :

« Et puis, depuis quelque temps, nous buvons beaucoup de vin... Alors, j'ai engagé le collier...

— Soit ! dit-il. Mais il doit te rester une somme importante ?

— Ils ne m'ont prêté que cent francs... Les émeraudes sont fausses...

— Fausses ? Ce n'est pas possible !

— Je les ai montrées à un bijoutier... Il m'a dit la même chose au premier coup d'œil... »

Il était stupéfait et indigné.

« Un bijou de famille de cette importance ! Il est incroyable que dans ta famille... »

En fait de famille, elle pensait amèrement à ce chef d'orchestre argentin qui lui avait offert jadis ce « joyau », quand elle chantait *Manon* et *Lakmé* à l'Opéra de Curepipe...

Elle sanglotait à ses pieds. Il la releva tendrement.

« Calme-toi, dit-il... Rien n'est irréparable... Notre situation n'est pas aussi désespérée que je te l'ai dit tout à l'heure... Ce que tu as fait est bien fait... C'est moi qui ai eu tort de ne pas restreindre mes dépenses, et de te laisser en souci. Maintenant, va dormir, et ne sois pas inquiète... Je vais réfléchir, et je trouverai certainement une solution à mon problème. Tu sais que tu peux avoir confiance en moi. Viens, ma chérie. »

Il la conduisit jusqu'à son lit, la déshabilla, et la borda comme un enfant.

Il revint dans sa chambre, accablé. Quoique la fenêtre fût grande ouverte, la flamme blanche de la bougie brûlait toute droite. Les étoiles brillaient cruelles, un silence tiède immobilisait les pinèdes. Il ferma les volets sur

cette nuit hostile, revint s'asseoir sur son lit, et frictionna longuement ses chevilles enflées.

Que faire ? Il résolut de ne conserver qu'une dizaine de plantes, et un rang de maïs, pour les semences de l'année prochaine. Peut-être, avec les rongeurs qui lui restaient, pourrait-il payer ses dettes, ou tout au moins une partie ? En tout cas, il se sentait vaincu et ridicule... Il valait peut-être mieux retourner en ville, et s'installer derrière un guichet ? Non, jamais ! Jamais il n'avouerait sa défaite devant Ugolin, devant sa femme, devant sa fille...

Il s'agenouilla contre son lit : avec cette piété soudaine et si peu désintéressée qui ne s'adresse au Ciel que pour lui demander son aide, il pria longuement.

Les coudes sur la couverture et les mains jointes, il sentait la raideur de sa nuque, le poids ridicule de sa bosse meurtrie, et ses jambes endolories par les poisons de la fatigue. C'était une prière sans paroles ; il entendait les chocs sourds de son cœur, et le bourdonnement du sang dans ses oreilles. Il glissa lentement dans le sommeil, et son rêve pathétique recommença : il entendit de lointains roulements de tonnerre, le tintement léger des gouttes sur le toit, le gazouillis de l'eau dans la gouttière : mais il savait bien que c'était un rêve, comme d'habitude, et il refusa de s'éveiller ; le tonnerre grondait plus proche, puis il vit la petite Manon qui fuyait sous la lourde pluie, poursuivie par les traits de feu de la foudre, et qui l'appelait à son secours... Il ouvrit les yeux : des éclairs illuminaient sa chambre, et sur le seuil, dans sa longue chemise blanche, elle tendait ses bras vers lui, et son visage radieux brillait de larmes.

« Papa, écoute ! »

L'orage torrentiel crépitait sur les tuiles, une merveilleuse musique montait par l'escalier de bois : la chanson modulée de l'eau dégringolante faisait sonner les échos réveillés des voûtes vides de la citerne.

Elle sauta dans ses bras et frotta ses larmes sur la joue piquante... Aimée entra, ils allèrent à la fenêtre, et penchèrent leurs têtes sous l'averse : les éclairs révélaient la pinède à travers mille diamants... Il les serrait toutes les deux, au bruit de la pluie. Aimée tremblait, et la petite

fille lançait des cris sauvages, dans une rage de victoire et de bonheur.

Au lever du jour, sous une antique pèlerine à capuchon, Jean Cadoret, les pieds nus, sous la pluie battante, se promenait dans ses plantations.

Dans cette pèlerine, il n'était pas seul. Entre deux boutons, sortait une grosse boule de cheveux dorés, au-dessus du visage de sa fille.

Déjà les plantes redressaient leurs feuilles, qui se dépliaient à vue d'œil.

Celles-là mêmes qu'il avait abandonnées depuis une semaine paraissaient reprendre courage.

« Et voilà ! dit-il. C'est au moment où tout paraissait perdu que tout est sauvé... La citerne a débordé, la plantation prend un nouveau départ, les collines reverdissent. Dans quatre jours, nous aurons de l'herbe à ne savoir qu'en faire, et grâce à la pente des terriers, nos lapins n'ont pas souffert. D'autre part, nous sommes aux premiers jours du mois d'août. Sans compter les sept jours de pluie dont le ciel n'a pas honoré les échéances, et que je passerai par créances irrecouvrables, les statistiques nous promettent au moins quatre jours de pluie, qui nous suffiront amplement pour atteindre l'automne. Mais ne nous endormons pas dans une confiance aveugle, et prenons nos dispositions pour faire face à vingt-quatre jours de sécheresse, c'est-à-dire jusqu'au retour de Giuseppe et de ses compagnons qui seront ici le 26 août. Au travail ! »

Ils repartirent donc pour le Plantier, mais sans inquiétude et sans hâte : ces corvées d'eau n'étaient plus qu'une précaution, très probablement inutile.

Grâce à l'orage, qui avait profondément pénétré le sol, grâce à la provision de la citerne, les courges vertes, rayées de blanc, s'arrondissaient à l'ombre de leurs feuilles, les épis du maïs s'enflaient gaillardement, et

l'herbe rafraîchie des collines suffisait à la nourriture des lapins.

Cependant, le flamboyant soleil du mois d'août montait chaque matin dans un ciel vide, et aspirait la très légère brume qui flottait au-dessus des herbes et des plantes : vers midi, tout était sec, et le sol friable s'écrasait en poussière sous les pas de M. Jean.

Il décida donc de changer de méthode, et de verser chaque matin deux litres d'eau au pied de chaque plante de cucurbita ; puis, pour ralentir l'évaporation, il les recouvrit avec des lambeaux de toile de jute, un vieux tapis de table, des draps de lit, des couvertures, des journaux, les portes de la remise posées sur quatre pierres, de larges ramures d'yeuse ou de pin. Lorsque le Papet (qui surveillait les opérations) vit pour la première fois cet étalage, il en pleura de rire : il avait tort, car tant qu'il y eut de l'eau dans la citerne, les plantes ainsi protégées continuèrent à prospérer.

Au dixième jour, le bossu inquiet recommença à faire des problèmes de certificat d'études : « Étant donné qu'une citerne contient encore six mètres cubes d'eau, et que son propriétaire est forcé d'en dépenser deux mètres cubes tous les deux jours ; que, d'autre part, il peut en transporter chaque jour..., etc. »

Il en conclut que pour tenir jusqu'au 26 août, il faudrait utiliser Baptistine, Aimée, et Manon, et faire sept voyages par jour, c'est-à-dire douze heures de marche ; puis, comme il était impossible d'imposer à ces femmes un programme qui eût effrayé un chasseur alpin, il se persuada qu'il était absurde d'envisager une aussi longue sécheresse, et changea les données du problème pour en améliorer la solution : il décida donc que la pluie viendrait à son aide le 20 août. Jusque-là, les femmes ne l'accompagneraient que deux fois par jour, et elles auraient ainsi le temps de s'occuper du ménage, de l'arrosage, et des lapins. Et si le ciel lui refusait la pluie, il pourrait attendre jusqu'à l'arrivée des bûcherons.

Il reprit donc ses marches forcées. La citerne baissait tous les jours, mais Giuseppe allait venir, et la plantation serait sauvée...

※

Un matin, comme il arrivait au Plantier avec les bidons vides, et Manon chevauchant l'ânesse en jouant de l'harmonica, il trouva l'arrêt du Destin dans la grotte de Baptistine.

Elle était assise sur son lit, blême, hagarde, muette. Devant elle, il y avait un homme, un bûcheron sans doute, qui lui essuyait le front avec un linge mouillé, et qui parlait doucement en piémontais. Dans un coin, un autre homme, un géant, à la barbe hirsute, immobile comme une statue, sa casquette à la main.

Ils étaient tous les trois sur la porte, et Jean Cadoret ne comprenait pas ce que disait ce Piémontais, lorsque la fillette s'élança vers Baptistine, et la serra dans ses bras en gémissant...

Le géant sortit alors, fit signe au bossu de le suivre, et s'expliqua difficilement.

※

Il était mort, le grand Giuseppe, le beau bousquetier des collines. Là-bas, dans une forêt du Var, un grand « leccio » tout tordu, « un tronco putrido que ne s'y voit pas » était tombé « nel primo colpo del scure », et Giuseppe s'était reculé trop tard... Une branche pas bien grosse, celle du bout, l'avait frappé sur « la nouca de la testa » et avait « spezzate » les petits « ossi del collo »...

Pendant qu'on le portait à l'hôpital, il avait compris qu'il allait mourir ; il avait pu lui dire d'aller prévenir sa femme, et puis de la recommander à son ami, « il moussu gobo ».

Et comme Jean Cadoret ne comprenait pas, et demandait qui était ce monsieur Gobo, le bûcheron rentra son cou dans ses épaules remontées, et le désigna du doigt...

Manon resta toute la journée auprès de Baptistine, pendant que les bûcherons aidaient son père pour le pre-

mier voyage : le géant qui s'appelait Giacomo porta un tonneau de cinquante litres, le second Enzo fut désolé de n'avoir à sa disposition que deux grosses dames-jeannes. Jean Cadoret fit quatre voyages. Au dernier, il voulut amener la Piémontaise aux Romarins. Mais elle refusa par des signes de tête. Elle ne pleurait pas, elle ne parlait pas, elle ne bougeait pas. Manon, épuisée, s'endormit sur une paillasse, et n'entendit même pas la voix de sa vieille amie lorsque à minuit elle se mit à chanter une étrange mélopée piémontaise, qu'elle improvisait peut-être, et qui parlait de l'amour et de la mort.

Le lendemain matin, elle parut s'éveiller d'une transe, et se prépara une tasse de café, en disant qu'elle allait le chercher, parce qu'il fallait enterrer Giuseppe dans le coin de la grotte, pas trop loin de la cheminée, pour qu'il n'ait pas froid, et contre le rocher, pour qu'on ne lui marche pas dessus, Dieu préserve ! Puis, elle prit dans la crevasse deux poignées de pièces d'or, parce qu'il faut payer le chemin de fer, pour aller à Le Muy, et puis une bonne charrette pour rapporter Giuseppe : mais les bûcherons, qui avaient dormi dans la bergerie, déclarèrent que « l'atrapénoure » avait tout fait bien comme il faut, et que le pauvre Giuseppe arriverait le lendemain à l'église des Bastides dans une belle voiture noire qui marchait avec le moteur. Elle voulut partir tout de suite pour le dernier rendez-vous et elle passa la nuit assise sur les marches de l'église, entre ses deux compagnons.

Le lendemain matin, M. Jean, après deux voyages à la source, alla avec sa famille assister aux funérailles de son ami. Sans mot dire, il salua froidement Philoxène, Pamphile, Anglade et Casimir, qui représentaient la population du village.

Le vieux curé célébra la messe, loua la vaillance et le courage du défunt — qu'il n'avait jamais vu — et lui donna l'absoute en toute simplicité. Après la courte céré-

monie au cimetière, les Italiens embrassèrent longuement la veuve, et partirent pour les plateaux des Ombrées, où une autre coupe les attendait, tandis que la famille Cadoret emmenait Baptistine vers les Romarins.

Ugolin revenait d'Antibes : il portait sous chaque bras un gros paquet soigneusement ficelé. C'était des boutures préparées par Attilio et qui pourraient donner des fleurs la saison suivante.

Il avait acheté une belle casquette à carreaux et des souliers qui gémissaient à chaque pas.

Le Papet fumait sa pipe, assis sur les marches, devant sa porte.

Ugolin poussa le portail avec son coude, le referma avec son pied et dit :

« Alors ?

— Alors, dit le Papet, nous avons eu un gros orage le lendemain que tu es parti. Et juste au mauvais moment. Il a eu de la chance.

— Oh ! merde ! dit Ugolin. Mais ça ne m'étonne pas que tu me dises une mauvaise nouvelle. C'est de ma faute, j'y ai pensé dans le train.

— Tu as pensé à quoi ?

— Que j'avais tort d'apporter les boutures. C'est comme quand on achète le berceau avant que le petit soit sorti. Ça porte malheur.

— Je comprends pas bien, dit le Papet, comment c'est possible qu'en prenant des boutures ce matin, ça puisse faire pleuvoir la semaine dernière. Et puis la nouvelle n'est pas si mauvaise, parce qu'il n'est pas encore sauvé. Giuseppe est mort, l'Italienne n'est plus bonne à rien, et moi j'ai beaucoup d'espoir !

— Ce qui m'embête, dit Ugolin, c'est qu'il va me demander le mulet !

— Tu lui diras la vérité : nous commençons les vendanges demain... Pour tes abricots, ils n'étaient pas bien gros, mais il n'y en avait guère au marché : Anglade te les a bien vendus. »

La Piémontaise était assise au bord de l'âtre, dans les cendres. Muette comme une statue, les yeux vides, les rides figées. Manon blottie contre elle caressait la main de corne et de cuir, et disait à voix basse d'incompréhensibles paroles piémontaises. Sa mère était allée toute seule à la corvée d'herbe. Le chien noir gardait les chèvres sur le coteau ; M. Jean était parti pour la source, mais il s'était arrêté à Massacan, et demandait son aide à Ugolin.

Il l'avait trouvé sortant de son mas : après avoir fermé la porte à double tour, il cachait la clef sous la pierre du seuil pour Délie.

« Enfin, dit M. Jean, vous voilà de retour !

— Eh oui ! dit Ugolin, pour les vendanges de mon parrain... c'est le plus gros travail de l'année... Ça va comme vous voulez ?

— Malheureusement non ! Et pendant votre absence, nous en avons vu de dures ! J'ai bien cru que tout était perdu... Un très bel orage nous a sauvés, provisoirement, hélas ! Car cette abominable sécheresse s'obstine, je n'ai plus qu'un arrosage dans ma citerne et je dois arroser ce soir...

— C'est une bien mauvaise année, dit Ugolin... Tout le monde en souffre, et même les vignes... Les raisins sont tout plissés, comme ceux qu'on met dans les brioches. On se dépêche de les ramasser, et nous commençons ce matin... »

Il fit un effort pour dire :

« Sans ça, je vous aurais prêté le mulet... Mais, en ce moment, ce n'est pas possible.

— Peut-être dans deux ou trois jours...?

— Oh! non, dit tristement Ugolin... Après les vendanges de mon parrain, le mulet va faire celles du menuisier, puis celles de Casimir le forgeron ; ça se fait tous les ans, c'est une habitude... Ça dure plus d'une semaine... Oh! oui! Au moins dix jours... Mais vous savez, avec ces grosses chaleurs, ça va sûrement nous amener quelques beaux orages!... C'est la saison. »

Il regarda le ciel, et ajouta :

« Ça ne m'étonnerait pas que ce soir...

— Dieu vous entende! » dit M. Jean.

Il s'éloigna derrière l'ânesse, au son des bidons vides, et des souliers ferrés sur les cailloux.

Après une journée épuisante, il arrosa les plus belles courges, et les plus beaux rangs de maïs, jusqu'à la fin de l'eau de la citerne.

« Nous sommes parés pour deux jours, dit-il. Si nous réussissons à faire sept voyages par jour, nous aurons encore deux jours de répit puisque nous aurons transporté 1 400 litres d'eau, ce qui est maintenant à peu près suffisant pour un arrosage. Or, Ugolin m'a dit ce matin que la saison des orages commence aujourd'hui ou demain. Pour aujourd'hui, il s'est trompé, car les étoiles brillent plus cruellement que jamais... Mais j'ai confiance dans son pronostic. Et puis, quelque chose me dit que la pluie n'est pas loin. Allons nous coucher, et préparons nos forces pour une bataille qui sera sans doute décisive. »

Vers cinq heures du matin, il fut à demi réveillé par le passage d'une charrette lourdement chargée, qui lui sembla rouler sur le chemin du vallon, et qui fit trembler les vitres.

« Qu'est-ce que ça peut être? Les bousquetiers? »

Il se frotta les yeux, s'assit sur son lit, et prêta l'oreille : le tonnerre roulait sur la Sainte-Baume, en grondements lointains mais puissants.

Il se leva d'un bond, et courut ouvrir la fenêtre. Au bout du vallon, un éclair illumina brusquement l'aube muette.

Il revêtit en hâte son pantalon et ses espadrilles, tandis que ses femmes nouaient des écharpes sur leur tête et passaient des blouses sur leurs chemises de nuit...

Pendant qu'ils descendaient l'escalier, les roulements se rapprochèrent.

« C'était fatal, disait-il d'une voix qui tremblait de joie... Ce n'est pas un cadeau que nous fait le Ciel. Ugolin me l'avait annoncé. C'est le temps normal de la saison ! »

Ils sortirent. L'aube était encore claire au-dessus de leur tête, mais une immense falaise noire montait du nord, illuminée d'éclairs rapides et tremblants.

« Un bel orage ! dit-il. Il ne durera peut-être pas longtemps, mais il va remplir la citerne en vingt minutes ! »

Ils montèrent à flanc de coteau, pour mieux voir l'arrivée des nuages sauveurs. Manon tenait la main de son père, et riait.

A droite, le soleil rouge de l'aurore émergea des pinèdes, à peine voilé par des écharpes de brume qui précédaient l'orage.

La barre noire avançait toujours, maintenant déchirée par la foudre, qui lançait vers le sol, la racine en l'air, des arbres morts éblouissants. Il riait, il applaudissait comme un enfant : l'odeur exaltante de l'orage, qui descendait du ciel, semblait monter du sol, et les entourait d'un invisible nuage... Un vent se leva, coulant comme un fleuve sur la garrigue violette. Il porta brusquement la main à son front.

« Ça y est ! dit-il. La première goutte ! »

Manon présenta la paume de sa petite main :

« Moi aussi ! Moi aussi ! »

Elle lécha la large goutte de pluie.

Sur leur droite, l'orage poussa soudain une corne violette à la rencontre du soleil jaunissant. Sur la Tête Rouge et sur Garlaban, les coups de foudre se suivaient, et les hauts tambours de pierre des échos répondaient sèchement, comme ébranlés par des coups de mine...

Une rafale chargée de pluie horizontale fit frémir la pinède. Aimée eut peur.

« Je crois, dit-elle, que nous ferions bien de rentrer...

— Oh non ! dit-il. Je veux recevoir en pleine figure cette eau bénie que la Providence nous accorde enfin ! »

Il s'agenouilla dans l'herbe, et récita une action de grâces.

C'est pendant qu'il priait que la mer de nuages atteignit, à cinq cents mètres d'eux, le haut récif du Saint-Esprit, s'ouvrit comme sur le pointe d'une île, et les deux moitiés de l'orage partirent chacune de son côté, tandis qu'un long triangle blanc demeurait immobile au-dessus de leur tête.

Il se leva, la bouche entrouverte, et regardait s'accomplir l'incompréhensible trahison. Au-delà des crêtes, de part et d'autre du vallon, la pluie tombait, illuminée par les éclairs, tandis que le vent furieux lui jetait au visage de dérisoires éclaboussures.

Il serra les dents, et s'efforça de sourire.

« Soit ! dit-il. Voilà un curieux phénomène qui n'arrange pas nos affaires... Rentrons. »

Il prit la main de Manon, qui pleurait sans bruit, et redescendit vers la ferme... Mais il s'arrêta soudain, repoussa la petite fille, sauta sur une roche et leva son visage vers le ciel. Alors, d'une voix puissante et désespérée, il cria :

« Je suis BOSSU ! Vous ne le savez pas, que JE SUIS BOSSU ? Vous croyez que c'est facile ? »

Les femmes en larmes accoururent à ses pieds.

Il mit ses mains en porte-voix, il cria encore, à travers le grondement des tonnerres :

« IL N'Y A PERSONNE LÀ-HAUT ? »

Tandis que les échos prolongeaient le cri de sa révolte, il redescendit vers les femmes terrifiées, posa ses bras sur leurs épaules, et revint lentement vers la maison.

Aimée prépara une tasse de café, qu'il but en caressant les cheveux de sa fille agenouillée.

Il dit soudain :

« Je viens d'être un peu ridicule, mais je ne suis pas découragé. Cet orage en annonce d'autres qui n'auront pas son extravagante cruauté. Peut-être tout à l'heure,

peut-être ce soir, peut-être cette nuit. En attendant, retournons au Plantier ! »

Ils repartirent à travers la cigalière, sous un soleil aveuglant. Avec une énergie farouche, entretenue par quatre bouteilles de vin, il put remplir son programme : mais le soir, à table, personne ne dit mot, et il dut forcer les femmes à prendre quelque nourriture.

Pamphile, le menuisier, avait passé l'après-midi dans un « agachon » de myrtes, à l'espère des perdreaux, au bord de la barre de la Garette, et il avait vu plusieurs fois le petit cortège derrière l'ânesse...

Quand il rentra chez lui, il trouva sa grosse Amélie qui salivait déjà en servant un civet : mais son mari lui parut soucieux. Tout en garnissant sa propre assiette avec le râble et le foie d'un lapin des collines, elle dit :

« Qu'est-ce que tu as ?

— Moi ?

— Oui, toi. Tu as l'air de te faire du souci.

— C'est pas du souci. C'est des idées... Une chose que j'ai vue et qui me tracasse...

— Quelle chose ?

— Eh bien, cet après-midi, j'étais à l'espère, et en cinq heures de temps, j'ai vu passer au moins six fois le bossu des Romarins, tout le long du coteau du Plantier... Il allait jusqu'à la Baume, et il revenait avec un gros jaron sur sa bosse... Et puis, il avait un âne avec des bidons, et puis deux femmes et une petite fille qui portaient des cruches. »

Amélie fit glisser dans son assiette les deux cuisses du lapin, et demanda :

« Et alors ?

— Ils vont chercher de l'eau à la Baume du Plantier, pour arroser une forêt de coucourdes, que j'ai vue chez lui en passant. C'est quand même terrible, avec la chaleur qu'il fait, de marcher comme des forçats !

— Mais eux, qui les force ?
— Les coucourdes, dit Pamphile. Avec ce soleil, elles risquent de crever.
— Ça prouve, dit Amélie, qu'il a mal calculé son affaire.
— Peut-être. Mais moi, je sais qu'il a une source chez lui.
— Et pourquoi il va chercher l'eau si loin ?
— Parce qu'il ne le sait pas.
— Il ne peut pas voir une source ?
— A ce qu'il paraît qu'elle est bouchée... Et peut-être qu'elle ne s'est pas bouchée toute seule. »

Amélie fronça le sourcil.
« Et qui est-ce qui l'a bouchée ?
— J'en sais rien », dit prudemment Pamphile.
Puis il ajouta à mi-voix :
« Peut-être les Soubeyran le savent.
— Hoho ! dit Amélie, c'est pas des choses à dire !
— Je les dirai pas à quelqu'un d'autre, mais je trouve que...
— Pamphile, ça ne rapporte jamais rien de s'occuper des affaires des autres. D'abord, ce bossu, il est de Crespin. Le boulanger le disait l'autre jour. Tu sais comme ils sont, les gens de Crespin ? »
Pamphile haussa les épaules.
« Tout ça, c'est des histoires : ils sont comme tout le monde.
— Ah ! tu trouves ? La première fois qu'il est venu au village, il a essayé de tuer Cabridan à coups de boules !
— Mais ce n'est pas vrai ! J'y étais ! C'est lui, le pauvre, qui a reçu une boule sur la bosse ! Et alors...
— Et alors, ne t'occupe pas des affaires des autres. Tu as besoin d'avoir des clients... C'est pas un bossu de Crespin qui te donnera du travail. »
Elle avait fini de servir le civet, et elle prit place à table.
« Justement, dit-elle, le Papet est venu. Il veut que tu lui refasses la mangeoire de son mulet.
— C'est pressé ?
— Avec lui, c'est toujours pressé — mais il paie comptant !
— Bon, dit Pamphile. J'irai demain matin. »

Cette nuit-là, le bossu dormit comme une brute, et c'est la petite Manon, tout ensommeillée, qui réveilla la maisonnée quand le soleil était déjà sorti des pinèdes...

Il fut désolé d'avoir perdu trois heures, s'habilla en hâte sans prendre le temps de pousser les volets, et descendit en courant... Dès qu'il ouvrit la porte, une sensation étrange le figea sur le seuil : il lui sembla qu'il ne pouvait plus respirer, et qu'il était sur la porte d'un four. Pourtant, un vent léger soufflait, et il voyait frémir, au sommet des oliviers déplumés, les frêles rameaux de l'année. Il fit un pas sur la terrasse et regarda le ciel. Pas un nuage, mais la lumière du soleil était comme jaunie et troublée, et le vent qui frôlait son visage lui parut brûlant. Il appela sa femme. Elle ouvrit la fenêtre.

« Aimée, est-ce que j'ai la fièvre, ou est-ce le vent qui me brûle la figure ? »

Elle s'éveilla tout à fait, et tendit son visage à la brise.

« Mon Dieu ! dit-elle, c'est un incendie ? »

Il flaira l'air, puis s'éloigna de la maison, et regarda de tous côtés. Il ne vit aucune fumée, et la seule odeur perceptible était celle de la résine des pinèdes...

« Non... C'est bien pire : c'est un coup de sirocco... C'est le vent d'Afrique... »

Elle descendit en hâte.

« Voilà le comble, dit-il. Voilà la trahison finale, le coup de pied de l'âne du Destin ! Eh bien, non, je ne céderai pas, je ne m'inclinerai pas devant l'iniquité ! Ce vent atroce ne durera pas toute la journée, mais il peut

nous faire beaucoup de mal avant ce soir. C'est une question d'heures. Tous à l'eau, et tout de suite ! »

Il brida l'ânesse, installa le bât, tout en disant :

« Je vais assurer un service rapide. Vous ne pourrez pas me suivre ; mais faites autant de voyages que vous pourrez et versez sans attendre toute l'eau que vous rapporterez au pied des plantes. »

Il prit un demi-pain, un fromage, et plaça deux bouteilles de vin dans le bât, sous les bidons. Puis — une badine sous le bras —, il partit à grands pas derrière l'ânesse, en dévorant son casse-croûte.

L'étrange lumière rousse faisait des ombres d'un noir voilé, comme brumeux. Le vent brûlant coulait sans rafales : pas un chant d'oiseau, pas une cigale. Quand il eut fini de manger, il but une demi-bouteille de vin, puis, fouettant l'ânesse de sa badine, il la suivit au trot jusqu'au Plantier.

En revenant, il rencontra les trois femmes : sans s'arrêter, il leur dit au passage :

« C'est une question de vie ou de mort ! »

Aimée parut effrayée par son exaltation, et Manon dit à sa mère :

« Maman, il va tomber malade...

— C'est bien possible... Mais je n'y puis rien... »

Dans la seule matinée, il fit quatre fois le double trajet. Vers midi, il dut accorder une demi-heure de repos à la pauvre ânesse, qui tremblait sur ses pattes. Pendant que Manon et Baptistine la bouchonnaient et lui offraient de l'herbe, il goba deux œufs, et but une bouteille de vin, pour « favoriser », dit-il, la transpiration. Les plantes arrosées, protégées par leurs couvertures fumantes, semblaient n'avoir pas souffert... Il repartit, ragaillardi, mais proclamant déjà sa victoire avec une surprenante volubilité.

Le vent funeste soufflait toujours : il laissait maintenant tomber une très fine poussière rougeâtre : elle se collait à la sueur qui ruisselait sur son visage, et la lourde chaleur lui coupait les jambes. Au retour, accablé par le poids de l'eau, il s'accrochait à la queue de la bête, et marchait comme un automate, les yeux fermés, insultant à mi-voix le Destin, la Providence, et le Sahara. La petite

Manon pleurait ; sa femme, au passage, lui tendit un chapeau : il la repoussa sans arrêter sa litanie, et continua sa course titubante, ivre de soleil, de fatigue et de vin...

Il y avait dans les collines quelques paysans au travail.

Ugolin, au fond du vallon, vendangeait avec le Papet, la sourde-muette, et deux gamins du village. De loin, il surveillait les passages du « pauvre M. Jean ».

« Papet, il va se tuer ! »

Le Papet, sécateur en main, dit gravement :

« Lui, il peut se mettre percepteur, mais l'ânesse, elle ne peut pas... Ce qui me fait peine, c'est elle ! »

Eliacin réparait les murs de pierre sèche qui soutenaient ses champs en gradin. A cause du tournant du vallon, il ne voyait qu'une partie de la course : à chaque passage, il lâchait un instant sa massette, et regardait l'événement comme si c'était un spectacle nouveau... Il en riait de fort bon cœur, haussait les épaules, ou se frappait sur la cuisse en répétant à haute voix : « Pauvre fada ! Pauvre, pauvre fada ! »

Pamphile, qui fauchait un petit champ de blé noir, surveilla cette folie pendant tout l'après-midi. Mais vers cinq heures, quand il vit le malheureux courir comme un fou, il dit :

« Té, il va tomber, je veux pas voir ça. »

Il prit son fusil, qu'il avait caché dans la broussaille, franchit la crête, et plongea vers les Ombrées.

C'est à neuf heures du soir qu'il remit à l'écurie l'ânesse boiteuse, et qu'il entra dans la cuisine. Le couvert était mis autour de la lampe. Baptistine, sur les dernières marches de l'escalier, ronflait puissamment. Aimée, les pieds nus posés sur le carreau, dormait dans le fauteuil d'osier, sa tête à la renverse, appuyée contre le

mur. Manon attendait, les yeux largement cernés de bleu dans une figure pas plus grosse que le poing.

Sur la porte, il dit : « C'est gagné. Les plantes ont tenu. C'est gagné. » Aimée ouvrit les yeux et se leva. Manon le conduisit par la main jusqu'à sa place, et le fit asseoir.

Son visage était d'un rouge sombre, et crispé par un rictus qui laissait voir ses dents. Il respirait la bouche entrouverte, et il tendit une main tremblante pour se verser un verre de vin : mais soudain ses yeux se fermèrent, il tomba en avant, le menton dans son assiette, et ses bras pendaient tout droit, sous la table. Sa femme et sa fille en larmes l'étendirent sur le sol, puis sur un matelas, qu'elles descendirent des chambres.

Baptistine, réveillée, s'approcha de lui, et le regarda longuement. Il était couché sur le flanc, et sa respiration rapide était celle d'un chien de chasse par un jour de grande chaleur. Le visage subitement amaigri, les traits tirés, la sueur aux tempes. La Piémontaise le flaira, puis elle dit quelques mots à Manon, qui traduisit :

« Elle dit que c'est le soleil. Le mauvais soleil d'aujourd'hui. »

Baptistine parla de nouveau :

« Elle dit qu'elle va lui " lever le soleil ". Elle dit que si on ne lui lève pas le soleil, il sera mort après-demain.

« Elle dit qu'elle sait le faire. »

Cependant, la Piémontaise était allée prendre un verre sur l'évier : elle le remplit avec l'eau de la cruche, tout en prononçant à haute voix des paroles incantatoires. Puis, elle se baissa devant l'âtre, écarta les cendres, et d'un coup de pelle, sépara de la bûche un morceau de braise gros comme une noix, qu'elle prit au bout des pincettes.

Alors, elle se releva, s'approcha du gisant immobile ; les yeux fermés, elle prononça encore quelques phrases que la fillette ne put comprendre. Enfin, elle posa le verre plein d'eau sur le front du malade, et tout en murmurant, elle y plongea la braise ; la vapeur souffla furieusement des volutes blanches.

« Le soleil s'en va, dit-elle... Tu as vu ? Le soleil vient de partir ! »

Aimée pleurait, la bouche tremblante. La petite

Manon, grave, sans émotion apparente, regardait son père, et soudain son visage s'éclaira : la respiration du dormeur se ralentissait ; au bout d'une minute, il poussa un long soupir.

« Ça y est, dit Baptistine. Le soleil est parti. Mais il a fait du mal. Pendant trois jours, il ne parlera pas. Maintenant, je vais chercher les herbes pour la tisane. »

Elle prit la lanterne, et sortit dans la nuit.

C'est au matin du troisième jour qu'il ouvrit des yeux sans regard. Sa femme lui parla doucement, sans obtenir de réponse. Son visage était très pâle, et la fièvre était tombée. Elle réussit à lui faire boire la tisane d'herbes. Puis il fit une sorte de grimace, qui était peut-être un sourire, et se rendormit paisiblement. Quand elle entendit cette respiration régulière, la pauvre Aimée croisa ses bras sur la table, y posa son front, et s'endormit à son tour.

Pendant ce temps, Baptistine, tout en gardant les chèvres, ramassait pour les lapins affamés l'herbe desséchée des collines, et la petite Manon, le bras gauche étendu pour équilibrer le poids de sa cruche pleine, revenait de la source, où elle était allée trois fois par jour avec l'ânesse, pour soigner huit plantes de courges qu'elle essayait de sauver du désastre...

⁂

Au soir du quatrième jour, il s'éveilla, et Baptistine lui administra une nouvelle tisane. Il essaya de parler, mais il ne put articuler un mot.

Aimée, épouvantée, ne put retenir ses larmes, mais la Piémontaise lui fit comprendre qu'il n'y avait plus rien à craindre, et qu'il parlerait bientôt.

Il reprit en effet ses esprits dans la matinée, et voulut absolument se lever : ses jambes ne purent le porter, et il retomba assis sur sa paillasse... Alors, il fit un faible sourire, et dit :

« Qu'est-ce qui m'est arrivé ?

— Une insolation, dit Aimée. Mais grâce à Baptistine, tu es sauvé. »

Elle lui baisa la main en pleurant. Manon entra, et l'interrogea sur le ton le plus naturel.

« Tu te sens mieux, papa ?

— Oui, dit-il. Mais voilà une journée de perdue ! »

Elles n'osèrent pas lui dire la vérité, tandis que Baptistine apportait une assiette de légumes bouillis arrosés d'une cuillère d'huile. Il mangea lentement, en les regardant tour à tour. Puis il voulut monter dans sa chambre : en s'appuyant aux murs, il y réussit... Elles l'aidèrent à s'étendre sur son lit, il demanda alors :

« Est-ce que les courges n'ont pas trop souffert ?

— Un peu, dit Manon. Mais le vent chaud est mort, et il en reste de très belles.

— On verra bien, dit-il. On verra. Merci. »

Il s'endormit, en tenant la main de sa femme.

Manon fit encore un voyage à la source, puis elle pleura dans son lit, en pensant à la terrible déception qu'il allait avoir le lendemain, lorsqu'il apprendrait qu'il avait dormi si longtemps, et qu'il se trouverait soudain en face du désastre. Elle eût pleuré toute la nuit, si le bienfaisant sommeil de son âge ne l'avait pas lentement détendue.

Il se leva de très bonne heure, sans réveiller ses deux dormeuses : soucieux, et redoutant la catastrophe, il s'attarda dans la cuisine, à préparer une tasse de café sur le crépitement de quelques brindilles.

Mais pendant qu'il buvait à petites gorgées, pensif, il entendit comme un éclat de rire lointain, qui sortait de la citerne. Il alla soulever le couvercle de bois : un filet d'eau coulait du tuyau de descente...

Il courut ouvrir les volets : le jour se levait, et une petite pluie grise tombait en rayures. Une grande émotion fit monter des larmes à ses yeux : il s'agenouilla,

pour remercier le Ciel et les cieux. Puis, tête nue, il sortit sous la pluie.

※※※

Elle n'était pas très forte, mais pourtant elle faisait un bruit étrange sur les feuilles des maïs, un tapotement trop sonore.

Il s'avança sur la terre attendrie : les maïs étaient blancs, et les gouttes sonnaient sur leurs feuilles parcheminées.

Il lui sembla que sa poitrine devenait tout à coup plus étroite. Il entra dans le champ, saisit les feuilles à poignées, elles craquèrent entre ses doigts. Les maïs étaient morts... Un coup de vent traversa la petite forêt blanche, qui se mit à chuchoter. Alors, il sourit amèrement, et dit à voix haute :

« Midas, le roi Midas, a des oreilles d'âne... »

※※※

A pas lents, il alla vers les courges.

Le vent de la nuit, en apportant la pluie, avait dispersé les couvertures, étalées sur les broussailles, et les vieux journaux accrochés dans les oliviers ; sur le coteau, au sommet d'un amandier mort, un drap de lit troué pendait lamentablement...

Les larges feuilles des courges, tachées de jaune, étaient molles et flétries ; les longues tiges, convulsées par la chaleur, et enchevêtrées par le vent, étaient sèches comme des fagots de sarments.

Pourtant, elles portaient des centaines de fruits, déjà plus gros que des oranges, mais qui ne grossiraient jamais plus.

Elles aussi, elles étaient perdues. Comme il marchait les yeux baissés dans ce désastre, il ne vit pas la riche verdure accrochée aux branches de l'antique olivier... Il se baissa, cueillit une courge morte, la soupesa, puis, entre deux pierres, il brisa la dure écorce : il vit une pulpe verdâtre et filamenteuse.

Il la flaira, puis la goûta. Elle était dure, et un peu amère.

« Peut-être, dit-il... Après tout, ils mangent bien la roquette, qui est plus amère que ça... »

Il se dirigea vers le parc.

*
**

Au bruit de ses pas, des lapereaux roux et blancs jaillirent des terriers. Ils s'élancèrent vers la clôture, dressés contre le grillage, ils le regardaient venir...

Il fut stupéfait par leur nombre, car il ne les avait jamais vus tous ensemble.

Ils étaient une cinquantaine, de toutes les tailles, de tous les âges. Seul, le vieux mâle, d'une maigreur famélique, restait en arrière au milieu du parc rasé.

Il lança vers lui un morceau de courge : l'Australien s'en approcha sans hâte, tandis que sa progéniture restait en demi-cercle à bonne distance.

Il retourna le quartier de courge avec son nez, qu'il plongea deux fois dans la pulpe, puis il regarda fixement son nourrisseur, et retroussa sa noire babine comme pour un ricanement.

Soudain, il lui tourna le dos, et prit sa course vers le fond du parc ; dans un bond prodigieux, il franchit la clôture, et disparut dans les maïs.

« Lui aussi ! » dit-il simplement.

Il se promena longtemps, les mains dans les poches, le long du parc. Tout le long du grillage, la foule des affamés le suivait...

Derrière les volets croisés, les femmes réveillées le regardaient, joue contre joue, muettes et accablées. Puis, quand elles le virent s'approcher de la maison, elles descendirent l'attendre dans la cuisine.

Il était calme.

« Combien de temps ai-je dormi ? »

Aimée haussa les épaules, et répondit sincèrement :

« Je ne sais plus.

— Six jours, dit Manon. Ça fait six jours, depuis le soir où tu t'es endormi sur la table...

— Et voilà, dit-il. Ces six jours ont ruiné deux années

d'espoir et de travail. Les maïs sont morts, les courges sont mortes...

— Pas toutes, cria Manon. Tu n'as pas vu dans le grand olivier ? »

Elle lui prit la main. Il la suivit.

<center>*
* *</center>

En traversant la catastrophe, elle expliquait :

« J'ai fait comme Giuseppe t'avait dit. J'ai cherché les plus grosses. Elles étaient là-bas, au bout, dans l'olivier. Tu comprends, maman te soignait, Baptistine avait mal aux pieds : pour aller à la source, j'étais toute seule avec l'ânesse... Alors, je n'ai pas gaspillé l'eau pour les autres... »

Ils arrivèrent près de l'arbre : en levant les yeux, il vit une haute masse de verdure. Sous l'arrosage quotidien de la petite fille, et la chaleur violente du sirocco, les plantes, en six jours, avaient habillé le vieil arbre, dont les rameaux d'argent perçaient à peine le rideau de feuilles d'un vert éclatant, aussi grandes que la main d'un homme : mais on ne voyait aucun fruit. Elle écarta deux plantes, et attira son père contre le tronc noir. Il leva la tête.

Contre les parois du cône de verdure, les fruits striés de blanc, ronds comme de petites pastèques, étaient suspendus par étages.

« 113, dit-elle. Je les ai comptées. »

Il la prit aux épaules, et regarda longuement les yeux bleus.

« Il nous en aurait fallu dix fois plus, dit-il. Mais celles-ci sont très précieuses. Elles sont la preuve, la preuve décisive... Petite fille, c'est toi qui m'as donné mon plus bel arbre de Noël. »

Il la baisa au front, sourit, et dit :

« Viens. Allons faire un peu de musique ! »

Pendant ces terribles journées, Ugolin avait fait le vin du Papet : mais chaque matin, dès l'aube, il était remonté à Massacan, pour arroser ses chères boutures avec quelques seaux d'eau tirés du puits. Toutefois, il ne prenait même pas le temps d'entrer dans sa maison : travaillé par un obscur remords, il avait peur de rencontrer M. Jean en pleine catastrophe : il voulait bien finir d'étrangler le chat, mais sans le regarder.

Un matin de bonne heure, pendant qu'il soutirait le vin, le Papet remonta à son observatoire : il en revint tout guilleret.

« Galinette, dit-il, c'est le moment d'y aller. On dirait un champ de bataille. Toutes les " estrasses " se sont envolées, les coucourdes sont en tire-bouchon, et les maïs sont blancs comme du papier. Et lui, je ne l'ai pas vu... Il ne faudrait pas qu'il meure, le pauvre homme... De maladie ou de désespoir... Offre-lui six mille francs — et peut-être sept... Mais discute !... Et cours vite, qu'il ne vienne personne avant toi. Té, porte-lui deux bouteilles de vin nouveau. Pour les malades, il y a rien de mieux... »

Ugolin partit sous la pluie, un panier accroché au pli de son coude. Il vit de loin le drap de lit, puis les journaux en lambeaux mouillés. Personne dans le champ. Il descendit vers les courges. Les longues lianes entrelacées

craquèrent sous ses pieds. Il en arracha une pour examiner les racines.

« Foutu, dit-il, c'est foutu ! »

Puis, il alla froisser quelques feuilles de maïs. Il dit encore « Foutus ».

Les lapins le suivaient derrière le grillage. Il les regarda un moment, et dit :

« Ce qu'ils sont maigres ! »

Il soupira, et murmura :

« Enfin, il fallait ça pour qu'il comprenne. »

Il s'avança vers la maison, sans faire de bruit, comme quand on vient voir un grand malade, mais quand il en fut à dix pas, il lui sembla qu'il entendait des musiques... Il s'avança encore, et s'arrêta. Les harmonicas jouaient un noël, celui de la Marche des Rois.

« Je me demande, dit-il, si je ne deviens pas fada ! Ou alors, c'est lui ! »

Il attendit la fin de l'hymne d'allégresse, et frappa au volet...

M. Jean parut sur la porte, son harmonica à la main. Il était pâle et amaigri, mais ni son regard ni sa voix n'étaient d'un homme abattu.

« Bonjour voisin ! Les vendanges sont faites ?

— Eh oui, monsieur Jean ! Le vin est tiré, il ne reste plus qu'à le boire ! Il n'y en a guère, mais il fait au moins treize degrés... Je vous en ai apporté deux bouteilles. Il n'est pas encore fait, naturellement, mais il est déjà bon !

— Nous allons le goûter tout de suite ! Aimée, apporte-nous des verres ! »

Ils allèrent s'asseoir dans la cuisine et Ugolin posa les bouteilles sur la table.

« Alors, dit M. Jean, vous avez vu le désastre ? »

Ugolin regarda le champ dévasté et secoua la tête.

« Eh oui... Moi aussi, mon potager a séché sur pied. Le sirocco a tué beaucoup de récoltes.

— Mon mari, dit Aimée, s'est donné tant de mal qu'il a failli mourir d'une insolation ! »

Tout en remplissant deux verres à ras bord, M. Jean dit en souriant :

« C'est Baptistine qui m'a guéri, avec un charbon

ardent dans un verre d'eau. Du moins, c'est ce que ma femme m'a dit. A votre bonne santé ! »

Ils trinquèrent.

« C'est le seul moyen, dit Ugolin, de vous enlever le soleil de la tête. Mais il faut savoir les paroles magiques, autrement ça ne réussit pas !

— Baptistine les sait, dit Manon. Et même, elle m'a dit qu'elle me les apprendrait !

— Ça sera un beau cadeau ! dit Ugolin. Seulement, on dira que tu es sorcière ! A la vôtre ! »

Ils trinquèrent et M. Jean, ayant bu la moitié de son verre avec une grande satisfaction, déclara :

« Mon cher voisin, votre vin est délicieux, mais mon affaire est manquée. Je pourrais accuser l'injustice du Ciel, ou des conditions atmosphériques exceptionnelles, je préfère attribuer mon échec à ma propre sottise, à mon manque de bon sens. Cette leçon est bien cruelle, mais elle ne sera pas perdue. »

Il but le reste du vin.

Ugolin attendait impatiemment la suite.

« Je me suis cru très habile et très prudent, alors que précisément je ne voyais pas l'essentiel, c'est-à-dire que le seul problème, c'était celui de l'eau.

— Bien sûr, approuva Ugolin. Sans eau, votre affaire ne peut pas réussir.

— C'est évident. Ma seule excuse valable, c'est que j'ignorais le pouvoir de ce cap de roche si improprement appelé le Saint-Esprit, alors qu'il est véritablement diabolique. Enfin, cela c'est du passé ! Voici maintenant ce que j'ai l'intention de faire. »

Il remplit de nouveau son verre, et reprit :

« D'abord, liquider les trois quarts de mes lapins. Nous n'avons pas récolté de quoi les nourrir convenablement et d'autre part, nous avons grand besoin d'un peu d'argent frais. (Ça c'est bon, se dit Ugolin.) De plus, je n'aurai pas le temps de m'occuper d'élevage, à cause du travail que je vais entreprendre dès que mes forces seront revenues : car toutes affaires cessantes, je vais creuser un puits ! »

« Ayayaïe ! pensa Ugolin... Ça, ça ne me plaît guère... »

Il demanda :

« A quel endroit ?

— Je ne l'ai pas encore choisi : c'est la baguette de coudrier qui me l'indiquera. »

Ugolin trembla :

« Vous êtes sourcier ?

— Pas précisément : mais je possède un très précieux manuel, que je vais étudier de très près et dès que j'aurai maîtrisé la baguette, je suis à peu près sûr de trouver de l'eau dans ce vallon. Oh ! Je ne demande pas une rivière souterraine ! Non ! un filet d'eau moins gros que mon poignet me suffira très largement. Après tant de déboires, j'espère que la Providence ne me refusera pas cette récompense. »

Encore une fois, il était sûr de lui-même, et presque joyeux.

« Vous savez faire les puits ?

— Ma foi, je pense y réussir. Après tout, un puits, ce n'est jamais qu'un trou ! Le mien n'aura que douze mètres de profondeur, et dès qu'il sera terminé, même s'il ne donne pas une goutte d'eau, mon problème sera résolu. »

Il souriait, d'un air machiavélique.

« Mais comment ? dit Aimée. A quoi peut servir un puits sans eau ? »

Il répondit triomphalement :

« Il peut servir de citerne ! Un puits de douze mètres de profondeur, sur deux mètres de diamètre — dimensions tout à fait modestes — contient très exactement quarante-trois mètres cubes. Si je le creuse au fond du vallon, je pourrai y conduire, par des rigoles, l'eau qui ruisselle sur les deux coteaux... Les pluies de printemps seront assez abondantes pour le remplir... Ainsi, aux premiers jours de l'été, nous disposerons, grâce à ce puits, et à notre citerne, d'une réserve de cinquante-cinq mètres cubes, qui nous assure dix-huit arrosages, c'est-à-dire trente-six jours sans la moindre inquiétude.

— Trente-six jours, c'est bien, dit Ugolin... Mais on a vu des sécheresses plus longues.

— Vous oubliez, répliqua triomphalement le puisatier, que pendant ces trente-six jours, nous aurons eu le temps

de transporter — sans nous fatiguer — une bonne douzaine de mètres cubes, qui nous assureront au moins huit jours de plus ! »

Le vin qu'il avait bu commençait à l'échauffer. L'index levé, il cria :

« Où a-t-on vu une sécheresse ininterrompue de quarante-quatre jours ? Au Sahara, peut-être ! Au milieu du désert de Gobi, peut-être ! Mais ici, malgré la pointe du Saint-Esprit, c'est ma-thé-ma-ti-que-ment IMPOSSIBLE ! »

Puis, frappant la table du plat de la main, il dit en riant :

« Problème résolu ! Buvons ! »

Il remplit de nouveau son verre et l'avala d'un trait.

Ugolin le quitta, consterné.

*
**

Le Papet l'attendait, dans la maison Soubeyran.

Ugolin lui rendit compte de sa visite et de la conversation. Le vieillard ne put cacher sa déception et son inquiétude.

« Dans tout ce que tu me dis, il n'y a qu'une chose de bonne, c'est qu'il s'est mis au vin rouge. C'est toujours comme ça avec les gens qui veulent trop en faire, et qui cherchent de la force dans le vin. Au bout de six mois, ils ne sont plus bons à grand-chose. Mais le plus embêtant, c'est la baguette...

— Tu as peur que dans son livre, il trouve le secret ?

— Jamais de la vie... C'est pas une question de secret. C'est une qualité des nerfs. Lui, ça serait bien extraordinaire qu'il tombe juste sur la source... Mais s'il commence de ce côté-là, il finira peut-être par embaucher un vrai sourcier.

— Et tu crois que s'il le faisait venir ?...

— Il y en avait un aux Ombrées, que s'il était monté aux Romarins, au bout de cinq minutes avec son bout de bois et son air couillon, il serait parti tout droit sur la source, et il t'aurait dit la profondeur, et combien de litres par jour... »

Ugolin trembla.

« Il y est toujours aux Ombrées ?

— Oui, il y est toujours, mais par bonheur, au cimetière.

— Tant mieux ! dit Ugolin.

— Oui, tant mieux... Est-ce qu'il a encore des sous ?

— Il a dit qu'il ne lui en restait guère... Mais question sous, avec les gens, on ne sait jamais...

— S'il lui reste seulement vingt francs, dit le Papet, il va à Aubagne, il demande un sourcier, on lui en dira cinq ou six. Heureusement, ils sont presque tous incapables... Mais s'il tombe sur un bon ? »

Il hocha la tête, pensif : Ugolin, pâle et l'haleine courte, parpelégeait désespérément.

Pendant toute une quinzaine, Ugolin fut fort occupé par les premiers labours, le transport du fumier dans la vigne et le verger, puis par la taille de ses fruitiers. Il fit pourtant deux visites aux Romarins, mais n'y trouva pas M. Jean, qui était à Aubagne.

En effet, l'absent s'occupait de « régler sa situation financière », c'est-à-dire de trouver un peu d'argent... Il vendit une cinquantaine de lapins, ne gardant que deux mâles et six femelles ; il déposa au mont-de-piété sa montre, sa chevalière, et vendit quelques livres : un dictionnaire, les *Merveilles de la Science,* et l'*Histoire du Consulat et de l'Empire,* de M. Adolphe Thiers, et une salière en argent.

Il put ainsi réunir cent soixante francs ; avec les soixante-dix francs qu'Aimée gardait précieusement, il avait deux cent trente francs ; non pas de quoi payer ses dettes (qui s'élevaient à plus de sept cents francs, chez le meunier de Ruissatel et chez le quincaillier d'Aubagne) mais de quoi payer le pain et le vin.

« Pour le reste, dit-il à sa femme, nous allons avoir de l'huile, car nos oliviers sont chargés ; nous avons une centaine de « cucurbita » et une petite récolte de pois chiches, qui ont supporté la sécheresse grâce à Manon, un sac d'amandes, le lait des chèvres, les petits fromages de Baptistine, quelques lapins, et les ressources de la col-

line : champignons, salades sauvages, et surtout le gibier... Tel sera notre régime pendant au moins six mois. Il est austère, mais sain, et nous savons que la réussite est au bout !

— Ce qui m'inquiète, dit Aimée, c'est que nous n'avons plus de chaussures... Les voyages à la source en ont ruiné cinq ou six paires. Il ne te reste que tes bottines vernies.

— Elles me suffiront pour aller à Aubagne... Ici, je peux fort bien marcher pieds nus. »

Un matin qu'Ugolin partait pour les collines, une corde autour de la taille, et une hache sur l'épaule pour commencer sa provision de bois, il vit de loin, au milieu du vallon, un étrange cortège qui célébrait une sorte de cérémonie.

Le bossu, tenant à deux mains la baguette des sourciers, marchait la face levée vers le ciel, à pas lents et mesurés. Sa femme le suivait, en silence. Derrière elle, la petite fille, l'air grave et tendu, précédait l'ânesse, que les deux chèvres accompagnaient. L'étrange cortège remontait le fond du vallon. Soudain, le sourcier s'arrêta, et sa suite s'immobilisa. La baguette venait de s'incliner vers son menton. Il fit deux pas en arrière, puis deux pas en avant, et s'arrêta de nouveau. Aimée s'avança, et planta un bâton dans le sol. Puis, ils reprirent leur marche solennelle.

« Ça, murmura Ugolin, c'est encore du mauvais sang à se faire. S'il a la qualité des nerfs, il va peut-être trouver la source. Surtout qu'elle n'est pas profonde. O Bonne Mère, Bonne Mère ! »

<p style="text-align:center">*
**</p>

L'après-midi, Manon redescendait, avec l'ânesse et les chèvres, de la crête du Saint-Esprit, lorsqu'en traversant le chemin muletier, elle s'arrêta, et appela son père, qui marchait à pas lents, les yeux fermés, serrant les branches du magique instrument.

« Papa, viens voir !
— Qu'est-ce qu'il y a ?
— De la peinture noire sur une pierre. »

Elle était accroupie au bord du chemin près d'une pierre plate sur laquelle était grossièrement peinte une flèche, qui semblait pointée sur la ferme.

« Ce n'est pas encore bien sec, dit-elle, en montrant le bout de son index. Qu'est-ce que c'est ?

— Peut-être, dit-il, cette flèche marque un itinéraire pour les excursionnistes, quoique je n'en aie encore jamais vu par ici... Il n'est passé personne, ce matin ?

— Je ne crois pas. J'étais là-haut dans la pinède, je n'ai vu personne. »

Il réfléchissait, perplexe... Cette flèche, c'était peut-être une sorte d'agression muette, pour désigner aux rares passants la maison de l'ennemi venu de Crespin. Puis il pensa que c'était peu probable, et qu'il ne fallait pas se laisser gagner par la folie de la persécution. D'ailleurs, la flèche ne désignait pas exactement la maison, mais plutôt le coteau d'en face, c'est-à-dire le levant.

« C'est peut-être une flèche d'orientation, dit-il... Sans doute pour l'armée, ou peut-être pour les Eaux et Forêts... »

Dans la soirée, Ugolin, qui redescendait des collines sous un fagot de bois mort, signala une autre flèche, cinquante mètres plus haut que la maison ; elle n'indiquait pas la même direction que la première, mais faisait avec elle un angle presque droit.

« O monsieur Jean ! C'est vous qui avez peint ça ? »

M. Jean monta à sa rencontre, en disant :

« Je n'y suis pour rien ! Il y en a une autre là-bas, qui est pointée vers le levant. Celle-ci marque à peu près le midi... Ce sont sans doute des repères pour les cartographes, ou les gens du cadastre.

— Moi je crois plutôt, dit Ugolin, que c'est des marques pour les sociétés d'excursionnistes. Il y en a des jaunes sur le sentier de Garlaban, et des bleues aux Refresquières... Ça veut dire qu'on va voir venir les

couillons du dimanche... Et en passant, ils me voleront mes prunes ou mes abricots, selon la saison ! Moi, toutes les flèches que je trouverai, hop là ! »

Il souleva péniblement la grosse pierre, et la déposa — à l'envers — dans les argéras.

Ils redescendirent vers la ferme.

« Alors, dit Ugolin, elle parle, cette baguette ?

— Eh bien oui ! dit M. Jean. Et même, je la trouve trop bavarde. A l'en croire, il y aurait dans le vallon au moins quatre points d'eau importants. Au fond du vallon, naturellement. »

Ugolin respira.

« Eh oui, dit-il. L'eau ça suit les pentes...

— Mais il me faut encore quelques expériences avant de choisir le meilleur emplacement du puits, et le plus commode. Je serai certainement fixé demain... »

Le lendemain matin, de très bonne heure, Ugolin alla faire une visite à ses pièges du vallon. Il y trouva une fort belle perdrix, et décida d'aller l'offrir à Aimée, pour voir la suite des événements.

En approchant des Romarins, il entendit tinter une pioche, puis il vit le bossu au travail.

Au milieu du champ, enfoncé jusqu'aux genoux dans un trou rond, il maniait un pic de mineur.

Près de lui, sa femme et sa fille étaient assises sur un petit volcan de déblais. Auprès d'elles, un « couffin » de sparterie et une bouteille de vin coiffée d'un verre. Il avait commencé le puits.

Ugolin s'avança, souriant, et salua la douce Aimée en lui tendant la perdrix rouge, tandis que le mineur sortait de son trou.

Ugolin vit qu'il était pieds nus ; des pieds blancs, maigres et veineux ; il marchait comme sur des œufs, le gros orteil comiquement dressé.

Le regard d'Ugolin ne lui avait pas échappé.

« Je m'entraîne, depuis hier, dit-il, à marcher pieds nus. Vous devez vous demander pourquoi. Eh bien, c'est d'abord parce que les souliers coûtent fort cher. Je veux donc m'habituer à m'en passer, et je fais mes premiers pas ici, pour me fabriquer une semelle cornée, plus souple et aussi dure que le meilleur cuir... Et d'autre part, comme je veux être l'homme de la nature, ces ridicules étuis me paraissent désormais parfaitement inutiles. Il y a un grand plaisir à marcher les pieds nus, et il me semble que les courants souterrains de notre Mère la Terre pénètrent mieux mon corps, pour le vivifier et le rajeunir !

— Et alors, dit Ugolin, c'est ça le bon endroit ?
— Exactement ! dit le bossu qui rayonnait. Ici même, comme je passais, la baguette en main, au-dessus du centre de ce trou, l'instrument m'a littéralement sauté des mains !
— C'était impressionnant ! dit Aimée. Elle a fait deux tours sur elle-même, et hop !
— Elle s'est envolée ! dit Manon. Comme un oiseau !
— Je suis d'ailleurs fort heureux, dit-il, que la baguette ait choisi ce lieu, parce qu'il est au plus bas du vallon, et que si par hasard je n'y trouve pas d'eau, il me sera facile d'y faire converger les ruisseaux de la pluie. De plus, il est juste au milieu de mes plantations : en installant ma pompe sur la margelle — et peut-être un petit moulin à vent — je n'aurai qu'à déplacer mes martelières pour assurer mes arrosages, pendant que, dans une chaise longue, je jouerai de l'harmonica ! »

Ugolin calcula qu'ils étaient à cent mètres de la source, et à près de cinquante mètres sur la gauche.

« Si la baguette a sauté, dit-il, c'est sûrement là qu'il faut creuser ! Ce qu'il faudrait savoir, c'est la profondeur.

— Huit mètres cinquante, dit simplement le bossu.
— Vous l'avez mesurée ?
— Évidemment !
— Et comment ?
— Par la méthode des petits cailloux qu'un assistant dépose l'un après l'autre dans la main gauche de l'opérateur... Chaque caillou de la grosseur d'une noisette signi-

fie un mètre, et les cailloux plus petits 0,50 m. C'est bien entendu une convention que le sourcier passe avec lui-même. Eh bien, au huitième caillou, la baguette a tressailli : en ajoutant un petit gravier, elle s'est mise à trembler. Un gravier de plus, tout s'est arrêté. Donc, 8,50 m. »

Cette explication d'allure scientifique, cette « convention » mystérieuse firent une assez grande impression sur Ugolin, d'autant plus que le bossu parlait de ces manigances comme s'il se fût agi d'une chose toute naturelle et aussi parfaitement connue que la culture du pois chiche ou le repiquage des oignons.

« Huit mètres cinquante, dit Ugolin, c'est quand même un gros travail.

— Bien sûr, bien sûr, mais voyez vous-même : en deux jours, nous sommes déjà à soixante centimètres ; il n'est donc pas déraisonnable d'estimer l'avancement moyen à trente centimètres par jour, ce qui, pour un puits de douze mètres, n'exigera que quarante jours de travail ! »

Cependant, Aimée avait sauté dans le trou, et avec la petite pelle en cuivre de l'âtre, elle remplissait de déblais le couffin. Ugolin pensa que c'était ridicule, mais que ce travail de fourmi, poursuivi pendant des semaines et des mois, atteindrait peut-être son but.

« Évidemment, reprit M. Jean, il faut tenir compte de la nature des terrains que nous allons rencontrer. Nous pouvons avoir de très pénibles surprises. Le sous-sol de ce vallon est certainement formé de plusieurs couches différentes. D'abord, la terre arable, que je viens de traverser. Au-dessous, nous avons probablement des graviers, puis sans doute du sable (c'est la baguette qui me l'a dit). Ceci ne présentera aucune difficulté. Mais n'oublions pas (il regarda fixement Ugolin, et pointa son index vers les barres du Saint-Esprit), n'oublions pas que nous sommes en plein Crétacé Jurassique de la deuxième époque du Quaternaire ! Eh oui, du Crétacé ! C'est-à-dire qu'à une certaine profondeur, nous allons trouver, dans la stratigraphie, une couche de roche blanche d'une assez grande dureté. Si l'eau coule sur cette roche, nous y serons dans quinze jours. Mais si elle passe sous la couche quaternaire, il faudra peut-être six mois de tra-

vail, peut-être plus. Voilà la vérité. Mais quoi ! " Labor improbus omnia vincit ", ce qui signifie " avec du travail, on arrive à tout ! ". Allons-y ! »

Il sauta dans le trou.

Sous le mûrier de Massacan, chevauchant un banc, face à face, Ugolin et le Papet aplatissaient d'un léger coup de maillet de grosses olives vertes : ils préparaient un « jaron d'olives cassées ». Cependant Ugolin, lugubre, faisait son rapport au Papet.

« Moi, ce qui me fait peur, c'est que c'est un savant. Il est pour ainsi dire fada, mais c'est formidable ce qu'il est intelligent. Il m'a dit tout ce qu'il y a sous la terre, et qu'au fond, c'est du cartenaire, qui est très dur. Mais que peut-être il n'aura pas besoin de le trouer, parce que l'eau est sur ce cartenaire.

— Galinette, dit le Papet, ne te fatigue pas. Tout ça c'est des mots. Moi je te dis qu'au fond du vallon, il ne trouvera rien. Mais le plus grave, c'est que s'il a la force d'aller jusqu'au bout, il aura une citerne de plus, et ça c'est important, parce que c'est une idée raisonnable. Remarque bien que tout ça finira sûrement par une cagade ; mais ça peut durer deux ou trois ans, et pour le moment, je ne vois pas ce que nous pouvons faire. Le seul espoir, c'est qu'il se décourage quand il va trouver la roche. Attendons. »

L'automne installa ses soleils couchants qui drapaient de rouge les barres lointaines, et la brise rafraîchie, qui emportait les hirondelles, apportait les grives des Alpes.

Ugolin complétait sa provision de bois pour l'hiver... Chaque matin, tirant le mulet par la bride, il passait sur le sentier qui dominait les Romarins, et criait un amical bonjour. Dès le cinquième jour, il ne vit plus que le visage du bossu, qui lui répondait à ras du sol. Deux jours plus tard, la blonde Aimée était assise sur le tas de déblais ; elle tricotait, lorsque le couffin surgit au bord du trou : elle le saisit par les oreilles, le vida, et le laissa retomber dans le puits.

« Ça avance, pensait-il... Il est arrivé au gravier... Mais après ? »

La semaine suivante, il entendit de loin la pioche : elle sonnait durement ; par moments elle tintait.

« Ça y est. Il est au rocher ! »

Au-dessus du puits, il y avait maintenant une chèvre à trois pieds, qui supportait une poulie, et une double corde plongeait dans le trou.

Aimée arrivait ; elle apportait sur un plateau, comme on en voit au café, la moitié d'une miche, un verre, deux petits fromages. Manon serrait sur son cœur une bouteille. Elle courait, légère, sur ses pieds nus.

Il descendit vers le chantier.

« Alors, dit-il gaiement, je vois que ça marche ?
— Oui, dit-elle. Mais ça devient difficile. »

Elle montra du doigt, sur les déblais, des éclats de roche bleutés. Il en ramassa un, l'examina, et dit :
« C'est dur.
— Oui, c'est dur », dit la voix du bossu, et ses mains gantées parurent au bord du trou...
Il gravit les derniers barreaux de l'échelle de corde, et vint s'asseoir sur le déblai. Il était blanc de poudre de pierre, blanc et maigre comme un pierrot, mais la sueur avait tracé sur ce maquillage des rigoles qui laissaient voir la peau d'un rouge brun. Il était toujours pieds nus, et ses jambes tremblaient.
« Quatre mètres vingt ! dit-il. J'ai traversé les graviers, et je suis arrivé à la roche blanche. Elle sonne comme du granit. C'est le quaternaire dont je vous ai parlé. »
Il ôta ses gants aux coutures crevées, tira de sa poche un mouchoir terreux, et il essuya son front.
Il fit quatre pas, pour s'asseoir sur la pente du tas de déblais. La fillette s'était avancée, une bouteille à la main. Le bossu la porta à ses lèvres, et en leva le cul vers le ciel. Ugolin regardait les tressaillements de la glotte anguleuse, sur ce cou maigre et fripé.
Enfin, le buveur poussa un grand soupir, et dit en riant :
« Je comprends maintenant la soif des terrassiers ! Ça fait vraiment beaucoup de bien ! »
Il se mit à manger lentement.
Ugolin regardait ces mains tremblantes, ces pieds maigres, striés d'écorchures, et tout à coup, il eut la certitude que cet homme allait mourir. Il s'agenouilla devant lui, et s'assit sur ses talons.
« Monsieur Jean, il faut que je vous parle franchement. Peut-être vous allez me dire que je me mêle de ce qui ne me regarde pas. Tant pis. Moi, c'est de bonne amitié. »
Le bossu leva les yeux, surpris :
« Voilà un préambule intéressant.
— Peut-être, dit Ugolin qui ne comprenait pas " préambule ", peut-être. La vérité, c'est que vous me faites peine. Ici, monsieur Jean, vous perdez votre temps, et votre santé. De vous voir maigrir tous les jours, moi, ça me tire du souci. Ce travail que vous faites depuis deux

ans et demi, c'est incroyable, c'est de la folie, c'est un assassinat ! Vous n'avez pas des mains pour ça, vous n'avez pas une santé pour ça... Ce puits, vous n'arriverez pas à le finir, et même si vous trouvez l'eau, ça n'arrangera rien, parce que pour tant de maïs et de coucourdes, il vous faudrait la Durance. Et vos lapins ça peut réussir quelque temps, mais au premier qui attrape le gros ventre, tout le parc sera ratissé. Tout ça, ce n'est pas des métiers pour vous, voilà la vérité ! »

La petite Manon le regardait d'un air sévère, mais M. Jean l'écoutait en souriant amicalement.

« Continuez, dit-il, car vous m'intéressez beaucoup. »

Ugolin demeura un instant interdit, puis il reprit avec force :

« Un homme comme vous, c'est pour la ville. Je comprends que ça devait vous faire de la peine de rester percepteur, à prendre l'argent des autres, parce que vous avez bon cœur... Mais avec tellement d'instruction, vous pourriez faire l'instituteur, ou le postier, ou tenir un bureau de tabac. Ou même dans un bureau d'une grande mairie, où ils gagnent beaucoup de sous à rien faire. Moi je vous vois tout propre, avec le col et les manchettes, dans une belle maison qui a des gratte-semelles devant la porte, des boîtes aux lettres dans le corridor, et des becs de gaz dans l'escalier. C'est ça votre étoile. Tandis que si vous restez ici, vous viendrez de plus en plus maigre. Je vois bien que vous n'avez plus d'argent. C'est pas une honte, mais ça vous manque. Alors, vous allez manger des escargots, des lapins, des champignons et des pissenlits. C'est pas une nourriture pour un travailleur. Ça fait que vous êtes obligé de boire trop de vin, et vous finirez par mourir à la peine. Et alors, Mme Aimée et la petite, qu'est-ce qu'elles deviendraient ? Elles sont déjà pas bien gaillardes, depuis quelque temps. Vous, vous ne le voyez pas, mais moi je le remarque... Je sais bien que ça ne me regarde pas, mais ça me tracasse, ça me fait peine, et je vous le dis comme ça me vient...

— C'est une preuve de bonne amitié, dit le bossu, et je vous en remercie... Vos arguments ne sont pas tous valables, mais dans l'ensemble vous avez raison. Il est très probable que si je m'obstine à percer, avec ce pic, plu-

sieurs mètres de roche vive, j'y laisserai le meilleur de mes forces, et peut-être de ma santé. Et d'autre part, j'ai eu tort quand j'ai décidé d'imposer à ma famille un régime d'austérité. J'y renonce donc, car j'ai une autre solution toute prête. Solution qui ne me plaît guère, mais qui s'impose. »

Il prit un temps pour essuyer ses lèvres, regarda autour de lui, et demanda brusquement :

« A votre avis, combien vaut cette ferme ? »

Ugolin tressaillit et parpelégea.

« Pour la louer ou pour la vendre ?

— Pour la vendre, bien entendu. »

Manon fit un pas en avant, et cria :

« Non ! Non !

— Attends un peu », dit son père.

Les cils d'Ugolin battaient rapidement. Il pensait : « Ça y est, j'ai gagné. Il faut lui dire un bon prix, mais tout de même pas trop cher ! »

Il répondit :

« J'y ai jamais pensé, mais ça peut se discuter. C'est un très joli endroit, n'est-ce pas ? Et puis le mas est bien arrangé. Mais pour une maison de campagne, c'est un peu loin. Et pour un paysan, sans eau, on ne peut pas y faire grand-chose...

— Avec une seconde citerne, dit M. Jean, ce serait déjà beaucoup mieux.

— Ça c'est vrai, dit Ugolin. Beaucoup mieux. »

Il réfléchit un instant, regarda la maison, et dit : « Sept mille francs ?

— Ce serait votre dernier prix ? »

Ugolin hésita de nouveau. Son cœur battait, ses tics tiraient en tous sens son visage.

« Je vous trouverais même peut-être quelqu'un qui vous la prendrait à huit mille. C'est à voir. »

La petite Manon frappa du pied, et cria de nouveau :

« Non ! Papa, je ne veux pas !

— Calme-toi, dit son père. Nous disons donc huit mille francs. Je suis d'accord sur ce chiffre. »

Ugolin se demandait s'il fallait se lever, et lui serrer la main pour conclure l'affaire.

« Non ! criait Manon. Non ! »

Aimée s'avançait, toute pâle.

« Voyons, Jean, tu ne vas pas...

— Silence, dit M. Jean. Je dis que ce prix me paraît raisonnable, parce qu'il me permet de demander à notre notaire de Crespin un prêt de quatre mille francs en première hypothèque.

— Ça veut dire que tu ne la vends pas ? dit Aimée.

— Jamais de la vie ! Jamais je ne vendrai le mas où ma mère est née, et où j'espère finir mes jours après fortune faite. »

De grosses larmes de joie jaillirent des yeux de la fillette, tandis qu'une demi-douzaine de grimaces défilaient sur la face blême d'Ugolin.

« Avec ces quatre mille francs que m'avancera le notaire, il sera possible de vivre assez largement jusqu'au succès final, il sera possible d'acheter un mulet, et surtout, surtout, de me procurer des outils de mineur, et quelques kilos de poudre qui pulvériseront cette roche maudite sans grande fatigue pour moi ; notre première année d'élevage me permettra de rembourser l'hypothèque, et le tour sera joué. Tel est mon plan. »

Alors la petite fille éclata de rire, tira de son corsage le petit harmonica, et lança de joyeux arpèges à la face d'Ugolin.

Il toussa, et demanda :

« Vous allez faire des mines, monsieur Jean ?

— Autant qu'il en faudra pour descendre à douze mètres.

— Vous savez les faire ?

— J'ai le *Manuel du Mineur.*

— Faites bien attention de ne pas recommencer le coup des statistiques ! Elles vous ont claqué dans la main, les statistiques ; et la dynamite, c'est beaucoup plus dangereux !

— Ce danger, dit M. Jean avec une grande autorité, est inversement proportionnel à l'intelligence du manipulateur. Et, comme je parle depuis vingt minutes, je crois qu'un dernier verre de ce nectar serait une plaisante conclusion à ce discours ! »

Ugolin repartit consterné.

« Voilà, dit-il. J'ai voulu faire une bonne action, et ça me retombe sur le nez... C'est moi qui lui ai donné l'idée de ces quatre mille francs... Ça, il faudra pas le dire au Papet. Je dirai qu'il y a pensé tout seul. Cet hypothèque, je crois que c'est pas bon pour nous. On a toujours tort de parler. »

Le vieillard, assis sur le seuil de sa porte, appointait des tuteurs pour son jardin.

« Alors ?

— Eh bien son puits, ça avance. Seulement, il n'a plus le sou, et il marche à pieds nus, et sa fille aussi.

— Ceux qui marchent pieds nus, ils mangent des regardelles, dit le Papet.

— Je sais pas ce qu'il mange, mais en tout cas il continue à boire du vin, et il est maigre comme un pregadiou de rastoubles, et il pioche comme un forçat.

— Tout ça, c'est assez bon pour nous...

— Attends ! Il m'a dit qu'il allait avoir quatre mille francs, parce qu'il connaît un notaire, à Crespin, qui va lui faire un hypothèque. C'est possible, ça ? »

Le Papet parut effrayé.

« Ho ho ! dit-il en se levant, tu sais ce que c'est une hypothèque ?

— Ça veut dire que le notaire prête des sous aux gens qui ont un peu de bien, parce que ça lui donne confiance que c'est pas des malhonnêtes, que c'est des gens de parole.

— Qué parole ? Il va d'abord lui faire signer des PAPIERS TIMBRÉS, et s'il rend pas l'argent le jour qui est marqué, il lui prend tout son bien. Tu ne te rappelles pas les Cascavel ?

— C'était pour un hypothèque ?

— Naturellement. »

C'était une histoire terrible. Lorsque le père Cascavel

était mort, ses garçons, qui n'étaient pas très sérieux, avaient pris une hypothèque sur la ferme, pour y faire des réparations un peu trop prétentieuses. Naturellement, c'étaient leurs femmes qui avaient voulu montrer leur richesse. Et puis, ils avaient eu de mauvaises récoltes, et le monsieur de l'hypothèque avait fait vendre tout le bien ; et les fils Cascavel, au lieu de respirer la brise des collines, ils se promenaient toute la journée, avec des bottes et une lanterne à la main, dans les égouts de Marseille.

« Voilà ce que c'est, les hypothèques, et ça finit toujours comme ça ! »

Le Papet réfléchit un moment, puis son visage s'éclaira.

« Galinette, dit-il, finalement, il y a du mauvais et du bon. Le mauvais, c'est que s'il a quatre mille francs, il va finir son puits, il aura deux citernes, il achètera un mulet, et l'été prochain, son affaire peut réussir. Pas autant que ce qu'il s'imagine, mais assez pour l'encourager. D'un autre côté, je sais qu'il a des dettes au moulin, au moins sept cents francs... Pour le mulet, je parie ce que tu veux que le maquignon d'Aubagne lui vendra mille francs quelque rosse rachetée à l'abattoir. Reste 2 300 francs. Pour acheter des pointerolles, de la mèche, et de la poudre de contrebande, je mets cinq cents francs... Reste 1 800 francs. Il achètera des souliers, et surtout du vin, parce qu'il pourra plus s'en passer. Puis, il faudra du son et de la repasse pour son élevage, avant que ses lapins lui rapportent bien. Moi je dis que, dans un an, il lui restera tout juste de quoi payer les intérêts de l'hypothèque ; mais c'est possible que le prêteur lui fasse un renouvellement d'un an, et alors là, je ne sais pas où on va.

« Mais d'un autre côté, comme c'est un homme qui n'a guère de chance, il peut arriver beaucoup de choses. Premièrement, comme il fait tout ce qu'il faut pour se rendre malade, il peut mourir, ou peut-être venir si maigre qu'il n'aura plus la force de sortir d'un lit pendant six mois. Deuxièmement, s'il fait des mines, la poudre et le vin ça ne va pas ensemble, et il peut se faire sauter une cartouche en pleine figure. Troisièmement, si ses lapins attrapent le gros ventre, c'est la catastrophe en huit jours.

De toutes les façons, c'est celui de l'hypothèque qui est le maître de la situation. Moi, l'hypothèque, je vais la lui faire. S'il réussit, il me paiera les intérêts, et il me remboursera. Si ça tourne mal, nous aurons la ferme.

— Tu es fort, Papet. Il n'y a pas à dire, tu es fort !

— Je suis fort, parce que j'ai des sous. Toi, va le voir tout de suite : dis-lui que tu as un vieil oncle qui lui fait une hypothèque de quatre mille francs, à un petit intérêt. Il n'aura qu'à se présenter dans trois jours au notaire d'Aubagne, 8 cours Barthélemy, avec ses papiers. Moi, je n'y serai pas, parce que je suis malade. Il n'aura qu'à signer, et le notaire lui donnera l'argent. »

Ugolin, tout ému, regarda son Papet avec une grande reconnaissance.

« C'est beau, quand même, d'avoir un Papet comme toi... Té, il faut que je te fasse la bise ! »

Mais le Papet le repoussa, en disant :

« Ne perdons pas notre temps en couillonnades. Vas-y vite, qu'il est peut-être déjà parti pour Crespin ! »

C'est ainsi qu'un après-midi de novembre M. Jean revint d'Aubagne, bénissant le cher Ugolin.

Devant lui, marchait l'ânesse, chargée d'outils, de provisions, d'espadrilles et de lingeries, mais sa joie n'était pas sans mélange, et il regardait sans cesse de tous côtés, avec une inquiétude visible. Il portait en effet dans sa musette une douzaine de cartouches de cheddite, et dans les goussets de son gilet, deux petits paquets de détonateurs : le cordon Bickford était enroulé autour de sa taille, sous sa chemise ; il n'avait nullement le droit de transporter ce dangereux matériel, acheté en fraude à un carrier chargé de famille, qui l'avait lui-même volé sur un chantier. Cependant, il osa s'arrêter au passage chez le meunier, prit son sac de son, paya ses dettes, et but deux verres de vin blanc.

Le soir, après le dîner, il étudia longuement son manuel du mineur : il lut deux fois, à haute voix, trois pages qui décrivaient minutieusement le chargement d'une mine. L'auteur insistait sur les dangers du détonateur, qu'il fallait serrer délicatement sur le bout de la mèche avec une pince en BOIS, puis sur le bourrage de la mine qui exigeait aussi beaucoup de tact et l'emploi d'une tige ronde, en BOIS.

Il était très excité par la possession de ces explosifs, comme le sont en général les enfants, et il manipulait

orgueilleusement les boudins jaunes, dont la brutalité magique était à sa disposition.

« Je suis presque certain, dit-il à Aimée, que la première mine sera la bonne, car je creuserai le trou jusqu'à près d'un mètre, et je n'hésiterai pas à le garnir de six cartouches...

— Papa, dit Manon, tu devrais d'abord essayer avec une petite mine. Toute petite...

— Ma chérie, une petite mine peut tuer un homme aussi bien qu'une grande, s'il est assez imprudent pour la bourrer brutalement, ou s'il descend allumer au fond du puits une mèche trop courte. Pour moi, je vais prendre des précautions si minutieuses qu'elles feraient rire un vrai mineur. Mais d'abord, il n'y aura pas de vrai mineur pour me regarder, et ensuite il m'est tout à fait égal d'être ridicule : sécurité d'abord.

— Comment vas-tu faire ? demanda Manon.

— Eh bien, je vais tout simplement utiliser une mèche de huit mètres, qui aboutira au bord du puits. Ainsi, je ne risquerai pas de tomber de l'échelle en remontant après la mise à feu. Cette longueur de la mèche nous forcera à attendre au moins huit minutes. Nous irons nous asseoir à quelque distance, sous un arbre touffu, et nous entendrons une magnifique explosion ; la terre tremblera, et nous verrons peut-être jaillir quelques pierres, mais qui ne nous toucheront pas, car elles seront en somme canalisées par la paroi du puits, comme les plombs dans un fusil.

— Ça sera beau, dit Manon. Mais quand tu vas allumer la mèche, c'est ça qui sera dangereux !

— Si peu dangereux, répliqua-t-il, que c'est toi qui l'allumeras ! »

*
**

Avec la pointerolle, puis la barre à mine, il lui fallut deux journées entières pour percer le trou de mine à quatre empans de profondeur. Il le termina le soir à la lanterne, car les derniers jours d'automne étaient bien courts, puis il déclara :

« Demain peut-être, avant midi, à travers la roche

éventrée, nous verrons surgir l'eau des collines cent fois plus précieuse que l'or ! »

La journée s'annonça froide, mais claire : des rouges-gorges s'appelaient sous les romarins des coteaux ; l'herbe rase du parc aux lapins était poudrée de gelée blanche, que les premiers rayons du soleil effacèrent aussitôt.

Il prépara sa mine avec une lenteur de cérémonie. Il fabriqua d'abord la pince, en réunissant deux courtes baguettes de bois par un anneau de fil de fer qui traversait leur extrémité. Ensuite, il ordonna à Manon terrorisée de reculer d'au moins vingt pas, et il serra la capsule du détonateur sur le cordon Bickford. Puis, la musette à l'épaule, il descendit lentement au fond du puits tandis que sa fille tenait fermement l'extrémité libre de la mèche. Enfin, il laissa couler les cartouches au fond du trou de mine : l'une après l'autre, suspendue à un fil, pour éviter un choc à son arrivée au fond... Il en mit cinq ; puis, il ouvrit l'étui de papier paraffiné de la sixième, y introduisit le détonateur, lia de nouveau l'enveloppe autour du cordon, et laissa descendre la cartouche sur les cinq autres. Il constata avec plaisir qu'il lui restait trente centimètres de vide pour y tasser le bourrage. Il versa dans le trou du sable, puis de petits graviers, puis pétrit des boudins d'argile qu'il poussa du bout de son bâton de cormier ; il « tassa » le dernier boudin sans choc, mais par de légères pressions... Enfin, il remonta vers le visage de sa fille, penché vers lui entre deux longs flots de boucles verticales.

« Nous sommes prêts ! » dit-il.

Il attacha le bout de la longue mèche à l'un des montants de la chèvre : enfin, il tendit une boîte d'allumettes à Manon.

« A toi l'honneur ! » dit-il.

Gravement, elle approcha la petite flamme de l'extrémité du cordon, qui pétilla faiblement, en lançant un mince jet de fumée.

« Va appeler ta mère. Il faut qu'elle soit là, au cas où l'eau jaillirait tout à coup. »

*
**

Ugolin était en train de tendre le cordeau entre deux piquets, pour aligner ses plants de tomates, lorsqu'une puissante détonation le fit tressaillir.

« Ça y est ! dit-il. Il commence les mines ! Qui sait ce que ça va donner ? »

Il noua le cordeau sur le piquet, pensif... Il parpelégea trois fois, regarda le ciel vide, et prit le chemin des Romarins.

Il n'y avait personne dans le champ ; une légère fumée sortait encore du puits. Il s'approcha, sentit l'odeur amère de la poudre, et distingua sur le fond un petit tas d'éclats de roche.

« Pour tant de bruit, dit-il, elle n'a pas beaucoup travaillé ! Enfin, l'eau n'est pas sortie, et lui n'est pas mort. Mais alors, où est-il ? »

Il s'avança vers la maison.

Jean Cadoret était assis sur une chaise, la tête baissée sur la poitrine ; devant lui, Manon agenouillée, en larmes. Derrière lui, Baptistine : elle appliquait un cataplasme d'herbe sur la nuque du blessé.

Ugolin entra :

« Un accident ?

— Il a reçu une pierre sur la nuque », dit la petite Manon.

Le bossu, sans lever la tête, chuchota :

« Par ma faute... J'ai couru au puits dans l'espoir de voir jaillir l'eau, et une pierre, qui avait dû monter très haut, m'est retombée derrière la tête...

— Puisque vous parlez, dit Ugolin, ce n'est pas très grave...

— Je l'espère...

— Il a un trou, dit Baptistine, mais pas bien gros.

— Peut-être, dit Ugolin, que vous n'aviez pas bourré assez fort... Alors, au lieu de fendre la roche, la mine a fait comme un canon, et ça peut lancer une pierre à cent mètres d'hauteur... »

Aimée tendit au blessé une tasse de café. Il releva péniblement la tête, et voulut boire : mais la tasse lui

échappa et sa tête bascula en arrière... Il demeurait le visage renversé, et un gémissement sortit de sa bouche entrouverte...

Ugolin s'élança pour le prendre aux épaules : « C'est une faiblesse, dit-il... C'est naturel... Ça va se passer. »

Manon, horrifiée, pâle comme une morte, soutenait la nuque de son père, dont les yeux clos semblaient s'enfoncer dans l'orbite... Aimée sanglotait...

Ugolin monta en courant prendre dans les chambres un oreiller et un matelas qu'il installa sur la table ; avec de grandes précautions, ils y étendirent le blessé. Sur le côté droit, à cause de la bosse.

« Allez vite chercher un docteur, dit Aimée. Vite. Nous avons de l'argent...

— Je vais dire au maire de téléphoner — il sait très bien le faire — à celui des Ombrées. Il sera peut-être ici dans une heure, mais pas avant... »

Aimée essayait, avec une cuillère, de verser un peu de « blanche » entre les dents serrées de son mari.

Ugolin courut au village.

Pendant l'après-midi, les trois femmes restèrent auprès du gisant. Il était immobile mais sa respiration était rapide et courte, son visage blême crispé par une sorte de rictus... Baptistine, de temps à autre, baignait le pansement d'une tisane tiède. Aimée essuyait doucement les joues creuses.

Ugolin reparut vers cinq heures : la nuit tombait.

« Le docteur n'était pas chez lui, mais il vient de rentrer : il est parti des Ombrées sur sa motocyclette, il sera ici dans une demi-heure, et peut-être avant...

— Est-ce qu'il connaît le chemin ? demanda Aimée.

— Oh oui ! C'est lui qui est venu vérifier la mort de Pique-Bouffigue ! »

Sans mot dire, Manon alluma la lanterne, prit sa pèlerine, et courut l'attendre sur la planette de Massacan.

Il n'arriva que vers sept heures, et à cause de l'état de la route, il laissa la motocyclette appuyée contre le mûrier.

C'était un homme grand et fort, avec une épaisse

moustache blonde, il portait un feutre noir, un pardessus noir, et une serviette de cuir noir.

Manon lui raconta l'accident. Il marchait à grands pas, elle trottait pour le suivre.

Elle parlait très vite :

« Une pierre pas très grosse... Une pierre plate, pas plus grande que ma main... Ce ne sera rien, n'est-ce pas ? Papa est très fort... Il n'est pas comme tout le monde, parce qu'il a le dos un peu rond, et même très rond. Mais enfin, il est né comme ça, et ça ne le gêne pas du tout... Il n'est jamais fatigué, il a une très bonne santé... Il est très gai... Ça ne peut pas être grave, n'est-ce pas ?

— Il faut voir, dit le docteur... S'il ne parle pas, s'il ne répond pas, c'est qu'il y a quelque chose. La nuque, ça peut être très sérieux...

— Mais je crois qu'il dort, dit Manon. Il a beaucoup travaillé, ces jours-ci... Ce serait tout naturel qu'il dorme. Ça lui est déjà arrivé de s'endormir à table... Et puis, il est revenu tout seul à la maison... Il s'appuyait un peu sur moi, mais pas beaucoup... Il marchait très bien... Il ne va pas mourir, n'est-ce pas ?

— Mais non, mais non !... On ne meurt pas si facilement, dit le docteur... Mais tout de même, ce peut être grave, et nous allons faire tout ce qu'il faudra. »

Lorsqu'ils entrèrent dans la cuisine, Baptistine priait, agenouillée ; Aimée essuyait doucement la face blême avec une écharpe de mousseline.

Elle dit à voix basse :

« Tout à l'heure, il a essayé de parler, et il a grincé des dents... Mais depuis un moment, il ne bouge plus... »

Le médecin prit le poignet du blessé, et tâta le pouls longuement, puis il tira de sa trousse un instrument de bois pour écouter le cœur. La vue de cet appareil, qui inquiéta Ugolin, rassurait Manon : la science venait au secours de son père. Dans un grand silence, souligné par les battements de la pendule, le docteur écouta longtemps. Enfin il prit un petit miroir, et le tint un moment devant les narines pincées.

Baptistine agenouillée se mit à prier à voix basse.

Le docteur prit la pierre fatale des mains de Manon, et l'examina. Puis il déroula le pansement, découvrant une

blessure rouge au creux de la nuque : elle avait à peine deux centimètres de long, sur une enflure violette.

Il prit alors une longue pince brillante... Manon serra les dents et ferma les yeux. Quand elle les ouvrit, elle vit au bout de la pince un petit éclat de calcaire rouge de sang : il n'était pas plus grand que l'ongle.

« La pierre n'est pas bien grosse, dit le docteur, mais elle avait une pointe mince et tranchante. A cause de la déformation de son dos, ses vertèbres étaient plus vulnérables, plus fragiles. Il n'a sans doute pas souffert pour aller où nous irons tous... »

Aimée le regardait, stupide. Baptistine marmonnait des prières piémontaises...

Manon qui n'avait pas compris saisit doucement la main pendante de son père, pour la reposer sur la table : elle sentit le poids de la mort. Saisie d'une peur animale, elle replia brusquement ses poings sur sa poitrine, et recula, le dos au mur. Alors Ugolin se signa ; sur la pointe des pieds, il contourna la table funèbre, et, du bout de l'index, il arrêta le balancier de la pendule.

Au-dehors, dans la nuit tombante, une chouette appela. Le docteur refermait sa trousse, en disant des paroles inutiles, mais qui remplissaient l'horrible silence.

« Il n'a pas souffert... Il n'a certainement pas compris la gravité de cette blessure... Même si j'étais venu plus tôt, il n'y avait rien à faire, rien... Je comprends votre douleur, mais il faut vous dire que c'est le sort commun... Et si vous avez la foi, pensez que vous le reverrez au Ciel, délivré des cruautés de cette vie... »

Ugolin ne l'entendait pas. Il regardait, dans la lumière jaune de la lampe à pétrole, ce corps vaillant, à jamais immobile, la mèche noire sur le front blême, le sourire maigre sur les lèvres pâles. Une étrange douleur serra ses côtes, et il trembla d'épouvante lorsque de grosses larmes sautèrent de ses yeux... A reculons, il gagna la porte, et dans la pénombre du soir, au chant des chouettes, il prit la fuite.

*
* *

Tout le long du chemin du village il parla à haute voix :

« Je lui avais dit que c'était dangereux... C'est pas de ma faute, moi j'y suis pour rien... Il l'a bien cherché, son malheur... C'est les livres qui l'ont tué... Il se croyait de tout savoir, et puis, voilà le résultat... Moi, s'il m'avait écouté l'autre jour, ça ne serait pas arrivé... Moi, j'ai la conscience tranquille... »

Mais il pleurait toujours, sans savoir pourquoi.

Il arriva hors d'haleine, chez le Papet, et s'arrêta un instant avant d'ouvrir la porte, pour essuyer son visage avec les manches de sa chemise.

Le couvert était mis sous la lampe.

En attendant son neveu, le Papet, le chapeau sur la tête, avait commencé une bouteille de vin blanc, et il lisait le Bulletin paroissial, qui faisait sa joie. C'est pourquoi il était en train de ricaner à grand bruit lorsque Ugolin entra.

« Papet, je viens d'arrêter la pendule dans la maison de M. Jean. »

Il avait parlé d'une voix de mirliton. Ses paupières battirent rapidement, et firent sauter des larmes sur un sourire grimaçant.

Le Papet se leva stupéfait.

« Et c'est pour ça que tu pleures ?

— Je sais pas. Je le fais pas exprès. C'est nerveux... C'est pas moi qui pleure, c'est mes yeux...

— Enfin, c'est pas de ta faute, c'était la faiblesse de ta pauvre mère. Tu es sûr qu'il est mort ? Et de quoi ?

— La mine, dit Ugolin. La première mine. »

Il raconta à voix basse l'événement, et ses larmes coulaient toujours. Le Papet, irrité, remplit un verre de vin blanc.

« Tiens, couillon. » Puis, pendant qu'Ugolin buvait à longs traits :

« Et les œillets ? Ça t'intéresse plus, les œillets ?

— Mais oui, ça m'intéresse ! Et d'un côté, je suis bien

content. Tiens, voilà, ça s'arrête. Allez, zou, mangeons... Mangeons. »

Il prit place à table, et le Papet alla ouvrir la porte de la cuisine.

« Essuie-toi les yeux, parce que celle-là, elle n'entend rien, mais elle voit tout. »

Il vint s'asseoir à son tour. La muette posa la soupière au milieu de la table, et sortit.

« Galinette, moi aussi je le plains. Ça me fait plaisir qu'il n'ait pas souffert ; mais qu'est-ce que tu veux, c'était son étoile... Cet homme-là, s'il était resté percepteur, il pouvait vivre gras jusqu'à cent ans... C'est les livres qui l'ont perdu. Que le Bon Dieu le reçoive ! »

Il se servit une grande assiettée de soupe sur quelques tranches de pain.

« Maintenant, c'est le moment d'ouvrir l'œil. Nous sommes bien placés, puisque nous avons le papier de l'hypothèque... Mais il peut arriver quelqu'un — un petit cousin que lui-même n'a pas connu — ou un parent de sa femme — ou un jaloux de Crespin — ou un autre couillon de la ville, qui se sera mis dans l'idée de planter du café ou de la canne à sucre. Alors, ils feront des propositions, le notaire mettra des affiches... Les affiches des notaires ça va chercher les fous jusqu'à Pampelune... Ce qu'il faut, c'est acheter la ferme tout de suite, en se servant de l'hypothèque, et que ça se passe en bonne amitié. Alors toi, mange tranquillement, et ensuite tu retourneras là-haut faire la veillée avec ces femmes. Puisque tu as cette maladie de pleurer, va pleurer avec elles ! Au moins, ça servira à quelque chose... »

Les funérailles eurent lieu le surlendemain.

A l'horizon, le soleil bas de la fin de novembre ne faisait que des ombres grises, mais aussi longues que celles d'un soir d'été. Une petite bise froide coulait dans les oliviers frissonnants, des grives chiquaient dans les térébinthes.

Casimir et Pamphile — qui avait terminé le cercueil dans la nuit — vinrent aider Ugolin pour la mise en

bière, pendant que les femmes s'habillaient dans les chambres, et chargèrent la longue boîte sur la charrette du Papet ; Baptistine y jeta deux brassées d'immortelles sauvages à la puissante odeur de miel, et Jean de Florette partit pour le champ de repos, au son lointain des glas, sous un essaim d'abeilles.

La mère et la fille, sous des voiles de deuil que Pamphile avait apportés, cachaient des visages brûlés par les larmes de la nuit. Baptistine toute noire soutenait Aimée, Manon marchait droite et raide comme un petit soldat, dans un rêve absurde et glacé. Ugolin menait le mulet par la bride, chassant à coups de pied les pierres du chemin.

A la messe funèbre, elles virent des gens qu'elles ne connaissaient pas : Ange le fontainier, Claudius le boucher, Cabridan qui regrettait amèrement l'épisode de la boule, le vieil Anglade, pâle et tremblant entre ses jumeaux.

A la sortie de l'église, Philoxène vint se joindre au petit cortège, un chapeau melon à la main ; mais le Papet était resté chez lui.

Au cimetière Casimir et Pamphile, tenant chacun un bout de la corde, descendirent le cercueil au fond de la fosse. La fillette, grave et calme, y laissa tomber une branche de romarin. Sa mère, sous le voile, comme absente, ne fit pas un geste.

Baptistine partageait les immortelles et les abeilles entre la tombe du maître et celle de Giuseppe.

Puis le maire salua Aimée, et lui dit qu'il regrettait de n'avoir pas connu son mari, et que la commune se chargeait des frais des obsèques ; comme Aimée demandait d'une voix blanche à qui elle devait payer le cercueil, Pamphile s'approcha d'elle et murmura que c'était payé par quelqu'un de Crespin.

En remontant la côte vers le village, Casimir dit :
« Cet homme-là, s'il n'avait pas été forcé de creuser un puits, il ne serait pas mort maintenant. »
Et il regarda Ugolin bien en face.
Pamphile dit, d'un air indifférent :

« S'il avait eu une source, il n'aurait pas creusé ce puits. »

Puis, il leva les yeux vers les silhouettes noires qui marchaient devant eux.

« Qu'est-ce qu'elles vont devenir maintenant ?

— Je ne sais pas, dit Ugolin. Elles doivent avoir des parents... Et puis, elles pourront toujours vendre la ferme...

— Et toi, dit Casimir d'un air amical, tu seras peut-être assez charitable pour la leur acheter ?

— Ça dépend. A ton idée, qu'est-ce que ça vaut ?

— Pas bien cher, dit le menuisier. En tout cas, ça valait pas la mort d'un homme. »

C'est sur la charrette funèbre qu'Ugolin ramena aux Romarins les femmes accablées. Il les laissa autour du feu, après avoir offert en vain ses services, pendant que Baptistine faisait bouillir des tisanes. Épuisé lui-même par deux nuits de veille, il alla dormir à Massacan.

Le pétillement d'un fagot le réveilla dans la soirée. Le dos tourné vers la cheminée, le Papet chauffait ses douleurs. Sur la table le couvert était mis.

« Oh! comme tu as bien fait! dit Ugolin. Je crève de faim, mais je ne sais si j'aurais eu la force d'aller jusqu'au village!

— Eh bien, mangeons et parlons, c'est le moment. »

Il prit au coin du feu la marmite en terre, dans laquelle grésillait un poulet rôti.

Ils étaient pensifs tous les deux, comme à la veille d'une bataille. Le Papet saisit la pointe d'une aile, et dit :
« Tire! »

Ugolin saisit l'autre aile, tira, et le poulet fut déshabillé de ses « grands blancs ».

Le Papet découpa sa part en petits morceaux, à cause de ses mauvaises dents. Ce fut Ugolin qui parla le premier.

« Alors, comment on fait, maintenant?

— On va voir la femme demain matin, on lui explique l'hypothèque, et on lui achète la ferme.

— Tu ne crois pas qu'on devrait attendre un peu?

— Attendre? Pourquoi?

— Au cimetière, il y en avait qui nous regardaient d'un drôle d'air.
— Et alors ? Qu'est-ce que ça peut faire ? Moi aussi, je peux les regarder d'un drôle d'air.
— Oui, mais si nous sautons tout de suite sur l'héritage, qu'est-ce qu'ils vont dire ?
— Ils diront ce qu'ils voudront. Moi, je m'occupe pas des affaires des autres : je permettrai jamais qu'on s'occupe des miennes.
— Tu sais, Pamphile m'a dit des mots qui m'ont pas plu.
— Qu'est-ce que ça peut faire, ce qu'il dit Pamphile ? Si les moulins à vent pouvaient parler, ils diraient les mêmes choses que lui.
— Et Casimir aussi, il m'a lancé des piques. »
Le regard du Papet noircit tout à coup.
« Casimir, il a volé la part d'héritage de sa sœur qui est placée à Marseille. Oui, la cruche verte de pièces d'or c'est lui qui se l'est gardée sans rien dire à personne. Alors, la prochaine fois qu'il te fait une pique, donne-lui le bonjour de la cruche verte. Nous irons voir la veuve demain matin. »
Ils mangèrent un moment en silence. Puis Ugolin but un verre de vin, et reprit :
« Écoute, Papet, si nous faisons partir ces femmes tout de suite, ça fera parler. Les hommes, ça m'est égal. Mais les femmes du village, tu les connais. Elles ne se gêneront guère pour cracher par terre quand nous passerons. »
Le Papet réfléchit un moment, puis il but à son tour.
« Galinette, là, tu as peut-être un peu raison. Mais alors, qu'est-ce que tu veux faire ?
— Eh bien, pour les œillets, nous ne sommes pas pressés : nous avons jusqu'au mois de mars pour mettre les boutures en terre... Alors, moi, je pense qu'il faut acheter la ferme tout de suite, mais leur dire de rester tant qu'elles voudront. Ça ne nous empêcherait pas de commencer le défonçage, de tracer les vaseaux et de tout préparer... Au mois de mars, elles seront parties de leur bonne volonté, et on ne pourra pas nous faire de reproches.
— Tu es sûr qu'elles partiront ?

— Et qu'est-ce que tu veux qu'elles fassent, des femmes seules, dans cette colline ? Elles vont crever de peur la nuit... Elles n'ont sûrement pas la force de continuer cette folie des lapins... Alors, quand elles seront parties, nous déboucherons la source.

— Et si elles restent ? dit le Papet. Avec quinze cents francs, les chèvres et le jardin, elles peuvent s'incruster deux ou trois ans !

— J'y ai pensé, dit Ugolin. Si elles restent, moi j'habiterai toujours à Massacan, et elles, ça me fera comme des gardiens de la plantation. Et puis les femmes, ça travaille très bien aux œillets : pour arroser, pour cueillir, pour faire les bouquets. Elles pourraient me servir, et elles ne coûteraient pas bien cher !

— Ha ha ! dit le Papet avec admiration, c'est ça que tu avais dans la tête ?

— Pas que ça, mais un peu de ça... »

Le Papet rêva un instant, la fourchette en l'air, puis il sourit, cligna de l'œil, et dit :

« Sans compter que la femme est encore belle. Elle va s'ennuyer dans la colline... »

Ugolin rougit légèrement.

« Tais-toi, Papet. Ça, je n'y ai jamais pensé, et surtout pas maintenant que le pauvre mort est à peine froid... »

Dans la cuisine de la ferme solitaire, à huit heures du matin, l'entrebâillement des volets ne laissait passer qu'un rai de lumière. Agenouillée devant la cheminée, Baptistine allumait le feu de bois.

Près de la fenêtre, Aimée, défigurée par les larmes, essayait de coudre des étoffes noires, et la petite Manon, assise sur la chaise basse de son père, demeurait immobile. Sous sa chevelure en désordre, elle regardait au loin à travers le mur. Sur ses genoux, entre ses mains, il y avait deux harmonicas. Seul, le léger crépitement du feu picotait le silence, car Manon n'avait pas voulu remettre en marche la pendule.

Des pas s'approchèrent sur la terrasse, puis deux ombres passèrent devant la fente du volet ; on frappa discrètement à la porte. Manon tressaillit et se leva. Baptistine cria :

« Qu'est-ce que c'est ? »

Sur la plainte tournante des gonds, Ugolin parut. Il était « habillé des dimanches », c'est-à-dire comme le jour de l'enterrement. Derrière lui s'avançait un vieillard à la moustache blanchissante, parfaitement propre, qui portait à la main un feutre noir. C'était le Papet, qu'elles n'avaient jamais vu.

« Madame Jean, dit Ugolin, excusez-nous de venir comme ça vous déranger, mais c'est dans votre intérêt. »

La petite Manon avait fait un pas en arrière, et elle les regardait avec sa méfiance habituelle.

« Quel intérêt ? dit-elle brusquement.

— Mademoiselle, répondit le Papet, vous êtes bien jeune, et vous ne savez pas encore qu'après le malheur, il vient les ennuis... Quand une personne meurt, il y a forcément la question de l'héritage, et c'est sûr que le percepteur va vous demander de l'argent.

— Et malheureusement, dit Ugolin, je sais que vous n'en avez pas de reste, parce que M. Jean me l'avait dit. »

Aimée, les épaules étroites, dit à mi-voix :

« Il me reste onze cents francs...

— Ça, vous n'avez pas besoin de le dire à personne. Mais il vous reste aussi cette maison, et les champs, et le vallon du Plantier. C'est ça votre héritage. Ça a de la valeur... Les gens du gouvernement vont venir vous dire : " Ça vaut tant et vous me devez tant ! "

— Alors, dit brusquement Manon, il faut payer parce que mon père est mort ?

— Eh oui, dit Ugolin. C'est injuste, mais c'est comme ça.

— Et puis, dit le Papet, je sais que votre mari avait fait une hypothèque sur cette ferme...

— Mon Dieu ! Je n'y pensais pas ! s'écria Aimée. Ce notaire lui a prêté quatre mille francs !

— Il va falloir les rendre, dit le Papet.

— Mais comment ?

— Puisque nous n'avons rien, dit sèchement Manon, on ne les rendra pas, voilà tout.

— Malheureuse ! cria la mère. N'oublie pas que sur ce papier il y a la signature de ton père ! Tout, je vendrai tout, même notre pain, même... »

Mais elle ne put continuer, et elle fondit en larmes.

« Madame, dit le Papet, ne vous désolez pas pour cette question d'argent. Je peux l'arranger.

— C'est pour ça, dit Ugolin, que tout à l'heure, j'ai dit : " Dans votre intérêt. " C'est parce que ce monsieur va vous sauver ! »

Aimée releva la tête, Manon s'approcha.

Le Papet parla avec une autorité familière.

« Vous n'aurez pas besoin de tout vendre, et surtout pas votre pain ! Ce notaire, moi je le connais, et j'irai lui parler. Au lieu de vous prendre de l'argent, il va vous en donner ! Naturellement, vous serez obligée de vendre

quelque chose. Vous garderez le Plantier, qui a beaucoup de valeur, parce que c'est grand. Autrefois, c'était tout cultivé. On y faisait des melons superbes ! Et un parfum extraordinaire ! Et puis il y a cette source ! C'est une propriété, le Plantier ! En plus, vous garderez tous vos meubles, toutes vos affaires. Mais la ferme, malheureusement, il faut la vendre.

— Non ! cria Manon ! Jamais ! Maman, ne dis pas oui. Je ne veux pas !... »

Elle s'était jetée sur sa mère, et la serrait dans ses bras.

« Si nous sommes forcées..., murmura-t-elle.

— Il n'y a qu'à vendre le Plantier... Dites, ça ne serait pas la même chose ?

— Non, dit le Papet. Ce n'est pas pareil. Pour le Plantier, il faudrait du temps, mettre des annonces dans les journaux... Et puis, il faudra payer les intérêts de l'hypothèque, et rembourser le capital. Et si vous ne pouvez pas, le notaire va mettre des affiches, pour faire tout vendre aux enchères, le Plantier, la ferme, les meubles... Il ne viendra pas beaucoup de monde, parce que c'est loin de tout... Et finalement, ça se vendra pour pas grand-chose, et vous partirez sans un sou. Tandis que moi, je vous fais une proposition honnête. Je vous achète la ferme tout de suite, pour le prix de huit mille francs. Ça fait que vous payez les quatre mille au notaire, plus les frais, et il vous reste au moins trois mille francs.

— C'est moi qui ai dit huit mille, dit Ugolin, parce que c'était l'idée du pauvre M. Jean... Il me l'avait dit un jour, devant la petite. Il avait dit : " Ça vaut sept ou huit mille ". »

Le Papet feignit de se fâcher.

« Sept ou huit ? Alors, pourquoi tu m'as dit huit ? Quand on dit sept ou huit, ça veut dire qu'on accepterait sept !

— Naturellement, dit Ugolin, mais maintenant que c'est des femmes seules, il faut bien que quelqu'un prenne leurs intérêts ! Puisque tu as accepté huit, c'est huit. Pas vrai, madame Jean ? Ne vous laissez pas faire, ce qui est dit est dit !

— C'est bien vrai, dit Aimée, que mon mari m'avait

parlé de sept ou huit mille. Mais il n'avait pas l'intention de vendre !

— L'intention, dit le Papet, c'est une chose. Mais quand on est forcé, l'intention, ça ne veut plus rien dire. Moi non plus, je n'avais pas l'intention d'acheter. Mais quand j'ai vu que vous étiez forcée de vendre, alors l'intention m'est venue. C'est d'accord ?

— Non ! cria Manon... Maman, ne réponds pas ! Maman ! »

Elle se jeta en sanglotant aux genoux de sa mère.

« Maman, je ne veux pas partir ! Non, je ne veux pas ! Tu ne vas pas le laisser seul au cimetière ? Maman ! »

Ugolin se leva aussitôt, un peu ému par ce désespoir.

« Pleure pas, petite, pleure pas. Écoute-moi bien. Ce monsieur achète la ferme, mais il a déjà des terres, et puis il est trop vieux pour travailler beaucoup. Alors il l'achète pour me la louer à moi. Oui, moi, je ne veux pas que la colline vienne manger tout le travail du pauvre monsieur Jean. Moi, ces champs, je veux les cultiver. C'est à côté de chez moi. Alors moi, je resterai à Massacan, et vous, vous resterez ici tant que vous voudrez.

— Ça, dit le Papet, c'est son affaire. Moi, ça ne me regarde pas.

— Vous feriez ça ? demanda Aimée, tremblante.

— Oui, je le ferai... Vous resterez ici chez vous, et je n'y entrerai jamais sans frapper à la porte, parce que pour moi, ça sera toujours la maison de M. Jean. »

A sa propre surprise, il avait prononcé ces paroles avec une véritable émotion, et des larmes lui montèrent aux yeux. Le Papet le regardait, stupéfait, et se demandait s'il fallait admirer son talent de comédien, ou déplorer cette sensiblerie imbécile ; mais la fillette s'était relevée, et elle murmurait : « Merci, merci... merci... »

Alors, Baptistine se leva, et réclama l'intervention immédiate de la Sainte Vierge, pour assurer au généreux Ugolin une fortune considérable, une longévité féconde, et beaucoup d'enfants bien portants.

Elles descendirent un matin à Aubagne, à travers les collines bien-aimées.

Aimée avait remis le grand deuil et le voile des veuves. Les boucles dorées de la petite fille éclairaient sa robe noire. Sur le cours, devant la maison du notaire, le Papet les attendait.

L'homme de loi fut aimable, et déclara que le prix de huit mille francs était plus que raisonnable :

« Si ces terrains étaient à l'arrosage, dit-il, ils vaudraient certainement le double... Mais comme il n'y a qu'une citerne, que la bâtisse est très vieille, et loin de tout, je me crois autorisé à vous dire que l'acheteur se montre généreux. »

Le Papet fit un sourire débonnaire, pour exprimer que cette générosité étant chez lui toute naturelle, il n'y avait pas lieu de s'en étonner.

Le notaire déclara que l'hypothèque serait immédiatement purgée, et que les intérêts payés, et les frais déduits, il resterait à Mme Veuve Cadoret la somme de trois mille huit cent quatre-vingts francs, que l'acheteur allait lui verser — pour d'obscures raisons notariales — « hors la vue du notaire soussigné » : sur quoi le Papet crut nécessaire de se lever, et de tourner le dos à l'homme de loi, pour remettre à la veuve Cadoret la somme qui lui revenait honnêtement « hors la vue ».

Quand les signatures furent échangées, ils sortirent ensemble : mais sur la porte, le Papet prit congé de ses vendeuses, sous le prétexte d'une visite à rendre à un

vieil ami : il lui déplaisait en effet de traverser la ville à côté de cette femme drapée de crêpe, et de cette petite fille dont le désespoir sans larmes n'était déjà plus d'une enfant.

Le soir, tous volets fermés, et la barre à la porte, ils firent un grand dîner, un dîner de luxe pour célébrer leur réussite.

Il y avait deux boîtes de sardines à la tomate (la muette en gardait une estafilade à la main), des ravioli de charcutier, et un beau gigot de mouton. Le Papet avait rapporté ces richesses d'Aubagne, car des achats de cette importance ne doivent pas se faire au village — où ça ferait parler —, et il y avait sur la table deux bouteilles vêtues de poussière ; tandis qu'il les débouchait sans la moindre secousse, le Papet demanda :

« Tu sais ce que c'est, ce vin ?
— Du jacquez ?
— Oui, c'est du jacquez de la vigne que mon père avait plantée à Passe-Temps.
— Oyayaïe ! dit Ugolin. Alors, il est aussi vieux que moi ?
— Exactement ! dit le Papet. L'année de ta naissance, on en avait mis trente bouteilles de côté pour toi. On en a bu pour ta première communion, et je garde les autres pour ton mariage. Mais aujourd'hui, c'est fête : les Romarins sont à nous et c'est peut-être la fortune.
— C'est sûrement la fortune ! Alors, par quoi on va commencer ? »

Ils se regardaient en souriant, et mastiquaient avec fierté cette nourriture des gens de la ville.

Le Papet remplissait lentement les verres, et ils trin-

quaient avant de boire le vin noir des collines natales, dont l'âpreté enchantait leur palais.

Ce festival se poursuivait sans mot dire, car il était plaisant et réconfortant d'entendre craquer le pain doré sous les mâchoires, et les regards suffisaient à exprimer leur ravissement.

Cependant, après les ravioli, il fallut attendre le gigot, que la muette n'avait embroché qu'au dernier moment. Ils échangèrent alors quelques rots d'approbation, puis le Papet parla.

« Galinette, dit-il, hier, tu m'as dit qu'on déboucherait la source quand elles seraient parties. Eh bien, tu as tort. C'est par là qu'il faut commencer, et commencer tout de suite.

— Pourquoi ?

— Parce que j'ai réfléchi, et je suis un peu inquiet. Cette eau, ça fait trois ans au moins qu'elle est bouchée. Et si elle s'est fait un passage ailleurs ? Et si elle s'est perdue pour de bon ?

— O Bonne Mère ! dit Ugolin terrorisé. Ne me dis pas des choses comme ça, tu m'arrêtes les ravioli sur l'estomac !

— Attends. Perdue, je ne le crois pas. Mais qu'elle se soit fait un passage, c'est sûr. Maintenant, écoute mon raisonnement... Son premier passage, elle l'avait pris tout naturellement, parce que c'était le plus facile. On le bouche. Bon. Alors, elle s'en cherche un autre, mais celui-là, il ne doit pas lui plaire autant, parce qu'elle l'a pris par dépit ; et je suis sûr que si nous lui rendons le premier, elle y reviendra. Tu me comprends ?

— Bien sûr, dit Ugolin. C'est comme Antoine.

— Qu'est-ce que tu racontes d'Antoine ?

— Il se voulait la Rosalie de Clarisse, et puis, tout d'un coup, elle s'est mariée avec le facteur. Alors quand il a vu qu'elle était pour ainsi dire bouchée, il a pris une fille d'Aubagne. Mais dès que Rosalie a été veuve, il a divorcé sa femme, et il s'est pris la Rosalie, que le Bon Dieu avait débouchée.

— C'est ça, dit le Papet, c'est ça. Mais rappelle-toi que son divorce, ça a pris du temps. Et nous, ça va être la même chose. Dis-toi que, derrière notre bouchon, il doit

y avoir de la vase, des graviers, peut-être des racines. Parce que quand ça ne coule plus, ça s'engorge... Alors, pour que l'eau nous revienne en plein, il faudra peut-être attendre un mois, ou deux mois. C'est pour ça que je te dis : allons la déboucher demain !

— Moi, je voulais attendre qu'elles soient parties, parce que, quand elles vont voir l'eau, ça risque de leur faire un mal au cœur terrible...

— Peut-être, mais nous, quand tu auras tout préparé, qu'on aura dépensé tout l'argent, si l'eau ne revient pas tout de suite, ça nous fera encore plus mal au cœur. Alors, allons-y demain. Et ne t'inquiète pas. Nous leur ferons un peu de comédie, et elles seront peut-être fières de voir que le pauvre bossu ne s'était pas trompé. Voilà le gigot ! »

Ils arrivèrent aux Romarins à sept heures du matin, au soleil pointé. Ugolin portait sur son épaule une longue barre à mine, un pic et une pelle.

Le Papet, dans une lourde musette, apportait la truelle, les burins, et il tenait à la main une massette de carrier.

Sur la terrasse de la maison, Baptistine était occupée à traire les chèvres impatientes. Les volets du premier étage étaient encore fermés.

Ils déposèrent leurs outils sous le gros olivier, puis le Papet prit sa montre suspendue à une chaînette d'argent : il parut régler la longueur de ce pendule, et se mit à se promener dans le champ, à pas lents et les yeux au ciel. Cependant, Ugolin, assis sous un pin, cassait la croûte à belles dents.

Au bout de dix minutes, la petite Manon parut sur la porte. Elle était vêtue de noir, et serrait contre sa poitrine une belle courge d'Asie, verte à raies blanches. Derrière elle parut Aimée, sous ses voiles de deuil. Elle portait un grand bouquet de romarins en fleur.

La fillette regarda un moment les exercices du Papet, qui feignit une transe de médium, puis toutes deux

s'approchèrent d'Ugolin, qui se leva pour les saluer gauchement.

« Vous cherchez déjà de l'eau ? dit Aimée.
— Eh oui. On essaie.
— Pourquoi ne continuez-vous pas le puits de mon mari ?
— J'ai peur que ça nous porte malheur... Il vaut mieux que ça reste tout comme il l'a laissé.
— Vous croyez que vous trouverez une source ? demanda Manon.
— Il y en a sûrement une quelque part, puisque ton père l'avait dit. Lui, quand il disait quelque chose, ce n'était jamais une bêtise. C'était un savant...
— Vous comptez faire des courges, comme lui ?
— Oh non ! dit Ugolin. Lui, il était bien plus intelligent que moi, et pourtant, il n'a pas réussi...
— Sans cette pierre, dit Manon, il aurait fait tout ce qu'il nous disait. C'était sûr... Les courges, c'était merveilleux... Quand j'en donne aux lapins, ils se précipitent. Ils adorent ça. C'est papa qui avait raison... S'il avait eu de l'eau... »

Mais elle ne put continuer. Son menton tremblait. Deux grosses larmes jaillirent de ses yeux... Elle s'éloigna brusquement.

Aimée demanda :
« C'est M. le curé qui a la clef du cimetière ?
— Oui, dit Ugolin. Mais le forgeron en a une autre. Vous n'avez qu'à la prendre en passant.
— Merci. »

Elle s'éloigna, trébuchant dans les herbes, vers l'orpheline noire et dorée qui serrait son offrande sur son cœur.

« Les fleurs, je comprends, dit Ugolin. Mais qu'est-ce qu'elles vont faire de cette coucourde ? »

Le Papet arrêta ces réflexions, par un léger coup de sifflet. Il lui fit signe de venir en hâte.

« Profitons qu'elles sont parties ! dit-il. Apporte vite les outils ! »

Ce fut plus long qu'ils n'avaient cru. Trois ans plus tôt, Ugolin avait trop bien tassé la terre, par crainte d'une infiltration, et d'une résurrection du figuier. Pendant deux heures, il piocha, creusant une tranchée étroite mais assez longue pour permettre l'usage du pic et de la pelle... Enfin, il leva la tête avec un radieux sourire, et jeta le pic à côté du trou.

« Donne-moi la barre à mine ! »

A deux mains, il souleva la lourde barre d'acier, et la laissa retomber entre ses pieds. Un choc dur arrêta la descente de la pointe. Ugolin fit un clin d'œil vers le Papet : il venait d'atteindre le ciment. Alors il frappa de toutes ses forces, avec la régularité d'une machine, et la barre vibrait et sonnait entre ses mains. Il passait au Papet les éclats du béton, et le vieillard, remontant de quelques pas sur le coteau, les lançait en rond dans les fourrés d'argéras.

Ugolin dit soudain : « C'est humide », puis « Voilà le bouchon ! », il s'accroupit au fond du trou, et dit encore : « Il n'a pas bougé ! »

« Le chêne vert, dit le Papet, ça tient mille ans !

— Il a gonflé. Je pourrai jamais l'arracher ! Il faut casser la roche tout autour... »

Le Papet lui fit passer le burin et la massette, et les coups répétés tintèrent longuement.

Le Papet dit soudain :

« Les voilà qui reviennent. Non, la femme est seule. La petite n'y est pas... Continue, continue... »

Aimée s'avançait vers la maison ; perdue dans son désespoir ravivé, elle semblait ne rien entendre et ne rien voir.

Ugolin rejeta soudain la massette et le burin.

« Ce coup-ci, je vais l'avoir. »

Il se baissa, et dit :

« Ça y est ! »

Il fit un rétablissement sur le bord de la tranchée, et se mit à rire sans bruit. Le Papet prit le bouchon de bois, le lança au loin, et se pencha : au fond du puits, un jet

d'eau puissant, aussi gros que le bras d'un homme, jaillissait de la roche, et disparut sous un tourbillon montant, qui creusait la paroi de terre et de gravier.

« On dirait qu'elle a forci, dit Ugolin. Il doit y avoir une drôle de provision derrière ! »

Cependant, au bord de la petite barre, à vingt mètres d'eux, les genêts s'écartèrent doucement, et la face de Manon parut : immobile et pâle, les yeux grands ouverts, elle regardait ces deux hommes penchés, sans savoir ce qu'ils regardaient eux-mêmes.

L'eau montait toujours, sans bruit, vers le sourire d'Ugolin. Il murmurait :

« Les œillets, Papet... Quinze mille francs par an... Les œillets... C'est la fortune qui bouillonne... Regarde ! Regarde... Elle va courir aux œillets... Regarde ! »

La rigole du vieux Camoins s'était bouchée : brusquement, le puits déborda, et le petit ruisseau ressuscité bondit en nœuds blancs et bleus sur la pente... Alors, Ugolin éclata de rire, lança sa casquette en l'air, et se mit à danser, les bras étendus... Mais un long cri aigu monta de l'autre côté des genêts, un cri désespéré, strident et monotone, que les échos renvoyaient à travers les pinèdes, et qui les entoura soudain.

Ugolin en resta figé.

« Qu'est-ce que c'est ? dit-il.

— Ça, c'est un lièvre que la buse vient d'emporter. »

Ils levèrent la tête. Le ciel gris était vide. Ugolin monta sur la petite barre. Le silence était revenu. Il ne vit rien. Il haussa les épaules, et redescendit près du ruisseau ; alors tous deux regardèrent longuement la course légère de l'eau frémissante, et ils échangeaient des clins d'yeux et de radieux sourires.

C'est Baptistine qui retrouva Manon, trois heures plus tard... Au fond d'un ravin, elle était cachée sous des cades, toute ramassée sur elle-même, blême, muette, et les dents serrées. La Piémontaise s'accroupit près d'elle et lui dit doucement des paroles rugueuses, en la caressant comme une bête malade. Puis, elle lui parla de sa

mère, et Manon la suivit docilement ; mais en arrivant sur la crête, elles virent en bas, à travers la pinède, le fil d'argent du ruisseau. Alors la fillette cacha ses yeux sous ses deux mains, et tomba à genoux en sanglotant... Baptistine la prit dans ses bras, et, en murmurant des prières, elle l'emporta vers la maison.

Les joyeux complices étaient partis déjeuner au village dans la grande maison Soubeyran.

La joie d'Ugolin était si grande et si profonde qu'il en bégayait comme un jumeau. Délivré de toute inquiétude, il dévora la daube longuement mitonnée (car la muette s'était levée deux fois la nuit pour la surveiller) tandis que le Papet souriait de plaisir, en mâchonnant de petits cubes de lard onctueux, que sa langue astucieuse ramenait habilement sous les dents qui lui restaient. Ils burent beaucoup, puis, après le café et le marc brûlé, Ugolin voulut absolument préparer la lettre pour Attilio : un chant de triomphe qui exigea plus d'une heure de réflexion et de discussions. Enfin, le timbre collé, et la lettre mise à la boîte, ils remontèrent aux Romarins.

En passant devant Massacan, Ugolin courut derrière le mas, et arracha deux plantes d'œillets, avec la motte : il en emporta une dans chaque main, et les fleurs se balançaient au soleil.

*
**

Le Papet regarda longuement la maison aux volets entrebâillés, et dit :

« J'ai idée qu'elles doivent dormir, ou alors, il n'y a personne.

— Tant mieux ! dit Ugolin, au travail ! Regarde la source ! Elle coule encore plus fort que ce matin ! »

Il creusa deux trous, et y logea les plantes ; puis, avec un gobelet de fer-blanc, il les arrosa largement.

Cependant, le Papet était descendu jusqu'à la ferme, et frappa à la porte. Nulle réponse. Il appliqua son visage

contre la vitre, et ne vit personne. Alors, il alla jeter un coup d'œil dans la remise, et remonta vers son neveu.

« Elles doivent être dans la colline, dit-il. Elles ont emmené l'ânesse et les chèvres... »

Mais Ugolin ne l'écoutait pas, il regardait au loin, et dit :

« Vé, qui est-ce qui s'amène ? »

Il montrait au Papet un groupe qui descendait un sentier des collines, et qui semblait venir vers eux.

« Il y a deux mulets, dit le Papet.

— Et deux hommes, et une femme. Je crois que c'est Baptistine... »

C'était elle, en effet, avec Enzo et Giacomo. Sur le bât des mulets, il y avait deux traîneaux de bûcherons.

Ils attachèrent les bêtes aux oliviers, pendant que Baptistine, qui avait la clef, ouvrait la porte.

« Qu'est-ce qui se passe ? » demanda le Papet.

Elle s'expliqua : « La petite ne voulait plus revenir ici. Ça lui embrouille les nerfs, ça finira par lui faire sauter la tête. Alors la dame avait décidé d'aller s'établir dans la grotte du Plantier. Comme ça, elle habiterait chez elle. Alors, les amis de Giuseppe sont venus aider pour le déménagement. On a fait deux voyages, deux. Et puis demain, moi j'attrape les lapins pour porter au marché. Et puis, je viendrai " temps en temps " cueillir les courges de M. Jean, peuchère le pauvre qu'il avait raison, que jamais de sa vie il n'a fait une bêtise, à part de mourir. Mais maintenant, il est avec le Bon Dieu, et, de là-haut, il nous regarde, et il parle avec Giuseppe. Et le Plantier, c'est mieux pour la petite, et pour la dame (pauvrette que la Madone la bénisse), et c'est mieux pour les chèvres, et c'est mieux pour l'ânesse, et c'est mieux pour tout le monde. Et cette source, c'est la Madone qui l'a envoyée pour M. Jean, mais elle s'est trompée de quatre jours trop tard, parce qu'il y a trop de gens qui lui font des prières, et souvent pour des bêtises, mais que voulez-vous ça l'embrouille, et tout le monde peut se tromper. Enfin, ce qui est fait est fait. C'est le dernier voyage, et il faut que je te rende la clef, parce qu'elle est à toi. »

Elle la sortit d'un trou de sa jupe, puis gravement, lentement, elle lui tendit la clef des seigneurs, comme si

c'était celle d'une ville, recula de trois pas, et salua profondément.

Pendant ces explications, les bûcherons chargeaient les derniers meubles sur les traîneaux : le bahut, la commode, et entre les pieds de table dressés vers le ciel, des caisses et des ballots de livres.

Sur le bât des mulets, il y avait des paillasses, des matelas, deux châlits, deux tables de nuit ; mais pour éviter un troisième voyage, les hommes portaient des caisses sur leurs têtes protégées par des oreillers. Baptistine avait enfilé une cordelette dans la queue de sept ou huit casseroles, et s'était fait une ceinture de cet étrange chapelet ; sous son bras gauche, elle serrait le mécanisme de la pendule, et sur son épaule droite, sa main assurait l'équilibre de la longue boîte de bois léger. Enfin, accroché à son cou par un large ruban, le balancier doré pendait dans son dos jusque sur ses fesses plates, et battait la seconde à chaque pas.

Ils s'éloignèrent dans le grand bruit de pierraille des traîneaux, et l'hérétique angélus des tintinnabulantes casseroles.

Jamais musique n'avait paru aussi agréable au Papet. La clef en main, il suivit longuement des yeux le départ libérateur, puis remonta vers Ugolin, pour lui remettre le symbole de sa puissance : il le vit agenouillé au bord du ruisselet. Il avait ceint ses frisettes rousses d'une couronne d'œillets blancs, et dressait vers le ciel son gobelet plein d'eau. Le Papet crut qu'il rendait grâces, et qu'il allait boire : mais il versa l'eau sur sa tête, et dit solennellement :

« Au nom du Père, du Fils, et du Saint-Esprit, je te baptise le Roi des Œillets ! »

Manon des Sources

Dès qu'il reçut la grande nouvelle, Attilio n'hésita pas une seconde, et il vint d'Antibes pour diriger en personne les premiers travaux.

Il arriva sur une étincelante bicyclette à pétrole qui tirait des coups de fusil en traînant une longue écharpe de fumée bleue.

Il était grand, large d'épaules, et beau comme un prince romain. Il parlait un patois que l'on ne comprenait pas très bien, et un français convenable, mais qui employait souvent deux adjectifs l'un sur l'autre.

Il se signa devant la source, qu'il regarda longtemps couler, puis il dit : « Elle est belle claire. » Il en but ensuite un gobelet, avec l'attention d'un dégustateur, et déclara : « Elle est bonne fraîche. »

Puis, avec sa montre et un seau, il fit plusieurs expériences, et dit enfin :

« Tu as au moins quarante mètres par jour. Des cubes !... Nous autres, à Antibes, ça nous coûterait trois mille francs par an ! Pour une plantation de deux ouvriers, tu en as trois fois de trop ! »

Ugolin et le Papet se regardaient en riant de plaisir. Puis, ils se promenèrent dans le champ. Ugolin donna un coup de pioche, Attilio écrasa une petite motte dans sa main, la regarda, la flaira.

« Elle est belle grasse, dit-il. Elle fera de grosses fleurs. Mais le premier travail, c'est d'arracher tous ces oliviers.

— Tous ? dit le Papet stupéfait.

— Tous. Ces arbres-là, ça mange tout. Vous pouvez

garder les quatre gros, là-bas, devant la maison. Mais les autres, il faut qu'ils y passent. Et puis, ces pinèdes qui descendent, il faut les faire remonter sur le coteau d'au moins trente mètres. Et puis, je m'imagine qu'il doit y avoir des lapins ici ?

— Oui, dit le Papet inquiet. Il y en a pas mal. Cette clôture que tu vois, là, c'est un ancien parc aux lapins... Il y en a deux douzaines qui se sont échappés, et qui ont dû faire ménage avec les sauvages...

— O misère, dit Attilio. Il faut prolonger ce grillage tout le tour du champ, le pied enterré à cinquante. Autrement, c'est pas la peine de parler d'œillets. Un lapin, pour un fleuriste, c'est comme un loup pour un berger. S'il en rentre un seul dans la plantation, il se fait un souper de trois cents fleurs, et il s'en va sans payer !

— D'accord, dit le Papet. On achètera le grillage.

— Écrivez-le sur un carnet ! dit Attilio.

— Non, dit le Papet, si je l'écris, je l'oublie, et peut-être je perds le carnet. »

Attilio sourit, et dit :

« M. Tornabua, mon père, dit la même chose. Après, il faudra défoncer à soixante ; quatre-vingts ça serait mieux. Mais ici, soixante, ça suffira.

— On défoncera à quatre-vingts, dit le Papet. Pas vrai, Galinette ?

— Je m'en charge, dit Ugolin. On se fera prêter un autre mulet. Trois labours de suite dans le même sillon, puis la pelle, et la pioche. Douze heures par jour, ça ne me fait pas peur.

— Tu auras mon mulet, celui d'Anglade, et le bardot d'Eliacin, dit le Papet. Je m'en occupe.

— Il faudra atteler le bardot en tête, dit Ugolin. Il est plus petit que les deux autres. Si nous le mettons au milieu, quand le premier tirera, ça va le soulever de terre, il va gambiller en l'air, et il se fera du mauvais sang. »

La sourde-muette leur servit un riche déjeuner dans la belle maison du Papet. Attilio, excité par le vin de jacquez, parla de son métier avec une poésie véritable ; il

s'attendrit sur la fragilité des boutures, l'infinie richesse des coloris de l'œillet Malmaison, la longueur des tiges du « Remontant de Nice ». Puis il fulmina contre l'araignée rouge, parla durement du pou du Mexique, et critiqua le directeur de la criée d'Antibes qui favorisait honteusement les Italiens (car Attilio était né en France, et son père, M. Tornabua, était naturalisé depuis longtemps).

Puis, il tira de sa poche une grande liste des fournitures nécessaires.

« D'abord, quatre mille baguettes, de soixante centimètres. Il en faut trois ou quatre par plante. Ça, c'est pas la peine de les acheter. Vous pouvez les faire vous-mêmes.

— Ça sera mon travail, dit le Papet.

— Après, il faudra faire les piquets et les traverses pour soutenir les paillassons.

— Ça aussi, nous pouvons le faire.

— Puis, il faudra commander les paillassons, pour couvrir les fleurs la nuit. C'est fait avec des joncs de Camargue, il t'en faut pour au moins mille francs... Ensuite, cinquante bobines de fil de coton, l'engrais chimique, les insecticides, et deux sulfateuses. J'ai calculé qu'en tout, ça va chercher dans les sept à huit mille francs. »

Ugolin regarda le Papet, craignant que l'énoncé d'une pareille somme ne le fît souffrir, mais le vieillard dit simplement :

« Les sulfateuses, nous les avons.

— Alors, Papet, tu es d'accord pour qu'il commande tout ça pour nous ?

— Ça sera bien gentil de sa part, parce que nous ne savons pas où ça se vend ! »

En enfourchant la pétaradante motocyclette, le bel Attilio déclara :

« Faites ce que je vous ai dit... Dans trois mois, je reviendrai pour tracer les vaseaux, et j'apporterai les boutures, toutes prêtes à repiquer. C'est M. Tornabua, mon père, qui te les offre, parce que tu nous as beaucoup aidés. »

Il fut assez facile de faire reculer les pinèdes : une équipe de bousquetiers s'en chargea, moyennant la moitié du bois abattu ; naturellement, il fallut les surveiller, car pour augmenter leur part de bois, ils auraient rasé les deux coteaux jusqu'à la crête : oui, c'est comme ça les bousquetiers.

L'arrachage des oliviers vint ensuite.

Ils étaient plusieurs fois centenaires, et leurs racines formaient des blocs énormes.

Avec le pic, la hache, et le palan, il fallut cinq semaines pour en venir à bout, et combler les cratères qui avaient trois ou quatre mètres de diamètre.

Tout en faisant ce travail, Ugolin avait mauvaise conscience. Pour obtenir le pardon de ce crime, il offrit vingt petits cierges à saint Dominique, et promit de soigner dévotement les quatre arbres qu'il avait épargnés.

Il fallut ensuite combler le puits du « pauvre monsieur Jean ». Ugolin, qui travailla deux longues journées à rejeter les déblais dans le trou, eut une pensée émue pour celui qui s'était donné tant de mal à les extraire : mais il était trop passionné par son entreprise pour s'attendrir durablement.

Après les labours profonds, le défonçage à la pioche lui prit six semaines, de l'aube à la nuit. Il quittait le champ sans pouvoir relever son buste, jusqu'à ce que le Papet l'eût frictionné avec de l'eau-de-vie parfumée par quelques épis de lavande. Ils commencèrent ensuite la clôture : mais les grillages du parc aux lapins n'en fournirent pas la moitié ; il fallut en acheter, à Aubagne, pour neuf cents francs : les piquets de fer et le ciment coûtèrent sept cent quatre-vingts francs, qu'il paya sans hésiter.

En mai, Attilio revint. Il loua le travail fait, et dirigea l'installation des premiers vaseaux, qui sont d'étroites plates-bandes entourées d'un petit remblai, comme de minuscules rizières.

Attilio tirait les cordeaux. Ugolin modelait le sol ; le Papet, qui s'était fabriqué des genouillères avec une

vieille paire de souliers et des chiffons, se traînait derrière lui, et fignolait le travail avec un piochon et une truelle, tout en fredonnant une romance méconnaissable. Il disait de temps à autre :

« Je me régale ! »

Après les derniers conseils, Attilio conduisit Ugolin à Marseille.

Le Papet ne put cacher son inquiétude lorsqu'il vit le dernier des Soubeyran chevaucher le porte-bagages d'une machine qui pouvait dépasser (selon Attilio) une vitesse de quarante kilomètres à l'heure : mais Ugolin, accroché à la taille de son ami, le rassura d'un clin d'œil triomphal.

Ils allaient voir M. Trémelat, un « expéditeur », c'est-à-dire un courtier en fleurs, qui était son correspondant sur la place de Marseille.

Ce négociant, qui était gras, souriant, et bavard, déclara que si les œillets d'Ugolin étaient de qualité, il achèterait toute la production au « cours du jour » (qu'il fixait d'ailleurs lui-même).

Quant aux transports, Ugolin n'aurait qu'à confier les paniers de roseaux au messager d'Aubagne le mardi, le jeudi et le samedi, avant quatre heures du matin.

Ugolin n'épargna pas sa peine ; de l'aube à la nuit, et parfois à la lanterne, il était dans ses œillets. Le Papet l'aidait patiemment, pour les travaux faciles et minutieux, comme les pulvérisations ou la cueillette et la mise en bottes. Malgré deux gelées, d'ailleurs peu rigoureuses, la première campagne fut une belle réussite : il put rembourser toutes les dépenses payées par son parrain, et garda pour sa part cent vingt beaux louis, car M. Trémelat avait accepté de le payer en or, moyennant un petit rabais. Une seule ombre au tableau : malgré les efforts du Papet et de Délie, M. Trémelat déclara que les bottes étaient si mal présentées que ses propres ouvrières étaient obligées de les refaire, et que dans ces conditions il valait mieux envoyer les fleurs en vrac, mais qu'il les paierait 5 p. 100 de moins. Ugolin fut bien forcé d'en

passer par là, et il pensait continuellement à ces 5 p. 100 qui lui manquaient, tandis que le Papet, pendant des heures, essayait de composer la botte idéale, selon son goût ; mais ce n'était pas celui de M. Trémelat...

Ça « faisait parler », au village... Les chasseurs qui passaient autrefois sur l'autre versant du Saint-Esprit pour monter vers les plateaux semblaient maintenant avoir une préférence pour le chemin des Romarins, afin d'examiner la plantation au passage.

On disait qu'Ugolin gagnait des cents et des mille ; le messager d'Aubagne avait confié à Philoxène que « rien que pour sa part, il avait reçu plus de six cents francs de transport, parce que trois fois par semaine, il portait chez Trémelat et Cie trois gros paniers de fleurs. Des fois quatre — et même, une fois, cinq ! ». Chacun supputait le rapport possible entre le prix du transport et la valeur de la marchandise. On en tirait des conclusions effarantes, qui étaient pourtant inférieures à la vérité.

La seconde année fut triomphale.

Deux grandes gelées avaient dévasté les plantations de la Côte d'Azur, et le prix des œillets avait triplé. Par un caprice céleste, le grand froid n'était pas venu jusqu'à Marseille, et les fleurs d'Ugolin n'avaient que fort peu souffert.

Ce fut Attilio lui-même qui vint, sur une camionnette bringuebalante, lui annoncer la merveilleuse catastrophe, et qui emporta tout un chargement de fleurs pour le marché d'Antibes. M. Trémelat poussa les hauts cris, et monta jusqu'aux Romarins pour faire de la surenchère. Il ne fut plus question de l'élégance des bouquets, ni du triste 5 p. 100.

Après une longue discussion, au cours de laquelle le

courtier se leva trois fois en criant « au voleur ! », il fut convenu qu'il aurait la moitié de la récolte, l'autre restant réservée à Attilio, mais qu'il paierait les fleurs au prix de la criée d'Antibes, où les expéditeurs se battaient à coups de billets de mille pour acheter des œillets qu'on eût donnés aux chèvres l'année précédente. C'est ainsi qu'Ugolin put un soir aligner sur la table deux cent soixante pièces d'or.

Le grand problème du paysan a toujours été le choix d'une cachette : Ugolin était assez fier de la solution qu'il avait trouvée.

Au-dessus du petit bahut boiteux de sa cuisine il avait cloué une grande feuille de carton jaunâtre, sur laquelle était tracée, en lettres inégales, une inscription décourageante :

CABRIOLEUR, ANTENTION !
Vous fatigez pas à sercher l'arjent. Elle est pas ici. Elle est à la Banque, au milieu d'Aubagne, à côté de la jeandarmerie. 12, Cour Voltêre.
Y a rien à faire.

C'était une ruse qu'il jugeait infaillible. En réalité le trésor était enterré sous une grosse pierre, dans le coin droit de l'âtre, à un mètre du feu. De plus, pour accréditer l'affirmation de la pancarte, il jouait souvent la comédie à Délie, « parce que les femmes, ça parle ! ». Chaque fois que M. Trémelat était venu, il avait dit :

« Demain matin, tu ne me verras pas, parce qu'il faut que j'aille mettre de l'argent à la banque, à Aubagne. Les cachettes ça n'existe pas. Moi, j'ai toujours tout mis à la banque : comme ça, je suis bien tranquille ! »

Cependant, son aspect extérieur n'avait pas changé : au contraire ! Tout entier à sa passion, il ne serait jamais plus revenu au village pour la soirée du samedi au Cercle, si le Papet ne l'avait pas forcé à se raser et à s'habiller de temps à autre. Pendant la partie de loto ou de manille, il sortait au moins une fois pour s'assurer que

les étoiles étaient toujours là. Il craignait sans cesse un coup de froid, ou la grêle, ou le grand coup de mistral qui eût emporté les paillassons, et surtout, le retour du vieux lapin géant... Celui-là sauterait par-dessus la clôture, comme il l'avait déjà fait, et avec sa mâchoire d'âne, il serait capable de raser deux ou trois vaseaux...

De plus, les conversations le gênaient.

Un dimanche, Philoxène lui demanda :

« Qui c'est qui t'a donné l'idée de faire ces fleurs ?

— C'est au service, à Antibes. J'ai vu des paysans qui en faisaient... J'ai un peu regardé, et j'ai pensé qu'ici ça viendrait bien...

— Les œillets, dit le vieil Anglade, ça vient bien partout, à condition qu'il ne gèle pas...

— Et surtout, dit Casimir, il faut beaucoup d'eau... De l'eau à volonté... Lui, il a la chance d'avoir retrouvé la source.

— Celle que le pauvre bossu a tant cherchée, dit Pamphile. Moi, je l'ai vu, avec sa baguette... Il avait l'air mystérieux comme un sorcier... Et il est passé à côté...

— Ça rapporte bien ? demanda Cabridan.

— Ça dépend, dit le Papet. Ça dépend des jours...

— C'est surtout les fêtes qui rapportent, dit Ugolin. La Noël, c'est le meilleur... Et puis le Mardi Gras, et puis Pâques... Pâques, c'est très bon !

— Et les Morts ? demanda Pamphile, ça rapporte, les Morts ?

— Pas mal... Les Morts, c'est pas mauvais ! Ça rapporte bien !

— Ça dépend des morts, dit Casimir. Il y en a qui vous laissent un gros héritage ; il y en a d'autres, des fois, qui viennent vous tirer par les pieds... »

Et comme Casimir éclatait de rire, le Papet dit brusquement :

« Alors ? On joue ou on ne joue pas ? »

Non, le gentil Monsieur Jean n'était jamais venu tirer Ugolin par les pieds... Il était même bien loin de sa pensée, toujours occupée et comme distendue par le présent.

Le massacre des oliviers avait agrandi le vallon. Une nappe de fleurs éclatantes ondulait au moindre souffle, et au pied du coteau brillait un petit bassin rond dans lequel la rigole souterraine versait une eau plate, tressée par la roche grenue d'où glissait une étroite et courte cascade... Jean de Florette était vraiment parti sans retour pour un autre royaume. De son passage, et de sa longue misère, il ne restait rien, ou très peu de chose : dans un olivier, près de la maison, deux anneaux rouillés par d'autres saisons d'où pendait jadis une balançoire, et pendant les nuits de mistral, caché là-haut dans la gouttière, un petit air d'harmonica.

Cependant, Manon, sa mère et la vieille Piémontaise vivaient ensemble dans la grotte du Plantier, au fond des solitudes odorantes des garrigues.

Dans l'étrange palais de Baptistine, Aimée n'avait touché à rien, mais elle avait aménagé la bergerie qui occupait l'autre moitié de la baume.

Giuseppe, pour fumer son jardin, avait gratté l'épaisse couche de fumier de brebis, entassée et séchée par un siècle de transhumance, et le sol en était maintenant couvert d'un mince tapis de mousse rougeâtre, taché de lichens d'un vert sombre : les meubles venus des Romarins étaient alignés le long du mur et de la paroi, comme dans la boutique d'un brocanteur.

La belle coiffeuse brillait entre deux malles, en face de la glace vénitienne accrochée contre les strates de calcaire bleuté, et le lustre inutile, suspendu par une tresse de fil de fer à une longue stalactite grenue, se balançait chaque fois qu'on ouvrait la vieille porte. Les lits étaient tout au bout, sous la roche plongeante d'où pendait un double rideau jaune à petites fleurs, qui s'ouvrait comme un rideau de théâtre italien. Enfin, entre les deux lits se dressait la haute pendule. La petite Manon l'avait remise en état, et presque chaque jour, elle en faisait briller le vernis et les cuivres, mais elle ne l'avait jamais remontée, et les deux aiguilles dorées marquaient toujours l'heure fatale de la mort.

Avec les quatre mille francs de la vente, Aimée avait payé la concession au cimetière et la pierre tombale : il

lui resta deux billets de cinq cents francs, cousus dans la doublure de son corset, une dizaine de louis, et une poignée d'écus d'argent. Elle avait mis les pièces dans un petit sac, et ce « trésor » était caché dans une fente de la roche, à la tête de son lit...

La mort de son mari avait troublé sa raison. Certes, elle n'était pas folle, et dès six heures du matin, après avoir fleuri la photographie du bien-aimé, elle faisait fort bien son ménage, et préparait le déjeuner comme autrefois ; mais l'après-midi, elle restait parfois des heures assise devant la porte de la grotte, le dos au mur, sans mot dire, et le regard perdu au loin. D'autres fois, revêtue des restes de plusieurs costumes d'opéra, elle se promenait sur le plateau désert du Plan de l'Aigle, et cueillait des fleurs en chantant *Werther* ou *Lakmé*.

Au cours de la seconde année, elle se mit à parler presque continuellement, à mi-voix, en souriant et en faisant des mines ; les propos qu'elle tenait étaient surprenants. Il était souvent question du commandant — un très bel homme — toujours poli et prévenant, mais sa femme, qui avait de petites moustaches, était d'une grossièreté insupportable ; elle avait fait un vrai scandale, et il avait fallu quitter Saigon. Le commandant en avait pleuré. Il y avait aussi le directeur du Théâtre de Tananarive : un véritable mufle, qui ne tenait jamais ses promesses, et qui laissait tomber les gens « comme de vieilles chaussettes », tandis que le secrétaire général de la Gaîté-Lyrique, ce cher Armand, s'était conduit en gentilhomme, et « je ne serais pas ici s'il n'était pas mort, car il voulait me faire chanter *Manon* à l'Opéra de Paris. J'y suis d'ailleurs entrée, grâce à Victor, mais dans les chœurs ».

Baptistine hochait la tête sans rien y comprendre, et Manon pensait que ces messieurs avaient dû être des amis de son père, mais elle ne posait pas de questions.

Depuis peu, sa mère avait la manie d'écrire des lettres à des gens qui habitaient Paris ou Marseille, et elle allait elle-même les mettre à la poste aux Ombrées ; mais elle se plaignait parfois de ne jamais recevoir de réponse, en disant : « De la part d'Armand, c'est bien de lui ! Mais ça m'étonne de Victor... Ça ne lui ressemble guère !

Après tout, il est peut-être mort, lui aussi... Mais je vais tout de même insister... »

Et elle se remettait à son écritoire.

Contre le mur qui fermait la baume, et contre la barre qui le prolongeait, Manon avait tendu un réseau de fil de fer — et chaque année, au printemps, elle plantait les graines noires : jusqu'au milieu de l'automne les courges d'Asie cachaient les pierres et la roche sous un épais rideau de verdure, et six caisses grillagées abritaient une douzaine de lapins. Manon s'appliquait de tout son cœur à ce petit élevage, dont la réussite constante justifiait les espoirs déçus de son père. Tous les mois, elle confiait à la grosse revendeuse de Monsieur Jean quatre ou cinq lapins de belle apparence et d'un bon poids, nourris toute l'année de courges d'Asie, dont la fécondité était si grande qu'en automne Baptistine allait en offrir au marché d'Aubagne autant que l'ânesse pouvait en porter.

A cause de l'étrangeté du fruit, les débuts n'avaient pas été faciles : les gens regardaient avec méfiance ces dures boules de bois vert, et un plaisantin avait proposé à Baptistine une association pour la mise en route d'une fabrique de bilboquets ; mais la grosse revendeuse s'en était mêlée, et elle avait lancé les beignets d'Asie, que sa fille faisait sur place dans une immense poêle à frire sur un fourneau de marchand de marrons...

Baptistine était devenue bien vieille, et sous ses cheveux blancs, son visage s'était rapetissé. Elle ne parlait presque plus, mais travaillait sans cesse, comme une machine.

C'était elle qui entretenait le petit jardin potager, qu'elle pouvait arroser à profusion, grâce à l'intarissable source.

Matin et soir, elle trayait les douze chèvres : avec le lait bleuté des collines, elle faisait de petits fromages incrustés de pèbre d'aï, à la manière des bergers de Banon ; avec des roseaux refendus et des joncs, elle tressait des paniers ronds pour un vannier d'Aubagne, et le soir, elle triait les herbes aromatiques que Manon rapportait de ses courses dans les collines.

C'étaient des fagots de fenouil, des bottes de thym, de pèbre d'aï, de menthe poivrée, et surtout des bouquets de

rue : c'est une plante assez rare, et qu'il est défendu de vendre, parce qu'elle sert à préparer la tisane du diable, qui fait avorter toutes les femelles. Les chèvres la connaissent bien, et elles n'y touchent jamais, sauf quand elles savent qu'elles portent un chevreau mal commencé, et que ce n'est pas la peine de le finir.

Ces petits commerces complétaient la vente clandestine du gibier pris au piège, et les ressources des collines permettaient aux trois femmes de vivre sans aucun souci du lendemain.

Elles recevaient parfois les visites d'Enzo et de Giacomo ; quand leur travail les appelait dans la forêt des Ombrées, ou dans les bois de Pichauris, ils venaient, le dimanche, déjeuner à la Baume. Sitôt arrivés, ils déposaient sur la table de cuisine deux cageots de pignes amandières ou de champignons, quatre ou cinq bouteilles de vin dans une musette, et un gros paquet dont le rude papier jaune, où brillaient de très petites étoiles de paille, enveloppait une douzaine de côtelettes. Ensuite, ils accrochaient au mur leurs belles vestes bleues, leurs chapeaux verts, leurs cravates rouges, et quittaient leurs souliers du dimanche. Pieds nus, ils démuselaient les haches de Giuseppe, pour préparer la provision de bois, et Baptistine était heureuse d'entendre sonner la lame courbe des grandes cognées ressuscitées. Puis, ils faisaient quelques travaux de force, comme les réparations du chemin, emporté çà et là par les orages d'automne ; c'est eux qui avaient construit, avec des rondins, la cabane aux chèvres, et qui avaient maçonné le petit bassin du potager. Après le déjeuner, assis à l'ombre de la barre, ils chantaient des chansons piémontaises : Manon les accompagnait sur l'harmonica sacré, et Baptistine souriait à travers de petites larmes. Quand ils partaient, le soir, ils se retournaient deux ou trois fois, le bras levé pour des adieux lointains, mais il restait quelque chose de leur présence : un sentiment de sécurité, la certitude qu'en cas de malheur ou de danger, les deux gros mâles accourraient au premier appel...

Manon venait d'avoir quinze ans, mais elle était plus grande que son âge. Avec l'aide de sa mère, elle taillait ses vêtements dans de vieux costumes de théâtre. Le temps n'en avait pas épargné les couleurs, mais les riches tissus avaient gardé leur force : c'est pourquoi la bergerette courait les garrigues dans des robes de brocart fané, des boléros de soie délavée, et qu'elle portait sous la pluie la capuche à franges dorées de la chantante Manon.

De ces somptueux haillons sortaient ses bras bruns, griffés par les argéras et les aubépines, et ses longues jambes musclées souvent noircies par ses courses dans les bois brûlés, où l'herbe est plus riche, et où l'on trouve, parfois sans les chercher, de petites processions de morilles encapuchonnées. Ses cheveux, coupés aux épaules, dorés par le soleil et séchés par le vent, formaient une épaisse crinière ; ses yeux bleu de mer brillaient derrière les boucles qui cachaient son front, et tout son visage avait cet éclat que les brugnons mûrs ne gardent qu'un jour, mais qui brille trois ou quatre ans sur les joues lisses des jeunes filles.

Enzo, qui avait quarante ans, et prétendait connaître la vie, lui disait souvent : « Madonina, encore un an, tu seras belle à faire peur ! » Et Giacomo lui avait dit un jour : « Si tu vas à la ville, par pitié, mets les lunettes noires, autrement tu les brûles tous ! »

Elle était fière des compliments de ces hommes, et elle en riait de plaisir.

Les chèvres traites par Baptistine, elle partait chaque matin, une heure après l'aurore, son bâton de cade à la main, en poussant le cri aigu des bergères : « Bilibili ! Bililibili ! » Le troupeau sortait au galop suivi de l'ânesse et du chien noir.

Sur le bât de l'ânesse, il y avait un sac, étranglé en son milieu par une courroie. Il contenait un sécateur, une faucille, un piochon pour déterrer les fourmis ailées, de la ficelle pour lier les herbes, la moitié d'un pain, un fromage de chèvre, un gobelet d'étain, et deux ou trois

livres, pris au hasard dans la précieuse caisse de son père.

Dans son dos, une petite musette sans bretelle était accrochée à sa ceinture. Elle y gardait ses trésors : un peigne d'écaille à monture d'argent, un louis d'or plié dans du papier, une agate trouvée dans la colline, une petite pince pour extraire les épines (qui était peut-être en or), les deux harmonicas des temps heureux, et dans un portefeuille amolli par le temps, une image de la Sainte Vierge, et la photographie à demi effacée du beau visage de son père.

En poussant le troupeau devant elle, elle allait d'abord faire la tournée des pièges tendus la veille au soir : lorsque soufflait le mistralot, qui amène des vols de culs-blancs, c'était au bord des barres, au pied de petites pyramides qu'elle construisait avec des pierres plates pour attirer les oiseaux du vent... Si le grand mistral sifflait dans les pins obliques, elle descendait au fond des gorges, et plaçait ses engins au pied des à-pics, sous les térébinthes et les myrtes ; mais lorsque le temps était calme, elle tendait sur les plateaux, près des bergeries ou des fermes en ruine, autour de vieux arbres fruitiers agonisants.

Chemin faisant, elle cueillait des herbes et des plantes, et en bourrait le sac sur le dos de l'ânesse, puis, tous les jours, quand il faisait beau, elle allait s'établir au même endroit.

C'était sur un coteau abrupt du vallon des Refresquières. Entre deux ravins, s'étendait une longue et large terrasse de roche, vêtue de thym, de genièvres et de romarins. Abritée du mistral par la haute barre de roche bleue qui soutenait le plateau supérieur, elle dominait le fond du vallon verdoyant par un à-pic de cinquante mètres, on n'y accédait que par les étroits sentiers au fond des ravins.

Là, se dressait un très vieux sorbier, qui plongeait sans doute ses racines dans une crevasse invisible. Mutilé par la foudre, hérissé de moignons comme un perchoir de perroquet, il étendait une longue branche verdoyante au-dessus d'une roche plate, aussi lisse qu'un miroir.

Du côté opposé à cette branche, le tronc portait une

bosse énorme. Manon aimait cet arbre, parce qu'un jour, en « faisant l'herbe » pour les lapins, son père, en le découvrant d'assez loin, avait dit gaiement :

« Hé hé ! Voici un confrère que le Ciel n'a pas épargné : mais il n'a pas perdu courage, et sa dernière branche verdoie vaillamment ! Allons lui faire une visite, et lui offrir nos compliments. »

Ils étaient montés jusqu'au pied de l'arbre, que le bossu avait salué plaisamment, puis, ils avaient rempli leurs musettes de sorbes... En partant, après un dernier regard, il avait dit en riant :

« On dirait ma statue en bois ! »

Manon passait des heures sur la dalle de roche. Tout en surveillant ses chèvres, que Bicou ne laissait jamais divaguer trop loin, elle mangeait son pain et son fromage, peignait longuement ses cheveux, et lisait n'importe quoi : *Robinson Crusoé,* les *Maximes* de La Rochefoucauld, *Les Aventures d'un Gamin de Paris,* la *Grammaire* de Brunot, l'*Iliade,* ou les journaux illustrés de son enfance.

Parfois, dans les marges, ou sur la page de garde, il y avait des notes de la main paternelle : alors elle baisait la chère écriture, et regardait au loin la crête féroce du Saint-Esprit, le récif éventreur de nuages, qui l'avait ruiné.

Elle n'était jamais retournée aux Romarins, mais sa pensée y revenait sans cesse : alors, elle prenait l'harmonica — le plus gros — et elle jouait les airs qu'il lui avait enseignés... Souvent, c'était la fugue de frère Jacques en face de l'écho du Pas du Loup. Selon la distance et le vent, les réponses de l'écho tombaient si juste qu'on eût pu croire à une présence humaine. Les yeux fermés, elle imaginait qu'il était là-bas, caché dans le grand lierre, et qu'il était content des progrès qu'elle avait faits.

Du haut de son observatoire, elle voyait venir de loin les rares passants des collines : elle se cachait sous les genêts, ou grimpait sur le plateau par la cheminée des Cabrettes ; et elle voyait sans être vue le manège de quelques braconniers des Ombrées, dont elle ne savait pas les noms, ou des Bastides comme Pamphile ou Casimir, qu'elle avait connus à la mort de son père ; parfois aussi,

mais assez rarement, des chasseurs qui portaient des jambières de cuir, une plume au chapeau, et qui poussaient devant eux des chiens à longues oreilles. Ces gens étaient beaux, mais redoutables, parce que leurs chiens se prenaient dans les pièges à lapins, pendant que leurs maîtres tiraient des doublés sur une bouscarle, des salves sur une grive, et faisaient tant de bruit qu'après leur passage le gibier disparaissait pour huit jours.

La ville, pour elle, c'était Aubagne. Elle y allait presque chaque semaine, modestement cachée dans une pèlerine de son père, sa chevelure serrée dans un foulard bleu. Derrière elle marchait l'ânesse, sous un énorme ballot qui ne pesait pas grand-chose, car il ne contenait rien d'autre que les plantes aromatiques, qu'elle allait porter chez l'herboriste, ou des paniers de roseau tressé.

Dès l'entrée d'Aubagne, le grand marché sous les platanes l'étourdissait, et tant de bruit lui faisait peur... Il lui semblait que les cris mêlés des revendeuses, la cloche d'un forain frénétique, les hurlements d'un marchand de volailles dans un porte-voix, étaient le prélude d'une bataille générale, et elle pressait le pas... Il lui fallait pourtant traverser ce tintamarre pour livrer les paniers au revendeur, dont la boutique n'était qu'une baraque en bois sous un platane.

Puis, laissant l'ânesse dans la cour de l'herboriste, elle allait entendre la messe de huit heures, comme son père, et elle priait pour lui. Ensuite, il fallait pénétrer au cœur de la ville pour « faire les commissions », acheter le pain, le sucre, le café, le pétrole, le sel, le poivre, le savon...

Les rues étroites l'oppressaient : on ne voyait que des raies de ciel où l'heure n'était pas marquée, on ne pouvait pas prévoir le temps qu'il ferait dans cinq minutes, et l'air était épaissi par des odeurs insupportables... La bergère des lavandes, des résines et des genièvres flairait de loin les salaisons et les fromages, les sulfureuses fumées du charbon, le souffle puant des égouts qui flottait le long des trottoirs, et surtout l'odeur impudique et lugubre de ces gens de la ville, affairés comme des fourmis, qui la frôlaient sur le seuil étroit des boutiques...

De plus, on la regardait souvent — sans méchan-

ceté — mais avec un intérêt qui la faisait parfois rougir, et il y avait des garçons qui lui lançaient au passage des compliments ou des moqueries... Et même un jour chez le boulanger, un petit vieux à la figure moisie avait dit à haute voix : « Regardez-moi cette petite ! On en mangerait ! » Elle avait pris la fuite devant ce cannibale, en serrant sur son cœur deux gros pains brûlants...

Non, elle n'habiterait jamais la fourmilière, elle resterait bergère toute sa vie, et si un jour elle se mariait, ce serait avec un jeune homme très riche, qu'elle rencontrerait dans la colline, un propriétaire forestier qui habiterait un petit château sur les pentes du Baou de Bertagno ou sur l'épaule du Pilon du Roi ; il donnerait du travail aux chers bousquetiers, il rachèterait les Romarins ; alors, on remettrait tous les meubles à leur place, pour y passer les mois d'été : mais d'abord, dès le premier jour, on boucherait à jamais la source perfide qui avait préféré Ugolin, et l'on finirait le puits du malheur : alors, à travers la roche vaincue, l'eau de son père jaillirait jusqu'au ciel.

Au village, la vie continuait, monotone et paisible, du moins en apparence, malgré l'arrivée de deux nouveaux personnages.

Le vieux curé, parti vers une maison de retraite, avait été remplacé par un prêtre d'une quarantaine d'années, né dans une ferme du Gard. Ancien aumônier de la Légion, il portait sur sa soutane une mince Légion d'honneur, pour être allé confesser des mourants sous le feu de l'ennemi, et il souffrait en silence de graves blessures de guerre. C'est pourquoi l'évêché l'avait mis au repos dans ce petit village des collines.

Sur son large visage rose, brillait un beau sourire, mais, comme disait Casimir : « il ne rigolait pas avec la vertu », et ne se gênait guère, dans ses sermons, pour dénoncer d'une voix puissante l'incroyance, l'égoïsme, et l'avarice de ses paroissiens. Les vieilles bigotes et les enfants de Marie — qui aiment être brutalisées — l'adoraient, et les hommes l'aimaient bien, parce qu'il était fils de paysan, et parlait avec eux la douce langue provençale.

D'autre part, la vieille institutrice avait pris sa retraite, et elle était allée vivre chez sa fille, qui tenait une épicerie « en ville », c'est-à-dire dans un faubourg, où, disait-on, « elle se régalait à voir du monde ». C'est pourquoi l'on vit arriver, à la fin de septembre, un jeune instituteur.

C'était grâce aux réclamations de Philoxène qu'on avait enfin obtenu un mâle, capable de maîtriser les « grands », et de les préparer au certificat d'études.

Il s'appelait Bernard Olivier. Vingt-cinq ans, brun, de grands yeux couleur café brûlé, les épaules larges, la démarche assurée, des poils sur le dos de la main. Malheureusement, sans moustache : rasé comme une statue ; heureusement sa voix était grave et musicale, et ses dents éblouissantes. Le vieil Anglade pensa qu'il faudrait surveiller les filles et même la sienne, une vierge endurcie de vingt-cinq ans.

Il fut reçu au Cercle, par un apéritif d'honneur.

Philoxène fit un discours plaisant, puis l'instituteur déclara qu'il était très heureux de débuter dans ce village à l'air salubre, dont la population lui paraissait déjà fort sympathique, et dont les collines l'intéressaient vivement, car il était passionné de minéralogie. Tout le conseil municipal apprit ce jour-là que le « massif des Bastides » contenait des roches rares, et que ce jeune savant se proposait d'y rechercher des bauxites et des lignites. Il ajouta qu'il jouait assez bien aux boules et aux dames, qu'il n'était pas marié, mais qu'il vivait avec sa mère, veuve depuis sa naissance. Après quoi, il se fit séance tenante inscrire au Cercle républicain, et lança un défi à quiconque pour une partie de pétanque. Casimir fut aussitôt délégué comme champion du village ; l'instituteur, sans le moindre tact, lui fit « baiser Fanny » en vingt minutes : Philoxène déclara :

« C'est quelqu'un ! »

Casimir, sans la moindre rancune, affirma solennellement :

« Avec un garçon de cette valeur, on aura du succès au certificat d'études ! »

Sa mère — une dame de la ville de cinquante ans — était vraiment bien fraîche pour son âge : plus fraîche que Nathalie, qui n'en avait que trente-cinq.

Et puis, elle était coquette ; toujours bien coiffée, et même un peu poudrée : au début, ça ne plaisait pas beaucoup. Mais un après-midi que les vieilles « mémés » tricotaient sur le parapet de l'esplanade, elle vint sans façon s'asseoir auprès d'elles, pour coudre les ourlets

d'une douzaine de torchons tout neufs. Les mémés ne parlaient entre elles que le provençal.

Comme Léonie (celle des Castelot, qui était un peu sourde) demandait qui était cette dame, ce fut la dame qui répondit dans la même langue :

« Moi ? Je suis la mère de l'instituteur, et bien contente d'être venue habiter dans ce village, parce qu'il me rappelle le mien. Je suis de Lachau, dans la Drôme. Mon père faisait des pêchers et des lavandes, et j'ai pris la faucille plus souvent qu'à mon tour... »

Le soir, dans les familles, les mémés racontèrent que la mère de « l'essituteur » était une merveille : intelligente, et belle, et brave, et qui parlait le patois aussi facilement que le français. Tout ce qu'on pouvait lui reprocher, c'était que pour dire « peut-être », elle disait « béléou » au lieu de « bessaï ». Mais qu'est-ce que vous voulez, la Drôme c'est dans le Nord...

Au bout de huit jours, comme les commères persistaient à l'appeler « Madame l'essitutrice », elle déclara :

« Moi, je ne suis pas institutrice, et je m'appelle Magali. »

Seule, Sidonie, la doyenne, qui avait « un brave toupet », osa instantanément mettre à profit cette autorisation : les autres furent toutes fières de l'avoir, mais ne se risquèrent que peu à peu à l'appeler Magali, et pour la première fois, on vit une « étrangère » naturalisée Bastidienne, et devant qui on parlait sans se gêner.

Le jeudi et le dimanche, « l'essituteur » partait de bon matin pour la colline, une belle musette de cuir pendue à l'épaule. Il avait expliqué au Cercle qu'il allait prélever des échantillons de minéraux, pour en faire un petit musée à l'école.

Au début, comme sa musette paraissait bien gonflée, on pensa que cette histoire n'était qu'un prétexte, et qu'il allait tout simplement tendre des pièges aux grives. Puis, quand on constata que sa mère achetait précisément des grives aux braconniers du village, et qu'il rapportait vraiment des pierres et des éclats de roche, son explication fut admise : d'autant plus qu'on sut par le boulanger-épicier que le vaillant jeune homme emportait dans cette musette un pain d'une livre, un demi-saucisson, un fro-

mage de chèvre, et une bouteille de vin pour son petit déjeuner dans la colline.

De plus, il prit bientôt l'habitude de venir à l'apéritif du soir et devint un membre important du concile quotidien qui se réunissait à la terrasse du café de Philoxène, sous la présidence du maire.

Parce qu'ils n'allaient jamais à la messe, le nouveau curé les appelait « cette bande de mécréants ». Il y avait là le boulanger, le boucher, le forgeron, le Papet, le menuisier, Ange le fontainier et M. Belloiseau.

M. Belloiseau, qui se disait ancien notaire, avait été en réalité le premier clerc d'une importante étude à Marseille. Il était grand, mince, d'une distinction un peu ridicule ; sa barbe grisonnante, et taillée en pointe, était l'objet de tous ses soins. Il portait toujours une jaquette grise, de drap en hiver, sous un chapeau melon, d'alpaga en été, sous un chapeau de Panama. Comme il disait que cette paille, tressée sous les tropiques, était parfaitement imperméable, on le priait assez souvent d'en faire la démonstration, et il allait aussitôt le remplir d'eau à la fontaine : c'est pourquoi ce merveilleux couvre-chef véritablement imperméable, mais sourdement travaillé par l'humidité de ces expériences, changeait de forme et de taille selon le temps et la saison, si bien qu'après une longue partie de boules au soleil, il fallut l'arroser longuement pour qu'on pût le séparer du scalp de son propriétaire.

M. Belloiseau avait eu coutume de passer ses vacances au village. Il avait été « l'estivant » pendant des années, avec l'acerbe Mme Belloiseau. Puis, l'âge était venu. Mme Belloiseau était allée vitupérer en Purgatoire, et M. Belloiseau, tout guilleret, avait pris sa retraite, décidé à se reposer à mort dans sa petite maison. Sa façade donnait sur la place, à quatre pas du café, et elle faisait le coin de la rue étroite qui menait au Cercle. Le rez-de-chaussée était occupé par un vieux cellier. Un escalier extérieur, aux marches de pierre creusées par les ans, conduisait à une terrasse qui précédait l'appartement.

Il était servi par Célestine, qu'il avait amenée de la ville. Assez dodue, les dents belles, l'œil noir, elle avait à peine trente ans. C'était une « bonne à tout faire », et qui

faisait tout en effet, même le désespoir de M. le curé, et la joie des garçons du village.

La conversation de M. Belloiseau, nourrie de remarques philosophiques et de propos grivois, était d'autant plus plaisante qu'il était parfaitement sourd (Philoxène prétendait qu'il avait des tympans en peau de saucisson) et qu'il répondait au hasard aux questions qu'il n'entendait pas.

Ugolin venait aussi de temps en temps aux réunions sur les instances du Papet, qui disait :

« Premièrement, tu as besoin d'un peu voir les gens, autrement tu vas devenir un sauvage, et tu finiras par garder la barbe. Deuxièmement, on sait que maintenant tu gagnes des sous : il faut pas que tu aies l'air d'abandonner tes amis. Une fois par semaine, et même deux, descends à six heures, et viens à l'apéritif avant de dîner avec moi... »

Les réunions des mécréants — qui n'avaient nul besoin de convocations — se déroulaient toujours de la même façon.

Philoxène lisait d'abord à haute voix quelques articles du journal. On discutait la politique locale, le prix des légumes, du vin, des outils. Quand il y avait un beau crime, le lecteur posait le journal sur la table, afin d'avoir les mains libres pour faire des gestes : alors il étranglait la rentière, poignardait l'amant de l'épouse infidèle, ou tirait la longue langue du pendu...

On parlait ensuite de tout et de rien, et même parfois, des « affaires des autres », mais par des allusions discrètes, que l'instituteur ni M. Belloiseau ne pouvaient comprendre... Par exemple, quand le boulanger avait dit un soir : « Il y a des familles où on s'entend vraiment bien », c'était parce que Pétoffi venait de passer, et qu'on le soupçonnait d'être le père de l'enfant de sa belle-sœur.

Puis, vers six heures, en été, quand on avait du courage, on allait faire une partie de boules au Cercle, après avoir tiré à la courte paille les partenaires des deux camps.

Un matin, Manon, allongée à plat ventre sous le sorbier, et les poings sous le menton, lisait *Les Chercheurs d'or de l'Alaska*. Le soleil d'avril n'était pas encore bien haut sur l'horizon, et le silence était si pur qu'elle entendait brouter ses chèvres. Le fidèle Bicou gronda, dressa ses oreilles, leva le nez, et Manon vit un homme qui, à vingt mètres sous elle, longeait la barre, dans les éboulis. Il marchait lentement, en regardant le sol, comme s'il cherchait un objet perdu. Il se baissa soudain, et ramassa un assez gros caillou. Il l'examina un instant puis le posa sur un rocher, tira de sa poche un petit marteau brillant, et d'un coup sec, brisa la pierre en plusieurs éclats.

Alors, il prit dans sa musette une grosse loupe, et examina les cassures l'une après l'autre.

Manon le regardait, très intéressée. Elle pensa : « C'est peut-être un chercheur d'or ! »

Il mit un éclat dans sa poche, après l'avoir marqué avec un gros crayon, puis il reprit sa marche dans l'éboulis.

Il atteignit bientôt le ravin qui coupait la barre : mais au lieu de descendre, il monta vers le sorbier...

Manon cacha son livre sous un cade, se leva sans bruit, et courut parler à son chien à voix basse, en lui montrant du doigt le sol. Bicou s'assit sur sa queue. Elle courut alors vers un pin amandier, dont les rameaux serrés étaient presque impénétrables, embrassa le tronc, et disparut dans la ramure, tandis qu'un gros écureuil fuyait jusqu'au sommet du dôme.

Souvent, elle avait escaladé cet arbre pour en cueillir les pignes, où se cachaient les douces amandes ; elle s'installa dans la fourche centrale, d'où partaient trois grosses branches, et attendit.

Le chercheur d'or montait vers elle ; à travers l'épaisseur des ramures, il aurait pu sans doute distinguer quelque chose, s'il avait su qu'elle était là ; mais il marchait toujours à pas lents, en regardant le sol à ses pieds.

En arrivant sous l'arbre, il s'arrêta, et tendit l'oreille : il venait d'entendre tinter une clochette. Il regarda autour de lui, et vit une grande biquette qui le regardait avec beaucoup de curiosité, un bouquet de fleurs blanches au bout du museau. Il s'avança vers elle : alors le vigilant Bicou s'élança, courut se placer devant la chèvre, et gronda en découvrant ses crocs.

Le chercheur d'or fit un pas vers lui ; mais le chien ne recula pas, et jappa furieusement.

« Hé hé ! Tu as peur que je te vole tes chèvres ? »

Le reste du troupeau était venu se ranger en demi-cercle derrière le gardien velu, et regardait l'intrus ; mais l'ânesse s'avança paisiblement vers lui, jusqu'à lui donner un petit coup de museau dans les côtes, puis elle retroussa sa longue babine sur ses dents jaunes, et lui fit, les yeux mi-clos, un très beau sourire d'ânesse.

« Ha ha ! dit-il, tu veux des caresses ! »

Il gratta doucement la rude soie grise entre les deux oreilles... Mais après quelques secondes, l'ânesse plongea ses naseaux sous son bras, et mordilla la belle musette de cuir.

Il la repoussa doucement.

« Alors, les caresses, ça ne te suffit pas ? Tu voudrais bien déjeuner avec moi ? Attends un peu, on va essayer... Mais où est ton berger ? »

Il regarda encore autour de lui. Le chien avait rassemblé les chèvres, et les éloignait de l'ennemi.

Le jeune homme siffla, puis appela sur deux notes :
« Ho... ho... »

L'écho d'une barre lointaine lui répondit.

Alors, il vint au pied du pin, posa sa musette sur le tapis de ramilles sèches, s'assit adossé au tronc de l'arbre, ôta son béret, et déboucla son déjeuner : il prit

d'abord la bouteille de vin, qu'il appuya, à demi couchée, sur une grosse pierre ; puis un gobelet argenté, puis un saucisson. L'ânesse le regardait faire, très intéressée. Ses yeux globuleux, aussi gros que des prunes, brillaient à travers des longs cils de crin roux. Lorsqu'elle vit le saucisson, elle allongea soudain le cou pour le flairer.

« Non, ce n'est pas pour toi, dit le jeune homme. Et puis je dois te dire que les charcutiers malhonnêtes mettent parfois de l'âne dans le saucisson. Donc, méfiance ! »

Il coupa une tranche de pain, l'offrit à l'ânesse, sur sa paume grande ouverte.

Manon observait ce manège. Elle pensa :

« C'est quelqu'un de la ville, et pourtant, il sait donner à manger aux ânes... »

Elle ne voyait du jeune homme que des cheveux très noirs, aux vagues brillantes, la nuque blanche et les avant-bras dorés par le soleil.

Il essayait maintenant de couper des rondelles de saucisson, tout en repoussant du coude les naseaux frémissants. Manon riait en silence ; le chercheur d'or ne pourrait certainement pas déjeuner si la bête restait près de lui.

Par bonheur, Bicou parut soudain : ayant mis les chèvres en sûreté, il revenait à grands bonds, la langue pendante, pour récupérer la traîtresse, qui reniait le troupeau pour un morceau de pain.

Il se mit à danser autour d'elle, en lui mordillant les pattes de devant, pour éviter les ruades. Elle se retourna brusquement, et lui tint tête : mais le tournoyant agresseur connaissait à fond son métier.

Après sept ou huit coups de sabots, dont le seul résultat fut un jet de sable sur le pain du chercheur d'or, l'ânesse dut se soumettre, et partit au galop vers les lointaines sonnailles du troupeau. Alors Bicou, regardant l'arbre, jappa, puis pleura pour appeler sa chère maîtresse : le jeune homme crut que ce discours s'adressait à lui, et commença à déjeuner de grand appétit.

Sans réponse, le chien, tourmenté par le souci de ses responsabilités, fit tout à coup volte-face, et repartit en grande hâte vers son devoir.

Manon entendait craquer le pain entre les mâchoires neuves du mystérieux chercheur d'or... Il allait peut-être rester là une demi-heure, mais cette perspective ne l'effrayait pas : de son observatoire, elle voyait au loin le troupeau, cerné de temps à autre par la course du chien : en bas, à travers les branches elle épiait la solitude d'un inconnu, qui était propre, jeune, qui parlait aux bêtes d'une voix mâle et douce, et qui avait ri avec tant d'amitié quand l'ânesse poussait son museau sous son bras...

Elle pensait :

« Papa était chercheur d'eau, celui-là est chercheur d'or... Il n'aura peut-être pas plus de chance, mais en tout cas, il cherche quelque chose... »

Au bout d'un quart d'heure le déjeuneur but un grand verre de vin, ramassa ses ustensiles, se leva, et s'étira avec un gémissement de plaisir.

Puis, la musette en bandoulière, il s'éloigna, en regardant de tous côtés, vers le troupeau. Bicou vint de nouveau le repousser. Le jeune homme siffla, puis appela comme s'il avait envie de parler au berger. En vain... Il revint alors sur ses pas, prit le sentier de la Garette, et disparut au loin sous la pinède.

Manon descendit de son arbre ; mais en sautant sur le sol, elle vit luire un éclair dans l'herbe. C'était le couteau de l'aventurier. Un beau couteau à quatre lames, complétées par un poinçon, un tire-bouchon, une lime à ongles, et une minuscule paire de ciseaux. Elle le regarda longuement et pensa que le jeune homme reviendrait le chercher... Comme à regret, elle le posa bien en vue sur une pierre ; mais en s'éloignant, elle vit que le nickel brillait d'un très vif éclat.

Elle se dit :

« Le premier qui passera va sûrement le mettre dans sa poche. »

Elle revint sur ses pas, hésita un instant, puis elle reprit sa trouvaille.

« S'il revient, je le verrai et je le lui rendrai. S'il ne revient pas, tant pis pour lui ! »

Comme l'instituteur continuait sa prospection sous la pinède, il vit un vieux paysan, vêtu de loques, qui ramassait des asperges sauvages. Ses cheveux et sa barbe hirsute étaient blancs mais ses rides étaient noires.

« Salut mestre ! » dit l'instituteur.

L'autre leva deux grands yeux bleus, et fit une espèce de sourire timide.

« Salut !

— Ça commence bien, les asperges ?

— Pas mal. Elles sont un peu en retard, mais elles sont belles.

— Et ce troupeau là-bas, c'est à vous ?

— Oh non ! dit le vieillard. Moi des chèvres j'en ai que deux et c'est ma femme qui s'en occupe... Je suis pas d'ici : je suis des Ombrées... Le troupeau, c'est celui de la fille des sources.

— Quelles sources ?

— Les petites sources de la colline, dit le vieux. Elle les arrange, elle les nettoie... Avec de l'argile, elle pastisse de petites cuvettes bien propres... Comme je ne connais pas son nom, alors je dis la fille des sources, autrement je ne saurais pas quoi dire... Elle est brave. L'autre jour, elle m'a donné un fromage. Sans lui demander, parce que moi je ne demande jamais.

— C'est une fille des Ombrées ?

— Non. Sûrement pas.

— Alors, elle est des Bastides ?

— Je ne sais pas. A mon idée non. Elle n'est pas des Bastides. Je ne lui ai pas demandé, moi je ne demande jamais ! »

Puis, en regardant le goulot qui sortait de la musette, il répéta :

« Moi, je ne demande jamais ! »

L'instituteur comprit aussitôt que sans demander jamais, le fier vieillard acceptait toujours et il lui fit présent du vin qui lui restait. L'autre ne prit même

pas le temps de le remercier, car il emboucha la bouteille comme une trompette, tandis que le généreux donateur reprenait en riant le sentier plongeant du vallon.

Ce soir-là, vers les six heures, les mécréants étaient en place à la terrasse du café, autour d'une partie de manille magistralement conduite par l'équipe Philoxène-Belloiseau, qui malmenait cruellement Casimir et Claudius le boucher. Chevauchant des chaises, le Papet, Ugolin, Pamphile, Ange et le boulanger appréciaient en silence les malices et les tricheries, mais poussaient de petits cris de douleur à la chute d'un manillon sec.

M. l'instituteur arriva sur la fin de la partie, mais il se garda bien d'ouvrir la bouche avant la dernière levée, que M. Belloiseau annonça d'un cri sauvage en abattant la manille d'atout.

« On les a tellement écrasés, dit Philoxène en se levant, que j'aurais vergogne de leur faire payer la tournée... Ils ont trop souffert. C'est moi qui l'offre ! »

L'instituteur prit place à côté de M. Belloiseau.

« Eh bien, mon cher Bernard, dit le notaire, qu'avez-vous fait aujourd'hui ?

— Cet après-midi, j'ai corrigé les cahiers de mes élèves, et j'ai préparé ma classe de demain. Mais ce matin j'ai fait un grand tour dans la colline, et j'en ai rapporté quelques cristallisations calcaires d'un genre très particulier. A propos, messieurs, qu'est-ce que c'est que la fille des sources ?

— La fille des sources ? dit Philoxène en versant le Pernod. Vous avez vu ça dans un livre ?

— Pas du tout ! J'ai rencontré un pauvre vieux des

Ombrées, et il m'a dit qu'il y avait là-haut une fille qui aménage les petites sources des collines.

— J'ai remarqué, dit le boulanger, qu'on a arrangé la Font du Rigaou, et elle coule le double qu'avant.

— Le Laurier aussi, on l'a nettoyé, dit le boucher. Mais j'ai pensé que c'étaient les bûcherons.

— Ou un berger, dit le Papet. Ils en ont besoin pour leurs bêtes...

— Eh bien, d'après ce bon vieux, c'est une bergère.

— Et comment est-elle, cette bergère ? demanda Pamphile.

— Je ne l'ai pas vue, dit l'instituteur. Je n'ai vu que son troupeau.

— Des moutons, ou des chèvres ?

— Des chèvres, un âne et un chien noir.

— Alors, je sais qui c'est, dit Pamphile. C'est le troupeau de la petite Manon. Quand elle vous a vu, elle s'est cachée !

— Pourquoi ?

— Parce que c'est son caractère. Des fois, on la voit de loin, et quand on s'approche, elle n'y est plus ! Elle est plus sauvage qu'une gerboise !

— Les filles, c'est souvent comme ça, dit le boulanger. Mais en grandissant, ça leur passe !

— Quel âge a-t-elle ? demanda M. Belloiseau.

— Elle doit avoir dans les douze ou treize ans, dit Ugolin.

— Quoi ? cria Pamphile... Moi je dis qu'elle en a au moins quinze ! »

M. Belloiseau mit sa main en cornet sur sa bonne oreille.

« Quinze ans ! » répéta Philoxène.

Il emprunta une main du menuisier, pour ouvrir quinze doigts côte à côte.

« Peste ! s'écria M. Belloiseau. Et d'où sort-elle ?

— C'est la fille du pauvre Bossu ! » dit Pamphile.

En Provence, « pauvre » veut dire que la personne dont on parle est morte. Parole de païens, qui considèrent qu'un mort ne possède plus rien.

« La fille de qui ? » murmura M. Belloiseau.

Philoxène, renonçant à l'expression sonore, rentra son

cou dans ses épaules, qu'il fit remonter jusqu'à ses oreilles.

« Le Bossu ! répéta-t-il.

— Quel Bossu ? demanda l'instituteur.

— Un fada, dit le Papet.

— Pas si fada que ça, répliqua le menuisier.

— Quand je dis fada, reprit le vieillard, je ne veux pas dire imbécile. Je veux dire pas raisonnable. Il a cru qu'il allait élever des milliers de lapins, en faisant des multiplications sur du papier.

— Et alors, dit Pamphile, parce qu'il n'avait pas d'eau, il a essayé de creuser un puits...

— Et il a voulu faire des mines ! dit Ugolin. Pourtant, je l'avais averti ! Je lui disais : " Ne vous amusez pas avec la poudre ! " Mais qu'est-ce que vous voulez, il avait des livres, et il se croyait qu'avec des livres, on peut tout faire. Il n'a pas voulu m'écouter et sa première mine l'a tué.

— Et depuis, dit Pamphile, la petite habite dans la colline avec sa mère, qui est un peu fadade, et Baptistine, la veuve de Giuseppe, cette vieille qui semble une statue en bois... »

Ugolin réfléchissait :

« Tu crois qu'elle a quinze ans ?

— Sûrement, dit le Papet... C'est la troisième année des œillets et le Bossu est resté trois ans... Elle a au moins quinze ans, et peut-être seize ! Tu perds la mémoire ?

— C'est la faute des œillets ! dit Ugolin. Ça occupe tellement que les années passent comme des oiseaux... Et comme j'ai plus le temps d'aller à la colline, je ne l'ai jamais revue !

— Et comme elle ne vient pas au village, dit Philoxène, personne ne sait ce qu'elles font là-haut.

— Elle ne vient jamais au village, dit Casimir, mais elle va quelquefois au cimetière...

— Faites-nous donc, dit M. Belloiseau d'un air gourmand, une description de cette jeune personne.

— Sa figure, dit Casimir, je ne l'ai pas vue. »

M. Belloiseau, égrillard, demanda :

« Qu'avez-vous donc vu ?

— C'était l'été dernier, au cimetière. Il fallait creuser

la fosse du pauvre Elzéar, celui des Rastoubles — et il fallait faire vite, parce qu'avec la chaleur qu'il faisait, le pauvre Elzéar, il ne tenait pas le coup... On m'avait prévenu à quatre heures, et le soir j'en avais pas fait la moitié. Le lendemain, je viens juste avant la pointe du jour... Et comme j'allais mettre la clef au portail, j'entends une petite musique, un peu triste, mais très jolie. Il faisait pas encore bien clair, mais quand même je vois que c'était une fille, à genoux devant une tombe. J'écoute un peu, et puis, tout d'un coup, je tourne la clef. Ah! mes amis! D'un bond, elle saute sur la croix des Pelissier et hop! elle s'envole par-dessus le mur! Je vais voir la tombe : c'était celle du pauvre Bossu, et elle avait apporté une grande brassée de la garrigue : des iris sauvages, des immortelles, des fleurs de fenouil. Et des fleurs comme ça, j'en vois presque tous les mois — mais elle, depuis l'enterrement de son père, je ne l'ai jamais revue de près.

— Eh bien moi, dit Pamphile, moi je peux vous dire qu'elle a au moins seize ans parce que moi, je l'ai vue de près!

— Où? demanda Ugolin.

— A Baume Sourne, là-haut. Je cherchais des morilles. »

Philoxène, tout en dosant son propre Pernod, s'exclama :

« Coquin de sort, tu vas les chercher loin. »

Pamphile répondit mystérieusement :

« C'est que là-haut, je sais un endroit que mon père m'avait fait voir... Et puis, qu'est-ce que tu veux! C'est mon vice, j'aime la colline. Quoique des arbres, j'en ai tellement scié, que quand j'en vois des vivants, j'ose pas trop les regarder! Alors, j'étais là-haut tout seul, et tout d'un coup je sens venir l'orage : les pins du vallon commencent à chanter. »

Il se tourna vers l'instituteur.

« Vous savez, il n'y a absolument pas de vent, et pourtant les arbres font le bruit du vent... Et du haut de la Tête Rouge je vois descendre un nuage terrible : ça semblait une fumée d'encre violette. Et son devant se recourbait par-dessous, et il roulait sur la garrigue de la Garette, et il arrivait tout droit sur moi! »

Le boulanger frémit à haute voix.

« Ça m'est arrivé au Plan de Précatory, sous Garlaban. Ça m'a fait dresser les poils sur les bras !

« Et tout d'un coup, reprit Pamphile, bang badabang bing : le premier tonnerre ! »

Claudius le boucher frissonna, et murmura :

« Ayayaïe !

— Je pars en courant, et je vais me mettre à l'abri dans cette mauvaise cabane de charbonnier, juste au bord de la barre de Font-Bréguette.

— Je la connais, dit le Papet. J'en ai tué des grives là-haut quand j'avais mes bonnes jambes...

— Oh ! maintenant elle est en ruine... J'arrange un peu le toit, j'allume ma pipe et j'attends. Ça sentait la poudre brûlée, et le jour était violet. Par le trou pour tirer les grives, je voyais les buissons tous pareils et qui bougeaient pas plus que moi. Et tout d'un coup, à ras de la gineste, je vois passer comme un oiseau doré... Il file, il file, et il arrive au découvert : et je vois que c'était cette fille qui courait devant l'orage, et le doré, c'était ses cheveux. Elle s'arrête, elle se retourne, elle regarde les nuages. Le tonnerre pète, elle éclate de rire, elle lui envoie un baiser !

— Celle-là, dit Ange, elle a peur de rien !

— Elle a pris la pente, mes amis, en sautant les buissons comme une gerboise, et que je meure à l'instant si ce n'est pas vrai, l'orage ne l'a pas rattrapée ! »

M. Belloiseau regarda l'instituteur, et dit :

« Voilà une jeune personne bien intéressante ! Ma foi, comme je n'ai pas d'enfant, je me sens tout disposé à faire quelque chose pour elle ! Est-ce qu'elle est jolie ?

— Monsieur Belloiseau, dit Pamphile, ses cheveux, ça ressemble à de l'or. Ses yeux, ça ressemble à la mer ; ses dents, ça ressemble à des perles ; et ce qu'elle a dans son mauvais corsage, je suis sûr que ça doit ressembler à quelque chose de bien joli ! »

C'est alors qu'une voix irritée, aux sonorités éclatantes, descendit de la fenêtre au-dessus de la menuiserie. C'était la grosse Amélie, elle criait :

« Et toi, à quoi tu ressembles, espèce de satyre ! C'est ça le genre de champignons que tu vas chercher ? »

Tous les compères de la terrasse éclatèrent de rire, et le Papet cria : « Ayayaïe ! »

Elle continuait :

« Tu m'en as pas parlé à moi, qué, de l'oiseau doré ! »

Pamphile, en trois pas, fut sous la fenêtre : les bras écartés, le menton levé vers sa femme, il disait sur le ton d'un homme raisonnable :

« Amélie, ne le prends pas comme ça ! Moi j'ai parlé sans malice. C'était l'impression que ça m'avait fait !

— Oh ! je la connais, l'impression que ça t'avait fait ! C'est bien dommage qu'elle coure aussi vite, qué ?

— Tu n'y es pas du tout, Amélie ! Moi, j'ai parlé comme d'une chose artistique ! »

Après un éclat de rire strident, Amélie hurla :

« L'artiste ! Venez voir l'artiste ! Qui croirait que c'est un père de quatre enfants ! »

Les mécréants ricanaient, des commères et des enfants accouraient. Derrière Amélie, on entendit les cris d'un bébé.

Alors elle proclama :

« Écoutez sa fille qui pleure de honte ! Pauvre petite ! Quand elle aura l'âge de comprendre que son père est un satyre, comment il faudra que je lui explique ça ? Pauvre petite ! »

Mais comme la « pauvre petite » s'était mise à hurler, Amélie se retourna brusquement, et hurla elle-même : « Tais-toi fille de satyre ! »

Puis s'adressant au public :

« Monsieur a espinché une petite bergère, et ça lui a frappé sur la coucourde ! A ce qu'il paraît que ça ressemble à de l'or, et ça ressemble à la mer, et que sa poitrine, c'est tout ce qu'on peut voir de plus beau ! Dis, marrias, et moi, ce qu'il y a dans mon corsage, ça ressemble à rien ? »

Il y eut de grands éclats de rire. Alors, le menuisier, excédé, répliqua avec enthousiasme :

« Oh ! que si ! Ça ressemble à deux coucourdes ! »

Amélie poussa un long cri de rage.

« Oh ! Tu insultes la mère de tes enfants ? Cette fois, tu as dit un mot de trop, et ça va te coûter cher ! »

Elle quitta la fenêtre. Pamphile, déjà effrayé de sa propre audace, cria :
« Amélie ! J'ai voulu dire deux belles coucourdes ! BELLES, Amélie !
— O malheureux, dit Philoxène, j'ai idée que ça va mal finir ! »
On s'attendait à la voir sortir, son balai à la main, par la porte, mais ce fut à la fenêtre que parut une marmite qu'elle tenait par les oreilles, et qui s'avança dans le vide. En même temps, la voix caressante d'Amélie disait :
« Qui est-ce qui aime le ragoût de mouton avec les haricots du jardin ? Et celui-là, il est fameux, avec des olives noires, et du petit salé, et un peu de farigoule... Il a mijoté toute la nuit ! »
Les spectateurs faisaient silence, ceux de la terrasse s'étaient levés : Pamphile, pathétique, leva les bras vers la marmite, et cria :
« Amélie, ne fais pas ça ! Non, Amélie, non ! Si jamais tu fais ça... »
Implacable, elle continua :
« Mais les amoureux d'oiseaux dorés, les satyres artistiques, les mépriseurs de coucourdes, ils n'en mangeront pas, du ragoût de mouton... Et moi, voilà ce que j'en fais ! »
Pamphile eut à peine le temps de bondir en arrière pour éviter la fumante marmite qui explosa entre ses souliers, tandis que les assistants applaudissaient à grand bruit.
Il se précipita pour sauver quelques morceaux de viande fumante : mais deux chiens, puis trois, puis quatre, sortis on ne sait d'où, commencèrent entre ses jambes une féroce bataille, d'où il ne se tira qu'en battant des entrechats si ridicules que l'instituteur en pleura de grosses larmes, et que les mécréants hurlaient de rire, tandis que Philoxène, adossé au mur, et tenant à deux mains sa panse tressautante, poussait des gémissements enfantins.

Le Papet et Ugolin rentrèrent de bonne heure à la maison Soubeyran. Ils attendaient M. Trémelat qui venait régler les comptes des quatre premiers mois de l'année. Il arriva dans une voiture automobile, assez petite, mais toute neuve, et munie d'un moteur si puissant que lorsqu'il tournait à l'arrêt, la voiture sautillait sur place. Ils s'installèrent dans la salle à manger — volets fermés et porte close — et le Papet contrôla longuement les bordereaux du courrier, en les comparant à ceux du messager. Après une assez longue discussion, ils tombèrent d'accord, et M. Trémelat aligna sur la table quatre-vingt-quatre louis d'or : Ugolin les fit tinter l'un après l'autre sur le marbre de la cheminée, pour s'assurer qu'ils étaient bons.

« Ce n'est pas que je me méfie, mais on ne sait jamais, on vous a peut-être trompé vous-même. »

Ils dînèrent ensuite tous les trois, avec une douzaine de grives, de la polenta, une grande omelette aux pointes d'asperges sauvages, et une tarte d'un kilo que M. Trémelat avait apportée de la ville, en même temps qu'une bouteille habillée de paille qui prétendait contenir du champagne.

La conversation fut très instructive ; M. Trémelat avoua qu'il se ruinait à faire ce métier d'expéditeur d'œillets, et qu'à cause de la concurrence des Italiens qui venaient de rafler les marchés étrangers, il était sur le point de vendre sa voiture automobile et sa maison de campagne.

Ugolin et le Papet lui répondirent tristement qu'étant donné la faiblesse du prix qu'il leur consentait, ils arrivaient à peine à payer les engrais et les insecticides, et qu'ils méditaient en ce moment même un retour définitif à la culture intensive du pois chiche. M. Trémelat loua la sagesse de cette décision, et déclara que son seul regret serait de ne plus rencontrer chaque trimestre des amis aussi charmants...

Après la tarte, l'expéditeur fit sauter le bouchon du champagne, avec une détonation si puissante qu'Ugolin se demanda comment cette bouteille avait pu la contenir si longtemps. Ils trinquèrent avec des verres où foisonnait une mousse de bulles qui n'entrait dans la bouche que pour ressortir par le nez, et se souhaitèrent mutuellement longue vie et prospérité ; puis le Papet, feignant l'indécision, déclara :

« Je me demande ce que nous allons faire des engrais et des insecticides qui nous restent. Pour les pois chiches, ça ne peut nous servir à rien... »

A quoi M. Trémelat, après réflexion, répondit :

« Si vous voulez essayer encore une campagne cette année, moi je veux bien — pour vous rendre service — continuer à travailler pour vous : on n'abandonne pas ses amis comme ça. Mais alors, je vous conseille d'arracher tout de suite les plantes, pour mettre en place les nouvelles boutures. »

Ugolin poussa les hauts cris, car ses œillets étaient encore en pleine floraison : à quoi le courtier répondit qu'il ne s'agissait pas de faire de belles fleurs, mais d'en tirer de beaux prix ; pour sa part, il considérait que la campagne était terminée, et qu'il ne voulait plus d'œillets jusqu'en octobre, parce que le mois de mai, qui allait commencer, était un mois détestable entre tous : cinq jours sont annulés par des fêtes de l'Église, ce qui fait qu'ils n'ont pas de saint, donc pas de fête à souhaiter ; cinq autres sont consacrés à des saints qui ont des noms extravagants, comme Athanase, Pie, Servais, Urbain, Pétronille, si bien que fort peu de gens les portent ; d'autre part, au mois de mai, on ne se marie guère, et enfin, au grand préjudice des fleuristes, les gens meurent bien moins volontiers qu'en décembre !

Il était donc raisonnable de sacrifier le faible rapport de ce mois pour que la prochaine récolte pût commencer au début d'octobre, qui met à l'honneur Saint Rémy, Saint François, Saint Constant, Sainte Brigitte, Saint Denis, Saint Édouard, Sainte Thérèse, Saint Léopold, Saint Raphaël, Sainte Antoinette, Saint Simon et Saint Arsène : glorieuse et commerciale litanie, complétée, du côté funèbre, par la virulence des premières grippes, et triomphalement couronnée par la Toussaint et les Trépassés.

Ils se séparèrent vers onze heures, assez contents les uns des autres, et Ugolin prit le chemin des Romarins, serrant sur sa poitrine le sachet de pièces d'or qu'il avait suspendu à son cou.

A cause du champagne, il s'arrêtait tous les dix mètres, secoué par des éructations qui ressemblaient à des aboiements ; comme il passait sur la planette, devant Massacan, un nuage creva, et la pluie oblique et drue accompagna sa course jusqu'aux Romarins.

Il mit la barre à la porte, recompta ses louis et plaça le sac sous son oreiller.

Il se coucha au son des gouttes crépitantes sur les tuiles, tandis que les échos tendus tressaillant aux coups de tonnerre les renvoyaient contre les volets dont le frémissement faisait vibrer les vitres.

C'est sans doute cette longue pluie bienfaisante qui le fit penser au pauvre M. Jean, puis à sa fille qui se cachait comme un renard, et qui courait plus vite que la grêle... Puis, il revit Pamphile bondissant au milieu des chiens, et s'endormit en souriant.

Lorsqu'il s'éveilla, l'orage était bien loin, et le jour blanchissait les fentes des volets. Il glissa aussitôt sa main sous l'oreiller, pour s'assurer que le petit sac était toujours là. Il le leva, le plus haut qu'il put, et le laissa retomber sur son estomac, pour en sentir le poids magnifique : il y en avait un demi-kilo, et quelle jolie musique ! Il possédait déjà quatre cent dix louis. Il calcula qu'avec ces quatre-vingt-quatre, ça lui faisait quatre cent quatre-

vingt-quatorze, et tous les frais de la campagne étaient payés. Il en manquait six pour faire cinq cents ; il décida de les demander au Papet, qui ne les refuserait certainement pas. Alors, paressant dans son lit, il répétait à voix basse, sur un ton de ravissement : « Cinq cents louis !... O Ugolin, tu as cinq cents louis. »

Il enfila sa culotte, mais il n'ouvrit ni la porte, ni les volets, car il fallait mettre en sûreté les quatre-vingt-quatre nouveaux arrivants, et les joindre à son trésor.

Avec mille précautions, il descella la pierre de l'âtre, souleva le couvercle de la marmite, y versa les quatre-vingt-quatre pièces sur les autres, remit tout en ordre, aussi pressé qu'un voleur. Quand il eut replacé la large pierre plate, il gâcha, à la main dans une assiette, une poignée de plâtre, et luta soigneusement la rainure.

Puis, pendant que le plâtre était encore frais, il prit un petit balai de genêts, et il fit passer cinq ou six fois sur la pierre une vague de cendres mêlées de suie.

« Et voilà ! dit-il. Même Délie, en faisant le ménage, elle n'y verra rien du tout... Et les voleurs, je ne les crains pas... »

Toutefois, pour se rassurer, il joua sa scène favorite, celle du cambrioleur déçu.

Il sortit, referma la porte, puis la rouvrit sans bruit, avec une prudente lenteur et il entra dans la vaste cuisine sur la pointe des pieds, en prêtant l'oreille, comme pour s'assurer que la maison était vide.

Il murmura :

« Personne. Tout va bien ! »

Il s'approcha du lit, souleva l'oreiller, puis tâta longuement la paillasse.

« Bon, dit-il. Il n'y a rien. »

Il ouvrit la grande armoire, souleva les draps, les torchons, les chaussettes, en exprimant par quelques grimaces la déception du voleur. Puis, il se dirigea vers le buffet, ouvrit les deux portes, inspecta les deux étagères, ôta le couvercle de la soupière, secoua une vieille cafetière, et murmura, sur un ton irrité : « Mais où est-il, le magot ? Où c'est qu'il l'a caché, son argent ? » Il ouvrit brutalement les deux tiroirs du buffet, en grommelant des injures : et tout à coup en levant la tête, il découvrit

avec surprise l'écriteau. Il le lut à haute voix, lentement, comme s'il le déchiffrait avec peine.

« Cabrioleur, Antention ! » parut exciter sa curiosité, et il fronça le sourcil. « Vous fatigez pas à sercher l'arjent. Elle est pas ici. »

Il fit un sourire ironique, et dit :

« Menteur ! »

Il continua :

« Elle est à la banque... »

Alors, il joua d'abord l'inquiétude, et s'écria :

« Mais c'est vrai qu'il va trois fois par semaine à Aubagne ! Il est bien capable d'avoir fait ça, ce cochon-là ! Et puis, c'est un paysan moderne puisqu'il a eu l'idée de faire des œillets ! Il n'est pas bête, celui-là ! Et à laquelle, de banque ? »

Il lut :

« Au milieu d'Aubagne, à côté de la jeandarmerie. »

Alors, terrorisé par cette évocation des gendarmes, le « cabrioleur » fit un pas en arrière, la bouche ouverte, et bondit vers la porte, pour une fuite éperdue. Mais il s'arrêta sur le seuil, éclata de rire, se frotta les mains joyeusement, et s'écria :

« C'est pas tout d'être voleur ; il faut aussi être malin ! Et malin, ça veut dire Ugolin ! »

Il sortit pour voir ses chers œillets, qu'il fallait arracher de toute urgence... Grâce à la longue pluie nocturne, un grand nombre de boutons s'ouvraient.

« Si c'est pas malheureux ! dit-il tout haut. Eh bien, non ; je vais attendre pour les arracher et si ce Trémelat n'en veut plus pour cette année, je les porterai au fleuriste d'Aubagne... Même au mois de mai, j'en vendrai quand même un peu... »

Il se promena un moment, les mains dans les poches, regardant le bout de ses gros souliers.

« Franchement, je suis pas à plaindre. Cinq cents louis bientôt ! Qui aurait dit ça ? Il ne faut pas toujours voir ce qui manque. Si le pauvre bossu avait gagné cinq cents louis, sa fille ne serait pas à courir les collines comme

une sauterelle. Enfin, chacun sa chance, chacun son étoile. Les affaires des autres, ça ne me regarde pas. »

Le grand soleil dispersait de légères brumes, et les hirondelles entrecroisées semblaient voler pour le plaisir. Une petite chouette attardée, la machote, miaula une fois, avant de rentrer chez elle pour dormir, et le coucou se mit à chanter régulièrement.

Ugolin leva la tête, regarda le ciel, puis respira profondément. Enfin, il sortit ses mains de ses poches, et dit tout à coup :

« Et si j'allais faire un petit tour dans la colline ? Les premières morilles sont peut-être sorties... Et puis, c'est la repasse des bécasses... Et puis, ça me changerait un peu les idées... Quand on est riche, on a le droit de se distraire. Allez, zou ! Aujourd'hui, ce sera dimanche ! »

Il revint à la ferme, prit une serviette, le gros pain de savon, et il alla se laver au bord du petit bassin.

Puis devant un morceau de miroir triangulaire, que trois clous rabattus appliquaient au mur près de la fenêtre, il se rasa. Sa barbe rousse était très dure, et la lame du rasoir étrangement étroite, car la pierre à aiguiser en avait mangé la meilleure part. Mais il en avait l'habitude, et malgré la finesse surprenante de sa peau de « rouquin » son adresse et sa patience en vinrent à bout.

Il choisit une chemise propre, un pantalon de velours à côtes, et des espadrilles de chasse à semelle débordante. Puis il mit dans son carnier deux épaisses tranches de pain, une poignée d'olives cassées dans une boîte en fer-blanc, un petit fromage de chèvre, un gros oignon blanc, et une bouteille de vin. Enfin, il serra sa ceinture, prit son fusil, son carnier, et sortit. Il poussa les volets, ferma la porte, cacha la clef dans un trou du mur de l'écurie, pour Délie qui allait venir faire le ménage, et partit vers les hauts plateaux.

Il suivit les crêtes, ou le bord des barres : la chasse n'était pas ouverte ; et il fallait, dans une certaine mesure, craindre les gendarmes.

C'était une très belle matinée, immobile et chaude comme un jour d'été. Les buissons portaient mille petits oiseaux qui ne valaient pas une cartouche, et qui devaient le savoir, car ils chantaient à bec ouvert sur les plus hautes brindilles, et ne daignaient pas remarquer le passage du chasseur.

Dans l'air transparent la chaîne lointaine de Sainte-Victoire semblait s'être rapprochée pendant la nuit, et l'odeur du thym, un peu adoucie par la pluie, flottait sur la garrigue du Plan de l'Aigle.

Il suivit lentement le bord du plateau, au-dessus du vallon du Plantier. Au bout du creux, des merles invisibles ramageaient, et tout à coup éclataient de rire.

« Ceux-là, au moins, ils ne se font pas de mauvais sang... Leur plus gros travail, c'est de préparer le nid... Pas de costume, pas de souliers à payer... Ils mangent pour rien, ils dorment tant qu'ils veulent, il n'y a pas à dire, c'est la belle vie ! »

Il était bien rare que sa pensée s'élevât à de telles hauteurs philosophiques ; il en fut lui-même émerveillé, et poussa plus loin sa méditation.

« Oui, la belle vie, mais ça dure pas bien longtemps, et encore à condition de ne pas recevoir un coup de fusil dans le râble... Et puis, ils se laissent souvent couillonner par un piège... Chacun a ses plaisirs et ses peines... Moi,

je me demande pourquoi je travaille... Avec cinq cents louis, je pourrais vivre comme un merle jusqu'à l'héritage du Papet... et plus jamais rien faire de ma vie... La vérité, c'est que plus on en a, plus on en veut, et finalement, au cimetière. Alors, à quoi ça sert ? »

Il s'aperçut qu'il était arrivé au-dessus de la Baume du Plantier. Alors il s'arrêta un moment, et regarda le paysage, comme un excursionniste du dimanche.

Devant le mur de la grotte, sur une cordelette, du linge séchait. Il n'y avait personne dans le petit jardin potager, qui paraissait tout propre et bien tenu. Il vit des tuteurs pour les haricots, cinq ou six rangs de choux, des oignons, des poireaux, et quelques belles plantes d'artichauts, un joli carré de pommes de terre déjà verdoyantes, des fraisiers, deux beaux groseilliers. Au-dessus de ces cultures, un épouvantail ouvrait ses bras raides, au bout desquels pendaient des gants noirs : mais il portait une robe bleue en loques, et un chapeau de femme surmonté d'une longue plume, ce qui lui sembla extravagant.

« Un épouvantail femelle, dit-il, j'avais encore jamais vu ça... Elles ont peut-être pas osé lui mettre un costume du pauvre bossu... Ça doit être la petite qui n'a pas voulu... »

Il remarqua que les chèvres n'étaient pas là. Il reprit sa marche, fit le grand détour sous Garlaban, puis descendit vers Baume Sourne... Ni lièvre, ni lapin, ni perdrix.

« Je me demande où ils se cachent, aujourd'hui... Ou alors, c'est moi qui deviens sourd et aveugle. Il faudra que je me fasse prêter le basset du boulanger... »

Il fouilla tout le vallon du Jardinier, où des cultures de sumac abandonnées avaient formé au-dessus des messugues une petite forêt à peine pénétrable. Un très beau lièvre jaillit soudain d'un fourré de ronces. Gêné par les branches des arbustes, il le manqua deux fois.

« Je suis plus bon à rien ! dit-il. A rien ! Une lièvre de trois kilos, deux cartouches à vingt sous pièce, et je perds tout ça à la fois ! Cette lièvre, je l'aurai... D'abord, je vais monter déjeuner sur le bout du Taoumé ! De là-haut, je verrai tout le pays. Avec de la patience, c'est bien rare si je ne la vois pas ! »

Il escalada la pente abrupte, coupée plusieurs fois par de petites barres qu'il fallut contourner.

Il arriva sur le plateau terminal : une brise légère rafraîchit son front trempé de sueur.

A sept cents mètres d'altitude, il dominait la contrée et il fut surpris par l'étendue du paysage.

Comme la plupart des Bastidiens, il n'était jamais monté sur les sommets : on n'y trouve ni gibier, ni champignons, ni bois mort, ni asperges sauvages, et ces escalades inutiles ne sont qu'un exercice sportif à l'usage des gens de la ville. Son regard fit lentement le tour de l'horizon, et il dit :

« C'est grand. Il n'y a pas à dire, c'est grand ! »

Il alla s'asseoir au bord de l'à-pic, et déjeuna de bon appétit, tout en scrutant les vallons et les ravins qui plongeaient autour de lui.

A première vue, il ne les reconnut pas, quoiqu'il sût leurs noms depuis son enfance, mais il ne voyait pas les Bastides, cachées derrière la Tête Ronde, et il n'avait sous les yeux que l'envers de son paysage habituel. Sur sa gauche, il distingua, minuscule, la Baume du Plantier qu'il avait cherchée sur sa droite : il put ainsi ordonner le paysage, et nommer tous les vallons.

« Bon ! dit-il. Celui-là, là-bas, c'est le Plantier. Celui-là, c'est le Rascla, celui-là c'est le Bec-Fin. Ceux-là, la lièvre ne peut pas y être, à cause de la barre... Alors, ou bien elle est restée sur le plateau, ou bien elle est descendue aux Refresquières par le Pas de la Ser... C'est un trop beau civet. J'y passerai peut-être la journée, mais je la trouverai ! »

Il descendit vers le plateau qui dominait les Refresquières.

C'était une profonde vallée, largement creusée dans le calcaire bleu de Provence, par quelque glacier raboteux qui s'était fondu dans la nuit des millénaires.

De chaque côté, un coteau abrupt, mais vêtu d'une épaisse pinède, montait jusqu'au pied des barres verticales qui soutenaient les deux plateaux, et descendait jusqu'au fond de la vallée : c'était une large table de roche sillonnée çà et là de fentes que le vent et la pluie avaient comblées de poussière, de sable, de gravier : les

plantes vivaces des collines étaient venues s'aligner dans ces sillons.

Le thym, la rue, l'aspic et le ciste formaient ainsi des haies en miniature, et dans les crevasses plus larges, les cades et les genièvres, mêlés de quelques pins tordus, faisaient de petits bosquets d'un vert sombre, parfois chargés d'un vol de pinsons.

Au milieu même du vallon, un torrent des orages avait creusé son lit dans le calcaire, parfaitement nu et poli comme du marbre, mais troué çà et là d'ouvertures circulaires dont la cavité s'élargissait en descendant selon la forme d'une sphère aplatie. Il y en avait de toutes les dimensions. Beaucoup n'étaient pas plus grandes qu'une marmite, mais d'autres avaient jusqu'à deux mètres de diamètre.

A chaque pluie, le vallon recevait le ruissellement des plateaux voisins, qui avait creusé les coteaux de ravines profondes, et se précipitait au fond du lit de rocher où roulait en grondant le torrent d'un jour.

Après sa fuite bondissante, les trous restaient pleins d'une eau ronde et brillante que les oiseaux, les chèvres, les chasseurs et le soleil buvaient à sec en quelques jours.

A cause de l'orage de la nuit, sous les clairs rayons du matin, tous les creux du vallon miroitaient, et les plus grands frissonnaient sous la brise qui faisait à peine flotter le silence.

Ugolin regardait le calme paysage, lorsqu'il entendit le son grêle d'une clochette.

Il s'arrêta net, et tendit l'oreille.

« Tiens, dit-il, c'est sûrement le berger des Ombrées. »

Il avança prudemment, comme pour surprendre un gibier, et découvrit, dans le lit du torrent, près d'un bouquet de pins rachitiques, une dizaine de chèvres et deux chevreaux qui broutaient l'herbe maigre des fentes : un chien noir était couché à plat ventre, la gueule appuyée sur ses pattes allongées.

« Vé ! dit-il, comme surpris, ça doit être les chèvres de Manon ! »

Il regarda un long moment, mais il ne vit pas la bergère.

« Ho ho ! dit-il encore, cette coquine doit tendre ses

pièges et elle a sûrement effrayé ma lièvre, qui doit être loin maintenant ! »

L'air soucieux, et hochant la tête, il fit deux pas en arrière, chercha dans la barre une cheminée commode et profonde. Il en trouva une encombrée de broussailles, qui lui permit de descendre sans être vu, jusqu'à la pente du coteau. Dissimulé par les sous-bois de la pinède, il reprit sa marche silencieuse, son fusil sous le bras, le doigt sur la gâchette et l'oreille aux aguets.

Cependant, il ne regardait guère devant lui, mais plus souvent vers le vallon. Dans un bruit de rafale, à moins de vingt mètres, les perdreaux se levèrent, et leur gerbe s'épanouit soudain à travers la futaie. Il épaula, mais ne tira pas.

Alors, à voix basse, il dit :

« Ugolin, tu es un couillon. Un pauvre couillon. »

Il reprit sa marche, courbé derrière les genêts, et peu à peu, il descendait vers le lit du torrent.

De temps à autre, il s'arrêtait, il écoutait. Les sonnailles étaient maintenant toutes proches... Mais il s'aperçut que le sentier ne descendait plus, et qu'il suivait, à flanc de coteau, une petite barre, au bord d'un à-pic de quatre ou cinq mètres bordé d'épais buissons de lierre et de clématites, qui pendaient jusqu'au lit du torrent.

Caché derrière ce fourré, il avançait, d'un pas hésitant, qui cherchait la place où poser sans bruit la semelle de corde.

Il avait ainsi parcouru une centaine de mètres, lorsqu'il s'arrêta brusquement : il venait d'entendre un son léger, une sorte de clapotis... Lentement, il écarta les tiges grises des clématites, puis les feuilles charnues d'un lierre, et il la vit enfin, celle qu'il cherchait depuis l'aurore, et qui l'avait attiré jusque-là.

Assise au bord d'un grand trou rond, les jambes pendantes vers l'eau, qu'elle égratignait du bout de l'orteil, elle était nue.

Une collerette de hâle descendait de son cou vers sa jeune poitrine, ses avant-bras étaient bruns jusqu'au

coude et ses jambes jusqu'aux genoux ; mais son torse était d'un blanc de lait, et brillait d'un lumineux contraste avec les gants et les bas mordorés du soleil.

Immobile comme une pierre, il ne respirait plus...

Non loin de la bergère, sur la roche brûlante, sa robe sombre et sa chemise séchaient au soleil.

Tout près d'elle, un morceau de savon carré, et son petit harmonica.

Pensive, la tête baissée, ses cheveux blonds pendant vers sa poitrine, elle balançait toujours ses jambes rondes, et des gouttes brillantes, au bout de son pied, sautaient au soleil.

Il sentit que le sang lui montait au visage, et qu'il faisait battre ses tempes : il avala deux fois sa salive, et il ne pouvait détacher ses yeux de ces blanches et tendres cuisses, élargies par leur poids sur la roche bleue. Une sombre folie commençait à monter en lui. Il leva la tête, et regarda de tous côtés : personne. Ni berger, ni bûcheron, ni braconnier. Il écouta. Nul bruit ne troublait le silence, qui tremblait à peine au son d'un grillon. Alors, il chercha des yeux le passage caché qui le conduirait derrière elle.

Mais elle se leva soudain, légère et prompte comme une chèvre, et se pencha pour ramasser la robe, qui laissa son ombre sur la pierre humide. Elle dut trouver que l'étoffe n'était pas encore sèche, car elle en habilla un cade pointu. Puis, elle se pencha de nouveau pour prendre son harmonica. Alors, elle écarta ses cheveux de sa bouche, et souffla quelques frêles accords qui enchantèrent un écho tout proche, puis elle attaqua un vieil air de Provence, et tout à coup, un bras étendu, elle se mit à danser au soleil.

Il entendit des aboiements, puis un galop léger, qui crépitait comme une pluie : les chèvres parurent au détour d'un petit cap de roche, suivies du chien noir qui les ralliait à la musique.

Le chien s'assit sur son derrière, et regarda, tandis que les chèvres, en demi-cercle, broutaient les vertes broderies des crevasses. Mais un chevreau se dressa sur ses longues pattes de derrière, sa petite barbe courbe repliée contre sa gorge, et les cornes pointées en avant... Il hésita

quelques secondes, et s'élança vers la danseuse ; d'un pas de côté, elle l'évita, mais quand il fut au bout de son élan, il fit volte-face, et reprit le jeu.

Lancés l'un vers l'autre, ils s'évitaient et se croisaient, sans le moindre effort visible, comme portés par la brise et la joie de leur jeunesse ; et le pauvre Ugolin des Soubeyran, qui cassait le manche des pioches, et qui n'avait jamais pu franchir une porte sans meurtrir son épaule au chambranle, regardait ces pieds cambrés, repoussés par la roche élastique, ce chevreau roux, aussi léger que la musique, et il ne savait plus si c'était elle qui jouait cette chanson, ou si les échos amicaux l'inventaient pour porter leur danse. Il était pris dans le mystère d'une peur émerveillée : le menton dans une lavande, il entendait battre son cœur, et il sentait obscurément que cette dansante fille, encore fraîche de l'eau lustrale de la pluie, était la divinité des collines, de la pinède et du printemps.

Il ne s'aperçut pas qu'il glissait lentement vers cette magie, et sous sa paume, une petite pierre roula.

Le chien leva la tête, pointa son nez luisant, et gronda sourdement. La fille arrêta net sa pirouette, prit ses seins dans ses mains, et courut se cacher derrière un cade.

Alors, sur ses paumes et ses genoux, il recula vers la haute broussaille de genêts. Mais comme il y pénétrait, une poignée de gravier coula sur la pente. Le chien, accouru au pied de la petite barre, aboya furieusement... Il se leva, mais resta courbé comme le centenaire du village, pour plonger sous la nappe odorante des fleurs jaunes, et s'enfuit sans savoir pourquoi.

Manon, cachée dans les douces ramures du cade, suivait la course du sacrilège par l'ondulation des genêts, mais elle ne put le voir lui-même, et elle crut que c'était un garçon du village. Alors, furieuse et nue, elle passa la fronde à son poignet, et poursuivit de pierres ronflantes l'invisible fuyard qui nageait sous la vague de fleurs.

Ugolin s'arrêtait de temps à autre, et comme il regardait en arrière pour s'assurer qu'elle ne le voyait pas, il reçut le troisième projectile au milieu du front.

Le caillou n'était guère plus gros qu'une noix, mais il venait de loin, et n'était pas bien rond. Il en resta stupide

un moment, puis du bout de l'index, il essuya une goutte de sueur qui coulait le long de son nez : il vit son doigt rouge de sang... Alors, au lieu de colère, il ressentit une terreur sacrée, et sous les longues paraboles bourdonnantes, il fonça comme un sanglier à travers les branches furieuses, chassé par les pierres magiques que la colline lui lançait...

Hors d'haleine, il jugea qu'il était hors d'atteinte, et se releva lentement derrière une grande aubépine. A travers les branches, il la vit au loin : les bras levés, elle entrait dans sa robe. Les cheveux dorés reparurent. Alors, elle serra sa ceinture, et s'élança vers le haut du vallon en poussant son cri de bergère : « Bilibili... Bilibilibili ! »

Le chien, d'une course arrondie, rassembla les chèvres qui la suivirent ; la troupe légère, par sauts et par bonds, s'éleva sur le coteau d'en face, et disparut sous la noire pinède.

Il alla s'asseoir sur une grosse pierre, et se mit à réfléchir. Il pensa à cette folie qui l'avait pris, et il murmura :

« Un peu plus !... »

Puis il essuya le sang de son front, et sentit sous son doigt une bosse ovale et molle ; il dit encore :

« Un peu plus, elle me cassait la tête !... »

Les perdrix chantèrent au loin, et il se souvint qu'il avait oublié son fusil. Toujours courbé sous une peur inexplicable, il fit un grand détour pour aller le chercher.

Les petites sonnailles tintaient sous la forêt d'en face. Il se glissa jusqu'à la crête, et prit le galop dès qu'il l'eut franchie. Il avait hâte de voir sa ferme, ses outils, sa table, des choses vraies, réelles, sans mystère...

Il entra : tout était en ordre, et les chaises ne dansaient pas. La pesante Adélie était venue, la marmite sifflotait sur le trépied, l'assiette, le verre, la bouteille et le pain étaient sagement collés à la table.

Mais il ferma la porte à clef, accrocha le fusil au mur, et les bras en croix, il s'étendit sur son lit.

C'est le Papet qui le réveilla vers cinq heures du soir, en revenant de chercher du bois dans la colline. Il attacha d'abord à la treille le mulet chargé de fagots, puis poussa la porte, dont la plainte réveilla le dormeur.

« Eh ben, dit le Papet, c'est cinq heures ! Tu as fait une drôle de sieste ! »

Ugolin se frotta les yeux, bâilla, et marmotta :

« Je me demande si je n'ai pas pris un petit coup de soleil... »

Le Papet ouvrit les volets, et regarda son neveu.

« Tu n'es pas rouge, dit-il. La vérité, c'est que tu as du sommeil en retard, et maintenant que tu n'as plus le gros souci des œillets, c'est une bonne chose de te reposer. »

Ugolin prit la gargoulette, la leva vers le plafond, et but longuement à la régalade.

Le Papet déclara :

« Moi, je préfère un coup de vin blanc. »

Il alla ouvrir l'armoire, y prit le verre et la bouteille, et s'installa devant la table, pendant qu'Ugolin se lavait le visage et se coiffait.

« Galinette, dit le Papet, je suis allé faire du bois sous le Plantier, mais en revenant, j'ai fait le détour par ici, parce que j'ai à te parler en tête-à-tête. La muette n'entend rien, mais elle devine tout, et ce que je veux te dire, ça ne regarde que nous deux. »

Le Papet était grave. Ugolin vint s'asseoir en face de lui. Le vieillard but, essuya longuement ses moustaches et parla.

« Galinette, dit-il, tu as bientôt trente ans, et tu es le dernier des Soubeyran... »

Ugolin savait par cœur ce qu'il allait dire, et connaissait la conclusion habituelle de cette litanie.

« Je te vois venir, dit-il. Tu vas encore...

— Laisse-moi parler ! cria le vieillard. Si je te répète souvent la même chose, c'est de ta faute, et je recommencerai jusqu'à ce que tu aies compris. »

Il prit un temps, et parla lentement, et parfois les yeux fermés.

« Les Soubeyran — Nous Autres — nous étions la plus grosse famille du village. Mon père avait quatre mulets et deux chevaux... »

Ugolin récita la suite :

« Vous aviez cinq cents abricotiers à la Badoque, et un verger de cinq cents arbres sur le plateau du Solitaire.

— Douze mille pieds de vigne au Plan des Adrets.

— Autant sur les coteaux de Prëcatori !

— Plus de trois cents pruniers dans les champs sur le Plantier. Quand on faisait des pois chiches...

— On en battait plus de dix charretées.

— Douze, rectifia le vieillard. Quand on faisait des melons...

— Il fallait les porter à Marseille, parce que sur le marché d'Aubagne, ça aurait tué les prix.

— Pour la fête du grand-père...

— Vous étiez plus de trente à table.

— Tous des Soubeyran, avec des marmites pleines d'or cachées un peu partout dans la maison. On nous saluait de bien loin, et c'est nous qui avons fait réparer le toit de l'église...

— Et la croix du clocher, c'est ton grand-père qui l'a payée, et qui l'a posée. Tu vois que je sais bien ma leçon... Et je vais te répondre comme d'habitude : si tout ça n'a pas duré, ce n'est pas de ma faute ! C'est le Destin !

— C'est pas vrai ! dit le vieillard avec force. Le Destin, ça n'existe pas ! C'est ceux qui sont bons à rien qui parlent du Destin ! On a toujours ce qu'on mérite... Ce qui est arrivé, c'est de la faute des vieux... Un peu pour l'orgueil, un peu pour ne pas séparer l'argent, ils se sont

mariés entre eux, cousin-cousine, cousine-cousin, et même l'oncle et la nièce... C'est mauvais pour les lapins, c'est pas bon pour les hommes. Au bout de quatre ou cinq générations, un fou, mon grand-oncle Elzéar ; on a dit qu'il était mort à la guerre de septante, mais il est resté vingt ans à l'asile. Deux folles, et trois suicidés. Et maintenant, nous voilà tous les deux, et moi je ne compte plus. Maintenant, les Soubeyran, c'est toi !

— Et tu vas encore me dire de me marier... Alors moi, cette fois-ci, je te demande : toi, pourquoi tu ne t'es pas pris une femme ? »

Le vieillard hocha la tête, pensif, comme s'il cherchait une réponse... Enfin il dit :

« Ce n'était pas bien dans mon caractère... J'y ai pensé, remarque bien... Et puis, ça ne s'est pas arrangé... Finalement, je suis parti soldat pour l'Afrique, comme ça, bêtement... Quand je suis revenu, naturellement, j'ai courtisé des filles, comme on fait à cet âge... Si une m'avait donné un enfant, je me la serais mariée tout de suite... Ça ne s'est pas trouvé. J'étais comme le beau cerisier d'Anglade qui fait tant de fleurs, et jamais de fruit... Et il ne reste plus que toi.

— Et alors, tu veux que je me marie à ta place !

— Il le faut, Galinette...

— Mais pourquoi ? POURQUOI ? »

Le vieillard se leva, alla ouvrir la porte, et regarda de tous côtés, pour s'assurer que personne ne pouvait l'entendre, puis il revint vers Ugolin, et dit à mi-voix :

« Et le trésor ? Tu veux le laisser mourir, le trésor des Soubeyran ? Ce n'est pas des billets, que les rats les mangent. C'est de l'or. Un jaron de pièces d'or. Oui, le trésor, c'est moi qui l'ai. Parce qu'à mesure qu'ils mouraient, on disait la cachette au plus vieux des vivants, et ça a fini que tout est arrivé chez moi ! C'est toi qui l'auras, et à qui tu veux le laisser ? A des voisins ? Ou au curé ? Ou à la terre ? Et notre bien, qui fait le quart du cadastre des Ombrées ? Tout ça, c'est des économies, des privations, du travail. C'est tout ça que tu veux jeter ?

— Bien sûr que non ! dit Ugolin. Moi, l'or, je l'aime.

— Puisque tu l'aimes, tu ne le laisseras pas sans maî-

tre. Avec l'or, tu prendras des domestiques jusqu'à ce que tes fils soient grands :

— O Papet, dit Ugolin, je crois que tu rêves... Une famille, ça ne peut pas se refaire comme ça...

— Galinette, un jour nous sommes partis au tocsin, pour aller à l'incendie du bois des Bouscarles, et quand nous sommes arrivés, on nous a dit : " C'est fini, on a réussi à l'éteindre ", et tout le monde est reparti... Seulement, à minuit, le tocsin sonnait dans quatre villages... Parce que dans les cendres éteintes, on avait oublié une étincelle. Une étincelle rouge, comme tes cheveux... Viens Galinette, allons dîner à la Maison Soubeyran, sous le plafond de nos grands-pères : il te portera conseil. »

<p style="text-align:center">*
**</p>

A table, le Papet donna des précisions. Il pensait à la sœur d'Eliacin, aussi forte qu'une jument, et capable de donner des enfants puissants... A la fille d'Anglade, une brune travailleuse qui aurait en dot le Vala des Alouettes, et une partie de la concession de la surverse de la fontaine, qui permettrait peut-être de faire un nouveau champ d'œillets. De plus, elle était bègue, au point d'être presque muette.

Enfin, il y avait la fille de Claudius le boucher : elle aurait une assez belle dot en argent, parce que son père l'adorait, et la viande gratuite toute sa vie ; ses biens n'étaient pas bien grands, mais les six petites parcelles dont elle hériterait étaient toutes les six enclavées (avec droits de passage) dans le plateau du Solitaire, orgueil des Soubeyran. Ce mariage nettoierait une longue rancune paysanne... Mais il avait aussi ses inconvénients : Clarisse était très instruite, elle était allée à l'école en ville, et on sait bien que les gens instruits n'aiment pas le vrai travail...

Enfin, il fallait voir, il fallait réfléchir, et se décider une fois pour toutes.

Ugolin ne parlait guère, mais buvait de grands verres de vin noir, qui avait un petit goût de framboise.

Il finit par dire :

« Écoute Papet, je te comprends, mais il faut me laisser encore un peu de temps...

— Ça fait presque dix ans que je t'en parle...

— Pas si sérieusement qu'aujourd'hui... Écoute : laisse-moi encore un an. Et puis, laisse-moi choisir à mon idée. Ces trois-là ne me plaisent pas.

— Alors, tu as une idée sur quelqu'un ?

— Peut-être.

— Et tu ne veux pas me dire qui c'est ?

— Papet, aujourd'hui j'ai pris un coup de soleil, je viens de boire beaucoup de vin, et je ne sais pas ce qui m'arrive. J'ai l'impression d'être fada. Alors, ne me demande rien. Nous en parlerons plus tard.

— D'accord, d'accord, dit le Papet en souriant. Tu me plais, Galinette. Fais comme tu voudras. Je ne te demande qu'une chose : en choisissant la femme, pense aux enfants.

— Qu'est-ce que tu veux dire ?

— Je veux dire ne te laisse pas escagasser par une jolie figure. Ce qu'il nous faut, c'est des hanches larges, des jambes longues, et de beaux gros tétés. Choisis-la comme une jument poulinière.

— Mais si en plus, elle a la jolie figure ?

— Si c'est en plus, dit le Papet, ça ne me dérangera pas ; au contraire. Ça sera la Belle Soubeyrane, et j'aurai plaisir à la regarder. »

Il retourna aux Romarins vers dix heures et demie, la lune était pleine, et sa lumière verte faisait des ombres très noires. Il monta le raidillon de Massacan, en s'arrêtant de temps à autre, non pas pour souffler, mais pour réfléchir.

Ce qui l'avait frappé, ce n'étaient pas les objurgations du Papet, et il ne songeait guère à son devoir de perpétuer la famille. Il pensait à cette aventure de la matinée, et à l'étrange émotion qu'il avait ressentie pour si peu de chose.

C'était tout de même extraordinaire que cette petite soit devenue si vite une personne, et c'était vraiment choquant qu'elle danse toute nue dans la colline. Des bousquetiers auraient pu passer, ou un braconnier des Ombrées : une fille nue, ça donne des idées, forcément...

Il ne s'arrêta pas à Massacan, qu'il avait abandonné depuis deux années. Le vieux mûrier rêvait au clair de lune, indifférent et solitaire. Il revit soudain, sur le sentier, l'ombre de la petite Manon d'autrefois, qui suivait l'ânesse, en portant ses cruches... Il la vit comme si c'était vrai... Il s'arrêta, frotta ses yeux et dit à haute voix :

« O Ugolin, ça va pas mieux ? »

Puis en approchant des Romarins, il entendit la petite musique de l'harmonica : les notes frêles bruissaient dans les feuilles des oliviers...

Il dit encore :

« Cette fois, je deviens fada !... Ou plutôt, je suis soûl, c'est ça la vérité ! »

Sans allumer la lampe, il ferma la porte à clef, quitta ses souliers, et s'étendit sur son lit, les mains croisées sous sa nuque...

Vers minuit, il y eut une grande réunion de chouettes et sans doute à propos d'un sujet d'intérêt commun, car par instants, plusieurs ululaient en même temps.

A travers la longue fente d'un volet, une barre de lune tirait un trait lumineux sur les carreaux bleus. Il avait la tête lourde, et un petit bourdon dans les oreilles.

Il dit à mi-voix :

« Il a forcé sur le vin pour me faire dire oui. Mais j'ai pas dit oui. La sœur d'Eliacin, je m'en fous. Les Soubeyran, je m'en fous. Ils sont tous crevés, les Soubeyran. Et le Papet aussi crèvera, et moi aussi. Tout ça, c'est de la couillonnade. Finalement, on n'est jamais content de rien. »

Il bâilla à grand bruit, se tourna sur le côté et finit par s'endormir.

Il vit aussitôt danser la fille et la chevrette : mais dans son rêve, c'était la fille qui avait de petites cornes dorées, et qui volait, les bras étendus, comme un oiseau... Peu à peu, elle se rapprochait de lui. Il s'élança furieusement pour la saisir, un choc violent le réveilla : il était tombé de son lit.

Il proféra quelques jurons dans la nuit, puis il se releva, et à tâtons chercha des allumettes. L'éclat jaune de la lampe à pétrole fit remonter l'ombre jusqu'au plafond. Il s'étira, toussa, fit claquer la clef dans la serrure, et sortit, les pieds nus, sur la terrasse.

Le chœur des chouettes s'était tu. La lune était énorme, et si brillante que les étoiles avaient reculé autour d'elle.

Les ombres des oliviers étaient noires, et dans les grandes plaques de lumière, au milieu du champ, les œillets rouges étaient violets, les blancs étaient bleus.

Les mains dans les poches, la tête baissée, il s'avança au milieu des fleurs. Tout à coup, il s'arrêta, leva la tête et répondit avec force :

« Pas du tout, non, pas du tout ! Celui qui a tort, c'est celui qui se trompe le premier. Et qui est-ce qui a commencé ? C'est toi. »

Il fit encore quelques pas, et reprit :

« Qu'est-ce que c'était cette idée de faire le paysan ? Et qu'est-ce que tu aurais fait si moi j'avais voulu me mettre percepteur ? Si j'étais venu te dire : " Allez zou ! Payez-moi des impôts, autrement je fais vendre les meubles ! " Qu'est-ce que tu aurais répondu ? »

Il ricana, haussa les épaules, et revint à pas lents vers la maison.

..

« Le mauvais, c'est la source. Oui, mais quand je l'ai fait, je ne te connaissais pas... Et puis, j'ai bien réfléchi. Même avec la source, ça ne pouvait pas réussir. Tu aurais fait des coucourdes, oui, sûrement. Mais ton affaire de lapins, ça ne pouvait pas marcher. Je te l'ai dit de bonne amitié : tu n'as pas voulu m'écouter. »

Il entra dans l'ombre du grand olivier, et s'adossa contre le tronc.

« Pourquoi ? Parce que dès qu'il y a cent lapins ensemble, ils crèvent du gros ventre ou de la cagagne. Et rappelle-toi que c'est vite fait ! »

..

« Et la pointe du Saint-Esprit, ce n'est pas de ma faute ! C'est comme ça depuis le temps de Jésus-Christ ! »

..

« D'accord, d'accord. Oui, des fois je pense que j'aurais dû t'en parler. J'aurais pu te dire : " Allez, zou, faisons des œillets ensemble. " Mais tu n'aurais pas voulu. Toujours les livres, les satistiques. Mais oui, mais oui. »

..

« Je te l'ai dit, moi, de retourner en ville ! Je te l'ai dit franchement. Et toi, tu m'as répondu : " Je sais où je vais ! " Eh non, tu ne le savais pas, où tu allais... Tu allais au cimetière !... Tu aurais été cent fois mieux, le cul sur une bonne chaise, à ramasser l'argent des autres... Et ta petite, ça serait une vraie demoiselle, au lieu de danser toute nue dans la colline... A quoi ça ressemble ? Et qu'est-ce qu'elle va devenir ? Maintenant tu vois tout ça de là-haut... Tu dois comprendre que moi, c'était pour les œillets... Pas de méchanceté, non... J'avais rien contre toi, au contraire... Tu as bien vu que je ne leur ai jamais dit de partir... Si elles avaient voulu rester à la ferme, elles y seraient encore... Elles me feraient les bouquets, je leur donnerais des sous... Mais les femmes seules, c'est comme des chèvres sans chien : ça ne fait que des couillonnades... »

Il poussa un profond soupir, et dit :

« Enfin, tout ça, c'est un temps qui ne reviendra plus, et ça sert à rien d'en parler... Mais je peux quand même te dire que tu m'en as fait faire, du mauvais sang... »

Il se dirigea vers la maison, dont la porte ouverte laissait passer la lumière jaune de la lampe, et il murmura, la tête baissée :

« Et c'est peut-être pas fini... »

Un matin de mai, Ugolin descendit à la gare d'Aubagne pour prendre des caisses de boutures qu'Attilio lui envoyait. C'étaient des Almondo, des Aurore, des Gloire de Nice : espèces délicates, mais qui se vendaient aux plus hauts prix.

Il était en train d'ouvrir les caisses dans la remise, lorsque le Papet parut.

« Galinette, dit-il, le maire se plaint que tu ne viennes jamais plus au conseil municipal, et ce matin, ils ont décidé que tu étais chargé, avec Ange et Casimir, d'aller curer le bassin de la Perdrix, demain matin. »

Ce bassin, c'était celui qui recevait l'eau de la source, et en accumulait la nuit une réserve d'une centaine de mètres cubes. Il fallait le nettoyer tous les six mois, à cause du sable rougeâtre qui s'y déposait avec des aiguilles de pin et des feuilles mortes apportées par le vent.

« Curer le bassin ! dit Ugolin. C'est pas possible. Regarde les boutures que je viens de recevoir. C'est du beau, mais il ne faut pas les faire souffrir. Il faut les mettre en terre tout de suite et c'est un travail de trois jours. Pour le bassin je regrette, mais j'ai pas le temps.

— Écoute : nous allons commencer les boutures maintenant, et jusqu'à minuit s'il le faut. Demain matin, à quatre heures, nous continuerons. A huit heures tu iras au bassin, pendant que je travaillerai avec Délie, et à midi tu seras de retour...

— Tu crois que c'est si important, le bassin ?

— Oui, parce que tu as trop bien réussi, et tu n'as pas le droit de refuser. C'est un travail gratuit, pour tout le monde. Un travail d'amitié. Tu ne l'as pas fait depuis au moins trois ans. Les Soubeyran y sont toujours allés à leur tour. Vas-y demain. »

*
**

Ce jour-là, Manon avait abandonné ses chèvres sous la garde de Bicou, pour aller cueillir de la rue sur l'épaule de la Tête Ronde, qui était tout juste au-dessus de la gorge de la Perdrix. Au loin, très loin, brillait la mer étamée.

Comme elle s'était assise sous un pin oblique pour lier en bottes les tiges huileuses, elle entendit des voix qui montaient du fond du ravin, par une double échelle d'échos opposés, puis le son ferré d'une pelle dans du gravier : elle se coula sous les cades jusqu'au fond de la barre.

Dans le bassin vide, trois hommes, le torse nu, la pelle en main, en grattaient le fond, et lançaient par-dessus le bord une boue rougeâtre. Elle reconnut Pamphile, qui avait été l'un des quatre porteurs du cercueil de son père, puis Ange, le fontainier, dont elle ne savait pas le nom, mais qu'elle avait vu plusieurs fois sans qu'il s'en doutât poser des collets de crin pour les grives dans les oliviers abandonnés de la Badauque.

Le troisième avait sur la tête un chapeau de toile taché de boue, aux ailes ramollies qui pendaient sur ses oreilles.

Ces trois travailleurs faisaient la conversation avec un personnage qu'elle entrevoyait à travers la ramure d'un gros figuier, planté jadis par un oiseau près du bord du bassin : il lui sembla reconnaître la voix du chercheur d'or.

Elle recula, fit un détour, et s'installa dans une étroite cheminée, d'où elle put le voir tout entier. C'était bien lui. Il pétrissait une poignée de boue qu'il examina à travers sa loupe.

Pamphile, appuyé sur le manche de sa pelle, disait :

« Ça a un peu la couleur d'argile, mais ce n'est pas de l'argile : ça ne colle pas.

— C'est de la poudre de bauxite, dit l'expert. C'est une roche assez fragile, un minerai qui contient du fer et de l'aluminium... Je me demande d'où cette poudre peut venir...

— C'est la source qui l'amène après les gros orages, dit Ange... Sept ou huit heures après... Mais ça ne va pas jusqu'à la fontaine. Ça se dépose tout ici. »

L'homme au chapeau parla :

« Moi aussi, dit-il... Quand il a plu toute la nuit, le matin, vers dix heures, ma source commence à couler un peu rouge, et puis après, ça fait comme de la rouille sur les pierres... »

Le son de cette voix troubla la bergère ; l'homme ôta son chapeau crasseux, et s'en servit pour essuyer la sueur qui coulait sur son visage : elle reconnut les rouges frisettes d'Ugolin.

Depuis quatre ans, elle ne l'avait jamais revu, mais le personnage tenait une grande place dans le passé... Dès son enfance, il lui avait inspiré une aversion irraisonnée, mais depuis qu'il leur avait pris la ferme, cette aversion était devenue de la haine. Parfois, cependant, étendue sous un pin, lorsqu'elle ressuscitait les jours d'autrefois, elle se demandait si cette haine était clairement justifiée. Son père avait eu de l'amitié pour Ugolin, qui l'avait souvent aidé : sans qu'on lui eût rien demandé, il avait offert l'eau pure de son puits, il avait donné des tuiles dès le premier jour, il était venu labourer le champ. Plus tard, c'était encore lui qui avait trouvé l'argent dont ils avaient tant besoin ; dans les journées tragiques, c'est lui qui était allé chercher le docteur.

Mais finalement, c'était lui qui vivait sous ces tuiles, lui qui possédait le champ labouré ; l'argent qu'il avait prêté à son père, il avait fallu quitter la ferme pour le rendre et surtout c'était cet argent qui avait payé la poudre, et lancé au ciel la pierre tranchante qui avait tué le bien-aimé...

De plus, il avait trouvé la source !

C'était le comble de l'injustice, que cet imbécile agité de tics eût obtenu de la Providence l'eau jaillissante qu'elle avait si cruellement refusée au meilleur des hommes...

Parfois, cependant, elle se raisonnait.

Après tout, si la pluie n'était pas venue, si la pierre fatale était tombée, si son père n'avait pas trouvé la source, ce n'était pas la faute de ce pauvre paysan ; et s'il l'avait trouvée lui-même, que pouvait-elle lui reprocher ? Mais les raisons les plus probantes ne diminuaient pas sa méfiance et sa rancune, et elle était sûre que le profitable résultat de tant de bonnes actions en démontrait la perfidie.

*
* *

« C'est en effet de la rouille, dit le chercheur d'or, puisque c'est de l'oxyde de fer !

— Alors, dit Pamphile, ça ne peut pas faire de mal.

— Au contraire ! s'écria Ugolin. Mon grand-père mettait toujours des clous à tremper dans la cruche d'eau pour boire ! Tout le monde sait que la rouille, ça fortifie, parce que ça te met du fer dans les muscles !

— Et où se trouve-t-elle, votre source, demanda le chercheur d'or, par rapport à ce bassin ?

— Comment ça, par rapport ?

— Est-elle plus haut ou plus bas ?

— C'est difficile à dire...

— A mon idée, dit Ange, le vallon des Romarins c'est un peu plus haut.

— Il est donc tout à fait probable que l'eau du village vient de ce vallon, et que la source d'Ugolin en est une résurgence, puisqu'elle traverse le même gisement de bauxite... Est-ce que l'on trouve de ces pierres rouges dans le pays ?

— Des fois, dit Pamphile. Mais pas plus grosses qu'une noisette. »

Manon les connaissait, ces pierres... Elle les recherchait pour sa fronde, car elles étaient plus lourdes que les autres, on pouvait les lancer plus loin... Elle en trou-

vait souvent, au fond du vallon des Refresquières : mais elle savait qu'elles venaient de loin, avec les ruisseaux de la pluie.

Une cloche lointaine sonna. C'était celle des Bastides.

Ugolin compta les coups.

« Dix heures ! dit-il.

— O coquin de sort ! s'écria Ange. J'ai promis de remettre l'eau pour midi au plus tard !

— Eh bien, quoi ? dit Pamphile. A midi, nous aurons fini !

— Justement, dit Ange, c'est ça qui m'inquiète. Parce qu'il faut une heure pour que le bassin se remplisse à la bonne hauteur, et que l'eau couvre le tuyau. Et puis, pour qu'elle arrive au village, il faut encore une petite demi-heure ! Allez zou ! Mettons-en un coup ! Té, Ugolin, attrape ce balai ! »

Le chercheur d'or se leva, et dit :

« Messieurs, votre compagnie m'est fort agréable, mais le devoir m'appelle au secrétariat de la mairie.

— Vous ne faites tout de même pas la classe le jeudi ? demanda Pamphile.

— Certes non ! Mais n'oubliez pas que l'instituteur est toujours le secrétaire de la mairie ! M. le maire m'attend à dix heures et demie pour la lecture et le commentaire du *Journal officiel !* »

Manon fut déçue. Ce n'était pas un chercheur d'or... C'était un instituteur, peut-être d'Aubagne, peut-être même du village... Pourtant, c'était tout de même quelqu'un. Et puis, il parlait de minerais avec une voix agréable...

Elle pensa soudain au couteau, qu'elle avait espéré garder, avec l'excuse de n'en avoir pas retrouvé le propriétaire : mais elle l'avait sous les yeux, et c'était l'instituteur... Elle recula pour n'être pas vue, se leva, et prit dans la musette des trésors sa belle trouvaille perdue. Elle baisa le nickel poli, lança le couteau derrière le jeune homme, dans une touffe de genêts et s'aplatit sous les messugues.

Le projectile froissa les ramures et tinta sur le gravier.

Ugolin leva la tête.

« Vé ! dit-il. On nous lance des pierres !

— Ce n'est pas une pierre, déclara Pamphile. Ça a fait comme un petit éclair.

— Oyayaïe! répliqua Ange. Si tu vois des éclairs à neuf heures du matin, tu as dû commencer le vin blanc de bonne heure!

— Sur la tombe de mes parents, dit solennellement le menuisier, je te jure que je n'ai bu qu'une tasse de café avant de venir ici! »

Cependant, l'instituteur fouillait les genêts.

Il s'arrêta, se pencha, ramassa quelque chose, et dit, stupéfait :

« C'est mon couteau!

— Ça, par exemple! dit Pamphile. Vous l'aviez perdu?

— Je l'ai perdu dans la colline, il y a quatre ou cinq jours.

— Vous êtes venu par ici?

— Certainement pas, car c'est la première fois que je vois ce vallon.

— Ça alors, c'est extraordinaire, dit Ugolin.

— En réfléchissant, dit l'instituteur, je dois l'avoir perdu en déjeunant près de la vieille bergerie, le jour où j'ai vu le troupeau sans berger...

— Alors, dit Pamphile, c'est un coup de la bergère. Elle vous a vu déjeuner, elle a trouvé le couteau, et elle vient de vous le rendre!

— Quoi, quoi? dit Ugolin, tu veux dire Manon?

— Oui, Manon du bossu, dit Pamphile. Qui veux-tu que ce soit? »

L'instituteur leva la tête.

« Et vous croyez qu'elle est cachée là-haut?

— Pensez-vous! Elle a filé! dit Pamphile.

— C'est bien dommage, dit l'instituteur, car j'aurais aimé la remercier! »

Pamphile fit un clin d'œil malicieux.

« Eh oui, dit-il. Ça serait bien plus naturel. Un gentil remerciement, avec peut-être une petite bise?

— Pour la bise, c'est déjà fait! dit l'instituteur. Après ce que vous m'en avez dit l'autre soir, j'en ai rêvé, et ma foi, j'avoue que je lui ai donné quelques baisers!

— Et elle se laissait faire? » dit brusquement Ugolin.

Pamphile éclata de rire, et l'instituteur répliqua gravement :
« Dans mes rêves, aucune femme ne m'a jamais résisté ! »
Manon sentit qu'elle rougissait ; elle recula, se leva, et prit la fuite.

Cachée sous les branches retombantes du vieux figuier, et tenant ses genoux embrassés, elle pensait à cet instituteur qui n'était même pas un chercheur d'or, et qui avait parlé d'elle si légèrement.
Un seul homme, depuis sa naissance, avait baisé son front ou ses cheveux, et c'était son père. Ce jeune étranger, venu de la ville, ne doutait de rien !
Il avait parlé d'elle avec une désinvolture choquante, et il avait avoué aux autres ce rêve audacieux, ce qui en doublait l'inconvenance. D'ailleurs, cette histoire de rêve l'inquiétait un peu. Baptistine lui avait affirmé qu'il est très dangereux de s'aventurer dans les rêves des autres. Pendant que vous dormez, ils vous appellent, ils vous attirent, ils vous sortent l'esprit du corps, et quand vous êtes dans leur rêve, vous ne pouvez plus vous défendre : elle citait l'exemple d'une fille de son village, qu'un amoureux convoquait chaque nuit dans ses rêves, et finalement, elle avait eu un bébé, sans savoir comment ni pourquoi. Manon n'y croyait pas vraiment : mais tout de même, ce garçon avait fait venir son ombre dans sa chambre, et il l'avait embrassée, en la serrant dans ses bras, et il allait peut-être recommencer le soir même... Mais elle fut tout à coup rassurée : il ne l'avait encore jamais vue ! Par conséquent, ce n'était pas elle, mais une créature qu'il avait imaginée d'après ce qu'on lui avait dit...
Donc, on parlait d'elle au village, et on en disait des choses à faire rêver un jeune instituteur : c'était la preuve qu'on en avait bien parlé. Mais qui donc ? Peut-être ce Pamphile, qui n'avait pas l'air d'une brute comme les autres. Pourtant, ni celui-là, ni aucun autre ne l'avait ren-

contrée depuis la tragédie, alors qu'elle n'était qu'une enfant !

Elle finit par conclure que quelque chasseur du village, caché pour l'espère au perdreau, l'avait peut-être vue sans qu'elle s'en doutât, et tout à coup, elle pensa au jour de la baignade aux Refresquières, et à la fuite ondulante sous les genêts d'un espion qu'elle n'avait pu voir ; alors, toute rougissante, elle fit un petit éclat de rire, et cacha son visage dans ses mains.

Pendant ce temps, Ugolin la pelle sur l'épaule redescendait vers le village, derrière Ange et Pamphile. Il pensait à l'insolence de cet instituteur qui avait prononcé des paroles indignes de sa fonction.

« En rêve, tout est facile... Moi aussi, des fois, je l'ai vue en rêve. Mais moi, je suis poli, je ne lui parle même pas... Tandis que lui, il s'imagine qu'il l'embrasse, et qu'elle ne dit rien ! Oh ! il a sûrement des idées sur elle... Il voudrait bien s'en amuser... En profitant qu'elle n'a plus son père... Il va falloir que je surveille ça... C'est un peu par ma faute qu'elle habite dans la colline... En souvenir du pauvre Monsieur Jean, c'est à moi de m'en occuper... »

Huit jours plus tard, à dîner, sous la lampe, dans la vieille maison Soubeyran, le Papet dit :

« Galinette, depuis quelque temps, il me semble que tu perds ta bonne mine, et ça se pourrait que bientôt tu perdes aussi ton pantalon...

— C'est vrai que je n'ai plus guère d'appétit, dit Ugolin, et je crois que c'est à cause de ce poison qu'il faut que je pulvérise tous les soirs sur les œillets, pour les sauver de l'araignée rouge.

— Et pourquoi le soir ?

— Parce que c'est un remède qui craint la lumière du jour. La lumière, ça le défait, ça l'escagasse, ça lui lève toute la méchanceté. C'est pour ça que souvent je me couche à minuit. »

Le Papet avala les pois chiches qu'il mastiquait depuis un bon moment, but un coup de vin blanc, et dit :

« Écoute, Galinette, puisqu'il faut que tu travailles si tard, ça ne t'arrange pas de venir souper ici, parce que tu perds plus d'une heure. Voilà ce que nous allons faire : j'irai chez toi vers midi, et j'apporterai le manger pour nous deux. Je travaillerai avec toi l'après-midi, et je te laisserai ton souper. Comme ça tu pourras te coucher plus tôt... »

*
* *

C'était vrai qu'Ugolin soignait ses œillets à la lanterne jusqu'à minuit ; mais il mentait en disant que « le produit » craignait la lumière : en réalité, il travaillait la nuit pour remplacer les heures des matinées perdues, car il quittait les Romarins vers six heures, et n'y revenait qu'à midi. Il avait expliqué à Délie qu'il allait tous les matins travailler dans une vigne abandonnée qui appartenait au Papet : il espérait la remettre en fruits, mais il ne fallait surtout pas en parler au vieillard, afin de lui en faire la surprise au moment des vendanges.

En quittant sa paillasse, il se lavait soigneusement, buvait son café, mettait dans sa musette un bel oignon, accompagné d'un morceau de pain imprégné d'huile, et sortait dans le vent frais du matin.

Il allait d'abord visiter deux douzaines de pièges tendus sur les coteaux au-dessus des Romarins. Chaque jour, il prenait quelques merles, des grives, des culs-roussets, des darnagas, des pinsons d'Allemagne. Par crainte d'une rencontre avec les gendarmes, il cachait les oiseaux dans sa chemise et dans ses poches, puis il montait jusqu'au Plan de l'Aigle, et s'installait dans les genièvres, au bord de la barre, au-dessus de la Baume du Plantier.

Vers sept heures, Manon en sortait, allait ouvrir la cabane aux chèvres, et partait vers les plateaux ou les vallons, selon le temps.

Ugolin la suivait de loin, avec la prudence d'un chasseur. Il attendait qu'elle fût à quelque distance : il se glissait alors sous les buissons de la garrigue, et faisait à son tour la visite des engins qu'elle avait retendus. Il les désamorçait, les garnissait avec les oiseaux morts qu'il avait apportés, et tout en riant de plaisir, il s'appliquait en artiste à restituer à ces cadavres les attitudes de l'agonie.

Après avoir soigneusement effacé les traces de son passage, il faisait un détour pour gagner sans être vu le plateau du Jas de Baptiste qui dominait les Refresquières, où il savait qu'il la retrouverait.

Avant de gagner son poste d'observation, il plongeait sous une haute broussaille où s'enchevêtraient, autour d'une roche vêtue de lierre, toutes les plantes de la colline... Il cachait d'abord sa tête rousse sous une épaisse couronne de lierre, enroulait autour de son cou une guirlande de clématites et serrait entre ses dents la racine d'une grosse touffe de thym.

Ainsi équipé, il rampait jusqu'au bord de l'à-pic : le menton posé dans la baouco, entre deux pierres, il la regardait vivre.

Elle passait des heures sur la roche plate, à l'ombre de la branche du sorbier bossu : elle lisait, elle rêvait, elle cousait des étoffes multicolores, ou peignait longuement ses cheveux... Tout à coup, elle se levait, lançait des pierres avec sa fronde ou dansait autour du sorbier en lui faisant des révérences. Parfois, elle appelait le chien noir, pour extraire patiemment de sa fourrure les chardons minuscules, les petites boules griffues, et les sournois « espigaous » qui se glissent dans les oreilles, et parfois même dans les narines... Quand la toilette de Bicou était finie, elle prenait entre ses deux mains les joues velues du chien délivré, et elle lui parlait, les yeux dans les yeux. Ugolin était trop loin pour entendre ce qu'elle disait. C'était certainement des secrets, et peut-être magiques, car les chiens noirs, et surtout ceux dont les yeux sont couverts de poils, n'ont jamais eu bonne réputation.

Il assistait d'ailleurs, presque tous les jours, à une autre cérémonie beaucoup plus surprenante. Vers onze heures, elle appelait la grosse chèvre blanche et trayait un peu de lait dans une assiette de fer-blanc qu'elle posait à côté d'elle sur la roche plate... Puis elle portait à ses lèvres le petit harmonica, et jouait un air ancien, toujours le même, une longue phrase aiguë et fragile, qui égratignait à peine le pur silence du vallon : alors, le grand « limbert » des Refresquières, le lézard vert ocellé d'or et de bleu, jaillissait d'un lointain fourré de ronces. Comme une traînée de lumière il accourait vers la musique, et plongeait son bec de corne dans le lait bleuté des garrigues.

Ce limbert était connu au village depuis des années à cause de sa taille, car il avait presque un mètre de long.

On disait qu'il avait les mêmes yeux qu'un serpent, et qu'il fascinait les petits oiseaux qui tombaient tout crus dans sa gueule ouverte. Sa langue à deux pointes lapait le lait : mais quand l'harmonica se taisait, il levait vers Manon sa tête plate. Alors, elle lui parlait en riant, à voix basse ; Ugolin, inquiet et charmé, regardait la longue bête étincelante qui écoutait la fille lumineuse, et il pensait : « Les vieilles n'ont pas bien tort quand elles disent qu'elle est sorcière ! »

Mais un jour, il murmura, en riant de plaisir :

« Quand une sorcière est belle, eh bien, ça s'appelle une fée ! »

Le seul livre qu'il possédât, c'était un recueil de Contes de Fées, dans une édition enfantine illustrée : cadeau de la grand-mère Soubeyran, qui avait gagné ce prix à l'école cinquante ans plus tôt. Il n'en restait qu'une liasse de feuilles, tachées de lunules rousses et de points noirs, et brodées sur les bords par le temps et les rats.

Il les étala sur la table, et regarda d'abord les images : des princesses, de jeunes seigneurs, des fées entourées de rayons...

A la lumière jaune de sa lampe, il relut lentement l'histoire de Riquet à la Houppe, puis celle de la Belle et la Bête.

La transformation de la Bête en Prince lui parut absurde mais l'inquiéta un peu : ce grand limbert qui accourait au son de l'harmonica, et qui la regardait si longtemps, immobile, c'était peut-être un prince puni, qu'elle délivrerait un jour par un baiser, et qui l'épouserait au son des cloches... Il se délivra de cette vision par un ricanement, et dit à haute voix :

« C'est des enfantillages... Et même au temps du roi Hérode, ça n'a jamais existé !... C'est comme le père Noël et pas plus. »

Il s'endormit assez tard, et fit un rêve atroce. Manon, souriante, parlait au limbert, et lui caressait la tête... Et tout à coup, il y eut une explosion dorée, mais sans aucun bruit : et à la place du limbert, il y avait un jeune homme brun, dans un costume bleu galonné d'or, qui saluait gracieusement la bergère : ce prince c'était l'insti-

tuteur, et Manon se jetait dans ses bras... Il sauta de son lit en criant de rage et, dans la nuit, en cherchant les allumettes, il renversa la lampe, dont le verre éclata gaiement entre ses pieds : il réussit enfin à allumer une bougie, et il baigna d'eau froide son visage et ses tempes. Enfin, il revint s'asseoir sur son lit, et poussa un long soupir.

« Si ça continue comme ça, je me demande comment ça va finir... Il m'a parlé de trois fous dans la famille. Je voudrais pas faire le quatrième. »

Bientôt, il prit l'habitude de parler tout seul, à haute voix... Dans la journée, c'est à elle qu'il s'adressait. Il s'excusait de ne pas être beau, mais vantait ses qualités de travailleur, sa ténacité, son astuce, sa fidélité à son seul amour. Il lui faisait visiter sa plantation, parlait à voix basse des louis d'or cachés sous la pierre de l'âtre, la deuxième à gauche de la première rangée du fond... La nuit, en pulvérisant le « produit », au son des chouettes, il parlait au bossu, et lui racontait la matinée de la petite.

« Premièrement, ce cochon d'instituteur n'est pas venu ; pourtant, je l'ai vu dans la colline, mais il montait du côté de la Tête Rouge, et il ramassait des pierres. Finalement, je crois que l'autre jour il a parlé pour rire, et que maintenant il n'y pense plus. Mais quand même, j'ai l'œil. Surtout le jeudi matin. Pas le dimanche, parce qu'il reste au village. Compte sur moi. La petite va très bien. Elle a de beaux mollets, un joli corsage, et elle rit souvent toute seule. Je ne te dis pas ça pour te faire plaisir, c'est la vérité. Ce matin, comme d'habitude, elle est allée sous le vieux sorbier. Elle a lu des livres, elle a joué de la petite musique, et elle a encore parlé à ce limbert, qui n'est pas une bête à fréquenter. Si on le savait au village, ça ferait mauvais effet. Mais enfin, elle est comme ça. Après, elle a dansé sur le rocher de la Tête Ronde. Tout habillée. Elle faisait tourner une espèce d'étoffe dorée. C'était très joli : l'épervier du Plan de la Chèvre est venu voir ce que c'était... Après, elle a ramassé du pèbre d'aï. Après... »

Il donnait mille détails insignifiants, pour revivre en parlant sa matinée.

Ces soliloques étaient agrémentés de hochements de tête, de haussements d'épaules, de clins d'yeux, et de diverses grimaces aggravées par le tic de ses paupières. Pourtant, il ne négligeait pas ses œillets. Tout au contraire, il travaillait comme un forcené : mais ce n'était plus par amour de l'or, et s'il voulait en gagner des montagnes, c'était pour l'amour de Manon.

<center>*
* *</center>

Le samedi, elle ne sortait de la Baume que vers neuf heures, vêtue d'une robe sombre, sous un chapeau de paille orné d'un ruban et grandie par des souliers... Sur le bât de l'ânesse, deux ou trois gros sacs tout ronds paraissaient légers, ils étaient gonflés de bottes d'herbes parfumées, dans lesquelles étaient cachées deux ou trois douzaines d'oiseaux morts. Ugolin savait qu'elle allait à Aubagne, mais il était toujours déçu par ce départ... Il la regardait s'éloigner, et descendre vers la foule des villes : alors, il errait dans les collines, sur les sentiers favoris de la bien-aimée, cherchant des traces de son passage : de petites branches brisées, l'empreinte dans le sable d'une semelle de corde, qu'il eût reconnue entre mille, car le talon en était à peine marqué... Puis il s'approchait de la dalle de pierre bleue, qu'il vénérait comme un autel : il la flairait, la caressait, la baisait dévotement... Autour de ce lieu sacré, il avait ramassé quelques reliques : un croûton de pain, un bout de ruban effiloché, et surtout une petite pelote de cheveux dorés qu'elle avait tirée de son peigne : mais pendant qu'il la pressait sur ses lèvres, il vit soudain le grand lézard : haussée sur ses courtes pattes, la bête sans oreilles le regardait fixement : effrayé par l'idée de quelque maléfice, il prit la fuite, mais de loin, il cria :

« Toi, un de ces quatre matins, d'un bon coup de fusil, je t'éparpille ! »

Pendant les deux premières semaines, le Papet crut à la fable du produit nocturne. Il venait tous les jours déjeuner avec Galinette, qu'il ne trouvait pas toujours à la ferme ; mais Ugolin lui expliqua que vers midi, il éprouvait le besoin de faire une petite promenade pour respirer de l'air pur, et nettoyer ses poumons, irrités par le « produit ».

Le vieillard approuva cette sage prudence, tout en déplorant l'indispensable nocivité de l'insecticide : mais il fut bientôt intrigué par le changement de caractère de son neveu, qui ne parlait presque plus, ne donnait que de vagues réponses aux questions les plus précises, et parpelégeait aussi vite qu'une étoile...

Il pensa : « Si c'est " le produit ", moi je viendrai le passer, le " produit ", mais il doit y avoir autre chose. J'ai dans l'idée qu'il a du souci. Et de quoi ? »

Un beau matin, vers dix heures, il vint s'installer au poste d'observation qu'il avait abandonné depuis la mort de Monsieur Jean. Jusqu'à midi, il ne vit que Délie, qui arrivait du village, portant une meule de pain, et un torchon noué par ses quatre coins.

Il pensa : « Galinette s'est endormi. Tant mieux, il en a besoin. Mais maintenant, il faut le réveiller ! »

Comme il se levait pour descendre à la ferme, Ugolin

s'avança, pensif, sous la pinède. Une musette, et pas de fusil. Et tout habillé « de propre ».

« Alors, pensa-t-il, c'est qu'il est parti avant dix heures. Et où est-il allé ? »

Il attendit un moment, puis feignit d'arriver, comme d'habitude, pour le déjeuner.

Il ne posa aucune question gênante, arrosa les œillets jusqu'à trois heures, puis se plaignit de ses rhumatismes, et déclara qu'il rentrait chez lui se reposer.

Enfin, par un détour, il revint à son poste, et surveilla longuement les faits et gestes de son neveu. Il le vit parler à des interlocuteurs invisibles sans pouvoir saisir un seul mot de ce qu'il disait, mais il fut effrayé par la vivacité et la variété de la pantomime qui accompagnait le soliloque : sans mot dire, il rentra chez lui, très inquiet sur l'état mental du pauvre Galinette. Le pire des malheurs allait-il frapper le dernier des Soubeyran ?

Pendant quatre jours, il revint s'installer dès l'aurore dans son « agachon » : quatre fois, il le vit sortir à six heures du matin, « tout de propre », faire la tournée de ses pièges, et partir d'un pas rapide sur le sentier qui rejoignait, un peu plus loin, la route d'Aubagne... Les quatre après-midi furent semblables au premier : Ugolin ne cessait de parler...

Cependant, vers sept heures, quand Délie fut partie, le vieillard eut enfin une heureuse surprise. Il vit « le fada » lâcher sa pioche, se jeter à genoux, et lancer des baisers vers Aubagne. Alors, il sourit, secoua la tête ; et comme Ugolin était allé s'asseoir sur une grosse pierre, contre un olivier, les poings aux tempes, il descendit tout droit chez lui, sans prendre la peine de se cacher. Le penseur, perdu dans son rêve, ne l'entendit même pas venir, et ne fut avisé de la présence du vieillard que par l'arrivée de son ombre, allongée par le soleil couchant.

Il leva la tête, comme éveillé en sursaut. Le Papet le regarda d'un air grave, et dit simplement :

« Qui est-ce ? »

Ugolin, ahuri, se leva, et répondit stupidement :

« C'est moi.

— Oui, c'est toi qui me dis des mensonges depuis un

mois, et c'est toi qui es en train de devenir fada. Mais cette femme, qui c'est ? »

Ugolin balbutia :

« Cette femme ? Quelle femme ?

— Celle que tu vas voir tous les matins, à Aubagne !

— Je vais pas à Aubagne, dit Ugolin.

— Et alors, où est-ce que tu vas ? »

Mais l'autre ne répondit pas. Il regarda le sol, et fit craquer les jointures de ses doigts.

« Depuis trois jours, je te surveille. Oui, c'est mon droit, parce que c'est ma responsabilité. Tu pars le matin à six heures. Tu ramasses les oiseaux de tes pièges, et tu vas les porter à quelqu'un, puisque je n'en vois jamais à la maison. Je n'ai pas pu te suivre, à cause de mes douleurs, mais tu pars vers Aubagne ou vers Roquevaire... Et l'après-midi, quand tu es seul, tu parles, tu gesticules, tu fais des prières, tu envoies des baisers. Qui est-ce ? »

Ugolin se taisait toujours.

« Je ne te reproche pas d'être amoureux, reprit le vieillard, quoique je trouve que tu exagères, et que tu le prends du mauvais côté. Mais enfin, ça devait arriver, et quand ça vient tard, des fois, ça vient trop fort. Mais enfin, c'est naturel. Ce que je te reproche, c'est de m'en faire des mystères... »

Ugolin haussait les épaules, hochait la tête, mais se taisait longuement.

« Si tu ne veux pas me le dire, ça doit être quelque chose de pas bien propre. Ou alors, c'est une femme mariée ? »

A ces mots, Ugolin éclata d'un rire dément, trépigna et cria :

« Voui ! Voui ! Elle est mariée avec un limbert ! Hahaha ! »

Il s'enfuit vers la maison, et le Papet entendit claquer deux fois la serrure. Il en fut stupéfait, et murmura avec une grande inquiétude :

« Ça, c'est pas bon, non, c'est pas bon. »

Il se hâta vers la porte fermée, qu'il frappa de son bâton.

« Ouvre, imbécile !

— Non, j'ouvre pas, mais si tu veux, nous pouvons parler à travers la porte.
— Pourquoi ?
— Parce que si je te vois pas, peut-être je te dirai quelque chose. »
Le Papet réfléchit un instant, et décréta :
« Tu es aussi couillon que ton pauvre père. Attends que j'aille chercher une chaise pour m'asseoir, parce que ma jambe me fait mal.
— Des chaises, il n'y en a pas, mais tu peux prendre une caisse vide dans l'écurie. »
Le Papet s'installa sur une caisse, face à la porte, les mains croisées sur sa canne.
« Qu'est-ce que tu veux me dire ?
— Moi, je ne veux rien te dire, c'est toi qui me forces. Alors pose-moi des questions.
— Bon, d'abord, explique-moi pourquoi tu as parlé de ce limbert ? C'est ça qui m'inquiète le plus.
— Je l'ai dit un peu pour rire... C'est parce qu'il y a un gros limbert que quand elle l'appelle, il vient boire du lait à ses pieds.
— Tu as vu ça à la foire ?
— Non. Dans la colline.
— Alors, parce qu'elle sait faire venir un limbert, c'est ça qui t'a rendu fada ?
— Non, non, dit Ugolin. Mais ça m'intrigue.
— Moi aussi, ça m'intrigue. Ça prouve que tu es aussi bête qu'un limbert. Et après ?
— Après quoi ?
— Eh bien, dis-moi qui c'est ? »
Après un court silence, Ugolin répliqua fermement :
« Non, je ne te le dirai pas.
— Dis-moi au moins si c'est une fille de la ville.
— Oh ! non. C'est tout le contraire.
— Tant mieux. Je la connais ?
— Pour ainsi dire : non.
— Pourquoi, pour ainsi dire ?
— Écoute, Papet, ne me pose pas de questions comme ça, parce que tu es trop malin, et au bout de quatre questions, tu auras compris sans que je m'en doute.
— Par conséquent, je la connais ?

— Tu vois ? tu vois ? Tu sais que je ne veux pas te dire qui c'est, et tu me fais des questions de gendarme. Non, je ne veux pas te le dire !

— Et pourquoi ?

— Parce que c'est mon secret. Mon premier secret d'Amour. Alors je me le garde.

— Bon, bon, dit le Papet. Garde-le-toi pour le moment. C'est avec elle que tu as rendez-vous le matin ?

— Oui, mais elle ne le sait pas.

— Si tu me réponds par des devinettes, c'est plus la peine de continuer. Adieu. »

Le Papet se leva.

« Non, Papet, ne t'en va pas. J'aime te parler d'elle.

— Ça ne m'intéresse pas, puisque je ne sais pas qui c'est !

— Oui, mais moi je le sais. Alors, ça me plaît. »

Le Papet haussa les épaules, se rassit sur la caisse et demanda :

« Comment vient-elle à tes rendez-vous, puisque tu dis qu'elle ne le sait pas ?

— Écoute : tous les matins, je sais où elle est, et j'y vais. Je la regarde de loin. Voilà la vérité. »

Le Papet réfléchit un instant, et dit :

« A quoi ça te sert ?

— A me faire plaisir. Tous les matins, quand je la vois, c'est le plus beau jour de ma vie...

— Ayayaïe ! dit le Papet, ça te passera avant que ça me revienne.

— Oh ! non. Ça ne me passera jamais ! Jamais ! Au contraire ! Ça sera toujours que plus fort ! »

Le Papet réfléchissait, en bourrant sa pipe :

Ugolin demanda bêtement :

« Tu es parti ?

— Non. Je bourre ma pipe. Alors, cette femme, tu veux te la marier ?

— Oh ! oui, je voudrais bien. Mais je crois qu'elle ne voudra pas.

— Pourquoi ?

— Parce qu'elle est belle, et que moi, je suis vilain.

— Ça, ça ne veut rien dire. Il y en a qui se sont marié

des Madones, et qui étaient aussi vilains que toi. Mais parlons un peu sérieusement. Est-ce qu'elle a du bien ?
— Oh ! non, dit Ugolin. Elle en a un petit peu, mais c'est pas grand-chose.
— Alors, elle trouvera pas un mari bien facilement. Est-ce qu'elle a une bonne santé ?
— Ça oui, dit Ugolin. Elle a de beaux petits muscles. Tu comprends, ce n'est pas une jument ! Non ! Mais pour une femme, elle est forte, et bien fraîche !
— Est-ce qu'elle pourrait t'aider dans ton travail ?
— Oh ! ça, sûrement. Je l'ai vue piocher. Naturellement, je ne te dis pas qu'elle pourrait défoncer à cinquante. Mais pour biner les œillets, c'est un travail délicat et elle le ferait mieux que moi. Et puis, surtout, elle a de l'instruction.
— Et comment tu le sais ?
— Elle est tout le temps à lire des livres. Des fois, une heure sans s'arrêter !
— Ça, c'est pas trop bon, Galinette. Une fille pauvre qui lit des livres, ça ne me plaît pas bien... Mais enfin, tu sais comme j'ai envie de te marier depuis longtemps... Ce genre que tu me dis, ça ne vaut pas ce que j'espérais. Mais enfin, je ne veux pas te forcer. De l'argent, quoique ça ne soit jamais inutile, nous en avons pour deux. Si elle est trop belle, ça pourra nous faire des ennuis, et puis, une femme trop belle, ce n'est pas bien vu, et ce n'est pas toujours bien sérieux... Il ne faudrait pas que ce soit une garce. Tu as dans l'idée qu'elle est honnête ?
— Oh ! Papet, ça j'en suis sûr. C'est la Sainte Vierge sauvage. C'est difficile à expliquer, mais c'est comme ça. Si elle disait oui, ce serait une femme extraordinaire pour moi, et je serais heureux comme tu ne peux pas l'imaginer. Mais elle ne me voudra pas. »

Le Papet répliqua violemment :
« Une fille pauvre n'a jamais refusé un Soubeyran. Il faudrait qu'elle soit folle perdue.
— Toi, Papet, si elle disait oui, tu serais d'accord ?
— Si ce que tu m'as dit est vrai, je serai d'accord, mais je ne peux pas te dire oui sans savoir qui c'est. Allez zou, grand imbécile, ouvre la porte, et dis-le-moi !

— Non, non! cria Ugolin. La porte, je l'ouvre pas. Il faut que je réfléchisse un peu.

— Prends ton temps », dit le Papet, et il alluma sa pipe.

Le soleil venait de plonger dans les nuages rouges du couchant, un grillon timide essayait sa grêle musique. Le Papet, en levant la tête, vit pendre à travers la treille deux courges d'Asie, déjà grosses comme des oranges, d'un joli vert piqué de points blancs.

Il pensait au bossu chargé de sa jarre, et à tant d'inutiles efforts, lorsque Ugolin parla :

« Papet, je crois que je vais te le dire. Mais d'abord, tu vas me jurer sur les Soubeyran que dès que tu sauras son nom, tu ne me diras pas un seul mot, et que tu t'en iras tout de suite.

— Et pourquoi?

— Parce que je ne veux pas que tu m'en parles ce soir. D'abord, il faut que tu t'habitues... Demain, si tu veux, nous en parlerons. Nous en parlerons tout le temps. Mais ce soir, j'ai vergogne.

— O misère! dit le Papet, quelle andouille! Enfin, ça sera comme tu voudras.

— Jure! Jure sur tous les Soubeyran. »

Le Papet ôta la pipe de sa bouche, se leva, se découvrit, et jura solennellement.

« Bon, dit Ugolin. C'est juré. Maintenant, attends un peu que je me décide. »

Le Papet leva les yeux au ciel, haussa les épaules, et se rassit sur la caisse.

Il attendit au moins deux minutes; puis, il y eut un bruit de ferraille dans la porte.

« J'ouvre pas, dit Ugolin. J'enlève la clef. Approche ton oreille du trou de la serrure! »

Le Papet se courba, l'oreille tendue. Enfin, Ugolin chuchota :

« C'est Manon, la fille du bossu. »

Dans un grand silence, le vieillard se releva, tourna le dos à la porte muette, et partit vers le couchant.

*
**

Le lendemain, au déjeuner de midi, le Papet parla d'abord de la sécheresse, qui menaçait les vignes et les fruitiers du vallon : le village était en souci, car il n'avait pas plu depuis cinq semaines. Ugolin ne s'en était même pas aperçu.

« L'eau du ciel, dit-il, moi je la crains. On ne peut pas lui commander : c'est toujours trop ou pas assez. Tandis que la source, je la commande — et comme c'est de l'eau des neiges, elle coule plus fort en été qu'en hiver... Si par bonheur il arrive les grosses chaleurs, cette année je fais une fortune, parce que les œillets bien arrosés, plus il fait chaud, plus ils sont beaux !

— Les grosses chaleurs, tu peux y compter, dit le Papet. Les cigales sont en avance d'au moins deux semaines : ça veut dire que le soleil va boire la moitié du vin ! »

Ugolin haussa les épaules.

« Du vin, il en restera assez pour nous, et il n'en sera que meilleur ! »

Ils trinquèrent joyeusement, et attaquèrent le dessert : un petit panier de fraîches figues-fleurs... Alors, le Papet proposa :

« On en parle ?

— Oh ! voui, dit Ugolin.

— Bon », dit le Papet.

Il bourra sa pipe longuement, sans dire un mot. Ugolin attendait, tremblant d'impatience, il parpelégeait affreusement, et il louchait. Après ce temps de réflexion, le Papet se mit à rire, et dit :

« Hier au soir, tu as bien fait de me défendre de dire un seul mot, parce que je t'en aurais dit beaucoup, et qui t'auraient fait de la peine.

— Tu ne la veux pas ? dit Ugolin tout pâle.

— Laisse-moi parler ; je t'ai dit " hier au soir "... Eh bien, hier soir, j'ai pensé tout de suite : " Il est fou, parce que cette petite a quinze ans, peut-être seize. Seize ans, c'est bien jeune pour toi.

— Alors, tu dis non ?

— Mais laisse-moi parler, nom de Dieu ! C'est bien jeune. Et peut-être que dans vingt ans, elle te trouvera bien vieux, et elle aura quelque galant.
— Tu ne la connais pas ! cria Ugolin... Une fille comme elle, si par hasard elle me voulait...
— Une fille comme elle, c'est comme les autres filles. Mais qu'est-ce que ça compte ? Dans vingt ans, les petits Soubeyran seront faits, et bien faits, parce qu'elle est belle : c'est une bête des collines, et je suis d'accord. »

Des larmes montèrent aux yeux d'Ugolin, et les battements de ses paupières les projetèrent en éventail sur la table.

« Et puis, dit le Papet, elle paraît plus que son âge. Elle fait presque dix-huit ans.
— Alors, dit Ugolin surpris, tu l'as vue ?
— Bien sûr.
— Quand ? »

Le Papet sourit, et dit :
« Ce matin.
— Ça n'est pas possible parce que ce matin...
— Ce matin à cinq heures, dit le vieillard, j'étais caché à la pointe du Saint-Esprit, parce que je savais que c'est de ce côté que tu vas, et ça me donnait un peu d'avance sur toi, parce que j'avais peur de ne pas pouvoir te suivre. Et finalement, j'ai tout vu : pendant que tu étais caché en haut de la barre, moi j'étais sous le gros figuier, à côté de la ruine du jas !
— Malheureux, dit Ugolin, elle aurait pu te voir !
— Et après ? Un bon vieux a bien le droit de chercher du pèbre d'aï ou des champignons. En tout cas, j'étais plus près que toi, et je l'ai bien vue. Tu ne sais pas à qui elle ressemble ?
— A personne, dit Ugolin avec force.
— Tais-toi, fada. Elle ressemble à quelqu'un que tu n'as pas connu. »

Il ajouta pensif :
« C'est tout le portrait de sa grand-mère, Florette des Romarins, qui était née dans cette ferme... »

Il parut rêver un moment, puis dit brusquement :
« Quand est-ce que tu lui parleras ?

— Je ne sais pas... Pour le moment, ça me suffit de la voir.

— Au fond, dit le Papet, tu as le temps. Mais fais bien attention qu'il n'en vienne pas un autre, qui sera peut-être plus beau que toi, et qui n'aura pas peur de parler : ce sont des choses qui arrivent... »

Il rêva un instant.

« Allez, zou, Galinette, aux œillets ! »

Un matin, en visitant ses collets dès l'aurore, Ugolin y trouva la plus rare des captures : un beau petit lièvre à demi suffoqué, qu'il assomma d'un coup de poing à la naissance des oreilles.

« Cette fois-ci, dit-il, elle va être contente... Il fait un peu plus de trois livres, et il vaut facilement cinq francs ! »

*
**

Il la suivit comme d'ordinaire : elle alla tout droit à la petite barre du sorbier, et il découvrit que ce jour-là, les pièges étaient tendus au fond du vallon et sur le coteau, tout près de son campement : il ne pouvait donc, sans être vu, faire après elle la visite des collets, pour la mise en scène habituelle, et lui livrer le précieux gibier.

Elle fit sa tournée mais le vent d'est avait soufflé toute la nuit, et il venait à peine de tomber : elle ne rapporta qu'une poignée d'oiseaux, et remonta vers la roche plate. Là, elle bourra sa musette d'herbe sèche, la plaça sur la pierre en guise d'oreiller, et s'endormit.

Il la regarda longtemps, bouleversé par ce spectacle, à cause d'une vieille berceuse, qui parlait du « sommeil de l'innocence ». Pour un peu, il en eût pleuré. Puis, il pensa tout à coup au lièvre : il fit un immense détour (à cause du chien) et parvint aux pièges, à moins de cent mètres de la dormeuse. Il pénétra sous le fourré, et dans le premier collet qu'il trouva, il glissa la tête aux longues

oreilles, et serra le nœud coulant ; puis, autour du cadavre, il arracha quelques touffes d'herbes, griffa la terre de ses ongles, et remonta en escaladant péniblement une dangereuse cheminée jusqu'à son belvédère. Manon dormait toujours.

Il pensa :

« Aujourd'hui, tant pis pour le Papet, tant pis pour les œillets. Je resterai jusqu'à ce qu'elle aille aux pièges. Je veux voir ce qu'elle va faire quand elle trouvera la lièvre. De tout sûr, elle va danser ! »

Et il reprit sa contemplation adorante.

Mais au bout d'un quart d'heure, le chien noir, allongé auprès de sa maîtresse, le museau posé entre les pattes, se leva soudain : il tourna la tête vers le bas du vallon, et gronda faiblement. Manon se souleva sur un coude, puis sur sa paume, et regarda du même côté.

Alors parut l'instituteur : il remontait la gorge du Pas du Loup, la tête basse, attentif au moindre caillou.

En voyant s'approcher le jeune homme, Ugolin fut saisi d'une sorte d'angoisse, et il regardait tour à tour la fille et l'intrus.

« Si elle l'avait vu, pensait-il, elle serait déjà partie... »

Puis il murmura : « File, file, le voilà qui vient ! »

Cependant Manon, comme inconsciente du danger, rassemblait ses cheveux, et les nouait d'un ruban ; puis elle serra la ceinture de sa robe, ouvrit un livre, s'étendit sur la roche, et se mit à lire, une fleur de fenouil entre les dents.

L'instituteur ramassa un caillou, l'examina à travers sa loupe, puis le jeta, et regardant autour de lui, il vit les chèvres, puis Manon : alors, il fit un pas de côté, comme pour se dissimuler derrière la broussaille qui bordait le sentier, et s'avança sans le moindre bruit, sur la pointe des pieds.

Ce manège inquiéta grandement Ugolin.

Il chuchota :

« Malheureuse ! Va-t'en vite ! C'est un cochon ! Il a dit qu'il te ferait des bises ! »

En effet, ce misérable s'approchait en se cachant, il avait évidemment l'intention de la surprendre...

Il trembla de douleur et de rage, et dit à mi-voix :

« Oh ! mais. Elle se laissera pas faire comme ça ! Et s'il veut l'embrasser de force, moi je descends ! »

Manon avait entendu l'approche du jeune homme dès ses premiers pas dans la gorge, et le tintement du petit marteau l'avait avertie : celui qui marchait sur les cailloux du Pas du Loup, c'était l'insolent qui l'avait appelée dans ses rêves. Elle sentait brûler ses joues, mais elle feignait de lire, immobile, et comme perdue dans son livre.

Lorsqu'il surgit soudain des genièvres, elle leva la tête, et le regarda, sans montrer la moindre surprise... L'instituteur s'avança, souriant, portant à la hauteur de son visage un couteau brillant, de corne polie et d'acier.

« Mademoiselle, dit-il, je suis heureux de vous rencontrer, pour vous remercier de m'avoir rendu cet instrument. »

Ugolin n'avait pas compris les paroles, mais la vue du couteau le renseigna.

« Bon. Il lui dit merci. »

Manon s'était levée, mais ne fit aucune réponse.

« A la vérité, dit l'instituteur en venant vers elle, il m'est tombé du ciel : mais les paysans qui étaient avec moi ont deviné votre présence, et m'en ont averti.

— Monsieur, dit Manon, je l'avais trouvé dans la colline, là-bas, sous le gros pin, près du jas.

— Mais comment avez-vous su qu'il m'appartenait ?

— Je vous avais vu déjeuner sous l'arbre, un jour, à midi.

— Et moi, j'ai vu vos chèvres, votre chien, et surtout votre âne, qui voulait absolument manger du saucisson...

— C'est une ânesse, dit Manon. Elle a des caprices...

— Mais vous, où étiez-vous ?

— Dans l'arbre. Tout en haut.

— Pourquoi ? »

Elle haussa les épaules, mais ne répondit rien.

Ugolin regardait de toutes ses forces cette conversation qu'il n'entendait pas, et il sentait son cœur frapper contre ses côtes, parce qu'il voyait l'instituteur parler en souriant, tandis que Manon l'écoutait sans lever les yeux, et elle lissait entre ses doigts la tige de fenouil.

Le séducteur continuait :

« On m'a parlé de vous, et ce que l'on m'a dit est extrêmement intéressant...

— Je sais, répondit-elle. J'ai entendu la conversation à côté du bassin, avant de vous lancer le couteau. »

L'instituteur fut gêné, parce qu'il se rappela tout à coup la « bise », et dit très vite :

« J'étais intéressé surtout par cette poudre rouge qui forme un dépôt au fond du bassin, après les orages... J'ai la manie, je dirais presque la passion, de la minéralogie. Comme je suis instituteur au village, je voudrais constituer une petite collection des minéraux de ces collines, afin d'apprendre à mes élèves la composition des terrains où ils sont nés.

— C'est pour ça que vous avez un petit marteau et une loupe ? Je croyais que vous étiez chercheur d'or.

— J'en chercherais, dit-il, si nous étions sur des terrains contenant des filons de quartz ou de schiste : ce n'est pas le cas.

— Ici, dit Manon, c'est du crétacé jurassique de la deuxième époque du quaternaire. »

L'instituteur ouvrit des yeux si grands qu'ils remontèrent ses sourcils.

« Vous êtes bien savante pour une bergère ! »

Elle sourit.

« Oh ! non... Je ne fais que répéter des paroles de mon père... Et souvent je lis les livres qu'il m'a laissés. Je n'y comprends pas grand-chose, mais c'est en souvenir de lui. Lui, il savait tout, absolument tout ! »

Elle souriait toujours, mais des larmes brillèrent tout à coup dans ses yeux.

L'instituteur fut ému par la dignité de ce chagrin, et ne sut que dire : c'est pourquoi il fouilla dans sa musette, et en tira un second couteau, tout pareil au premier, et les fit tous les deux miroiter au soleil.

« Voilà son frère, dit-il.

— Vous en avez acheté un autre ?

— Non !... Le jour même où j'ai acheté le premier, en rentrant à la maison pour déjeuner, j'ai trouvé celui-ci sous ma serviette : c'était un cadeau de ma mère pour la Saint-Bernard, que j'avais oubliée... Naturellement, j'ai poussé des cris de surprise, et je ne lui ai rien dit de mon

achat, mais j'ai toujours peur qu'elle ne découvre le premier couteau et si vous l'acceptez, vous me délivrerez de ce petit souci. »

Ugolin était un peu rassuré par l'attitude des deux jeunes gens, qui restaient à trois pas l'un de l'autre, mais il trouvait que cette conversation durait bien longtemps, et quand il vit les deux couteaux, il pensa :

« Ça y est ! Il en a acheté un pour elle ! Un couteau qui vaut au moins sept francs ! Ça prouve qu'il a des idées sur elle, et pas seulement dans ses rêves ! Des bises ! Je t'en foutrai, moi, des bises ! »

Cependant, Manon regardait briller le beau présent que le jeune homme lui tendait en souriant.

Elle balbutia :

« Oh ! non. Merci... J'en ai un... J'ai le mien, n'est-ce pas... Et puis, il est trop beau pour moi !

— Pas du tout ! Un couteau de berger, ce n'est pas trop beau pour une bergère... Vous savez qu'il y a quatre lames, un tire-bouchon, un poinçon, une lime à ongles...

— Et même une petite paire de ciseaux, dit Manon en baissant les yeux. J'ai gardé le vôtre pendant plusieurs jours, et je m'en suis servie.

— Alors, vous ne pouvez plus vous en passer. Prenez-le.

— Oh ! non, merci, dit-elle... Ce n'est pas la peine... Merci. »

L'instituteur s'était rapproché d'elle, elle n'avait pas reculé ; il tendait toujours le couteau brillant, elle n'avait pas levé la tête, et lissait toujours le brin de fenouil.

Là-haut, sur le bord de la barre, Ugolin avancé en gargouille sous sa couronne de lierre serrait les dents sur la racine de thym, et les regardait à travers la touffe, dans un silence épouvantable.

Mais le chien noir, saisi d'une furie subite, plongea soudain dans le sentier qui conduisait aux pièges, en aboyant à s'étrangler. Manon se baissa, saisit son bâton, et courut à grands bonds derrière lui.

L'instituteur, surpris, la suivit et vit une buse rousse de grande taille suspendue à ses larges ailes frémissantes, à moins de dix mètres au-dessus d'un fourré. Le chien

avait disparu sous les genièvres, Manon courait, le bâton levé, en criant des injures piémontaises.

Le bruit de la course, les abois du chien, les cris de la bergère intimidèrent l'oiseau de proie, qui amorça une montante spirale...

« C'est une voleuse, dit Manon. Elle surveille mes pièges mieux que moi, elle a déjà emporté un beau perdreau sous mon nez, et le piège avec ! »

Tout en parlant, elle était entrée sous le fourré ; au bout d'un instant sa main surgit à travers la sombre verdure, elle tenait par les oreilles un gros lapin roux.

« Voilà ce qu'elle voulait, cette sale bête ! Un lièvre ! »

Elle remonta vers l'instituteur, toute rose d'émotion et de joie, le bras levé pour montrer la beauté de l'animal qu'elle tenait par les oreilles...

« C'est le premier que j'aie pris au collet ! C'est parce qu'il est jeune... Quand ils sont plus gros, ils emportent tout ! »

Ugolin fut heureux de la voir contente. Il se mit à rire sans bruit, puis il dit :

« C'est moi qui te l'offre, cette lièvre !... Oui, c'est moi, Ugolin ! »

Il les vit remonter vers le sorbier.

L'instituteur parlait toujours, en montrant les deux couteaux...

« Mais non, murmura Ugolin, excédé, elle ne le veut pas, ton couteau ! Ça fait deux fois qu'elle te dit non ! »

En effet, Manon refusait encore de prendre celui qu'il lui tendait.

Alors, l'instituteur regarda sa montre, et dit :

« Une heure moins le quart ! Ma classe commence à une heure et demie, et j'aurai à peine le temps de déjeuner... Eh bien, mademoiselle, je vous remercie encore une fois, mais puisque vous ne voulez pas me débarrasser de cet instrument superflu, je le laisse sur cette pierre. Il fera certainement plaisir à quelqu'un ! »

Ugolin vit le geste, et murmura :

« Non, elle ne le prendra pas ! Non, non, non... »

L'instituteur descendit le sentier d'un pas rapide ; la bergère, le lièvre à la main, le regardait partir. Ugolin respira : elle avait refusé le cadeau du séducteur, tandis

qu'elle était heureuse et fière à cause du lièvre. C'était, en somme, une victoire ; mais quand l'instituteur arriva au tournant du sentier qui plongeait entre de hautes bruyères, il se retourna, et fit, en levant la main, un petit signe d'adieu... Alors Manon cria :
« Je garde le couteau si vous acceptez le lièvre ! »
Ugolin parpelégea trois fois en entendant ces épouvantables paroles.
Le séducteur répondit :
« D'accord ! »
Elle fit tournoyer la bête rousse, et la lança avec tant d'adresse que l'instituteur l'eût reçue sur la poitrine, s'il ne l'avait saisie au vol.
Il cria « bravo et merci ! », puis il disparut.
Ugolin gémissait :
« Ma lièvre ! »
La fille ouvrait déjà, l'une après l'autre, les lames du couteau de berger.

※
※※

Il redescendit vers les Romarins, frappé au cœur, et tremblant d'inquiétude. Il s'arrêtait tous les dix pas pour parler à haute voix, et discuter avec lui-même l'importance et la signification de l'aventure.
« Premièrement, elle lui a rendu son couteau. C'est une chose qui ne se fait pas. Un couteau qu'on trouve, on le garde... Mais on peut dire que c'est parce qu'elle est honnête... C'est la faute de son père, qui lui a trop fait de morale... Et puis, comment elle a su que cet instituteur était au bassin ce jour-là ? Ça m'a toujours intrigué. Mais finalement, c'était peut-être par hasard... Moi aussi j'y étais au bassin, et je ne peux pas dire pourquoi... Aujourd'hui, c'est bien plus bizarre... Oui, il l'a cherchée. La preuve, c'est qu'il avait acheté ce couteau pour le lui donner... Oui, parfaitement, il l'a cherchée et il l'a trouvée... Mais la bise, il ne l'a pas faite ! Ah ! non. Il a bien compris que ça ne réussirait pas... »

. .

« Seulement, seulement, ils se sont parlé bien longtemps. Oui, mais c'était surtout lui qui parlait... C'est l'habitude des gens de la ville de parler tout le temps, et de faire les gracieux... Et le couteau, elle a dit " non " au moins deux fois. Ça prouve qu'elle est fière... Le malheur, le malheur, c'est le coup de la lièvre. Ça, c'est une catastrophe. Elle aime mieux son couteau que ma lièvre ! »

Il fit quelques pas, accablé, puis s'arrêta brusquement et l'index levé, il dit très vite :

« Pardon, monsieur Ugolin, pardon ! Elle ne le savait pas, que c'était ma lièvre. Elle a cru qu'elle l'avait prise au collet ! »

..

« Et puis, elle a fait ça parce qu'elle ne voulait pas accepter de cadeau ! Et puis, c'est une bonne affaire : ce couteau coûte au moins dix francs, et la lièvre n'en vaut que cinq ! Par conséquent, elle a bien fait ! »

Cependant, ces considérations, qui atténuaient son inquiétude, ne la supprimèrent pas, car le pire, c'était qu'ils s'étaient parlé longtemps, et qu'ils se parleraient peut-être encore. Cet instituteur n'allait pas en rester là. Il reviendrait certainement, sous prétexte de chercher des pierres (qui ne pouvaient servir à rien) et peut-être qu'à force de cadeaux, il finirait par se la gagner. Il résolut donc de ne plus perdre de temps, et de faire sa « déclaration » le plus tôt possible.

Dans la nuit, sur sa paillasse, il eut une longue conversation avec Monsieur Jean, qui lui parut malheureusement favorable à l'instituteur et l'accabla de reproches pour la regrettable affaire de la source... Cette attitude inamicale du fantôme le confirma dans sa résolution de commencer sa « cour » immédiatement, après avoir pris conseil du Papet : c'était un vieux coquin, qui en savait long sur les femmes... Mais par crainte de lui paraître ridicule, il décida de ne rien dire des manigances de l'instituteur.

Le lendemain, après le départ de Délie, ils déjeunèrent tous les deux dans la cuisine.

« Papet, comment on fait pour parler aux filles ? »

Le vieillard plongeait dans la salière de petites fèves d'un vert tendre, et les croquait comme des friandises. Il sourit, fit un clin d'œil et dit :

« Alors, tu es décidé, finalement ?

— Oui, oui, il faut que je commence le plus tôt possible, parce qu'elle va de temps en temps à Aubagne, et belle comme elle est, on finira par me la prendre... Alors, ça serait mieux de lui parler tout de suite. Mais tu sais que moi je n'ai pas l'habitude. Alors explique-moi un peu...

— Bon. Écoute-moi bien. D'abord, où c'est que ça va se passer ?

— Dans la colline, naturellement. Je m'approcherai en faisant semblant de chercher des champignons ou des escargots... Comme si je ne la voyais pas... Et tout d'un coup je la vois, et je lui parle. Et qu'est-ce que je lui dis ?

— Pas si vite ! dit le Papet. D'abord, c'est pas bien de chercher des champignons ou des escargots. Ça fait pauvre. Quand on est riche, il faut le montrer. Le mieux, ça serait de faire semblant d'être à la chasse, et avec un joli costume de chasseur. Oui. Il ne faut pas te présenter avec dix francs d'habits sur le dos. Un costume neuf, et que ça se voie !... Un vrai costume de chasse, avec des jambières en cuir jaune, et un chapeau en étoffe de la même couleur que le costume. Et surtout, des bretelles !

— Ça se voit pas, les bretelles !

— Malheureux ! s'écria le Papet. Remarque un peu les gens riches : ils ont toujours des pantalons bien suspendus — tandis que les paysans, avec leur taillole, le cul de leurs brailles leur pendouille sur les jarrets... Tiens, Philoxène, pour faire les mariages, ou quand il va en ville, il met des bretelles... Et l'instituteur il en porte tous les jours ! »

C'était un argument décisif.

« Et après ?

— Après, une cravate de chasseur. Comme une espèce de foulard, pour te cacher la gargamelle... Alors là, tu auras l'air de quelqu'un ! Et tout ça, nous allons le trouver à Aubagne, au Gai Laboureur — pour pas trop cher... »

Ugolin se leva, pour prendre la marmite de la daube, qui mitonnait sur la braise, et remplit leurs assiettes. Pendant un moment, ils ne parlèrent pas. Ugolin réfléchissait en souriant.

« J'ai pensé à une chose, dit-il. Je me demande, fais bien attention, c'est pas encore décidé, je me demande si je vais pas me raser la moustache.

— Peut-être, dit le Papet... Ça dépend de la figure qu'on a... Mais des fois, la moustache ça plaît aux femmes... Il y en a deux que tu connais (et qui vont à la messe de sept heures tous les matins) qui fermaient les yeux pour me caresser la mienne ! — (Ça, pensa Ugolin, ça serait trop beau... Elle ne me le fera jamais. C'est pas son genre ; et puis, son père n'avait pas de moustaches et cet instituteur est tout rasé.)

— En tout cas, dit-il, on peut essayer... »

Ils mangèrent en silence, sans se presser, en échangeant de temps à autre un sourire, puis Ugolin dit timidement :

« Et un peu de parfumerie dans les cheveux, qu'est-ce que tu en penses ? »

Le Papet — qui sentait le renard — répondit :

« Je crois que ça leur plaît, si toi tu peux le supporter. Moi j'ai jamais pu. Ça m'entête... »

Dès le lendemain, ils allèrent à Aubagne.

D'abord, ils rendirent visite au coiffeur : un vrai coiffeur, d'où ils sortirent méconnaissables. Le Papet regretta de s'être fait laver la tête, car cette opération lui révéla que ses cheveux étaient beaucoup plus blancs qu'il ne l'avait cru jusque-là ; mais il était fort content de sa moustache, dont l'artiste avait élégamment retroussé les pointes au petit fer. Celle d'Ugolin avait été sacrifiée, mais au profit de son nez qui paraissait deux fois plus long : comme il ne le voyait que de face, il ne remarqua pas cette aggravation de son profil : le Papet en fut un peu inquiet, mais ne dit rien.

Ils sortirent du Gai Laboureur une heure plus tard : ils avaient fait des folies, car le vieillard n'avait pu résister à la vue d'un costume de velours bleu foncé, dont la beauté l'obligea à remplacer son vieux chapeau par un feutre noir à larges ailes ; quant à Ugolin, un peu raide dans son équipement tout neuf, il se regardait au passage dans les vitrines, et souriait en rougissant de fierté.

« Galinette, dit le Papet, avec un costume comme ça, tu peux te marier la fille du pape.

— Je trouve que ça me va bien, dit Ugolin... Si je me rencontrais j'oserais pas me parler. »

Manon, à son habitude, montait le raidillon du ravin qui la conduisait au sorbier, lorsque la grande biquette blanche qui marchait en tête du troupeau s'arrêta net, et regarda, curieuse, le grand fourré de myrte que dominait un chêne vert à plusieurs troncs... Le chien s'élança, et gronda.

C'est sous ce couvert qu'elle avait tendu ses pièges ; elle pensa aussitôt que quelque bête de la sauvagine, comme une fouine ou une belette, était en train de dévorer ses captures. Elle s'élançait le bâton levé lorsque à travers un bruit de branches brisées un chasseur surgit devant elle : c'était un étranger de la ville qui portait une plume de perdrix piquée dans le ruban de son chapeau.

Elle recula, prête à fuir, tandis que le chien aboyait furieusement, en tournant autour de l'inconnu, qui paraissait troublé et dit d'une voix mal assurée :

« Pardon excuse si je vous dérange... Je suis après une lièvre que j'ai tirée là-haut sur le plateau et qui est sûrement blessée... »

Manon fut surprise par cette voix, mais pendant qu'elle cherchait encore à mettre un nom sur ce visage, la grimace d'un tic le crispa brusquement : elle reconnut Ugolin. Il s'avança contre le chien, qui reculait en aboyant, et dans un parpelégeant sourire, il dit sur un ton qu'il croyait citadin :

« Mais est-ce que par hasard, vous ne seriez pas la petite Manon, la fille du pauvre Monsieur Jean ? »

Il avait longuement préparé cette phrase et ce sourire,

dont il espérait le plus heureux effet. Mais Manon ne répondait pas et regardait avec surprise le costume de chasse et les jambières fauves.

Il s'efforçait de se tenir très droit.

« Je vois, dit-il, que tu ne me reconnais pas, et c'est tout naturel parce que j'ai beaucoup changé. Je suis Ugolin, l'ami de ton pauvre père. »

De près, il la trouvait encore plus belle, mais quand elle levait les yeux vers lui, il ne pouvait soutenir son regard et il sentait battre son cœur : il fallait parler à tout prix.

« Et toi aussi, tu as changé... Tu es devenue une vraie demoiselle. Et il faut bien te regarder pour te reconnaître... »

Il parlait avec beaucoup de gentillesse, mais elle était mal à son aise, comme autrefois.

« Ça doit t'étonner que depuis si longtemps on ne se soit jamais rencontrés dans la colline. Mais c'est que maintenant, je n'ai plus le temps de chasser... C'est à cause des œillets... Tu le sais, que j'ai fait des plantations d'œillets ?

— Non, je ne le savais pas.

— On ne t'en a pas parlé à Aubagne ?

— Non.

— Pourtant, tout le monde en parle, parce que dans le pays, il n'y a que moi qui ai eu l'idée de faire des œillets. Et puis il n'y a pas que l'idée : il faut savoir... Et puis, il faut de la bonne terre, et beaucoup de travail. »

Elle répliqua vivement :

« Et une source.

— Eh oui, dit-il. C'est même le plus important.

— Je le sais.

— Et alors, figure-toi que j'ai très bien réussi... J'ai gagné de l'argent... Hum. Beaucoup d'argent... »

Manon regardait cet imbécile triomphal et ne doutait pas de sa réussite, qui aggravait l'échec de son père : le costume neuf évoquait la jaquette en loques, les souliers fauves insultaient le souvenir douloureux des pieds nus...

Il se rapprocha pour dire à voix basse :

« Et tout cet argent, c'est en pièces d'or, bien cachées... Ça je ne l'ai jamais dit à personne, mais à toi, je te le dis,

parce que ça prouve que ton père avait raison... Dans deux ans, avec mes économies, ça me fera au moins cinquante mille francs ! Qu'est-ce que tu en penses ?

— Ça ne me regarde pas, dit Manon. Si vous êtes riche, tant mieux pour vous. »

Elle sauta légèrement hors du sentier, pour rejoindre ses chèvres à travers la broussaille.

Il la suivit tout en parlant.

« Écoute, ne t'en va pas. Je veux te dire quelque chose d'important. Oui, une commission pour ta mère. »

Elle s'arrêta, surprise.

« C'est vrai que vous habitez au Plantier avec Baptistine ?

— Oui. C'est tout ce qui nous reste, mais nous sommes chez nous.

— Eh bien, moi ça m'ennuie de penser que vous êtes là-haut trois femmes seules ; même, ça me fait un peu honte. Pourtant, ce n'est pas de ma faute. Je vous avais dit de rester aux Romarins et puis c'est vous qui êtes parties sans explication. Mais quand même, des fois, ça me fait honte.

— Pourquoi ? Ça ne vous regarde pas !

— D'accord, mais j'y pense souvent. Est-ce que ça ne te ferait pas plaisir de revenir aux Romarins ? »

Elle répliqua brusquement.

« Avec vous ? »

Il répondit très vite, et presque humblement :

« Mais non, mais non ! Moi j'ai toujours ma petite maison de Massacan, où je me plaisais bien, et je me sens pas bien chez moi aux Romarins, parce que c'est toujours la maison de Monsieur Jean, mais je suis forcé d'y rester à cause des œillets... C'est délicat, ça craint beaucoup, il leur faut de la compagnie... Si la maison était vide, les lapins me feraient du mal... Et puis, ça vaut cher, on viendrait peut-être m'en voler la nuit... Tandis que si tu étais là, avec ta mère et Baptistine, moi je retournerais à Massacan... Vous, vous profiteriez de la source et vous habiteriez au milieu des fleurs, que ta mère les aime tant... »

Encore une bonne action, encore une offre généreuse ! Où voulait-il en venir ? Malgré sa méfiance et sa répul-

sion, elle hésitait à répondre brutalement, et elle caressait la tête de son chien, qui se dressait contre sa robe pour lui lécher les mains, entre deux aboiements tournés vers l'intrus.

Enfin, elle répondit :

« Je vous remercie, mais je vous l'ai déjà dit : nous sommes très bien au Plantier, et les Romarins, pour nous, ce serait trop triste. Non, merci. »

Elle repartait.

« Manon, écoute : je sais bien pourquoi tu dis non. C'est parce que tu es fière. Tu ne veux jamais accepter les cadeaux... Déjà quand tu étais petite, si je t'apportais une poignée d'amandes, tu partais en courant... Écoute : pour la fierté, ça peut très bien s'arranger. Laisse-moi t'expliquer. »

Par curiosité pure, elle s'arrêta.

« Je te l'ai dit : mon travail, c'est les œillets. Mais ce n'est pas tout de défoncer et de planter : il faut aussi arroser, il faut cueillir, et puis faire des bouquets... Et ça, des femmes peuvent le faire. Alors toi, ta mère et Baptistine, ça m'aiderait beaucoup, et je vous paierais pas mal... »

Manon fut soulagée.

« Ah ! bon, dit-elle en riant amèrement, je comprends ! Vous avez besoin de domestiques ? »

Il rugit, et répliqua vivement :

« Mais non ! Mais non ! Ne le prends pas comme ça ! Moi en souvenir de ton père, je t'offre ta maison, et un petit travail, comme ça tu n'auras pas l'idée que je te fais la charité... Mais surtout, ce que je voudrais, ça serait de te sortir de la sauvagerie, et te rendre service en ami ! »

Elle répliqua brutalement :

« Vous êtes très fort pour rendre des services, mais ça finit toujours par vous profiter ! A force de rendre service à mon père, vous habitez dans notre maison, c'est vous qui avez trouvé la source, et c'est vous qui êtes devenu riche ! Peut-être vous n'avez rien fait de mal, mais je crois que vos services nous portent malheur : alors, ne vous occupez pas de nous : nous n'avons besoin de personne, et surtout pas de vous ! »

Elle lui tourna le dos, monta vers ses chèvres, et s'éloigna sous la barre, le long du coteau pierreux.

Il appela :

« Manon ! Écoute, Manon... »

Elle ne se retourna même pas.

Le pauvre Ugolin en resta figé : il avait cru que le temps adoucirait cette aversion, qu'il jugeait injustifiée, puisque Manon n'avait jamais rien su de l'histoire de la source... Certes il n'avait pas espéré qu'elle allait lui tomber dans les bras : mais la proposition qu'il lui avait faite était merveilleusement avantageuse pour une pauvre bergère... Pourtant, elle l'avait refusée avec mépris, et elle avait dit qu'il était leur porte-malheur... Ça, c'était une catastrophe... Il en avait mal aux côtes, et des larmes dans les yeux.

Lorsqu'elle fut assez loin, elle se retourna pour s'assurer qu'il ne l'avait pas suivie. Elle ne vit personne, et s'arrêta pour cueillir des menthes poivrées : il y en avait une longue file sous la barre.

La rencontre d'Ugolin ressuscitait tout le passé ; non pas qu'elle l'eût oublié : mais la puissante joie de vivre de la jeunesse, dont la chair expulse si vite les corps étrangers, adoucit le contour des mauvais souvenirs, en obscurcit les cruelles couleurs, et finit par leur donner l'irréalité d'une histoire lue dans un livre.

La présence de cet homme, ses tics, le son de sa voix, avaient annulé l'effet bienfaisant de quatre années, en précisant le personnage, avec son volume et son poids, et le bruit de ses propres pas, sur les pierres roulantes des éboulis, c'était la marche de son père sous la jarre ; elle se mit à courir...

Soudain, une voix déchirante cria deux fois son nom.

Elle s'arrêta, regarda derrière elle, puis leva la tête : elle le vit là-haut, penché au bord de l'à-pic contre le ciel.

Il criait :

« Manon ! Ne cours pas ! Écoute-moi une minute ! Manon, c'est pas vrai ! C'est pas pour te faire travailler !

C'est parce que je t'aime ! Manon, je t'aime ! Je t'aime d'amour ! »

Ces cris qu'il arrachait de sa poitrine rebondissaient d'échos en échos, et de l'autre côté du vallon les plaques de roche gémirent quatre fois « amour ».

La fille stupéfaite regardait ce pantin gesticulant. Elle en restait la bouche ouverte de surprise et de dégoût.

Il criait toujours :

« Manon ! J'ai pas osé te le dire de près, mais j'en suis malade ! Ça m'étouffe ! Et il y a longtemps que ça m'a pris ! C'était aux Refresquières, après le gros orage ! Je m'étais caché pour les perdreaux... Je t'ai vue quand tu te baignais dans les flaques de la pluie... Je t'ai regardée longtemps, tu étais belle. J'ai eu peur de faire un crime ! Je suis parti sous les genêts, et toi tu m'as lancé des pierres ! »

Manon rougit, indignée, et mit ses mains en porte-voix pour crier des injures en piémontais, car elle n'en savait pas d'autres ; elle termina cette courte litanie en l'appelant d'une voix stridente « Vieux cochon », et reprit le sentier derrière ses chèvres. Ugolin, courant le long de la barre, hurlait :

« C'est pas vrai, je suis pas vieux ! J'ai trente ans et cinquante mille francs l'année prochaine ! Et puis c'est pas pour m'amuser ! Je veux te marier ! C'est ça les bons ménages ! Et puis, de la famille, j'en ai pas ! Personne à nourrir ! Le grand-père est mort ! La grand-mère est morte ! Mon père s'est pendu quand j'étais petit, ma mère est partie de la grippe ! Il reste que le Papet ! C'est mon parrain le Papet ! Il est riche, et il va tout me laisser, parce que je suis le dernier des Soubeyran ! Et il est vieux, il va crever bientôt, le Papet. Nous aurons la grande maison au village ! Et tous les œillets que j'ai faits pour toi ! Oui, pour toi, nom de Dieu ! parce que je t'aime ! Je t'aime ! »

Tout le vallon retentissait de ses gémissements, auxquels le chien répondait par des aboiements furieux. Manon, écœurée, reprit sa course, mais le malheureux la poursuivait, galopant au bord de la barre, et s'arrêtait de temps à autre pour reprendre ses proclamations.

« Manon ! Tu seras comme une reine ! Je te paierai

deux femmes de ménage ! Tu te lèveras quand tu voudras ! Je te porterai le café au lit tous les matins, oui, nom de Dieu, parce que je t'aime ! »

Mais au moment où il étendait les bras vers elle, en gémissant « mon amour, mon amour... », sa voix s'arrêta brusquement dans un hoquet, il se plia en deux, en portant les mains à son estomac : il venait de recevoir en plein épigastre une pierre lancée par la fronde de la bergère, qui fuyait, légère, suivie des tintinnabulantes chèvres et du chien bondissant...

Le pauvre Ugolin cherchait à retrouver sa respiration : courbé en deux, il balançait son torse horizontal, et finit par tomber à genoux dans le thym.

Enfin, la douleur lui laissa quelques secondes de répit, et il dit d'une voix étranglée :

« C'est incroyable ce qu'elle est adroite ! »

Le spasme crispa de nouveau son plexus, et il restait à quatre pattes sur le gravier de la garrigue, quand son regard rencontra un silex presque rond, un petit œuf couleur de miel. C'était la pierre qui l'avait frappé. Il la ramassa, la baisa, la mit dans sa poche, et se leva : Manon avait disparu derrière un éperon de la barre, il n'entendait même plus les sonnailles... Il alla ramasser son fusil, et descendit — à petits pas — vers les Romarins.

Il trouva le Papet dans les boutures fort occupé à planter des tuteurs.

« Alors ? Tu lui as parlé ?

— Je ne l'ai pas vue aujourd'hui, répondit-il. Elle a dû aller à Aubagne, ou peut-être à Pichauris, porter du gibier.

— Si c'est pas aujourd'hui, ça sera demain.

— Ou même plus tard, dit Ugolin. Il vaut mieux que je m'habitue à ce costume...

— Tu es superbe ! Tu sembles un chasseur de Marseille ! Va vite te changer ! »

Ils travaillèrent aux œillets, jusqu'au soir. Ugolin, tout en surveillant les rigoles d'arrosage, réfléchissait. Malgré la brutalité de la réponse de Manon, il reprenait peu à peu courage ; il trouvait des explications consolatrices et se donnait des raisons d'espérer.

« Premièrement, c'est une sauvage, elle n'a pas l'habitude de parler aux gens... Deuxièmement, elle est toute neuve, c'est comme les chèvres la première fois qu'elles voient le bouc, elles en ont peur. C'est tout naturel. Et puis, ce costume est peut-être trop beau. Ça impressionne, et puis ça ne fait pas sérieux... Et puis, j'aurais pas dû lui dire que je l'avais vue se baigner : c'est ça qui l'a mise en colère. Ça l'a contrariée... C'est tout de ma faute, tout. »

Cependant, après son dîner solitaire, expédié en quelques bouchées, il resta longtemps assis, les coudes sur la table et les poings aux tempes. Il revoyait les larges yeux

bleus de mer, la crinière d'or, les lèvres pulpeuses, et il murmura :

« C'est terrible, c'est terrible... Elle est trop belle, c'est terrible... Si elle était moins belle, je l'aimerais autant, et ça serait plus facile... Et puis, il y a cet instituteur qui me donne du souci... Comment faire ? Comment faire ? »

Les jours suivants, il constata qu'elle était devenue méfiante. Tout le long du chemin, elle poussait son chien dans les taillis, puis, avant de s'installer sous le sorbier, elle explorait longuement le paysage. Parce qu'il était tout en haut de la barre, aplati sous ses guirlandes et derrière la touffe de thym, elle ne pouvait le voir : mais elle sentait sûrement sa présence, car au moindre frémissement des broussailles d'alentour, elle faisait tourner sa fronde et lançait de cruelles pierres qui frappaient au cœur le pauvre amoureux.

« Si seulement elle me permettait de lui parler ! Je suis sûr que je lui changerais les idées... C'est ça qu'il faudrait : lui changer les idées. Mais comment ? »

Une nuit, réveillé par un extraordinaire concert de chouettes, sous une lune rouge comme un œil crevé, il jugea le moment favorable à une cérémonie magique.

Ayant écrit sur un morceau de papier le nom de Manon il le plaça au milieu de la table, et l'entoura de ses reliques : le petit bout de ruban vert, la pelote de cheveux, un bouton de nacre, trois noyaux d'olive. Puis, il déterra sa précieuse marmite, et cerna le tout d'un rond épais de pièces d'or, comme pour emprisonner Manon dans sa richesse. Puis, afin de renforcer ce charme, il fit sept fois le tour de la table, les mains jointes, en invoquant la Sainte Vierge, qui fut sans doute bien surprise par ces appels incongrus.

Lorsque les chouettes se turent, il remit son or dans la marmite, puis, au milieu des pièces glissantes, il enfouit la précieuse pelote de cheveux dorés, retendit le double fil de fer sur le couvercle, et replaça le tout sous la pierre de l'âtre. Il espérait que l'or dont les pouvoirs magiques sont bien connus agirait puissamment sur les cheveux captifs, qui enverraient des messages à la chevelure de la bien-aimée : alors, ça lui ferait pousser des idées dans la cervelle (surtout pendant qu'elle dormirait) et finalement, un beau matin, en ouvrant la porte, il la trouverait assise sur la marche...

Il prit ensuite le ruban, le regarda, le caressa, le baisa, puis se leva soudain pour ouvrir le tiroir du petit bahut : il y trouva du fil et une aiguille, qu'il ne fut pas facile d'enfiler. Alors, il ôta sa chemise, et s'installa, le torse nu,

sur une chaise, tout près de la lampe, et commença à coudre le ruban vert sur son sein gauche. L'aiguille était épaisse, et le sang jaillit en gouttelettes. Les dents serrées, il tira sur le double fil rugueux, qui sciait sa chair. Quatre fois, il planta l'aiguille, et tira le fil. La cinquième, il ne perça que le ruban, et fit un nœud de couturière. Enfin, le visage blême, trempé de sueur et de larmes, il alla prendre au mur le morceau de miroir, et regarda le ruban vert taché de sang qui pendait sur sa toison rousse.

« Comme ça, dit-il, il sera toujours sur mon cœur. »

Puis il but un grand verre de vin, et alla s'étendre sur la paillasse, une main crispée sur son cœur brûlant.

C'est-à-dire que le pauvre Ugolin des Soubeyran était en train de devenir fou et qu'il maigrissait à vue d'œil.

Un après-midi, au fond du vallon des Refresquières, Manon, assise dans l'herbe sèche, regardait la carapace jaune d'un petit monstre préhistorique, qui avait planté ses griffes dans la tige d'une carotte sauvage. Le gros insecte resta parfaitement immobile, mais il se passait quelque chose à l'intérieur, car soudain son dos se fendit sur presque toute sa longueur, et une bête d'un vert tendre travailla longuement à s'extraire de cette prison. Elle était enveloppée d'ailes humides et fripées et elle grimpa lentement et maladroitement jusqu'au bout de la tige, où elle resta immobile sous le brûlant soleil de juillet. C'était une cigale. Son corps brunissait à vue d'œil, ses ailes se dépliaient et devenaient transparentes et rigides, comme du mica nervuré d'or.

Manon attendait le premier envol de la bestiole, lorsqu'elle vit au loin deux chasseurs qui descendaient le vallon. Le fusil à la bretelle, ils suivaient à flanc de coteau un sentier à peine visible ; mais ils le quittèrent tout à coup et disparurent dans un épais fourré, qui longeait le pied de la barre... Elle attendit le bruit d'une détonation : mais rien ne troubla le silence, pas même le léger craquement des pierres sous leurs espadrilles. Elle fut un peu inquiète ; dans ce fourré, elle avait tendu quatre précieux pièges à lapins : ces chasseurs venaient peut-être des Ombrées, et avec ces gens-là, on ne sait jamais. Elle abandonna la cigale, fit asseoir le chien, et prit un détour sur le plateau pour arriver au-dessus d'eux sans être vue.

Elle se glissa sous les cades jusqu'au bord de la barre ; à travers un térébinthe horizontal, qui s'élançait dans le vide, elle vit les deux hommes assis sous une yeuse ; ils cassaient la croûte de grand appétit.

Elle reconnut Pamphile, le menuisier qui avait fait le cercueil de son père.

Elle ne connaissait pas l'autre, qui était très petit avec une grosse tête, c'était Cabridan.

Tout en détachant la peau d'une tranche de saucisson le menuisier disait :

« Moi, les pièges des autres, je n'y touche jamais. Pour moi les pièges, c'est sacré. Surtout ceux-là. »

Elle fut étonnée de ce respect particulier.

« Pourquoi " ceux-là " ? demanda l'autre.

— Parce que c'est ceux de la fille du bossu... Hier soir, j'étais caché là-haut, pour la couchée des grives, je l'ai vue tendre... »

Cabridan mastiquait longuement. Le menuisier se versa un verre de vin. Il but, s'essuya les lèvres d'un revers de main, et dit :

« Elle n'a plus que ça pour vivre : ça serait criminel de lui prendre ses pièges, après ce que nous lui avons fait...

— Quoi, quoi, quoi ? dit l'autre, la bouche pleine, moi, je lui ai jamais rien fait... Et l'histoire de la boule, tu sais très bien que ce n'était pas ma faute !

— D'accord ! dit Pamphile. Mais c'est pas de ça que je te parle.

— Et alors, de quoi ?

— La source ? Tu ne la connaissais pas, toi, la source des Romarins ? Tu ne savais pas qu'elle existait depuis plus de cinquante ans ?

— Moi, n'oublie pas que je suis plus jeune que vous autres.

— Tu ne l'avais jamais vue couler ? »

Cabridan hésita avant de répondre.

« Peut-être une fois, quand j'étais petit. A la chasse avec mon père... Nous avions bu dans un petit ruisseau. Je crois que c'était celui-là.

— Comment tu crois ? Il n'y en a jamais eu d'autres dans tout le pays. Et tu sais bien que c'est Ugolin qui l'a bouchée, avant l'arrivée du bossu.

— Je le sais, et je ne le sais pas, dit Cabridan. Moi, en tout cas, j'y suis pour rien. Et puis, le Papet nous avait dit qu'elle était perdue depuis longtemps...

— Perdue ! ricana le menuisier. Pas perdue pour les Soubeyran ! Ils ont eu vite fait de la sortir quand ils ont pu mettre la main sur la ferme... »

Manon écoutait, glacée, ces paroles que son esprit enregistrait, mais qui ne touchaient pas encore son cœur, et elle doutait de leur sens : mais déjà des frissons couraient dans son dos, et elle respirait plus vite.

La conversation continuait à travers des mastications de pain et de saucisson.

Le menuisier reprit :

« Ça ne te faisait rien, à toi, de voir ce malheureux se crever pour rien ?

— En tout cas, dit Cabridan, moi ça ne m'a jamais fait rigoler comme les autres... Moi, quand ils en parlaient je m'en allais parce que je préférais mieux ne pas y penser... Tu sais que je suis brave et honnête, mais le courage, j'en ai pas de reste. Et puis, il faut te dire qu'il y a cinq ans j'avais emprunté deux cents francs au Papet. Quand mes petites ont eu la rougeole... Je les lui rendais dix francs par dix francs. Et quand je ne pouvais pas, il me disait : " Ne te fais pas de mauvais sang, tu me les rendras quand tu pourras. " Alors, tu comprends bien que j'allais pas me mettre en travers des affaires des Soubeyran, pour une histoire que je n'étais pas bien sûr, et qui ne me regardait pas...

— Les Soubeyran, dit Pamphile, c'est des salauds. Et le vieux t'avait prêté cet argent pour que tu ne parles pas de la source. Et c'était bien calculé ! »

Cabridan but son verre de vin, et attaqua timidement :

« Et toi, toi, pourquoi tu n'as rien dit ? »

Le menuisier trancha plusieurs rondelles de saucisson, et dit :

« Moi, c'est à cause d'Amélie. Un jour, j'ai vu le bossu de loin, qui cherchait l'eau avec la baguette... J'ai cru qu'il allait la trouver, et ça m'aurait fait bien plaisir. Mais baste ! Il n'y connaissait rien, et il est passé plusieurs fois à vingt mètres, et le lendemain, je l'ai vu creuser au mauvais endroit... Ça m'a tracassé toute la nuit, que cet

homme soit obligé de marcher à pieds nus, avec sa jarre sur la bosse, et qu'il avait sous les pieds la plus belle source du pays... Alors, le matin, j'ai dit à Amélie : " Nous sommes tous des criminels, et ça ne peut plus durer comme ça. Moi je vais lui dire. " Ô malheur ! Elle m'a fait une scène terrible, que j'allais perdre le pain de mes enfants, que c'était honteux de s'occuper des affaires des autres, que les bossus ça porte malheur, que celui-là était de Crespin patin-couffin exétéra, et elle finit par me poursuivre jusque dans mon atelier, et elle continue à me faire sa litanie. Enfin, je lui promets de rien dire. Elle me fait : " Promettre, ce n'est pas suffisant. Jure sur ton établi. " Moi, de jurer, ça ne me gêne guère : ces choses-là, je n'y crois pas ; j'allonge ma main au-dessus de l'établi, et je jure. Alors, elle me fait un œil glacial, et elle me dit : " Regarde un peu sur quoi tu as juré ! " Elle soulève mon équerre plate, et elle me fait voir une photographie, qu'elle avait glissée dessous : c'était ma fille, en première communiante, avec son livre de messe à la main !

— Oyayaïe ! dit Cabridan, là, elle t'avait bien embarqué !

— Eh oui ! Oh elle est forte ! Du coup, je n'ai rien pu dire, mais ça me tracassait quand même. Alors un matin, en allant à la chasse, j'ai emporté un petit pot de peinture noire, et près de la maison du bossu, au bord du chemin qui domine, j'ai peint deux flèches sur des pierres blanches, à vingt-cinq mètres une de l'autre.

— Pourquoi ?

— Les deux flèches pointaient vers la source ! Comme ça je n'avais pas parlé, et si le pauvre homme avait eu l'idée de viser avec les flèches, il aurait creusé au bon endroit, et en quatre coups de pioche, l'eau lui aurait sauté à la figure !

— Ce n'était pas facile à comprendre, dit Cabridan... Moi, j'aurais cru... »

Le menuisier mit brusquement son index devant sa bouche, ouvrit de grands yeux, et prêta l'oreille. On entendit caqueter une perdrix qui rassemblait sa famille... Avec mille précautions, ils se levèrent, prirent les fusils ; à grands pas sur la pointe des pieds, la crosse

sous le coude, ils se séparèrent, et disparurent dans les genêts.

Manon, glacée l'horreur, regardait quatre tranches de saucisson, rouge et blanc sur un lambeau de papier jaune, et cette bouteille oblique, appuyée contre une pierre. Deux coups de fusil l'éveillèrent. Elle partit au hasard sous les pinèdes.

Elle marcha longtemps. Le troupeau, rassemblé et dirigé par Bicou, la suivait à quelque distance... Lentement, la douleur prenait des forces, et serrait sa poitrine.

Ainsi, la longue peine de son père, ses efforts héroïques de trois années, devenaient presque ridicules...

Le petit chasseur l'avait dit : « Il y en avait que ça faisait rigoler... » Ce n'était pas contre les forces aveugles de la nature ou la cruauté du Destin qu'il s'était si longuement battu mais contre la ruse et l'hypocrisie de paysans stupides, soutenus par le silence d'une coalition de misérables, dont l'âme était aussi crasseuse que les pieds. Ce n'était plus un héros vaincu, mais la pitoyable victime d'une monstrueuse farce, un infirme qui avait usé ses forces pour l'amusement de tout un village...

Elle marchait dans les lavandes, l'haleine courte, les dents serrées, les joues en feu, et l'esprit désert comme la garrigue... Sans l'avoir voulu, et comme conduite par ses jambes, elle se trouva tout à coup devant le sorbier. Alors, en criant comme une bête blessée, elle courut à lui, le serra dans ses bras, frotta sa joue égratignée contre la dure écorce, et elle put enfin pleurer.

Le soleil descendait derrière la Tête Rouge, la brise du soir montait vers les sommets ; une perdrix appelait sur la barre... Ses chèvres broutaient autour d'elle, son chien debout lui léchait les mains.

Elle revoyait les jours heureux de leur misère, la mèche noire sur le front pâle, les beaux yeux qui riaient toujours, les grandes mains, les joues piquantes... Non, il n'avait pas été vaincu ! C'était sa gloire de n'avoir pas compris la férocité de ces insectes. Cette âme noire d'Ugolin, il l'avait éclairée de sa propre lumière, et il n'avait pu deviner une hypocrisie qu'il ne pouvait pas concevoir. Mais elle-même, son instinct l'avait avertie : elle l'avait toujours su, que cet homme était l'ennemi...

Elle revit avec horreur ses attitudes amicales, les trop nombreux petits cadeaux, l'aide inutile qu'il offrait sans cesse... Et pendant qu'il parlait, et qu'il déplorait la sécheresse, la source était là, dans sa tête, l'eau brillante coulait sous ses frisettes rousses, et cette brute assise devant un verre de vin blanc n'aurait eu qu'à dire trois mots pour faire un miracle. Maintenant, enrichi par son crime, il avait eu l'audace de lui crier son amour, et de lui proposer de le servir ! Son chagrin fit place à une rage sourde et profonde, qui serra ses poings. Non, le misérable ne profiterait pas de son ignoble réussite. Elle prit sa course vers les Romarins.

Elle ne savait pas ce qu'elle allait faire. En tout cas, revoir les lieux du crime, et préparer sa vengeance. Elle descendit sur la Garette, traversa le vallon du Plantier, escalada les barres du Saint-Esprit, pour atteindre la crête du coteau qui plongeait vers la maison de son enfance. Elle s'engagea sous l'épaisse pinède qui frémissait à la brise du soir, mais fut surprise lorsqu'elle constata que les grands pins ne descendaient plus jusqu'au champ.

Cependant, à la place des arbres dévorants que les « bousquetiers » avaient abattus, les cades, les genêts, les aubépines avaient pris une vigueur nouvelle : seuls maîtres des richesses du sol, ils formaient un fourré presque impénétrable, au-dessus de touffes épaisses de hautes herbes jaunes séchées par l'été. La serpe d'Ugolin n'était pas intervenue, parce que ces racines plongeantes ne pouvaient atteindre les vaseaux d'œillets.

Elle se glissa sous le hallier, et ne reconnut pas le champ, qui lui parut immense à cause du massacre des oliviers ; mais la vue de la chère maison, sous les trois grands pins des chouettes qui étendaient leurs branches sur le toit, fit monter ses larmes.

Ugolin sortit de la remise, harnaché d'une sulfateuse et commença une lente promenade le long des rangées de boutures vertes, en projetant, au bout d'un tube de cuivre, de petits nuages bleutés.

Il paraissait morne, et accablé, et s'arrêtait de temps à autre, sans raison, la tête baissée. Elle pensait qu'il restait encore, dans une vieille boîte de biscuits, une douzaine de cartouches, et que le fusil de son père s'allongeait contre la paroi de la Baume, soutenu par deux chevilles de bois. Elle n'aurait qu'à venir un matin, avant l'aurore. Elle se cacherait dans le fourré, tout près de la maison, et dès qu'il en sortirait, elle le tirerait comme une bête puante. Elle n'avait encore jamais touché un fusil, mais elle aurait vite fait d'apprendre...

Lorsque Ugolin fut au bout du champ, elle rampa de nouveau sous la broussaille, et regagna la crête sans le moindre bruit.

Le soir tombait. A pas lents, elle suivait ses chèvres sur le chemin du bercail, mais elle arrêta à la Font de la Ser, pour baigner d'eau froide ses yeux rougis par les larmes, car elle avait décidé de ne pas révéler l'affreuse vérité à sa mère, ni à Baptistine : elle craignait d'amoindrir le prestige de la mémoire de son père, et d'autre part elle préférait agir seule. Elle s'efforça donc de contenir sa douleur et sa colère, se plaignit d'une migraine, et alla se coucher.

Là, les yeux clos, elle réfléchit longuement, et se dit tout à coup :

« Le fusil, c'est dangereux, je risque de le manquer. Et puis, les gendarmes viendront, parce qu'on verra qu'on l'a tué. Il y a bien mieux : le feu. »

Elle revit les hautes broussailles sur le coteau, l'herbe sèche buissonnante, le cercle fermé des pinèdes, les quatre grands oliviers devant la maison, les larges branches résineuses étalées sur le toit, qu'elles caressaient les jours de mistral...

Elle irait un soir se cacher là-bas, il rentrerait du village, elle attendrait qu'il eût soufflé la lampe. Aux quatre coins, elle préparerait de petites meules d'herbes sèches, et vers une heure du matin, au plus profond du sommeil, elle y mettrait le feu... : alors, la danse rouge courrait sous la broussaille, puis les genêts et les cades flamberaient, puis les grands pins se tordraient les bras dans la fumée et s'enflammeraient d'un seul coup, comme des

torches : le scorpion entouré de braises aurait le temps de se voir mourir.

Quand les gens du village viendraient, ce serait trop tard, et ce n'est que le lendemain que les pompiers des Ombrées trouveraient dans les ruines de la ferme effondrée, ou peut-être étendu près de la source, un corps noir et tordu comme une vieille souche d'olivier...

Un peu apaisée par cette vision, elle s'endormit au lever du jour.

Le matin, elle ramena ses chèvres sur les barres du Saint-Esprit, et redescendit vers les Romarins.

Ugolin partait vers Massacan avec le mulet... Elle put faire le tour des pinèdes, pour s'assurer que l'incendie ne laisserait aucun passage au criminel. Elle constata que du côté du village, le fond du vallon était peu boisé, à cause du chemin : mais l'herbe sèche était très haute, et dans la broussaille, elle vit luire les feuilles vernies d'un bon nombre de térébinthes, qu'une étincelle enflamme, et qui brûlent longtemps... Elle pensa qu'ils suffiraient pour arrêter la fuite d'un homme affolé par les flammes et perdu dans la fumée.

Le soir même, sa mère endormie, elle quitta le Plantier, furtive, et sous une lune cornue, elle reprit pour la première fois l'horrible sentier à flanc de coteau, celui de la course de l'eau, et elle suivit les pas chancelants de son père accroché à la queue de l'ânesse. Elle arriva au reposoir, sous la branche secourable d'où pendait encore l'esse de fer... Elle le revit, essuyant son front, les yeux fermés... Elle s'agenouilla une minute, et repartit, blême et résolue, en serrant dans son poing la petite boîte d'allumettes.

Dans les grands pins, derrière la maison, les chouettes se répondaient comme autrefois. Les fenêtres étaient noires... Ugolin était-il rentré ? Elle attendit à peine quelques minutes : puis le bruit des souliers ferrés sur les

pierres ; un pas traînant, qui s'arrêtait de temps à autre, s'approchait, et une ombre traversa la plantation, lentement, la tête baissée et les mains dans les poches. Elle entendit la clef grincer dans la serrure, puis la chère plainte des gonds... Une lueur jaune illumina faiblement les vitres sales ; au bout d'un moment, la fenêtre s'ouvrit, puis les volets de bois claquèrent, et l'espagnolette grogna comme aux soirs des temps heureux.

Aux fentes des volets la lumière brillait, avivée. Elle attendit un moment. Le frêle coassement d'une insolente grenouille proclamait cruellement la source... Alors, elle se leva, et prépara les petites meules d'herbe sèche d'où jaillirait la première flamme. Mais pendant qu'elle mettait en place la seconde, la lune se voila, puis disparut. Elle leva la tête : une épaisse nuée qui montait de la mer étouffait les étoiles l'une après l'autre. Cinq minutes plus tard, un lointain tonnerre roula longuement, et une large goutte d'eau frappa son front. Des larmes de rage montèrent à ses yeux...

La pluie, qui avait si longuement trahi son père, venait au secours de l'assassin. Elle dispersa le tas d'herbe, et prit sa course dans la nuit, sous l'orage.

Dans son lit, elle reprit courage : cette pluie soudaine était peut-être une grande chance pour elle. Elle s'était trop pressée : elle n'avait pas pensé qu'il valait mieux attendre un jour de mistral... Au moment du grand incendie de Pichauris, où deux pompiers avaient péri, cernés par les flammes, son père avait dit : « Quand il n'y a pas de vent, les pins brûlent presque sur place, et le feu ne progresse qu'en montant les coteaux. Mais quand souffle le mistral, l'incendie court de tous côtés, aussi vite qu'un cheval au galop ! » Il était plus sage d'attendre les grands chevaux rouges du vent, et les longues flammes horizontales qui lancent les pignes résineuses comme des gerbes de comètes.

Il plut pendant deux longues journées, d'une pluie bienfaisante qui eût sauvé son père, et qui pénétrait profondément dans le sol... Manon, nerveuse, ne mangeait presque plus, ne dormait guère, et se réveillait entourée de flammes. Elle estima qu'il faudrait trois jours de soleil, ou deux jours de vent pour sécher les pinèdes : on était au début d'août, et rien n'était perdu : il ne fallait qu'un peu de patience.

Après les journées de pluie, consacrées à la récolte des escargots, le soleil reparut, et les collines fumantes verdoyèrent. Elle repartit avec ses bêtes le long des Refresquières, où les creux de la roche brillaient comme des miroirs. Au pied de la barre, sous les térébinthes, elle tendait ses pièges, sous l'œil attentif de son chien, lorsqu'il dressa les oreilles, et partit comme un trait. Un tout jeune chevreau, un petit mâle hasardeux, s'était éloigné du troupeau, et bondissait de roche en roche, dans les éboulis, en haut du coteau, sous la barre. Elle ne s'en inquiéta guère, sûre que Bicou allait le ramener par d'habiles manœuvres tournantes, et les menaces aboyées avec une férocité simulée ; mais le tout petit bouc disparut soudain dans un fourré au pied de la barre. Bicou l'y suivit, puis Manon entendit des abois assourdis, suivis de gémissements qui exprimaient une véritable consternation. Elle s'élança aussitôt, traversa le fourré à son tour, et se trouva devant l'étroite ouverture d'une crevasse d'où sortaient les cris désolés de son chien.

Elle s'y glissa à son tour, à quatre pattes.

Au fond de l'étroit couloir, Bicou grattait le sol avec rage, pour agrandir un trou par lequel il n'avait pas pu passer. Quand il eut arraché la terre et la mousse, ses griffes grincèrent sur la roche. Manon saisit sa queue à deux mains, le tira en arrière, et plongea sa tête dans l'ouverture, dont l'étroitesse arrêta ses épaules : elle entendit des chevrotements désespérés, amplifiés et pro-

longés par l'écho d'une voûte. Elle pensa : « Une grotte ! »

Alors, elle appela la petite bête perdue dans la nuit... « Bilibili »... De longs échos lui répondirent, puis des bêlements qui lui semblèrent plus lointains... Elle recula pour laisser passer la lumière, et examina les bords de l'orifice. Ce n'était pas de la roche vive, mais une pierre blanchâtre lisse, presque opaline, que la pointe du couteau raya.

Elle laissa le troupeau sous la garde du chien, et courut au Plantier. Sa mère et Baptistine étaient aux Ombrées, mais elle trouva des pommes de terre sous la cendre, un civet de lapin qui mitonnait au coin du feu, et un panier de figues... Elle déjeuna très vite, tout excitée par sa trouvaille : une grotte qu'elle ne connaissait pas, et où personne peut-être n'était jamais entré !

Il y avait sans doute des galeries qui allaient jusqu'aux Bastides, et des salles étincelantes de cristal de roche, comme on en voit dans le livre de géologie... Il n'y avait certainement pas de grosses bêtes, parce que l'entrée était trop étroite... Mais peut-être des serpents ? En tout cas, ce ne pouvait être que des couleuvres, qui prennent la fuite à première vue ; d'ailleurs Bicou savait les tuer d'un seul coup de dent, et sans qu'il fût possible de voir comment.

Elle repartit en mangeant des figues. Mais à la place de son bâton, elle portait une petite barre à mine, et dans sa musette, un marteau de maçon, trois bougies, des allumettes, et une pelote de ficelle dont elle comptait attacher un bout à l'entrée, pour retrouver son chemin dans les galeries...

Elle vit aussitôt que le chevreau vagabond avait rejoint le troupeau, mais que le fidèle gardien n'était pas à son poste... Elle s'approcha de l'ouverture, et appela : une meute de chiens lui répondit. En son absence, Bicou avait réussi à franchir l'entrée, mais n'avait pas pu en sortir...

Elle se mit à l'ouvrage. Ce ne fut pas un travail facile, car elle n'avait pas la place nécessaire à la course ronde du marteau. Par bonheur, le dépôt de calcaire n'adhérait pas fortement à la roche, et elle put en détacher quelques

strates, en enfonçant la pointerolle dans des fentes à peine visibles.

Au bout d'une heure, elle réussit enfin à faire tomber une épaisse plaque blanche, et l'ouverture fut assez grande pour qu'elle pût y pénétrer en rampant. Mais avant de tenter la mystérieuse aventure, elle sortit à reculons de la crevasse pour examiner les alentours. Personne. Les chèvres paissaient au loin, paisiblement, autour de l'ânesse. Elle prêta longuement l'oreille, inspecta l'horizon, puis elle se glissa dans le trou. Agenouillée, elle alluma d'abord une bougie, puis avança résolument vers la voix du chien.

L'étroit boyau s'élargissait peu à peu, et déboucha soudain dans le vide : mais la bougie, tendue à bout de bras, éclaira un sol moussu, au bas d'une marche. Elle colla sa lumière sur une saillie de la roche. Le chien aboyait toujours ses appels, elle l'entendait courir... Elle appuya ses deux mains sur la mousse et rampa prudemment pour dégager son corps de l'étroit tunnel : elle put enfin se mettre debout, et reprit la petite flamme.

Non, ce n'était pas une cathédrale souterraine, mais une sorte de galerie de mine, ornée de chandelles de pierre rougeâtre ; les unes pendaient du plafond, les autres montaient du sol ; elle se glissa entre les stalagmites. Son chien la précédait, et parfois revenait vers elle pour lui dire quelque chose qu'elle ne comprenait pas.

Quand elle eut parcouru une dizaine de mètres, elle entendit un bruit, une sorte de murmure continu, qui venait du fond de la galerie, et elle sentit que le sol descendait sous ses pieds par une faible pente.

Enfin, la galerie déboucha dans une salle assez basse, sous une herse de stalactites.

Le murmure était plus fort ; c'était une chanson tintante et cristalline... Elle s'arrêta, éleva la petite flamme au-dessus de sa tête, et vit sur le sol danser une étoile : comme elle se penchait, un visage monta vers elle, et c'était le sien.

Elle était au bord d'une nappe d'eau, une nappe ovale, qui avait bien dix pas de long. Elle n'était pas profonde : le chien la traversa sans perdre pied.

A droite, au pied du mur de roche, un ruisselet tombait

d'une fente moussue, et plongeait sous la nappe frémissante. A l'autre bout de l'ellipse, un petit tourbillon aspirait l'eau par un trou invisible.

Des larmes montèrent à ses yeux. C'était l'eau des collines, celle qui aurait pu sauver son père, et qui gaspillait sa richesse dans la roche stérile et la nuit souterraine...

A ras de la surface, dans la paroi opposée, la galerie plongeait dans la nuit : elle devait servir de déversoir quand le niveau montait : c'est pourquoi l'eau ne sortait jamais de la grotte, et la belle source était restée ignorée des hommes...

Elle entra pas à pas dans le miroir glacé des ombres où tremblaient les reflets inversés des stalactites. Sous ses pieds montèrent de petits nuages sombres. Elle plongea la main jusqu'au fond, et en remonta une poignée de sable, qui paraissait presque noir... Elle rampa dans le tunnel, jusqu'à la lumière du jour, et sur sa paume grande ouverte, le soleil enfin charitable illumina le sable rouge du bassin de la Perdrix.

Elle revint le lendemain matin, un couteau scie pendu à sa ceinture et portant à la main un petit râteau sans manche... Dans le vallon, elle chercha longtemps une longue branche à peu près droite : on en trouve peu dans ces collines, où les arbres poussent à grand-peine des rameaux noués et bossus. Elle finit par choisir un jeune pin qui, pour surgir d'une haute broussaille, était monté directement à la rencontre de la lumière : elle l'ébrancha, régularisa les nœuds avec son couteau et réussit à monter sur ce manche le petit râteau qu'elle assujettit avec un clou. Puis, après avoir longuement surveillé les quatre horizons, elle se glissa dans la grotte secrète et colla quatre bougies sur les saillies de la paroi.

L'eau coulait toujours, limpide et musicale. Elle y plongea le râteau et gratta le fond de la flaque. Le nuage rouge monta aussitôt à la surface et s'étendit rapidement. Patiente, elle continua son action pendant plus de deux heures. Lorsque les dents de fer grincèrent contre la roche, elle gratta les berges et poussa la poudre rouge dans l'eau.

Vers midi, elle sortit enfin au soleil et elle alla enterrer le râteau sous le gravier d'un éboulis. Puis, elle déjeuna sous un pin, entourée de son troupeau.

Elle réfléchissait aux chances de son expérience. L'homme avait dit que l'eau du bassin rougissait légèrement après les gros orages. Mais combien de temps après ? Elle essayait de se rappeler exactement ses paroles... Il lui sembla qu'il avait parlé de quelques

heures. Sept ou huit heures ? Elle ne put se souvenir du nombre exact, mais ce n'était certainement pas plus de huit heures... Après son déjeuner elle partit, avec ses chèvres, vers le bassin.

L'eau en était parfaitement claire ; devant le tuyau d'arrivée qui sortait du mur à un pied du fond, elle pouvait voir un frémissement transparent... Sur le ciment gris, il restait encore des parcelles rouges ; elle comprit qu'elles n'étaient pas venues récemment et qu'elles avaient échappé aux pelles et aux balais des nettoyeurs.

Elle explora du regard les environs, s'installa sous l'arbre où l'instituteur s'était assis, et ouvrit un livre.

Toutes les dix minutes, elle allait se pencher sur le miroir d'eau, mais pendant l'après-midi, la source resta impitoyablement pure. Vers six heures du soir, elle commença à désespérer.

« Non, pensait-elle, cette eau ne vient pas de là-haut... Ou alors, peut-être, je n'ai pas assez remué le fond... »

Comme elle ne savait que faire, elle se pencha vers l'eau glacée, but à longs traits, comme une chèvre, et lava son visage. Puis, pendant qu'elle essayait de se coiffer en se mirant, elle vit jaillir au fond du bassin une fusée rougeâtre qui s'épanouit en volute, monta lentement vers la surface, puis redescendit en tournoyant... En deux minutes, le nuage s'élargit jusqu'à toucher les deux parois. Alors, elle sut que la Providence lui accordait la ruine d'Ugolin, et la punition du village... Les œillets miraculeux allaient mourir comme les maïs et les courges, les riches potagers des Bastides sécheraient sur pied en quelques jours. Elle courut annoncer la nouvelle au sorbier, tremblante d'une émotion si farouche qu'elle éclatait de rire en pleurant...

Elle commença aussitôt ses préparatifs. Tout d'abord, elle monta sur les barres pour explorer le paysage : elle craignait en effet le passage inopiné d'un chasseur, ou la surveillance d'Ugolin. Puis, elle descendit avec l'ânesse dans un petit ravin des Refresquières où le ruissellement des pluies avait laissé une longue traînée d'argile bleue, et presque pure. Avec le précieux couteau, elle en découpa des pains, dont elle remplit les poches de sparteric, et fit deux voyages à la grotte. Enfin, elle remonta au

Plantier, et elle fabriqua un petit sac avec un carré de jute replié et cousu à la façon des savetiers, avec un clou et une double ficelle : elle le remplit d'un ciment grumeleux, et sans doute éventé, mais encore capable de durcir dans l'eau.

« Qu'est-ce que tu veux faire ? demanda Baptistine.
— Je te le dirai peut-être demain soir. »

Après le dîner, elle partit sous le clair de lune, avec son chien, le petit sac de ciment sur l'épaule. Elle marchait à l'ombre des barres, et s'arrêtait souvent pour écouter, tandis que Bicou, le museau pointé, flairait la brise... Elle le fit asseoir en sentinelle, devant l'entrée, lui fit quelques recommandations à voix basse, et pénétra dans le tunnel.

Quatre bougies allumées, et ses vêtements noués au-dessus de sa ceinture, elle entra dans l'eau glacée, qui monta jusqu'à ses genoux, poussa le sac de ciment dans l'orifice de sortie, et le tassa avec le manche du râteau. Enfin, elle pétrit dans l'eau les pains d'argile, et les écrasa sur le sac et la roche qui l'entourait.

L'eau montait lentement, et quand elle eut fini son ouvrage, ses mains étaient gourdes, et elle ne sentait plus ses jambes : elle remonta péniblement sur la berge inondée, et dut s'accrocher aux saillies de la roche pour aller s'asseoir sur la marche du tunnel... Tout en frictionnant ses cuisses glacées, elle vit l'eau miroitante atteindre le seuil de la galerie opposée, le franchir tout à coup, et plonger sur la pente... Elle entendait le murmure d'une petite cascade qui emportait dans la nuit l'or d'Ugolin, et les récoltes de ses complices, et elle dit à mi-voix :

« Il y en a que ça faisait rigoler ! »

Elle écouta longtemps ce bruit délicieux, puis elle reprit ses outils, souffla sur la flamme des bougies mourantes, et se glissa hors de la grotte... : le chien l'attendait ; conscient de sa mission, il dressait l'oreille au moindre bruit. Alors, longuement, elle entassa des pierres dans la crevasse, de crainte qu'un lapin poursuivi ne cherchât un refuge dans la grotte, bientôt suivi par un chien puis par un chasseur. Enfin, à la lueur des étoiles,

elle alla déraciner un térébinthe, et un gros genêt épineux, qu'elle planta devant l'entrée condamnée, puis lourdement chargée de ses outils, et précédée par son gardien, elle remonta au Plantier.

Sa mère s'était endormie, un livre entre les mains, la lampe allumée. Le réveil sur la commode marquait minuit. Elle souffla sur la flamme jaune, se coucha, et refit ses comptes.

L'eau cesserait probablement d'arriver au bassin vers sept heures du matin. Mais la source des Romarins, qui était un peu plus près de la grotte, serait sans doute tarie plus tôt, tandis que la fontaine du village, alimentée par la provision du bassin, coulerait encore jusqu'à midi, et peut-être plus tard...

De toute façon, ce serait une grande et belle journée.

Elle avait d'abord eu l'intention d'aller se cacher sous la pinède des Romarins, pour assister à la surprise et au désespoir d'Ugolin, puis de traverser le village, sous prétexte d'une visite au cimetière, pour s'assurer de la mort de la fontaine. Mais elle pensa qu'il serait imprudent de s'approcher trop tôt des lieux du désastre, car tous ceux qui étaient au courant du crime qui avait tué son père feraient peut-être un rapprochement qui la désignerait aux soupçons... Il valait mieux, pour être informée du résultat, envoyer au village la vieille Baptistine.

Épuisée, elle dormit profondément jusqu'au grand jour.

Baptistine trayait les chèvres devant la cabane.

« Ma belle, dit Manon, j'ai besoin de toi. Tout à l'heure, nous irons cueillir des fleurs dans la colline, et tu iras les porter au cimetière.

— Bon, dit la vieille. Justement, j'ai envie d'y aller. Je demande la clef au forgeron, et j'y vais un peu parler à mon Giuseppe, et à notre maître.

— Ensuite, tu feras les commissions. Deux gros pains, du sel, du poivre, trois côtelettes...

— Écris-le-moi sur le papier, dit la vieille. Je le montre au marchand, et il comprend. J'y vais tout de suite ?

— Non. A onze heures. Je t'accompagnerai jusqu'aux barres du Saint-Esprit, avec les chèvres, et je t'attendrai. »

A la terrasse du café de Philoxène, sur la place, les mécréants buvaient leur apéritif de midi. L'instituteur leur faisait une petite conférence sur un très vieux proverbe provençal qui dit, traduit en français :
« Vent de nuit
« Dure un pain cuit »,
c'est-à-dire « le temps de cuire un pain ».

« A mon avis, disait-il, il s'agit d'un faux sens caractérisé. Je crois que le véritable proverbe disait jadis :
" Ven de nuei,
" Duro pas ancuei ",
et par contraction : " pancuei ". Ce qui signifie : " Le vent qui se lève la nuit ne durera pas aujourd'hui. "

— Ça, c'est pas sûr ! dit le boulanger, qui se voyait chassé d'un proverbe.

— Eh bien, moi, dit M. Belloiseau, je crois que vous avez cent fois raison, car " dure un pain cuit " assignerait au vent de nuit une durée fixe, et limitée à moins d'une heure, alors qu'il se lève souvent avant minuit et tombe au lever du soleil ! Je dirai même plus, car... »

Non, M. Belloiseau n'eut pas le temps d'en dire plus, car une voix puissante lui coupa la parole. La vieille Baptistine, qui était passée une heure plus tôt pour demander la clef du cimetière à Casimir, venait de surgir au bout de la place : elle hurlait des injures et des malédictions. Des enfants la suivaient en riant, des femmes parurent sur les portes. La Piémontaise s'avança jusqu'à la terrasse. Elle criait toujours, d'une voix d'homme, et

tout à coup, elle lança la lourde clef du cimetière à la tête de Casimir, qui l'esquiva par miracle, et une vitre du bar vola en éclats.

« Hé là ! cria Philoxène, mais vous êtes folle ma pauvre vieille ! Qu'est-ce que ça veut dire, de casser les vitres des gens ? Surtout quand on n'a pas un franc pour payer les dégâts ? »

Mais elle criait toujours, la figure convulsée de rage et mouillée de larmes, en montrant son poing à Casimir, qui expliqua rapidement le drame.

La veille, il avait été obligé de mettre le corps de Giuseppe à la fosse commune, parce que le trop peu généreux « atrapénoure » n'avait payé qu'une concession de deux ans, et qu'il fallait faire de la place pour la vieille Jeannette des Bouscarles, qui venait de recevoir les derniers sacrements.

« Je le lui ai expliqué tout à l'heure en lui donnant la clef, dit Casimir, mais elle ne l'a compris que maintenant... Écoutez-moi, Baptistine... »

Mais elle criait comme une bête, avec des gestes de folle, si bien que trois chiens l'entouraient d'aboiements furieux, tandis que le fox-terrier de Philoxène, venu en traître par-derrière, lui arrachait un grand pan de sa robe... Elle le jeta au loin d'un coup de savate, monta deux marches de l'escalier de M. Belloiseau, et les bras levés, elle lança une malédiction solennelle.

« Crèvent les porcs ! Crèvent des chèvres ! Tombe l'olive ! Sèchent les fèves ! Les femmes stériles ! Les hommes borgnes ! Les vieux tout tordus ! La grêle sur la vigne ! La pépie au poulailler ! Les rats dans la cave ! Le feu dans la grange ! Le tonnerre sur l'église ! »

Cette terrible litanie, vaguement comprise, fit rire aux larmes les mécréants, et les enfants poussaient des cris de joie... Mais deux vieilles s'enfuirent épouvantées en faisant des signes de croix, la grosse Amélie parut à sa fenêtre, et cria désespérément :

« Attention ! Faites-la taire ! Elle nous jette le sort ! »

Pamphile et le boulanger, laissant jaillir l'index et le petit doigt de leurs poings fermés, les pointèrent à sept reprises vers la sorcière, en poussant le cri de conjuration ;

« Hi... Hi... hiii... »

Mais elle criait toujours, effrayante, lorsque la bonne de M. le curé, experte en exorcismes, surgit un bol à la main : c'était de l'eau bénite, qu'elle lança courageusement au visage de l'exaltée. Alors, la Piémontaise réveillée fit un signe de croix, descendit des marches et cria :

« C'est la jettatura ! Vous êtes tous perdus ! »

Elle leur tourna le dos, et s'éloigna sous les huées.

Manon, impatiente, et couchée dans l'herbe depuis une heure, attendait au milieu de ses chèvres broutantes le retour de son amie, sans perdre de vue le village.

Quoiqu'elle ne pût voir la place entourée de maisons, elle espérait que des gens allaient sortir des rues en criant, les bras au ciel, dans une agitation de fourmilière éventrée. Mais tout restait calme, sous le brûlant soleil de midi... Une idée l'inquiéta soudain : la galerie vers laquelle elle avait détourné le ruisselet allait peut-être rejoindre le même canal souterrain, et tout ce qu'elle avait fait n'avait servi à rien... C'était non seulement possible, mais probable — car l'eau suit les pentes, et la pente conduisait au bassin...

Elle en était là de ces réflexions découragées lorsqu'elle vit Baptistine sortir du village, suivie par des enfants qui poussaient des cris et des huées... La Piémontaise se retourna soudain vers eux, brandissant son bâton, et lança des cris si terribles qu'ils prirent la fuite, puis elle descendit le raidillon qui plongeait dans le vallon, et remonta vers Manon qui courut à sa rencontre.

« Qu'est-ce que tu as, Baptistine, ma belle ? Qu'est-ce qu'ils t'ont fait ? »

La Piémontaise voulut parler, ses lèvres tremblèrent, elle fondit en larmes... Manon l'embrassa, et la fit asseoir à l'abri d'une roche, sous un bouquet de pins. Alors Baptistine lui raconta son malheur, et l'accompagna de lamentations.

« Ils l'ont sorti de la belle boîte, parce qu'ils disent que ça tient trop de place... Et ils l'ont tout mélangé avec les autres, avec des gens qu'on ne connaît pas, et que peut-

être ils ont des sales maladies... Et même dans ce trou, il y a Pépito, le bûcheron, un Espagnol méchant comme la gale, que Giuseppe l'avait assommé deux fois, parce qu'il lui volait son vin dans le panier, et qu'il lui faisait des grimaces pour se moquer de lui, et puis vite il partait en courant... Et maintenant ça va recommencer toute l'éternité... Et au giudicio finale, comment il fera pour retrouver ses os, que ça se ressemble tous, et puis que personne peut reconnaître ses os, parce qu'on ne les a jamais vus, et ça sera facile de se tromper... Et maintenant qu'il est tout éparpillé, même moi je ne saurais pas le remettre ensemble. Et puis, à quoi ça sert de faire des prières pour lui, sur cette tombe. De tout sûr les autres lui en voleront la moitié ! Mais ces gens du village, c'est une bande de porcs, et je leur ai fait la jettatura la plus mauvaise, et ça leur portera malheur. »

Manon la consola de son mieux, en lui disant que pour le giudicio finale, la Madone arrangerait tout, et qu'elle reverrait certainement son Giuseppe tout entier, puis elle lui demanda tout à coup :

« Et mon père ? Ils n'ont pas touché à sa tombe ?

— Je ne sais pas, dit Baptistine. J'étais tellement malheureuse que je n'ai pas bien regardé. Ils ont fait des trous de partout... »

Manon se leva, et prit sa course vers le village.

Cependant, à la terrasse du bar, le groupe était renforcé par de nouveaux arrivants : la grosse Amélie, les poings sur les hanches, la mère de l'instituteur, qui portait un cabas gonflé de légumes, Anglade qui revenait des champs, la pioche sur l'épaule, Cabridan debout entre deux cruches, et la vieille Sidonie.

Le Papet disait en ricanant :

« Tout ça, c'est des histoires de mémés.

— Tu verras, tu verras ! répliqua Sidonie... Moi j'ai connu la sorcière des Ombrées, qui pouvait faire crever un mulet ou une chèvre avec quatre mots ! »

Amélie cria :

« Et la Piémontaise en a dit plus de quatre ! Moi, je nous vois mal partis !

— En tout cas, dit Cabridan, ma femme revenait du jardin quand la vieille a jeté le sort, et quand elle est arrivée à la maison, le ragoût était tout brûlé, et la grand-mère était tombée dans l'escalier. Elle a une bosse au front comme la moitié d'une prune !

— Et selon vous, dit l'instituteur, ces deux malheurs domestiques sont les premiers résultats de la malédiction ?

— Je n'en suis pas bien sûr, mais quand même, je le crois un peu !

— Si ta grand-mère buvait de l'eau fraîche, dit le Papet...

— Vé, vé, vé, dit soudain Pamphile, qu'est-ce que je vois ? »

L'instituteur suivit son regard : Manon, échevelée, arrivait en courant. Elle vit l'instituteur, et s'arrêta devant lui. Elle était blême, des perles de sueur brillaient sur son front et elle dit brusquement :

« Qu'est-ce qu'on a fait au cimetière ? »

Philoxène répondit aussitôt :

« On a changé de place le pauvre bûcheron, parce qu'il n'avait pas de concession à perpétuité !

— Et... mon père ?

— On n'y a pas touché, et on n'y touchera jamais ! »

Elle ferma les yeux, respira profondément.

« Faites-la asseoir ! cria Magali, vous ne voyez pas qu'elle va tomber ? »

L'instituteur la tenait déjà aux épaules, mais elle s'était reprise, rougit et le repoussa doucement.

« Merci, dit-elle... Je vous remercie... Est-ce que je peux avoir la clef du cimetière ?

— Bien sûr, dit Casimir.

— A condition, dit Philoxène, de ne pas venir ensuite casser une autre vitre, comme votre amie !

— Mais faites-lui boire quelque chose ! disait Magali... Au moins un peu de café !

— Non, merci madame, dit Manon. Ce n'est pas la peine... merci... »

M. Belloiseau la regardait avec un très vif intérêt, et dit

— en croyant chuchoter : « Surprenante et adorable créature ! »

Amélie se tourna vers Pamphile.

« Ça doit quand même te faire plaisir de le voir de près, ton oiseau doré ! »

Pamphile, avec une férocité subite, répliqua :

« Toi, rentre à la maison tout de suite ! Rentre, ou tais-toi, parce que tu vas recevoir une paire de gifles devant tout le monde ! »

Amélie, les poings sur les hanches, hurla :

« A moi, une paire de gifles ? A moi ?

— Ceci devient intéressant », dit M. Belloiseau.

Mais cette plaisante scène fut brusquement interrompue par une voix désespérée qui appelait : « Papet ! Papet ! »

Ugolin arrivait au galop, couvert de boue, le visage défait, et hors d'haleine... A dix pas, il cria :

« Papet ! La source ! La source !... Elle s'est arrêtée !

— Qu'est-ce que tu racontes ? dit le vieillard.

— Depuis ce matin, ça ne coule plus !...

— Plus du tout ?

— Plus une goutte ! »

Une sombre joie réchauffa le cœur de Manon. Ce visage bouleversé de tics, ces yeux hagards, ce pantalon raidi par la boue, c'était un bien beau spectacle... Il continuait haletant :

« Depuis neuf heures ce matin... J'ai creusé une tranchée, j'ai rentré des bâtons dans le trou... Rien, rien... Bonne mère, qu'est-ce qu'il faut faire ?

— C'est capricieux, les sources ! dit Pamphile. Surtout la tienne ! Autrefois, elle coulait... Puis quand il est venu le monsieur de la ville, elle s'est arrêtée... Puis quand tu es venu, elle a coulé pour toi. Puis tout d'un coup, elle s'arrête. C'est son caractère... Mais ne te fais pas de mauvais sang : d'ici trois mois, elle reviendra !

— Mais, malheureux, tous mes œillets sont en boutons ! Des œillets de luxe, des spécialités !

— Il en a fait quinze mille ! dit le Papet.

— Toute ma fortune, tout ce que j'ai gagné, je l'ai mis là-dedans cette année ! Et avec ce soleil, huit jours sans eau, tout est foutu ! »

Alors on entendit la voix claire de Manon :
« Il vous reste la citerne !

— Elle me fera deux jours, mais pas plus ! »

Dans son désarroi, il n'avait pas reconnu la voix, mais il la vit soudain et demeura un instant interdit.

« C'est toi ? Eh bien, toi, tu le sais, qu'avec la citerne, on peut rien faire !

— Eh oui, dit Pamphile... Elle est bien placée pour le savoir.

— Rends-toi compte qu'il me faut huit mètres par jour ! Si je ne les ai pas, dans cinq ou six jours, je suis ruiné ! Et ce soleil ! Regarde ce soleil ! C'est le même que celui qui a fait mourir les coucourdes, et qui va brûler mes œillets ! »

Il tomba à genoux, leva les bras au ciel, et gémit :
« O Bonne Mère ! Bonne Mère !

— Ça suffit ! dit brutalement le Papet. Lève-toi, imbécile ! D'abord, peut-être que l'eau est déjà revenue pendant que nous parlons... Et si elle se fait attendre, il y a la fontaine. Avec deux mulets, et même quatre mulets s'il le faut, et quatre hommes, c'est possible de tenir le coup... Allons d'abord voir là-haut ! »

Il se tourna vers Ange.

« Tu viens avec nous, fontainier ?

— Je vais d'abord manger, dit Ange. C'est midi et demi ! Je monterai après.

— Moi aussi, dit Cabridan.

— Passe d'abord chez moi, dit Anglade. Je te prêterai ma petite pompe... »

Une voix de femme appela soudain.

« Dites, vous autres, venez un peu voir ! »

C'était Bérarde, la femme d'Anglade, qui avait placé sa cruche sous le bec de la fontaine.

« Qu'est-ce qu'il t'arrive ? dit Anglade.

— Il m'arrive que la fontaine est pas bien en train : ça coule comme mon petit doigt !

— Pas possible ! » dit Ange.

Il courut vers Bérarde, et presque tous le suivirent. Depuis des années, le tube de cuivre coulait à plein goulot, mais ce débit venait de se réduire à moins de la moitié.

Dans un grand silence, les hommes échangeaient des regards inquiets.

« Il ne faudrait pas qu'elle nous fasse le coup d'Ugolin ! dit Anglade.

— C'est pas possible ! dit Philoxène. Elle ne s'est jamais arrêtée depuis cinquante ans ! »

Mais sous leurs yeux, le filet d'eau s'amincissait de minute en minute. Manon regardait tous ces gens qu'elle ne connaissait pas, ceux qui avaient gardé le secret de la source, et qui voyaient mourir la leur. Elle n'osait pas encore y croire. Ses jambes tremblaient ; Magali la fit asseoir sur une chaise de la terrasse, tandis que tous se rapprochaient de la fontaine : dans le silence, elle entendait le bruit de l'eau qui tombait dans la cruche et tout à coup, un gargouillement étrange, puis le tuyau soupira longuement, et se tut.

Ugolin, hagard, cria :

« Celle-là aussi ! Papet, nous sommes perdus ! »

Ange, stupéfait, tétait le tuyau, et la voix stridente d'Amélie cria :

« Je vous l'avais dit, qu'elle nous jetait le sort ! Vous avez bien ri, pas vrai ? Et puis voilà ce qui nous arrive ! Il n'y a qu'une chose à faire : c'est de remettre le bûcheron dans sa boîte, sans ça la fontaine ne coulera jamais plus !

— Et si elle ne veut pas nous lever le sort de bonne amitié, cria Sidonie, on lui fait boire un litre d'eau bénite, et on lui chauffe les pieds sur une bonne braise ! »

Manon fut effrayée pour son amie. Ces sauvages étaient bien capables de se venger sur elle. Mais M. Belloiseau intervint.

« Mesdames, vous manquez de logique ! dit-il.

— Qué logique ? Après ce qu'elle nous a fait ?

— Je veux dire, reprit le notaire, que si elle a des pouvoirs surnaturels, il serait bien imprudent de la torturer — et si elle n'en a aucun, comme je le crois, il vaut mieux chercher ailleurs la cause de cet accident.

— O fontainier, dit Philoxène, c'est toi que ça regarde ! Qu'est-ce qu'il se passe ?

— J'en sais pas plus que toi, dit Ange... C'est peut-être un crapaud qui bouche le tuyau, ou une couleuvre... En tout cas, je vais voir au bassin... »

Il partit au galop.

« A mon avis, dit l'instituteur, il ne s'agit pas d'un accident dans la conduite, puisque la source d'Ugolin, qui est située plus haut que le bassin, s'est arrêtée la première... Cet arrêt qui est certainement momentané est sans doute dû à la sécheresse...

— Je ne crois pas, dit Anglade qui arrivait. C'est vrai qu'il n'a pas plu depuis dix jours, et que nous avons un soleil de feu... Mais dix jours, ça nous est arrivé souvent, et jamais ça n'a arrêté l'eau ! »

Le boulanger était consterné.

« Si ça dure huit jours, avec quoi je vais faire le pain ?

— Et qu'est-ce qu'on va mettre dans le pastis ? » dit Philoxène.

Le Papet entraîna Ugolin, frappé de stupeur, tandis que les enfants et les commères envahissaient la place, et que, suivi de sa servante, M. le curé arrivait à grands pas.

Les enfants, que la fontaine n'intéressait guère, vinrent regarder Manon, un peu effrayée par l'arrivée de tant de gens. Elle prit sur la table la clef du cimetière, et se leva. Elle était si pâle que Magali lui dit :

« Je crois que je ferais bien de vous accompagner.

— Je vous remercie, madame, j'ai l'habitude de vivre seule dans la colline...

— Je sais ! dit Magali. C'est vous qui avez trouvé le couteau de mon fils, et qui le lui avez rendu... Je vous accompagne jusqu'au portail... »

Elles se mirent en route, Manon se taisait.

« J'adore ces collines, dit Magali. Parfois j'accompagne mon fils, le jeudi. Nous allons déjeuner sur la Tête Rouge, ou sous les barres du Saint-Esprit... Un jour, de loin, il m'a montré votre... habitation... Ce doit être merveilleux de vivre dans une ancienne bergerie — mais peut-être pas très commode ?...

— On s'y habitue très bien. Nous avons une source dans la cuisine. Une source absolument pure, et glacée...

— Mon Dieu, dit Magali effrayée, est-ce qu'elle ne s'est pas arrêtée, elle aussi ?

— Ce matin, elle coulait comme d'habitude... »

Deux paysans essoufflés qui montaient la côte à grands pas pressés s'avancèrent.

« Qu'est-ce qu'il se passe, madame Magali ? L'eau n'arrive plus à notre bassin ! Ange l'a coupée ?

— Ma foi, dit Magali, je sais qu'il y a quelque chose à la fontaine, et qu'ils ont l'air assez inquiets...

— Malheur ! dit le Polyte, ça serait pas le moment qu'elle nous manque ! J'ai mille pieds de pommes d'amour, repiqués juste à la fin de juin... Ça serait la grande catastrophe... »

Ils s'élancèrent sur la pente montante... Elles arrivèrent devant le portail du cimetière.

« Alors, je vous laisse ici ?

— Oui madame. Merci. Merci. »

Elle ouvrit la lourde grille, tandis que Magali reprenait le chemin du village ; mais comme elle était curieuse, elle s'arrêta et revint sur ses pas, mais n'osa pas aller jusqu'au portail. Alors à travers la brume sonore des cigales, elle entendit une musique, celle d'un harmonica ; mais l'air qu'il jouait, c'était une danse.

Elle s'approcha, et risqua un regard à travers la grille. Manon, agenouillée, lui tournait le dos, et la joyeuse petite musique étonnait le calme cimetière. Elle fit un pas en arrière, s'éloigna, s'arrêta de nouveau, et dit :

« Elle est bizarre, cette petite... Oui, très bizarre... Mais comme elle est jolie ! »

En remontant aux collines, Manon retrouva la Piémontaise qui l'attendait en haut du Baou. Baptistine se mit à danser de joie à l'annonce de l'arrêt de la source... Puis elle voulut redescendre au village pour narguer ces « mangeurs de pois chiches », et au besoin consolider le « sort » par des malédictions nouvelles. Manon l'en détourna, en lui disant qu'ils étaient capables de lui rôtir les pieds, et qu'il vaudrait mieux ne pas se montrer pendant quelque temps.

Elle resta plusieurs jours dans les collines, gardant ses chèvres et ses pièges comme à l'ordinaire. Elle était fière du devoir accompli, et sûre de son bon droit, puisque c'était sans aucun doute la Providence qui lui avait révélé le secret de la source, mais elle se demandait si l'eau ne finirait pas par dissoudre le bouchon d'argile et de ciment si hâtivement mis en place, et d'autre part, il était possible que le nouveau parcours de l'eau souterraine allât, par un détour, rejoindre l'ancien... Matin et soir, elle se glissait sous la broussaille jusqu'au bord de la barre, au-dessus du bassin, pour s'assurer que l'eau n'était pas revenue : mais non ; elle voyait le rectangle de ciment blanchi par le soleil, et deux ou trois gamins chargés d'annoncer la résurrection de la source ; en attendant, ils faisaient la chasse aux limberts, cassaient entre

deux pierres des amandes de pins pignons, ou grattaient le ventre d'une cigale pour la faire chanter.

Au village, c'était un désastre.

Tous les matins, Philoxène téléphonait à la préfecture, qui avait promis d'envoyer un spécialiste du Génie rural, mais ce technicien tardait à venir, et la situation empirait chaque jour. Les beaux légumes des potagers séchaient sur pied, les puits étaient vides, sauf celui du Papet, qui en avait cadenassé le couvercle, et qui était encore en état de fournir deux litres d'eau par jour pour l'apéritif des mécréants.

Sur la placette, les femmes ricanaient en regardant le pauvre Ange : abruti de honte, il astiquait stupidement le tube de cuivre de la fontaine, comme s'il croyait que ce témoignage de sollicitude pouvait l'encourager à reprendre sa chanson.

Le joyeux boulanger avait résolu son problème par un abominable chantage, car il avait cyniquement déclaré :

« Si vous voulez du pain, apportez-moi de l'eau ! »

C'est pourquoi un paysan partait chaque matin, avec une petite caravane de trois ânes attachés l'un derrière l'autre, pour aller chercher « l'eau du pain » à la fontaine des Ombrées.

Les jumeaux d'Anglade, qui soignaient désespérément de belles planches de choux pommés, allaient tous les jours, avec deux mulets, jusqu'à Ruissatel. Quant au triste Ugolin, il faisait le va-et-vient entre les Romarins et les Quatre Saisons, avec trois charrettes chargées de tonneaux, car le Papet avait loué deux charretiers italiens avec leurs équipages.

Il partait dès l'aube ; toute la journée, sous le soleil dévorant, il marchait en tête du convoi, et le soir, quand les Piémontais demandaient grâce pour leurs bêtes, il faisait encore deux voyages, tirant à bout de bras le fantomatique mulet du Papet dont la progression douloureuse n'était vraiment qu'une chute en avant miraculeusement retardée à chaque pas... La nuit, il parlait au « pauvre M. Jean ».

« Va, va, je sais bien que c'est toi qui m'as coupé la source... C'est bien fait, je l'ai mérité. Mais tu sais bien que c'est pas pour moi que je travaille ! Tu sais bien que toutes ces fleurs, c'est pour elle, c'est pour lui gagner des sous ! Écoute, je te connais, tu es brave, tu es au Paradis. Tu vois bien que j'ai les pieds tellement gonflés que je peux plus me tirer les souliers, tu vois bien que le mulet va crever, et que si ça continue encore huit jours, les œillets sont perdus quand même... Allez, zou, au nom du Père, du Fils et du Saint-Esprit, rends-nous la source de ta fille, ainsi soit-il, amen, nom de Dieu ! »

Un matin, vers sept heures, Manon vit monter vers le Plantier Casimir le forgeron, accompagné par la grosse Amélie et par Nathalie. C'était une délégation, qui venait demander à Baptistine de « retirer le sort », car la fontaine restait muette et l'angoisse gagnait le village.

Casimir assura que les « oss » de Giuseppe avaient été soigneusement récupérés, son cercueil remis à neuf, et que M. le curé allait dire une messe pour apaiser son âme, sans doute irritée par deux déménagements. Pendant que les femmes suppliaient la Piémontaise, Casimir fit un clin d'œil à Manon, et vint lui dire à voix basse qu'il ne croyait en aucune façon à ces diableries, mais que Baptistine ferait bien de descendre au village, et de les régaler de quelques simagrées rétroactives pour calmer les vieilles qui excitaient les mâles contre elle ; il ajouta que le village faisait peine à voir, et il décrivit avec complaisance le calvaire du titubant Ugolin, qui « crèverait » probablement en même temps que ses œillets.

Dans l'espoir d'assister à un si plaisant spectacle Manon accompagna son amie aux Bastides.

Giuseppe eut les honneurs d'une nouvelle cérémonie au cimetière : les mécréants mirent en doute son efficacité consolatrice, car Casimir leur avait confié qu'il

n'était pas sûr que tous les « oss » récupérés fussent bien ceux du bûcheron, mais qu'en tout cas « le compte y était ». Après une messe expiatoire, Baptistine, devant la fontaine, fit le « contre-charme ».

Elle prévint d'abord l'assistance : l'eau ne coulera pas aujourd'hui, parce qu'il faut qu'elle revienne de très loin. Puis, elle enflamma une touffe de verveine sèche, et entama une litanie de bénédictions qui détruisaient une à une les malédictions antérieures. Cette opération magique fit un grand effet sur les femmes et les enfants, mais aucun sur la fontaine, ce qui confirma l'infaillibilité de la sorcière.

Manon avait hâte de monter jusqu'à l'aire, d'où elle aurait pu voir passer Ugolin et ses mulets ; mais l'instituteur l'arrêta au passage, avec un beau sourire d'ami, et lui dit :

« C'est vous que je cherche : on vous attend à la mairie. »

Elle fut surprise, et déjà inquiète. Que lui voulait-on ?

L'instituteur continuait :

« Le maire a obtenu de la préfecture qu'on nous envoie un ingénieur du Génie rural, pour percer le mystère de la source. Ugolin l'a déjà conduit aux Romarins, parce que c'est là que la catastrophe a commencé. Mais il voudrait qu'on lui indique les points d'eau qui ne figurent pas sur ses cartes, et nous avons pensé à vous. Venez. »

Il l'entraîna vers la mairie.

« Pourquoi à moi ?

— Parce qu'un jour, un vieux chercheur d'asperges, dans la colline, vous a appelée " la fille des Sources ". »

Les craintes de Manon grandirent. Cet ingénieur allait lui poser des questions, et il faudrait lui répondre sans la moindre hésitation, et en le regardant bien en face. C'était certainement un savant ; peut-être, par des calculs et des raisonnements, il allait découvrir le secret de la grotte ; peut-être même était-elle marquée sur ses plans... Et alors, on trouverait les restes des bougies, et les empreintes de ses pas.

※

Le maire et le Génie rural examinaient une carte coloriée, étalée sur la grande table.

L'ingénieur était un jeune homme très noir de poil, aux lunettes cerclées d'or, et il portait une veste de chasse.

« Petite, dit Philoxène, regarde un peu ce plan. Les sources que nous connaissons sont marquées d'un rond bleu. Est-ce qu'il y en a d'autres ? »

L'ingénieur poussa le document sous les yeux de Manon, puis du bout de son crayon, il lui montra la Perdrix, le Plantier, et la Font du Berger : elle vit avec un grand soulagement que la grotte n'était pas signalée, et elle cita aussitôt quatre sources ignorées : le Laurier, la Font de la Ser, la Niche et le Pételin, mais elle ne sut pas bien les localiser sur le papier.

« En tout cas, dit l'instituteur, vous pourriez nous y conduire ?

— Oui bien sûr. »

L'ingénieur se leva.

« Eh bien, nous vous suivons. »

※

En route, avec un très bel accent de Narbonne, il expliqua que la position des différents points d'eau pourrait peut-être lui révéler le trajet souterrain de la source tarie, et que ces recherches étaient une excellente occasion de compléter « l'orographie » de la région. Il déployait à chaque instant sa carte, y inscrivait des signes mystérieux après avoir longuement regardé le paysage. Pendant ce temps, Bernard posait à Manon mille questions.

« Depuis l'âge de huit ans, vous n'avez pas eu de petits camarades ?

— Non. Mes camarades, c'est mon ânesse, mon chien, mes chèvres et puis Enzo et Giacomo. Ce sont des bûcherons piémontais, comme Baptistine.

— Et vous ne vous ennuyez pas, dans cette solitude ?

— On n'est jamais seule dans la colline. Il y a tant de bêtes qu'on ne voit pas, et qui vous regardent... Et souvent des gens qu'on regarde, et qui ne vous voient pas...
— Comme moi, le premier jour.
— Oui, comme vous.
— Vous pensez rester toute votre vie dans la garrigue ?
— Je voudrais bien. Et puis, je dis ça maintenant, mais peut-être plus tard je changerai d'idée...
— Vous avez dix-sept ans ?
— Non, pas encore. Presque seize.
— J'aurais cru davantage...
— C'est sans doute la vie au grand air... La vie naturelle... Tenez, voiià la source du Laurier. »

Elle montra, sous un très vieux laurier tordu, une petite construction de pierre sèche couverte par une grande plaque de roche : il en sortait un très mince ruisselet, qui se perdait aussitôt dans la pierraille.

L'ingénieur s'approcha et trempa ses mains dans l'eau.

« Est-ce que c'est là son débit normal ?
— Oui. Il faut un gros orage pour qu'elle coule un peu plus fort. »

Il examina les alentours, et prit encore des notes.

L'instituteur ramassait des pierres, Manon cueillait des bouquets de pèbre d'aï, et l'on vit soudain arriver Bicou, courant plus vite qu'un lièvre, et qui fit d'extravagantes démonstrations de joie en retrouvant sa maîtresse bien-aimée, qu'il croyait perdue à jamais quand elle le quittait une heure. Puis, il se mit à fouiller les broussailles, à la recherche d'une couleuvre ou d'un mulot.

Pour aller à la Font de la Ser, une source goutte à goutte des Refresquières, ils passèrent non loin de la grotte du secret. Manon en détourna les yeux, et s'efforça d'attirer l'attention sur l'autre coteau du vallon, en disant que c'était là qu'elle gardait le plus souvent ses chèvres, parce que l'herbe y verdoyait longtemps, à cause d'une certaine humidité : mais Bicou, qui avait bonne mémoire, partit comme un trait vers la grotte, et appela sa maîtresse par des aboiements enthousiastes. Manon, inquiète, le rappela aussitôt.

« Ici ! Ici tout de suite ! »

Le chien revint au galop, l'entoura de quelques bonds joyeux, et tenta de l'entraîner vers l'endroit fatal en tirant le bas de sa robe. L'instituteur parut surpris.

« Ce chien veut nous montrer quelque chose, dit-il.

— Certainement, dit Manon. Un lézard vert, ou une gerboise... »

Mais Bicou était reparti, et il grattait le sol au pied du pétélin postiche, devant l'entrée de la galerie... Manon, affolée, prit sa fronde dans sa musette, et lança dans sa direction une pierre ronde, aussi grosse qu'une pomme d'api. Elle voulait, comme d'habitude, le manquer de peu, pour l'effrayer mais elle était si effrayée elle-même qu'il reçut le projectile sur la tête. Il poussa un hurlement déchirant, et prit la fuite vers le Plantier, ululant de douloureuses protestations que les échos multipliaient ; Manon vit avec terreur qu'il ne courait pas droit devant lui, mais selon la diagonale de son corps.

L'instituteur la regarda, surpris.

« Vous êtes adroite, mais cruelle. J'ai entendu sonner son crâne...

— Tant pis pour lui, répliqua le savant. Il n'avait qu'à obéir.

— Je suis persuadé, dit l'instituteur...

— Tenez, dit Manon, voilà la Font de la Ser. »

Ils finirent leur tournée vers midi. Au moment de se séparer, sur l'épaule de la Tête Ronde, Manon tendit au jeune homme le gros bouquet de pèbre d'aï, lié d'un brin de genêt.

« C'est pour votre mère, dit-elle. Le meilleur pèbre d'aï de tout le pays... Surtout dans le civet de lapin.

— Merci pour elle — et pour moi !... Demain matin, à la séance publique du Conseil municipal, notre savant fera son rapport sur la situation. Ne viendrez-vous pas ?

— Peut-être. »

« Mon cher maire, dit l'ingénieur, je n'ai malheureusement rien d'agréable à dire à tous ces braves gens.

— C'est pour ça, répondit Philoxène, qu'il faut que ce soit vous qui le disiez. »

Ils étaient, avec l'instituteur, dans le cabinet du maire.

« Vous comprenez, reprit Philoxène, moi j'ai besoin de leurs voix pour être élu : alors, j'aime pas annoncer les mauvaises nouvelles. Tandis que vous, ça n'a pas d'importance. Vous n'avez qu'à leur lire votre rapport.

— Je l'ai fait pour mes chefs, c'est du langage technique : ils n'y comprendront rien.

— Tant mieux. Comme ça ils verront que c'est sérieux, et ils auront encore un peu d'espoir.

— Ils nous attendent depuis une demi-heure », dit l'instituteur.

Philoxène se leva.

« Allons-y ! »

La grande salle était pleine d'une foule silencieuse, debout autour des barrières blanches qui protégeaient sur trois côtés la longue table. Les conseillers (le Papet, Anglade, Ugolin, Pamphile, Casimir, le boulanger, Ange et le boucher), les bras croisés, leurs coudes appuyés sur le tapis vert, attendaient immobiles.

Avec une certaine solennité, Philoxène fit asseoir le Génie rural près de lui, tandis que l'instituteur, secrétaire du Conseil, allait siéger au bout de la table, derrière une pile de registres et de dossiers. Il parcourut du regard les cinquante visages alignés au-dessus des barrières : pres-

que tous les paysans étaient là, et il y avait aussi un bon nombre de femmes : la grosse Amélie, la Bérarde, Miette, et même Marinette, la bonne de M. le curé, que Philoxène considérait comme « l'espionne des Jésuites ». Bernard découvrit Manon au fond de la salle. Ses cheveux étaient serrés dans un foulard bleu, qui dessinait l'ovale de son visage. Elle était au premier rang, ses mains brunes posées sur la barrière blanche. Derrière elle, se dressait la silhouette de M. Belloiseau, sous un joli feutre gris perle. Il paraissait charmé de ce voisinage, et ses narines palpitaient.

Manon était grave et tendue. Elle craignait le rapport du savant. Ugolin la regardait de toutes ses forces, et le Papet ne la perdait pas des yeux.

Enfin, dans un silence lugubre, la sonnette du maire tinta, et il dit :

« La séance est ouverte. »

Quoiqu'il parlât d'abondance à la terrasse de son café, il était cependant incapable de prononcer un discours sur un sujet fixé d'avance : la vue de plusieurs personnes qui le regardaient en silence le paralysait. Il disait : « Ça m'embrouille les idées, ça me fait bégayer du cerveau. »

Enfin, il déclara :

« Voilà, j'ai réuni le conseil pour cette question de l'eau. »

Ugolin se leva brusquement, et dit avec force :

« Ce n'est pas une question, c'est une catastrophe ! »

La foule accueillit cette vigoureuse mise au point par des murmures d'approbation... Ugolin regarda Manon avec un petit sourire de fierté, et se rassit.

« Parfaitement, dit Philoxène, c'est une catastrophe. Mais grâce à mes efforts personnels, et grâce à mon téléphone, j'ai pu appeler à notre secours le Génie rural. Et le Génie rural, le voilà ! »

L'ingénieur salua de la tête, et prit la parole.

« Messieurs, j'ai étudié votre problème, et je ne puis mieux faire que de vous lire le rapport que j'ai établi cette nuit pour M. l'ingénieur en chef... »

Une rumeur d'espoir traversa l'assemblée.

« Je veux d'abord remercier la charmante bergère dont la collaboration nous fut très précieuse : en nous signa-

lant quelques points d'eau ignorés, elle nous a permis de compléter l'orographie locale avec une parfaite précision. »

Ugolin se leva aussitôt et cria : « Bravo ! » tout en applaudissant, mais seuls l'instituteur et M. Belloiseau l'imitèrent discrètement tandis que Manon rougissait jusqu'aux oreilles.

« Voici maintenant mon rapport. »

Il avait tiré de sa serviette une petite liasse de feuillets, et en commença la lecture.

« La source de la Perdrix, qui alimentait jusqu'ici la fontaine du village, était la plus importante et la plus constante de la région. »

Cet imparfait qui reléguait la source dans le passé ne fit pas très bonne impression.

« Elle sortait d'une fissure entre deux couches de calcaire qui appartiennent au crétacé supérieur. Il ne s'agit donc pas d'une source issue d'une diaclase, mais d'une résurgence du type vauclusien. »

Philoxène prit un air grave, regarda l'assistance, leva l'index, et dit :

« Ne confondons pas ! »

L'ingénieur reprit en détachant les syllabes :

« Il n'y a pas de nappe phréatique, ni de frange capillaire, comme le prouve l'examen de la surface du sol supérieur, ou de la paroi. »

Le boulanger se pencha vers l'instituteur, et chuchota : « C'est un savant, c'est un vrai savant... »

La foule écoutait dans un grand silence inquiet, tandis que le vrai savant continuait :

« Il est donc clair que la couche perméable contenue entre deux couches imperméables affleurait par sa tranche. L'eau glissait sur le toit de l'imperméable inférieur, mais contenue par le plafond de l'imperméable supérieur, elle se mettait sous pression, et formait ainsi une nappe captive qui alimentait le bassin par une résurgence, et le bassin lui-même alimentait la fontaine au moyen d'un tuyau de fonte qui amenait l'eau jusqu'au village par gravité. »

Ugolin, lugubre, murmura :

« Oh oui ! C'est le cas de le dire ! Quelle gravité !

— Or, le 26 août dernier, la fontaine fut brusquement tarie, et le village se trouve totalement privé d'eau. Appelé par M. le maire, et mandaté par l'administration, nous avons recherché la cause ou les causes de ce déplorable accident. Tout d'abord, quelle était l'origine de cette eau ? Nous avons par bonheur un très précieux document. »

Un frisson d'espoir courut sur la foule, tandis qu'il dépliait sur la table une grande carte en couleurs. Manon se dressa sur la pointe des pieds, mais elle ne vit rien d'autre que des plaques de vert, de rouge et de bleu.

Philoxène après avoir examiné le « très précieux document » fit deux hochements de tête et un sourire, qui donnèrent confiance à l'assemblée ; Pamphile vint se pencher sur son épaule, et dit à haute voix :

« Ça devient intéressant ! »

L'instituteur regarda Manon, qui lui parut un peu inquiète, pendant que le Génie rural reprenait :

« Il s'agit d'une étude de M. l'ingénieur en chef, qui résume et précise de la façon la plus claire et la plus utile les expériences faites il y a cinq ans dans cette région. »

Personne ne comprit que ces éloges n'avaient d'autre but que de flatter la vanité du puissant chef à qui ce rapport s'adressait : il y eut un grand silence attentif et Ugolin prit la mine du chasseur qui attend le lapin à la sortie du trou.

« En effet, poursuivit le savant jeune homme, par les soins de nos services, toutes les sources de la chaîne de la Sainte-Baume furent colorées en vert au moyen de tétraoxylphtalophénone anhydride, plus connu sous le nom de fluorescéine. Ces expériences nous permirent de tracer de façon définitive la courbe isochronochromatique, qui, combinée avec la courbe isogradhydrotimétrique, nous donne une parfaite représentation de l'orographie du bassin hydrogéologique. »

Ces mots, aggravés par les r pétaradants de l'accent de Narbonne, étaient puissamment scientifiques, et ils firent un gros effet. Mais le Papet ricana, et dit tout haut :

« A la tienne, Étienne ! »

Tous les regards se tournèrent vers lui, mais l'ingénieur continuait :

« Or, une enquête sur place prouva que la source des Bastides Blanches n'avait pas été colorée par la fluorescéine.

— Ah! s'écria soudain Philoxène, je me rappelle qu'un jour il est venu un barbu bien habillé, qui a passé toute la journée à la terrasse de mon café : il buvait des pastis : il en a bu douze. Et puis de temps en temps il se levait, il allait remplir un verre à la fontaine ; mais au lieu de boire, il regardait le soleil à travers l'eau, et puis il la jetait. Naturellement, je lui ai demandé ce qu'il faisait : il m'a dit qu'il vérifiait la couleur de l'eau, et que si par hasard elle coulait verte, il faudrait téléphoner à la préfecture poste 102.

— C'est mon bureau, dit l'ingénieur.

— Eh bien moi, avoua Philoxène, je l'ai pris pour un fada, et qu'à force de boire du pastis, il espérait d'en voir couler à la fontaine ! »

L'ingénieur sourit, et répliqua :

« C'est grâce à ce " fada " que cette source ne figure pas sur le précieux graphique de M. l'ingénieur en chef, et que nous savons qu'il n'est pas possible de l'intégrer dans l'orographie de l'Huveaune, ou de l'un de ses affluents.

— Et à quoi ça nous avance ? demanda le Papet.

— C'est un grand pas de fait! dit l'ingénieur. Puisque nous savons en toute certitude que l'eau ne venait pas du voisinage, nous pouvons donc en conclure qu'elle venait de loin.

— Ça nous fait belle jambe! riposta le vieillard.

— Évidemment, cela ne résout pas votre problème, mais nous permet de le poser correctement, et de vous dire qu'il ne sera pas facile d'en trouver la solution ! »

Le Papet ricana si fort qu'il en eut une quinte de toux ; l'ingénieur lui lança un regard sévère, et reprit :

« Or, la longueur du trajet souterrain rend d'autant plus difficile la localisation de l'accident, qui peut être expliqué par quatre hypothèses différentes. »

A ce moment, Ugolin leva la main.

« Je demande la parole !

— C'est pas le moment, dit Philoxène.

— Ce que je veux dire, c'est court : moi je trouve

qu'au lieu de parler si longtemps, il devrait d'abord nous remettre l'eau, et il nous expliquerait APRÈS !

— Cher monsieur, répliqua l'ingénieur, il me semble que vous me prenez pour le fontainier, qui n'a qu'à ouvrir les prises avec sa clef : vous allez voir qu'il n'en est rien. »

Il enchaîna :

« Première hypothèse : la sécheresse. Il est certain que notre région n'a pas été favorisée par les pluies. Il ne s'agit pas, à vrai dire, d'une sécheresse véritable, et votre source, depuis cinquante ans, en a supporté de bien pires. Toutefois, il est possible qu'une légère baisse des niveaux souterrains soit la cause de vos ennuis. En effet, comme la résurgence est cernée par des chaînes parallèles de dolomies dans la série jurassique, elle doit certainement les franchir par un système de siphons. Vous savez ce que c'est qu'un siphon ?

— Voui ! dit Ugolin. C'est comme quand on tire le vin avec un tuyau de caoutchouc...

— Exactement. Eh bien, il est probable qu'à la première pluie, le siphon ou les siphons se réamorceront, dès que le niveau du lac souterrain qui vous alimente sera remonté à sa cote habituelle. »

L'affirmation de l'existence de ce lac fut saluée par des murmures optimistes, et Philoxène, l'index levé, dit avec force :

« Un lac souterrain ! »

Puis il regarda sévèrement le Papet, et ajouta :

« Ceux qui discutent le progrès n'ont pas toujours raison ! »

Ugolin se leva, radieux, et tendit les bras vers l'ingénieur.

« Moi, si le progrès me remet l'eau, moi, le progrès, je l'embrasse ! En tout cas, dès que ma source coule, il y a cent francs pour le progrès ! Oui, cent francs ! Les voilà ! »

Et il déposa sur la table un billet plié en quatre.

La voix du Papet s'éleva de nouveau.

« Attends la suite ! La suite des couillonnades ! »

On entendit quelques rires, tandis que le Génie rural reprenait :

« Nous pouvons maintenant offrir trois autres explications de l'accident.

— Nous y sommes, cria Philoxène. Écoutez!

— Deuxième hypothèse : l'eau, par un phénomène naturel, a fini par user, en un point de son parcours, la couche imperméable inférieure, et elle a plongé Dieu sait jusqu'où, pour aller ressortir ailleurs, et peut-être même sous la mer. »

Il y eut un silence stupéfait, puis des murmures, et le Papet cria :

« Voilà un bon hypothèque! Il est drôle, votre hypothèque! »

Philoxène agita sa sonnette et cria :

« Mais attendez! Il a dit trois autres explications! Continuez, monsieur l'ingénieur...

— Troisième hypothèse. Le ruisseau souterrain, ayant percé son lit, tombe en ce moment dans une caverne, ou dans un système de cavernes imperméables. Lorsque ces cavités seront pleines, l'eau reprendra son ancien niveau, et la source coulera de nouveau.

— Ça, c'est déjà mieux! dit Philoxène. C'est acceptable!

— Et dans combien de jours? demanda Ugolin.

— Il est impossible de préciser, dit l'ingénieur. Peut-être deux jours, peut-être deux ans.

— Peut-être cent ans! cria le Papet.

— Ce n'est pas exclu », répliqua froidement le savant.

Ugolin escamota promptement son billet de cent francs, tandis qu'un murmure d'indignation faisait frémir l'assistance; mais sans daigner l'entendre, le savant continua sa lecture.

« Quatrième hypothèse : un éboulement souterrain. Cet accident est d'autant plus probable que nous avons dans la région un certain nombre de puits de lignite, qui font sauter des mines lorsqu'il leur faut traverser un banc de roche. L'ébranlement causé par ces explosions peut se transmettre à de grandes distances, et a peut-être provoqué un tassement des couches molles ou instables, tassement qui a bouché le canal. »

Un murmure d'inquiétude de la foule fut dominé par quelques exclamations désolées.

« Ayayaïe ! » dit Pamphile, tandis qu'Anglade secouait la tête, en disant : « Sian pouli... » (Nous voilà jolis !)

« Eh bien, non ! reprit l'ingénieur. Ne vous alarmez pas, car dans ce cas, nous avons un espoir.

— Écoutez ! Écoutez bien ! cria Philoxène.

— En effet, il est possible que ce bouchon soit composé de sable et de graviers, ou peut-être d'argile : dans ce cas, l'action d'une eau sous pression est capable de le traverser, de le déliter, ou de le fondre. Il est possible que cette opération s'accomplisse en un temps relativement court... »

Les visages s'éclairèrent, mais l'ingénieur ajouta, fort paisiblement :

« De six jours à un mois, car l'expérience prouve qu'après un mois, il devient déraisonnable d'espérer.

— Mais alors, cria Ugolin, qu'est-ce que nous allons devenir ?

— Et le pain ? » cria le boulanger.

Une rumeur grandissante monta de la foule.

« Mais enfin, fit l'ingénieur, vous avez bien des puits ?

— Il n'y en a que trois dans le village, répondit le boulanger, et maintenant, ils sont à sec ! Tous les jours, il faut faire des kilomètres pour l'eau du pain et de la soupe !

— Et les citernes ? dit l'ingénieur. D'habitude, chaque maison a sa citerne !

— Bien sûr, dit Casimir, mais on ne s'en servait pas depuis bien longtemps. On en a fait des caves. Naturellement, on peut les remettre en service, mais s'il ne pleut pas ? Et puis, pour l'arrosage, une citerne ça dure huit jours, et encore !

— Et alors, dit Ugolin, qu'est-ce que vous pouvez faire pour nous ?

— Pour vos besoins domestiques, je peux vous envoyer de l'eau.

— Et pour mes œillets ?

— Ne nous casse pas les pieds avec tes œillets, s'écria brutalement le boulanger. Tes œillets, c'est que de l'argent, et justement tu n'en as pas besoin.

— Et toi, ton pain, tu ne le fais pas payer ? » cria le Papet.

Mais Philoxène agita sa sonnette, et décréta :
« Le pain d'abord. Les fleurs, c'est pour le cimetière : ça peut attendre. Continuez, monsieur l'ingénieur.
— Soit. Quelle est la population du village ? »
L'instituteur ouvrit ses registres.
« Cent quarante-trois personnes, dit-il.
— Plus les bêtes ! dit Anglade. Au moins douze mulets, et une vingtaine d'ânes !
— Et les cochons ? dit le boucher, dans chaque famille, il y a au moins un cochon ! »
Comme Nathalie éclatait de rire, il ajouta :
« Je veux dire à quatre pattes, avec de longues oreilles !
— Ça fait combien de cochons ?
— Une cinquantaine », dit l'instituteur.
L'ingénieur, le crayon à la main, fit un petit calcul et annonça :
« Je puis vous envoyer cinq mille litres par jour. »
Ugolin nerveux se leva :
« Et mes œillets ? Combien vous m'envoyez pour mes œillets ? »
Alors Pamphile et Casimir, par une même inspiration, mirent leurs mains en porte-voix, et hurlèrent :
« MERDE ! »
Le savant jugea cette réponse suffisante et poursuivit :
« Ce camion quotidien peut suffire à couvrir vos besoins les plus urgents, mais c'est un gros effort de mon administration, et il est douteux qu'elle le prolonge plus d'un mois.
— Et alors, si l'eau ne revient pas d'ici un mois, dit le Papet, qu'est-ce que vous pourrez faire pour nous ? »
L'ingénieur répondit aimablement :
« Je pourrai vous faire mes condoléances, et vous conseiller d'aller cultiver la terre ailleurs. Il ne manque pas de villages dépeuplés, qui ont de l'eau en abondance, et qui seront heureux de vous accueillir. »
De violentes protestations s'élevèrent, et Philoxène déclara, avec une autorité souveraine :
« Non, monsieur, non. Le Conseil municipal ne peut pas accepter ça.
— Je crois pouvoir vous affirmer, dit gravement le

savant, que l'autorité des conseils municipaux sur les phénomènes souterrains peut être mesurée par un nombre voisin de zéro. »

Tandis que Philoxène ouvrait ses yeux tout grands, la voix du Papet retentit.

« Cinquième hypothèque ! cria-t-il. Et celui-là, c'est le bon !

— Vous nous feriez grand plaisir en nous l'exposant ! » répondit l'ingénieur.

Le Papet, s'appuyant des deux mains sur la table, s'était déjà levé.

« Monsieur le Génie a dit tout à l'heure qu'ils avaient mis une poudre verte dans les sources. Eh bien, moi je dis que c'est cette poudre qui a fini par se pastisser tout ensemble, ça a fait comme un mortier, et c'est ça qui a bouché la fontaine ! »

Ces paroles absurdes parurent faire grand effet sur les vieux paysans qui hochaient la tête, tandis que l'instituteur haussait les épaules, et que M. Belloiseau éclatait de rire.

Mais le Papet se tourna vers Bernard, et reprit avec force :

« N'oubliez pas que c'est une poudre CHIMIQUE, et les chimiques, on sait ce que c'est ! »

L'ingénieur, avec un sourire narquois, répliqua :

« Tout justement NON, vous ne le savez pas, et vous ignorez qu'il suffit d'une poignée de cette poudre pour colorer une rivière sur plusieurs kilomètres !

— Allons donc ! cria le vieillard, quand on voit combien il faut de Pernod pour faire venir vert un verre d'eau, moi je dis qu'il en faudrait cinquante tonneaux pour changer la couleur d'une rivière. »

L'ingénieur, tout en ramassant ses feuillets, regarda Bernard en riant, et dit :

« Malgré l'intérêt de cette discussion scientifique, je crois qu'il est temps de me retirer pour aller m'occuper de votre camion. »

Pendant qu'il refermait sa serviette, le Papet trépignait sous la table, et criait.

« J'en étais sûr ! Je le savais que ça finirait comme ça !

Lui, c'est un menteur, le maire c'est un couillon, et moi je me régale ! C'est ça l'administration ! La voilà, l'administration ! »

L'ingénieur, avec une sérénité parfaite, répliqua :

« Monsieur, j'ai l'honneur de vous informer que l'administration vous emmerde. Le camion viendra après-demain dimanche. Mesdames et messieurs, je vous salue. »

Cependant, un petit garçon, debout sur la fenêtre, qui avait écouté la discussion l'oreille collée contre une vitre, criait :

« C'est l'homme de la ville qui a bouché la source avec un camion de poudre verte ! »

C'est pourquoi deux douzaines d'enfants accompagnèrent son départ de cris et de huées, et le suivirent jusqu'au boulevard, où une intervention foudroyante de M. le curé les dispersa.

La foule sortit en silence : les uns, la tête basse, d'autres en courant, pour aller visiter leurs champs ; Ugolin et le Papet étaient partis les premiers, suivis d'Anglade et de Casimir. Il ne resta plus autour de la table que Philoxène, l'instituteur, le boulanger et le boucher : ils essayaient de tirer des conclusions rassurantes du terrible rapport qu'ils venaient d'entendre.

Manon traversait à pas lents la cour de la Mairie, lorsque M. Belloiseau la rejoignit et lui dit sur le ton le plus galant :

« Eh bien, mademoiselle, j'ai l'impression que ce savant jeune homme, malgré votre aide, n'en sait pas plus que nous, et n'est pas en état de nous tirer d'affaire ! Heureusement, il nous reste M. le curé ! »

Et comme elle le regardait avec surprise :

« Oui. Sa fidèle servante disait tout à l'heure aux commères qu'il sait le secret de la source, et qu'il va le révéler dimanche matin dans son sermon.

— Et comment le sait-il ?

— Ma foi, dit M. Belloiseau, la servante prétend qu'elle l'a entendu préparer le sermon dans sa chambre, et qu'il disait avec force : " Qui a bouché la source ? Eh bien, moi, je le sais, et je vais vous le dire ! " Entre nous, je suppose... »

Mais M. Belloiseau ne supposa pas plus loin, et dit sur le ton d'une curiosité inquiète :

« Qu'est-ce que c'est que ça ? »

Éliacin, la grande brute qui exploitait une petite ferme

des collines, descendait à grands pas vers la Mairie : il venait de renverser au passage la vieille Phrasie, sans daigner se retourner pour répondre à des injures méritées.

Un gros bâton de cade à la main, le feutre noir rabattu sur les yeux, il passa près d'eux sans les regarder, et marcha vers la salle du conseil. Il y entra en coup de vent, et referma brutalement la porte, dont les vitres tremblèrent : on entendit aussitôt sa voix puissante et rugueuse. Manon courut vers la fenêtre fermée, suivie de M. Belloiseau, pour essayer d'entendre et de voir.

Éliacin, les poings sur les hanches, criait dans la figure de Philoxène :

« Qui c'est, le président du Syndicat de l'eau ? C'est pas moi, c'est toi ! »

Bernard, le boulanger et le boucher se levèrent aussitôt, et mirent, eux aussi, les poings sur les hanches.

Avec un grand calme, et une parfaite dignité, Philoxène répliqua :

« Je suis le président de l'Eau parce que je suis le maire, et je suis le maire parce que j'ai le téléphone. »

Alors Éliacin tira de sa poche une feuille de papier, qu'il brandit sous les yeux de l'instituteur :

« Et ça ? Qu'est-ce que ça veut dire, ça ? »

L'instituteur répondit froidement :

« Je constate que c'est la quittance de votre abonnement à l'eau.

— Parfaitement ! cria le géant. Cinquante-deux francs, et le timbre ! Vous les avez bien pris, mes sous ? Alors, où elle est cette eau que j'ai payée ?

— Éliacin, dit l'instituteur, soyez raisonnable ! Notre source ne coule plus, pour le moment... »

Claudius le boucher déclara sur un ton péremptoire :

« Si tu étais venu ce matin, l'ingénieur t'aurait expliqué l'orographique. »

Philoxène, l'index levé, affirma :

« Tu dois tenir compte de l'orographique. »

Mais Éliacin répliqua brutalement :

« Moi je ne tiens compte de rien, et surtout pas de ça ! Ah ! Si vous m'aviez dit : " Nous faisons un syndicat de l'eau, mais c'est tout juste pour te prendre tes sous ", alors, mes sous, je les aurais gardés, et ma petite prairie,

je l'aurais pas faite. Mais maintenant, elle est superbe, et il y a deux vaches dessus... Alors, j'ai payé l'eau, je veux mon eau.

— Écoute, dit Philoxène, un camion citerne va venir tous les jours, jusqu'à ce que la fontaine coule. Tu n'as qu'à descendre avec ton mulet et deux tonneaux, je te ferai donner cent cinquante litres par jour...

— Premièrement, j'ai pas de mulet. Deuxièmement, cent cinquante litres c'est bon pour un bistrot, pas pour une prairie. Troisièmement, j'ai payé de l'eau de source, et pas de l'eau de camion !

— A mon avis, dit l'instituteur, l'eau de camion provient sûrement d'une source.

— Pas de la mienne ! cria Éliacin. J'ai payé l'eau, je veux mon eau !

— Ne crie pas si fort, dit Philoxène. Tu te fatigues, tu nous fatigues, et ça ne sert à rien.

— O Bonne Mère ! » gémit Éliacin.

Il ferma les yeux ; des images passèrent sous son crâne épais, il leva les bras au ciel, et beugla désespérément.

« Et mes aubergines ! Deux cents aubergines qui venaient si bien, et qu'elles sont déjà découragées... Et six cents pieds de pommes d'amour, déjà grosses comme le poing, vertes elles sont, vertes elles resteront ? Ah ! non ! Non ! Ça n'est pas possible ! »

Des larmes coulèrent sur son visage. L'instituteur se leva.

« Éliacin, dit-il, vous devriez bien comprendre que nous sommes aussi désolés que vous... Mais c'est un malheur général, c'est un cas de force majeure... »

L'autre cria furieusement :

« Moi aussi, je suis majeur ! Et c'est pour ça que je veux mon eau ! »

Le menuisier cria à son tour :

« Mais puisque la source ne coule plus, où veux-tu que nous la prenions ?

— Prenez-la où vous voudrez, mais faites-la sortir de mon tuyau ! Et puis toi, ça ne te regarde pas. Tu as beauz-être conseiller municipal, moi je n'ai pas voté pour toi. Alors, ne te mêle pas de cette affaire, que tu pourrais recevoir un coup de bâton sur la gueule !

— De quoi ? De quoi ? » s'écria Pamphile.

Il était bon, mais coléreux, et il saisit aussitôt un maillet du jeu de croquet, tandis que Philoxène s'avançait en rugissant :

« Mais finalement, tu nous emmerdes ! Où tu te crois, parpagnat des collines ?

— Chez les voleurs d'eau ! » hurla le « parpagnat ».

Puis saisi d'une rage subite, d'un coup de gourdin, il fit voler en éclats le buste de plâtre de la République, et leva son arme sur le menuisier, qui venait de grimper sur la table ; Philoxène retint le gourdin par-derrière, ce qui permit à Pamphile de placer un bon coup de maillet sur le chapeau d'Éliacin : il n'en fut étourdi que deux secondes, car il portait sur ses épaules un crâne de Néanderthal, mais Philoxène eut le temps de croiser ses bras sous le menton du forcené : malgré le poids du maire, suspendu dans son dos, la brute se jeta sur la table, et étreignit les mollets de Pamphile, qui s'effondra, mais s'agrippa farouchement à l'épaisse crinière. Tandis que les trois hommes se débattaient, avec des halètements et des grognements de rage, le boulanger bondit à son tour sur la table : en s'accrochant d'une main à la suspension, il sauta sur la nuque du barbare, et trépigna comme un vendangeur dans la cuve... Pour tenter de séparer les combattants, l'instituteur fit trois pas sur le tapis vert, et plongea dans la mêlée : mais la table, qui n'en pouvait plus, crépita, craqua, et s'effondra dans un bruit de désastre.

Au-dehors Manon et M. Belloiseau qui distinguaient assez mal, à cause de la vitre sale, les images de cette épopée, en entendaient fort bien le fracas.

« Quel carnage ! dit le notaire, il faut appeler du secours ! »

Manon cria :

« Venez vite ! Ils se battent ! »

Ange le fontainier, qui passait sur le chemin, descendit dans la cour du Cercle, et s'avança comme à la promenade, en disant :

« Vous croyez que c'est sérieux ? »

Les jumeaux d'Anglade s'approchèrent à leur tour...

Un vacarme de chaises brisées et de cris rauques reten-

tit encore, et soudain un encrier traversa une tintante vitre ; alors, M. Belloiseau, d'un pas décidé, marcha vers la porte. Mais elle s'ouvrit brusquement : Éliacin parut, les cheveux hérissés, une joue enflée, le nez rouge et la bave aux lèvres, il portait à la main une manche de son veston.

« Voyons, mon ami, dit M. Belloiseau, est-ce raisonnable ? »

Ce qui suivit le fut encore moins, car le monstre, saisissant les ailes du chapeau gris perle, les tira violemment vers le bas, et le visage du bienveillant moraliste en fut caché jusqu'au menton.

A ce moment, les quatre joueurs de croquet parurent sur la porte, leurs maillets à la main.

Éliacin se tourna vers eux, et hurla :

« Si demain je n'ai pas mon eau, je viendrai foutre le feu à la baraque !

— Je te conseille, répliqua le maire, d'apporter une allumette plus longue que le manche de ce maillet ! »

Éliacin haussa furieusement les épaules ; puis il bouscula les jumeaux, gifla au passage le fontainier stupéfait, et traversant les curieux — qui reculaient à bonne distance — il remonta vers la colline à grands pas, sa manche à la main.

Ce dimanche matin, l'esplanade était encombrée de mulets et d'ânes, chargés de tonneaux et de bidons, et au pied du parapet, il y avait toute une exposition de cruches, d'arrosoirs et de seaux. Ils attendaient l'arrivée du camion citerne.

Leurs propriétaires étaient réunis sur la placette, tous endimanchés, à cause de la messe, dont le premier coup venait de sonner au clocher.

Ils étaient assemblés en petits groupes, et parlaient entre eux, presque à voix basse, de la catastrophe.

C'était le sixième jour de la sécheresse, les petits bassins étaient vides, et le ciel refusait de remplir les citernes réparées.

Autour de la fontaine muette, il y avait un grand cercle attentif. Les jeunes gens soufflaient dans le tuyau ; Ange le fontainier, le dos appuyé contre le vieux mûrier, faisait tourner entre ses doigts sa clef en forme de T, et secouait la tête, sans regarder personne, accablé de honte.

Cependant, à la terrasse du café, Philoxène, debout, servait ses acolytes : Pamphile, le boulanger, Claudius le boucher, et Casimir. Ils paraissaient soucieux, comme tout le monde, mais buvaient déjà l'apéritif.

Bientôt, monsieur « l'essituteur » arriva, accompagné du Génie rural, qui venait surveiller la distribution de l'eau : son passage à travers la foule avait provoqué une sorte de rumeur inaudible, parce qu'il avait prédit que la fontaine ne coulerait peut-être plus jamais, et cette prédiction paraissait presque équivalente à la malédiction de

Baptistine. Puis, on vit M. Belloiseau descendre l'escalier extérieur de sa terrasse, sous son chapeau de Panama, dans un costume gris clair, et fumant déjà un cigare. Il traversa la foule, saluant au passage d'un signe de tête, pour aller s'asseoir avec les mécréants, qui lui firent place après de vigoureuses poignées de main.

Comme le second coup de la messe sonnait, les femmes commencèrent à entrer dans l'église. On vit alors arriver Ugolin dans son beau costume de chasseur, et le Papet, étroitement habillé du dimanche. Ils s'arrêtèrent au passage devant la terrasse.

« O vous autres, dit le Papet, vous ne venez pas à la messe ? Le curé va parler de la fontaine.

— Et alors ? dit Philoxène, nous aussi nous en parlons. »

Le Génie rural ouvrit de grands yeux.

« Je ne crois pas beaucoup, dit-il, à l'efficacité d'un sermon pour réamorcer un siphon. »

C'est alors qu'au détour de la petite rue qui conduisait à la placette, Manon parut. Dans une jolie robe provençale, chaussée de cuir fauve, sa crinière d'or serrée dans une mantille de dentelle bleue, elle avait l'air d'une demoiselle de la ville. L'instituteur le crut en effet, mais Ugolin la reconnut.

Elle approchait, les yeux baissés, avec une grâce naturelle et presque dansante. Ugolin toussota, et parpelégea trois fois de suite. Oubliant les œillets et la source, il la regardait, et les battements de son cœur lançaient des traits de feu dans l'abcès gonflé sous le ruban vert.

En passant devant la terrasse, elle leva rapidement les yeux, et un fugitif sourire, à peine esquissé, passa sur ses lèvres.

« Vé vé vé, dit Pamphile. A qui est-ce qu'elle a souri ? »

Et il fit un clin d'œil vers l'instituteur.

« C'est à moi, cria Philoxène. Pas vrai, monsieur l'instituteur ? »

Elle entra dans l'église.

« Alors, demanda soudain Bernard, est-ce qu'on y va ?

— Oui, on y va, répondit Philoxène. Parce que je crois qu'aujourd'hui, ça nous intéressera. Allez, zou !

— Si on y va, dit Pamphile, il vaut mieux attendre le sermon, autrement on va se farcir toute la messe.

— Une messe, répliqua le Papet, ça n'a jamais fait de mal à personne. Et puis, si nous attendons encore un peu, tous les hommes seront rentrés, et il n'y aura plus une seule place.

— Allez, zou », dit le boulanger.

Il se leva.

« Attendez, dit Philoxène. Il ne faut pas qu'ils se doutent que nous allons à l'église, parce qu'ils partiraient tous comme des lièvres, et ça va faire une bousculade. Laissez vos chapeaux sur la table, et suivez-moi. »

Les fidèles qui, selon l'usage, attendaient par petits groupes que les femmes fussent entrées, en achevant une cigarette, virent les mécréants se lever et traverser la place à grands pas pressés, comme s'ils partaient pour une affaire urgente. Quelques-uns voulurent les suivre, pour voir de quoi il s'agissait. Mais comme Philoxène passait devant le porche, il fit brusquement un à-droite, et toute la bande pénétra dans l'église.

*
* *

Les bancs des femmes étaient tous occupés, et Manon était allée s'asseoir à la seule place libre, juste sous la chaire.

Ugolin la vit, et s'avança jusqu'au premier rang du côté des hommes, devant l'harmonium, pour être près d'elle. Le Papet le suivit en maugréant, tandis que Philoxène entraînait les autres vers l'escalier qui montait à la galerie. Ils s'installèrent et on les vit tous les cinq penchés au bord de la rampe, comme au spectacle.

Cependant, dès que la messe commença, M. Belloiseau leur fit prendre une attitude plus respectueuse, et ils suivirent le service divin avec une correction acceptable, si ce n'est qu'ils se levaient et s'asseyaient avec un peu de retard.

Enfin, M. le curé se retourna vers l'assistance avant de monter en chaire : il parut surpris et charmé à la vue de tant de paroissiens, et sourit en regardant la brochette de mécréants.

Quand il eut gagné sa place, il attaqua son sermon d'une voix claire, et sur un ton familier.

« Mes frères, je suis bien content. Oui, bien content de vous voir tous réunis dans notre chère petite église. Il y a toute la paroisse et je vois même un petit groupe de gens très intelligents — trop peut-être — qui d'habitude passent le temps de la sainte messe à la terrasse d'un café, je ne dirai pas quel café, d'autant plus qu'il n'y en a qu'un — et je ne nommerai pas ces personnes, puisque tout le monde les regarde — ce qui devrait les remplir de confusion — si l'endurcissement de leur cœur ne les portait pas à rigoler. »

Toutes les têtes se retournèrent, pour regarder les mécréants qui riaient en effet, mais d'un rire un peu gêné.

Après un court silence, le curé reprit, sur un ton plus grave :

« Enfin ils sont venus : eh bien, qu'ils soient les bienvenus ! Et je veux même leur apprendre que la messe d'aujourd'hui, je l'ai dite à leur intention.

« Donc, je suis très heureux de voir tant de monde. Mais d'un autre côté, je suis désolé, navré, furieux ; et je vais vous dire pourquoi.

« Quand j'étais jeune (mon père était paysan comme vous dans un petit hameau près de Sisteron), nous avions un cousin qui s'appelait Adolphin. Il habitait un autre village pas très éloigné du nôtre, et pourtant, il ne venait jamais nous voir, ni pour les fêtes, ni pour les naissances, même pas pour les morts. Mais de temps en temps (à peu près une fois par an) j'entendais mon père qui disait : "Tiens, voilà l'Adolphin qui s'amène ! Il doit avoir besoin de quelque chose ! "

« L'Adolphin montait le sentier, tout habillé des dimanches. Il nous faisait des amitiés, des compliments, et il parlait de la famille, à vous mettre les larmes aux yeux. Et puis, au moment de partir, quand il avait embrassé tout le monde, il disait : " A propos, Félicien, tu n'aurais pas une charrue de reste ? J'ai cassé la mienne sur une souche d'olivier. " Une autre fois, c'était un fagot de sarments pour ses greffes — parce que mon père faisait un vin fameux — ou alors, son cheval avait des coli-

ques, et il fallait lui prêter le mulet. Mon père ne refusait jamais, mais je l'ai souvent entendu dire : " L'Adolphin, c'est pas un beau caractère ! " »

Il se pencha sur le bord de la chaire, promena son regard sur l'assistance, et dit avec force :

« Eh bien, mes amis, ce que vous faites aujourd'hui au Bon Dieu, c'est le coup de l'Adolphin ! Il ne vous voit presque jamais, et brusquement vous arrivez tous, les mains jointes, le regard ému, tout estransinés de foi et de repentir. Allez, allez, bande d'Adolphins ! Il ne faut pas vous imaginer que le Bon Dieu soit plus naïf que mon pauvre père, et qu'il ne vous comprenne pas jusqu'au fond de votre petite malice ! Il sait très bien, le Bon Dieu, qu'il y en a pas mal ici qui ne sont pas venus pour lui offrir un repentir sincère, ou pour prier pour le repos de leurs morts, ou pour faire un pas dans la voie de leur salut éternel !... Il sait bien que vous êtes là parce que la source ne coule plus ! »

Beaucoup de paroissiens baissèrent la tête, comme au moment de l'élévation. Les uns par confusion, d'autres pour cacher un sourire.

M. le curé les regarda un instant, tout en tirant de sa manche un mouchoir blanc comme la neige, dont il essuya son front. Puis il reprit sur un ton un peu sarcastique, et en tournant ses regards de divers côtés :

« Il y en a qui sont inquiets pour le jardin, d'autres pour la prairie, d'autres pour les cochons, d'autres parce qu'ils ne savent plus quoi mettre dans leur pastis ! Ces prières que vous avez la prétention de Lui faire entendre, ce sont des prières pour les haricots, des oraisons pour les tomates, des Alleluia pour les topinambours, des hosannah pour les coucourdes ! Allez, tout ça, c'est des prières adolphines : ça ne peut pas monter au ciel, parce que ça n'a pas plus d'ailes qu'un dindon plumé ! »

Dans le silence qui suivit, on entendit la voix de M. Belloiseau, qui ne s'entendait pas lui-même. Elle disait : « Éloquence familière, dont ils se foutent totalement. »

M. le curé ne comprit sans doute que la première partie de cette intervention, car il fit un petit sourire un peu confus, et reprit, sur le ton d'une conversation :

« Maintenant, cette source, il faut que je vous en parle sérieusement. Je vous avoue que depuis hier, je ne pense qu'à ça, et que je me pose sans cesse la même question : cette eau si pure, si abondante, et si constante jusqu'ici, pourquoi s'est-elle tarie, et dans le moment de notre besoin ? A la demande de M. le maire, dont le téléphone une fois de plus a fait merveille (il regarda Philoxène, qui sourit à son tour, et parut flatté), l'État nous a envoyé un jeune ingénieur, qui est certainement un savant. (Le Génie rural fit un petit " hum " de modestie.) On a réuni le Conseil municipal, et je sais très bien tout ce qui s'y est dit. Ce technicien a commencé par ensuquer tout le monde avec des mots d'un kilomètre. Ensuite, avec beaucoup de science, il a dit que peut-être l'eau reviendrait, et que peut-être elle ne reviendrait pas. Et il a conseillé de charger les meubles sur les charrettes, et d'aller s'installer ailleurs... Pas plus ! »

En secouant la tête d'un air de reproche, il regarda fixement le Génie rural, qui écarta ses paumes ouvertes dans un geste d'impuissance et de résignation, puis avec une émotion véritable, mais savamment contenue et dirigée, il entama un couplet pathétique :

« Abandonner ces maisons où vous êtes nés, déserter des champs où vos pères et vos grands-pères ont enterré tant de courage et de patience, quitter cette église, où vous êtes venus pour la première fois dans les bras de votre parrain, et où vous reviendrez tous un jour, pour votre dernière messe — oui, tous là, là, devant l'autel, sur deux tréteaux — tous ! Parce qu'au moment de paraître devant le grand juge vous êtes plus adolphins que jamais ; et notre petit cimetière, où vous avez plus d'amis qu'au village, et où vous irez dormir un jour dans la paix du Seigneur, au chant des cigales qui sucent la gomme transparente sur les abricotiers penchés au bord du mur... Oui, c'est tout ça qu'il veut qu'on abandonne parce que sa science misérable ne trouve aucun moyen de nous sauver. Eh bien, moi, ce savant, je ne le crois pas, parce que je me méfie des ingénieurs. Ce sont des gens qui piochent tout le temps, et qui ne plantent que des pylônes. Celui-là n'a parlé que de couches d'argile, de siphons qui se désamorcent, de camions qui coûtent

cher. Bref, il n'a parlé que de la matière et il ne pouvait pas faire autrement, puisqu'il ne connaît que ça ! »

Encore une fois, le Génie rural fit son geste d'impuissance, tandis que l'instituteur ricanait en silence.

« Mais moi, continua l'orateur, j'ai regardé notre malheur d'un point de vue beaucoup plus haut ; et il m'a semblé que pour l'expliquer, et pour obtenir que l'eau nous soit rendue, il fallait aller plus loin que les choses visibles ; car dans ce monde créé par le Tout-Puissant, tout a un sens, et tout se tient, et pas une cigale ne chante sans la permission de Dieu. Alors, ce qu'il faut essayer de comprendre, et ce qu'il faut trouver, ce n'est pas l'accident matériel qui a tari notre belle source, mais c'est la raison pour laquelle Dieu l'a permis, et peut-être l'a voulu. »

Après ces paroles solennelles, il fit reparaître le mouchoir, et essuya son front.

Toute la paroisse écoutait dans un silence vraiment religieux, sauf Eliacin, qui était assis au premier rang : en se retournant pour explorer la foule, il avait enfin « repéré » le menuisier, là-haut, dans la galerie, et il lui lançait des regards chargés de menaces, auxquels l'autre répondait par des haussements d'épaules, entrecoupés de coups de menton insultants.

Enfin, M. le curé reprit sa harangue.

« J'ai lu autrefois, dans un ouvrage profane — une tragédie grecque — l'histoire de la malheureuse ville de Thèbes qui fut frappée d'une peste dévorante parce que son roi avait commis des crimes, et je me suis posé la question : y aurait-il parmi nous un criminel ? Ce n'est pas tout à fait impossible : les plus grands crimes ne sont pas ceux que l'on voit dans les journaux... Beaucoup restent ignorés de la justice des hommes, mais le Bon Dieu les connaît tous. »

C'est à ce moment que Manon tourna la tête vers Ugolin, qui ne l'avait pas quittée des yeux. Elle le regardait, à son tour, immobile, glacée, comme si elle attendait quelque chose. Il baissa la tête, et poussa son bras contre celui du Papet... Le vieillard, qui écoutait le prêche les yeux fermés, les ouvrit aussitôt, et rencontra les yeux de la fille. Il essaya de sourire. Mais elle le regardait sans le

voir, et leva soudain la tête vers la voix de M. le curé. Il disait, pathétique :

« C'est à ce criminel inconnu, s'il existe, que je veux d'abord m'adresser, et je veux lui dire : " Mon frère, il n'est pas de faute qui ne puisse être pardonnée, pas de crime qui ne puisse être racheté. Le repentir sincère efface tout, et Notre Seigneur Jésus-Christ a dit lui-même cette parole surprenante : Il y aura plus de place au Paradis pour un pécheur repenti que pour cent justes ! Quelle que soit ta faute, si grande que soit ton offense, essaie de la réparer, et repens-toi : tu seras sauvé, et notre source coulera plus belle qu'avant ! " »

Ugolin poussa deux fois son coude dans le flanc du Papet, qui ne répondit rien. Puis il leva la tête, pour voir si le prêtre le regardait. Non. Il essuyait encore son front et ses joues, et il reprit :

« Maintenant (je vous dis les choses comme elles me viennent) il me semble, à la réflexion, que le Juste Dieu des chrétiens — le nôtre — ne punirait pas tant de gens à cause du crime d'un seul. Alors, si nous n'avons pas un grand criminel, c'est que nous nous contentons peut-être de plusieurs coupables. Je ne veux pas dire des assassins : je veux dire des pécheurs qui ont commis, ensemble ou séparément, un certain nombre de mauvaises actions. »

Ugolin, rassuré, respira profondément, mais les paroissiens se regardaient les uns les autres, car chacun avait quelques peccadilles à reprocher à ses voisins. Eliacin, profitant de l'agitation générale, se retourna une fois de plus vers le menuisier, et portant sa main à sa gorge, lui promit de l'étrangler.

« C'est pourquoi, poursuivit le curé, je vous demande à tous de faire votre examen de conscience. Mais pas un examen à la va-vite, assis au bord du lit, en se tirant les souliers ; non, à genoux ! C'est plus commode pour réfléchir. Et puis, vous vous poserez des questions. " Est-ce que j'ai fait le mal ? Où ? Quand ? Comment ? Pourquoi ? " Et vous regarderez de près, de bien près, avec des lunettes bien propres, comme la grand-mère qui cherche les poux du petit. Et quand vous aurez fini toute la revue, alors vous offrirez à Dieu votre repentir ; et

pour lui prouver votre sincérité, vous viendrez vous confesser. S'il y en a qui ont vergogne — bien souvent c'est la mauvaise honte qui paralyse les bons sentiments — ils n'auront qu'à passer par la sacristie, ou même par le jardin, avec un paquet sous le bras, comme s'ils m'apportaient une douzaine d'œufs (et entre parenthèses, si vous me l'apportez, je la prendrai, car j'en ai grand besoin) ; ou alors, avec des outils, comme si vous veniez faire un travail chez moi. (Justement, la pile est bouchée, et Mariette y a enfoncé un jonc de trois mètres que je n'arrive plus à sortir.)

« Je vous confesserai sans solennité, car une bonne confession peut très bien commencer par un verre de vin blanc. Ce qui compte, mes frères, c'est la sincérité, c'est le repentir : il faut regarder ses fautes bien en face, et demander pardon à Dieu : il n'aime rien tant que pardonner.

« Et maintenant — à mesure que je parle il me vient des idées, ce qui fait que je vais en changer encore une fois — peut-être que parmi nous il n'y a pas de vrais coupables ; je veux dire des gens qui aient vraiment commis une mauvaise action. Mais est-ce qu'il y en a beaucoup qui en aient fait de bonnes ? »

A ces mots, Philoxène, d'un air sarcastique, murmura : « Ça dépend ce qu'il appelle une bonne action. » Quant à Ugolin, il se tourna vers l'oreille du Papet, et chuchota : « Tu lui as prêté quatre mille francs. » Ange, qui était debout au fond de la nef, prit pour lui une brève pantomime d'Eliacin, et lui répondit par une terrible grimace : la langue entre ses dents, il retroussa sa babine, en louchant de son mieux.

« Voilà, disait M. le curé, voilà peut-être le grand point : mes très chers frères, vous n'êtes pas des frères. Je vous ai vus travailler, rire et plaisanter ; mais je n'ai jamais vu l'un d'entre vous aller piocher, pour le plaisir, la vigne abandonnée de la veuve ou de l'orphelin... En revanche, mon prédécesseur, le bon abbé Signole, m'a raconté l'épouvantable affaire de la Bastide Fendue, que je veux vous rappeler aujourd'hui. »

Ici, il prit le ton d'un conteur, et l'on vit bien qu'il s'adressait plus particulièrement à M. l'instituteur, à

M. Belloiseau et au Génie rural qui sans doute ne connaissaient pas l'histoire.

« Un beau jour, il est venu de la ville (naturellement) un agent immobilier (encore pire que les ingénieurs). Il avait acheté une ruine, au pied de la montée. On l'appelait la Bastide Fendue parce qu'il y avait des crevasses dans les murs assez grandes pour passer le bras. Il y a mis un toit, il a bouché les crevasses avec du plâtre et il a fait un joli crépi par-dessus. Un retraité de la ville l'a achetée bien cher, et l'a appelée villa Monplaisir. L'abbé Signole arrivait ici — il n'était pas au courant, n'est-ce pas — et il se demandait pourquoi, lorsqu'on parlait de la villa Monplaisir, tout le monde riait, et surtout les maçons.

« Un beau jour, le retraité, qui avait la folie des grandeurs, a imaginé de prendre des bains. Il a acheté une pompe pour la citerne, des tuyaux, une baignoire et il a voulu faire installer une grande caisse à eau dans le grenier. Les maçons y sont allés, en rigolant plus que jamais. Ils ont installé la caisse à eau, un bac en ciment qui contenait plus de mille litres, et ils ont dit au retraité qu'il fallait que ça sèche, et qu'ils ne conseillaient pas de remplir ce bac avant le surlendemain, à quatre heures de l'après-midi.

« Ce jour-là, tout le village était descendu sur la route, et ils regardaient la villa Monplaisir comme s'ils étaient au cirque. Le retraité avait déjà mis la pompe en marche, et il fumait sa pipe à la fenêtre du premier étage, avec un air de se demander ce que tous ces gens lui voulaient. Il ne l'a jamais su, parce que, à quatre heures et demie, Monplaisir lui est tombée sur la tête, et on l'a enterré le lendemain. »

Sur cette conclusion, beaucoup de paroissiens ne purent s'empêcher de rire au souvenir d'une si plaisante farce, parce que le retraité écrabouillé n'était qu'un « étranger de la ville », et qu'au surplus, un retraité est en général un orphelin, et souvent un veuf, qui regarde travailler les autres, et qui mange l'argent des impôts.

Les mécréants ne purent retenir une hilarité scandalisée, et M. le curé, les bras au ciel, cria :

« Et ça les fait rire ! Seigneur, je vous demande grâce pour eux, car ils ne savent pas ce qu'ils font ! »

Il se pencha au bord de la chaire, et cria :

« Vous êtes TOUS responsables de la mort de ce brave homme ! Les premiers coupables, ce sont l'entrepreneur et les maçons. Mais tous ceux qui *savaient* et qui n'ont pas prévenu cet homme sont peut-être plus coupables qu'eux... Ces maçons ont voulu travailler deux jours de plus, l'entrepreneur désirait gagner un peu plus d'argent... Ce n'est pas une excuse, mais c'était un motif. Tandis que vous, quelle était la raison qui vous a fermé la bouche ? Je n'en trouve pas d'autre qu'une férocité naturelle : ce n'est pas un curé qu'il vous faut, c'est un missionnaire ! »

Il y avait un grand silence, et presque tous regardaient leurs souliers. La voix du prêtre faisait sonner la voûte, et les vieilles étaient devenues si petites que le dossier de leurs chaises ne laissait voir que de maigres chignons.

Un grand coup de mouchoir, puis la voix s'éleva de nouveau :

« Vous le retrouverez, ce retraité ! Pas ici, mais au ciel. Et ce n'est pas sa pauvre âme que vous verrez, parce que j'espère qu'elle est en Paradis, en train de fumer des nuages dans une pipe de diamant... Ce que vous verrez, ce sera son corps, dans la balance de saint Pierre, et du mauvais côté de la balance. Et vous savez, ça pèse lourd, le cadavre d'un pauvre vieux, tout picoté d'éclats de rire, comme si les poules avaient commencé à le manger... Pensez-y, et repentez-vous, puisque vous en avez le temps... »

Il y eut quelques protestations chuchotées.

« Je sais bien que je vous étonne, et vous êtes en train de vous dire : " Mais ce n'est pas moi qui ai fait cette cuve ! Ce n'est pas moi qui ai touché de l'argent ! Moi, je ne m'occupe pas des affaires des autres : par conséquent, on n'a rien à me reprocher ! " Eh bien, détrompez-vous ! Les affaires des autres, il faut s'en occuper pour les aider, et ça s'appelle la charité chrétienne. Car voyez-vous, pour être aimés de Dieu, il ne suffit pas de ne pas faire le mal ; la vertu, ce n'est pas de se taire, de fermer les yeux, de ne pas bouger. La vertu c'est d'agir, c'est de

faire le Bien. On n'en a pas tellement l'occasion. C'est pourquoi, lorsqu'il se présente une bonne action, toute prête, en état de marche, juste devant votre nez, c'est que le Bon Dieu vous l'offre. Celui qui ne saute pas sur le marchepied et qui s'en va les mains dans les poches, c'est un pauvre fada qui a manqué le train. Vous êtes beaucoup dans ce cas, j'ai le regret de vous le dire, et c'est peut-être ce manque de générosité, ce manque de fraternité, ce manque de charité, qui vous coûtent si cher aujourd'hui.

« Vous savez ce qu'il fait, le fontainier, quand on ne paie pas l'eau ? Il vient avec sa grande clef, et il vous ferme la prise. C'est pour ça que vous payez régulièrement à la mairie. Mais qu'est-ce qu'on paie à la mairie ? On paie pour le tuyau, pour la soudure, pour le fontainier ; mais l'eau, ce n'est pas la mairie qui l'a faite ; c'est à Dieu qu'il faut la payer, avec des actions de grâce, des prières, de bonnes actions. Vous devez avoir une assez grosse facture en retard, et c'est pour ça que l'administration céleste vous a fermé le robinet.

« Mais il ne suffit pas de se lamenter : il faut faire quelque chose : je vous propose, pour dimanche, une procession, pour obtenir l'intervention de notre grand saint Dominique, dont les fidèles ne cultivent guère la très précieuse amitié : il ne voit même pas trois cierges par mois ! Pourtant, j'ai confiance en sa bonté : il a fait, pendant sa vie terrestre, plusieurs miracles, pensez à ce qu'il peut faire aujourd'hui, du haut du ciel !

« Après-demain, nous le mettrons sur le pavois et nous le porterons à travers notre misère, je veux dire nos champs assoiffés et poudreux... J'espère que la vue de nos récoltes languissantes, si douloureuse pour nous, ne le sera pas moins pour lui, et qu'il intercédera en notre faveur, comme il l'a toujours fait, auprès de Notre Seigneur. Je charge donc les Enfants de Marie, ainsi que les Pénitents gris, de préparer le pavois de saint Dominique, les cierges, les costumes, et les bouquets.

« Ainsi, nous irons tous, sous les bannières de la paroisse, le long de nos champs qui meurent de soif. Et quand vous serez dans le cortège, qu'on n'entendra plus que la cloche lointaine, le chant des cigales, et le bruit de

nos pas, alors, humblement et sincèrement, vous élèverez vos âmes vers Dieu. Car ce ne sont pas les bannières qui font la force d'une procession, ce sont les cœurs purs ; et même il y a quelque chose qui est encore plus précieux qu'un cœur pur : ce sont les cœurs purifiés... Et si seulement quelques-uns d'entre vous (ça serait trop beau si je pouvais compter sur tout le monde), si quelques-uns d'entre vous prennent avec eux-mêmes l'engagement solennel de faire au moins une bonne action, ou de réparer le mal qu'ils ont pu faire, alors moi, je suis sûr que le Grand Fontainier, qui vous a coupé l'eau, n'attend que votre repentir pour vous la rendre. »

Une dernière fois, M. le curé épongea la sueur de son front, et descendit de la chaire. Alors sous les doigts de Mme Clarisse, l'harmonium attaqua un psaume, et les voix aigrelettes des maigriottes enfants de Marie s'élevèrent, humanisées par tant de sournoise innocence. Les voix suppliantes des vieilles les agrémentèrent aussitôt de trémolos involontaires dont le timbre cristallin révélait l'absence d'hormones et la crainte inexplicable de la bienfaisante mort. Alors, le baryton de M. le curé, un peu épais, mais cartésien, remit de l'ordre dans la divagante mélodie, puissamment soutenu par les mugissements liturgiques d'Eliacin.

Une grande paix descendit sur la paroisse, et les mécréants, surpris, écoutaient immobiles, lorsqu'on entendit crier la porte, et une voix inconnue hurla :

« Le camion citerne est arrivé ! »

Cent chaises grincèrent sur les carreaux, et les fidèles se ruèrent dans une panique d'incendie.

Pourtant, il n'y eut pas de bagarre à la distribution de l'eau : tous étaient trop inquiets, et comme subitement rapprochés par le malheur commun... Il y eut seulement un murmure quand on vit arriver deux gros tonneaux sur une charrette... Celui-là avait des prétentions, mais on lui fit place avec respect quand on vit que c'était le boulanger.

Cependant Ugolin et le Papet se tenaient à l'écart : deux cruches d'eau n'eussent pas sauvé deux plants d'œillets, et d'autre part, on savait qu'ils avaient des puits : leur attitude signifiait qu'ils laissaient généreusement aux autres leur part de l'eau de camion, mais qu'il ne faudrait rien leur demander de plus.

Le sermon avait profondément ému Ugolin.

Il chuchota :

« Papet, il n'a parlé que de ça, et il m'a regardé trois fois. »

Le vieillard était lui-même inquiet et tourmenté, mais il refusa de l'admettre.

« Allons donc ! dit-il. C'est parce que tu as la bêtise d'y penser tout le temps que tu crois qu'on en parle ! Moi, tout ça, je l'ai oublié. Et puis, qu'est-ce que tu veux qu'il sache, ce curé ? Il n'y a pas un an qu'il est arrivé.

— Oui, mais peut-être quelqu'un lui a parlé en confession... »

Le Papet se tut un instant, puis il avoua :

« C'est pas impossible qu'Anglade... Celui-là, il est tellement bigot qu'il est bien capable de confesser les

péchés des autres. Mais finalement, qu'est-ce que ça peut nous faire ? »

Ils montaient vers le café de Philoxène.

« Ce qui m'inquiète, dit le Papet, c'est la petite...
— Moi aussi, dit Ugolin.
— Elle ne t'a pas fait bonne figure.
— Ça c'est vrai. Elle m'a regardé deux fois, et d'une façon qui m'a fait peine... Elle avait l'air de me dire " le criminel c'est toi... "
— C'est encore de l'imagination, répliqua le Papet. Elle non plus, elle ne sait rien... Elle est peut-être jalouse de la source, mais rien de plus.
— Alors, pourquoi tu m'as dit qu'elle t'inquiète ? »

Le vieillard hésita un moment, puis il avoua :

« Parce que j'ai dans l'idée qu'elle ne te voudra pas.
— Et pourquoi ?
— Je sais pas. C'est une impression... »

Ugolin ne répondit rien. Il regardait Manon, qui sortait à pas lents de l'église. Elle le vit, et détourna les yeux pour sourire à la mère de l'instituteur qui venait du camion, en portant un arrosoir et une cruche dont les becs lançaient de petits jets d'eau à chaque pas. Au passage, Manon saisit l'arrosoir malgré les protestations de Magali, et elles s'éloignèrent ensemble.

Ugolin eut un pincement au cœur, sous le ruban humide collé à sa peau brûlante.

« Ça, c'est encore pas bon pour moi, dit-il.
— Pourquoi ?
— J'ai vu l'instituteur lui parler dans la colline.
— Quand ?
— Le mois passé.
— Tu ne me l'as pas dit.
— Ça me faisait vergogne.
— Ça m'étonnerait pas qu'il ait l'idée de s'en amuser... Toi, tu ferais bien de la demander le plus tôt possible... »

Ils arrivaient à la terrasse, où les mécréants, après une retraite en bon ordre, s'étaient déjà installés, et parlaient du sermon, en regardant passer des ânes chargés de bidons, et des femmes aux bras allongés par le poids des seaux et des cruches... Des hommes auprès de la fontaine

entouraient Ange et le fontainier des Ombrées, qui était venu offrir son assistance de technicien : ses capacités se bornaient d'ailleurs à répéter : « C'est la question de la sécheresse, s'il ne pleut pas d'ici huit jours, ça sera la même chose chez nous. » Les autres l'écoutaient, mornes ou nerveux : le vieux Médéric d'un air stupide et la bouche ouverte. Jonas et Josias se rongeaient les ongles, tandis que le pauvre Ange, les mains dans les poches, et les yeux baissés, grattait le sol du bout de son soulier.

C'est alors que les mécréants virent arriver Eliacin. Sous un chapeau de feutre noir, il suivait un âne chargé de deux bidons, et portait lui-même deux cruches. Il vint tout droit vers la terrasse, et tandis que l'âne suivait le chemin familier du retour, son maître s'arrêta à trois pas des buveurs, posa les cruches sur le sol, planta ses gros poings sur ses hanches, et regarda le groupe d'un air de défi. Anglade, qui passait, s'arrêta pour voir la suite des événements. Puis, deux commères, une vieille, et des enfants accoururent. Eliacin regardait fixement le groupe, dont les visages étaient tournés vers lui.

Alors, Philoxène, immobile, ferma l'œil gauche, ouvrit l'autre immensément, et fit saillir une bosse dans sa joue droite avec la pointe de sa langue, tandis que Casimir, le coude appuyé sur la table, mettait sa main à angle droit sur son avant-bras, comme une tête de canard ; puis repliant l'index et l'annulaire de part et d'autre du majeur, il pointa ce doigt rigide vers la face d'Eliacin. Celui-ci ne savait pas que ce geste insultant avait déjà été décrit par Juvénal, mais il en connaissait la signification, qui exigeait une réponse. Il cracha donc avec force vers les pieds de la table.

Alors le boulanger prit le « siphon » d'eau de seltz, et dirigea le jet sur les souliers de l'ennemi, pendant que Pamphile, la langue entre les dents, soufflait une méprisante pétarade. Les curieux, déjà plus nombreux, éclatèrent de rire. Alors, Eliacin frappa un grand coup. Il leur tourna le dos, leva la jambe, et lança dans leur direction une pétarade véritable, qui eût fait honneur à un éléphant. Puis il leur fit face de nouveau, saisit le bord de son feutre, salua largement, reprit ses cruches, et partit gaiement au petit trot sur les traces de son âne... Les

mécréants le poursuivirent d'injures diverses, telles que
« cochon », « porcas », et « cago ei braio », mais il ne
daigna pas se retourner.

Les porteurs d'eau continuaient à défiler, lugubres,
trébuchants sur des souliers mouillés. Philoxène ne put
supporter plus longtemps ce spectacle.

« Messieurs, dit-il, pour nous remettre de toutes ces
émotions, je vous propose de boire un grand apéritif,
mais comme tous ces gens font des gueules terribles,
allons nous installer, l'un après l'autre et d'un air triste,
dans ma salle à manger.

— Cette délicatesse de sentiments m'enchante ! dit M.
Belloiseau.

— Ce n'est pas par délicatesse, répliqua le maire.
C'est pour ne pas choquer l'électeur !

— Eh bien, moi, dit Bernard, j'ai mieux à vous offrir !
Malgré la catastrophe, c'est aujourd'hui mon anniversaire et (je le dis à voix basse) un joyeux apéritif nous
attend dans la cour de l'école. Suivez-moi.

— Nous aussi ? demanda Pamphile.

— Vous aussi, dit Bernard. Et voilà le Papet et son
neveu qui arrivent à point pour nous accompagner...

— Chez vous ? » dit Ugolin.

Il tremblait d'émotion en pensant :

« Elle y est peut-être encore. Et qu'est-ce qu'ils vont se
dire devant tout le monde ?

— Oui, dit Bernard, à l'école. Allons-y. »

Philoxène murmura :

« Un peu de tristesse, s'il vous plaît. N'oubliez pas que
nous n'avons plus d'eau. »

En route, ils recueillirent Claudius le boucher, puis
Cabridan, qui ne venait guère aux réunions quotidiennes, parce qu'il était trop pauvre pour payer son apéritif. L'instituteur le prit par le bras, et l'entraîna. Les
vieilles, en voyant passer leur petit cortège, en conclurent
qu'ils allaient tenir une réunion pour parler du sermon et
de la fontaine.

* *

Comme Bernard ouvrait la porte du jardin, il se trouva en face de Manon, qui sortait.

« Ah! non, dit-il, non! Aujourd'hui, vous allez boire avec nous! »

Ugolin charmé se pencha vers le Papet, chuchota :

« Il lui dit " vous " », et fit un clin d'œil joyeux.

Mais Manon, effrayée par l'arrivée de tous ces hommes, voulait fuir : Bernard barra le passage en riant, lui saisit le poignet, et le pauvre Ugolin le vit conduire la bien-aimée jusqu'à la longue table chargée de verres et de bouteilles sous l'ombre fraîche des acacias. Cependant, Magali faisait grand accueil à tout le monde, puis les invités s'installèrent sur les chaises ou sur le parapet qui bordait le paysage.

« Alors, ce sermon, qu'est-ce que vous en pensez, vous autres? demanda Magali.

— Qu'est-ce que vous voulez qu'on en pense? répondit le Papet... Tout ça c'est jamais que des mots...

— Ce sont des mots, mais qui avaient un sens mystérieux, dit Bernard. Bien entendu, je ne crois pas que la fontaine ait été tarie par une intervention divine...

— Pour ça, dit sa mère, on sait bien que tu es un mécréant, et c'est tant pis pour toi.

— Je ne m'en porte pas plus mal, reprit Bernard; cependant, ce prêtre avait l'air de faire allusion à un crime qu'il connaît, et dont il ne peut pas parler clairement, sans doute parce qu'il l'a appris par une confession.

— Et quel crime? dit le Papet. Si quelqu'un avait fait un crime au village, ça se saurait. »

Pamphile, assis sur le parapet les jambes pendantes entre Casimir et le boucher, donnait de petits coups de talon contre le mur, et regardait le sol. Sans lever les yeux, il dit :

« C'est pas toujours à coups de couteau ou de revolver!

— Pour moi, dit Bernard, ce discours s'adressait à quelqu'un... »

Le Papet le regarda dans les yeux, et demanda brutalement :
« Et à qui ?
— Oui à qui ? insista Ugolin.
— Moi, dit le boulanger, il m'a semblé qu'il regardait souvent Ugolin... »
Pamphile affecta de rire, et enchaîna :
« Surtout quand il a parlé de ce roi qui avait la peste et qui la foutait à tout le monde !
— Quoi quoi quoi ? s'écria Ugolin, tu ne vas pas dire que j'ai la peste, non ?
— Ce ne sont pas des choses à répéter ! dit sévèrement le Papet. Même en plaisantant ! Et d'abord, il a parlé à nous tous. Oui parfaitement, je l'ai bien noté. Il a dit "Le Bon Dieu ne punirait pas tout le monde pour le crime d'un seul homme." C'est ça qu'il a dit. Et puis il a raconté la Bastide Fendue, et il a dit que tout le monde était responsable — parce qu'ils auraient pu parler, et *qu'ils n'ont rien dit.* »

Il les regarda à la ronde, l'un après l'autre, et Bernard fut étonné de les voir fuir ce regard, tandis que Pamphile, désolé, baissait la tête et ouvrait les bras, qu'il laissa retomber.

Philoxène lui-même parut gêné quelques secondes, saisit tout à coup une bouteille qu'il se mit à déboucher, et dit en riant :

« Moi, tout ce qui m'a frappé dans ce sermon, c'est qu'il a profité de la catastrophe pour réclamer une douzaine d'œufs, et qu'on vienne déboucher son tuyau ! »

Puis il remplit les verres dans un grand silence, leva le sien et dit gaiement :

« A votre santé, monsieur Bernard. »

A ce moment, la porte lointaine s'ouvrit, et Anglade parut, son chapeau à la main.

Il s'avança, humble et souriant.

« Ho ho ! cria Philoxène, tu as senti l'odeur du pastis ?
— Oh ! que non ! dit Anglade, madame Magali, excusez-moi : et croyez bien que je ne m'invite pas !
— Mais on vous invite ! dit Bernard. Venez vite vous asseoir !
— Je vous remercie, monsieur l'instituteur, mais ce

n'est pas la peine... Avec ce qui se passe, je n'ai pas beaucoup envie de boire un coup... Ce n'est pas pour le pastis, que je suis venu : c'est pour l'eau. Les enfants m'ont dit que la petite bergère était ici, et c'est à elle que je veux parler parce que j'ai quelque chose d'important à lui dire. »

Manon, surprise, pâlit.

« A moi ?

— Oui, à toi, parce que toi, si tu veux, tu peux nous rendre l'eau. »

Elle fut brusquement effrayée : ce vieillard savait la vérité, et il allait la dire devant tous. Elle balbutia :

« Moi ? Mais comment ?

— En venant à la procession, dimanche. Est-ce que tu viendras ? »

Elle rougit, et tout à coup, malgré elle, elle dit brusquement :

« Non. »

Le ton de sa réponse surprit tout le monde et Anglade parut accablé...

« Alors, dit-il, la fontaine ne coulera jamais plus.

— Et pourquoi ? demanda Philoxène, tu crois que c'est déjà une sainte ? »

Bernard s'était tourné vers Anglade.

« Vous attachez donc tant d'importance à sa présence ? »

Le vieux paysan parut gêné. Il hésita, hocha la tête plusieurs fois, et dit enfin :

« Vous comprenez, elle a perdu son père... Elle ne l'a plus pour la protéger... Et dans ces cas-là, souvent le Bon Dieu s'en charge... La prière d'une orpheline, ça monte au ciel comme une alouette, et Notre Seigneur Jésus-Christ l'écoute volontiers chanter... Nous autres, c'est visible qu'il nous a punis, et M. le curé l'a dit en toutes lettres... Mais elle, elle est innocente, et même plus... Si elle vient prier pour nous, nous sommes sauvés. »

Il avait parlé avec une conviction profonde, et il attendait, en faisant tourner lentement son chapeau devant sa poitrine plate.

Ugolin se leva, et dit très vite :

« Oui, oui, Manon, il faut que tu viennes... Il faut que tu sauves nos œillets... »

Une colère subite serra les poings de la fille. Sans penser à ce qu'elle faisait, elle se leva, fit trois pas, s'arrêta, revint vers sa place, puis passa derrière sa chaise, ses deux mains crispées sur le dossier, et elle regardait Ugolin dans les yeux. Elle était blême. On crut qu'elle allait parler, mais elle se ravisa, et se tut.

« Petite, dit Philoxène, moi je sais très bien que cette procession ça sera une cagade, et que pour ressusciter la source, il vaudrait mieux un immense tire-bouchon... Mais Anglade croit que ça réussira, et je dois te dire qu'il n'est pas le seul au village : fais-leur plaisir ! Si tu ne viens pas, ils croiront que c'est par ta faute que la procession a foiré ! »

Magali s'était approchée de Manon, et elle posa sa belle main sur l'épaule de la bergère.

« Est-ce que tu as une bonne raison pour ne pas y aller ? »

Pour la première fois depuis la mort de son père, la jeune fille se sentait protégée par la présence de Bernard, par la main maternelle posée sur son épaule, et par le beau regard de Pamphile, l'ami secret des flèches noires. Elle retrouva son calme et dit clairement :

« Je ne veux pas prier pour l'eau des criminels qui ont volé celle de mon père. »

Pamphile ne put se contenir, et cria : « Bravo ! »

Tous baissaient la tête, mais Bernard et M. Belloiseau ouvraient des yeux surpris, tandis que le Papet rougissait. Ugolin, qui la regardait de toutes ses forces, souriait de la voir si belle, et n'avait pas compris les mots.

« Qu'est-ce que ça veut dire ? s'écria Magali.

— Je ne comprends pas ! » dit Bernard.

Manon les montra du doigt.

« Eux, ils comprennent. Regardez-les ! Ils savent tous de quoi je parle, et pourquoi Dieu les a punis.

— Peut-être, dit Bernard. Mais moi, je ne le sais pas ! »

Magali, effarée, demanda :

« Alors, le criminel inconnu, tu le connais ?

— Il y en a deux, dit Manon. Les voilà. »

Elle les montrait du doigt.

Ugolin, effrayé, tourna un orage de tics vers le Papet, dont les yeux brillaient de fureur, et dont le visage était blanc ; mais il haussa les épaules, ricana, et se hâta de parler :

« Je devine à peu près de quoi il s'agit ! Il faut vous dire, madame, que mon neveu, qui a eu l'idée de faire des œillets, gagne beaucoup d'argent depuis trois ans... Naturellement, ça fait parler au village, et naturellement on n'en dit pas du bien... Il y a des mensonges et des racontages... Je ne sais pas quelles méchancetés on a pu dire à la petite, mais elle y a cru volontiers, parce qu'Ugolin est devenu riche là où son père s'était ruiné... Voilà la vérité vraie !

— Oyayaïe ! » dit Pamphile à mi-voix.

Mais le vieil hypocrite ne broncha pas, et ajouta d'un air navré :

« Bien entendu, c'est injuste que son père n'ait pas réussi et c'est bien vrai qu'il n'a pas eu de chance, mais ce n'est pas de notre faute. Voilà tout ce que j'ai à dire. Et en plus, si c'est pour nous traiter de criminels qu'on nous a fait venir ici, merci bien pour l'invitation, mais j'aime mieux rentrer chez moi. Allez, zou, Galinette, viens boire à la maison ! »

Il se tourna vers la porte.

« Papet, dit soudain M. Belloiseau, cette retraite précipitée ne plaide pas en votre faveur. On pourrait penser...

— Je me fous de ce qu'on peut penser, dit le Papet. Moi, j'ai ma conscience pour moi. Alors, tu viens, Galinette ?

— Non. Pas tout de suite. Je veux qu'elle dise ce qu'elle me reproche parce que je sais le moyen de tout arranger ! »

Bernard était surpris par ce dialogue, et par l'attitude gênée des assistants. M. Belloiseau se pencha vers lui, et crut chuchoter.

« Je subodore, dit-il à haute voix, quelque sordide histoire paysanne...

— Et vous avez raison ! répliqua Pamphile.

— Je voudrais bien savoir, dit Bernard, comment ils ont fait pour voler l'eau de votre père ? »

Le Papet répondit aussitôt violemment :

« C'est de la pure imagination ! C'est vrai que son père a manqué d'eau toute sa vie, et c'est peut-être ça qui l'a ruiné. Comme c'était un homme très intelligent, il a deviné qu'il y avait une source dans son terrain. Il l'a cherchée longtemps, et il l'aurait sûrement trouvée s'il n'était pas mort d'un accident... Alors, mon neveu et moi, quand nous avons vu des femmes seules, nous avons acheté ce petit bien... un peu parce qu'il nous plaisait, il faut dire la vérité, un peu aussi pour leur rendre service, et alors, nous avons cherché cette source et nous avons eu de la chance : nous l'avons trouvée. C'est ça qu'elle appelle lui voler son eau ! »

Il ajouta avec une grande amertume :

« Faï de ben à Bertrand, ti lou rendra en caguant ! Allez, viens Galinette... »

M. Belloiseau se leva et avec l'autorité d'un président de tribunal, il dit :

« Attendez un peu. Nous sommes tout prêts à vous rendre justice. Jeune bergère, est-ce ainsi que les choses se sont passées ? »

Manon, d'une voix vibrante d'indignation, cria :

« Ce n'est pas vrai ! Il ment ! La vérité, c'est que la source existait depuis toujours ! Quand le propriétaire est mort, ils ont cru que la ferme allait être vendue aux enchères, et ils ont bouché la source, voilà la vérité ! »

Magali, surprise, demanda :

« Et pourquoi auraient-ils fait ça ?

— Oui, pourquoi ? s'écria hypocritement le Papet. Viens Galinette. »

Mais M. Belloiseau ricana, et répondit à Magali :

« Parce que sans eau, cette ferme ne valait rien, et ils l'auraient eue pour un morceau de pain !

— Et alors, dit Manon, mon père n'a jamais su que nous avions une source devant notre porte. Pendant trois ans, il est allé chercher l'eau au Plantier, et il est mort à la peine par la faute de ces assassins. »

Ugolin fit un pas en avant, et il allait parler, mais le Papet le repoussa brutalement et s'écria :

« Ça, c'est ce qu'on appelle des " calonies " ! Oui des " calonies ". La source, tu m'as vu la chercher avec la

montre ! Dis la vérité ! Tu étais avec ta mère, et tu avais une coucourde dans les bras... Avec la montre ! »

Il tira sa montre, suspendue à une chaînette d'argent, la balança comme un sourcier, et il proclama, en promenant son regard sur l'assistance :

« Je l'ai trouvée avec la montre !

— En moins d'une heure ! » dit Manon.

M. Belloiseau fit un petit ricanement et dressa son index, annonciateur d'une réponse foudroyante.

« Je crois, je crois que la source aurait pu vous dire ce que Dieu lui-même dit à Pascal : " Tu ne me chercherais pas, si tu ne m'avais pas déjà trouvé " ! »

Cette magnifique citation, et si bien placée, lui valut un joyeux sourire de l'instituteur, mais elle plongea les Bastidiens dans un abîme de perplexité, car Pascal, c'était le fontainier des Quatre-Saisons.

« Je me fous de Pascal, répliqua furieusement le Papet. Je ne l'ai rencontré qu'une fois, et il m'a parlé d'une façon que je lui ai foutu deux gifles ! Oh ! vous pouvez rire, c'est la vérité. Et alors, voilà ce qui arrive : ce qu'elle a vu, elle ne le croit pas et ce qu'elle n'a pas vu, elle le croit ! Qui est-ce qui nous a vus boucher la source ? »

Un grand silence lui répondit, et il répéta triomphalement.

« Qui nous a vus boucher cette source ? »

Mais cette fois, une voix rauque et puissante s'éleva :

« Moi, je vous ai vus ! »

C'était Eliacin. Venu aux nouvelles, il n'avait pas osé entrer, mais il était monté sur une pierre, pour s'accouder sur la crête du mur de clôture, et il répéta :

« Moi, je vous ai vus tous les deux !

— Menteur ! cria le Papet.

— Voilà qui devient intéressant, dit M. Belloiseau.

— Et qu'est-ce que tu peux avoir vu, pauvre idiot ? »

Le vieillard se tourna vers Bernard.

« Il n'a jamais su reconnaître sa main droite de sa main gauche ! Au régiment, ils le lui avaient écrit sur les mains : mais comme il ne sait pas lire, il n'y a jamais rien compris et ils ont fini par le renvoyer ! »

Éliacin se mit à rire, et sauta dans la cour.

« Et bien content ! dit-il. C'était pas facile, mais ça a

réussi ! Le major se doutait de quelque chose, puisqu'un jour il me dit...

— Ceci ne nous intéresse pas aujourd'hui, dit M. Belloiseau, nous voudrions savoir ce que vous avez vu !

— Oui, dit le Papet, qu'est-ce que tu as vu en rêve ?

— Je rêve JAMAIS, répliqua Éliacin. Ça s'est passé il y a cinq ou six ans.

— Vous voyez ! cria le Papet, il ne sait même pas la date !

— C'était peut-être quinze jours après la mort de Pique-Bouffigue. J'étais monté aux Romarins pour les perdreaux... La source ne coulait plus...

— Par conséquent, elle était déjà bouchée ! dit le Papet.

— Pas complètement... Il y avait une petite flaque d'eau dans la broussaille, au bord du chemin, et les perdreaux venaient y boire, depuis que la ferme était vide... Alors, un matin, à la petite pointe du jour, je monte dans le grenier...

— Et comment tu as fait pour entrer ? dit brusquement Ugolin, la porte était fermée à clef ! »

Un peu gêné, il expliqua :

« Avec la lame d'un couteau-scie, à travers une fente du volet, j'avais soulevé le crochet.

— C'est du propre de cambrioler la maison d'un mort ! cria le Papet. Ce que tu racontes, ça intéresserait les gendarmes !

— La question n'est pas là, dit Bernard. Et ensuite ?

— Et ensuite, il y avait deux petits fenestrons, juste sous la gouttière : c'est Pique-Bouffigue qui les avait faits pour tirer les grives... Alors je m'installe sur une vieille chaise et qu'est-ce que je vois venir ? Ces deux-là, avec des outils ! »

Le Papet ricana.

« Il s'est endormi sur la chaise, et voilà son rêve qui commence. »

Mais Éliacin continuait :

« Je croyais qu'ils allaient passer, mais pas du tout ! Ils s'arrêtent sur le coteau d'en face à vingt-cinq mètres de la maison. Ils regardent bien de tous les côtés, le Papet monte se cacher sur la petite barre, et Ugolin se met à

piocher avec un petit bêchard. Je me suis dit : " Ils mettent des pièges à lapins, et ils ont peur des gendarmes. "

— Eh bien, dit le Papet, pour une fois tu as pensé quelque chose de raisonnable... Oui, ça nous arrive souvent de mettre des pièges à lapins. Et toi, tu n'en mets jamais ? »

Il s'adressa à M. Belloiseau.

« Il faut creuser un trou, n'est-ce pas, pour placer un piège à lapins ? C'est ça qu'il a vu, cet imbécile... Allez, zou, Galinette, on s'en va. »

Il se dirigea vers la porte, mais Ugolin ne le suivit pas. Il s'était levé, le visage pourpre, et cria :

« Non, non, moi aussi, j'ai quelque chose à dire !

— Après, après, dit M. Belloiseau. Éliacin, vous n'avez pas encore parlé de la source.

— Ça vient, ça vient ! Alors, comme il creusait toujours, je me suis pensé que peut-être ils avaient acheté ce petit bien, et qu'ils cherchaient la source... Et j'étais furieux, parce que ma matinée était perdue... J'osais pas sortir, parce que j'étais dans mon tort, d'avoir ouvert cette fenêtre... Pour prendre patience, j'ai mangé le pain et le fromage que j'avais apportés... Et l'autre creusait toujours, et le Papet surveillait toujours... Et tout d'un coup, le pied de ma chaise craque...

— Et c'est ça qui t'a réveillé, dit le Papet, et tu as vu qu'il n'y avait personne.

— Et j'ai vu que tu as eu peur, et j'ai entendu Ugolin qui t'a dit : " C'est pas un fantôme, c'est les rats ! Ils sont gros comme des lapins ! " Et il s'est remis à piocher, et tout d'un coup, l'eau l'a fait sortir du trou... Alors, vous avez préparé du mortier, et puis un morceau de bois rond, et puis vous l'avez bouchée, et puis vous avez remis la terre, et puis vous êtes partis, et les perdreaux ne sont pas venus... Voilà ce que j'ai vu et je le dis...

— Vous auriez pu le dire plus tôt à mon père.

— Qu'est-ce que vous voulez, dit le colosse, c'était pas mes affaires... Mais maintenant, je sais que le criminel de M. le curé, c'est eux... Le Bon Dieu a voulu les punir ; seulement pour leur couper l'eau, il a été forcé de couper la nôtre... Du coup, ma prairie est sèche comme du

raphia, mes aubergines vont crever et alors maintenant, c'est mes affaires...

— Voici un témoin bien catégorique, dit M. Belloiseau... Qu'en pensent les accusés ?

— Je pense qu'il a rêvé, dit le Papet. Et puis, un seul témoin, ça ne compte pas.

— C'est exact ! Il en faut au moins deux !

— Il y en a un autre », dit Manon.

Le Papet, incrédule, demanda :

« Et qui c'est l'autre ?

— La source. »

Le vieillard parut surpris par cette réponse inattendue, mais M. Belloiseau en fut charmé.

« C'est ma foi soutenable ! En tout cas, c'est un argument qui ferait impression sur le tribunal ! »

Les yeux du Papet lancèrent des flammes.

« Quel tribunal ? Qui est-ce qui parle de tribunal ?

— C'est moi ! dit M. Belloiseau. On pourrait soutenir que vous avez sciemment déprécié cette propriété, que vous avez imposé au propriétaire des efforts qui l'ont épuisé, qu'il en est mort, et que vous avez ensuite racheté ce bien à bas prix, malgré l'existence d'une mineure, qui pourrait en réclamer la restitution, sans parler d'une indemnité importante ! »

Ugolin n'avait pas quitté des yeux sa bien-aimée, qui ne l'avait pas regardé une seule fois, et il paraissait ne rien entendre : mais il se leva tout à coup, et après un éclat de rire de fou, il cria :

« Une indanité ! Sainte Vierge, une indanité ! Mais vous ne savez pas que je veux tout lui donner, la source, les œillets, la ferme, et tout l'héritage des Soubeyran, les terres, la maison, le trésor, mon nom et ma vie ? »

Il s'avança vers elle.

« Tu le sais, toi, je te l'ai dit dans la colline ! Écoute, écoutez vous autres ! Une supposition que ce soit vrai, tout ce qu'ils disent contre moi... Ce n'est pas vrai, mais je fais une supposition... Imagine-toi, imaginez-vous, que cette ferme, je la voulais depuis des années pour y faire des œillets et la chance a voulu que je réussisse. Alors, j'étais heureux, je ne pensais plus à rien, qu'à mes fleurs et à mon argent... Et puis tout d'un coup, je te vois, et ça

m'arrive que je t'aime, d'une façon que c'est pas possible de le dire... Tout le temps je te vois, tout le temps je te parle... Le sommeil, ça me l'a tué, quand je mange, ça n'a plus de goût. Si tu ne me veux pas, ou je meurs ou je deviens fou...

— Tais-toi, imbécile, dit le Papet, tais-toi, viens. »

Il voulut le prendre aux épaules, mais Ugolin le repoussa brutalement, et revint, haletant, vers Manon...

« Réfléchis un peu, réfléchis... Tu ne crois pas que ça ferait un mélange terrible : tout le regret du mal que je t'ai fait, et tout le plaisir du bien que je veux te faire ? Tu ne vois pas comment je travaillerais pour toi ? Je sais bien que je suis vilain, mais je suis brave et toi tu es belle pour deux... Et dans les petits que tu nous feras si par hasard il y en avait un qui soit... comme son père, moi ce serait mon préféré, mon caganis, mon plus joli, et je lui demanderais pardon tous les jours, à genoux, devant son berceau... »

Il s'était agenouillé devant elle, il lui tendait les bras, de grosses larmes roulaient sur ses joues ; et il gémissait :

« Manon... Mon amour... Mon amour... »

Effrayée, et écœurée, elle se leva et passa derrière la chaise de l'instituteur. Comme il s'avançait à genoux vers elle, Bernard le retint par l'épaule, tandis que Manon murmurait :

« C'est horrible... Faites-le partir... »

Pamphile s'était levé, lui aussi.

« Allez, zou, ne fais pas le fada ! Lève-toi, vaï ! »

Ugolin bondit sur ses pieds, le repoussa sans le regarder.

« Manon, dit-il, Manon, réfléchis...

— Allons, dit sèchement Bernard, après le crime que vous venez d'avouer, ces déclarations sont indécentes.

— Il n'a rien avoué du tout ! cria le Papet.

— Il a avoué devant témoins ! cria Bernard.

— C'est pas vrai ! C'est pas vrai ! cria Ugolin. J'ai dit que c'était une supposition... Vous n'en faites jamais, vous, des suppositions ? Et puis qu'est-ce que c'est, cet instituteur qui est arrivé d'avant-hier, et qui va lui parler dans la colline ? Lui, pardi, il se la veut pour s'amuser ! Si elle avait pas de beaux tétés, il ne parlerait pas contre

moi ! Et l'autre imbécile, le grand couillon qui a tout vu, et qui pleure pour ses aubergines ! Et les autres qui ne disent rien ! Manon, ton père est mort, il n'a plus de soucis. Moi, j'en ai. Il a vu sécher ses coucourdes, et ça fait pleurer tout le monde. Et moi, au même endroit, je vais voir crever mes œillets, et je vais mourir d'amour pour toi, et ça fera de la peine à personne ! »

Le Papet, de la porte, cria :

« Viens, Galinette. Viens à la maison ! »

Ugolin tourna brusquement vers lui sa face grimaçante et trempée de larmes.

« Non, non. Tout est de ta faute ! C'est toi qui m'as fait tout perdre ! Si j'avais su ! Si j'avais su... »

Il cacha sa figure dans ses mains. Le Papet vint vers lui.

« Écoute, Galinette... »

Mais il fit un brusque retrait, sauta par-dessus le parapet, tomba sur ses pieds cinq mètres plus bas, dans les genêts, et prit la fuite. Ils le virent courir comme un fou à travers les kermès de la pente, et disparaître sous la pinède.

Le Papet revint au milieu du groupe.

« Eh bien, moi je reste. Puisque tout le monde ici est contre lui, moi je reste pour le défendre.

— C'est difficile, dit Bernard, et il faudrait d'abord vous défendre vous-même !

— Mais monsieur l'instituteur, laissez-moi vous expliquer ! Vous avez bien vu que cette petite l'a rendu fou ! Je ne dis pas qu'elle l'a fait exprès, mais c'est comme ça ! Il ne sait plus ce qu'il dit, il ne sait plus ce qu'il fait ! Avant-hier, la muette nous a fait des champignons sur le gril, un délice. Le soir, il n'a pas voulu manger et il me dit : " J'ai un peu mal à l'estomac. Les escargots de midi, j'en ai trop mangé, et maintenant, ils me reprochent." Alors, tout ce qu'il peut dire et rien, c'est la même chose ! Cette histoire de source, ça ne tient pas debout ! »

Il regarda tour à tour les Bastidiens d'un air qui exigeait d'eux un témoignage favorable, et s'écria :

« Il n'y a jamais eu de source aux Romarins. Une petite flaque peut-être — mais la vraie source, c'est moi qui l'ai trouvée ! Allons, zou, vous autres, vous êtes des

Bastides, comme moi. Dites-le qu'il n'y a jamais eu de source ! »

Tous restaient silencieux, mais échangeaient des regards incertains. Seul, Eliacin, les mains dans les poches, haussa les épaules, et il allait parler lorsque le Papet s'écria solennellement :

« Faites bien attention ! Si vous saviez qu'il y avait une source, *vous ne l'avez pas dit* au bossu, et c'est vous qui êtes responsables de sa mort !

— Salaud ! murmura Pamphile. Vieux salaud ! »

Manon, les dents serrées, regardait tour à tour ces hommes dont aucun n'osait parler. Bernard rompit le silence.

« Voyons, monsieur le maire, dit-il, vous la connaissiez, vous, cette source ? »

Philoxène, hésitant et gêné, répondit :

« Vous savez, moi, je ne suis pas trop porté sur les collines... Je ne vais à la chasse que par hasard, pour accompagner un ami. Les Romarins, c'est loin...

— Vous n'aviez pas entendu parler de la source ?

— Entendu parler ? Ça oui, bien sûr... J'avais entendu dire que Pique-Bouffigue avait une source, et qu'il ne s'en servait pas depuis longtemps. J'avais compris qu'elle était morte.

— Et vous autres, reprit Bernard, vous ne saviez rien ? »

Ils échangèrent des regards inquiets, sous les yeux étincelants du Papet. Ce fut encore Pamphile qui se décida.

« Bien sûr qu'on savait... Tout le monde le savait !

— Moi, dit Casimir, quand j'étais petit, mon père m'y envoyait souvent chercher une cruche d'eau pour tremper des haches ou des lames de rabot... C'était pas un gros ruisseau... Pas plus gros que mon poignet, mais ça coulait vite ; et sur les bords, ça faisait flotter de gros fils blancs, qui étaient des racines de romarins...

— Et vous, Anglade, vous, vous le saviez ?

— Malheureusement oui... Le père de Pique-Bouffigue, Camoins le Gros, faisait des légumes avec cette eau... Il en portait de pleines charrettes au marché...

« — Et vous saviez aussi qu'un homme se tuait à transporter de l'eau, avec sa femme et ses enfants ?
— Tout le monde le savait, dit Pamphile. De l'aire, on les voyait passer et repasser, avec des bidons et des cruches...
— A la fin, il courait, dit Cabridan... On croyait qu'il allait tomber.... Mais moi, j'étais trop pauvre pour m'occuper des affaires des autres. »

Bernard fut indigné.

« Finalement, vous le saviez tous, et pas un seul n'a eu le courage d'aller dire deux mots à cet homme pour lui révéler sa richesse, et certainement lui sauver la vie !
— Je ne voudrais fâcher personne, dit M. Belloiseau, mais vous avez été les complices d'un crime que vous auriez pu empêcher avec deux mots, ou même avec un simple geste... »

Ils baissaient la tête, et le Papet allait parler, lorsque Manon, sans lever les yeux, dit à voix basse :

« Il y en a un seul qui a essayé de nous sauver. C'est celui qui a peint des flèches noires sur deux pierres blanches... Nous n'avons pas compris. Celui-là, c'est un homme, et je le remercie. Mais les autres, tous les autres... »

Des larmes jaillirent tout à coup, et elle cria :

« Il faut avoir le cœur pourri pour refuser de faire un miracle quand le Bon Dieu vous le permet ! »

Elle sanglotait si fort que Magali la prit dans ses bras.

« Tu as raison, dit Anglade, mais un miracle, toi tu peux en faire un dimanche... Ton malheur, c'est notre péché... Si tu venais à la procession, ta prière, ce serait notre pardon... »

M. Belloiseau répliqua sèchement :

« Il est tout à fait indécent de demander à la victime de prier pour ses bourreaux !
— C'est pourtant ce qu'a fait Notre Seigneur, dit doucement Anglade, et elle a peut-être l'occasion de gagner son Paradis. Elle aurait tort de la perdre, parce que ça n'arrive pas souvent. Moi, des fois, je suis malheureux de ne pas avoir d'ennemis, parce que ça me prive de prier pour eux...

— Avec de si beaux sentiments, comment avez-vous pu laisser mourir son père ? »

Anglade leva les yeux au ciel, étendit ses bras, les laissa retomber humblement, et baissa la tête.

« La vérité, dit Philoxène, la vérité, c'est que personne n'a osé se mettre contre les Soubeyran, pour défendre un homme qui n'était pas d'ici, et surtout, surtout, qui était de Crespin... Vous comprenez, les gens de Crespin...

— Eh oui, dit Bernard, sarcastique, ils peuvent crever, les gens de Crespin...

— Et puis surtout, murmura Manon, ils détestaient ma grand-mère, et ils se sont vengés sur son fils. »

Anglade, surpris, demanda :

« Ta grand-mère ? Quelle grand-mère ?

— Celle qui a quitté les Bastides pour se marier à Crespin.

— Qu'est-ce qu'elle raconte ? dit Casimir.

— Des folies, dit le Papet. Té, moi j'en ai assez, je m'en vais... »

Il fit deux pas vers la porte, tandis qu'Anglade demandait à voix basse :

« Comment elle s'appelait ta grand-mère ? »

Il avait posé la question, mais il avait déjà deviné la réponse.

« Vous le savez très bien », dit Manon.

Anglade joignit les mains, s'approcha d'elle.

« Tu ne vas pas nous dire que c'était... Florette ?

— Oui, c'était Florette Camoins, qui était née dans la ferme où son fils est mort !

— Oyayaïe ! dit Pamphile, consterné, personne ici ne l'a jamais su !

— Le vieux voleur, là-bas, l'a toujours su, et Ugolin aussi le savait... »

Le Papet arrivait à la porte.

« O Papet, cria Casimir, tu le savais que c'était le fils de Florette ? »

Il répondit froidement :

« Qu'est-ce que ça change ? »

Pour eux, « ça changeait tout ». Avoir abandonné à son triste sort un paysan amateur venu de Crespin, c'était en somme de bonne guerre, mais la victime, c'était

le fils de Florette des Bastides ; non pas un locataire ou un acheteur étranger, mais le propriétaire légitime d'un bien de famille, acquis par un héritage maternel.

« Ça change, dit Anglade, que c'était mon petit-cousin ! O Sainte Vierge, qu'est-ce que tu nous as laissé faire !... Il était revenu, et les siens l'ont tué !

— A moi aussi, c'était mon parent, dit Casimir.

— Et en tout cas, s'écria Pamphile, il était d'ici !

— Ce n'est pas vrai ! cria furieusement le Papet. Un garçon, c'est le père qui le fait ! Et la preuve, c'est qu'il porte son nom, et qu'il le garde toute sa vie ! Il s'appelait Cadoret, comme son père, le maréchal-ferrant de Crespin, et il était né à Crespin ! Et Florette, c'était une garce ! Si elle était restée chez nous, elle aurait eu des enfants droits comme nous autres, et rien de tout ça ne serait arrivé ! Tout est de sa faute, tout, et moi je m'en lave les mains ! »

Il ouvrit la porte d'un geste brusque, et sortit.

« On savait, dit Pamphile, que les Soubeyran étaient des salauds, mais j'aurais jamais cru à ce point !

— Maintenant, dit Anglade, je comprends, je comprends tout.

— Et quoi donc ? » demanda Bernard.

Anglade hocha la tête plusieurs fois. Enfin, il dit à mi-voix :

« C'est à cause de Florette qu'il ne s'est jamais marié. »

Le Papet furieux, et grommelant des injures à l'adresse de son neveu, était rentré à la maison Soubeyran, où il pensait le trouver pour le déjeuner du dimanche. Un beau poulet tournait devant le feu de sarment, mais Ugolin n'était pas encore là, au grand désespoir de la muette, fort inquiète pour sa volaille.

Le Papet pensa :

« Il a honte de ce qu'il a dit, cet imbécile... Et cette fille, c'est tout sa grand-mère... Elle ne le voudra jamais... »

La colère qui l'avait secoué faisait encore trembler ses

vieilles jambes... Il s'assit à table, bourra sa pipe, et se versa un grand verre de vin blanc. A une heure et demie, la muette lui imposa la moitié du poulet, déjà un peu trop doré. Machinalement, il mangea, mélancolique.

Il n'avait nul remords, mais il était grandement déçu par la faiblesse et la naïveté du dernier des Soubeyran.

« Il doit pleurer sur son lit, comme un couillon qu'il est... »

Et puis, ceux des Bastides lui avaient refusé un faux témoignage, ce qui était contraire à la tradition. Il dit à haute voix :

« Ils ont une drôle de moralité ! Une bande de cochons qui trahiraient père et mère... »

Il mangea encore quelques figues, puis dit :

« Je sais où il est ! Il a dû partir avec le mulet, pour un voyage d'eau. Et il a bien fait. C'est ça le plus important. Le Tribunal ! Et l'hypothèque, alors, ça valait rien ? — Tè, il vaut mieux que je fasse une petite sieste, pour me calmer la colère — et puis j'irai le retrouver. »

Cependant, la nouvelle avait fait le tour du village, les commentaires allaient grand train, et dans les familles, on s'expliquait les parentés.

Pendant le repas tardif, Anglade parla longuement à sa femme Bérarde, devant les jumeaux dévorants, mais attentifs.

« Réfléchis un peu : mon grand-père Clarius avait marié la sœur de Camoins Barbette, qui était le père de Camoins le Gros. Et Camoins le Gros, c'était le père de Florette, ce qui fait que Clarius était l'oncle de Camoins le Gros. Bon. Donc, c'était le grand-oncle de Florette. Moi, je suis le petit-fils de ce grand-oncle par ma grand-mère, Elisa Camoins. Par conséquent, Florette était ma cousine, et son fils, le pauvre bossu, était mon petit-cousin... Non, attends, je crois que je me suis un peu embrouillé, et il faut que je recommence. Donc... »

Jonas intervint.

« Donc, teuf... teuf...

— Te fatigue pas, compléta Josias. Parce qu'on nic... nic...

— N'y comprend rien, dit Jonas.

— En tout cas, dit Bérarde, de mon côté aussi, on est parents. Je peux pas te dire comment, mais le bien de Canteperdrix, que mon père nous a donné pour notre mariage, ça lui était venu par l'héritage d'une fille Camoins. Tu ne te rappelles pas que le notaire nous avait lu un papier ?

— Eh bien, mes enfants, dit Anglade, vous êtes deux fois parents avec cette petite...

— Moi, dit Jonas, si elle voulait, on serait p...

— Parents une fois de plus, dit Josias. Et moi, ça me plairait que tu te la maries, parce que les j...

— Les jumeaux, dit Jonas, ça p...

— Ça partage tout », dit Josias.

L'après-midi de ce dimanche fut lugubre. Pour atténuer l'inquiétude générale, Philoxène avait pourtant annoncé un concours de boules, doté d'un grand prix de vingt francs, et d'un second prix de dix francs... Il ne put réunir qu'une douzaine de joueurs — dont deux visiteurs venus des Ombrées, le facteur, et un jeune voyou de passage. Ces gens-là, qui avaient de l'eau chez eux, enlevèrent gaillardement les deux prix, tandis que les Bastidiens lâchaient de temps en temps la partie pour courir à la placette, où un cercle d'hommes démoralisés entourait la fontaine, pendant que les femmes priaient dévotement à vêpres.

On parlait du bossu de Florette, de l'avidité des Soubeyran, de la sécheresse qui s'aggravait tous les jours, de Cabridan qui préparait son déménagement, et le vieux Médéric annonçait son intention, si l'eau ne revenait pas, de se retirer en ville, c'est-à-dire à Roquevaire, où il pouvait avoir une place de gardien dans une villa solitaire. Là-haut, sur l'aire, il y avait un guetteur qui surveillait au loin le vallon de la Perdrix : en effet, Ange passait la journée près du bassin, et il devait annoncer le retour de l'eau par une fusée de feu d'artifice... Vers six heures, les mécréants vinrent siéger comme d'ordinaire, mais le Papet ne parut pas. Philoxène était précisément en train d'expliquer le caractère des Soubeyran, et le peu de chances qu'il y avait d'obtenir une restitution du bien volé par ces deux gredins, lorsqu'un garçon de douze

ans, Tonin de Rosette, arriva, un peu essoufflé, et s'avança vers l'instituteur.

« M'sieu, dit-il, le Papet m'a dit de vous dire qu'il voulait vous voir, et aussi M. le maire, et aussi M. Loiseau. Il a dit que ça vous ferait bien plaisir.

— Et quoi ? dit Philoxène.

— Je ne sais pas, dit le garçon. Il a dit que vous veniez vite, et que vous serez bien contents.

— Où est-il ? demanda Bernard.

— Il est aux Romarins, dit le garçon. Il est assis sur la pierre de la porte. Il fume la pipe. »

Puis il répéta :

« Ça vous fera bien plaisir.

— Allons ! dit M. Belloiseau, le voilà revenu à de meilleurs sentiments.

— Ça m'étonnerait ! dit Philoxène. Enfin, allons-y quand même. »

*
**

Ils le trouvèrent assis sur le seuil de la ferme, et il fumait sa pipe, comme l'avait dit le petit garçon. Il les laissa venir à lui sans dire un mot, puis il leva vers eux un visage blanc, un regard farouche, et montra du doigt quelque chose derrière eux...

A travers les rameaux plongeants du grand olivier, au-dessus d'une échelle tombée dans l'herbe, Ugolin tournait lentement sur lui-même, au bout d'une corde. Il s'était accroché à l'anneau de la balançoire.

Pamphile s'élança, serra les jambes du pendu contre sa poitrine, et souleva le corps pendant que l'instituteur montait à l'échelle, et sciait la corde avec son couteau.

« Est-ce qu'il y a de l'espoir ? » demanda M. Belloiseau.

Pamphile répondit :

« Il est raide comme un stoquefiche. »

A quatre, ils le portèrent sur son lit, dans la cuisine. Bernard mit une serviette sur la langue longue et violette.

« Voilà, dit le Papet, voilà ce que vous avez fait.

— Allons, allons, dit Philoxène, tu as bien vu toi-

même qu'il était devenu fada ! Tu nous l'as dit ce matin ! »

Pamphile coiffait le mort.

« Ça ne sera pas possible de l'habiller, dit Casimir... C'est trop tard...

— Demain soir, peut-être, dit Bernard.

— Vous croyez, demanda Casimir, qu'on pourra lui rentrer la langue ?

— Je n'en suis pas sûr, mais ça n'a pas tellement d'importance.

— Je dis ça, répondit Casimir, parce que s'il se présente comme ça au Paradis, le grand saint Pierre va s'imaginer qu'il se fout de lui. »

Puis, il comprit qu'il venait de reconnaître l'existence de saint Pierre, et il ajouta, en bon mécréant :

« Moi je n'y crois pas, bien sûr. Mais lui y croyait. Ça doit l'inquiéter. »

M. Belloiseau, qui venait de s'approcher du petit bahut, allongea le bras, prit une enveloppe, et dit :

« Qu'est-ce que c'est que ça ? Une lettre pour moi ! Et il y en a une autre pour le Papet. »

Les yeux du vieillard brillèrent soudain.

« Donnez-les-moi, donnez-les-moi ! dit-il.

— Voici la vôtre, répondit M. Belloiseau. L'autre est adressée à M. Belloiseau, notaire. Je ne puis pas me dessaisir d'un document qui est peut-être un testament... »

Il déchira l'enveloppe, tandis que le Papet glissait la sienne dans sa poche sans l'ouvrir, et lut en silence le message du pendu.

à Monsieu le notère Beloisot,

Je vous écrit à vous pasque c'est du sérieut de notère : c'est mon testaman, que vous le fête faire ésactement.

Il faut pas qu'ils s'imagine que j'ai peur. D'abord, tout sa c'est pas vrais, et en plus il y a pas deux témouins, il en faut deux. Et puits, c'est pas pour les euillets, tant pit s'ils crève, set que des fleurs. Set a cause de mon Amour, et j'ai comprit qu'elle me voudra jamet. Je m'en doutet, pasque mon ruban d'amour m'a fait un abset qui me brûle. Et puits,

quand je lui dit devant tous le monde que je veux me la mariée, tous lui donner, exetéra, elle m'a craché dessur en parole, et en plus, elle s'est réfugié vers l'instituteur. D'abord, je les ai vu se parler dans la colline. Lui, elle lui tire pas une pierre dans l'estomaque, et elle l'écoute en regardant par terre, et quant il a fini elle se languit qu'il recomence ! Et lui il est pas étoné, il trouve sa naturel. J'ai envie de le tuer, O oui, mes elle sa lui feret peine, alors non tanpis je veux pas la priver. Suila il sait pas son bonheur, mes moi je sait mon malleur, que je peux plus le suporter.

Mintenant, sa commense mon testaman.

Je lèse la ferme des romarins à la demoisèle Manon Cadoré la file du bosu Jean Cadoré de Crespin. J'y lèse la ferme avec tout ce qu'il y a dedans. Tout. M. le Curé a dit que si le criminel veut réparer sa fote, l'eau reviendra. Moi je répare, la sourse coulera, les eillets serons beau, sa se vendra bien. L'adrèse de M. Trémelat s'est au quai du Canal, numéro 6. Le Papet le set.

Alors, adessias, bonjour à tous.

Cès mon testaman. Dernière volonté set sacré.

Siniature ofisielle, Ugolin Soubeyran. La datte, cet le 6 Sectembre, aujourd'hui.

Quand il eut achevé en silence cette lecture, M. Belloiseau parut réfléchir, puis il dit :

« Un testament est évidemment destiné à la publicité, sinon il ne pourrait être exécuté. Je crois donc pouvoir vous lire celui-ci. »

Ils écoutèrent, immobiles. Bernard parut surpris et gêné par le passage qui le concernait, et que M. Belloiseau souligna d'un regard, mais Bernard haussa les épaules, et tapota sa tempe du bout de son index. Le Papet resta impassible, mais quand la lecture fut terminée, il demanda :

« Qu'est-ce c'est, ce ruban d'amour ? »

Pamphile, qui essayait de faire la toilette du mort, répondit :

« Venez voir : ça doit être ça... »

Il entrebâilla la chemise, et ils regardèrent avec stupeur le ruban vert taché de sang noir, sur une bosse rouge et jaune, presque aussi grosse qu'un sein de fille.

« C'est un ruban de cette pute ! dit le Papet... Enlevez ça ! Foutez-le au feu !

— Moi je n'y touche pas, dit Pamphile... Les volontés d'un mort, c'est sacré.

— Les volontés d'un fou, répliqua le Papet, ça ne compte pas. »

Bernard, qui examinait l'abcès, suggéra :

« C'est peut-être cette infection qui lui a troublé l'esprit.

— Ce qui l'a rendu fou, répondit le vieillard, vous le savez mieux que moi. »

Pamphile demanda aussitôt :

« Mais à toi, Papet, qu'est-ce qu'il te dit dans sa lettre ?

— Je la lirai quand je serai seul. »

Son visage était dur et fermé, ses yeux secs.

« Maintenant, vous autres, allez au village. Dites à la muette de prendre des cierges à l'église. Au moins six, des plus gros. Puis, un vieux drap de lin, que sa grand-mère avait filé et tissé. Toi, va faire la boîte. Tu as des planches de chêne dans la soupente. Du vieux chêne, que j'y avais pensé pour moi...

— Je sais, dit Pamphile. C'est toi qui m'as fait la commande.

— Prends-les pour lui. Et puis surtout, vous autres, dites qu'il est tombé d'un arbre. Gardez le secret au moins trois jours, jusqu'après le cimetière, à cause du curé, qui voudrait pas lui faire tout comme il faut. Maintenant, allez-vous-en...

— Je reste avec toi, dit Philoxène.

— Non, ce n'est pas la peine. Revenez, si vous voulez, pour la veillée. »

Ils sortirent l'un après l'autre, après un dernier regard au pauvre Ugolin. Ils n'avaient pas fait vingt pas, lorsque le Papet reparut sur la porte, et cria :

« Dites-lui qu'elle m'apporte mon manger. »

<center>*
* *</center>

Le soir tombait. Ils descendaient vers le village. Pam-

phile et Casimir avaient pris les devants, pour s'occuper du cercueil et du tombeau des Soubeyran.

Philoxène, Bernard et M. Belloiseau revenaient en promeneurs en parlant de l'événement.

« Moi, disait Philoxène, les histoires d'amour, je n'y ai jamais rien compris.

— Croyez bien que vous n'êtes pas le seul, répondit M. Belloiseau.

— Et cette petite, qui habite dans un trou, au milieu d'un désert, et qui refuse le dernier des Soubeyran, l'héritier unique de la plus grosse fortune du village, ça me dépasse.

— Il était bien laid, dit Bernard.

— Tous les hommes sont laids, répliqua Philoxène. Et lui, il était brave. Oui, parfaitement. Et puis, je ne vous dis pas qu'elle aurait pu l'aimer. Je dis qu'elle aurait pu l'épouser. Ça aurait été sa meilleure vengeance. Elle l'aurait fait marcher sur la tête...

— Dans cette position, dit M. Belloiseau, je ne vois pas quel plaisir elle eût pu en tirer ; mais ce que j'ai vu fort clairement, c'est que le pauvre Ugolin, tout bête qu'il était, avait fort bien compris la situation...

— Et laquelle ? demanda Philoxène.

— On dit que l'amour est aveugle, mais la douloureuse jalousie lui donne parfois une double vue, qui transperce tous les secrets. »

Il se tourna vers Bernard.

« Il est bien vrai que la jolie bergère s'est repliée vers vous, et non pas vers moi.

— Mon Dieu, répliqua le jeune homme, c'est parce qu'elle était plus près de moi.

— Sans aucun doute : mais elle était près de vous parce qu'elle y était venue, après avoir écarté en plusieurs temps le Papet, Éliacin et Philoxène.

— Je ne pense pas qu'elle l'ait fait exprès.

— Je ne le pense pas non plus. C'est pourquoi j'ai l'impression qu'il vous serait possible de pousser très loin une petite idylle minéralogique, automnale, et champêtre...

— N'en croyez rien ! dit Bernard... C'est une nature fière, assez proche des bêtes sauvages, qui agit tout naï-

vement, et sans arrière-pensée... Et puis, même si j'avais la possibilité d'abuser de sa jeunesse, je n'en ferais certainement rien ; ce serait une très vilaine action.

— Ma foi, dit M. Belloiseau, si j'avais votre âge, ce n'est pas sous cet angle que j'envisagerais la chose... Enfin, si vous le voulez bien, nous irons demain à la première heure lui porter la grande nouvelle, et lui communiquer le testament qui lui rend son bien. »

Pendant ce temps, le Papet avait allumé un fagot de sarments dans l'âtre ; puis, il fouilla les tiroirs du bahut ; il y trouva une paire de ciseaux.

Alors, en faisant une grimace d'horreur et de pitié, il trancha les fils poisseux qui tenaient le ruban vert, le saisit avec les pincettes du foyer, et le brûla, grésillant, dans la flamme purificatrice.

Ce devoir accompli, il colla deux bougies — en attendant les cierges — à la tête du lit, les alluma, transporta sa chaise près du gisant, et tira sa lettre de sa poche.

« Papé, je m'en vais pasque j'en peut plus. Je veux pas voir la suite, tu me comprends jé mal de partout je préfère. Je lui donne la ferme, et aussi tout ce qui est caché tu me comprends sous la pierre qui est à gauche du feu que tu connet. Il y en a 494 ajoute six pour faire 500 je lui ai dis que j'en ai 500 me fais pas mentir surtout mintenant tu me comprend et puits ne lui cherche pas des garouilles c'est pas de sa fote, c'est pas de ma fote, c'est pas de ta fote c'est la fatalité fait entention que Tréméla l'ambarque pas sur les prix. Et puis fet dire des mêses pour moi pasque la haut il faudra que je m'esplique à cause de la source j'ai jamet fait d'autre mal mes suila me tire souci le bossu leur en a surement parlé alors quesqu'ils vont me posé. Des mêses tout ce suite.

Adessias mon Papé sa me fet pêne de te quitté mes resté je peut pas. Il fot dire au monde que mintenant elle en a 500 et la ferme et les euillets cet un bon parti pas pour s'amuser, elle peux se marier qui elle veux, même quelqu'un très istruit. Je t'enbrase.

Quand il eut relu deux fois cette lettre, il murmura :
« Pauvre couillon ! Pauvre Galinette ! »

Il bourra longuement sa pipe.

« Tu t'es bien trompé si tu crois que je vais lui laisser la marmite... Et les œillets, ils vont crever les œillets, parce que l'eau ne reviendra jamais et ce village aussi, il va crever ; ça sera bien fait pour eux... Ils ont tous parlé contre toi... »

Il pencha sa pipe vers la flamme d'une bougie, tira quelques bouffées, et reprit la conversation.

« Eh oui, c'est ça les Soubeyran... Trois fous, trois pendus, et moi tout seul avec une jambe fadade... Et personne après moi... Personne, personne, personne... »

Manon était assise devant la baume, près de son chien sous les étoiles. Baptistine et sa mère dormaient.

Elle réfléchissait à tant d'événements, d'une si grande importance pour elle, et dont elle ignorait le principal.

Maintenant, elle avait tout dit : les Soubeyran avaient perdu le fruit de leur crime, le village n'avait plus d'eau, son père était vengé, et la brûlante sécheresse qui allait compléter le désastre prouvait la complicité de la Providence. En pensant aux œillets d'Ugolin, elle se mit à rire tout bas, et elle décida qu'elle irait le lendemain épier l'agonie des fleurs criminelles.

Pendant qu'elle se déshabillait, une inquiétude lui vint : elle avait été bien imprudente de révéler à ces gens qu'elle savait tout : quelques-uns allaient peut-être comprendre qu'il y avait une bien exacte coïncidence entre leur crime et leur punition, et qu'on pouvait en conclure à une vengeance.

Alors, ils allaient se mettre à sa recherche, avec des fourches et des bâtons, pour la forcer à leur rendre l'eau... Elle savait qu'elle ne pourrait pas mentir sans rougir jusqu'au front, mais elle aurait certainement la force de se taire. Et puis, l'instituteur et sa mère la protégeraient, et peut-être aussi M. Belloiseau, et peut-être le maire...

Dès sept heures du matin, M. Belloiseau, Philoxène et Bernard quittaient les Bastides, pour aller porter à Manon la nouvelle de la mort d'Ugolin, et lui annoncer qu'elle allait reprendre possession du bien de son père.

M. Belloiseau, qui prenait très au sérieux son rôle d'exécuteur testamentaire, avait mis une jaquette sombre et un col dur. Le maire, excité par son exemple, portait un costume de ville, tandis que Bernard avait gardé sa vieille veste de chasse, et sa boîte de géologue, suspendue à son épaule, tintait à chaque pas.

C'était une journée brûlante : l'été s'attardait en septembre, il n'y avait pas un souffle, et des milliers de cigales grésillaient dans les pins.

En arrivant au Jas de Baptiste, M. Belloiseau, qui boitillait, s'arrêta et dit :

« Excusez-moi, j'ai un scrupule ! »

Il alla s'asseoir sur une grosse pierre, et commença à déboutonner sa bottine.

« Un scrupule ? dit Philoxène, c'est à propos du testament ?

— Pas du tout, dit le savant notaire. Un scrupule, en latin, c'est un petit caillou dans un soulier, qui gêne la marche et blesse le pied. C'est par une métaphore charmante que nous avons donné à ce mot un sens moral. »

Ce disant, il secouait sa bottine, d'où tomba un minuscule grain de gravier.

L'instituteur se mit à rire.

« Ma foi, quoique je ne sache pas le latin, j'en ai un, moi aussi de scrupule, mais il n'est pas dans mon soulier. Dites-moi d'abord si vous allez lire ce testament à la bergère ?

— Sans aucun doute, dit M. Belloiseau. Je dois l'informer de sa bonne fortune. J'en suis chargé.

— Dans ce cas, dit Bernard, j'aime mieux ne pas assister à cette lecture, car certaines phrases sont un peu gênantes. Non pas tant pour moi que pour elle... Je n'irai voir ces femmes que plus tard... Pour le moment, je vais

faire un tour aux Refresquières, où j'ai repéré un banc d'huîtres fossiles admirablement pétrifiées. »

Tout en parlant, il obliquait vers un ravin descendant...

« Voilà une délicatesse qui vous honore ! dit M. Belloiseau. A tout à l'heure. »

Ils s'éloignèrent, le long du coteau pierreux.

Manon était occupée à traire ses chèvres. Aimée était allée aux Ombrées pour confier à la poste ses lettres sans réponse. Baptistine piochait le jardin. Elle se redressa soudain. Et mit sa main en cornet à son oreille.

« Ne fais pas de bruit, écoute un peu. »

Une cloche lointaine sonnait. La Piémontaise dit :

« Quelqu'un est mort au village. »

Manon se signa, et répondit :

« Ça doit être la vieille qui voulait prendre la place de Giuseppe...

— La voleuse ! Que le diable... »

Elle s'arrêta au milieu d'une malédiction :

« Non. Il ne faut pas dire du mal des morts. »

Elle se signa à son tour et murmurait une petite prière lorsque Manon dit :

« Voilà deux hommes de la ville qui ont l'air de venir ici !

— Ils sont habillés des dimanches... C'est peut-être des gens pour l'enterrement qui se sont trompés de chemin ?

— Non, dit Manon. C'est le maire, et M. Belloiseau. Qu'est-ce qu'ils viennent faire ici ? »

Après les salutations amicales de Philoxène, et cérémonieuses de la part du notaire, celui-ci prit la parole :

« Madame votre mère est-elle visible ?

— Elle est allée aux Ombrées, dit Manon. Je ne sais pas à quelle heure elle en reviendra.

— C'est fâcheux, dit M. Belloiseau, mais vous pourrez lui faire part des nouvelles que je vous apporte et qui

vous concernent personnellement. Permettez-moi de m'asseoir, car cette route est longue et remarquablement rocailleuse. »

Il alla s'asseoir sur la grosse pierre, tandis que Baptistine allait chercher une chaise pour M. le maire, qui préféra rester debout. Manon se demandait quelle nouvelle apportaient ces deux surprenants messagers.

« Cette cloche que vous entendez au loin, dit M. Belloiseau, vous annonce la mort d'Ugolin qui m'a chargé de veiller à la bonne exécution de ses dernières volontés ; c'est son testament que je vous apporte, car il vous a légué la ferme des Romarins. »

Manon, stupéfaite, se demandait si elle ne rêvait pas.

« Mais... de quoi est-il mort ? dit-elle.

— Il s'est pendu ! dit carrément Philoxène, pendu dans l'olivier de ta balançoire !

— Pourquoi ?

— Ce testament va vous le dire. »

M. Belloiseau avait tiré l'enveloppe de sa poche.

« Je vais vous le lire moi-même, car l'orthographe du défunt vous poserait quelques problèmes. »

Pendant qu'il dépliait le testament, Manon traduisait la nouvelle à Baptistine ; pour la première fois depuis la mort de son Giuseppe, elle éclata de rire, et courut se cacher dans la maison.

M. Belloiseau lisait lentement, et avec une articulation parfaite, le dernier message du fleuriste désespéré. Il s'interrompit pour expliquer à Manon le « ruban d'amour » cousu sur sa poitrine : elle ne fit qu'une petite grimace de dégoût à l'idée que son ruban avait mijoté si longtemps dans la sueur sanglante de ce fou : mais lorsque M. Belloiseau lut la phrase qui lui reprochait de s'être réfugiée auprès de l'instituteur, elle rougit légèrement et parut surprise, comme si elle n'avait aucun souvenir de cet épisode.

Enfin, le notaire conclut en lui tendant une autre enveloppe.

« Voici, dit-il, une copie de ce document dont j'ai respecté l'orthographe, ce qui a exigé une attention épuisante. Je garde l'original, car je vais ce matin même le

déposer chez le notaire d'Aubagne. Et maintenant, permettez-moi de vous féliciter d'avoir récupéré votre ferme.
— Trop tard, dit Manon, trop tard...
— Je sais bien, dit Philoxène — mais peut-être un jour, si la source revient, tu la vendras un très bon prix et ça te servira de dot... Bon, alors ça, c'est arrangé, mais moi, il faut que je te dise quelque chose. Voilà ce qui se passe : l'eau n'est pas revenue, et au village, ça va mal. Les potagers sont en train de crever, et l'eau du camion, elle a un goût pas bien naturel : nous allons en chercher pour boire aux Quatre Saisons. Alors, on parle, on parle. Les femmes croient qu'on nous punit à cause de toi... D'autres disent — en passant — que tu connais bien les sources des collines, et que peut-être tu es bien renseignée sur ce qui se passe... Enfin bref, moi je te conseille de venir à leur procession. Bien entendu, ce n'est pas ça qui nous rendra l'eau, mais je crois que ça fera taire les gens ; et maintenant qu'on sait que ton pauvre père était le fils de Florette, au village, tu seras chez toi. Voilà ce que je voulais te dire : tu feras comme tu voudras. Maintenant, il faut que je redescende, pour recevoir le médecin des morts, parce qu'avant de signer son diplôme de mort, il va poser beaucoup de questions, et il y aura peut-être les gendarmes, pour vérifier s'il s'est pendu tout seul. Alors, adessias, et ne te fais pas de mauvais sang.
— Et moi, dit M. Belloiseau, je vais me faire conduire à Aubagne, pour m'occuper de votre affaire. A bientôt, et de tout cœur avec vous. »

Ils s'éloignèrent.

Manon rassembla ses chèvres, et descendit jusqu'au cher sorbier, pour réfléchir. Le soleil déjà haut exaltait la frénésie des cigales, la brise marine ne s'était pas levée. Épuisée par sa nuit blanche, elle n'eut pas le courage d'aller faire la tournée des pièges. Assise sous le sorbier, elle pensait au suicide d'Ugolin avec plus d'étonnement que de pitié et sans la moindre reconnaissance... Elle relut son dernier message, dont l'étrange orthographe était mise en valeur par l'admirable calligraphie du clerc de notaire.

La déclaration d'amour du malheureux ne lui inspirait qu'une frissonnante répulsion : elle pensait que Dieu lui

avait envoyé cette passion extravagante pour le punir de son crime, et le legs de la ferme n'était que la tardive restitution d'un vol : mais elle relut plusieurs fois les phrases qui concernaient « l'instituteur ». Oui, il lui avait parlé dans la colline, mais il ne lui avait jamais rien dit qui méritât « une pierre dans l'estomaque ». Au contraire, il avait toujours été poli, et discret. Évidemment, le jour du bassin, il avait raconté ce rêve de « la bise » mais il ne savait pas qu'elle l'entendait, et cet imbécile de pendu ne le savait pas non plus.

D'autre part, elle le connaissait à peine. Elle ne l'avait vu que six fois. Deux fois sans être vue elle-même : le jour de son déjeuner sous le pin, puis le jour du bassin. Ensuite, il lui avait parlé le jour du lièvre, échangé contre le couteau. Puis, le matin de l'arrêt de la fontaine, puis le jour de la promenade avec l'ingénieur, enfin, la veille, après le sermon, lorsqu'elle avait tout dit... Quant au fait qu'elle s'était « réfugiée vers lui », en reculant devant le rampant Ugolin, elle ne l'avait pas fait exprès. Il n'y avait là rien d'extraordinaire, c'était un jeune homme de la ville, comme son père, au milieu de tous ces villageois qui avaient si cruellement gardé le secret de la source : il était tout naturel qu'elle allât vers lui. Le pendu, dans sa folie, en tirait la conclusion qu'elle en était amoureuse : c'était absurde.

Certes, ce beau jeune homme lui inspirait une véritable sympathie et il est vrai qu'elle pensait souvent à lui : mais c'était à cause du merveilleux couteau. Chaque matin elle ravivait son tranchant en l'aiguisant sur une pierre de sable humectée de salive, et elle pouvait tailler les bois les plus durs presque sans effort. La petite lame de scie, dont on eût pu croire qu'elle n'était qu'un enrichissement superflu, sciait aisément de grosses branches, et elle avait fait l'admiration d'Enzo, un connaisseur qui avait dit : « C'est de l'acier suédois, le même que pour les rasoirs. » Le poinçon perçait les courroies, ou les semelles de souliers quant aux petits ciseaux, c'était un miracle d'élégance et de précision : complétés par la lime à ongles, elle pouvait maintenant soigner ses mains, qu'elle cachait autrefois sous sa pèlerine, quand elle allait à Aubagne... Oui, ce couteau c'était un trésor ; il lui

arrivait de le baiser avant de le remettre dans sa musette, et comme elle s'en servait dix fois par jour, il était bien naturel qu'elle eût une pensée pour celui qui le lui avait donné. C'était de la reconnaissance, mais non pas de l'amour...

D'abord, pour aimer, il faut être deux : on ne peut pas se laisser aller à aimer quelqu'un qui ne vous aime pas. L'instituteur avait au moins vingt-cinq ans, il était probablement fiancé à quelque jeune fille de la ville, et il ne pouvait pas s'intéresser — sinon par une générosité naturelle — à la pauvre bergère qu'elle était. Pourtant, il y avait ce rêve de « la bise » qui aurait pu donner à penser. Mais d'abord, une bise, ce n'est pas un baiser : on « fait une bise » à un enfant, à un père, à un ami. Le grand Enzo lui faisait toujours « la bise » quand il arrivait au Plantier le dimanche. Et puis, l'instituteur l'avait certainement dit pour plaisanter, et sans y attacher la moindre importance... De plus, ce matin même, il n'avait pas accompagné le maire et M. Belloiseau pour lui annoncer la grande nouvelle. Il était pourtant en vacances, mais c'était un fait qu'il n'était pas venu...

En tout cas, la vengeance était plus complète et plus terrible qu'elle ne l'avait espéré... Elle s'étendit sur la pierre, à l'ombre du sorbier : ses paupières étaient lourdes, comme aux temps heureux du « marchand de sable ».

Elle ferma les yeux et s'endormit.

C'est alors que les paroles du maire à propos des gens du village troublèrent son sommeil en provoquant un rêve effrayant : elle voyait monter vers la baume plusieurs groupes de paysans, qui brandissaient des gourdins et des fourches. Ils avançaient lentement, pas à pas, dans un grand silence — puis, tout à coup, des femmes parurent, une foule de vieilles qui poussaient des cris de haine...

Elle voulut fuir : elle s'aperçut avec terreur qu'elle ne pouvait plus bouger... Mais tout à coup, l'instituteur sur-

git, se plaça devant elle, et d'une voix formidable, il cria :
« Oui, c'est elle qui a bouché la source, et vous l'avez bien mérité ! C'était son devoir, et par conséquent, c'était son droit. Je vous avertis que si quelqu'un la touche, il aura affaire à moi ! »
Les vieilles prirent la fuite en criant de peur ; les hommes s'arrêtèrent, et presque tous ôtaient leur chapeau pour saluer le vaillant champion. Elle se tenait cachée derrière lui, et elle fit tout à coup une découverte extraordinaire : il était bossu ! Non pas voûté, mais orné d'une grande et belle bosse, qui aurait pu porter une lourde jarre pleine d'eau ! Une émotion puissante et douce l'éveilla, les yeux pleins de larmes heureuses, et elle sut qu'elle l'aimait d'amour.

Assise sur la roche polie, le buste penché en arrière soutenu par ses bras allongés en arcs-boutants, elle regardait au loin les barres bleuâtres des Refresquières. Elle était émue d'une inquiétude heureuse, et d'une sorte de fierté, lorsqu'un petit aboiement tendre l'appela. Elle tourna la tête : le chien noir était allongé aux pieds de Bernard, qui était assis sur la pente, dans les lavandes, et qui souriait. Elle se leva aussitôt, et sourit à son tour, rougissante.
« Alors, dit-il, vous savez ?
— Oui.
— Et maintenant, qu'allez-vous faire ?
— Je ne sais pas... Je ne crois pas que nous retournerons là-bas. Il y a trop de mauvais souvenirs pour moi, et pour ma mère... Et puis, je verrais toujours ce pendu à la place de ma balançoire... Et surtout, il a dû laisser son odeur dans la maison...
— Je vous comprends, dit Bernard, mais pour le reste, qu'avez-vous décidé ?
— Le maire m'a conseillé d'aller à cette procession. »
L'instituteur se leva, et il dit en insistant sur chaque mot :
« Si l'eau ne revient pas, si vous êtes persuadée qu'elle ne peut plus revenir, je vous conseille, moi aussi, d'y

aller. On dit qu'il faut hurler avec les loups : je crois tout aussi nécessaire de bêler avec les moutons, quand on fait partie du troupeau. »

Les yeux bleus s'assombrirent.

« Moi, ce troupeau, je n'en suis pas !

— On ne choisit pas son troupeau. Ce village, c'est celui de votre grand-mère, et de tant d'autres de qui vous êtes née.

— Ma grand-mère les détestait. Elle disait que c'étaient des brutes : ils l'ont bien prouvé. Moi, je sais bien que mon père aurait voulu être... leur ami. Il ne l'a jamais dit, bien sûr, mais je le sentais... Nous ne sommes allés qu'une fois au village : ils lui ont lancé une boule. Dans le dos.

— Je sais, dit Bernard, je sais : un accident stupide, un piège de la mauvaise chance... C'est le gentil petit Cabridan qui l'avait lancée : il le regrette encore aujourd'hui. Les vrais coupables, c'étaient les Soubeyran. Ils ont trompé les gens du village sur vous, ils vous ont trompés quand ils vous parlaient du village. C'est leur second crime, engendré par le premier. Mais si votre père était un matin venu voir le maire, avec un pantalon de velours et de gros souliers, s'il lui avait dit : " Je suis le fils de Florette ", le village l'aurait admis. A leur façon, évidemment. Ils se seraient sans doute moqués (en sourdine) de ses courges et de ses lapins ; ils n'auraient probablement pas dénoncé les Soubeyran... Mais aux jours de la sécheresse, les jumeaux d'Anglade, ou peut-être Pamphile et Casimir seraient montés aux Romarins, avec la pioche sur l'épaule, et sous prétexte de chercher des fourmis ailées — pour les pièges — ils auraient inondé le champ. »

Manon écoutait la belle voix d'homme, et regardait les yeux couleur de café brûlé, comme ceux de son père, qui brillaient dans ce visage brun... Elle parut tout à coup très émue, et murmura :

« Vous voulez dire que mon père a eu tort ?

— Non, dit-il, non... Mais les victimes ne sont jamais tout à fait innocentes. Et puis, de toute façon, il est vengé. Le principal coupable est mort, et le survivant n'est plus qu'un vieillard accablé, à demi fou de rage et

de chagrin. Les autres, dont la seule faute fut de se taire, ont perdu la moitié de leur récolte : ils ont des femmes et des enfants.

— Mon père aussi avait une femme et un enfant. »
Il se tut un moment, puis il reprit :
« Lequel est-ce, qui avait peint les flèches noires ? »
Elle leva les yeux pour dire :
« Le menuisier.
— Je m'en doutais. De plus, il vous a dit que le cercueil de votre père était offert par la commune. Ce n'était pas vrai. C'est lui qui l'a donné. »
Elle se tut un moment, puis dit :
« Ce n'est pas un paysan. Il n'a pas besoin d'eau.
— Mais il a besoin d'un village. Si les jeunes s'en vont, il sera bien forcé d'aller s'établir ailleurs... »
Elle ne répondit rien, les yeux baissés. Il reprit :
« J'avais une grand-mère protestante, qui me lisait parfois la Bible. Je me souviens d'une phrase prononcée par le Dieu d'Israël, qui était pourtant sévère et cruel : " S'il reste un seul juste dans cette ville, elle ne sera pas détruite. " »
Elle ne répondait toujours pas, et tordait nerveusement le brin de fenouil.

Il dit à voix basse :
« Si votre père vivait encore, et qu'il eût le pouvoir de leur rendre la source, que ferait-il ? »
Elle leva soudain ses yeux brillants de larmes.
« Oh ! lui, dit-elle, lui...
— Eh bien, en souvenir de lui, il faut faire ce qu'il aurait fait. »
Puis, comme elle pleurait, il se tourna vers le chien et dit :
« Eh bien, Bicou, veux-tu que nous allions à la recherche de cette gerboise, qui t'a échappé l'autre jour, quand tu as été si surpris de recevoir un caillou sur le crâne ? »

C'est aux premières heures de la nuit qu'ils se retrouvèrent devant l'éboulis artificiel qui bouchait l'entrée de

la petite grotte. La pleine lune montait comme un ballon derrière les pinèdes de la crête, le vent était tiède, deux grillons se répondaient. Bernard avait mis des espadrilles, et ne faisait pas plus de bruit qu'une ombre. Manon, ses cheveux serrés sous une mantille noire, l'aidait à déblayer l'ouverture du boyau, et il était surpris par la force et l'adresse de la bergère, qui manipulait sans bruit des pierres de cinquante livres.

Il lui fut très difficile de franchir l'entrée du tunnel : ils n'avaient pas osé l'agrandir, car les coups de massette eussent dangereusement réveillé les échos nocturnes. Manon entra donc la première et alluma les bougies ; puis Bernard, ayant quitté ses vêtements pour s'amincir, mit son maillot de bain, et se glissa à son tour dans la crevasse. Mais ses épaules, après de pénibles contorsions, ne purent franchir l'étroit tunnel et y restèrent bloquées. Alors la fille saisit les deux mains tendues, et tira de toutes ses forces. Elle s'y reprit à plusieurs fois, en serrant fortement contre les siennes les paumes charnues du prisonnier. Enfin, les épaules passées, il glissa tout à coup aisément, et Manon, troublée, pensait à la naissance d'un chevreau.

Au bord de l'eau, elle installa quatre bougies et il descendit dans la flaque, dont le niveau avait monté. Ils entendaient la cascade qui tombait dans l'autre galerie. A grands efforts, il soulevait les plaques de roche qu'elle avait détachées des parois, et les redressait contre la berge ; elle l'aidait sans mot dire, et regardait jouer les muscles du mâle, indifférent aux raies sanglantes qui striaient son dos. De temps à autre, elle sortait un instant pour scruter la nuit, et caressait Bicou, qui veillait en silence... Le bouchon de ciment parut résister longtemps à la barre à mine, mais il s'émietta peu à peu, et ils entendirent soudain la chute profonde de l'eau délivrée.

Il y enfonça ses bras, pour arracher quelques poignées d'argile.

« Et voilà », dit-il.

Sa face était brillante de sueur, une mèche noire mouillée pendait sur son front.

« Votre dos ne vous fait pas mal ?

— Bien sûr, dit-il en souriant. Ça brûle.

— Ce sont les pointes de la roche qui vous ont blessé. Je vais les casser avec la massette. »

Elle s'avança la première, rampant lentement sur ses coudes, parce qu'elle tenait l'outil dans une main, la bougie dans l'autre. Une à une, elle brisait les pointes cruelles, et faisait sauter des crêtes dentelées. Par peur du bruit, elle ne frappait qu'à petits coups, et son travail dura de longues minutes. Il la suivait, rampant lui aussi. Sa nuque frôlait la voûte moussue de l'étroit boyau, qui était presque bouché par leurs corps, et sous ses yeux, les pieds nus s'agrippaient à la glaise préhistorique. Appuyé sur ses paumes, et les reins brûlants, il flairait dans l'ombre dansante l'odeur tendre et sauvage de la fille des sources, et à travers la petite musique de l'eau souterraine il entendait battre son cœur.

Soudain, la lueur s'éteignit, l'air de la nuit rafraîchit son visage.

Elle chuchota :

« Je crois que vous pouvez passer. »

Il tendit encore ses deux bras pour saisir les mains de la fille ; elle appuya son pied contre la paroi verticale, jeta son buste en arrière, et à la lumière des étoiles, il se releva, sans lâcher les mains de Manon, et la regarda avec des yeux si brillants qu'elle baissa les siens, et dit très vite :

« Nous n'avons pas fini. Il faut remettre les pierres en place. »

Elle fit un pas en arrière et dégagea ses mains pour rattacher le ruban de ses cheveux.

Côte à côte, ils roulèrent ensemble deux gros blocs jusqu'à l'ouverture. Dans l'effort, leurs épaules parfois se touchaient, des gouttes de sueur tombaient sur leurs mains.

Manon s'aperçut que ses joues étaient chaudes, et que ses jambes tremblaient. Dès que l'entrée fut parfaitement cachée, elle s'assit sur un bloc, respira profondément et dit :

« Je n'aurais pas pu y arriver toute seule. Il est plus facile de faire tomber des pierres d'en haut que de les remonter ! »

Elle essuyait avec son foulard son visage trempé de sueur.

« Il ne reste plus qu'à replanter deux ou trois genévriers, dit Bernard. Je m'en charge...

— Je crois qu'il vaut mieux attendre le jour pour les remettre aux bons endroits... Je reviendrai demain matin...

— Vous avez raison, dit-il... D'ailleurs, l'eau est déjà partie vers le bassin. Quand elle l'aura rempli, personne ne cherchera d'où elle vient ! »

Il passa derrière le fourré pour se rhabiller.

« Vous ne regrettez rien ? demanda-t-il.

— Ce qui est fait est fait. Si vous ne m'aviez pas parlé de mon père... Mais finalement, je crois que vous avez eu raison.

— Si vos calculs sont exacts, l'eau devrait être au bassin demain matin, vers sept ou huit heures, et une demi-heure plus tard, la fontaine coulera. »

Il entendit des tintements métalliques.

« Qu'est-ce que vous faites ?

— Je cache les outils. Ils sont très lourds. Je reviendrai les prendre demain matin avec l'ânesse.

— Je puis les rapporter chez vous maintenant, dit-il. Cette nuit est si belle que j'ai envie d'une promenade au clair de lune ! »

Elle ne répondit pas.

Tout en ajustant ses chaussettes, il reprit :

« Ce sera la fête au village, mais le curé va être navré de renoncer à sa procession d'après-demain... Bah ! Il la fera tout de même, pour remercier le Seigneur de sa bonté !... Il est possible aussi que l'eau revienne beaucoup plus tôt que nous ne pensons. »

Tout en laçant ses espadrilles, il lui expliqua sa théorie : l'eau du bassin, selon Ange, rougissait environ huit heures après les orages... Mais combien de temps lui fallait-il pour arriver à la petite grotte ? Peut-être trois ou quatre heures, et le délai pour aller de la grotte au bassin en était diminué d'autant !

Cette fois encore, elle ne répondit rien.

Il boutonna sa chemise, boucla sa ceinture, s'essuya le visage.

« Moi, ce qui m'ennuie, c'est que je n'aurai pas le temps de faire des paris avec le maire, qui prétend que la source ne coulera jamais plus. J'aurais pu lui gagner quelques bonnes bouteilles... »

Pendant qu'il parlait, un bref aboiement retentit à quelque distance.

Il baissa la voix :

« Attention. Quelqu'un... »

Il écouta, puis dit encore :

« C'est peut-être un renard ? »

Comme elle ne répondait toujours pas, il demanda :

« A votre avis, est-ce un chien, ou un renard ? »

Le silence lui répondit.

Il sortit sans bruit du fourré : Manon n'était plus sur la roche. Il appela à voix basse :

« Manon ! Où êtes-vous ? »

Il entendit soudain rouler des pierres, et leva la tête : sur le coteau d'en face, le long d'une petite barre de roche blanche, elle courait devant son chien au clair de lune.

Vers sept heures du matin, après une toilette minutieuse — à laquelle participèrent les ciseaux et la lime à ongles du précieux couteau — elle quitta le Plantier derrière son troupeau. Elle était heureuse et pensive, et revoyait toutes les scènes de la nuit, comme elle l'avait fait avant de s'endormir. Elle se demandait, encore une fois, si elle avait eu raison de fuir sans mot dire... Évidemment, dans les romans, le clair de lune est toujours dangereux pour les jeunes filles ; mais les romans, ce n'est pas la vie. Après tout, il n'était sans doute jamais venu se promener la nuit dans les collines ; il avait été séduit par la beauté des étoiles, le parfum nocturne des plantes, et ce silence bleu de lune brodé de chants de grillons. Il était injuste de lui prêter des intentions qu'il n'avait pas eues, car il n'avait pas dit un seul mot audacieux, il n'avait pas fait un seul geste inquiétant, et cette fuite ridicule avait dû le faire sourire de pitié... Elle décida que si l'occasion se représentait, elle ne refuserait pas, au moins pour en avoir le cœur net.

Elle descendit en dansant jusqu'à la grotte condamnée, et constata de loin que le faux éboulis paraissait tout à fait naturel, sauf trois pierres qu'ils avaient posées à l'envers : leur face visible était incrustée de terre et de petites racines... Elle répara ces erreurs, puis planta des touffes de thym entre les pierres, et un beau genévrier qu'elle alla arracher sur la barre supérieure. Puis elle s'éloigna, et se retourna plusieurs fois pour vérifier le

naturel de son ouvrage : il était parfaitement noyé dans le paysage, sans rien qui pût attirer le regard.

Elle partit alors vers le bassin, en marchant et trottant si vite que Bicou ne pouvait forcer le troupeau à la suivre : il lui tardait de savoir si l'eau était déjà revenue comme l'avait prévu son complice, et elle pensait aussi qu'il y était peut-être déjà ?

Il y était en effet, assis sur le bord du réservoir, les jambes pendantes, et regardait le fond de la grande cuve de ciment, déjà quadrillé de craquelures. Il la regarda s'approcher et dit :

« Elle n'est pas encore revenue, et je me demande pourquoi... Il est bientôt neuf heures... »

Manon sauta dans le bassin, s'agenouilla, et appliqua son oreille contre le tuyau d'arrivée.

Il admirait la grâce et la précision de ses gestes, et la trouvait très distinguée : non pas comme une demoiselle mais comme un écureuil, ou une hermine.

Elle écouta longuement.

« Je n'entends rien », dit-elle.

Elle fit un rétablissement sur le bord du bassin, et se rapprocha de lui pour dire à voix basse :

« Est-ce que vous pensez qu'elle reviendra ?

— Je le crois, à moins que le petit canal ne soit obstrué par les débris du bouchon que j'ai brisé... Ou alors, il y a sur son parcours un siphon, ou plusieurs petits siphons qui se sont désamorcés, mais qui reprendront leur tirage dès que l'eau atteindra son niveau habituel...

— Une idée me tourmente, dit-elle. Si l'eau ne revient qu'après la procession ?

— Eh bien ?

— Eh bien, ils vont croire que le saint a fait un miracle.

— Ce qui lui vaudra trois douzaines de cierges, et M. le curé ne manquera pas d'en tirer parti pour l'édification des incroyants !

— Oui, mais moi, lorsque j'irai me confesser...

— On ne confesse que ses fautes, et vous aurez effacé

la vôtre, puisque vous aurez rendu l'eau au village... Et puis en ce moment, nous manquons de miracles : il serait peu charitable de renoncer à celui-là — si toutefois il a lieu... »

Il regarda sa montre-bracelet.

« Ce matin, dit-il, je ne puis rester avec vous : il faut que j'aille à l'enterrement d'Ugolin. C'est à dix heures...

— On l'enterre à l'église?

— Non. On avait dit au curé qu'il était tombé d'un arbre, et il avait fait semblant de le croire. Mais les gendarmes sont venus, et il a fini par tout savoir... Malgré ça, il doit lui donner l'absoute au cimetière.

— Tant mieux pour lui! dit-elle.

— Ça ne le ressuscitera pas.

— Pas dans cette vie ; mais dans l'autre?

— Ainsi soit-il! dit l'instituteur, et il se leva.

— Et si l'eau ne revient jamais? »

Manon haussa les épaules.

« Alors, ce sera le signe que le Bon Dieu me donne raison... »

*
**

Elle revint au bassin l'après-midi : mais comme elle arrivait sur la barre qui dominait le vallon, elle vit au loin une petite caravane qui en suivait le fond : quatre ou cinq mulets, chargés de tonnelets, et accompagnés de cinq ou six hommes. Elle se cacha dans les genêts. Que venaient faire ces gens-là? Elle comprit tout à coup que la source avait repris son cours, mais que l'eau n'était pas encore arrivée au village, et qu'ils venaient remplir leurs tonneaux au bassin, qu'elle ne voyait pas. A mesure qu'ils approchaient elle reconnut d'abord le panama de M. Belloiseau, puis Philoxène, puis Ange le fontainier et le petit Cabridan. Derrière les mulets, l'instituteur discutait avec Pamphile, qui portait une cruche vernissée.

Elle se glissa sous les genêts jusqu'au bord de la barre, pour voir le bassin : il était aussi parfaitement vide que la veille, et elle pensa que les arrivants en seraient grandement déçus ; mais ils ne manifestèrent aucune sur-

prise, et commencèrent à vider les tonnelets sur le ciment brûlant que l'ardeur du soleil divisait en plaques...

« On est venu trop tard ! dit simplement le maire. Il faudra refaire l'enduit... »

Il portait sous le bras une bouteille, qu'il déboucha, tandis que Cabridan distribuait des verres qu'il avait apportés dans un couffin de sparterie, puis ils s'assirent en rond sous le figuier. Pamphile, qui n'avait pas vidé sa cruche dans le bassin, en versa l'eau, en un mince filet, dans l'absinthe savamment troublée.

Puis, ils parlèrent, comme il est d'usage. Cabridan, désolé, annonça sa résolution de partir le lendemain, pour aller installer sa femme chez des cousins, à la Bouilladisse, parce qu'elle était sur le point d'accoucher. Il justifiait cette désertion en disant :

« Un enfant, ce n'est pas comme un pois chiche : ça ne peut pas se faire au sec... Et puis, si l'eau ne revient pas, moi aussi j'irai là-bas : les cousins ont de grosses cultures de primeurs, et ils m'ont souvent proposé de venir travailler avec eux... Et puis, ils n'ont pas d'enfants... »

Claudius déclara qu'il envisageait de s'établir à la Valentine en s'associant à Pampette, le boucher-charcutier ; à cause de ses rhumatismes, il n'arrivait plus à servir tous ses clients.

Ange, consterné, s'écria :

« Alors, tu crois qu'il ne restera plus personne au village ?

— Il restera les vieux, dit Claudius, et les vieux, c'est avare et ça n'a plus de dents : ça ne mange pas de viande... »

Philoxène se montra pessimiste. A son avis, il ne fallait pas se faire d'illusions : la source était morte, et le village allait forcément se dépeupler.

« Question argent, dit-il, ça m'est égal. Avec ma pension, mes économies, et quelques paquets de tabac, j'arriverai toujours à vivre... »

Il se tourna vers Bernard qui ne paraissait pas autrement ému.

« Et vous, monsieur Bernard ? Si les jeunes s'en vont, ils emmènent les enfants... On a eu beaucoup de peine à

obtenir cette école... S'il n'en reste pas assez, ils sont capables de la fermer !

— Moi, dit Bernard, je suis fonctionnaire, et vous savez que l'année dernière, j'ai refusé d'aller à Saint-Loup... Si je ne suis pas ici, je serai ailleurs, et il est même probable que j'aurai de l'avancement ! »

Il avait parlé gaiement : elle recula sans bruit, et remonta vers le Plantier ; elle marchait vite, la tête baissée, et elle arrachait au passage des brins de cade et de fenouil.

La nouvelle de la catastrophe avait fait grande impression aux Ombrées, et à Ruissatel : c'était une menace pour les sources qui nourrissaient ces deux gros villages, et le danger avait réveillé la piété paysanne. C'est pourquoi les voisins, sans aimer particulièrement « ceux des Bastides », avaient délégué quelques-uns des leurs à la procession pour demander au Ciel de ressusciter la fontaine, et de renoncer à un genre de châtiment trop cruellement approprié à l'aridité du pays.

Pendant que les « officiants » se préparaient dans la trop petite église, la foule qui cernait la fontaine morte débordait de la placette jusque sur l'esplanade au bas des marches. Pourtant on n'entendait aucun bruit, car si quelques-uns parlaient à voix basse, presque tout le monde se taisait, sauf, bien entendu, les mécréants : installés à la terrasse du café, ils tenaient des propos assez peu catholiques.

« Dans les temps anciens, disait M. Belloiseau, les prêtres auraient tenté d'apaiser la colère des dieux en égorgeant sur un autel la plus belle fille du pays : tandis que nos gentils curés supposent que le Dieu des chrétiens se contentera d'un défilé, et de quelques chants, appuyés par le piston dont saint Dominique dispose au Paradis... Il faut bien reconnaître que c'est un très grand progrès !

— Et vous croyez, dit le boulanger, que ça va y faire quelque chose ? »

L'instituteur hocha la tête, et prit un air mystérieux pour dire :

« On ne sait jamais !

— Quoi ! s'écria Philoxène, vous n'allez pas me dire...

— Non, répliqua Bernard, je ne vais pas vous dire, mais je suis en train de me demander ce que je penserais, si au premier oremus, la fontaine se mettait à couler !

— Eh bien moi, dit le boulanger, ça me ferait un effet terrible, parce que ça me changerait les idées ! Je ne saurais plus quoi répondre à ma femme, et je serais obligé d'aller me confesser tout de suite !

— Et voilà ! dit Philoxène sarcastique, voilà le danger, parce que si par malheur l'eau revenait aujourd'hui, je connais plusieurs fadas qui raisonneraient comme lui ! Ça nous ferait tout un village de calotins, et je perdrais sûrement la mairie !

— Ça, c'est sûr, dit Casimir... Un miracle, ça ne pardonne pas !

— Le miracle, dit Philoxène, moi je n'y croirais pas au miracle ! Je croirais plutôt à un coup de maître des jésuites !

— Ho ! ho ! dit gravement l'instituteur, ça ne m'étonnerait pas !

— Allons, allons, dit M. Belloiseau incrédule, comment auraient-ils fait ?

— Comment ils font, on ne le sait jamais ! répliqua Philoxène. Ce sont des savants, et des mystérieux : mais par bonheur je ne crois pas qu'ils se dérangeraient pour la mairie des Bastides. C'est trop petit pour les intéresser ! »

Les cloches sonnèrent soudain à la volée : le saint sortait de son église, sur un pavois que portaient les jumeaux d'Anglade, le vieux Médéric, et Barnabé de Baptistine. Le curé les suivait, entouré de ses enfants de chœur ; derrière lui, Anglade portait fièrement la bannière du saint, à côté du sacristain des Ombrées, qui était le prieur des pénitents de saint Léonard. Ils étaient quatre, sous des cagoules grises qui ne laissaient voir que leurs yeux. Derrière eux, Ange avait planté dans sa ceinture la hampe d'un étendard brodé, pour la plus grande joie des mécréants, qui ne lui ménageaient pas les ricanements, ni les haussements d'épaules : mais Philoxène l'excusa en disant : « A cause de sa fontaine, il ne sait

plus ce qu'il fait. Pensez que depuis huit jours il n'a pas bu un seul apéritif ! »

Ceux de Ruissatel étaient représentés par une chorale de vieillards, et une bonne douzaine d'enfants de Marie, conduites par le bedeau.

Le cortège s'organisa aussitôt ; sous la direction de M. le curé, Éliacin formait les rangs avec la férocité simulée d'un chien de berger.

Cependant Anglade paraissait inquiet et regardait sans cesse autour de lui, comme s'il attendait quelqu'un. Il sourit tout à coup : Manon venait de paraître, avec la mère de l'instituteur. Les cheveux serrés dans une capuche de foulard gris, elle suivait Magali, qui souriait sous un large chapeau de paille.

Manon marchait les yeux baissés, mais elle entendit la présence de tant de gens immobiles : et lorsqu'elle vit cette foule que dominaient les bannières et le saint doré, elle fut effrayée par l'ampleur et la gravité de la cérémonie : elle pensait : « Si ces gens savaient ce que j'ai fait, ils me mettraient en pièces. » Mais d'abord personne n'en saurait jamais rien, sauf Bernard ; et de plus, il était là, sur la terrasse, capable de la défendre contre tous... Et justement, il la regardait d'un air grave, et les sourcils froncés : elle devina qu'il contenait à grand-peine une violente envie de rire, et elle baissa les yeux. Puis, la vue du prêtre dupé, qui s'était tourné vers elle avec une bienveillance visible, la troubla... Sa foi sans bigoterie, mais sincère et profonde, lui reprochait d'avoir organisé un faux miracle, dont on parlerait sans doute longtemps. Bernard en riait, mais saint Dominique, du haut du ciel, voyait son sacrilège, et elle n'osa pas regarder la statue.

Au passage, Anglade posa la main sur son épaule. Il souriait, les larmes aux yeux.

« Cousinette, dit-il, viens avec moi ! Nous prierons ensemble... »

Alors M. le curé entonna un psaume soutenu par toute la chorale, dont l'architecture musicale reposait sur les mugissements d'Éliacin, et le cortège se mit en marche. Quand il arriva devant la terrasse, M. Belloiseau montra sa largeur d'esprit en se levant, et, son panama à bout de bras, salua largement le passage du saint.

La procession chantante quitta la placette, et fit longuement le tour du village. Elle s'arrêtait au bord des champs, pour en montrer la misère au Protecteur, et le curé bénissait la terre déjà poudreuse sous un impitoyable soleil. Manon, à la dérobée, regardait de temps à autre du côté du village ; elle s'attendait à voir surgir quelqu'un — l'instituteur peut-être — qui crierait, entre ses mains en porte-voix : « L'eau arrive ! »

Pendant ce temps, devant la place vide, les mécréants continuaient leur conversation.

« A mon avis, disait Bernard, la fontaine n'est pas morte pour toujours. Je ne dis pas que cette procession va nous la rendre, je dis que l'eau reviendra un de ces jours, et peut-être très bientôt.

— Je n'y crois pas, dit Philoxène. Et je vous parie trois bouteilles de Pernod, avec l'espoir de les perdre.

— Tenu ! dit l'instituteur. J'irais même jusqu'à quatre bouteilles, si vous acceptez.

— D'accord pour quatre !

— J'approuve ce pari, dit M. Belloiseau, car de toute façon, c'est nous qui les boirons à la santé du perdant ! »

Cependant, Bernard regardait sans cesse la fontaine ; il s'étonnait de son silence, et se demandait si l'arrêt de la source pendant plus d'une semaine ne l'avait pas désamorcée à jamais...

La procession chantait au loin ses supplications psalmodiées, une cigale solitaire grinçait dans le vieux mûrier, les mécréants se taisaient, inquiets... Philoxène s'écria soudain :

« Allons, allons, il ne faut pas se laisser abattre. On peut quand même boire un coup, et faire une manille aux enchères. »

Ils en étaient à la cinquième « donne » lorsque les chants se rapprochèrent, puis le cortège reparut, et vint se ranger en cercle autour de la conque. Tous ces gens paraissaient découragés, et Manon regardait Bernard d'un air inquiet, mais Anglade souriait toujours.

M. le curé commença, de sa belle voix claire, une lita-

nie, et la foule donnait les répons, avec une ferveur pathétique.

C'est alors que l'on vit s'avancer un étrange personnage.

Entre un très large chapeau de feutre noir, et la double ganse d'une cravate d'artiste, il montrait un visage rond, un teint fleuri autour d'un grand nez, et deux beaux yeux brillants comme de l'anthracite. Il portait un ample costume de velours bleu de nuit, et tenait à la main une canne à pommeau d'argent.

Avec une autorité un peu théâtrale, il traversa la foule, et vint se placer au premier rang, à côté de M. le curé, se découvrit devant le saint d'un geste solennel, puis, les yeux levés vers le ciel, il répondit à la litanie d'une voix claire et forte avec une émotion profonde.

Philoxène, soupçonneux, demanda :

« Qu'est-ce que c'est que ce type-là ?

— Le général des jésuites », dit gravement Bernard.

A ce moment, on vit Ange se tourner brusquement pour remettre la hampe de sa bannière entre les mains d'un pénitent gris, et s'approcher de la fontaine. Il colla son oreille contre le tuyau de cuivre, et cria :

« Il se passe quelque chose ! »

La douce litanie s'arrêta net, et dans un silence vraiment religieux, Ange écouta de nouveau, et dit :

« Elle respire ! »

Les hommes s'avancèrent. On entendait un souffle, qui s'amplifia peu à peu. Les mécréants s'étaient levés comme un seul homme, et M. Belloiseau demanda à très haute voix :

« Qu'est-ce qu'il y a ?

— Le tuyau souffle ! » dit le boulanger, et il courut auprès d'Ange.

Philoxène était pâle, l'instituteur regardait Manon, qui tenait obstinément les yeux baissés, tandis qu'Anglade, la bouche ouverte, crispait ses mains ridées sur la hampe de sa bannière. Comme M. Belloiseau traversait la foule pour essayer d'entendre, la fontaine éternua trois fois, et un mince filet d'eau parut, flottant et déformé par le souffle : puis le tube de cuivre toussa, le jet s'arrondit brusquement, et frappa la pierre de la conque, qui se mit

à chanter. Anglade cria « Miracle ! » tandis que le sacristain des Ombrées, remarquablement excité, hurlait : « A genoux ! Tous à genoux ! » La foule s'effondra, tandis que le prêtre, les bras levés, lançait au Ciel de sa voix généreuse un remerciement solennel.

« Merci Seigneur, pour l'humble potager, merci pour le verger, la vigne et la prairie... Merci pour le plus frêle de nos brins d'herbe qui cette nuit va reverdir ! »

Mais pendant qu'il prononçait ces nobles paroles, les hommes prirent soudain la fuite de tous côtés, comme si une bombe venait d'éclater sur la place : ils couraient à leurs bassins ; seuls, les porteurs du saint et le vieil Anglade restaient héroïquement à leur poste.

Alors une voix forte et bien timbrée entonna l'Alleluia ; c'était celle de l'inconnu qui chantait les paroles latines ; M. le curé, surpris et charmé, suivit aussitôt, soutenu par toute la chorale ; l'inconnu, tournant le dos à la fontaine, et serrant son chapeau entre ses genoux, se mit à battre la mesure des deux bras, avec l'autorité d'un chef d'orchestre, et l'hymne de reconnaissance et d'allégresse remplissait jusqu'aux toits la placette...

« Je vous l'avais dit ! répétait Philoxène. Voilà l'homme des jésuites ! Voilà l'organisateur du miracle ! Il chante en latin mieux que le curé !

— Allons donc ! disait M. Belloiseau. Il n'y a là ni vrai ni faux miracle... C'est une coïncidence, voilà tout !

— Heureuse coïncidence ! dit l'instituteur, car voici notre eau revenue, et bien à point pour arroser les quatre bouteilles de Pernod que M. le maire a perdues !

— Les bouteilles, dit Philoxène, c'est d'accord, et je vais chercher la première. Mais la mairie, ils ne l'auront pas ! »

Après l'Alleluia, dans un grand silence animé par l'antique chanson de la fontaine, M. le curé bénit la conque, puis il se tourna vers Manon interdite, et la bénit elle-même, devant Anglade radieux... Elle baissait la tête, comme honteuse : mais le prêtre dit gravement :

« Les vrais miracles, c'est dans les âmes que Dieu les fait. »

Puis il se tourna vers la foule, et quoiqu'il ne vît que des femmes, il dit :

« Mes frères ! Ramenons dans sa maison notre grand saint Dominique, qui vient de sauver notre village, et allons rendre grâces devant l'autel ! »

Précédé par le pavois, il se dirigea vers l'église, suivi par la foule des femmes : Manon, pensive, restait au milieu de la place, et regardait couler la fontaine, tandis que le chantre inconnu se dirigeait vers la terrasse du café, où Philoxène servait les apéritifs.

« Ho ! ho ! dit Philoxène, il n'est pas entré dans l'église parce qu'il cache son jeu ! Vous me direz ce que vous voudrez, mais c'est bien la manière des jésuites ! Et maintenant, il vient nous espionner ! »

L'inconnu s'arrêta devant le groupe, et salua cérémonieusement.

Philoxène attaqua aussitôt :

« Vous chantez très bien, monsieur, et surtout les chants religieux ! On voit que vous avez l'habitude !

— Ce n'est pourtant pas ma spécialité, dit l'inconnu en souriant, mais il m'arrive assez souvent de prêter mon concours à d'importantes cérémonies de l'Eglise... Je suis Victor Périssol. »

Il regarda l'assistance comme pour s'assurer de l'effet de cette révélation, qui n'en fit aucun.

Seul, M. Belloiseau répondit aimablement :

« Enchanté, monsieur. »

Philoxène, les poings sur les hanches et le menton levé, regarda fixement l'inconnu.

« Moi, dit-il, je suis le maire LAÏQUE de cette commune, et les miracles ne me font pas peur. »

Et comme l'autre paraissait perplexe, il ajouta sur un ton de défi :

« Au contraire !

— Celui auquel nous venons d'assister est pourtant assez plaisant, dit Victor Périssol, et je ne vois pas en quoi il pourrait faire peur à quelqu'un ; mais ce que je vois clairement, c'est que dans ce charmant village mon nom est tout à fait inconnu, comme sans doute celui de Caruso : je le constate sans amertume !

— Vous êtes donc chanteur ? demanda Bernard.

— Oui, monsieur, oui, et j'ai eu mon heure de célébrité. Mais ce n'est pas là notre propos — et à défaut

d'une ovation que je n'ai pas méritée aujourd'hui, vous pourrez peut-être me donner un renseignement... Je suis à la recherche d'un lieu nommé le Plantier. Connaissez-vous le Plantier ?

— Certainement, dit Bernard, et voici une jeune fille qui y habite précisément.

— Ho ! ho ! dit l'inconnu, ne serait-ce pas la petite Manon ?

— Elle-même ! Vous la connaissez ?

— Voilà donc mon affaire » ! s'écria le chanteur. Il se dirigea vers Manon surprise, mais rassurée lorsqu'elle vit que Bernard le suivait.

« Jeune fille, je me présente : je suis Victor Périssol. Oui, lui-même. »

Manon n'avait jamais entendu ce nom, et ne sut que dire, mais le ténor enchaîna :

« Et vous, vous êtes la fille de la petite Aimée Barral.

— Oui, c'est le nom de ma mère, dit Manon.

— Alors, vous avez sans aucun doute entendu parler de moi ! »

Elle dit tout à coup :

« Victor ! C'est vous, monsieur Victor ?

— Mais évidemment ! s'écria-t-il.

— Elle vous a écrit beaucoup de lettres.

— Plus de cinquante ! s'écria Victor. Elle ne savait pas que je suis maintenant à Marseille, et elle m'écrivait par le canal de l'Opéra-Comique, à Paris, pour m'inviter à dîner de la façon la plus charmante, mais sans jamais me donner d'autre adresse, que " Château du Plantier ", Bouches-du-Rhône... Ce Plantier, je l'ai cherché sur toutes les cartes, dans les agences de tourisme, j'ai interrogé des postiers... Rien... Et comme ses lettres étaient un peu poétiques — et finalement assez incohérentes —, je me suis demandé si ce château du Plantier n'était pas une sorte de... maison de santé... Enfin, j'ai reçu hier une lettre — renvoyée comme d'habitude de Paris — mais qui était timbrée par le bureau de poste du village des Ombrées ; je n'ai pas eu de peine à le localiser dans l'annuaire des téléphones, et j'y suis allé ce matin même : la dame de la Poste m'a conseillé de m'adresser aux Bastides, et voilà pourquoi je suis ici. Allons au Plantier ! »

Manon fut très gênée, et elle dit très vite :
« Je ne puis pas y aller tout de suite... Il faut que je fasse des commissions pour ma mère...

— Bien, dit-il. Je vais donc vous attendre à la terrasse de ce café, pour y boire frais ! »

Sur un regard de Manon, Bernard la suivit. Dès qu'ils eurent tourné le coin de la ruelle, elle chuchota :

« Je ne sais pas ce que ma mère lui a raconté, mais cet homme s'imagine qu'il va dîner dans un château. Comment faire ?

— Rigoler ! » dit Bernard...

Et il se mit à rire de bon cœur.

« Moi j'ai honte, dit-elle. Il va voir qu'elle lui a menti !

— C'est un artiste. Il comprendra ça très bien. Je me charge de le prévenir en route.

— Oh ! oui. Mais il va falloir le faire manger... Il est gros... Il n'y a pas grand-chose chez nous. Des œufs... des tomates... N'est-ce pas, nous ne mangeons pas beaucoup... Il n'y a pas de vin... Il faut que j'achète des nourritures. J'ai une pièce d'or. Vous croyez qu'ils la voudront ? »

Bernard sourit.

« D'abord, dit-il, allons voir ma mère ! »

La bonne Magali écouta les explications de son fils et déclara :

« C'est tout simple. Tu vas prendre quatre ou cinq bouteilles de vin à la cave. Puis, sur la deuxième étagère, trois boîtes de sardines, le petit bocal de cornichons, etc. Et en passant au village, achète du pain. J'ai un beau civet de lapin sur le feu : je l'apporterai vers huit heures.

— Oh ! dit Manon, vous n'allez pas faire tout ce chemin ! Et puis, vous ne savez pas où c'est ?

— Ma pauvre petite, Bernard m'a montré votre belle bergerie ; et je sais très bien où elle est. Et pour marcher dans les collines, je ne crains personne. Ne vous occupez pas de moi, et préparez l'omelette aux tomates : à huit heures j'arriverai. Moi, je suis curieuse. D'abord je veux faire la connaissance de ta mère. Et puis, je veux voir

cette bergerie. Et puis, ça me plairait de parler à ce ténor... Moi les ténors, je les adore, mais je les ai toujours vus de loin. Et en plus, un ténor dans une bergerie, c'est quelque chose de pas ordinaire et si nous le lui demandons, peut-être il nous chantera un air d'opéra ! Allez, filez. Et n'oubliez pas de prendre le pain. »

*
* *

Ils trouvèrent l'invité, en train de chanter la romance de *Si J'étais Roi,* devant Philoxène, Pamphile, Casimir accouru, et M. Belloiseau charmé. Il tint longuement la dernière note, et salua pendant que l'assistance applaudissait.

« Est-ce que c'est loin ? demanda Victor.

— Deux kilomètres, dit Bernard.

— Alors, on prend ma voiture. Je l'ai laissée sur l'esplanade...

— Elle y restera, dit Bernard, car dès la sortie du village, il n'y a qu'un sentier !

— Vous m'en voyez ravi ! s'écria Victor, mais je veux porter ce casier à bouteilles ! »

Il le prit des mains de Bernard, déjà chargé de son sac tyrolien.

*
* *

Ils montèrent par le chemin des crêtes. Tout le long de la route le ténor ne cessa de parler.

« Je l'ai connue dans une tournée de *Werther*... Toute jeune, une petite débutante. Une fort jolie voix, un soprano-dramatique pas encore très bien placé, mais des plus agréables... Elle était premier soprano dans les chœurs, et elle doublait, en cas de malheur, la " prima donna "... Et voilà qu'à Castelnaudary, notre Charlotte — une ogresse énorme — mais une voix admirable, — un rossignol dans un baobab — s'offre une terrible indigestion de cassoulet et en arrivant à Toulouse, on m'informe que ces haricots lui ont bouché les aigus, et que c'est la petite Aimée qui jouera le soir ! A Toulouse ! Vous vous rendez compte ! »

Il tira un mouchoir de sa poche pour essuyer son front ruisselant, en répétant : « A Toulouse ! »

Il poussa un soupir d'angoisse, et reprit :

« On m'annonce ça à neuf heures du matin, pendant que je me rasais. Je me dis : la petite va se faire emboîter et me faire emboîter moi, Victor Périssol. Je l'emmène tout de suite au théâtre, avec un pianiste, et je la fais répéter toute la journée. On a déjeuné d'un sandwich... Je me faisais un sang de peste. Eh bien, mon cher, le soir, savez-vous ce qui est arrivé le soir ? »

Il s'arrêta, planta sa canne dans le sol, et attendit.

« Évidemment, nous ne le savons pas, répondit Bernard en souriant, mais vous allez nous le dire ! —

— Eh bien, le soir, à Toulouse, j'ai eu un triomphe ! J'ai dû bisser la cavatine du premier, la romance du second, et à la fin du Clair de Lune, un ouragan de bravos ! Ils me l'ont fait chanter trois fois ! Il faut dire que ce soir-là, j'étais en état de grâce... Ce fut peut-être ma plus belle soirée.

— Et maman ? demanda Manon.

— Elle ne m'a pas gêné du tout ! Et puis, elle était si jolie ! Et puis n'est-ce pas, elle était portée par l'enthousiasme du public — et malgré un si bémol un peu douteux ils l'ont applaudie à la fin du trois ; au dernier rideau, pour les saluts, pendant l'ovation, je suis allé la prendre par la main (il prit la main de Manon) et je la poussai vers le public... Alors, ce fut du délire ! C'est à partir de ce soir-là que je me suis intéressé à elle. »

Il fit un clin d'œil mystérieux qui crispa la moitié de son visage du côté de l'instituteur.

« Je lui ai replacé sa voix, qui était un peu trop bas dans la gorge, et nous avons fait ensemble plusieurs tournées, *Manon, Werther, Lakmé, Si J'étais Roi...* Et puis l'Amérique m'appela. »

Il s'arrêta, secoua la tête, et reprit :

« Quand je dis l'Amérique, je veux dire qu'un impresario m'offrit d'être le partenaire de l'illustre Massiarova. Cette dame, qui avait les dimensions d'une locomotive, en avait aussi le sifflet. On me donnait beaucoup d'argent pour chanter à côté d'elle. Son sifflet intéressa vivement les Américains. Ma voix leur plut. C'est ainsi

que j'épousai une charmante fille du Texas qui m'en fit voir de toutes les couleurs, et qui mourut de l'abus du whisky de maïs, en me laissant des souvenirs compliqués, mais un héritage assez important. Je suis revenu en France, il y a eu la guerre, — que j'ai faite dans le théâtre aux Armées — et je n'ai jamais revu la petite Aimée. On m'a dit qu'elle avait fait une gentille carrière en tournée, puis qu'elle avait trouvé le Grand Amour et qu'elle avait épousé un financier. C'est pourquoi je n'ai pas été étonné quand elle m'a écrit qu'elle habitait un château ! »

Manon lança un regard désespéré à Bernard, qui intervint aussitôt.

« C'est-à-dire qu'elle a une imagination qui la rend en somme très heureuse, parce qu'elle embellit tout... Elle transforme, elle transmute...

— Elle a toujours été un peu comme ça, affirma Victor ; mais d'après ses lettres, il me semble que ça s'est aggravé...

— C'est depuis la mort de mon père, dit Manon. Elle rêve tout éveillée... »

Victor s'arrêta de nouveau, fronça les sourcils :

« Donc, vous allez me dire que ce n'est pas un château. Alors, une simple villa ?

— Même pas.

— Eh bien, tant mieux ! s'écria Victor. Rien n'est plus beau qu'un vieux mas ! »

Manon rassembla tout son courage, pour dire :

« Ce n'est même pas un mas. C'est une ancienne bergerie. »

Victor Périssol s'arrêta net, et répéta à mi-voix, sur un ton dramatique :

« Une bergerie ?

— Oui. Dans une baume... Mais nous l'avons bien arrangée... Il y a des meubles, ça ressemble à une maison... »

Mais le gros Victor ne l'écoutait pas. Il avait ôté son vaste feutre, regardait le ciel, et disait :

« Dieu du ciel, le cycle est accompli. »

Puis il regarda tour à tour les deux jeunes gens, et reprit sur un ton confidentiel :

« Vous êtes trop jeunes pour savoir, comme tout le monde l'a su, que de dix ans à dix-sept ans, je fus berger. Oui, je gardais les moutons dans les montagnes des Basses-Alpes et je ne savais pas lire. Or, un jour, le célèbre Altchewsky m'entendit chanter à l'église du village. Et alors... »

Il s'arrêta brusquement, et changea de ton :

« Je vous raconterai tout ça à table. C'est trop important — et trop noble — pour résumer ce récit dans une conversation de plein air. Donc, c'est une bergerie, vous m'en voyez bouleversé, parce qu'un jour une gitane m'a dit : "Tu es sorti d'une bergerie, et tu retourneras — pour un soir — dans une bergerie." C'est extraordinaire, vous ne trouvez pas ?

— C'est prodigieux ! dit Bernard.

— D'ailleurs tout ce qui m'arrive est extraordinaire, reprit Victor. Je vous en raconterai bien d'autres qui vous laisseront pantois !

— Est-ce que vous chantez encore dans les opéras ? demanda Manon.

— Quelquefois, oui — mais je n'ai pas honte d'avouer que j'ai été trahi par mon physique, qui fut dévasté par mon appétit... Il serait indécent de présenter Werther ou Des Grieux sous les apparences d'une roucoulante barrique... Eh oui. Et puis, il y a l'âge. J'ai cinquante ans, eh oui... »

Il secoua mélancoliquement la tête, puis dit tout à coup avec violence :

« Et pourquoi mentir ? J'ai cinquante-quatre ans bien sonnés. C'est-à-dire cinquante-cinq. Quant à ma voix, je ne l'ai pas perdue : mais il m'arrive... »

Il hésita quelques secondes, comme devant un aveu pénible, puis reprit humblement :

« Il m'arrive de barytonner... Eh oui. D'ailleurs, c'est le destin du ténor... L'organe clair et pur qu'il avait dans le masque s'obscurcit avec l'âge pour descendre dans la gorge, puis dans la poitrine, puis dans le nombril, puis dans ses bottes, et ça finit par le mi-grave du vieillard hébreu dans *la Juive*... Je n'en suis pas encore là, non... et même, il me reste encore un très joli fausset. Mais j'avoue que je ne pourrais plus chanter sans faiblir un

opéra tout entier... Et c'est bien dommage, car tous comptes faits et rabattus, je chante beaucoup mieux qu'autrefois, je veux dire que... MAINTENANT, je sais chanter... »

Pendant ces discours, Manon réfléchissait aux rapports que cet homme avait pu avoir avec sa mère. Comme presque tous les enfants, elle ne savait à peu près rien de la vie passée de ses parents. Il avait dit que sa mère était très jeune, une petite débutante, et qu'il l'avait aidée et protégée... Elle-même avait dit souvent, dans ses soliloques, qu'elle était étonnée de ne pas recevoir de réponse de Victor, parce que c'était un homme bon et généreux... Elle le regarda parler et gesticuler : il lui parut un peu ridicule parce qu'il ne parlait que de lui — mais il avait de gros yeux noirs d'enfant, et elle lui donna son amitié.

Ils approchaient du Plantier, en longeant le coteau sous la haute barre bleue dont le soleil couchant rougissait le sommet, au flanc de l'étroit vallon de roche. Au loin, on voyait déjà la muraille de la bergerie. Victor s'arrêta, et regarda le paysage.

« C'est beau ! dit-il. Ce vallon serait sensationnel pour la nuit de Walpurgis, dans *Faust*... Ces rochers ont l'air en carton, comme à l'Opéra. C'est admirable ! »

A ce moment, et sans que l'on vît personne, une voix de femme chanta une longue phrase du dernier acte de *Manon*.

Victor ouvrit de grands yeux, et s'arrêta ; il écouta quelques secondes, et dit :

« C'est elle ! »

Il posa soudain le panier à bouteilles sur le sentier, jeta sa canne et son chapeau sur les kermès, tandis qu'Aimée sortait des térébinthes, en serrant sur sa poitrine une gerbe d'iris des collines. Elle chantait : « Ah ! je puis donc mourir ! »

Alors montant vers elle qui descendait vers lui, il répondit : « Non, vivre ! Et désormais sans danger pouvoir suivre. Deux à deux, le chemin où tout va refleurir... »

Alors, il la prit dans ses bras : joue contre joue, et seuls au monde, ils chantèrent le duo final, et ce furent

des cris d'amour que les échos de la gorge se renvoyaient à l'infini. Les jeunes gens écoutaient, immobiles, surpris par la force et la délicatesse de ces voix, et par la tendresse de ce gros homme qui n'avait pas été célèbre pour rien.

Quand les jeunes gens arrivèrent près d'eux, elle ne reconnut pas le visage de sa mère, dont les yeux brillaient d'une lumière nouvelle, et elle sentit obscurément que cette femme s'était sacrifiée à son mari. Victor, qui essuyait ses larmes avec un mouchoir de dentelle, disait le plus simplement du monde :

« Tu es un peu descendue vers le mezzo, mais tu donnes encore facilement le contre-fa, et le timbre est beau... »

Il leva son index pour une restriction :

« Un peu assourdi dans les aigus. Mais nous mettrons ça au point facilement... »

Magali arriva, pendant que Manon préparait l'omelette aux tomates, et que Bernard ouvrait les boîtes de conserves tandis que Baptistine bardait de lard une douzaine de merles et de grives. Dans la bergerie, Victor aidait Aimée à mettre le couvert, en fredonnant *les Contes d'Hoffmann.*

A table, le merveilleux appétit du ténor ne l'empêcha pas de parler... Il raconta ses tournées d'Amérique où des chefs indiens féroces fondaient en larmes en écoutant la mort de Werther, ses triomphes à Mexico, son apothéose à Philadelphie, où il avait failli périr asphyxié dans sa loge par les dizaines de gerbes de fleurs que des femmes d'une éblouissante beauté lui avaient prodiguées.

Magali l'écoutait bouche bée, Aimée riait de plaisir, et applaudissait de joie.

Depuis le commencement du repas, Manon regardait Victor avec admiration, et riait de ses traits d'esprit, mais Bernard voyait par instants une ombre passer sur son visage : il crut que la familiarité du chanteur avec sa

mère la gênait, à cause du souvenir de son père. Il vit bientôt qu'elle avait un autre sujet d'inquiétude.

En effet, tout en cassant des amandes par des coups de poing qui faisaient sauter les assiettes sur la table tressaillante, Victor déclara :

« Maintenant, parlons de choses sérieuses. Cette bergerie, c'est pittoresque, c'est charmant, c'est émouvant. Je veux dormir cette nuit devant la porte, roulé dans une couverture, à la belle étoile, en souvenir de mon enfance. Mais je ne vais pas te laisser ici. Non, ce n'est pas possible. Des femmes seules dans ce désert, il peut vous arriver n'importe quoi !

— Mais non, dit Manon, mais non ! Il y a Enzo et Giacomo qui sont toujours dans les environs, les gens qui viennent quelquefois par ici sont des chasseurs, ou de pauvres vieux qui ramassent des herbes, et il n'y a pas de bêtes féroces ! Ici, nous sommes très heureuses !

— Tu te crois heureuse parce que tu ne connais rien d'autre. Et puis toi, tu cours comme une chèvre, tu vis comme une chèvre, et tu n'as pas dix-sept ans. Pour ta mère, c'est tout à fait autre chose.

— Monsieur a bien raison, dit Magali. Pour une femme encore jeune et belle, et avec une si jolie voix, c'est un péché de rester dans une caverne, à parler toute seule !

— Voilà ce que je propose. Je suis maintenant professeur au Conservatoire de Marseille, et chef des chœurs à l'Opéra. Situation peu enviable au point de vue pécuniaire — qui ne compte pas pour moi, bénie soit la mémoire de Mildred. J'ai un très grand studio avec plusieurs chambres, sur le Vieux-Port tout près de l'Opéra. J'y vis avec ma sœur, qui est une vieille dame tout à fait charmante : demain, je vous installe là-bas toutes les deux. Tu chanteras dans les chœurs à l'Opéra, comme premier soprano, et l'été, nous irons donner quelques représentations dans les casinos. Et cette petite, on va un peu la civiliser. On lui donnera un professeur. On lui apprendra à se coiffer, à s'habiller, à danser, et peut-être à chanter. »

Manon baissa les yeux, et dit à mi-voix :

« Moi, en ville, je vais tomber malade, et je vais mourir !

— Tu dis des bêtises ! répondit Victor... Quand tu verras les magasins, les rues illuminées, les théâtres, l'Opéra...

— Et mon chien ? Et mes chèvres ? Et l'ânesse ? Et les collines ? »

Elle réussit à retenir ses larmes, mais son menton tremblait.

« Victor a raison, dit Aimée. Tu ne peux pas juger ce que tu ne connais pas...

— Il faut se mettre à sa place, dit Bernard. Elle a une mentalité primitive, un esprit d'oiseau qu'on veut mettre en cage, mais d'autre part, je suis de l'avis de M. Victor. Votre mère doit — si elle le peut — reprendre la vie civilisée, car il est certain que cette solitude ne lui vaut rien...

— Alors, dit Victor, le problème est insoluble !...

— Écoutez, dit soudain Magali, moi j'ai une idée. C'est vrai que cette petite, il ne faut pas lui changer sa vie trop brusquement. De voir tout ce mouvement de la ville, elle en sera espaloufie, elle va s'étouffer, elle va pleurer la nuit, elle séchera sur pied... Moi, à mon idée, si elle restait quelque temps au village, ça lui ferait comme une étape. Elle s'habituerait à voir des gens, à leur parler... Des fois, elle m'accompagnerait en ville, on irait vous dire bonjour en passant, et petit à petit, elle s'apprivoiserait.

— Moi, dit Manon, je veux bien habiter aux Romarins.

— Qué Romarins ? dit Magali. Tu pourras y mettre tes bêtes, et tu iras les promener tant que tu voudras, mais une fille de ton âge ne peut pas dormir toute seule dans un mas des collines. Nous avons de la place à la maison, et tu habiteras quelque temps chez nous. Tu m'aideras dans mon ménage, je t'apprendrai à faire la cuisine, de la couture, et tout le reste. Qu'est-ce que tu en dis ? »

Manon ne répondit pas. Elle serrait ses mains jointes entre ses genoux, et elle regardait la nappe sous ses mèches retombantes.

« Et toi, Bernard, ton idée ? » demanda Victor.

Le jeune homme leva les yeux, et sourit.

« Si elle veut venir dans notre maison, moi mon idée, c'est qu'elle n'en partira jamais plus. »

A travers la table, il allongea le bras, et posa sa paume ouverte devant la fille des sources.

Elle fit une drôle de petite grimace, se leva brusquement et s'enfuit dans la nuit.

Vêtu de sa belle redingote noire — celle-là même qu'il mettait pour rendre visite à M. le préfet —, ceint de son écharpe tricolore, et coiffé d'un chapeau gibus, M. le maire fit trois bonds et réussit un « carreau » qui fut applaudi par l'assistance, à la grande consternation de Casimir, qui se croyait déjà vainqueur... M. Belloiseau, qui arbitrait ce duel, proclama « 14 à 14 ».

La « galerie » endimanchée admirait sa jaquette bleu marine, sa large cravate où brillait une perle bossue, et surtout un chapeau de soie d'une hauteur si grande qu'il n'eût étonné personne s'il en avait tiré des lapins vivants.

Pourtant, ce n'était pas la fête paroissiale, ni même un dimanche : c'était un joli matin d'avril et le jour même du mariage de M. l'instituteur ; mais en attendant l'arrivée des futurs époux, le maire et Casimir n'avaient pu résister à la vue d'un panier de boules, et Philoxène avait aussitôt tiré ses gants blancs en offrant au forgeron de « lui donner une leçon » : proposition que l'autre avait acceptée en ricanant de pitié.

Ils étaient donc 14 à 14, et c'est fort gravement qu'ils entamèrent la « mène » suivante, qui devait être la dernière, et dont les péripéties angoissantes serraient la gorge des spectateurs muets, lorsque le cortège nuptial parut.

En tête, venait la mariée, la petite Manon, si grande à cause de ses talons de dame, qu'on ne l'eût pas reconnue de loin sans la robe traditionnelle de tulle blanc, et sur ses cheveux dorés, la couronne de vraies fleurs d'oran-

ger. C'était un précieux cadeau de Pamphile et de Casimir, qui étaient allés les voler la nuit chez le notaire des Ombrées, un original qui entretenait à grand-peine un bigaradier, dans une petite serre au fond de son jardin. De plus, en souvenir de ses chères collines, elle avait piqué entre les douces grappes blanches quatre larges fleurs plates, d'un rouge violet : celles du ciste, que les Anglais appellent « la rose des roches », et les Provençaux la « messugue ».

En descendant la côte qui menait à la mairie, elle s'appuyait sur le bras de Victor, un Victor grandiose, drapé dans une cape noire qui avait joué *Werther,* et qui flottait sur les bottes vernies du *Postillon de Longjumeau,* dont les reflets avaient ébloui plus d'un souffleur.

Sous un large feutre de mousquetaire, ses gros yeux noirs brillaient d'émotion et de fierté.

Derrière eux marchaient gravement Bernard et sa mère. Elle était vêtue de dentelle beige des pieds à la tête, et souriait à travers une voilette légère qui flottait autour de son large chapeau de paille, tandis que Bernard se tenait très droit dans un complet tout neuf — et ça se voyait — qui venait certainement de la Belle Jardinière. De plus, sous les pointes rabattues d'un col dur, il avait une cravate de soie bleu d'azur piquée d'un petit saphir. C'est-à-dire qu'ils étaient tous les deux encore plus beaux que d'habitude : mais on voyait bien qu'ils le savaient, et qu'ils n'étaient pas modestes du tout.

Ensuite, venait Anglade qui avait acheté un beau feutre gris pour le mariage de la « cousinette ».

Il donnait dignement l'appui de son bras à Aimée, dont le maquillage (qui eût paru insuffisant sur une scène d'opéra) était peut-être un peu trop brillant pour une mairie de village, mais sa capeline de tulle ombrait avantageusement ses beaux yeux...

Enfin, derrière elle, marchaient quatre messieurs pareillement vêtus de redingotes noires et de chapeaux melons. C'étaient des invités de Victor, dont on devait comprendre bientôt le mérite.

Comme ils entraient sur l'esplanade, Philoxène leva la main pour les arrêter, et cria :

« Une seconde, pour l'estocade finale ! »

Il confia son gibus à Pamphile, se pencha en arrière, et tint un instant la boule à la hauteur de ses yeux ; puis, dans un grand silence, il bondit en avant : on entendit claquer le « carreau », puis des applaudissements crépitèrent.

Philoxène salua modestement, et tout le monde allait entrer à sa suite dans la mairie, lorsque la mariée lâcha soudain le bras de Victor, releva sa belle robe, et courut vers un petit groupe à demi caché derrière le tronc d'un platane : Enzo, Giacomo, et Baptistine. Les bûcherons étaient merveilleusement propres, mais dans leurs costumes de gala, ils avaient l'air de gigantesques perroquets : chapeaux vert olive, cravates roses, vestons bleus, souliers jaune clair à claque verte. Manon les ramena chacun par un bras, tandis que Baptistine, tout habillée de gris, prenait la fuite : ce fut Bernard qui la rattrapa, et qui la remit aux mains de Pamphile, à demi étranglé par un col amidonné.

Le cortège entra dans la salle de la mairie, décorée de romarins et de jaunes genêts en fleurs.

Tous les enfants de l'école, qu'Éliacin empêchait de pénétrer dans le saint des saints, criaient leur déception — mais ils en furent dédommagés par un épisode, des plus remarquables.

M. Belloiseau, ayant salué fort galamment la mariée, mit son merveilleux chapeau de soie sous son bras, et d'un geste vif l'aplatit au point d'en faire une galette... Les enfants, charmés par cette crise de folie subite, allèrent coller leur nez aux vitres des fenêtres, dans l'espoir d'en voir d'autres conséquences : mais M. Belloiseau alla s'asseoir avec beaucoup de dignité, et borna son extravagance à éventer son visage avec la platitude de ce couvre-chef sacrifié, tandis que M. le maire prenait la parole.

Pendant ce temps, derrière la ferme de Massacan, assiégée par les cistes et les fenouils depuis qu'Ugolin ne l'habitait plus, le Papet, solitaire, fouillait du bout de sa canne cette végétation sauvage. Il portait un costume neuf de velours noir, un chapeau noir, une cravate noire.

De temps à autre, il plongeait sa main dans la broussaille, et en tirait une poignée d'œillets rouges et blancs : c'étaient les survivants des premières boutures d'Ugolin, plantées au retour de son service militaire. Les plantes s'étaient reproduites au hasard, et leurs fleurs étaient nombreuses, mais petites, et M. Trémelat les eût certainement refusées. Le vieillard leva soudain la tête : les cloches de l'église sonnaient pour le mariage. Il lia la gerbe de quelques tours de raphia, et descendit vers le village.

Le discours du maire avait été longuement applaudi, et surtout par M. Belloiseau, qui en était l'auteur. Manon fut profondément émue par un court passage qui évoquait la mémoire de « l'enfant du village trahi par les siens » et « l'amer regret de tous les Bastidiens à la pensée de cette précieuse amitié perdue ».

A la sortie de la mairie, les enfants stupéfaits assistèrent à un nouvel exploit de M. Belloiseau : ils l'attendaient, espérant jouir de sa surprise lorsqu'il tenterait de remettre sur son crâne ce chapeau qu'il avait si comiquement aplati sans s'en apercevoir : mais la surprise fut pour eux, car M. Belloiseau, tout en parlant à Anglade, prit la noire galette qu'il portait sous son bras, et d'une simple chiquenaude qui produisit une petite explosion, il en refit un chapeau tout neuf qu'il posa sur sa tête sans même interrompre la conversation.

*
**

La cérémonie à l'église fut tout à fait réussie. Manon ne manifesta aucune émotion, si ce n'est par quelques rougeurs et pâleurs qui conviennent à une mariée, et Bernard fut superbe d'assurance et d'autorité. Naturellement, Magali pleurait. Aimée et Victor n'étaient pas auprès des jeunes époux, mais là-haut, dans la galerie, près de l'harmonium, avec leurs mystérieux invités.

Le petit vieux était un organiste qui révéla aux Bastidiens la véritable sonorité de l'antique instrument. Les

trois autres étaient les meilleurs choristes de l'Opéra de Marseille. Leurs voix savantes harmonieusement superposées sur les basses de l'harmonium supportaient la pathétique voix de Victor, et l'angélique soprano d'Aimée : la voûte de la petite église, qui les entendait la première, les réfléchissait sur les fidèles, si bien que cette musique céleste semblait descendre vraiment du ciel. D'ailleurs, M. Belloiseau lui-même affirma plus tard que cette messe chantée eût fait honneur à une cathédrale, le jour d'un mariage princier.

C'est à la sortie, tandis que l'instituteur, sur le parvis, lançait aux enfants des poignées de pièces de dix sous, que le Papet surgit au fond de la place. Son bras gauche serrait sur sa poitrine une épaisse gerbe d'œillets blancs et rouges, et il descendit vers l'église. Il n'avait pas de canne, et l'on voyait bien qu'il faisait des efforts pour marcher d'un pas assuré. Cette arrivée parut surprenante à toute la compagnie. A cause de la beauté de son costume, et de son air solennel, on crut qu'il venait, en signe de réconciliation, offrir ces fleurs à la mariée, et qu'elle l'inviterait peut-être à la noce. Les courses et les cris des enfants cessèrent, tous se taisaient, immobiles, et Manon inquiète et gênée serra le bras de son mari. Elle chuchota : « Je ne vais pas savoir que lui répondre... »

Mais le vieillard passa devant le groupe sans le voir, les yeux fixés sur l'horizon, et une lourde clef brillait dans sa main droite : c'était celle du cimetière.

La noce muette le regarda descendre sur l'esplanade. Puis il s'éloigna sans se retourner, solitaire, unique, tirant la jambe et son chagrin, mais raidi dans son orgueil, et portant haut la dure tête du dernier des Soubeyran.

Un an plus tard, le village était toujours le même, et l'esprit des Bastides n'avait pas changé : mais l'instituteur et surtout sa femme avaient gagné l'amitié de tout le monde, si bien que le maire était allé à la préfecture de Marseille — chapeau de soie en tête, avec des gants — pour demander à M. l'inspecteur d'Académie d'annuler la nomination de M. Bernard Olivier à la Pomme, et de lui accorder son avancement sur place, avec l'assentiment de l'intéressé.

La mère de Manon, mariée au généreux Victor, habitait à Marseille un très grand studio sur le Vieux-Port, à deux pas de l'Opéra : ils étaient tous les deux au comble du bonheur, et Manon recevait de Victor des lettres triomphales, dans le genre de celle-ci :

« Ma chère enfant,

« Je t'envoie quelques nouvelles de ta mère : elle va très bien, et j'en profite pour te dire que j'ai doublé — *au pied levé* — Ricardo Goldoni dans le rôle d'Albert *(Werther)*. J'ai barytonné tout à mon aise, et je t'affirme sans vanité que j'ai eu un très beau succès. Nous avons eu huit rappels ! La voix de ta mère a dominé tous les chœurs. C'est bien simple : on n'entendait qu'elle.

« Bons baisers. »

« *P.-S.* — As-tu vu ma photo dans *le Petit Provençal* ? Elle est superbe. Je suis le septième à droite au second rang. Nous monterons déjeuner mardi avec un gigot, des truffes, un Saint-Honoré et du champagne. Huit rappels à Marseille en valent quinze à Paris. »

Les réunions des mécréants avaient toujours lieu à la terrasse du café, mais leur groupe s'était augmenté d'un membre important : M. le curé, qui avait commencé par leur parler debout, au passage, puis qui avait fini par s'asseoir à leur table. C'était un gai compagnon, dont la présence imposait une certaine retenue à la conversation, tout au moins jusqu'à l'heure de la prière du soir.

Du coup, Pamphile et Casimir allaient à la messe du dimanche, pour lui « rendre la politesse ».

M. Belloiseau avait changé de bonne, ou plutôt sa bonne avait changé de maître, car c'est elle qui était partie pour Marseille, en disant qu'elle en avait assez de supporter les fantaisies d'un vieux grigou dans un village de « parpagnats ».

Elle avait aussi changé de métier.

La nouvelle servante, qui avait dix-huit ans, était une charmante souillon, qui se laissait parfois aller à tutoyer son maître, qu'elle appelait un peu familièrement Jean. Sur quoi M. Belloiseau disait avec indulgence : « C'est une enfant... »

Le Papet était devenu bien vieux. Il ne travaillait presque plus, et c'est Pamphile qui entretenait sa vigne du vallon, mais il montait tous les matins à Massacan où il cultivait trois vaseaux d'œillets dont il fleurissait le dimanche la tombe d'Ugolin. Toutefois, il faisait volontiers sa partie de manille à la terrasse, chaque jour, et ne se plaignait jamais, sauf un soir, quand Manon au passage fit un sourire à son mari. Comme ils la regardaient s'éloigner, Philoxène déclara :

« C'est extraordinaire ce qu'elle est devenue belle... »

L'instituteur se rengorgea, et le Papet murmura :

« Elle l'a toujours été. Pour mon malheur. »

Une larme glissa jusqu'à sa moustache : il renifla deux fois, et dit :

« Alors, qu'est-ce que c'est l'atout ? »

⁂

On avait installé Baptistine aux Romarins, avec les chèvres, l'ânesse et les grandes cognées de Giuseppe. Elle continuait sa vie errante, ses herbes et ses fromages, tandis que les jumeaux d'Anglade cultivaient les champs. Ils avaient abandonné les œillets, parce qu'il fallait penser à trop de choses, et puis c'était « un travail beaucoup délicat » ; mais grâce à la source, ils avaient repris les cultures de Camoins le Vieux, et à la bonne saison, ils descendaient au marché d'Aubagne de pleines charretées de légumes.

Le jeudi ou le dimanche, Manon, Bernard et Magali venaient souvent déjeuner avec Baptistine, toujours assise au bord de l'âtre ; parfois les deux amoureux partaient dès l'aurore pour les collines. Il cherchait des pierres pour son « Musée scolaire », qui lui avait valu les félicitations de M. l'inspecteur primaire, elle tendait des pièges (« comme autrefois », disait-elle), puis ils déjeunaient sous le vieux sorbier. Manon emportait toujours dans sa musette un petit flacon de lait, à l'intention du limbert : mais le grand lézard, par une répulsion sans doute freudienne, refusait de sortir de son trou tant que le beau Bernard était présent : le mari s'éloignait, feignant une indulgence souriante, mais profondément vexé. Quelquefois, Pamphile les accompagnait, le fusil sous le bras. Manon avait gardé pour lui une vraie tendresse, à cause des flèches noires. Il grillait des côtelettes ou des saucisses sur une épaisse braise de thym, et les salait avec de la poudre de pèbre d'aï, pendant que Manon grimpait dans les pins, et lançait aux pieds de son mari des pignes amandières.

Mais en septembre, il fallut renoncer à ces courses : elle marchait penchée en arrière, et, pour la première fois, sur ses talons. Pamphile, en grand secret, alla mettre un cierge à l'église de Ruissatel, pour que le petit ne soit pas bossu.

C'est cette année-là que revint au village la vieille Delphine, la tante d'Ange, le fontainier. Elle avait épousé jadis le fils de Médéric, le douanier de Marseille qui avait mis pas mal de sous de côté, et qui avait pleinement réalisé son idéal, puisqu'il avait fini par toucher une retraite. Ils avaient vécu très heureux jusqu'à un âge avancé, mais par malheur, la pauvre Delphine avait peu à peu perdu la vue, et son mari, dont la tendresse l'avait aidée à supporter son infirmité, était mort le jour même de leurs noces d'or... Elle était donc venue, avec son petit magot, et la moitié de la retraite, se réfugier chez son neveu, qui en fut triplement content.

Delphine était très grande, très large, et très maigre. Pamphile disait qu'elle aurait pu faire un magnifique « épouvantail de figuière » ; d'ailleurs, les enfants en avaient peur, car sur son visage, aussi grand que celui d'un homme, les rides s'étaient figées une fois pour toutes, à la mort de son mari, en un masque dur et blanc comme du marbre.

Tous les après-midi la belle Clairette, sa nièce, conduisait la vieille aveugle sur l'esplanade, et l'installait au soleil sur un banc. Elle portait toujours, sur ses cheveux blancs, une mantille de dentelle noire, serrée sous son menton par une agrafe qui était peut-être en or, et sur ses épaules, un mantelet de velours noir un peu râpé. Les deux mains appuyées sur le pommeau de sa canne, elle rêvait en silence, et elle écoutait les bruits du village, qui n'avaient pas changé depuis son enfance... Presque tous

les passants lui faisaient un brin de causette, et souvent le Papet, qui l'avait connue autrefois, venait s'asseoir près d'elle : ils parlaient du temps jadis, quand les poulets de grain se vendaient douze sous la paire, quand les saisons étaient en ordre, et qu'ils avaient des cheveux noirs...

<center>*
* *</center>

Un soir d'automne, ils bavardaient comme d'habitude, en tournant le dos au soleil couchant dont les derniers rayons leur chauffaient les épaules.

Le Papet parlait de l'Afrique, des moutons rôtis entiers dans un trou, des petites danseuses arabes qui faisaient la danse du ventre, au son des flûtes et des tambourins. La vieille l'écoutait sans mot dire, puis elle tourna vers lui ses yeux morts, et dit :

« C'est bien joli, la danse du ventre, mais tu as fait une belle bêtise quand tu étais là-bas...

— Moi ?

— Oui, toi. Je dis " une bêtise ", mais c'est presque un crime !

— Quelle bêtise ?

— Ça m'étonnerait bien que tu l'aies oublié.

— Eh bien, moi, je ne vois pas de quoi tu veux parler. Tous les officiers étaient contents de moi, puisqu'ils m'ont donné la médaille ! Quand j'ai été blessé, ils allaient me nommer caporal.

— Ça, c'est autre chose. Moi, je pense à une lettre que tu as reçue.

— Quelle lettre ?

— Une qui méritait bien une réponse. Et toi, tu n'as pas répondu. »

Il la regardait, fronçant ses épais sourcils gris.

« Une lettre de qui ?

— Bon ! dit-elle. Je comprends que tu ne veux pas me le dire, parce que tu crois que je ne le sais pas.

— Delphine, je te jure...

— Ne jure pas, gros mécréant ! Excuse-moi de t'avoir fait penser à quelque chose qui te déplaît. Tiens, j'entends Clairette qui s'amène... Approche-toi, ma fille !

Il commence à faire frais et je serai bien mieux au coin du feu. Adessias, César. A demain. Et sois tranquille : je n'en ai jamais parlé à personne, et je ne t'en parlerai jamais plus ! »

<center>*
**</center>

Le Papet réfléchit longuement. Qui donc avait pu lui écrire en Afrique ? Il n'avait reçu que trois ou quatre lettres de son père, qui lui donnait des nouvelles de la récolte, du mulet, du chien, de la famille. Sa mère ajoutait un mot d'amitié et c'était tout... Anglade lui avait envoyé une ou deux cartes postales. Et puis, qui ? Personne. Absolument personne. Delphine devait se tromper. Ou alors, elle inventait ça pour l'intriguer ? Ou peut-être, elle commençait à perdre la tête ?... A son âge, ce n'était pas impossible. Mais bientôt il renonça à cette trop facile explication. Delphine ne parlait jamais pour ne rien dire, et sa mémoire était restée infaillible. Il y avait certainement quelque chose : mais quoi ?

C'est dans son lit, tout à coup, qu'il trouva. Il avait bien reçu une lettre de Castagne, un ivrogne célèbre à qui le père Soubeyran avait prêté de l'argent, et qui était menacé d'une saisie.

Ce Castagne le suppliait d'intervenir auprès du vieillard, en annonçant que si son bien était saisi, il se suiciderait. Il n'en avait pas cru un mot, et n'avait même pas daigné lui répondre : deux mois plus tard, le père Soubeyran lui avait signalé dans une lettre, entre deux nouvelles sans importance, que Castagne s'était pendu.

« Si c'est de ça qu'elle veut parler, franchement, c'est de pas grand-chose ! »

Pourtant, il y repensa le matin, en se rasant.

« Et puis, dit-il à haute voix, quand on prête de l'argent, c'est pour qu'on vous le rende. Même si j'avais répondu à Castagne, et si j'avais écrit à mon père, ça n'aurait rien changé. Le vieux était plus têtu que moi, et en plus, il avait raison ! »

Il la retrouva sur l'Esplanade, à cinq heures.

« Je t'ai reconnu à ton pas, dit-elle.

— Tu as l'oreille fine comme un œil !

— Ça ne remplace pas, César. Non, ça ne remplace pas...

— Dis, Delphine, cette lettre que tu m'as dit hier, j'ai trouvé ce que c'est.

— Oui, dit-elle, tu n'as pas dû chercher bien longtemps. Mais puisque ça te gêne, parlons d'autre chose.

— Et pourquoi ça me gênerait ? Il n'était pas intéressant, Castagne. Et puis, ce n'est pas moi qui l'ai pendu. Il était toujours soûl-perdu, et alors...

— Et alors, je vois que tu continues à faire semblant de rien, mais tu perds ton temps et ton hypocrisie. Ce Castagne, je ne m'en souviens même pas et ce n'est pas de ça que je voulais te parler.

— Alors, qui est-ce qui m'avait écrit ?

— Tu le sais très bien, parce que tu ne peux pas l'avoir oublié !

— Delphine, nous sommes en face de l'église, et je vois la Croix, là-haut, sur le clocher. Eh bien, devant cette croix, je te jure que je ne fais pas la comédie. Je te jure que je n'ai pas reçu de lettres, sauf de mon père, d'Anglade et de Castagne. »

La vieille tourna vers lui ses yeux morts.

« Ça, alors, dit-elle, ce serait un désastre.

— Pourquoi ?

— Jure-moi encore que tu ne me fais pas des hypocrisies.

— Encore une fois je te le jure. Qui est-ce qui m'avait écrit ? »

Elle hésita un moment, puis elle se pencha vers lui, et dit à voix basse :

« Florette. »

Le Papet tressaillit.

« Florette Camoins ?

— Tu sais bien qu'il n'y en avait pas deux.

— Tu es sûre qu'elle m'avait écrit ?

— C'est moi qui ai donné la lettre au facteur, parce qu'elle ne voulait pas qu'on le sache.

— Delphine, je te jure devant Dieu que cette lettre, je ne l'ai jamais reçue... Parce qu'une lettre d'elle, je ne l'aurais pas oubliée. Et si tu veux savoir la vérité, que je n'ai jamais dite à personne, j'ai encore deux mots de billets, au crayon, à moitié effacés, et une épingle noire de ses cheveux. Eh oui. Mais quand je suis revenu, elle n'était plus au village. Elle était mariée à ce forgeron de Crespin, et même elle avait déjà un enfant ! »

Delphine joignit les mains.

« Comment est-ce possible que cette lettre se soit perdue ?

— Tu sais, là-bas, on changeait tout le temps de pays, c'était dans le bled ou dans la montagne... Des fois, on ne recevait pas le manger, ni même les cartouches... C'est bien possible que des lettres se soient perdues... Celle-là, si je l'avais reçue, je la saurais encore par cœur... »

La vieille laissa tomber son menton sur sa poitrine, et murmura :

« Alors ça, si c'est vrai, c'est terrible. »

Le Papet chuchota :

« Tu crois qu'elle m'aimait ?

— Imbécile !

— Elle n'a jamais voulu me le dire. Même après... ce qui s'est passé un soir en revenant du bal, elle prenait des airs de se moquer de moi.

— C'était son caractère. Mais moi, elle me disait tout, et je sais qu'elle t'aimait, et cette lettre, je l'ai lue. »

Elle se tut un long moment, pensive et noyée dans le passé. Le Papet n'osait pas parler, mais il avait rentré son cou dans ses épaules, et il baissait la tête, comme dans l'attente d'une pierre du ciel. Enfin, elle murmura :

« Elle te disait qu'elle t'aimait, et qu'elle n'aimerait jamais que toi. »

Le Papet racla sa gorge trois fois.

« Et puis ?

— Elle disait qu'elle était enceinte.

— Quoi ?

— Eh oui. Tu étais parti depuis peut-être trois semaines... Et alors, elle te disait que si tu écrivais à son

père, pour lui promettre de l'épouser, elle t'attendrait... Parce qu'on aurait pu montrer la lettre à tout le village, et personne ne se serait moqué d'elle. »

Il voulut se lever, mais il retomba sur le banc. Il murmura :

« Delphine, Delphine, tu es sûre...

— Je te dis que j'ai lu sa lettre, et même, je l'avais aidée à l'écrire... Elle ne dormait plus, la pauvre... Alors, elle a essayé de faire passer le petit, avec les tisanes du diable... Dans la colline, elle sautait du haut des rochers... Mais il était bien accroché. Alors, elle t'a détesté. Elle est allée danser à Aubagne, et elle y a trouvé un grand bel homme, ce forgeron de Crespin. Elle l'a pris pour pouvoir quitter le village, et personne n'a su quand cet enfant est né...

— Il est né... vivant ?

— Oui, vivant. Mais bossu. »

Le Papet sentit un grand froid qui montait de son ventre, et son cœur s'élargit brusquement entre ses côtes paralysées. Il ne souffrait pas, mais il ne pouvait plus respirer.

L'aveugle continuait :

« Elle m'a écrit plusieurs fois, au début. Elle me disait que son mari était une merveille, et que le petit garçon était très intelligent... Elle espérait qu'en grandissant, il deviendrait comme les autres. Et puis, je me suis mariée, j'ai habité Marseille... Quand on est loin, on s'oublie vite... Elle ne m'a plus écrit, et je ne l'ai jamais revue... On m'a dit qu'elle était morte, et son mari aussi. Mais le petit, je ne sais pas ce qu'il est devenu. Il doit être encore à Crespin. Tu devrais aller le voir, César. Tu es seul au monde, tu es riche, il a peut-être besoin de toi... »

Elle se tut longtemps, comme absente, auprès du Papet immobile.

Le clocher sonna lentement la prière du soir, et deux petites vieilles s'avancèrent sur l'esplanade à pas pressés.

« O Delphine, grande bazarette, c'est pas bien joli de faire des coquetteries à ce vieux diable pendant que le Bon Dieu t'appelle ! »

Delphine se leva.

« Ce n'est pas de ma faute ! C'est Clairette qui est en

retard ! Viens me donner la main, ma belle... A demain, César. Je vais prier pour toi. »

Deux heures plus tard, M. l'instituteur sortit du Cercle, où il venait d'expliquer à Philoxène quelques lignes obscures du *Journal officiel,* à propos du « droit de vaine pâture sur les terres gastes de la commune ».

La nuit était venue ; une pluie fine tombait de l'ombre, à peine jaunie par les quinquets, et le vent du soir conduisait de petites rondes de feuilles mortes.

L'instituteur, en tenant d'une main son chapeau enfoncé sur sa tête, longea l'esplanade en courant, pressé de retrouver sa chère femme. Mais il ralentit soudain sa course, puis s'arrêta, car il venait de voir une ombre toute noire sur un banc. Il s'approcha.

Le Papet était là, tout seul, sous la pluie... Immobile, le menton sur ses mains croisées au bout de son bâton, il était comme ramassé sur lui-même.

« Bonsoir, Papet... Ça ne va pas ? »

Le vieillard leva un visage de cire, qui paraissait trempé de pluie sous son chapeau noir, et la bouche entrouverte sous des poils blancs.

« Ne restez pas là, dit Bernard. Venez, je vais vous raccompagner chez vous. »

Il l'aida à se lever.

« Appuyez-vous sur moi. »

Le Papet prit son bras, comme celui d'un vieil ami, et la tête basse, il sanglotait doucement, avec des gémissements étouffés.

« Vous souffrez ? »

Il ne put répondre.

Ils passèrent près d'une échelle, au bout de laquelle il y avait Ange, qui allumait les quinquets.

Il dit :

« Salut ! Ça ne va pas ? »

Le Papet parut ne pas entendre, mais l'instituteur répondit :

« Non, ça ne va pas très fort, et je le ramène chez lui.

— Une bonne tisane avec un peu de marc, ça va le

remettre... Papet, fais bien attention qu'à ton âge, un petit courant d'air peut te souffler la lampe ! Ne fais pas le couillon, et couche-toi tout de suite ! »

Sur l'aire, le vieillard s'arrêta. Il tremblait des pieds à la tête...

« Je crois, dit Bernard, que vous feriez bien d'appeler un médecin... Si vous voulez, je vais téléphoner aux Ombrées. »

Il répondit d'une petite voix enrouée :

« Non. Merci. Je sais ce que j'ai. Je le sais... Je le sais... »

La sourde-muette, qui guettait son retour, parut sur la porte, et descendit à sa rencontre, en poussant de petits cris désolés. Elle le prit par le bras, et l'entraîna dans la maison.

Le lendemain, Philoxène le vit descendre, tout habillé des dimanches, mais il poussa un cri de surprise quand il fut à trois pas.

« O Papet, qu'est-ce que tu as ? »

Son visage était rapetissé, et ses cheveux gris étaient blancs comme la neige.

« Je vais aux Ombrées, dit-il. J'ai des choses à faire là-bas. »

Il s'en alla, clopinant.

« Qu'est-ce qu'il lui arrive ? pensa Philoxène. Il doit se passer quelque chose. »

Pamphile, qui fumait une cigarette sur le seuil de son atelier, l'appela.

« Tu as vu le Papet ? Il porte une tête de mort ! »

A partir de ce jour, on le vit tous les matins à la messe de sept heures.

« C'est pas bon signe, dit Pamphile... Je crois que je ferais bien de commencer sa caisse ! »

⁂

Puis le boulanger, dont la fenêtre de derrière donnait sur le vallon, le vit monter presque tous les jours à Massacan. Il n'en redescendait que le soir.

« Il me fait peine, disait la boulangère. Il va là-bas pour penser à son neveu. Il est bien seul, maintenant, ce pauvre homme... et il peut à peine se traîner... »

Quelques jours plus tard, il parut avoir repris des forces : on le revit sur l'esplanade, avec Delphine. Tous les soirs, il se faisait raconter l'histoire de la lettre, et les confidences de Florette, mais il n'avoua jamais rien lui-même.

Le matin, il s'installait près de la boulangerie : la boulangère, qui avait un œil infaillible, remarqua qu'il attendait toujours le passage de Manon, qui venait prendre son pain ; il ne la perdait pas des yeux, et quand elle partait, il la suivait, comme hypnotisé.

« Hé ! hé ! dit la boulangère un jour à son mari, le vieux galant aime encore les filles ! »

Le boulanger haussa les épaules.

« Tu veux dire qu'il est gaga ! »

C'est la veille de Noël qu'il fit appeler M. le curé pour recevoir les sacrements.

Il était couché très pâle, les joues creuses, mais il parlait comme d'habitude, et son regard était clair.

« Mon cher ami, dit le curé, je ne vous vois pas du tout à l'article de la mort !

— Mais moi je m'y vois, dit-il, et je sais que je vais partir cette nuit.

— Qu'est-ce qui vous le fait croire ?

— Je vais mourir, parce que je n'ai plus envie. Allez, zou, confessez-moi. Vous verrez que j'en ai bien besoin.

— Vous savez, dit le prêtre, que le suicide est un péché mortel ?

— J'aurai pas besoin de me suicider, dit le Papet.

J'aurai qu'à me laisser aller. Confessez-moi en plein, et faites-moi les huiles comme il faut. »

*
**

M. le curé resta longtemps dans la maison des Soubeyran. Il en sortit pensif. Devant le seuil, sous le jour gris et la bise glacée, il y avait Philoxène, Ange et Pamphile, les mains dans les poches, et les épaules remontées, qui étaient venus aux nouvelles. Ils saluèrent le passage des Saintes Huiles, puis Pamphile alla frapper à la porte.

Elle ne s'ouvrit pas : mais le visage de la muette parut derrière une vitre ; appuyant sa joue sur ses deux mains jointes, elle leur fit comprendre qu'il dormait, et ils redescendirent au Cercle pour la partie de manille.

Au son des cloches de la messe de minuit, le Papet se leva sans bruit. Il écrivit une longue lettre. Puis il se rasa avec soin, et brossa ses cheveux de neige. Il mit ensuite son plus beau costume : le complet de velours noir, le gilet de drap brodé à l'ancienne, et la cravate à pompons de soie. Sa bague en or au petit doigt, et les mains jointes liées d'un chapelet, il alla s'étendre sur son lit.

*
**

Le lendemain matin, on apprit que l'enfant de Manon était né : on savait que c'était un garçon, rien de plus. Mais vers dix heures, on vit arriver M. l'instituteur : à la place de sa mère, il vint choisir son pain lui-même, mais on vit bien que c'était un prétexte, et qu'il venait pour recevoir des félicitations ; il se montra aussi fier que s'il avait fait cet enfant tout seul : les dames en furent choquées.

Il déclara ensuite que son fils était né à 5 h 35 du matin, le jour de Noël, comme si c'était un événement sans précédent, puis il révéla en souriant que la sage-femme des Ombrées estimait le poids du garçon à plus de huit livres. Il avait les yeux bleus, comme sa mère, et les cheveux blonds, comme sa mère, mais qu'à part ces détails, c'était tout le portrait de son grand-père, le propre père de M. l'instituteur qui avait été un noiraud de

Montpellier, et que son fils n'avait jamais vu qu'en photographie. Enfin, il ajouta (comme un détail amusant) que le dos du bébé étant merveilleusement droit, il était passé comme une lettre à la poste, mais en sens contraire évidemment. Sur quoi la boulangère raconta la périlleuse naissance de sa propre fille : à son arrivée, elle avait un corps si mince, et une tête si grosse, qu'elle avait cru accoucher d'un bilboquet, auquel il ne manquait même pas la ficelle. Mais à douze ans, c'était déjà une belle fille.

M. l'instituteur n'apprécia guère ce récit, car si l'on admettait que les enfants qui naissent laids deviennent beaux, il fallait en conclure que ceux qui naissent beaux deviennent laids. Il affirma donc, avec une conviction autoritaire, que les formes de son garçon étant anatomiquement parfaites, elles ne pouvaient que s'embellir en grandissant. Il ajouta modestement qu'il n'en revendiquait pas le mérite, et que ce n'était là qu'une affaire de chance : mais son sourire démentait ses paroles, et l'on voyait bien qu'il se félicitait lui-même d'avoir un enfant comme on n'en avait jamais vu.

C'est à ce moment-là que Pamphile entra dans la boutique ; son mètre à la main, il annonça la mort du Papet, et cette triste nouvelle ne surprit personne.

« Je viens de lui prendre mesure, dit-il. J'avais prévu 1,75, mais il n'a plus que 1,68. Tant mieux. Si je m'étais trompé en sens contraire, il aurait fallu lui remonter les genoux, et il aurait pas été à son aise.

— Il est mort cette nuit ? demanda l'instituteur.

— Eh oui, dit Pamphile. Il a dû passer entre cinq heures et cinq heures et demie, parce qu'à huit heures, quand la muette est venue lui apporter son café, il était raide comme la justice pour un pauvre... Mais il est beau à voir ; tout rasé, tout frais, tout propre, avec une espèce de sourire. C'est drôle quand même de mourir, ça vous change le caractère ! »

Les obsèques furent solennelles : presque tout le village accompagna au cimetière le dernier des Soubeyran.

Il vint un chantre de Saint-Menet, et M. le curé fit un beau discours : il révéla que dans les derniers jours de sa vie, le Bon Dieu avait envoyé la grâce à ce pauvre pécheur, ce qui fit ricaner Philoxène, Pamphile et M. Belloiseau.

Après le cimetière, dès qu'il eut ramené le Bon Dieu chez lui, M. le curé alla frapper à la porte de l'instituteur. C'est Magali, tout illuminée, qui le reçut. Il y avait sur la table un grand étalage de langes, de bavettes et de maillots, autour d'un petit pot de chambre en porcelaine rose.

« Bonjour monsieur le curé ! Je parie que vous venez prendre date pour le baptême ?

— Nous en reparlerons aussi », dit mystérieusement le prêtre.

Comme on était en vacances, Bernard était assis sur le lit au chevet de sa femme, dont la main tenait le bord du berceau. Elle avait sa jolie figure ordinaire, au milieu d'un soleil de cheveux dorés, qui s'étalaient en auréole sur l'oreiller. Il parlait, et elle riait ; on savait d'ailleurs au village, par les racontars de Céline, qui allait leur faire le ménage, que ces deux-là n'arrêtaient jamais de se parler, de rire, et de s'embrasser, comme s'ils étaient seuls au monde.

Quand Magali annonça la visite de M. le curé, l'instituteur fut intrigué, mais Manon était toute fière que ce saint homme vînt la féliciter à domicile.

Le prêtre fit d'abord ses compliments aux heureux parents, puis il dit :

« Je sais évidemment que le papa n'est pas un bon chrétien, mais je crois que c'est chez lui une opinion politique plutôt que religieuse, et qu'il n'empêchera pas la mère de faire baptiser son enfant.

— Bien sûr que non ! dit Bernard. Ma belle-mère en mourrait : elle veut être sa marraine.

— Bien. Je voulais donc vous conseiller de le baptiser demain. C'est un peu tôt pour la première sortie d'un nouveau-né, mais j'ai une très bonne raison : c'est que cet enfant étant né le même jour que Notre-Seigneur, il serait bien de le baptiser pour la fête de saint Jean l'Évangéliste, qui fut son disciple favori.

— Et justement, dit Manon, il s'appelle Jean !

— Voilà qui est parfait ! dit M. le curé. Vous avez un parrain ?

— Oui. C'est M. Belloiseau. »

M. le curé fronça les sourcils.

« Encore un mécréant, dit-il, et de mœurs douteuses.

— Je sais, dit Manon, mais il s'appelle Jean, il a été baptisé, et nous ne connaissons pas d'autre Jean.

— Soit. J'aurai plaisir à le confesser ! Donc, après-demain. Maintenant, j'ai une mission à remplir. »

Il tira de la poche de sa soutane une lettre cachetée.

« César Soubeyran, qui vient de mourir, et qui a fait — je suis heureux de vous le dire — une fin chrétienne après une vie bien dangereuse, m'a chargé de vous apporter cette lettre. Je dois la remettre en main propre à Madame.

— A ma femme ? dit Bernard. C'est assez bizarre. Leurs rapports n'ont jamais été bien cordiaux.

— C'était un criminel, dit Manon.

— Il a reçu l'absolution, dit gravement le prêtre, et il est maintenant devant son Juge. »

Il lui présenta la lettre.

« Alors, à demain matin, vers onze heures. »

Il bénit l'enfant, et se retira.

Magali le reconduisit, et revint en courant.

« Qu'est-ce que c'est que cette histoire ? »

Bernard ouvrait des yeux si grands qu'il en avait des rides sur le front, pendant que Manon déchirait l'enveloppe.

« Je ne t'en ai jamais parlé, dit-elle, mais depuis quelque temps, il était devenu tout à fait gâteux.

— En quoi ?

— Il m'attendait tous les matins chez le boulanger, et il me suivait partout.

— Il passait dix fois par jour devant la maison, dit Magali. Il s'arrêtait, et il regardait les fenêtres !

— Et il avait des yeux étranges, dit Manon.

— Il t'a parlé ?

— Non, mais j'avais l'impression qu'il voulait me par-

ler. Finalement, j'en avais peur ! Figure-toi qu'un soir, j'étais toute seule à la fontaine. Il m'a regardée de loin un long moment, et quand je suis partie, il m'a envoyé un baiser !

— Hé ! hé ! dit Bernard... Il est d'ailleurs assez fréquent que le gâtisme des vieillards soit teinté de lubricité. Tu vas voir que cette lettre est une déclaration d'amour !

— Il ne manquerait plus que ça, s'écria Magali. Après ce qu'il a fait à ton père ! »

Bernard vint s'asseoir sur le lit et ils commencèrent la lecture joue contre joue.

« *Chère petite Manon,*
« *Le notaire des Ombrées te dira que je te laisse tous mon bien.*

« Ho ! ho ! s'écria le mari, c'est tout à fait gentil mais ce vieux coquin te tutoie !

« *Ça va t'étonner, mes cé la vérité devant Dieu. Il y a baucout de terres, et trois maisons. Le notère te donnera les papiers et tous les actes. Fait bien entention au petit mas de Massacan. Dans la cuisine, sous le lit, dis à ton mari de creuser. Juste au milieu, sous le malon du milieu. Il enlève le malon, et puis il casse le plattre. Après, il enlève deux pans de gravier, et il trouve un gros jaron entéré. Tout plein de louis d'or. Il y en a six milles.*

— Six mille louis ! s'écria Magali, ce n'est pas possible. Il rêve, ou il se moque de nous !

— Attendez, maman, dit Manon, et elle reprit la lecture.

« *Cé le trésor des Soubeyran, qu'il a commencer à la Révolution, pour rester dans la famille. Mais cé pas pour toi : ça te sote par dessus la tête, et cé pour ton enfant qui va naître, que cé mon reire petit-fils.*

— Qu'est-ce que ça veut dire ? demanda-t-elle.
— Ça veut dire, dit Magali, que votre enfant est son arrière-petit-fils.

— Tout ça est absurde ! dit Bernard, ou alors, il s'imagine que c'est l'enfant d'Ugolin ?
— Attends ! dit Manon. Écoute :

« Pasque ton père, c'était mon fils, mon Soubeyran, qui m'a tant manquer toute ma vie, et que je l'ai lessé mourir apetifeu, pasque je savais pas que c'était lui. Javé qu'à lui dire la source, et mintenant il jourait encore l'armonicat, et vous seriés tous venu habiter dans notre maison de Famille. Aux lieux de sa, apetitfeu. Personne le set, mé quand même j'ai honte devant tout le monde, même les arbres. Au village, il y a quelqu'un qui set tout, et si tu lui dis ma lettre, elle t'espliquera : cé Delfine, la vieille avegle. Elle te dira que tout ça, c'est la faute de l'Afrique. Demande lui. C'est l'Afrique. Demande-lui pour l'amour de Dieu ! Je me suis pas mériter de te dire que je t'ambrasse et j'ai jamais osé te parler mais peut-être que mintenant, tu peut me pardoné, et des fois faire une petite prière pour le povre Ugolin et le povre de moi. Même à moi je me fet pitié.

« Pense un peu que par malisse jamet j'ai voulu m'approcher de lui. Sa voix je l'ai pas connu, ni sa figure. Jamet de prêt j'ai vu ses yeux que peut être c'étaient ceux de ma mère et j'ai vu que sa bosse et sa pène, tout le mal que je lui ai fait. Alors tu comprends que je me languis de mourir pasque a côté de mes idées qui me travaille même l'enfer cet un délice. Et puis la-haut, je vais le voir j'ai pas peur de lui au contraire. Mintenant il set que c'est un Soubeyran il n'est plus bossu par ma fote, il a compris que c'est tout par bètise, et moi je suis sûr qu'au lieu qu'il m'attaque, il me défendra.

Adessias, ma pitchounète,
Ton grand-père
César Soubeyran. »

UN LIVRE, UN FILM
JEAN DE FLORETTE

d'après l'œuvre de Marcel PAGNOL
de l'Académie française
L'EAU DES COLLINES

Tournés sur les lieux mêmes où se déroule l'action du livre, dans les collines qui dominent Aubagne, entre les mois d'avril et de décembre 1985, les deux films de Claude Berri correspondent aux deux romans — Jean de Florette *et* Manon des sources — *que Marcel* PAGNOL *avait regroupés sous le titre* L'Eau des collines.

CÉSAR SOUBEYRAN	Yves MONTAND
JEAN DE FLORETTE	Gérard DEPARDIEU
UGOLIN SOUBEYRAN	Daniel AUTEUIL
AIMÉE	Élisabeth DEPARDIEU
MANON	Emmanuelle BÉART
MANON (enfant)	Ernestine MAZUROWNA
BAPTISTINE	Margarita LOZANO
L'INSTITUTEUR	Hippolyte GIRARDOT
PHILOXÈNE	Armand MEFFRE
PAMPHILE	André DUPON
CASIMIR	Pierre NOUGARO
VICTOR	Gabriel BACQUIER
LE CURÉ	Jean BOUCHAUD
DELPHINE	Yvonne GAMY
Adaptation	Claude BERRI-Gérard BRACH
Mise en scène	Claude BERRI
Musique	Jean-Claude PETIT
Photo	Bruno NUYTTEN
Décors	Bernard VEZAT
Costumes	Sylvie GAUTRELET
1er Assistant Réalisateur	Xavier CASTANO
Montage	Arlette LANGMANN
	et Geneviève LOUVEAU
Scripte	Hélène SEBILLOTTE
Producteur Associé	Alain POIRE
Producteur Exécutif	Pierre GRUNSTEIN

Une co-production RENN PRODUCTIONS
ANTENNE 2 T.V. FRANCE — FILMS A 2 — D.D. PRODUCTIONS
avec la participation du Centre National de la Cinématographie
et du Ministère de la Culture

Procédé Technovision — Son stéréo dolby

Une page d'écriture des mains de Marcel Pagnol : manuscrit de "Jean de Florette."

FICHE D'IDENTITÉ

Naissance :

Marcel Pagnol est né à Aubagne, en Provence, le 28 février 1895.

Situation de famille :

Marié en 1916 avec Simone-Thérèse-Félicité Colin, d'Aix-en-Provence ; séparé de sa femme, il divorce en 1941 et épouse en 1945, à Malakoff, Jacqueline Bouvier. Ils auront deux enfants : un fils, Frédéric, et une fille, Estelle, morte à l'âge de deux ans.

Études :

Marcel Pagnol poursuivra ses études secondaires jusqu'à la classe de rhétorique supérieure au lycée Thiers de Marseille.

Profession :

Répétiteur au lycée d'Aix-en-Provence en 1916, il est nommé à Marseille en 1920 au lycée Saint-Charles avant d'enseigner l'anglais au lycée Condorcet de Paris en 1923. En 1928, après le succès de *Topaze*, il se fera mettre en congé sans traitement.

Littérature :

Marcel Pagnol fait ses débuts d'auteur dramatique avec *Tonton ou Joseph veut rester pur* créé aux Variétés de

Marseille en 1923, pièce écrite en collaboration avec Paul Nivoix. C'est le début d'une brillante carrière théâtrale marquée par le grand succès de *Topaze* en 1928 ; puis par la consécration populaire que lui vaut sa célèbre trilogie : *Marius* (1929), *Fanny* (1931), *César* (1946).
Après l'adaptation de ses propres pièces au cinéma, Marcel Pagnol va réaliser d'autres films, notamment d'après des romans de Jean Giono : *Angèle, Regain, la Femme du boulanger, Jofroi*.

Marcel Pagnol aborde le roman avec *Pirouettes* (1932) puis avec les deux volets de « L'eau des collines » : *Jean de Florette* et *Manon des Sources* (1964). En 1952, Marcel Pagnol réalisera deux films à partir de ces romans ; Claude Berri a adapté ces deux œuvres en 1986 pour en tirer une version cinématographique avec Yves Montand et Gérard Depardieu.
Il revient au théâtre avec *Judas* (1955), puis évoque son enfance dans une trilogie commencée avec *la Gloire de mon père*, sa jeunesse avec *le Temps des amours*, ses débuts littéraires avec *Confidences*. Sa dernière œuvre publiée est *la Petite Fille aux yeux sombres*, récit de sa jeunesse écrit pour la revue *Fortunio* qu'il a fondée avec des amis en 1914.
Marcel Pagnol était membre de l'Académie française depuis 1946 ; il est décédé à Paris le 18 avril 1974.

III

UN ENTRETIEN AUTOUR DE « JEAN DE FLORETTE »

avec Gabriel d'Aubarède

Tu nous as raconté tes débuts de mémorialiste. Mais c'est sur ton passage de l'art dramatique à celui du roman que nous aimerions que tu nous éclaires, au moment où les deux volumes de ton premier roman...

Il grogne un peu :

— « Que veux-tu que je te raconte ? Vous êtes étonnants, les interviewers ! Un écrivain, ce qu'il a d'intéressant à dire, il l'écrit... »

Mais après quelques digressions :

— « J'avais commencé à écrire cette histoire, il y a déjà une dizaine d'années, pour en faire un film. Puis, je l'avais trouvée lugubre. Alors, le film, je l'ai fait avec un bout de la fin de l'histoire. Et c'est devenu *Manon des sources*... Du temps passe. Et un beau jour, par hasard, voilà que je retrouve le début tel que j'avais commencé à l'écrire. Je vois alors la chose d'un autre œil et l'idée me vient d'en faire un livre. Je me mets à écrire, à écrire, et encore une fois ça en a fait deux, de livres. Les deux volumes de *L'Eau des collines : Jean de Florette* et *Manon*. »

L'aventure du bossu, dit Jean de Florette, cette comique et affreuse affaire de source bouchée, qui fait sa ruine, est-ce une histoire vraie ?

— « Je comprends, qu'elle est vraie ! Je n'y ai pas assisté, j'étais trop jeune quand tout ça s'est passé, mais des paysans m'ont raconté la chose. On peut voir

Le Papet : un des personnages les plus forts de l'œuvre de Pagnol, incarné par Yves Montand dans le film de Claude Berri.

encore là-bas sa ferme, qui s'appelle " Lou Gibous "...
Quant à l'histoire de Manon, je l'ai inventée. La fille du
bossu n'avait pas coupé l'eau du village pour venger
son père, non, mais c'est une parole entendue qui me
l'a inspirée : " Si elle avait trouvé la source, la petite, et
qu'elle vous l'avait coupée, vous en auriez fait une
drôle de tête ! "... »

*Tu ne t'es pas trompé. Il y avait là-dessous un grand
sujet. Le problème de l'eau a une telle importance, en Pro-
vence !*

— « Oui, l'eau, je crois que c'est un grand sujet. Un
des plus grands, puisque c'est un des plus simples. Tu
te rappelles, un jour, à Fortunio, là-bas au quai du
Canal, je te disais : " Il n'y a pas de poésie en dehors
des lieux communs " ? »

Je me rappelle, quoiqu'il y ait de cela bien longtemps...

— « Moi, je n'ai jamais écrit que sur des lieux com-
muns. De quoi parlent mes pièces ou mes films ? Du
pain, de l'eau, de la mère, de l'enfant naturel, de choses
toujours très simples. Le sujet original me fait peur. Et
d'abord, il ne m'intéresse pas. C'est facile d'écrire un
roman ou une pièce originale sur les amours d'un clari-
nettiste ou d'un contrebassiste. Personne ne l'a encore
jamais fait, c'est vrai. Mais est-ce nécessaire de le
faire ? »

*L'expérience de Pagnol auteur dramatique ou auteur
de films — nous savons que c'est le même — a-t-elle été
utile à Pagnol romancier ?*

— « Oui, beaucoup. »

En quoi ?

— « Nous autres, auteurs dramatiques, nous avons
l'habitude de construire. Au théâtre, si on ne construit

pas, on se casse forcément la gueule. Tandis que dans le livre, il paraît que la chose est moins fatale. Si donc j'avais commencé par écrire des romans, j'aurais sans doute écrit un peu au hasard, à l'aventure. Toujours est-il que maintenant j'ai l'habitude de fabriquer des intrigues qui se tiennent, avec des péripéties, avec des étages. Eh bien ! j'en ai fait autant quand je me suis mis à écrire un roman. »

Il semble entendu aujourd'hui que le roman ne supporte pas la construction préalable...

— « Je n'en crois rien. La vérité, c'est que c'est un art plus facile. Tu peux pénétrer quand tu veux à l'intérieur des gens. Tandis qu'au théâtre, ce que les gens pensent, il te faut le faire deviner par des actes que tu leur fais commettre ou par des paroles que tu leur fais prononcer. Et cette liberté extraordinaire du roman !

Ugolin, un « simple » sournois, et Jean de Florette, le bossu idéaliste : une confrontation qui ira jusqu'au drame. Daniel Auteuil et Gérard Depardieu les incarnent à l'écran.

Là, ce qu'il y a de merveilleux, c'est qu'il n'y a pas d'intermédiaires entre l'auteur et son public. Au théâtre, tu as affaire à des acteurs, à des directeurs, à des décorateurs, à tout un monde. Romancier, tu es tout ça à toi tout seul. Ton encrier, ton porte-plume et ton cahier te suffisent. Pourvu que tu aies aussi du silence... Aussi, si c'est bon, à toi tout le mérite ; si c'est mauvais, tu es seul responsable. Tandis qu'au théâtre — et au cinéma — l'auteur n'est pas complètement responsable de ses fours... et pas tout à fait non plus de ses succès. »

Ce que le roman assurément a permis à l'auteur de Topaze *devenu l'auteur de* L'Eau des collines *d'exprimer mieux que le théâtre, et même que le cinéma, c'est son sens aiguisé de la fruste nature, sa connaissance intime, virgilienne, du paysage natal, de sa faune, de sa flore. Le livre sur le tard nous révèle un Pagnol poète. Je le lui dis. Il soupire :*

— « Ah ! si le cinéma avait eu la couleur à l'époque où j'ai tourné mes films !... Ce que tu ne pourras jamais donner au théâtre, ni à l'écran, ce sont les odeurs. Dans un livre, oui. Et ça, c'est beaucoup. Ça sent si fort, là-bas, dans nos collines... »

Il me parle de son frère Paul — avec qui les Souvenirs d'enfance *nous ont fait faire connaissance — Paul le berger à qui, dit-il, il doit beaucoup :*

— « Il menait les chèvres dans nos collines de la Treille, comme Manon... C'est lui qui m'a appris tous les noms de nos plantes... »

Puisque tu parles de tes dettes... Il est probable qu'on fera de nouveau allusion, à propos de L'Eau des collines, *à tes affinités avec Daudet. Le reconnais-tu comme l'un de tes maîtres ?*

— « Mais bien sûr ! Ça me fait toujours plaisir qu'on parle de Daudet à propos de ce que j'écris. D'abord, il adorait Dickens, que moi aussi j'ai toujours admiré profondément. Dickens, Daudet, Mistral, voilà mes maîtres. »

Et Virgile, que tu as traduit si tendrement ?

— « Virgile avant tous les autres, bien entendu ! »

Tu as beaucoup lu les anciens, n'est-ce pas ? On sent que tu en es pénétré...

— « Je les lis toujours. Ces temps-ci, j'ai les *Lettres* de Pline le Jeune sur ma table de nuit... Et Tacite, et Lucrèce... C'est là qu'il faut se retremper, mon vieux. Voilà des types qui savaient écrire ! Et ce sens de la mesure, de l'équilibre... On parle toujours des Grecs. Moi, je préfère les Latins. Ils sont plus près de nous. Nous sortons d'eux directement... »

(*Nouvelles littéraires,* le 16 mai 1963).

Manon des Sources, sauvageonne qui a découvert que l'âpre convoitise de l'eau est au cœur du drame qu'elle vit. Emmanuelle Béart l'interprète dans la version cinématographique.

« JEAN DE FLORETTE »
ET LA CRITIQUE

INIMITABLE SIMPLICITÉ

« L'inimitable simplicité de Marcel Pagnol accomplit des miracles : il nous fait aimer ses paysans peut-être mieux que nous ne les aimerions peut-être au vrai ; c'est qu'il les connaît au fond de leur âpreté et de toutes leurs passions, si loin d'être toujours clémentes, comme il connaît la vie ; il les connaît déjà, semble-t-il, dans ce qui peut naître d'eux de meilleur, serait-ce d'ici plusieurs générations. Il y a, jusque dans le grain de son style, je ne sais quelle grâce de pardon. »

<div style="text-align: right">Henri PETIT, <i>le Parisien libéré.</i></div>

UN DRAME DE L'EAU

« Les Bastides blanches... cent cinquante habitants accrochés à l'un des contreforts du massif de l'Étoile, à deux lieues d'Aubagne. Une cinquantaine de maisons ; cinq ou six rues étroites, à cause du soleil, tortueuses à cause du mistral ; une terrasse plantée de platanes, sous lesquels les vieux viennent s'asseoir ; une placette, avec la fontaine, qui remplit tout le jour les cruches et les jarres, tandis que les commères échangent les nouvelles. L'eau qui coule donne la vie à la Provence calcaire. Le grand roman de Marcel Pagnol est un drame de l'eau.

Lisez ce livre. Il vous faudra d'abord le dévorer, et puis le reprendre page à page pour en connaître toutes les beautés. »

<div style="text-align: right">Pierre GAXOTTE, <i>le Monde et la Vie.</i></div>

UN HOMÈRE FAMILIER

« Pagnol a su élever cette quête à la hauteur d'un mythe, en gardant la bonhomie de tous les jours. Il dépasse Daudet pour rejoindre Homère. Il donne à la France ce qu'elle a toujours désiré et que les contorsions abstraites de ses doctrinaires l'ont empêchée d'atteindre : un Homère familier dont la poésie ne chausse pas le cothurne, mais vole, au niveau de nos joies et de nos peines, en sandales. Plus encore que l'Académie, qu'il a déjà, ce que mérite Pagnol c'est l'olympe des dieux de notre littérature. Un olympe où l'on ne se hausse pas le col, comme au Panthéon, et où l'on peut, entre illustres, tomber l'habit vert et se mettre en manches de chemise pour boire frais. »

Paul GUTH, *Femme chic.*

UNE HISTOIRE CRUELLE

« C'est une histoire cruelle. Mais la gentillesse de M. Marcel Pagnol nous le fait oublier presque constamment ; en faisant des contes, comme autant de risées, dans le cours d'un roman noir. Ces contes ne sont d'ailleurs pas étrangers au drame — ou à la tragédie — de *L'Eau des Collines*. Quand ils n'en éclairent pas d'obscures composantes, par exemple l'animosité entre deux villages voisins, ils servent à manifester leurs mœurs et les caractères. C'est à quoi M. Marcel Pagnol excelle, c'est ce qui l'intéresse le plus et nous séduit dans la même mesure.

Quels échantillons d'humanité, ces paysans provençaux, descendants de Ligures, dont le moindre défaut est l'avarice ! Quel type, qui les surpasse tous, le terrible « Papet », César Soubeyran : terrible au-delà de la méchanceté, si son neveu Ugolin qu'il dirige reste en deçà, avec une non moindre férocité.

Là réside le génie du conteur : une connivence profonde avec les gens du cru. Il enveloppe donc les passions sordides d'aromates savoureux, il en appelle du mal ténébreux à la malice transparente et il absout ceux qu'il pouvait accabler en laissant le dernier mot à la Fatalité. »

Luc ESTANG, *le Figaro littéraire.*

PLEIN DE POÉSIE

« J'ai pris à la lecture de *L'Eau des Collines* un plaisir qui, étant donné le nom de l'auteur, ne surprendra personne mais qui s'est révélé particulièrement vif du fait peut-être qu'entre ses pages je retrouvais non point exactement le paysage que j'ai actuellement sous les yeux, mais quelque chose de si proche que les phrases me semblaient s'ordonner pour recréer à mon seul avantage les vallons, les pinèdes, les pierres, le maquis, et l'odeur omniprésente du romarin.

Un livre délicieux, charnu, truculent, musical, plein de poésie et de sève. »

Raymond LAS VERGNAS, *les Annales.*

UNE JUSTESSE DU LANGAGE

« Il y a dans ce livre âpre et grand par endroits une justesse du langage et notamment dans la langue des personnages qui confine au miracle. Cela se situe aux antipodes du « régionalisme », le contraire, si l'on aime mieux, de l'exotisme. »

Michel CHRESTIEN, *la Nation française.*

Aubin Imprimeur
LIGUGÉ, POITIERS

Imprimé en France

Achevé d'imprimer en août 1986
N° d'édition 11892/N° d'impression L 21927
Dépôt légal, août 1986
Imprimé en France